Das umfangreiche Werk erzählt in zwei (manchmal auch mehr) parallelen Erzählsträngen von zwei Männern, Alexander und Walter, deren Beziehung sich dem Leser erst nach und nach eröffnet. Der Roman ist ein einziges, großes Liebesgeständnis an das nichtlineare Wesen der Zeit. Viele Leser haben sich nachweislich mit dem Basteln bunter Ereignis-Mobiles geholfen, um einen besseren Überblick über die handelnden Figuren zu bekommen.

Die Hauptfiguren sind: **Alexander Kerfuchs:** Hauptfigur, Synästhet, fantasiebegabter Sonderling. Als Kind wird er zusammen mit seiner Mutter von seinem Vater in einer unwirklichen Winterlandschaft zurückgelassen. **Lydia:** Alexanders Freundin seit seiner Jugend, vereinnahmend und treu, fürsorglich und Besitz ergreifend. **Valerie:** Psychotherapeutin, die Alexander über seine Arbeit in einem Altersheim kennen lernt, Geliebte von Alexander, droht, Lydia als seine Freundin zu verdrängen. Arbeitgeberin von Walter. Aus Mitleid hat sie ihn bei sich angestellt. In Gesprächsgruppen soll er verschiedene Patientenrollen spielen. Wird eines Tages mit einem Metallstab

Dies ist die Geschichte von Walter, dem Sohn eines Architekten mit Einfluss. Er will Schauspieler werden – oder ist es nur sein Vater, der will, dass er Schauspieler wird? Walter bekommt seine Chance, als ihn Valerie, eine Psychotherapeutin, die bessere Tage gesehen hat, engagiert, um in Gruppensitzungen fiktive Patientenrollen zu spielen. Doch er geht zu sehr in seiner Rolle auf. Und da gibt es noch Alexander. Er ist Altenpfleger, ein junger Mann mit ausufernder Phantasie, die sich im Schatten einer einsamen Kindheit entwickelt hat. Alexander kündigt seinen Job, und er will seine Freundin loswerden, um mit Valerie zusammenzuleben …

Clemens J. Setz wurde 1982 in Graz geboren. An der dortigen Universität studierte er Mathematik und Germanistik. Er ist Obertonsänger, Übersetzer und Gründungsmitglied der Literaturgruppe Plattform. Sein Romandebüt »Söhne und Planeten« war für den aspekte-Literaturpreis nominiert. 2008 wurde er beim Bachmann-Wettbewerb mit dem Ernst-Willner-Preis ausgezeichnet. Sein zweiter Roman »Die Frequenzen« stand auf der Shortlist für den Deutschen Buchpreis. 2011 erhielt er für seinen Erzählband »Die Liebe zur Zeit des Mahlstädter Kindes« den Preis der Leipziger Buchmesse.

Clemens J. Setz bei btb

Söhne und Planeten. Roman (73902)

Clemens J. Setz

Die Frequenzen

Roman

btb

MIX
Papier aus verantwortungsvollen Quellen
FSC® C083411

Verlagsgruppe Random House FSC-DEU-0100
Das für dieses Buch verwendete
FSC®-zertifizierte Papier *München Super*
liefert Arctic Paper Mochenwangen GmbH.

1. Auflage
Genehmigte Taschenbuchausgabe Juli 2011,
btb Verlag in der Verlagsgruppe Random House GmbH, München

Umschlaggestaltung: semper smile, München, nach dem Orginalumschlag von Ramona Scheiblauer
Umschlagfoto © plainpicture/LP
Druck und Einband: CPI – Clausen & Bosse, Leck
UB · Herstellung:BB
Printed in Germany
ISBN 978-3-442-74111-3

www.btb-verlag.de

für Julia

Erster Teil: Menschen im Spiegel

He was sometimes sceptical about technology, which contributed to making his own mechanical inventions primitive and full of human, plant, and animal parts. While most machines work to make difficult tasks simple, his inventions made simple tasks amazingly complex. Dozens of arms, wheels, gears, handles, cups, and rods were put in motion by balls, canary cages, pails, boots, bathtubs, paddles, and live animals for simple tasks like squeezing an orange for juice or closing a window in case it should start to rain before one gets home.

www.rubegoldberg.com

Alles Beständige büßt seine Eindruckskraft ein. Alles, was die Wände unseres Lebens bildet, sozusagen die Kulisse unseres Bewusstseins, verliert die Fähigkeit, in diesem Bewusstsein eine Rolle zu spielen. Ein lästiges dauerndes Geräusch hören wir nach einigen Stunden nicht mehr.

Robert Musil

Die Zugfahrt

Gerade als er eine passende Formulierung für seine Begrüßung gefunden hatte, wurde der junge Mann am Zugfenster von einem Tunnel überrascht, dessen unvermittelt einsetzende Finsternis ihm wie zur Verhöhnung sein bleiches Gesicht in der zitternden Fensterscheibe vorhielt. Sein Gesichtsausdruck, der halb offen stehende Mund und die quecksilbrig über sein Spiegelbild wandernden Regentropfen gaben ihm für einen Augenblick das Gefühl, in eine Falle getappt zu sein.

Er schüttelte den Kopf über seine Schreckhaftigkeit, griff in die Mantelinnentasche und berührte die kleine, scharfkantige Fahrkarte, nur um sich zu versichern, dass alles in Ordnung war. Dabei streifte er an sein Hemd. Es war schweißnass.

Nach kurzer Zeit tauchte der Zug wieder aus dem Tunnel zurück ins trübe Tageslicht. Der grau gefleckte Oktoberhimmel hing immer noch schwermütig und tief über der Landschaft. Wenn man lange genug schaute, wirkte er sogar ein wenig durchhängend, als befände man sich unter einer Matratze in einer riesigen Schlafkoje.

Der junge Mann stellte verärgert fest, dass er seine Begrüßung wieder vergessen hatte, und versuchte sich zu erinnern, aber das Einzige, was ihm in den Sinn kam, war die verschwommene Endlosschleife der vorübersausenden Vegetation am Rand der Bahnstrecke, kurz vor der Einfahrt in den Tunnel, als er aus dem Fenster gestarrt hatte. Während er nachdachte, legte sich ein Knöchel seiner linken Hand auf seine Oberlippe und wanderte langsam Richtung Nasenspitze. Als die Hand dort angekommen war, sprang ein Funke über, und ihm wurde klar, dass alle Anstrengungen zwecklos waren, die Formulierung war verschwunden, für alle Zeiten verloren.

Er fuhr sich mit der Hand durchs Haar.

Er stand auf, um sich ein wenig zu bewegen. In diesem Moment neigte sich der Zug etwas zur Seite, eine scheinbar unendliche Kurve, und der junge Mann musste ein paar Schritte in Richtung Abteiltür machen, um das Gleichgewicht nicht zu verlieren.

Seine Blase machte sich bemerkbar. Er taumelte durch den schwankenden Gang, seine Hand berührte die eiskalte Fensterscheibe. In den Abteilen, an denen er vorbeikam, saßen Menschen auf Standby-Betrieb. Die Toilette war ein winziger, lichtarmer Raum, eine mittelalterliche Büßerzelle. Als er sich umdrehte, um die Tür hinter sich zu schließen, streiften seine Mantelschöße die metallfarbene Kloschüssel, die mehr an einen umgedrehten Stahlhelm erinnerte. Trotz der Enge zog er den Mantel aus und warf ihn sich, nach Art eines Flagellanten, über die Schulter. Der Lärm in der Kabine war unerträglich. Über die trüben Milchglasscheiben wanderten schwarze Attrappen von Regentropfen.

Walter hatte große Mühe, seinen Urinstrahl zu kontrollieren. Mehrere Male traf er neben die Kloschüssel, auf den Boden und die Wand, auf der zwei kleine Rinnsale abwärts wanderten.

Als er fertig war, betätigte er die Spülung. Einige Sekunden lang geschah nichts, dann öffnete sich in der Schüssel ein brüllendes, dreckverkrustetes Loch und gab einen kurzen Blick auf die unter dem Zug dunkel dahinflimmernden Schwellen frei; zumindest kam es Walter so vor. Genau hatte er nicht hingesehen.

Sich das Hemd wieder in die Hose steckend, schwankte er zurück zu seinem Abteil.

Durch die Fenster am Gang konnte er sehen, dass sich draußen eine Vorstadt zu bilden begann. Häuser mit tief in die Stirn gezogenen Dächern duckten sich hinter Hecken und dichte Baumreihen. Zäune plapperten vorbei. Ein einzelnes Auto mit einem großen, schwarzen Skisarg auf dem Dach stand hinter einem Bahnschranken und winkte dem vorbeidonnernden Zug mit seinen Scheibenwischern hinterher. Ein Autofriedhof schob sich ins Bild und bot dem Blick des Reisenden einen Haufen kaputter Autos auf einer silbernen Plattform dar, von denen manche durch den Schleier des Regens aussahen wie schlampig aus der Verpackung gewickelte, halb geschmolzene Pralinen.

Dann kamen die ersten Menschen, gebeugte Gestalten unter Regenschirmen, mit Einkaufstaschen und Kindern an der Hand. Die Stadt begann und der Zug wurde langsamer.

Walter ließ die Tür des Abteils gleich offen stehen, zog sich seinen Mantel wieder an, weckte seinen alten Reisekoffer und zerrte ihn vom Gepäckfach herunter, dann reihte er sich in die Schlange ein, die sich in dem engen Zugkorridor gebildet hatte. Er blickte durch das Fenster auf den Bahnsteig, ob vielleicht jemand gekommen war, um ihn abzuholen, aber er konnte nichts erkennen; nur eine alte Frau, die eine rote Gießkanne trug und offenbar Blumen verkaufte.

Man hatte ihm ausdrücklich gesagt: *Warte auf dem Bahnsteig.* Und um sich zu vergewissern, holte er aus der anderen Mantelinnentasche den Zettel hervor, auf dem er das E-Mail ausgedruckt hatte, und las die betreffende Stelle dreimal hintereinander. *Lieber Walter! Dass du schon morgen kommst, ist für uns nicht* – Zeilenumbruch. Auf dem nächsten Wort saß sein Daumen, der Nagel abgekaut bis aufs Fleisch.

Zumindest hab ich nichts falsch gemacht, dachte er.

Er stieg die Metallstufen hinunter auf den Bahnsteig. Auf festem Boden fühlte er sich sofort ein wenig sicherer. Als er merkte, dass er im Weg stand – entsetzlich hektische Menschen, die ihren Zug erwischen mussten, der schon wieder im Begriff war weiterzufahren –, ging er zu einer der Bänke auf dem Bahnsteig und ließ sich nieder. Sein Koffer lehnte sich an sein linkes Bein.

Nein, es war niemand gekommen. Die Frau mit der Gießkanne hielt ihre Hand auf und ein junger Mann zählte Münzen hinein. Eine der langstieligen Blumen, die in der Gießkanne steckten, hatte einen großen, feucht und schwer herabhängenden Kopf mit einer weit aufklaffenden Blüte. Sie sah aus wie eine gähnende Schlange.

Walter wandte den Blick den Menschen zu, die mit seinem Zug weiterfahren würden, vermutlich die ganze Nacht, in weit entfernte Städte. Der Zug ließ sich noch etwas Zeit zum Verschnaufen, sein großes schwarzes Haupt in der Tränke am Ende des Bahnsteigs. Walters Blick glitt über die Menschen hin, die meisten waren nicht besonders interessant, bis er ein Pärchen entdeckte, das gerade Abschied voneinander nahm. Die Frau stand hinter dem Fenster im Zugabteil und der Mann an der schmutzig-gelben Begrenzungslinie am Bahnsteig. Die Leute mussten ihm ausweichen, mit ihren Koffern und Kindern und allem, was man sonst noch im Leben hinter sich herziehen musste. Doch das Paar bekam vom regen Verkehr ringsum nur wenig mit, beide sprachen miteinander in ihre Mobiltelefone. Der Anblick erinnerte ein wenig an Gefängnisbesuche aus amerikanischen Filmen. Und dann kam unvermittelt der Moment, da sie beide auflegen mussten, aus irgendeinem Grund, und die Frau begann ihr Gepäck im Abteil zu verstauen. Sie sah nicht mehr aus dem Fenster, eine Strähne fiel ihr ins Gesicht und sie wischte sie weg, und ihre Reise und ihr Fortsein begannen in diesem Augenblick vor den Augen des Mannes, der weiter in das Abteil starrte wie ein Fensterputzer in ein Büro voller rätselhafter Vorgänge. Schließlich hielt er es nicht mehr aus und klopfte an die Scheibe.

Walter musste lächeln.

Und da war sie wieder, das bekannte, vertraute Gesicht. Die Frau im Abteil sah zu dem Mann nach draußen und winkte, als wollte sie sagen: *Ja, ich seh dich schon.* Eine blecherne Lautsprecherdurchsage verkündete das Urteil. In diesem Moment setzte sich der Zug in Bewegung, schwerfällig, schleppend, wie ein Trauerkondukt.

Walter erhob sich und trottete davon.

Er trat aus dem Bahnhofsgebäude, hinein in den Nieselregen. Er umrundete ein paar merkwürdig geformte Mülltonnen im Eingangsbereich. Auch hier war niemand zu sehen.

Im Schutz eines schmalen Vordachs ging er um die Ecke. Über die Windschutzscheiben der Autos lief Wasser. Neben dem Bahnhof war ein kleines Kino, kein heruntergekommenes Pornokino wie in der Stadt, aus der er gerade gekommen war, mit sirenenhaft quietschenden Eingangstüren und wundgescheuerten Wänden, sondern eines, das sich auf Filmklassiker spezialisiert hatte. Überall hingen abgerissene Kinoplakate, die stellenweise mit der Mauer verschmolzen waren. *Vertigo. Metropolis.*

Walter hatte den Eindruck, dass ihm jemand folgte. Als er sich umblickte, bemerkte er Tropfen auf seiner Schulter. Seine rechte Wange fühlte sich merkwürdig an, als befände sich der eigentliche Blickwinkel seiner Augen dort.

Er stolperte.

Als er sich bückte, um zu sehen, was da im Weg gelegen war, sah er nichts, nur den regennassen Asphalt. Walter suchte sein Handy in der Manteltasche. Seine Finger streiften das Ticket. *Einfach,* nicht *hin und zurück*. Er würde eine Weile hier bleiben.

Er wog das kleine Telefon in seiner Hand. Er überlegte, ob es sich lohnte, jemanden von seiner Familie anzurufen. Aber seit er die sonderbare SMS-Nachricht bekommen hatte, machte ihm das Handy Angst, und er hätte es am liebsten auf dem Asphalt zertrümmert. *Das ist das Ende*, stand in der anonymen Nachricht, die irgendwo im Nervensystem des kleinen Apparats gespeichert war.

Walter war sehr schnell abgereist, um nicht schuld zu sein – woran auch immer. Egal, worum es ging, er war unschuldig und das würde so bleiben.

Das Ende

Es ist gut, dass das Ende endlich da ist. Schon viel zu lange ist es aufgeschoben worden. Gut, dass es jetzt bald soweit sein wird, dank Valerie, die ich vor kurzem mit einer derartigen Wucht kennen gelernt habe, dass mir davon immer noch die Ohren glühen, dank meines auf exakt zwei Jahre befristeten Dienstvertrages und dank der trägen Überzeugungskraft des Sommers, die selbst den Verstand des größten Feiglings zur Vollendung hindrängt. Die Entscheidung ist gefallen.

In den gepflasterten Hof fällt jetzt täglich mehr Sonne, überall riecht es nach Seifenblasenlauge und nach etwas, das an das blähheiße Plastikinnenleben von Staubsaugern erinnert und, dazu passend, nach herumfliegendem Staub, der mehr wird und munter aufwirbelt, wenn man sich ihm nähert, weil es gar kein Staub ist, sondern ein Schwarm winziger Mücken, die sich in die schattige Hauseinfahrt verirrt haben. Und alle Oberflächen, besonders metallene und solche unter einer frischen Lackschicht, vibrieren und zittern wie Wüstensand, wenn man sie lange und gedankenschwer betrachtet. Die Balkone in der Nachbarschaft haben alle ein wenig zugenommen, man stellt jetzt massive Schirme auf und weiß flimmernde Liegestühle; Blumenkästen an den Geländern, und das eine oder andere Windrad erscheint über Nacht, dreht sich ein wenig, weil es das am besten kann, und verschmilzt mit dem Hintergrund.

Teppichfrauen aus einem anderen Jahrhundert lehnen sich aus den Fenstern und peitschen ihre Bettvorleger aus. Das Geräusch, das dabei entsteht, ist selbst bei geöffneten Fenstern nicht unangenehm. Es hallt weit über den Hof und erinnert dabei ein wenig an das befreiende Knacken, wenn der Druckausgleich ein beunruhigendes Summen in den Ohren endlich zum Verstummen bringt. Es ist ein milder, weicher Lärm, der höchstens ein paar nervöse Nachtvögel aus einer hohen, etwas zittrigen Baumkrone aufschreckt, ehe sie wieder auf ihre Plätze zurückkehren: eine sich öffnende und schließende Faust.

Störend ist nur der Lärm der vielen Überschallflugzeuge, die mehrmals am Tag über die Häuser hinweg fliegen, seit der Himmel wieder aufgetaut ist. Ein anschwellendes, nacktes Fauchen, die grelle Perversion einer Espressomaschine, das an dem Punkt, da es seinen Höhepunkt erreicht, sich noch ein weiteres Mal überschlägt.

Der Sommer ist eine erstaunliche Zeit. Du stellst dich auf deinem Fahrrad auf, als wäre es der Bug der Titanic, du atmest eine Spinne ein, die sich unwissend von einem tief hängenden Ast abgeseilt hat, du hustest und wühlst mit deinen Fingern in deinem Mund, und die Finger kehren feucht zurück und glänzen in der Sonne. Vor ein paar Tagen bin ich einfach drauflosgefahren, um die ungewöhnlichsten Dinge zu entdecken. Einen Fahrradfriedhof mitten auf einem verlassenen Feld. Ein ausgestorbenes Landgasthaus, aus dessen Schornstein ein Paar Skier ragten. Eine Vogelscheuche in der Haltung eines Gekreuzigten. Das Rad steuerte von selbst durch die Landschaft mit ihren üppigen Wolkengebirgen, in der Ferne Siedlungen, Berghänge, dick bestrichen mit einer Schicht blühender Bäume. In der Ferne rauschte ein flimmernder Streifen Autobahn. Und über der ganzen Szenerie kreiste ein kleines, graues Zeppelinjunges auf der Suche nach seiner Herde.

Vor lauter Aufregung über das nahe Ende bleibe ich ganze Nächte lang wach und verwandle mich, so wie andere Leute sich bei Einbruch der Dunkelheit in Superhelden verwandeln oder in Serienmörder, in den Mann am Fenster.

Es gibt eine Reihe von Spielen, die man nachts an seinem Fenster spielen kann. Sterne zählen. Mit dem Laserpointer Nachbarhäuser abfahren und mit dem kleinen Leuchtpunkt obszöne Nachrichten buchstabieren. Mit Ferngläsern anderen Leuten beim Leben zusehen. Sie zeigen sich gern am Fenster, sehen oft hinaus, in den Mond oder in den Nachthimmel, es liegt in ihrer Natur. Wenn sie bemerken, dass man sie beobachtet, machen sie kleine Verrenkungen, flüchten und erscheinen an einem anderen Fenster der Wohnung wieder, meist dem linken, von mir aus betrachtet, was auf einen instinktiven Fluchtreflex nach rechts schließen lässt, die Richtung der Hauptorientierung bei Rechtshändern, von wo sie dann ungläubig hrüberstarren. Manchmal lassen sie die Jalousien hinunter und es ist plötzlich völlig still. Manchmal aber bleiben sie stehen, in der Dunkelheit, sich unsichtbar wähnend, und sehen herüber, neugierig und vielleicht ein wenig sehnsüchtig zu erfahren, wer sie da beobachtet.

Bei Menschen, die abends unten auf der Straße gehen, ist es einfacher. Sie bemerken nicht, dass sie beobachtet werden, und man kann sie wie auf Kommando dazu bringen stehen zu bleiben.

Da ist eine Frau, die schwere Einkaufstaschen trägt. Da sind zwei Jugendliche, die ineinander schwanken, weil sie betrunken sind. Da ist ein alter Mann, der mit seinem Stock den Asphalt stempelt. Und da ist ein schwarzer Hund, der einsam durch die Gegend streunt. Niemand scheint sich um ihn zu kümmern.

Der Trick ist ganz einfach. Man hebt eine Hand, als wollte man ungläubig die Fensterscheibe berühren oder den Menschen auf der Straße einen Segensgruß spenden. Man sucht sich einen unter ihnen aus. Der alte Mann mit dem Stock. Man konzentriert sich auf seinen Nacken. Bekanntlich ist der Nacken der empfindlichste Teil des Körpers, die Haut im Nacken spürt sogar die Stimmung dessen, der einen von hinten anstarrt. Man zählt im Geiste von fünf rückwärts bis null. Bei null ballt man die Hand zu einer Faust und schickt ihm das Kommando BLEIB STEHEN, so entschlossen wie möglich. Man muss es ihm regelrecht in den Nacken hämmern.

Es funktioniert nicht immer. Von zwanzig Versuchen gelingt vielleicht einer. Diesmal bleibt der alte Mann nur kurz stehen, um seinen Schirm, der gerade noch ein Stock gewesen ist, auszuschütteln, und geht dann wieder weiter. Er hat andere Dinge zu tun als auf die Empfindungen in seinem Nacken zu hören.

Der Hund ist längst außer Sichtweite.

Es ist jetzt so hell, dass man bis zum Einkaufszentrum sehen kann. Der alte Mann wandert langsam daran vorbei.

Auftritt eines Obdachlosen, man erkennt es von weitem an den vier Lagen Kleidung, die er übereinander trägt. Er kratzt sich am Hals, sieht nach links und rechts, ob ihm jemand zusieht (aber ja), dann zieht er sich die Hose herunter und hockt sich auf das kleine Spielzeug-Raumschiff, in dem man für einen Euro sein Kind durchschaukeln lassen kann.

Seit wenigen Stunden ist es Montag, der letzte Tag der Woche. Meine Woche begann bisher immer mit dem Dienstag. Der Dienstag ist ein alter Mann mit Blumen am Hut, sehr gelb im Gesicht, und seine Augen sind fast nur Zwinkern. Das Gelb erinnert an die Farbe von giftigem Weizen, eine albtraumhafte Schattierung von dunklem

Gold. Der Mittwoch hat die seltsamste Farbe, wahrscheinlich, weil er als einziger Tag der Woche nicht auf die helle Silbe *-tag* endet. Er ist gesprenkelt, ein wenig wie ein Wollknäuel aus verschiedenfarbigen Fäden. Der Donnerstag ist majestätisch und rein, seine Farbe ist ein helles Silber, das irgendwie mit dem Tastgefühl der Fingerspitzen verwandt ist. Der Freitag ist entschieden grün, aber sonst fehlt es ihm an Charakter, er ist das fünfte Rad am Wagen, er übertritt gewissermaßen eine Symmetrie. Der Samstag ist dunkel, fast braun, manchmal auch schwarz, aber es ist ein schönes Schwarz, die Farbe eines Wundschorfs, kurz bevor er sich löst und neu gewachsene rosa Haut freigibt. Der Sonntag schließlich ist dunkelblau, aber trotzdem hat er etwas von einem Stück Schokolade, in das man beißen möchte. Der Montag kommt in meiner Aufzählung deshalb als letzter, weil er der hässlichste Tag der Woche ist und den ersten Platz nicht verdient hat, er ist rot und nackt, wie ein Stück Fleisch.

Das ist die Woche des Synästheten Alexander Kerfuchs.

Die letzten zwei Wochen im Altersheim werden noch so verlaufen, mit den heillosen Überforderungen des Montagmorgens und den verklingenden Stressakkorden des Freitagnachmittags. *Der Kaffee ist zu kalt, wollen Sie mich vergiften? Mir ist da ein Malheur passiert, schon wieder. Ich muss einen Brief schreiben, helfen Sie mir. Und die gute alte Zeit ist auch nicht mehr das, was sie einmal war. Alles geht den Bach runter, allen voran der Bach selbst.* Noch zwei Wochen Pflegedienst, aufräumen, putzen, Betten beziehen, Unterhaltungen austeilen, Kaffee servieren, unter den Heizkörper gepurzelte Schachfiguren aufsammeln. In meinem Kalender häufen sich kleine Smileygesichter, die die überstandenen Tage markieren. Für den Samstag am

Ende der Zeit habe ich einen glücklichen, breit grinsenden Vogel mit Fliegerhelm gezeichnet.

Ich habe den Heimbewohnern versprechen müssen, ihnen meine Telefonnummer zu hinterlassen. Es ruft sie ja sonst niemand an. Die meisten verstehen überhaupt nicht, was das kleine Ding in ihrer Hand soll, was *Ringtones* sind und warum es nicht zu klingeln aufhört, wenn man es sich ans Ohr hält.

Also spielen wir ein wenig damit, um es kennen zu lernen.

– Hier ist der Ausschaltknopf.

Frau Gotthard antwortet:

– Ja.

– Und das ist gleichzeitig der Ausschaltknopf, sage ich.

Sie bemerkt es sogar noch vor mir. Sie beginnt zu grinsen.

– Ah, jetzt habe ich Unsinn geredet, haben Sie gehört? Zweimal Ausschalt…

Ihr Kopfzittern nickt.

– Gleichzeitig der Einschaltknopf, wollte ich sagen. Probieren Sie mal.

Sie blickt eine Weile auf das Telefon in ihrer Hand, dann hebt sie den Kopf und stellt eine sehr ernste Frage, auf die es keine Antwort gibt:

– Wohin ist sie gegangen?

– Wer?

– Sie war eben noch hier.

Der Dämmer, in dem sie kurz darauf versinkt, ist so tief, dass es davon im Zimmer kälter wird.

~

Mit weißem Klebeband habe ich auf meinem Schlafzimmerboden den Umriss einer Tatort-Leiche gebastelt. Als Lydia die Figur zum ersten Mal sah, sagte sie, nun wisse sie endlich, warum sie ausgezogen sei. Und womit ich ihre Abwesenheit ausfülle.

– Du betrügst mich mit einem Beweisstück, sagte sie kichernd, kniete sich hin und zupfte am losen Ende eines Klebestreifens herum.

Mit ihren eckigen Proportionen und der Ökonomie ihrer Bestandteile (siebzehn Streifen) erinnert die Figur ein wenig an ein Ampelmännchen. Da der eine Arm schräg vom Körper absteht, als strecke sie sich nach etwas schwer zu Erhaschendem, schläft meine Hand oft schon nach kurzer Zeit ein, wenn ich mich in den Umriss lege.

Ich liege auf dem Rücken und starre nach oben. Da ich gerade noch in die Sonne geschaut habe, wandern große rote Flecken über die Decke, wie die Wachsklumpen in einer Lavalampe. Es ist so unbequem hier auf dem Schlafzimmerboden, dass ich schon nach ein paar Minuten einschlafe.

Ich begegne sonderbaren Frauen, die ihre kaputten Lampenschirme durch Schneekugeln ersetzen, die sie in einem Steinbruch abbauen. Mit den Schneekugeln statt der Glühbirnen verringert sich die Zimmertemperatur um ganze zehn Grad.

Als ich erwache, stelle ich überrascht einen neuen Rekord fest. Fünf Stunden am Stück. Draußen ist es schon dunkel. Dann höre ich das Geräusch zum ersten Mal. Ein Poltern, als würde irgendwo ein Sack Kartoffeln über einer Treppe ausgeschüttet, dann ein lauter Knall. Wenig später wiederholt sich das Geräusch, dann wieder und wieder.

Ich bleibe liegen. Eine Sirene ertönt – eines jener Signale, die erfunden wurden, damit man nicht vergisst, dass die Welt in der Nacht noch existiert, allen Laterna-Magica-Spielen des eindösenden Gehirns zum Trotz. Das dazugehörende Bild drängt sich sofort auf: ein stillstehender Rettungswagen, grau in der Nacht, wie alle Autos, stößt seinen einsamen Ruf aus. Da er sich nicht von der Stelle rührt, muss es ein Hilferuf sein. Ein Rettungswagen, der selbst um Hilfe ruft. Ein Wagen, der in seinen Ketten singt wie das Meer singt Kettenmeer *in my chains like the sea –*

Das Geräusch weckt mich. Ein bedrohliches leises Poltern, gefolgt von einem lauten Knall. Diesmal ist es lauter. Und näher.

Am nächsten Morgen klopft es an der Tür, und ich erhebe mich aus meinem harten, geometrischen Nest. Mein Nacken schmerzt und der Rücken schwört, er sei soeben neun Stunden auf einer Streckbank gelegen. Schnell ziehe ich etwas an, währenddessen klingelt es. Ich schwanke ins Vorzimmer. Hinter meinem Rücken halte ich, wie eine Waffe, die man zu gegebener Zeit hervorholen und dem Gegner an die Kehle drücken kann, mein Telefon.

Ich öffne die Tür einen Spaltbreit. Das Gesicht von Herrn Steiner, dem Vermieter, schwebt dort draußen, ein lachender Halloween-Kürbis, in ein fantasievolles Kopftuch gewickelt, wie es sonst nur Bäuerinnen tragen. Aus seinem ordentlichen Hemdkragen schaut ein türkises Gewandstück hervor, das unmöglich zu der Garderobe eines Erwachsenen gehören kann. Der Alte verfällt, seit ich hier in seinem Haus wohne, auf immer seltsamere Verhaltensweisen. Einmal im Sommer hat er sogar vergessen, sich eine Hose anzuziehen. Meist geht er mit einem Pyjamaoberteil durch die Gegend.

Ich erweitere den Türspalt, so dass man nun zumindest einen Arm hindurchstrecken könnte. Einen Arm mit einer Handgranate.

– Herr Steiner, guten Morgen.

– Guten Morgen. Ich wollte Ihnen nur … also, damit Sie das jetzt nicht missverstehen …

– Ist etwas passiert?

– Passiert – nein, nichts Schlimmes, ich wollte Sie nur –

– Ich bin gerade etwas in Eile.

– Also, ich will Sie auf keinen Fall aufhalten, aber es hat da nämlich ein paar Beschwerden gegeben –

– Weswegen?

– Also nicht direkt Be*schwer*den, also … Bemerkungen, wegen des Lärms spätnachts.

– Aha?

– Und da wollte ich Ihnen nur sagen, dass Sie das nicht waren.

– Wie meinen Sie?

– Sie waren das nicht, sagt Herr Steiner.

Mit meiner freien Hand mache ich eine Geste, die alles Mögliche bedeuten kann.

– Nein, nein, sagt Herr Steiner, als hätte ich gegen seine Behauptung protestiert, Sie waren das mit Sicherheit nicht. Ich weiß das.

– Okay.

– Ich wollte es Ihnen nur rechtzeitig sagen, bevor Sie jemand darauf anspricht.

– Danke.

– Sie sind immer ganz leise, erklärt er mir. Bis auf das eine Mal.

– Ach das, sage ich. Na ja, aber das war nur … Sie wissen ja, wie das ist. Junge Menschen, die der Welt zeigen wollen, dass sie existieren.

– Vom Balkon aus, sagt er mit mehr Ironie in der Stimme, als ich ihm zugetraut hätte.

– Es war ja nur das eine Mal. Kommt auch nicht mehr vor.

Ich spiele ein wenig mit dem Türspalt, um zu sehen, ob ich ihn dadurch vertreiben kann. Es funktioniert nicht. Er bleibt stehen, obwohl er bereits alles gesagt zu haben scheint.

– Aber das neue … das kommt von überall, sagt er.

– Was ist überall?

– Na, die Beschwerden. Der Lärm. In den oberen Stockwerken, aber auch ganz unten. Das können also nicht Sie sein.

– Ach so. Nein … Nein, ich war's auch nicht. Wie Sie gesagt haben, ich bin immer ganz leise.

– Eben.

– Ah ja, Herr Steiner, wenn Sie schon einmal hier sind, sage ich, wegen meiner Tür …

Er schaut verständnislos.

– Sie schließt nicht mehr richtig. Sie erinnern sich, ich hab Sie schon einmal darauf angesprochen. Theoretisch kann jeder hier einfach reinspazieren. Und außerdem hab ich schon seit Wochen keine Post mehr bekommen und es haben mir verschiedene Leute versichert, sie hätten mir Briefe geschickt, also …

Derselbe dumme Blick.

– Am besten, ich schreibe Ihnen einen Brief mit all meinen Problemen, sage ich.

– Ja, lacht er. Haha.

– Okay.

Er macht immer noch keine Anstalten zu gehen. Mit dem Daumen wähle ich meine Festnetznummer. Herr Steiner sieht mich unterdessen freundlich an, aber auch etwas verwirrt. Der Grad der Verstörung, unter der ein Mensch zu leben gezwungen ist, beeinflusst erwiesenermaßen die Dauer seiner Blicke. Je starrer die Augen, desto verstörter.

Es klingelt, ich zucke zusammen.

– Entschuldigung, ich –

Ich deute ins Innere.

– Ich muss dann wieder zurück. Also dann. Also.

– Oh, ja …

Herr Steiner macht ein paar Schritte rückwärts, wendet sich dabei langsam von mir ab, während ich lächle und die Tür sanft schließe. Merkwürdig, denke ich noch, sonst beschweren sich die Nachbarn immer direkt. Die Mieter unter mir klopfen, wenn sie spätnachts um Ruhe bitten wollen, von unten an die Zimmerdecke, das immer gleiche Zeichen: der erste Teil von *SOS*.

Wenn ich im Hof das Rad aufsperre, kommt es vor, dass ich dem Kind aus der Wohnung unter mir über den Weg laufe. Es ist der Sohn einer Frau um die Vierzig. Sie geht mit einer großen, sehr dunklen Sonnenbrille durch den hellen Tag, und manchmal trägt sie dabei nichts als einen Bademantel und dazu passende Sandalen. In den frühen Morgenstunden kann man jede Woche einen anderen Mann aus der Wohnungstür kommen sehen. Der Mann zieht sich die Krawatte an oder kämmt sich, während er langsam und mit O-Beinen die Treppe hinuntersteigt.

Im Winter hat der Junge oft Miniatur-Schneemänner gebaut (der Schnee bleibt im Hof nie lange liegen und wird vom Hausmeister schnell auf einen schmutzigen Haufen geschaufelt, der dann humorlos in einer Ecke liegt und schmilzt) oder sich an strategischen Punkten mit einem Ast im Anschlag postiert. Manchmal, wenn ich durch den Schnee an den weiß eingepuppten Fahrrädern vorbeiging, die dort im Hof ihren Winterschlaf hielten, schoss er auf mich, mit zwei Fingern, zwei Pistolen, abwechselnd, *P'tschiu, P'tschiu!*, und schaute mich dabei mit diesem aufgeregten, von der Kälte rot gebackenen Gesicht an. Wenn ich dann stehen blieb und ihn ebenfalls anschaute, duckte er sich hinter den Schneehügel oder hinter eines der Autos, erschien aber gleich wieder, mit einem fast schon unheimlichen Blitzen in den winzigen Augen, und schoss erneut, diesmal eine ganze Salve, laut und leidenschaftlich, aus seinem Ast-Gewehr: *T-t-t-t-t-t!* Ein wenig schauderte mich bei der Vorstellung, dass die Welt für dieses einsame Kind für kurze Zeit in Ordnung gewesen wäre, wenn ich in diesem Augenblick einfach umgefallen wäre, nur für diesen sehr kurzen, kostbaren Moment. Und natürlich wäre das alles andere als schwer gewesen, ein kleiner Hechtsprung in den Schnee, *Ah, ich bin tot!* Aber aus irgendeinem Grund verweigerte ich ihm, was ich den alten Männern bei meiner Arbeit manchmal gewährte, kleine Proben meiner Schauspielkunst.

Jetzt, im Sommer, verbringt er ganze Nachmittage dort unten. Ich kann ihn stundenlang vom Fenster aus betrachten. Aus den lallenden Rufen seiner Mutter, die oft mit einem großen Glas Wasser, in dem sich tanzend eine Tablette auflöst, auf dem Balkon steht, schließe ich, dass er Gerald heißt. Gerald Katzek. Er dürfte um die sieben oder acht sein, vielleicht auch älter.

Die Leute halten mich bestimmt für wahnsinnig, wenn sie mich hier sehen, in meiner Wohnung, eine unbewegliche Silhouette, die nachts in ihre Fenster starrt. Ich stehe da und versuche nicht zu blinzeln. Wenn irgendwo eine Jalousie heruntergeht, habe ich das Spiel gewonnen.

Vor zwei Tagen stand ein Möbelwagen vor dem Haus. Zwei kräftige Männer, von denen einer Schweißflecken von den Achseln bis hinunter zum Gürtel hatte, trugen einen Kühlschrank aus dem Haus, ein großes, klobiges Ding, das sich sehr genierte, keine antike Standuhr oder eine geheimnisvolle Ritterrüstung zu sein.

Wie lange steht dieses Haus noch? Hundert Jahre. Zweihundert, höchstens. Dann kommen Bulldozer, vermutlich ferngesteuert, und räumen die Mauern fort, reißen die Zwischendecken ein, schaufeln alles auf die Seite, die Ziegel, die Holzrahmen der Fenster, die Türen, und ganz oben, auf der Spitze der Staub- und Geröllawine, die der Bulldozer vor sich herschiebt wie der Mistkäfer seinen großen, roten Sisyphosball, sitzt ein einzelnes Stofftier, unklar, welcher Spezies, da es nur mehr wenige überlebenstüchtige Vogelgattungen und menschengroße Ratten gibt, die in den ausgestorbenen Villenvierteln der Städte hausen und auf einen brillanten Einfall der Evolution warten. Und hie und da sieht man noch Eidechsen, die frech auf der Fassade eines Bankgebäudes oder einer ehemaligen Grundschule in den Todesstrahlen der verrückt gewordenen Sonne sitzen. Irgendwann kommen größere Bulldozer und räumen die alten Bulldozer aus dem Weg, mit größeren und kräftigeren Kiefern. Dann auf einmal gibt es keine Bulldozer mehr, nur noch ausgeschlachtete Geräte, graue Skelette von Fahrzeugen. Industrieruinen wie Korallenriffe, mitten in der Wüste. In manchen Oasen wächst noch Gras, Erinnerungen an frühere Zeiten. Dann ist alles nur mehr eine weite, staubige Marslandschaft. Gesteinsformationen wie Puzzlespiele für zukünftige Intelligenzen, die an kosmischer Schlaflosigkeit leiden und deshalb fremde Planetenoberflächen zu lösen versuchen. Hin und wieder hallt ihr erregtes *Heureka* durch den leeren Weltraum.

Im Fenster gegenüber geht das Licht an. Ein Schatten, undefinierbar in Geschlecht und Alter, huscht vorüber. Eine Küche. Menschen am Herd. Essen kochen, Tiere füttern, Uhren reparieren. Wasserfälle hinunterrudern, johlend. *Kein Wesen will zu Nichts zerfallen.*

Ich sollte wieder mehr vor die Tür gehen. Ich sollte Valerie öfter sehen.

Die Qualität oder der Charme eines Kunstwerks zeigt sich mitunter darin, ob es sich in unserer Erinnerung selbstständig verwandelt. Wie viele Leute erinnern sich beispielsweise an einen Tropfen, der aus einer der zerfließenden Uhren von Dalí quillt, ohne dass ein solcher Tropfen auf dem Bild tatsächlich zu sehen wäre. Andere erzählen von einer Beute, die Breughels Jäger im Schnee ins Tal tragen, aber auch sie ist eine Ergänzung unserer Erinnerung. Oft geht das Gedächtnis einen Schritt weiter als die Kunst. Es gibt keine Schlange um Laokoons Hals. In Munchs *Schrei* ist rechts im Bild keine große, blutunterlaufene Sonne zu sehen, die sterbend über der Landschaft hängt.

Und dennoch könnte ich schwören: Valerie trägt eine Taufkette aus Weißgold um ihren hübschen Hals.

Der Garten der Fasane

Eine Lautsprecherdurchsage ertönte. Die metallisch nuschelnde Damenstimme sprach die Ortsnamen falsch aus. Walter lächelte und fühlte sich schon ein wenig zuhause, obwohl ihn niemand abholen gekommen war. Seine Abreise war immerhin sehr kurzfristig gewesen.

– *… weiterer Anschusszug nach …*

Anschuss?

Walter hatte eine große Schwäche für falsch ausgesprochene Wörter, vor allem Namen. Fremdsprachige Akzente waren dabei sehr hilfreich, aber mehr noch liebte er Muttersprachler, die sich zeit ihres Lebens mit einem einzigen Wort ihrer Sprache nicht anfreunden konnten und es immer wieder falsch betonten, in unermüdlichen Variationen. Seine Schwester Mirja war ein Beispiel. Wenn sie sagen wollte, dass jemand eine Top-Figur hatte, sprach sie es immer so aus, dass man unweigerlich an die unwahrscheinlichere *Topf-Figur* denken musste, an etwas Plumpes und unfreiwillig Komisches.

Seine Vorliebe hatte sich auch auf andere Bereiche ausgeweitet. Er liebte es, wenn jemand diese quietschenden Geräusche auf den Saiten einer Gitarre erzeugte, wenn er nicht schnell genug zwischen zwei Akkorden wechseln konnte. Und er liebte Chet Baker, der ja im Grunde überhaupt kein Sänger war, aber doch der beste, den man sich vorstellen konnte, voll zurückhaltender Leidenschaft und hocherotischer Eintönigkeit. Verdutzten Audiophilen kaufte er alte Schallplatten ab, die wie ein Fahrradreifen zu der Form einer liegenden Acht verbogen waren und eierten. Als Kind hatte er einmal zugesehen, wie jemand ein Klavier stimmte, und sich entschieden, auf keinen Fall

Klavierstimmer zu werden. Entsetzlich, diese richtigen Töne und Frequenzen und Feineinstellungen!

KERfuchs, fiel ihm ein.

Er lächelte.

KERfuchs. KerFUCHS. Keeerfuchs. Du betonst es falsch! Ihr alle betont es falsch! Man muss sich ein stummes H denken!

Er hatte jetzt lange genug gewartet. Trotz des ungemütlichen Wetters ging er los, sofort erfasste ihn der Regen. Walter versuchte sich den Koffer über den Kopf zu halten, aber das Ding war einfach zu schwer. Er vollführte einen hilflosen Tanz und wäre beinahe von einem Bus angefahren worden, den er nicht bemerkt hatte. Gott sei Dank waren Busfahrer in Kleinstädten sehr viel friedlichere Menschen, und der Bus war einfach langsamer geworden, anstatt wie wild um sein Leben zu hupen. Aber dann sah Walter, warum der Bus langsamer geworden war. Einige Meter entfernt stand das Schild einer Haltestelle. Er rannte dem Bus nach.

Eine alte Frau schälte sich aus der Tür. Die drei Stufen bis zum regennassen Boden waren ein Schwindel erregender Abstieg ins Ungewisse. Walter bot ihr seinen Arm an, aber für die alte Frau war er unsichtbar. Sie schaffte es allein.

Er setzte sich in den hinteren Teil des Busses. Auf dem Platz neben ihm saß ein angebissener Apfel, der wie in Trance hin und her schaukelte, als der Bus sich in Bewegung setzte. Er legte sich seinen Koffer auf die Oberschenkel und spürte, wie die Haut seiner Beine unter dem Gewicht in den Schaukelbewegungen hin und her gezogen wurde. Das Gefühl irritierte ihn so sehr, dass er den Koffer wieder zwischen die Beine klemmte.

Nachdem er ausgestiegen war, betrachtete er noch die Türen, die sich geschmeidig hinter ihm zusammenfalteten. Es regnete jetzt schon viel weniger, und Walter fuhr sich mit der Hand durch die feuchten Haare.

Er bog in seine Straße ein. Nur wenige Häuser standen hier. Ganz am Ende befand sich das Haus seiner Familie. Das größte.

Ein Mann, der allein ein weißes Tandem schob, überquerte die Straße. Als er Walter sah, nickte er zur Begrüßung. Walter tat so, als würde er auf seine Schuhe schauen.

Er sah fremde Kinder in der breit angelegten Einfahrt des Hauses spielen, eine Szene, die ihn sonderbar berührte, als hätte er sie irgendwann schon einmal erlebt. Die Kinder malten trotz des Regens mit Kreide etwas auf den nassen Beton. Als er näher ging, erschraken sie und ließen sich von ihm wie Rehe verscheuchen. Ein Kind ließ sogar einen Handschuh liegen und rannte nun mit einer nackten Hand nach Hause. Walter hob den Handschuh auf, es war der linke. Er versuchte zu erkennen, was die Kinder auf die Straße gemalt hatten, aber es ergab keinen Sinn. Zwei geometrische Figuren, die sich in einem seltsamen Winkel schnitten.

Die trägen Schreie der Gartenfasane wehten über den Zaun. Bei Regen waren die Vögel zwar meist im Gehege, aber sie ließen es sich nicht nehmen, das schlechte Wetter lautstark zu kommentieren. Früher war hinter dem Haus nur ein alter, seniler Garten gewesen, der sich in allerlei Hirngespinsten aus Unkraut und Kletterpflanzen erging, mit einem kleinen, schwarzen Tümpel in der Mitte, von dem wie von einer unverheilten Platzwunde am Hinterkopf der ganze geistige Verfall auszugehen schien. Nachts konnte man meinen, das Röcheln der sich gegenseitig verdrängenden und zu Tode würgenden Schlinggewächse zu hören. Dann hatte Walters Vater angefangen, den Garten in einem künstlerischen Sinn neu zu konzipieren. Er fertigte Pläne und Skizzen an, und nach einer schlaflosen Nacht voller Inspirationen schaffte er ein paar zahme Fasane an.

Von außen sah das Haus noch verfallener aus, als er erwartet hatte. Anscheinend erledigte seit langer Zeit niemand mehr irgendwelche anfallenden Arbeiten. Das Dach machte einen unerhört schäbigen Eindruck, und das, was man vielleicht eine Veranda hätte nennen können, erinnerte an ein zur Hälfte aus dem Mund geschobenes künstliches Gebiss. Besucher, die diese offensichtlichen Mängel bemerkten und so waghalsig waren, diese anzusprechen, wurden von seinen Eltern, besonders von seinem Vater, der ein angesehener Architekt war, darauf hingewiesen, dass es darauf nicht ankomme. Wenn die Besucher daraufhin den kaputten Fußboden und die im Koma liegenden Möbel im Inneren des Hauses sahen, sprachen sie entweder bereits von einem bestimmten *Flair des Vergangenen*, der über allem liege, oder sie kamen nicht mehr zu Besuch.

Walter betrat das Haus. Die Tür war, wie für kleine Ortschaften üblich, nicht verriegelt.

– Hallo?

Das Wohnzimmer sprang ihn an und fiel ihm um den Hals, überschüttete ihn mit uralten Erinnerungen, die wie einstudierte Szenen durch sein Gedächtnis geisterten. Ein Daumenkino aus Stimmen, Gerüchen und Schattenrissen. Er ging in die Küche, warf einen Blick auf die Terrasse. Auch da war niemand.

Er ließ den Koffer unten stehen und ging die Treppe hinauf. Er öffnete die Tür zu seinem Zimmer und trat ein. Er musste durch den Mund atmen. In dem Zimmer roch es nach sterbendem Teppich. Er machte ein Fenster auf und ging wieder nach unten.

– Hallo?

An einer Wand im Wohnzimmer hing das Porträt eines seiner Vorfahren, des Orgelbaumeisters Joseph Jeremias Lengel, ein ernstes Gesicht mit weißem Haar, das hinter den Ohren hervorbüschelte, das glatte Plateau der Glatze aber unangetastet ließ, in der sich eine von dem unbekannten Maler vorbildlich eingefangene Lichtreflexion spiegeln konnte, die selbst der geschmackvollen Rundung eines Fürstenhelms würdig gewesen wäre. Walter wusste nicht genau, in welchem Verwandtschaftsverhältnis er zu diesem Orgelbauer stand, dessen Gesicht so verwirrt aus der Leinwand starrte, als frage er sich, wie um alles in der Welt es ihn in dieses Jahrhundert verschlagen hatte, in dem es keine Kutschen mehr gab und auch keine rechte Moral.

Dass niemand im Haus war, bedeutete wahrscheinlich, dass sie ihn doch abholen gegangen waren. Sie mussten sich verpasst haben.

Er versuchte Mirja anzurufen, es läutete sechs Mal, dann meldete sich eine Computerstimme und sagte sinnlose Zahlenreihen auf, also ging er zurück in sein Zimmer, diesmal mit seinem Koffer, der mehrmals an die Treppenstufen stieß und das alte Holzgeländer erzittern ließ. Mindestens drei Tage wollte er hier bleiben. Dann konnte er ja sehen, wie es weiterging. Er brauchte auf jeden Fall ein gewisses Zeitpolster, eine Distanz zu all den verwirrenden Ereignissen.

Als er seine Kleider in den Kasten legen wollte, sah er, dass der Schrank völlig ausgehöhlt worden war. Die Stange, an der sonst die Kleiderhaken hingen, fehlte. Die Kleiderhaken lagen wie Büroklammern verstreut auf dem Kastenboden. Er suchte in seinem Zimmer nach der Stange, fand sie nirgends, dann fiel es ihm ein, und ein nachsichtiges Lächeln überflog sein Gesicht. Natürlich. Er öffnete den Koffer und kramte den langen Metallstab hervor. Natürlich, natürlich. Wie dumm von ihm.

– *X!*

Statische Elektrizität entlud sich, als er den glänzenden Stab berührte. Er befestigte ihn in seinem Kasten, der anerkennend knarrte, und hängte die Kleiderbügel auf. Sie klirrten leise.

Zu seinem großen Erstaunen stellte Walter fest, dass das Haus auf der Gartenseite ein wenig hergerichtet worden war. Zumindest konnte man die Fassade jetzt wieder als solche erkennen, und die Dachfenster glänzten ordentlich und geometrisch, sie mussten gerade geputzt worden sein. Es sah so aus, als hätte sich das Haus zu einem feierlichen Anlass als Haus verkleidet.

Die Schaukel hing immer noch von einem Ast des Nussbaumes, der schon seit vielen Jahren außer Betrieb war. Ein großes Geschwür wuchs auf seinem Hals und raubte ihm die Luft. Kleine Singvögel sprangen verwirrt von Ast zu Ast und zerbrachen sich den Kopf darüber, ob und wie dem Baum noch zu helfen war.

Die Fasane waren nicht in ihrem Gehege. Sie gingen zerstreut in der Wiese herum und unterhielten sich eingehend mit dem Boden unter ihren Füßen. Die nervösen Vögel hielten Einbrecher besser fern als jeder Wachhund oder gar eine Alarmanlage. Das Geschrei, das sie schon bei der geringsten Irritation machten, übertraf jedes Gebell oder Sirenengeheul.

– Walter! He!

Die Stimme seiner Schwester.

– Wo warst du denn?, sagte Mirja. Ich hab dich überall gesucht!

– Auf dem Bahnhof, sagte er. Wie angekündigt …

Er umarmte sie kurz.

– Da haben wir, haha, da haben wir uns wohl irgendwie verpasst.

Sie lachte, als wäre es das Komischste, was ihr seit langer Zeit passiert war. Vom Garten her ertönte aufgeregtes Geschrei. Einer der Fasane hatte es irgendwie auf das Sitzbrett der Schaukel geschafft und schien nun zu überlegen, wie er wieder herunterkommen sollte. Er begann sich auf sonderbare Weise vor und zurück zu wiegen, als stände er auf einem Skateboard. Ein hellbrauner Rivale, der ihm von unten zusah, schrie ihn unterdessen in wildem Protest an, wie ein empörter Punkterichter. Ein paar helle Fasanenhennen gingen im Gras spazieren, die Köpfe gesenkt wie unter Kapuzen, auf der ständigen Suche nach Nahrung. Sie pickten nebeneinander auf den immer gleichen Stellen im Gras herum, als machten sie Smalltalk. Im Sommer wichen die Vögel manchmal von ihrer vegetarischen Diät ab und fingen Insekten und Käfer. Deshalb waren sie jetzt, im Oktober, wohlgenährt und selbstbewusst. Während die Hennen fast einfärbig waren, kleideten sich die Hähne in ein schillerndes Harlekinsgewand in kräftigen Breughelschen Herbstfarben, das von einer roten Kriegsbemalung in den ständig empörten Gesichtern gekrönt wurde.

– Setzen wir uns, sagte Mirja und deutete auf die nassen Gartenmöbel, die auf der Terrasse standen.

Walter gehorchte. Er fragte sich, wo seine Eltern sein mochten. Wenig später kam Mirja mit einem Tablett wieder, auf dem sie zwei Limonadegläser balancierte. Schweigend saßen sie nebeneinander.

Mirja erzählte Walter schließlich, dass vor kurzem einer der Fasane in der Nacht von einem Fuchs oder einer streunenden Katze angefallen worden sei. Es sei dem Fasan irgendwie gelungen, dem Angreifer zu entkommen. Mit verletztem Fuß soll sich der Hahn bis vor die Terrassentür geschleppt und dort die Nacht lang gelegen haben, bis Mirja ihn endlich am Morgen fand und trösten konnte. Der Hahn sei völlig hysterisch gewesen und habe am ganzen Körper gezittert. Er habe büschelweise Federn verloren. Sie habe den wehklagenden Vogel in den Gepäckträger ihres Fahrrads gesetzt und sei mit ihm zum Tierarzt gefahren. Wenige Tage später gockelte er schon wieder prächtig und angeberisch im Garten umher und hatte den Zwischenfall völlig vergessen.

– Sie sind schwierig, sagte Mirja. Aber ich kümmer mich um sie.

– Sicher, sagte Walter.

Sie schwiegen wieder und nippten an der Limonade. Ein typisches Gartengetränk, dachte Walter. Alle Menschen, die in Gärten sitzen, trinken Limonade. Er blies in seinen Strohhalm und die neongelbe Flüssigkeit blubberte.

Später kam Wind auf und brachte Unruhe unter die Fasane. Die Terrassentür überlegte sich knarrend, ob sie mit einem lauten Knall zufallen sollte, und weiße Hemden turnten lautlos über eine Wäscheleine.

– Warum bist du gekommen?, fragte Mirja.

– Ich wollte euch sehen.

– Ja, aber warum?

– Hab ich doch gerade gesagt, ich wollte –

– Nein, ich möchte einen Grund hören.

Walter schwieg.

– Angsthäschen, sagte seine Schwester.

Es war ein Zauberwort zwischen ihnen. Sie gebrauchte es immer dann, wenn sie wusste, dass sie schlauer oder mutiger oder verschlagener war als er. Walter hatte sich zwar inzwischen abgewöhnt, jedes Mal wie ein Pawlowscher Hund darauf zu reagieren und unverzüglich Entschuldigungen oder Erklärungen zu winseln, aber es war ihm trotzdem noch immer unangenehm, das Wort zu hören. Das Schlimmste war die Verniedlichungsform, die so unnatürlich wirkte, fast schon bedrohlich. *Angsthäschen*, so hätte ein Horrorfilm heißen können.

– Warum also?, fragte seine Schwester.

– Ach, wegen einer … einer Frauengeschichte.

Da er in Bedrängnis war, hatte Walters Stimme einen Ton angenommen, den nur er hören konnte. Geflunker. Funkensprühendes Geschwätz. Er streckte sich ein wenig, knackte mit einem Fingergelenk, dann ergänzte er:

– Es hat da eine kleine … Meinungsverschiedenheit gegeben.

– Mit einem Mann?, fragte seine Schwester interessiert.

– Ja.

– Na da schau her! Du Hetero!, lachte Mirja und klatschte in die Hände. Passt gar nicht zu dir, aber steht dir gut, das kann ich dir versichern.

– Danke.

– Habt ihr euch geprügelt?

Walter machte nur einen bescheidenen Gesichtsausdruck, so wie ihn Männer machen, die auf ihr Vermögen angesprochen werden. Aber er spürte, wie seine Hände vor Scham heiß und fleckig wurden. Er verschränkte sie vor der Brust.

– Walter!

Sein Vater kam auf die Terrasse und breitete die Arme aus, ließ sie aber gleich wieder sinken. Ein unfertiger Flugversuch.

– Hallo, sagte Walter.

– Wie's scheint, solltest du deinen Kalender neu aufziehen, sagte sein Vater fröhlich. Er geht zwei Monate vor. Wir haben dich nicht vor Weihnachten erwartet.

– Ja, sagte Walter und drückte die dargebotene Hand seines Vaters, die sich überraschend gut anfühlte. Ich hab mir gedacht, ich besuche euch einfach mal. Kennst du das, plötzliche Sehnsucht?

Der vorausberechnete Satz traf ins Schwarze, genau wie erwartet.

– Kenn ich, sagte sein Vater mit einem begeisterten Nicken. Ich habe schließlich den Alrauer Sendeturm entworfen, damals, 98. Wenn diese gedehnte Deltoid-Struktur nicht *Sehnsucht* ausdrückt, dann weiß ich auch nicht, haha.

Der alte Mann legte sich beide Hände auf die Schultern, obwohl es nicht besonders kühl im Garten war. Der herbstliche Wind war auf eine für Stadtränder typische Art milde und versöhnlich. Mirja schaute Walter wissend von der Seite an. *Unser kleines Geheimnis,* sagte ihr Blick. *Frauengeschichte.*

Sie aßen gemeinsam zu Abend. Sein Vater fragte ihn, was er so mache. *Schauspieljob? Großartig. Wo denn? Oh, sehr exotisch. Gut bezahlt? Toll, toll.* Dann erzählte er Walter lang und breit von seinem neuesten Projekt. In Graz würden drei bis vier eigens von ihm entworfene Litfaßsäulen aufgestellt, die man durch eine kleine Luke betreten konnte. Drinnen, im Innenraum, könnte man sogar Platz nehmen. Großartig, oder?

– Ja, sagte Walter.

Da er die Augen nicht verdrehen konnte, weil es sein Vater hätte sehen können, verdrehte Walter die Zunge. Aber es war nicht dasselbe.

– Hast du gerade die Augen verdreht?, fragte sein Vater belustigt.

– Nein, natürlich nicht. Mir gefällt deine Idee. Ist schön frisch.

– Ja, nicht? Frisch, das stimmt. Dieses Wort wäre mir nicht eingefallen, aber es trifft die Sache auf den Kopf.

– Auf den Kopf, aha.

Jetzt verdrehte er wirklich die Augen. Sein Vater lachte.

– Du kleiner Wirrkopf, sagte er und boxte seinen Sohn auf den Oberarm.

Als Walter später noch in seinem Zimmer auf und ab ging, bemerkte er, dass die Vorhänge nicht mehr die waren, die bei seinem letzten Besuch vor den Fenstern gehangen waren. Missmutig zupfte er an den neuen Vorhängen. Sie fühlten sich an wie die plastikharten Kittel, die man in Krankenhäusern anziehen musste. Die Straße vor dem Haus war still. Unten schliefen alle. Die Stunde war so reglos wie die Fasane in ihrem Gartenverschlag, die von Langstreckenflügen über den Himalaja träumten.

Walter legte sich in sein altes Bett, das ihn mit einem beunruhigenden Knacken in seinen Eingeweiden begrüßte. Als er sich zur Seite drehte, sank die Matratze mehrere Zentimeter ab. Zum Spaß sagte er ein kleines Nachtgebet auf.

Er träumte von der Busfahrt vom Bahnhof hierher, auf dem Platz neben ihm saß eine kleine, goldene Glühbirne, die mit einer dünnen Stimme zu ihm sprach.

– *Sinwir*, sagte die Glühbirne.

Der Bus rüttelte und schaukelte. Die Schirmkappe des Fahrers, die zugleich irgendwie auch eine schwebende Aubergine war, leuchtete im vorderen Teil des Busses. Aber ob dazu auch ein Körper gehörte, ließ sich nicht genau sagen.

– *Sinwir nischtalle?*, fragte die Glühbirne.

Walter fand, dass es besser war, ihr zuzustimmen.

Als er aufwachte, merkte er, dass es noch sehr früh war. Er fror. Die Heizung wurde jeden Morgen um Punkt sechs automatisch aktiviert. Er blickte aus dem Fenster. Die Welt war ein verregneter Schwarzweißfilm.

Da war plötzlich die glänzende Formulierung wieder, die ihm im Zug entfallen war. Er wiederholte den Satz leise für sich. Aber er war gar nicht so gut, wie er gedacht hatte. Er war sogar völlig banal. War es überhaupt dieser Satz gewesen? Er versuchte den Satz zu verdrängen. Zur Strafe geisterte er ihm mehrere Stunden im Kopf herum.

Was bin ich für ein elender Feigling, dachte er.

Aktionen

Ah, die vorletzte Woche! Ich bin nervös und voller Vorfreude wie ein Fisch vor dem schwebenden Köder und schlage die Zeit mit unsinnigen Aktionen tot. Auf dem Weg in die Arbeit habe ich im Bus einem Kind, das zur Schule fuhr, erzählt, ich sei sein Ich aus der Zukunft. In fünfzig Jahren, habe ich gesagt, machen die Menschen nicht mehr Urlaub in irgendwelchen fernen Gebieten oder Städten, sondern reisen nur noch in der Zeit. Der Name des Kindes war auf seiner Schultasche zu lesen. Deswegen. Der Junge, der nicht im mindesten erstaunt war und mich vermutlich für einen vollkommenen Idioten hielt, hat mich gefragt, wie alt ich denn jetzt sei. Sechzig, habe ich geantwortet, aber für mein Alter sehe ich noch gut aus, oder? Ja, in der Zukunft sei das ganz leicht. Er hat nur genickt und sich wieder seinen Schuhspitzen gewidmet, die er konzentriert anstarrte.

Okay, das war gelogen, aber ich habe mit dem Gedanken gespielt. Welches Kind trägt heutzutage noch ein Namensschild auf der Schultasche?

Wenig später, als ich in die Straße einbiege, wo das Heim liegt (nur noch wenige Tage!), überlege ich, etwas Ähnliches mit einem der Alten zu versuchen, aber mir will keine Konstellation von altem und neuem Ich einfallen, die einigermaßen auf ihre Situation anwendbar wäre. Nein, der Trick funktioniert nur bei Menschen, die keine lange Vergangenheit haben.

Eine rötlich gefleckte Katze hockt auf der Mauer neben dem Fahrradständer. Warum ich heute nicht mit dem Rad gekommen sei, fragt sie. Dann gähnt sie, wodurch sich ihr Kopf in ein offenes Maul verwandelt, und schüttelt sich, dass ihre Ohren wie Taubenflügel gegeneinander flappen.

AKTION. Tauschen Sie Ihr altes Handy JETZT gegen ein neues ein. Die Leute im Altersheim bekommen die alten Modelle. Sie sind zwar gratis, aber dafür funktionieren sie kaum mehr. Manche Geräte erleiden durch die Trennung von ihren früheren Besitzern einen Schlaganfall, und Teile des Displays sind jetzt schwarz und gefühllos. Anderen fallen die Tasten aus wie kaputte Zähne. Antennen sind abgebrochen oder geknickt. Klingeltöne eiern wie das Gedudel alter elektronischer Geburtstagsbillets.

Da ich nicht mehr lange hier sein werde, mache ich keine schwierigen Arbeiten mehr. Man meckert mit mir deshalb, das heißt, Max meckert, aber das ist mir egal. Er hat mir nichts mehr zu sagen.

– Warum sitzt du noch immer hier rum?, fragt er.

Wasch dies, putz das. Los. Ich nicke freundlich, dann gehe ich wieder in meine Ecke und erkläre Frau Lorca, wie man Namen in ihr neues Telefon einspeichert. Sie tippt den Namen ihres Sohnes nun schon zum sechsten Mal, er heißt Markus, aber es kommt immer nur *Markupq* heraus. Sie ist verzweifelt, ihre Finger sind zu langsam. Zur Ablenkung erzählt sie mir, wie sie einst auf diesen Namen gekommen ist. Eine lange Auseinandersetzung mit ihrem Mann, der sich eigentlich Herfried gewünscht habe und jetzt schon siebzehn Jahre unter der Erde sei. Kettenraucher. Siebzehn Jahre. Während sie spricht, schaut sie zur Decke, wo absolut nichts zu sehen ist.

– Schauen Sie doch mal her, sage ich. Hier bin ich.

Ich winke. Frau Lorca sieht mich an.

– Ich sehe Sie, sagt sie mit höchster Klarheit in ihrer Stimme.

– Okay. Hier, nehmen Sie es mal in die Hand. Ich sag Ihnen dann, welche Knöpfe Sie drücken müssen, damit die Kurzwahl-Funktion –

– Ich bin doch nicht blind, sagt sie und starrt mich wütend an.

– Okay, das hab ich ja auch gar nicht behauptet, nur –

– Ich seh schon!

Sie nimmt mir das Telefon aus der Hand und hält es fest, als müsste sie es vor mir beschützen.

– Wenn Sie den Menü-Knopf einmal –

Aber sie dreht sich weg. Sie steckt das Handy in ihre schlaffe Brusttasche. Für einen Augenblick habe ich Lust, es von dort einfach wieder hervorzuholen und sie anzufahren: *Ich wiederhol's nicht noch einmal, also hören Sie mir verdammt noch mal zu, wenn Sie wollen, dass Ihr Sohn Sie wenigstens hin und wieder mal anruft!*

Dann sehe ich, dass ihre Mundwinkel sich verselbständigt haben und unverständliche Signale an die Außenwelt senden: Entrüstung, Entwürdigung und tiefen Abscheu. Ich stehe auf.

– Ich komm dann später wieder, Frau Lorca.

Sie reagiert nicht. Mit dem Ärmel ihrer Weste wischt sie sich über die Augen.

– Ich bin nicht blind, sagt sie. Ich sehe Sie schon.

– Okay.

– Ich sehe schon, was Sie da …

Den Rest verstehe ich nicht mehr, feindseliges Gemurmel. Ich flüchte in den Aufenthaltsraum, wo ein ständig vor und zurück wippender Mann, der eigentlich ins untere Stockwerk gehört, und Herr Sedlatschek vor einem Schachbrett sitzen. Figuren befinden sich nur wenige darauf, nicht einmal die beiden Könige, aber dafür redet Herr Sedlatschek ohne Pause auf seinen Besucher ein, der ihn währenddessen nicht einmal ansieht. Das Licht eines frühen Tages fällt schräg und leicht gekrümmt durch die Fenster. Ein leerer Vogelkäfig lehnt in einer Ecke und wartet darauf, dass ihn endlich jemand repariert, die quietschende Tür, die nicht mehr richtig schließt. Auch Bilder gibt es, echte Gemälde, die an den Wänden hängen als Fenster in eine albtraumhaft erstarrte Welt voller Heuwagen, Sonnenuntergänge und verwitterter Jägerhochsitze. Es gibt jede Menge leerer Sessel und ein ständig zugeklapptes Klavier, es gibt tief fliegende Lampions, die einzigen Lichtquellen bei Nacht, es gibt Blumentöpfe, die große, wirre Gewächse gebären, und an der linken Wand, unter einem Bücherbord, steht ein buntes, breitschultriges Sofa, das in einsamen Stunden manchmal so tut, als wäre es eine riesige Mehlspeise mit Schokoladenglasur.

Ich spähe auf den Gang. Niemand da. Keine Spur von Max.

Nur ein kleines Feuerwerk diesmal, ein wenig Beschäftigung, gerade so viel, dass sie für einen Augenblick aus der Vorhölle herauskommen. Außerdem brauche ich etwas, in das ich die negativen Schwingungen der nervösen Frau Lorca verwandeln kann. Lauthals singen oder fluchen ist ja nicht erlaubt.

Zur Sicherheit nehme ich meine beiden Telefone aus den Taschen und lege sie auf den Schuhschrank vor der Tür zum Aufenthaltsraum. Mit Anlauf? Ich bin kein Stuntman, aber warum eigentlich nicht. Herrn Sedlatscheks quakende Stimme wird ein wenig lauter, vermutlich redet er von steigenden Preisen und Politikern, deren Namen er nicht einmal richtig ausspricht, die er aber trotz allem abgrundtief hasst.

Fertig. Das linke Knie schonen. Aufprall mit dem rechten.

Der leere Vogelkäfig blinkt, das Startsignal.

Fertig. Los.

– … und sag ich natürlich bist du eigentlich noch ein Mensch der sich einfach alles mit einem erlauben darf weil wie Sie ja wissen ist mein Sohn also mein Sohn hat sich vorher überhaupt nie irgendwo schlecht aufgeführt weil er auch nie etwas getrunken hat aber seit seine Frau seine Freundin besser gesagt ihm dieses Kind in die Welt … Ja, was –

Meine Hand rutscht an Herrn Sedlatscheks Schulter ab wie an einem glitschigen Felsvorsprung. Als hätte ich einen Lichtschalter berührt, flackern seine Augen auf, wie ich im Fallen gerade noch sehen kann.

– Aah!

Ich donnere auf zwei leere Stühle, sie kippen um, werden von meinem Gewicht mitgerissen, mein Knie (das linke, das linke!) schlägt brüllend am Boden auf, ich wimmere auf und die Männer hinter mir reden wirr durcheinander.

Ich bleibe regungslos zwischen den Stühlen liegen. Meinem Bein erlaube ich ein, zwei filmreife Zuckungen. In der Peripherie meines Gesichtsfeldes sehe ich die aufgeregten, scheuen Bewegungen der beiden alten Männer. Herr Sedlatschek wiederholt es immer wieder, *gefallen, hingefallen, gestürzt,* in überraschenden Permutationen. Sein Gesprächspartner, ich hätte es wissen müssen, ist einer der Sprachbehinderten von unten, einer von den Reha-Robotern, nicht ein einziges biegsames Gelenk im Körper.

Es dauert eine Zeit, bis sie sich aus dem Raum bewegt haben. Natürlich gehen sie wie kleine Kinder die Schwester holen. Sehr gut. Keine erste Hilfe. Kein Ansprechen, kein Rütteln, nicht einmal ein heiserer Hilferuf. Ich werde ihnen heute Abend keinen Zucker auf den Brei geben, zumindest nicht so viel Zucker, wie sie sich wünschen. Und ich werde reinspucken. Feiglinge. Nur Glück, dass ich heute Abend gar nicht Dienst habe.

Als Herr Sedlatschek (alleine, die Mumie aus dem zweiten Stock hat sich verkrochen) mit einer Schwester zurückkommt, stehe ich schon wieder aufrecht, lächle über mein kleines Missgeschick, halte mir mein Knie, das bei einer kleinen Bewegung unangenehm knackt, und sage:

– Nichts passiert. Bin nur gestolpert …

– Er war ja bewusstlos!, protestiert Herr Sedlatschek plötzlich sehr laut mit scharf betontem S.

Die Schwester beugt sich zu ihm hinunter:

– Scheint ihm aber nichts passiert zu sein, Herr Sedlatschek.

– Total weg …

Herr Sedlatschek sieht zwischen der Schwester und mir hin und her. Sein Blick verfinstert sich.

– Ich bin nur gestolpert und hab mir das Knie gestoßen.

Ich hüpfe ein wenig.

– Ist … ist … einfach liegen geblieben, sagt Herr Sedlatschek etwas leiser und *nur* zur Schwester, die ihn freundlich annickt.

– Ich versteh schon, Herr Sedlatschek, sagt sie.

– Ich war doch nicht bewusstlos, sage ich, ich bin nur gestolpert.

– Ja, Herr Sedlatschek, sehen Sie, ist gar nichts passiert, sagt die Schwester.

– Aber … er kann sich vielleicht nicht erin-

– Vielleicht war es ja der Stuhl, den Sie gesehen haben, schneidet sie ihm das Wort ab. Die Stühle da hinten sind umgekippt. Schauen Sie.

Herr Sedlatschek schüttelt den Kopf. Dann besinnt er sich und schaut tatsächlich auf die Stühle, die umgekippt auf dem Boden liegen. Vielleicht …? Er hat verloren. Man nimmt ihn nicht ernst. Er kennt das. Alle kennen das. Und wissen, dass man dann nur mehr durch Gesten auf sich aufmerksam machen kann, oder durch völlige Apathie. Es ist wie eine ständig vorweggenommene Maulsperre. Worte sind völlig nutzlos, man kann mit ihnen nichts mehr anstellen, also hält man sie zurück.

Ich lächle die Schwester an. Wie ist sie eigentlich auf den Stuhl gekommen? Für einen Augenblick habe ich den Eindruck, dass sie mein geheimes Spiel vielleicht mitspielt. Dieser Gedanke geistert mir bis Dienstschluss durch den Kopf.

Als ich später am Aufenthaltsraum vorbeikomme, sehe ich dort Herrn Sedlatschek mit zwei anderen Bewohnern stehen, einer halbblinden Frau und einem kahlen Greis, der in Symbiose mit einem sprechenden Rollstuhl lebt. Herr Sedlatschek deutet auf die beiden Stühle und dann auf den Boden. Sein alter Mund bewegt sich und bildet Sätze. Die anderen hören ihm interessiert zu.

Das war gratis, denke ich, wie Jim Carrey in *Truman Show*, während er mit Seife einen Astronautenhelm um sein Spiegelbild zeichnet. *Extra für dich, du alte Jammertante. Davon kannst du die nächsten Monate zehren, wenn ich schon längst in Freiheit bin und dein Gesicht vergessen habe.*

Wie habe ich Valerie kennen gelernt?

Es gibt eine Reihe von *befreundeten* Therapeuten, die außerhalb des Heims praktizieren. Manche kommen zu uns, andere müssen besucht werden. So wie Valerie. Sie leitet ein *Institut für Lebensführung*. Ihre Spezialgebiete sind Stressbewältigung und Übergewicht. Eine Menge fette, frustrierte alte Frauen gehen zu ihr, und wenn es Klientinnen von uns sind, brauchen sie einen Begleiter. Mich.

Der schönste Gegenstand im Heim ist der kleine Begleiterplan, der auf der fantasielosen Pinnwand neben dem Speisesaal hängt. Ich verbringe viele Stunden davor. Sooft es geht, schreibe ich meinen Namen in die herrlich winzigen Kästchen (zu klein für zwei Namen).

Nur äußerst selten werde ich dabei gestört.

– Ah, Kerfuchs, da versteckst du dich!

– KERfuchs! Man spricht es –

– Ja ja, schon gut. Deinen Namen kann ohnehin niemand richtig aussprechen.

Max hat sich angeschlichen. Er muss beobachtet haben, dass ich mich wieder in den Begleitdienst eingetragen habe. In alle noch freien Kästchen. Valerie, Valerie, Valerie.

Er seufzt, lehnt den langen, schwarzen Metallstab, von dem früher einmal efeugemusterte Vorhänge hingen und der jetzt nur mehr als Werkzeug dient, etwa zum Verschieben der zentnerschweren Blumentöpfe, die in jedem Gang stehen, an die Wand. Der Metallstab fällt sofort um.

– Keeerfuchs, sagt Max, mir ist aufgefallen, dass du dich in letzter Zeit richtig um die Begleitdienste reißt.

– Ja?

– Eine ruhige Kugel schieben, jetzt, wo du gehst … ist doch so, oder?

Max ist etwa dreißig, trägt eine Glatze, spricht gern in Ellipsen und hat die Manieren eines nihilistischen Militärarztes. Er stiehlt gerne Aschenbecher aus Restaurants und baut aus ihnen babylonische Türme aus dunklem

Glas. Er wettet auf den Ausgang von Nahost-Friedensverhandlungen wie andere auf Sportergebnisse. Beim Gehen rempelt er alles an, was ihm in den Weg kommt, sogar parkende Autos. Kinder und Tiere meiden ihn. Außerdem ist er dafür bekannt, dass er in seinen Nachtdiensten Angst und Schrecken verbreitet, er lässt alte Menschen stundenlang um Hilfe klingeln, und wenn er sie endlich erhört, macht er gehässige Bemerkungen über den Gestank ihrer vollgepinkelten Bettdecken, so lange, bis sie irgendwann nicht mehr klingeln und einfach nur still daliegen in ihrem Elend. Max hat schon zwei Disziplinaranhörungen hinter sich, in denen er sich allerdings erfolgreich gegen alle Beschwerden behaupten konnte. Alle haben vor ihm Angst, die Kollegen, die Heimleitung, die Angehörigen der alten Menschen. Aber in letzter Zeit scheint er sich ein wenig gebessert zu haben. Man munkelt, er habe eine Freundin.

Er bleibt hinter mir stehen, während ich mein Kürzel, die dunkelgoldene Silbe *Ker*, in den Dienstplan schreibe. Als ich fertig bin, weicht er mir umständlich aus und fragt, ob er sich meinen Bleistift ausborgen dürfe.

– Da schau her, murmelt er, als sein Gesicht ganz nah vor dem Stück Papier schwebt. Gleich alle Dienste. Du hast dich für fast *alle* Dienste eingetragen, hast du gesehen? Geht das denn überhaupt?

– Weiß nicht, sage ich. Natürlich wird das gehen.

Valerie. Valerie, Valerie!

Er kratzt sich die Glatze, in Gedanken versunken über einem imaginären Schachproblem brütend. Seine traurigen Augen hellen sich auf und er beginnt zu lächeln.

– He, weißt du was, ich schreib meinen Namen einfach daneben, dann können wir entscheiden, wer von uns –

– Wie bitte?

– Schau, ist doch genug Platz.

– Ich weiß nicht … Ich glaube nicht, dass …

Die Spitze des Bleistifts hockt sich in das Kästchen, in dem mein Name steht. Gleich wird sie explodieren. Da beginnt (eine Überraschung!) sein Handy zu klingeln, das er in einem sehr männlichen Pistolenhalfter am Gürtel trägt, und er holt es schnell hervor, um mit ihm zu spielen, damit es sich wieder beruhigt und zu quengeln aufhört. Er hält es sich an die Wange. *Ja, ganz ruhig, ist ja gut.*

– Hm. Aufgelegt, sagt er. *Unbekannte Nummer*. Idioten.

Nur noch wenig hält mich in diesem gigantischen Sterbestockbett. Ich muss noch meine Schlüssel in der Verwaltung abgeben und darf ja nicht vergessen, die Kaution zurückzuverlangen. Ich muss versuchen, meine Überstunden irgendwie zu Geld zu machen. Und ich muss mich noch von Martina verabschieden, der einzigen fest angestellten Pflegeschwester unter vierzig. Was natürlich nichts heißt, auch Valerie ist über vierzig. Aber Martina ist außerdem die einzige weibliche Person in dem ganzen Betrieb, die ich bei Gelegenheit näher kennen gelernt habe.

Es war im letzten Winter in einer anstrengenden Woche mit zwei Selbstmorden gewesen. Glücklicherweise waren sie in anderen Abteilungen oder *Flügeln* geschehen. Ein Mann hatte sich vom Wintergarten im vierten Stock in den Hof gestürzt, und eine Frau hatte eine Steckdose in ihrem Zimmer so lange hoffnungsvoll mit einer Gabel bearbeitet, bis sie ein Hexenschuss zu Fall brachte. Dabei hatte sie sich ein etwa münzgroßes Loch in die Schläfe geschlagen, an einer eilig vom Schicksal herbeigerückten Tischkante. Still war sie in ihrem Zimmer verblutet, neben ihr die Gabel mit den verbogenen Zinken.

Martina Solveig Zimmermann, ein Name wie ein Pfauenrad, prächtig und bunt. Er verlieh ihrem rätselhaften Wesen die letzte Glasur. Wenn sie sich unter Menschen bewegte, auch unter solchen, die nicht hundert Jahre alt waren und nur noch aufs Sterben warteten, hatte man das Gefühl, jeder wäre unvollkommen und fehl am Platz, so wie sich ein Riese fühlen muss unter Menschen, die mühevoll auf Stelzen gehen. Und sie besaß die hinreißende Angewohnheit, den obersten Knopf ihrer weißen Bluse ständig auf- und wieder zuzumachen, nach einem unbekannten Rhythmus. Wenn sie lächelte, bildeten sich um ihre Mundwinkel breite und freche Anführungszeichen, und auch um die Augen erschienen winzige Fältchen, die nichts mit den Falten alter Frauen zu tun hatten.

Ich hatte Lydia von ihr erzählt. Sie hatte nichts dagegen, aber sie fragte mich am Telefon, wie lange es wohl dauern würde.

Wir trafen uns sehr früh am Morgen in dem winzigen Betreuerzimmer, drei Stunden bevor Martina abgelöst werden würde. Aus dem gleißend kalten Wintertag trat ich hinein in den vorgewärmten Raum mit dem summenden Webserver, der wie ein heiliges Tempelfeuer niemals ausgemacht werden durfte, der kleinen Schlafnische und dem asketischen Holztisch, aus dem eine Leselampe in Form einer gekrümmten Raupe wuchs. Schnell streiften wir die beiden Selbstmorde ab, wir verdrängten die albernen Warnungen unseres Geruchssinnes (mehrere Bewohner hatten nach einem Fischgericht Durchfall bekommen, und jetzt hing ein Gestank in der Station, der eine entfernte Ähnlichkeit mit dem Geruch von verbranntem Brot besaß), dann gingen wir zu den Kleidern über, alles musste weg, nichts Überflüssiges durfte bleiben. Ich ließ mir das Vergnügen nicht nehmen, lange und ausgiebig an Martinas Blusenknöpfen herumzuspielen.

Draußen in der Kälte schrieen Krähen, die im Stimmbruch waren.

Ich genoss den Gedanken an das vollständige Fehlen von dunklen Geheimnissen und Verkleidungen, da Lydia genau wusste, wo ich war – vor Aufregung biss ich Martina in eine ihrer Brustwarzen und sie verschluckte sich vor Schreck. Hustend und kichernd lehnte sie sich nach vor, und ich klopfte ihr auf den delfinglatten Rücken. Als sie sich wieder gefangen hatte, war ihr Gesicht rot und sie schnaufte. Wir legten uns auf die kleine Schlafstelle, die höchstens für eine Person gebaut worden war.

Während Martina sich nackt über mir in eine stabile Sitzposition brachte und mit leicht kreisenden Hüftbewegungen meinen Penis in sich aufnahm, fragte ich sie nach ihrem zweiten Vornamen. Zuerst reagierte sie gar nicht, schwebte einfach weiter über mir, ein schillerndes Fabelwesen, doch dann, als ich mit einem letzten, befreienden Schmatzgeräusch ganz in ihr verschwand, während unsere Schamhaare verschwörerisch knisterten und sie nicht mehr balancieren musste, sondern ihr Gewicht endlich normal verteilen konnte, sagte sie, dass das eine lange, sehr langweilige Geschichte sei.

– Eine Großmutter von … von mir hat so geheißen und – und! – und meine Mutter hat gedacht – au! Was ist?

– Entschuldige. Ich bin nur –

– Ja, hab ich gemerkt.

Sie ritt mich eine Weile stumm weiter. Dann hob sie ihr Becken, mein Penis glitt aus ihr und fiel mir auf den Bauch. Trotz der fast schon absurden Enge in der Schlafnische schafften wir es irgendwie, unsere Positionen zu wechseln. Wir brauchten dafür recht lange, mehrere Male stieß ich mit den nackten Füßen gegen das hölzerne Ende des Bettes. Als Martina dann endlich vor mir lag, immer noch schnaufend und mit leicht gerötetem Gesicht, aus dem mir zwei große Augen gelassen entgegenstarrten, schaffte ich es nicht einmal mehr, sie zu penetrieren. Mein gummiartiges Glied knickte auf empörende Weise zusammen, ein schwacher wurstförmiger Ballon, so wie er von unappetitlichen Clowns auf der Straße verwendet wird, um daraus kleine Pferde oder Karussells zu knoten. Ich zog mich mit einer Entschuldigung zurück.

Martina setzte sich auf. Mit einer Hand versuchte sie, mir wieder zu etwas Härte zu verhelfen, aber vergeblich. Ihr Mund kam näher und küsste die glänzende Eichel, die bläulich rot war wie die Lippen eines Ertrunkenen. Sie fütterte den ungehorsamen Körperteil mit ermutigenden Zaubersprüchen.

– Es ist nur … der Gestank, sagte ich.

– Ja, ich weiß, sagte sie.

Ihre Hand ließ los. Sie wischte sich den Mund an ihrem nackten Oberarm ab.

– Tut mir leid.

– Ach, ist nicht so schlimm. Tut das eigentlich weh?

– Was?

Ihre Finger fuhren meine Eichel entlang.

– Nein.

Es war wohl nicht die Antwort, die sie erwartet hatte. Martina rollte sich auf die Seite. An der Stelle, wo ihr Hintern gelegen hatte, befand sich ein Rorschach-Fleck aus Schweiß. Ich starrte darauf, bis er keinen Sinn mehr ergab, dann suchte ich meine Kleider zusammen und verabschiedete mich.

Auf dem Heimweg rief ich zuhause an, aber Lydia hob

nicht ab. Bestimmt erwartete sie mich in der Badewanne. Ich lief über ein paar rote Ampeln, die in der Eiseskälte langsamer schalteten als sonst. Es war fünf Uhr und, da es Winter war, praktisch noch tiefe Nacht, nicht die Spur von Dämmerung war zu sehen. Aber um sechs Uhr hätte ich sowieso gehen müssen, sagte ich mir, damit Max mich nicht entdeckte. Er kam immer ein wenig zu spät, um nicht mit Martina die lästige Morgenarbeit verrichten zu müssen. Wozu ausgerechnet alte Menschen den Tag so früh beginnen müssen, habe ich nie verstanden. Frühstück, Zeitung vorlesen, die Windeln wechseln, die über Nacht die Farbe gewechselt haben. Manchen Bewohnern musste man Leitungen legen und erntete für seine Bemühungen, die völlig versickerten Venen zu treffen, nur wüste Beschimpfungen. Aber wenn man es schaffte, lagen sie friedlich da und ließen sich ihre Akkus von einer farblosen Flüssigkeit, die in einem kleinen Beutel über ihnen schwebte, aufladen, und der Morgen brach hinter ihnen durch die Zeltwände und färbte ihre alte Haut rosa.

Ich kam an einem Handschuh vorbei, der auf die prächtige, schnörkelige Spitze eines alten Gartengitters gesteckt worden war. Ich pflückte ihn herunter und legte ihn in den Schnee.

Zuhause empfing mich eine dunkle Wohnung. Durch die Balkontüren fiel das spärliche Laternenlicht von der Straße. Das große Klavier, ein alter Flügel der Marke Kawai, warf einen Schatten in Form eines buckligen Elefanten.

Lydias Zimmer war leer. Ich machte Licht und überflog die Dinge, die auf dem Schreibtisch lagen. Ein Buch über die Kriegsverbrecherprozesse in Den Haag, aufgeschlagen im Fototeil. Ein verschreckt aussehender Mann sitzt in einem gläsernen Kasten wie eine historische Kuriosität in einer Museumsvitrine. Vor ihm ein Mikrophon.

Als ich auf Lydias Bett eine Liste entdeckte, auf der jede einzelne Zeile durchgestrichen war, gab es keinen Zweifel mehr, dass sie sauer war. Bestimmt hatte sie sich wieder betrunken, vielleicht hatte sie sogar ein wenig herumtelefoniert und dann eine Wunschliste geschrieben, um sie sofort wieder zu vernichten. Es war eine der Techniken, die sie sich als junge Frau zugelegt hatte, um mit ihrem Innenleben zurechtzukommen. Listen, Briefe, Alkohol. Ich versuchte zu entziffern, was für eine Liste es gewesen war, Restaurants, die sie in Zukunft gerne besuchen würde, oder Weihnachtswünsche oder einfach nur eine Liste mit interessanten Buchtiteln, aber sie hatte mit einem Edding-Stift gearbeitet, und außer ein paar Fragmenten von Wörtern war in der schwarzen Strichwolke nichts mehr zu erkennen.

Ich wanderte ein wenig durch die Wohnung, öffnete Schubladen und Fensterläden, um ihr durch beiläufige und harmlose Geräusche zu signalisieren, dass ich nach Hause gekommen war, dann hielt ich es nicht länger aus und ging ins Badezimmer. Es war stockdunkel und in der Dunkelheit hörte man Wasser schwappen. Nach einer Weile gewöhnten sich meine Augen an die Lichtverhältnisse und nahmen etwas wahr. Ein geheimnisvoll im Raum schwebendes Gesicht. Mein Gesicht. Ich stand vor dem Spiegel. Lydia räusperte sich. An ihrem Räuspern konnte man hören, dass das Wasser, in dem sie lag, eiskalt war.

Die Welt der Männer und die Welt der Frauen

Am meisten ärgerte Walter die alberne Formulierung *Frauengeschichte*, die er gegenüber seiner ahnungslosen Schwester gebraucht hatte. Als wäre er vor der Menstruation seiner Geliebten davongelaufen. Dabei lag seine letzte Bekanntschaft mit einer Frau in Wirklichkeit schon eine ganze Weile zurück.

Jessica, die erste Frau, mit der er ein Verhältnis hatte, war etwas älter gewesen als er und hatte ein schlimmes Alkoholproblem. Walter konnte sich nicht mehr an ihren Nachnamen erinnern, er wusste nur noch, dass er irgendwie schnuckelig gewesen war. Oft musste er sie, wenn sie in ihrem Bademantel auf dem Klo eingeschlafen war, mitten in der Nacht zurück ins Bett tragen, wo sie einen unangenehmen Geruch nach Schweiß und Magensäure verbreitete. Wenn sie wieder einigermaßen nüchtern geworden war, hatte sie einen unerhörten sexuellen Appetit, aber man durfte nicht mit ihr reden, sonst brach sie in Tränen aus oder beschwor das Jüngste Gericht herauf. Als Walter begann, seine Besuche bei ihr einzuschränken, wurde sie misstrauisch und begann ihn zu verfolgen. Wenn sie ihn dann mit Freunden antraf, schrie sie ihn ohne zu zögern an und erntete mehr als einmal die Bemerkung: *Ist das deine Mutter, Walter?* Dass er darauf nie antwortete, sondern nur schweigend zu Boden blickte, machte sie verrückt vor Wut, und sie bedrohte ihn lallend mit dem Tod, während sie mit ihrem Gleichgewicht kämpfte.

Er blieb mehrere Monate mit ihr zusammen, dann warf sie ihn eines Nachts einfach aus ihrer Wohnung, ignorierte schluchzend und wenig später würgend über der Kloschüssel sein inständiges Klopfen und schickte ihm dann sogar die Krawatte, die er in ihrem Schlafzimmer vergessen hatte, mit der Post. Tage später rief er sie an, aber sie hob nicht ab, also ging er zu ihr und klingelte unten an der Haustür. Ihr Kopf erschien an einem Fenster, dann tauchte ihre Hand mit einem Glas Wasser auf. Walter konnte gerade noch ausweichen und wurde nur an den Beinen etwas nass. Auf dem nassen Asphalt lag eine einsame Brausetablette und zischte.

Walter hatte kein Glück mit den Frauen. Er hatte versucht, Monologe und Essays über dieses Thema zu schreiben, und mancher bemerkenswerte Satz war ihm dabei auch gelungen, aber im Großen und Ganzen fielen ihm nur Gemeinplätze ein, für die er sich hinterher schämte. Er kam auf den Gedanken, dass er Frauen im Grunde nicht verstand, dass sie ihn faszinierten und irritierten, und obwohl er schon öfter das Glück hatte, mit einer zusammen gewesen zu sein, wurde er doch das Gefühl nicht los, von ihnen zu viel zu verlangen. Anfangs hatte es zwar immer geklappt und alles, aber je mehr er über sein Verhältnis zu Jessica, Magda und Nina (diese drei waren es bisher gewesen) nachdachte, desto seltsamer und unnötiger erschienen sie ihm. Natürlich, sie waren im Allgemeinen friedlicher als Männer, sie waren weniger grotesk, verbittert und von Zwangsvorstellungen zerquält, aber dennoch – die Art etwa, wie sie gleich zu Beginn einer Beziehung Geständnisse einforderten, unentwegt Geständnisse, Beichten und Berichte, vorzugsweise nachts, unter Tränen. Erst dann fühlten sie sich zugehörig und akzeptiert, wenn sie den Männern lange Geständnisse über ihre Vergangenheit abgerungen hatten, denn dann konnten sie dem Leben, das der Mann bisher geführt hatte, ohne sie, leichter vergeben und sich einreden, sie wären die Erste und die Einzige. Alle Frauen wollten im Grunde der

Kaiser von China sein, der, an dessen Namen Walter sich jetzt nicht erinnern konnte, der die große Mauer bauen und alle Bücher in seinem Reich verbrennen ließ, damit die Geschichte mit ihm begann und nichts vor ihm war als ein chaotisches Zeitalter erinnerungsloser Barbarei. Und dann, wenn diese Vorarbeit getan war, dachte Walter, und das runde Gesicht von Jessica, der ersten Frau, mit der er Sex gehabt hatte, erschien vor ihm, wenn diese Vorarbeit getan war, erlaubten sie dem Mann unter großen emotionalen Vorbereitungen, sie zu entjungfern, und auch damit brach ein neues Zeitalter an und die Glocken läuteten und sie lagen still da und himmelten die Zimmerdecke an und konnten *bestimmt nie wieder einschlafen*. Und manchmal riefen sie einen mitten in der Nacht an und erklärten, wie frisch und neu sich alles *seither* anfühlte: *Und wie ist das für dich? Bitte sag mir alles, sag mir, wie du das empfunden hast …* Ihre große, ewig unstillbare Neugier. Ein Leben aus endlosen Verhören. *Wo bist du gerade mit deinen Gedanken. An wen denkst du, wenn du. Was bedeute ich dir. An was denkst du. Was denkst du im Augenblick, wenn du in mir. Wenn du mit mir. Wenn du ohne mich. Wenn du ganz allein in der Wohnung. Was hältst du von einem Urlaub, nur wir beide. Wie lange soll das noch so weiter. Wo warst du gestern. Wieso antwortest du nicht mehr auf meine.*

Eigentlich musste man ihnen ja dankbar sein für diese Neugier, dachte er, denn es lag soviel Versöhnliches und Zutrauliches darin. Aber gleichzeitig weckte es Abwehr und Aggression. Dagegen konnte man nichts tun, es ging ganz automatisch.

Eines Morgens, nach einem merkwürdigen orientalischen Traum, in dem er die Füße des großen Aristotelesübersetzers und -kommentators Averroes mit einer roten Feder kitzelte, bis dieser schließlich das Gleichgewicht verlor, hatte Walter entschieden, dass er seine Zuneigung nicht mehr zu gleichen Teilen unter den Geschlechtern aufteilen würde. Das viele Hin und Her konnte auf Dauer nicht gut gehen. Da seine intensivsten Beziehungen bisher die mit Männern gewesen waren, wollte er nun in dieser Richtung weitergehen und verließ noch am selben Tag Nina, die völlig ausrastete und ihm ein Telefonbuch nachwarf. Es verfehlte ihn und klatschte an die Wand. Nina schrie, ihre Stimme überschlug sich und ihr Gesicht wurde rot. In seiner Not schwindelte Walter ihr vor, dass er ausschließlich schwul wäre, was sie ein wenig friedlicher stimmte. Ihre Finger vergitterten sich vor ihrem Gesicht, und sie sank an der Wand in die Knie. Walter dachte, dass er noch niemals einen Menschen in derartiger Verzweiflung gesehen hatte. Er schaute auf seine Schuhspitzen, in denen sich seine Zehen befanden. Er bewegte einen Schuh, nach links, nach rechts, währenddessen hörte er Ninas leises Weinen. Schließlich setzte er sich zu ihr und streichelte mit seinen Fingerspitzen ihre Knie. Sie zog sie fort, verdeckte ihr Gesicht an der Wand.

– Bitte, flüsterte Walter, versteh das doch, ich habe eben gedacht, ich könnte vielleicht, verstehst du, gegen meine Natur …

Die Worte kamen im richtigen Tonfall. Nina beruhigte sich und ließ sich von ihm bei den Schultern nehmen. Sie saßen lange auf dem Boden. Nina verlangte von ihm, dass er ihr noch einmal alles ganz genau erklärte, und Walter sprach so wohlüberlegt und überzeugend, dass er sich beinahe selbst glaubte. Er sei schwul, das wisse er schon lange, aber er habe eben einmal sehen wollen, ob es auch mit Frauen funktioniere. Er habe gedacht, dass er mit der richtigen Frau, zum richtigen Zeitpunkt … Nein, sie sei dabei nicht sein Versuchskaninchen gewesen. Ein Versuchskaninchen bedeute einem nichts. *Aber ja. Nur eben nicht … Ja, genau*. Sie müsse das verstehen. Nichts liege ihm ferner, als sie zu verletzen. Er habe damit deshalb so lange gewartet, weil er sich vor ihrer Reaktion gefürchtet habe und, wie er jetzt sehe, nicht zu Unrecht – Nina lächelte traurig. Ja, das Telefonbuch. Einen kräftigen Wurf habe sie übrigens. Sie scherzten ein wenig und er fuhr ihre Schultern entlang, die sich schon ein wenig entspannt hatten. Mit einigem Ärger stellte er fest, dass sich ihr Rücken gut anfühlte und dass er, trotz der aufgewühlten Situation, trotz der Tränen und seines gespielten Geständnisses, Lust bekam, ihr den Pullover abzustreifen und ihre Haut zu küssen, sie auf seinen Wangen und auf seinem Kinn zu spüren, ihren herben, vertrauten Geruch, wenn sie erregt oder durcheinander war. Frauen, durcheinander. Es hing bei ihnen ja alles irgendwie mit dem Mond zusammen, dachte er. Emotional, wechselhaft, abhängig von Wolkenkonstellationen und der Anzahl sichtbarer Sterne. Abhängig von der Stunde des Tages.

Diese Gedanken brachten seine lästige Erregung wieder zur Ruhe. Er stand auf. Nina fragte ihn, ob das jetzt das Ende sei, also, sie verstehe ihn und es tue ihr leid, irgendwie, diese ganze Sache. Und er habe ihr nichts Böses antun wollen, so viel sei ihr klar.

– Aber bleib noch ein bisschen, bitte, sagte sie.

Walter ging, aber er kam am nächsten Tag wieder. Und blieb. Nina machte Kaffee und fragte ihn aus, so wie sie es immer getan hatte. Nur diesmal über seine Homosexualität. Welcher Männertyp ihm am besten gefalle?

– Nur nicht so schüchtern, sagte sie bitter.

Er habe gerade sein *Coming-Out* hinter sich, sagte sie, also sei gerade ein neues Zeitalter angebrochen, da könne er ihr doch wenigstens das verraten. Ach, wirklich? Nein! Sie nämlich auch. Und wenn sie dann gleichzeitig reinlich und schmutzig waren, irgendwie beides zugleich. Ein wenig von beidem. Ja, sicher, nicht zuviel. Und habe er sich von ihr angezogen gefühlt? Es sei schon in Ordnung. Bestimmt. Ein wenig, aber nicht genug. Natürlich, das sei in der Tat nicht ausreichend für eine Beziehung. Sicher, sie verstehe schon. Niemand könne seiner Natur entkommen. Welcher Typ sei ihm lieber, Orlando Bloom oder Benicio del Toro?

Walter war das Gespräch anfangs unangenehm, und er improvisierte, so gut er konnte, dann allmählich entspannte er sich. Er hatte noch nie über solche Dinge nachgedacht. Er musste zugeben, dass es sich nicht falsch anfühlte, darüber zu sprechen. Aber es begann ihn auch schnell zu langweilen. Nina war gerade erst in Fahrt gekommen, da stand er schließlich auf und wollte gehen.

Schnell stellte sie ihre Kaffeetasse auf den Tisch und fiel ihm um den Hals.

– Bitte, sagte er und berührte ihren Arm.

Sie ließ ihn los, wischte in ihrem Gesicht herum, als kämen aus allen möglichen Poren Tränen hervor. Sie begleitete ihn noch bis zur Wohnungstür, wo sie das Telefonbuch vom Boden aufhob und sich unter den Arm klemmte, während sie ihm die Tür aufsperrte.

Als Walter hinterher in einem Café saß, um von der eigenartigen Szene auszuruhen, kam ihm alles, was er gesagt und getan hatte, sehr unwirklich vor. Alles war viel zu schnell passiert, im Zeitraffer, so wie in uralten Dokumentarfilmen, in denen berühmte Monarchen wie Wassereidechsen über die Weltbühne trippelten.

Verloben, Heiraten oder Kinderkriegen, solche Gedanken hatte er sich schon lange abgeschminkt. Wenn er sich vorstellte, wie er langsam all diese Geschlechterrollen annahm, in diesem Gehege aus verkrampften, wahnsinnigen, erwachsenen, leidenschaftslosen und im Kern ohne

Zweifel bösartigen Entscheidungen, wurde ihm schlecht. Ehen. Was war so toll daran? Der Mann kommt am Abend nach Hause, aus der Welt der offenen Plätze, der Nahkämpfe, der Überlebensstrategien, der Verantwortungen, der Geschworenenblicke, der Überwachungen, lässt Hut, Mantel und Schuhe an der Haustür zurück und tritt ein in die Welt seiner Frau, lädt sie den ganzen Abend lang auf, während sie ihm die müden Bürofüße massiert, mit heiteren und lehrreichen Anekdoten und Eindrücken von *da draußen*, träumt dann ein wenig in seinem Schaukelstuhl und spricht mit leiser Stimme in ihr Ohr. Er blickt durch die Tür in das dunkle Kinderzimmer auf die kleinen, atmenden Körper unter der Decke. Das Licht eines Scheinwerfers huscht über die Wände und er ist zufrieden. Er lässt sich mit einem schweren Seufzer, der seinem Alter nicht angemessen ist, in einem Sessel unweit des Heizkörpers oder des Kamins nieder. Er winkt nach seiner Frau. Sie wischt sich die Hände an der Schürze ab und kommt zu ihm. In ihrer Gegenwart wird er für ein paar Augenblicke wieder kindlich, hilflos und blind, er erfindet Geschichten, wahre Begebenheiten mit einem erfundenen Ende, das ihn selbst überrascht und friedlich stimmt. Wenn es spät wird, leistet er sich ein oder zwei obszöne Ausdrücke und lacht. Er lässt sich von der Frau mehrmals bestätigen, dass dies alles sein Zuhause ist, diese Wände, dieses Klavier, diese Wohnzimmergarnitur, dieses verstaubte Ahnenporträt, dieser erloschene Kamin. Er lächelt über ihre weibliche Ungeschicktheit, wenn sie auf der TV-Fernbedienung eine zweistellige Kanalnummer eingeben soll. Dann, sehr spät, im Schlafzimmer, überwältigt er sie, als sie einen Augenblick nicht aufpasst. Er schlägt ihr auf die Hinterbacken und riecht begeistert an seiner Hand. Die ganze Nacht wandern die fächerförmigen Streifen von Autoscheinwerfern langsam über die Wand. Im Nebenzimmer liegen die Kinder und schlafen. Auch seine Frau ist vor Erschöpfung eingeschlafen, nachdem er mit ihr fertig war. Aber er, ein tragischer Fels der Einsamkeit, liegt lange wach, neben ihm schnarcht das geliebte Geschöpf, und er sagt sich, dass er dies alles geschafft hat. Am nächsten Morgen verschwindet er wieder, kurz bevor die Sonne aufgeht. Sein Leben ist ein ständiges Sich-Zurückziehen aus der einen in die andere Welt. Hoffnungslose Bewegungen eines Pendels. Keines seiner Verstecke verbirgt ihn jemals vollständig. Wenn er an sich denkt, findet er seine ganze Existenz tragisch. Er tätschelt zweimal die von Augenringen beschatteten Wangen seiner Frau und verlässt das Haus. Die Welt der Hausfrau hingegen ist dazu verdammt, fiktiv und völlig beliebig zu bleiben. Niemand sieht, was sie zu Hause macht und mit welchen Dingen sie allein gelassen wird. Ihre Welt ist eine ohne Zeugen. Es gibt sie im Grunde gar nicht, es sei denn, ihr Haus geht irgendwann einmal in Flammen auf und Nachbarn kommen und schauen durch das brennende, zerfallende Gebälk in die Geheimkammern der Ehe. Es sei denn, sie lässt eines Tages irgendeinen spitzen Gegenstand in die Wiege fallen, in der ihr Kind schläft. Wenn Gott existiert, wird dem Kind nichts passieren, und die Waffe findet sich am nächsten Morgen, sauber und blinkend, neben dem gesunden Baby.

Walter hatte sich die Zähne geputzt. Das Gesicht ganz nahe am Spiegel, betrachtete er die Gänsehaut auf seinem Unterarm. Er kannte sonst niemanden, der auf Kommando Gänsehaut erzeugen konnte. Allerdings nur auf den Armen. Er stellte sich einfach vor, er säße als vierzigjähriger Mann unter einer Kniedecke mit Schottenmuster abends in einem Schaukelstuhl und seine Frau brächte ihm das rosafarbene Baby für einen Gutenachtkuss. *Sag Papa schön Gute Nacht.*

Lydia

Jede Geschichte aus der Sicht eines Badezimmerspiegels ist eine Liebesgeschichte.

Die vorsichtigen Bewegungen des Rasierapparats auf dem Gesicht, dessen Blick kritisch auf sich selbst gerichtet ist. Salben, Entzündungen. Geplatzte Adern im Auge wie winzige Flussdeltas. Grimassen. Seemannsbärte aus Seifenschaum. Die schwarzen dünnen oder roten dicken Striche, mit denen einsame Comicfiguren am Morgen seufzend ihre Konturen nachziehen. Paare, die sich beim Liebesspiel selbst beobachten. Bei der Verwandlung in einen Vertreter des anderen Geschlechts. Das ungläubige Starren spätnachts, wenn der normale Hausverstand sich von einem geheimnisvollen Novizen mit Tonsur und langen, schwarz gefärbten Fingernägeln vertreten lässt. Die Schrift, die immer wieder erscheint, wenn jemand ein heißes Bad nimmt, eine unnötig oft wiederholte Botschaft, ein sinnloses Wort, achtlos hingeschrieben, etwa: *Hallo*, oder: *Fuck*, oder: *Spiegel*, oder noch besser: *Geisterschrift* – ein Zugeständnis an die Selbstreferenzialität, die in allen Romanen vorhanden zu sein hat.

Unerklärliche Szenen etwas speziellerer Art: Zwei Menschen, er in ihrem Bademantel (der in einem früheren Leben ein Priestergewand gewesen ist), sie nackt und meerschaumgeboren (auf ihrer Schulter befindet sich noch ein weißer Rest Schaum), und er ist gerade noch vor ihr gekniet, jetzt spült er sich den Mund aus und sie sieht ihm dabei zu, ungläubig, voller Unverständnis: Bin ich wirklich so ekelhaft, bin ich unhygienisch? Das Balancierspiel mit den Kontaktlinsen, der Kampf gegen die nervös flatternden Augenlider, die blind zuschnappen wie die

Mäuler kleiner, verängstigter Tiere. Der Mann, der sich im Spiegel betrachtet, während er pinkelt. Aus seinem Körper ragt ein kräftiger Urinstrahl von der Form einer durchgebogenen Angelrute und er grinst über sich selbst: *Ha, das bin ich, tatsächlich ich, mein dummes Grinsen.*

Und ganz zuletzt dieses junge, konzentrierte Gesicht, spätnachts. Das Licht geht an im Hintergrund.

– Bist du im Bad?

– Ja.

– Was machst du … weißt du, wie spät …?

Er drückt mit seiner Hand müde in seinem Gesicht herum, findet endlich die Augen, reibt.

– Geh ruhig wieder schlafen, sagt sie. Ich hab was im Auge.

– Was?

– Was im Auge.

– Und?

– Und es tut höllisch weh.

– Ach so. Lass mich dir helfen … warte …

Aber seine Bewegungen sind noch verschlafen und grob, auch scheinen seine Hände für ihr schmales Gesicht viel zu groß, seine Finger spinnenartig und zittrig. Er tastet auf ihren Wangenknochen herum.

– Lass mich, ich kann's schon selbst.

Sie wendet sich wieder ihrem Spiegelbild zu. Er verschmilzt augenblicklich mit dem Hintergrund, wie Tiere bei Nacht, verschwindet im dunklen Wohnzimmer.

– Soll ich dir wirklich nicht helfen?

– Nein, sagt sie, ich mach schon … Und sonst, auch egal. Wenn ich's nicht rausbekomme. Warten wir eben ein Jahr … oder zwei … und dann hab ich eine Perle …

– Was?

– Eine Perle. Die darfst du dann ernten.

Er erscheint noch einmal in der Badezimmertür, aber er sieht nicht so aus, als hätte er ihren Satz verstanden. Schade, denn es war ein sehr hübscher Satz, denkt Lydia. Das Beste, was sie heute Abend von sich gegeben hat. Unschlüssig betastet er den Türrahmen, als wollte er sagen: *Hier irgendwo muss ich durchgekommen sein, auf meinem Weg hierher.* Dann wankt er zurück in die Dunkelheit und träumt weiter.

Wie alle Glühbirnen auf diesem Planeten so sind auch alle Badezimmerspiegel miteinander verbunden, man könnte auch sagen: vernetzt.

Noch immer etwas durchgefroren von meinem Heimweg durch die winterliche Stadt, stand ich in der Dunkelheit und betrachtete mein fast unsichtbares Spiegelbild, und Lydia plätscherte in dem vom Warten bitter gewordenen Badewasser.

– Es tut mir leid, sagte ich leise.

Ein kurzes Plätschern war die Antwort. Lydia stieg aus der Wanne. Meine Augen hatten sich bereits ein wenig an die Dunkelheit im Bad gewöhnt und ich wurde Zeuge eines seltsamen Bildes: Lydia kratzte sich auf der nackten Brust, sogar recht heftig, das lange Liegen im Wasser musste ihre Haut gereizt haben. Die Brustwarze schlüpfte zwischen Zeige- und Mittelfinger hindurch.

– Idiot, sagte sie und ging an mir vorbei ins Wohnzimmer. Du hättest anrufen können.

– Hab ich doch.

– Ja. Einmal.

Ich folgte ihr ins Wohnzimmer und trat mit meinen Socken in ihre feuchten Fußspuren.

Als ich Lydia kennen gelernt habe, hatte sie ihre schlimmste Zeit bereits hinter sich. Begonnen hatte es mit sechzehn. Sie fühlte sich in ihrem Körper nicht mehr wohl. Die Wangen waren eingefallen, ihr Hintern war zu fett, alles an ihr war zweitrangig und unangenehm. Eine von der Natur im Scherz gemachte Kopie einer hübschen Frau. Sie stand vor dem Spiegel und hasste sich, hasste den Spiegel, dann wieder sich. Langsam, je länger sie sich anstarrte, verwandelte sie sich in ein Monster. Manchmal trieb sie dieses selbstzerstörerische Geduldspiel so lange, bis sie ihr eigenes Gesicht gar nicht wiedererkannte. Es war dann das Gesicht einer scheußlichen Puppe aus einem anderen Jahrhundert.

Sie hatte mit dem Spiegel einen Pakt geschlossen, so wie andere Leute einen Pakt mit dem Teufel eingehen.

Anfangs schminkte sie sich sehr stark, dann half auch das nichts mehr. Sie rasierte sich den Kopf, aber das Haar wuchs nach. Sie begann abwechselnd alles in sich hineinzustopfen und zu hungern. Gott sei Dank hatte sie in einem hellsichtigen Moment ihrer frühen Kindheit eine Panik vor dem Erbrechen entwickelt; sie blieb vor Bulimie verschont. Aber ihr Kreislauf litt unter den ständig schwankenden Essgewohnheiten, und sie konnte sich bald auf nichts mehr konzentrieren. Sie musste eine Klasse wiederholen. Diese Erfahrung warf sie endgültig nieder. Unheimliche Träume drängten sich in ihr Leben, konfrontierten sie mit einem Haufen unverständlicher Drohungen und ließen sie mit der Qual der Deutung allein, ohne irgendeinen Hinweis auf ihre Entschlüsselung. Sie suchte Rat bei Therapeuten, von denen die meisten professionell-unbeholfen mit ihr umgingen. Einer ließ sie kleine Papierflieger bauen und leitete aus der Form der flugunfähigen Gebilde allerhand ab. Ein anderer veranstaltete Hypnosespiele, bei denen Lydia so gut mitspielte, wie sie konnte. Wenn sie die Geduld verlor, log sie ihm irgendwelche Geschichten vor, und der Therapeut war darüber so glücklich wie über einen Strauß frischer Wiesenblumen. Der letzte Therapeut, zu dem sie gegangen war, erzählte ihr viel von sich. Er sei früher Lokführer gewesen. Ja, wirklich. Dann habe er, einfach aus Lust und Laune, einen Selbsterfahrungskurs gemacht, der sein Leben von Grund auf verändert habe. Ob sie vielleicht ein Glas Wasser wolle? Sie sei so weiß im Gesicht, da bekomme man ja direkt Angst.

Die von den vielen Therapien verwirrte und geschwächte Lydia beschloss daraufhin, dass kein Ausgang aus der Wirklichkeit existierte, so wie man es ihr versprochen hatte. Es war alles in Wahrheit viel einfacher und sie fühlte, dass sie damit Recht hatte: Es gab nur das hier, eine dünne Besiedelungsschicht auf dem europäischen Kontinent – denn einen anderen als diesen würde sie vermutlich niemals besuchen.

Niemals besucht haben.

Sie begann allmählich, von sich selbst in der Vergangenheit zu denken. Missmutig und mit den letzten Kräften an Konzentration und Selbstbeherrschung schloss sie die Schule ab. Sie wollte keine unaufgerollten Fäden zurücklassen. Das wertlose Dokument wurde eingerahmt und an die Wand im Esszimmer gehängt. Ihre Mutter freute sich und das war gut so. Mochten andere sich freuen. Mochten andere bei Verstand bleiben angesichts der ganzen Schweinerei, die dieses Leben war. Mochten andere den Tod tolerieren wie ein drittes Ohr, das einem angeboren war. Mochten sie sich freuen, sie alle, Feste feiern und sich vermehren, angesichts dieses himmelschreienden Betrugs, der darin bestand, dass alle Menschen ununterbrochen und langsam vor sich hin starben, dass keiner ihrer Wünsche jemals erfüllt wurde, egal, was sie auch anstellten; angesichts des großen, sinnlosen, schwarzen, ebenfalls im Sterben begriffenen, dreidimensionalen Raumes, angesichts dieser geschichtslosen Seichtheit, dieses riesigen Achselzuckens. Sie lag lange wach und kaute diese Gedanken immer und immer wieder durch. In diesen Nächten verwandelte sie sich zurück in ein hilfloses Wickelkind. In eines mit den richtigen Argumenten, dachte sie, die schlimmste Sorte Wickelkinder.

Im Grunde war sie ja komisch, fand sie, auf gewisse Art und Weise. Ein trauriger weiblicher Clown.

Sie schrieb einen Brief, in dem sie ihren Selbstmord ankündigte, da war sie einundzwanzig Jahre alt. Aber sie fand den richtigen Ton nicht. Sie besserte tagelang an dem Schriftstück herum, das sie in ihrer Kommode verbarg. Schließlich gelangen ihr ein paar glänzende Formulierungen, die in etwa den niederschmetternden Inhalt ihrer Nachtgedanken widerspiegelten. Sie ertappte sich dabei, wie sie den Abschiedsbrief mehrere Male hintereinander durchlas und sich an manchen Formulierungen erfreute. Der souveräne Ton der Verachtung, der in einem Satz wie *Nachher kommt nichts, das weiß jeder Säugling* steckte, gefiel ihr, und sie schrieb einen zweiten Brief, immer noch mit Absender, der schon in den ersten drei Zeilen die Gewissheit offenbarte, seine Verfasserin sei inzwischen tot und gegen jegliches Lob für seine großartigen Formulierungen immun.

Sie entwarf vier verschiedene Fassungen des Briefes und konnte sich nicht entscheiden, welche die wirkungsvollste war. Welche ihre Verzweiflung und ihren Lebensüberdruss am besten zum Ausdruck brachte. Einen Augenblick dachte sie daran, ihren ehemaligen Deutschlehrer zu fragen, der sich mit solchen Dingen auskennen musste, verwarf aber den Gedanken gleich wieder. Er würde sie nur in eine Anstalt einweisen lassen.

Nach zwei Wochen hatte sie die sechste Fassung vollendet. Der Brief bestand jetzt nur mehr aus dem Mittelteil, der Begründung, und war nun gar kein Brief mehr. Da sprach eine einzelne Stimme über allgemeine Dinge, die jeder kannte. Das Wort *Selbstmord* kam nicht einmal mehr vor, obwohl er sich, wie Lydia fand, immer noch deutlich aus dem Geschriebenen ableitete.

Das Leben hat keinen Sinn außer der Tatsache, dass es einen Sinn hat.

Sie musste wohl oder übel zugeben, dass ihr dieser Satz sehr gefiel. Er war eindeutig wahr und entbehrte auch nicht einer gewissen Eleganz. Immer, wenn sie sich elend fühlte und den Augenblick einigermaßen für gekommen hielt, Ernst zu machen, rief sie ihn sich ins Gedächtnis und ließ ihn dort aufblitzen wie eine Rasierklinge, die man im Sonnenlicht dreht. Das hatte *sie* geschrieben. Ganz allein, ohne Hilfe. Ein Satz, der sich in den eigenen Schwanz biss wie eine dieser metaphysischen Schlangen auf Amuletten.

In der ersten Zeit unserer Beziehung träumte ich eines Nachts, dass ich sie besuchen ging. Aber anstelle ihrer Zimmertür war da eine große vakuumversiegelte Spezialtür. Man erklärt mir, dass Lydia ab heute in einem Bunker wird leben müssen, eineinhalb Kilometer unter dem Erdboden. Ich frage, warum. Ich beginne einen Streit mit den Wachmännern, die, wie sich herausstellt, gar keine Wachmänner sind, sondern einfache Handwerker (aber wozu dann die Pistolen an ihren Gürteln?), die das Ziffernschloss an der Tür einstellen sollen. Eine neue Kombination muss gefunden werden, etwas, das Lydia niemals herausbekommen wird.

Ehe ich's mich versehe, mache ich einen Vorschlag.

Einer der Männer sieht mich verblüfft an; ich schäme mich sofort. Sein Blick sagt: *Sieh an, zuerst kommt er, um sie zu besuchen, und weil das nicht geht, will er mithelfen, ihr ein ewiges Mausoleum zu bauen. Sieh an.*

Die Männer gehen nicht auf meinen Vorschlag ein. Ich bin erleichtert. Sie werfen sich abwechselnd lange Ziffern zu, wie die berühmten Primzahlzwillinge. Und vielleicht sind es auch Primzahlen. Ich frage: *Sind das Primzahlen?* Derselbe Wachmann/Handwerker/Richter wie vorher schlägt mit einem Hammer auf etwas vor ihm in der Luft, als wollte er zur Ruhe ermahnen, und blickt mich durchdringend an. Diesmal sagt sein großes rotes Gesicht etwas wie: *War das gerade Höflichkeit? DU willst zu MIR höflich sein? Hab ich mich verhört? Wie tief willst du eigentlich sinken?*

Ich flüchte, gehe schnell den Gang hinunter, durch den ich gekommen bin, Richtung Ausgang. Als ich mich noch einmal umblicke, sind die Männer schon nicht mehr zu sehen, denn Zimmereinrichtung, Möbel, Wandspiegel und schwebende Töpfe mit üppig überfließenden Hängeschopflilien haben den Korridor hinter mir völlig zugewuchert. *Das ist das Ende*, denke ich, *das Ende, oh mein Gott –*

Aber das Ende ist erst jetzt in Sicht. Lydia ist ausgezogen und kommt nur manchmal vorbei, um mich und meine Wohnung zu kommentieren.

Ich verabschiede mich von Martina, indem ich sie auf einen Kaffee einlade. Sie sagt, sie sei mit jemand anderem zusammen, letzten Winter, damals, das sei nur …– eine ausweichende Geste vollendet den Satz.

– Sicher, sage ich. Ich hab das auch nicht anders gesehen. Aber …

– Nein, sagt sie.

– Nein? Zu was?

– Nein zu dem, was du mich fragen wolltest.

Zur Untermauerung ihres Standpunkts stellt sie die Kaffeetasse auf den Tisch, aber sie lässt ihren Mittelfinger in dem Henkel stecken.

– Bist du nicht auch … wie war ihr Name?

– Lydia. Nein, nicht mehr.

Der Mittelfinger löst sich von der Tasse.

– Aber du warst doch ziemlich lange mit ihr zusammen, oder?

– Ja.

– Wie habt ihr euch kennen gelernt?

– Na ja, dazu müsste ich weit ausholen … Ungefähr so!

Ich imitiere die beschworene Geste, als würde ich mit der Faust zu einem Schlag ausholen, und Martina zuckt zusammen. Sie stößt mit ihren Knien von unten an die Tischplatte, dass es klirrt.

Ein Weltbürger ohne Welt

Walter fand in seinem alten Kinderzimmer einen verstaubten Nussknacker und steckte ihm kurzerhand einen Finger in den Rachen, als wollte er ihn dazu bringen, sich zu übergeben. Zum Spaß machte er ein paar Würgegeräusche. Dann verlor er das Interesse und stellte den Nussknacker vor sich auf den kleinen Schreibtisch, an dem er vor vielen Jahrhunderten seine Hausaufgaben gemacht hatte.

Im Grunde interessierte ihn sein altes Zimmer nicht, aber er wollte heute nicht mehr nach unten gehen. Er hatte Angst, dass mit der obligatorischen Klärung der Frage, was diese *Frauengeschichte* gewesen sein mochte (Mirja war ein unverbesserliches Plappermaul), auch die älteste aller alten Leiern wieder losgehen würde – der Beruf. Er hatte seinen Eltern nicht einmal erzählt, unter welchen Umständen er als Schauspieler gearbeitet hatte. Schon allein die Vorstellung, ihnen das alles erklären zu müssen, jagte ihm eine Gänsehaut über den Rücken.

Er betätigte den Brunnenhebel des Nussknackers.

– Mamamama, sagte der Nussknacker lautlos.

Für seinen Vater, einen bekannten Architekten, hatte es nie einen Zweifel gegeben, dass Walter ein hochbegabtes Kind war. Seit er die Schule beendet hatte, musste er alle paar Jahre zähe Zukunftsgespräche über sich ergehen lassen, weil sein Vater es einfach nicht lassen konnte, ihn für diverse Praktika und Stipendien vorzuschlagen. Natürlich konnte man das irgendwie auch verstehen, dachte Walter. Was sollte der alte Mann sonst mit den vielen Beziehungen anfangen, die er in seinem Leben angesammelt hatte. Er kannte einfach alle, Leute aus den Medien, prominente Leute, Leute mit seltenen Krankheiten, die damit berühmt geworden waren, Leute, die in Kriegen als Fotografen unterwegs gewesen waren, Leute mit Villen, die in ihrer beispiellosen Pracht sogar das Russellsche Paradoxon erfüllten und größer waren als sie selbst. Einmal, als er etwas betrunken gewesen war, hatte er Walter erzählt, dass er die Nummer einer Prostituierten kenne, die sich darauf spezialisiert habe, die Söhne einflussreicher und wohlhabender Männer zu entjungfern. Sie heiße Conny und der Stundentarif sei – aber Walter hatte die Ziffer längst vergessen.

– Aber Papa, das ist ganz einfach. Ich kann diese Arbeit nicht mehr machen, weil ich ... na ja ... für diese Art von Arbeit muss man ein wenig gelenkiger sein als ich.

– Gelenkiger?

– Im Kopf, meine ich. Ich bin dafür einfach zu träge. Mir fällt nichts ein.

Sein Vater starrte in eine Ecke. Er ließ das Gehörte einwirken, dann verfinsterte sich seine Miene. Die Spitze seiner Nase wurde rot und glänzend.

– Aber das kommt mit der Zeit schon, meinte er.

– Nein, es kommt nicht!

– Jetzt schrei nicht gleich, sagte sein Vater. Meine Güte, als hätte ich dich zu irgendwas gezwungen.

– Nein, gezwungen hast du mich nicht.

– Wenn du nicht Regisseur werden willst, dann gibt es auch vor der Kamera genug Platz. Da bring ich dich schon unter.

– Papa.

– Ist ja schließlich nicht zuviel verlangt, nein, das wirklich nicht. Ich verstehe, glaub mir, ich verstehe dich. Regie führen ist nicht jedermanns Sache. Die einen gehen darin auf, die anderen glänzen vor der Kamera. Du hast ein ausdrucksstarkes Gesicht, fast wie ein Dirigent.

– Wirklich?, sagte Walter schwach.

– Ich bringe dich unter, verlass dich drauf.

– Aber … muss es denn unbedingt Schauspieler sein? Ich meine –

– Ja, was bleibt denn noch übrig, Himmelherrgott? Schreiben willst du nicht, sagst du. Bitte, das akzeptiere ich. Und Journalismus, wo es ja aufs Schreiben nicht ankommt, kannst du auch nicht! Damit du mich jetzt nicht falsch verstehst, ich werfe dir das nicht vor. Ich selber kann es auch nicht, obwohl ich mir, wie du weißt, damit lange den Lebensunterhalt verdient habe. Gezwungenermaßen. Damit war ich nicht glücklich, du sollst glücklicher sein. Niemand hat verdient, sich in einem Metier künstlerisch auszudrücken, in dem er nicht zuhause ist.

– Wenn du meinst, sagte Walter.

Er wusste, dass er den Kampf verloren hatte. Nein, noch schlimmer, dass es überhaupt keinen Kampf gegeben hatte. Alles, wogegen er rebellierte, war weich und durchlässig. Er selbst hatte diesen Wunsch unlängst gehabt, Schauspieler zu werden, und nun schlug ihm sein Vater genau das vor. Es gab keine Möglichkeit, ihm auszuweichen. Es war immer alles vorbestimmt. Solange es irgendetwas mit Kunst zu tun hatte, und sein Vater redete ruhig und freundlich auf ihn ein, bis Walter versöhnlich wurde und nickte.

Walter gab dem Nussknacker mit Zeige- und Mittelfinger eine Ohrfeige. Der hässliche Soldat überschlug sich und stürzte zu Boden, wo er sich ordnungsgemäß das Genick brach. Der Hebel lag daneben.

Die erste Ölfarbenausrüstung hatte Walter zu seinem siebten Geburtstag bekommen. Dazu eine echte Leinwand, die man in alter Manier an einem Holzrahmen festnageln musste. Aber vom Geruch der frischen Farben wurde ihm übel und er musste sich erbrechen. Also räumten seine Eltern die Leinwand und alle Malutensilien in den Keller und diskutierten Alternativen; immerhin musste schnell ein Ersatzgeschenk gefunden werden. Sie hatten in einem Ratgeber über Kinderpsychologie nachgelesen und darin einen Absatz über die Bedeutung von Geburtstagsgeschenken gefunden. Ein Geburtstagsgeschenk wieder wegzunehmen, selbst wenn man das Kind damit von einer Gefahr befreie, sei eine heikle Angelegenheit.

Da ihnen Wasserfarben zu banal waren, schenkten sie ihm ein Töpfer-Set. Seine Finger sollten so früh wie möglich geschult werden. Walter war begeistert. Er fertigte ein paar Tassen aus Ton, die ihm erstaunlich symmetrisch gerieten, und als er sie im Ofen unter der Anleitung seiner Mutter gebacken und anschließend glasiert hatte, wollte er, dass die Eltern beim Frühstück daraus tranken, vielleicht nicht immer, aber zumindest hin und wieder. Die Eltern lachten über den sonderbaren Wunsch ihres Sohnes und erzählten ihm, dass man aus Kunstwerken nicht trinkt. Man stellte sie aufs Klavier neben all die anderen künstlerischen Ausdrucksformen des Kindes und führte sie Besuchern vor, die sich dann höflich nach offensichtlichen Kleinigkeiten erkundigten, wie etwa dem verwendeten Material (Ton) oder der zugrunde liegenden Idee (Trinktasse).

Sein Vater wollte, dass er und seine Schwester vielsprachig waren, also schickte er den achtzehnjährigen Walter, der gerade die Matura mühevoll hinter sich gebracht hatte, für ein Jahr nach Paris, wo er Französisch lernen sollte. Englisch hatte er von seiner Mutter gelernt, die viele Jahre in Amerika gelebt hatte.

Er blieb das volle Jahr brav in Paris, traf ein paar ältere Künstler, die seine Mutter noch *von früher* (begleitet von der Geste eines rückwärts laufenden Karateschlags, der am Ohr in ein Winken übergeht, als wollte man sagen: *Du bist mir vielleicht einer …*) kannten und die sich sachlich und respektvoll über die Arbeit seines Vaters erkundigten. Seine Unschuld verlor er an Ben, einen jungen Studenten, der das japanische Undergroundkino verehrte. Walter hatte bis zu diesem Zeitpunkt nicht gewusst, dass es etwas so Hinreißendes geben konnte wie einen jungen Franzosen, der den Namen eines japanischen Meisterregisseurs wie Shinya Tsukamoto oder Hiroshi Teshigahara auszusprechen versuchte. Er wohnte zeitweise ganz bei Ben, durchforstete mit ihm seine beeindruckende Sammlung von Videokassetten und ließ seine Wohnung in Montmartre verkommen, für die sein Vater weiter aus der Ferne einen ungeheuren Mietpreis bezahlte. Aber da Ben ein paar Kaninchen besaß, gegen deren Haare Walter offenbar allergisch war, wohnte er bald wieder allein.

Gegen Ende seines Aufenthalts war ihm die Stadt zuwider geworden. Er hasste den fauligen Sommergeruch der Seine, die Sirenen der Rettungsfahrzeuge, die mit ihrem bedrohlichen Ganztonschritt Gefahr verkünden, *Gefaahr, Gefaaahr*; und wenn er aus irgendeinem Grund durch die Tuilerien oder über die Place de la Concorde gehen musste, kam er sich vor wie ein falsch proportionierter Mensch auf einem Kupferstich. Das Einzige, was er wahrscheinlich vermissen würde, waren die weißen, verzauberten Sessel im Jardin du Luxembourg, die aus einem anderen Jahrhundert zu stammen schienen, obwohl sie natürlich ganz normale Outdoor-Möbel waren. Sehr oft stellte er sich vor, dass er ein Gespenst verscheuchen musste, wenn er sich hinsetzen wollte. Dann wieder sah er die vielen Touristen und dachte daran, dass sie die Gespenster waren, die durch Materie hindurchgehen konnten und nirgends Halt fanden auf der Welt.

Er war froh, als er endlich abreiste. Im Flugzeug schlief er ein und sah ein verregnetes Fußballfeld, auf dem eine kleine Jacht gestrandet war.

Er verbrachte die ersten Weihnachten wieder zuhause, bei seiner Familie, und wunderte sich, wie er es überhaupt so lange in Frankreich ausgehalten hatte. Ben kam ihm manchmal noch in den Sinn und er schrieb ihm lange Briefe, die allerdings unbeantwortet blieben. Er ertappte sich dabei, wie er im letzten Brief gleich sieben Wörter falsch schrieb und sich bei den Accents vertat. Schon nach ein paar Monaten waren seine Französischkenntnisse auf das Allernötigste zusammengeschrumpft.

Sein Vater verschaffte ihm ein unbezahltes Praktikum als Journalist bei einer großen Tageszeitung. Walter war dort sehr unglücklich. Am meisten kämpfte er mit der vorgeschriebenen Mindestlänge der Artikel. Seinem Gefühl nach hatte er alles Erwähnenswerte bereits in drei oder vier Sätzen gesagt. Dann wies ihn sein Vorgesetzter darauf hin, dass er die Hauptsache, etwa den Namen der Oper oder die Art des zu erwartenden Staatsbesuchs, gar nicht erwähnt hatte und dass obendrein alle Namen falsch geschrieben waren. Walter ließ die Kritik über sich ergehen. Er kniff dabei die Augen zusammen, wie Piloten, die scharfem Gegenwind ausgesetzt sind.

Um sich versöhnlich zu zeigen, fragte der Redakteur, ein Freund seines Vaters, Walter hinterher immer nach Paris. Er war noch nie dort gewesen und Walter gab bereitwillig Auskunft. Ihm fiel auf, dass er sich noch recht gut an alle Straßennamen erinnern konnte. Doch wenn der Redakteur etwas über das Flair oder die Gerüche, die Cafés, in denen angeblich heiß über unbeantwortbare Fragen diskutiert wurde, oder die spezielle Vibration des Lichts wissen wollte, erfand Walter einfach irgendwas. Der Redakteur nahm ihm die Geschichte jedes Mal ab, wenn Walter ein paar französische Ausdrücke einstreute, wo gar keine hingehörten. Eine augenzwinkernde Frage nach den Pariser Frauen (begleitet von einem Ellbogenstoß, der ins Leere ging) beantwortete Walter mit einer solchen Überzeugungskraft, dass er sich selbst gar nicht wieder erkannte. Seine Stimme nahm, wenn er log oder Geschichten erfand, einen besonderen Tonfall an, den nur er allein zu hören vermochte. Es blieb sein Geheimnis. In Wirklichkeit wollte er Paris natürlich so schnell es ging vergessen. Er wollte auch nicht länger dumme Artikel über Dinge schreiben, von denen er nichts verstand und zu denen seine Eltern so differenzierte Meinungen hatten, dass sie sie sich gegenseitig laut am Frühstückstisch vorlasen.

Walter dachte daran fortzulaufen.

Aber es waren die Kinder, die fortliefen, nicht die Erwachsenen und Walter zählte nun schon fast zwanzig Jahre. Das war eine französische Satzkonstruktion gewesen, stellte er fest: *Ce sont les enfants qui* – ja, was? Fortlaufen … *échapper? S'échapper?* Entkommen. Es klang irgendwie alles falsch, aber es konnte trotzdem stimmen. Die leere Stelle in seinem Vokabular sorgte für ein seltsam angenehmes Kribbeln.

Er seufzte viel, wenn er allein war. Ihm fiel auf, dass man auf mindestens hundert verschiedene Arten seufzen konnte.

Sein Vater beschenkte ihn zu seinem Geburtstag mit dem Versprechen, sich für eine Assistentenstelle bei einem Regisseur einzusetzen. Da Walter sonst nur einen Alarmwecker geschenkt bekommen hatte und die ganze Familie so glücklich und vollzählig um ihn herum stand, beschloss er, sich zu freuen. Es war leichter, als er gedacht hatte. Er zog die Mundwinkel nach oben und stieß einen anerkennend-heiteren Seufzer aus.

Das Gesicht seines Vaters entspannte sich, lächelte und begann von der Zukunft zu sprechen. Walter aß sein Geburtstagsmahl – Kaiserschmarrn, sein Lieblingsgericht – und hörte seinem Vater zu:

– Eigentlich … bekommt man da ja keine Stelle, wenn man nicht auf der Filmakademie studiert. So. Und natürlich kann man das auch irgendwie verstehen, weil ja sonst alles überlaufen wäre … da ist eine gewisse Regulation sicher nicht unlogisch. Aber. Es sollte doch, finde ich zumindest … und ich bin mir da keineswegs zu schade, mich dafür einzusetzen … es sollte wirklich eine Ausnahme gemacht werden für hochbegabte Menschen, eine Weltbürger-Klausel gewissermaßen.

Er sah Walter erwartungsvoll an, wie alle Menschen, die ein neues Wort an einem Untergebenen ausprobieren. Walter kaute, schluckte. *Weltbürger*. Was für ein dummes Wort. Aber er fühlte plötzlich, was sein Vater in diesem Augenblick erwartete. Es lag, es *legte sich* ihm auf die Zunge, dann war die alberne Bemerkung da, hell und unsinnig. Er brauchte es nur noch zu sagen:

– *Citoyen du monde*!

Sein Vater lachte entzückt auf. Seine Mutter stimmte mit ein. Sogar seine Schwester blickte lächelnd auf den Teppich. Was für ein himmelschreiender Blödsinn, dachte Walter. Es würgte ihn fast vor Scham. Aber alle kauften sie es ihm ab, freuten sich und waren versöhnt.

An diesem Tag hatte er keine Schwierigkeiten einzuschlafen. Im Traum spielte er auf einer kleinen Tigerkatze Gitarre. Davon bekamen seine Finger Haare und er wachte auf. Er hatte eine Idee, aber er verwarf sie gleich wieder, weil es eine dumme Idee gewesen war, eine Kopfgeburt im Halbschlaf. Weil man nicht einfach so Schauspieler werden konnte, nicht einfach so, ohne. Ohne was? Sein müder Kopf spielte eine unscharfe Bilderfolge ab, von Theaterproben, Engagements und Vorsprechen …

Er kuschelte sich zurück in sein Bett. Nicht einfach so. So ohne irgendwas.

Mit Joachim, einem älteren Hobbypoeten, hatte er zum ersten Mal über seinen Schauspiel-Wunsch gesprochen. Nein, das war nicht ganz richtig. Er hatte Joachim seine *Gedichte* gezeigt, das kurze, hübsche über den Hund und ein paar frühere Sachen. Joachim hatte sie nickend durchgelesen und nichts dazu gesagt. An diesem Abend waren sie beide ziemlich betrunken gewesen, besonders Joachim. Und das war sein Glück, denn er hatte nicht die geringste Ahnung davon, wie sehr er Walter mit seinem Nicken beleidigt und entsetzt hatte. Aber Walter, der nicht unhöflich sein wollte und insgeheim auch dankbar war für die Aufrichtigkeit, die aus Joachims beiläufiger Geste sprach, wagte einen erstaunlichen Gedankensprung, der ihn selbst überraschte.

Er fing an von Schauspielerei zu sprechen. Er nahm große Schlucke direkt aus der Flasche, spürte das angenehm draufgängerische Brennen der Flüssigkeit in seiner Kehle und ließ sich von Joachims inzwischen nur mehr gelallten Äußerungen provozieren.

– Identität ist vollkommener Unsinn, schimpfte Walter. Identität fängt man sich ein wie einen Schnupfen oder einen Ohrwurm oder, im schlimmsten Fall, ein Unterbewusstsein. Ist dir das schon mal aufgefallen, dass alle immer Unterwusstsein … Unterbusstsein …

Er rang eine Weile mit dem Wort.

Joachim nickte vielsagend.

– Im Grunde braucht niemand, fuhr Walter fort, niemand, kein Mensch, weißt du, zum Leben braucht kein Schwanz eine Identität. Oder ein Unbewusstsein. Alles Scheiße! Diese ganzen Scheißdebatten über Identität und Unterbewusstsein hat … hat … haben aber dazu geführt, dass inzwischen viele, viele Menschen irgendwie durch die Welt rennen und – anstatt das zu tun, wozu sie aller Wahrscheinlichkeit nach tatsächlich hier sind, nämlich den anderen, den Mitmenschen die Lebenszeit irngwie erträglicher zu gestalten, irngwie … Und dabei wiederholen sie immer nur, immer nur den einen sinnlosen Satz wiederholen sie, wie einen Zauberspruch gegen Flöhe … Haha! Gegen Flöhe, weißt du? Gegen die eigene Verantwortungslosigkeit: *Wer* bin ich? Wer bin *ich*? Wer *bin* ich?

Er sprach diesen letzten Satz aus wie das *Mea Culpa* in der Kirche und musste rülpsen.

– Und besonders unerträglich sind diese ganzen Scheiß *Identitätsfetischisten*, die sich an so einem Scheiß wie Kulturtheorie oder Lit'raturwissenschaft aufgeilen und für die das Größte im Leben ist, wenn man ein Pro'lem mit der eignen Identität hat. Wenn's nach denen ginge, dann … dann ist der Sinn des Lebens einzig und allein der, herauszufinden, *was für ein Mensch man wirklich ist* … diese Arschlöcher … Und dann, und dann, wenn einem das klar geworden ist, irngwie … nimmt man dieses unheimlich tolle Wissen und rennt damit glücklich in den Sonnenuntergang. Verstehst du, was ich meine?

Joachim hatte das Kinn auf seine Faust gestützt. Walter

suchte einen Satz, den er wie einen Stempel unter seinen letzten Satz setzen konnte.

– Wer nicht zumindest einmal was verloren hat … alles fellohren … haha, Fell-Ohren … nein, ich meine, der wirklich alles verloren hat, der darf … der darf überhaupt nicht mitreden, weißt du, was ich meine?

Joachim wusste es, *oh Mann*, er wusste genau, wovon Walter sprach.

– Oh Mann, ich weiß genau, wovon du sprichst. Hier. Hier drinnen!

Er legte sich die Hand aufs Herz.

– Freut mich, sagte Walter nach einem Schluck aus der Flasche. Freut mich. Ist gut, wenn sich die Leute verstehen, wenn man bedenkt, wie leicht sie andauernd aufeinander verzichten können, diese Wichser.

Joachim blickte Walter glücklich an. *Nimm mich in den Mund*, sagte sein einsamer Zeigefinger, mit dem er Walters Ärmel hochschob, damit er auf dessen Armbanduhr ablesen konnte, wie viele Stunden dieser Nacht noch blieben.

Die Panne, erster Akt

Ich habe die Augenbrauen meines Vaters geerbt. Zwei dicht behaarte, schwarze Raupen über meinen Augen, dunkler als mein Haupthaar, dunkler auch als der Prophetenbart, der in naher Zukunft meinem Kopf etwas von einem mürrischen Totenschädel verleihen wird. Bei Gefahr ziehen sich die Augenbrauen zusammen, sodass sie einander berühren, eine kleine, elastische Zugbrücke, knapp oberhalb der Nasenwurzel.

Ich kann, wenn es sein muss, ziemlich ernst schauen.

Der Mund wird bitter und schmal, ein Gedankenstrich zwischen zwei schlimmen Ereignissen, die ohne Grund eng beieinander liegen. Und über die große, runde Stirn, die sonst glatt ist wie ein mit Wasser gefüllter Ballon, ziehen Andeutungen von Falten.

Der Anblick meines Kindergesichts in einer schwach spiegelnden Fensterscheibe. Ein Wintermorgen vor vierzehn Jahren.

Alle Mülltonnen trugen weiße Hauben. Die Straße entlang standen Autos, denen die Schneedecke dieselbe kokonartige Unbeweglichkeit verlieh, wie sie abgedeckten Möbeln in einem unbewohnten Strandhaus eigen ist. Eine Vielzahl von Fußspuren auf dem schmalen Gehweg, der durch den Garten führte, ließ an Käfer im Gänsemarsch denken, und das Geäst der Bäume erschien in dem harten winterlichen Gegenlicht, das der Himmel erzeugte, noch verwinkelter und verworrener als sonst. Ein wenig erinnerte es an misslungene Imitationen chinesischer Kalligraphie. Es schneite zwar nicht mehr, aber die spärlichen Sonnenstrahlen wurden durch einen feinen Nebel gefiltert, der sich besonders um den alten, grauen Kirchturm verdichtete, der seit einem Jahr in einem Baugerüst gefangen war. Draußen in der Kälte räusperten sich die Schneeschaufeln.

Es war Sonntag, ein angenehmer Tag, der sich blau anfühlte, obwohl dieser Morgen schneeweiß war. Nachdem ich aus dem Fenster geschaut hatte, ging ich wieder ins Bett. Die Körperwärme, die liegen geblieben war, empfing mich wie eine Haut, die ich vorübergehend abgestreift hatte, ich legte mich hinein und wurde sofort wieder müde. Unter mir waren die Geräusche von Möbeln zu hören, die verrückt wurden; mein Vater arbeitete im Keller, vielleicht stand er kurz vor einem Durchbruch. Draußen musste es eiskalt sein, denn die Scheiben waren beschlagen, obwohl sie gerade erst letztes Jahr mit neuen Dichtungen versehen worden waren. Ein kleinwüchsiger Mann, der unangenehm nach Salbe roch, hatte sie angebracht.

Ich rollte mich auf den Rücken. Trotz der Müdigkeit würde ich nicht mehr einschlafen können. Das helle Winterbild mit seinen kräftigen weißen Farben hatte mich geblendet, und wenn ich jetzt die Augen schloss, erschien ein dunkelgrüner Hintergrund.

Ich stand auf.

Mit nackten Füßen ging ich durchs Zimmer. Früher Morgen. Eiskalter Boden, Teppich, wieder eiskalter Boden. Ich holte mir meine Sammlung von Spielfiguren mit ins Bett.

Sie fielen in einem Durcheinander aus der kleinen Holzkiste, verbreiteten ihren charakteristischen Geruch nach Plastik und hart gewordenem Industrieleim, der bereits in meinen Handflächen imprägniert war.

Es gab zwei Dinosaurier, denen ich aus kosmetischen Gründen die dünnen Arme gebrochen hatte und die sich seitdem sehr fügsam und brav verhielten. Ohne Arme sahen sie sogar noch ein wenig Furcht erregender aus. Den einen Arm hatte ich einem Elefanten auf den fehlenden Rüssel geschraubt. Spielfiguren überstehen jede Form von Transplantation.

Dann ein berühmter General namens Sunny. Berühmt war er, weil er viele Orden an der Brust trug, ein kleines Quadrat aus Farben, dort, wo man sonst die Hand ablegte, um hochheilig zu schwören oder den eigenen Herzschlag zu spüren. Der General war kleiner als die Elefanten, natürlich, da Generäle immer kleiner sind als Elefanten, egal wie viel Macht sie haben. General Sunny hatte außerdem noch ein Gewehr, das Luftbläschen von sich geben sollte, wenn man es mit Seifenwasser füllte. Aber das war, wie die kurze Lebensskizze von General Sunny auf der Originalverpackung, nichts als eine Legende. Ich hatte es einmal ausprobiert und das Ergebnis war sehr mickrig ausgefallen. Das Wasser blubberte aus dem Lauf der Kanone und tropfte aufs Bett. Meine Mutter entdeckte die Flecken und – sagte nichts. Schaute lange auf die Tropfenspuren und sagte nichts. Dabei war es nur Seifenwasser! Wasser, angereichert mit Seife. Es besaß einen milchigen Schimmer und war beinahe geruchlos, außer man hielt die Nase sehr nahe an den Fleck. Dann roch er natürlich nach Seife.

Es folgten eine Reihe Bauern, einfärbige, aus uralten Spielzeugsammlungen entwendete Soldatenfiguren, deren Beine in einer Art gefrorener Pfütze aus Plastik feststeckten, damit sie besser stehen konnten. Sie bestanden aus nichts als aus Posen und Haltungen. Einer hielt eine Fahne in der Hand und war gerade im Begriff, sie in den Boden zu pflanzen. Ein anderer zielte mit einem Gewehr, das nicht größer war als eine Tannennadel. Ein dritter hockte auf dem Boden und hielt den T-förmigen Fernzünder einer Bombe, gleich würde er ihn betätigen, und – Bumm! – der Staudamm bricht und der Fluss ergießt seine unkontrollierbare Wut über das Land, das Wasser tritt über die Ufer, die Städte versinken und ich, im Marinetaucheranzug, kämpfe mich durch das Volksschulgebäude, das vollkommen unter Wasser steht und in dem ein paar Lehrer gefangen sind. Sie sind über mein beherztes Einschreiten und darüber, dass ich ihnen das Leben gerettet habe, so erstaunt und erfreut, dass sie mich wieder bei sich aufnehmen, in einer eigens für mich eingerichteten fünften Klasse. Ich bin der Klügste in dieser Klasse und ich muss nicht ins Gymnasium wechseln.

Die kleinen grünen Soldaten schmolzen, wenn man sie über eine Flamme hielt, auf eine sehr deprimierende Art und Weise: Ihre Körper fielen in sich zusammen, die Beine knickten ein, als knieten sie vor einem Altar zum Gebet nieder, und sie brannten kaum, es gab nur einen üblen Geruch, den man tagelang nicht aus dem Zimmer bekam. Am Schluss war der Soldat ein schwarzgrünes Häuflein Elend, auf dem zuoberst ein stecknadelgroßer Helm schwamm.

Das elfte Jahr meines Lebens. Ich war kleiner als alle anderen Menschen. Manche Leute auf der Straße trugen Koffer, in die ich gepasst hätte. Und vielleicht waren all diese Koffer tatsächlich voller Kinder, die sich die Glieder verrenkten, während ihre Atemluft langsam zur Neige ging.

– Alexander! Wo bleibst du denn?

Meine Mutter half mir mit dem Skianzug. Ich hasste ihn, weil er mir schon letzten Winter viel zu klein gewesen war, aber meine Mutter bestand darauf, dass kein Mensch so schnell wachse, und machte den Reißverschluss zu. Das kleine Metallding blieb knapp unterhalb meines Kinns stehen. Wäre es möglich gewesen, meine Mutter hätte es wohl noch weiter nach oben gezogen, über mein Gesicht und meinen Kopf hinaus.

Es dauerte eine Weile, bis es im Auto warm war, da die Heizung nicht richtig funktionierte. Der alte VW. Im Fahren wurde es manchmal kälter, dann wieder wärmer. Das Beste war, man ließ das Auto im stehenden Zustand ein wenig vorheizen und wartete, bis es sich zwischen zwei Extremen eingependelt hatte. Solange es in der Fahrerkabine nicht warm genug war, dass man darin wie in einer Luftblase durch die feindselige Umgebung der Stadt schweben konnte, weigerte sich mein Vater loszufahren. Wir warteten unterdessen im Haus, vollständig angezogen, während er im Wagen mit den Fingern auf das Lenkrad trommelte.

Meine Mutter beobachtete ihn vom Küchenfenster aus.

Es war fast unmöglich, mit einem Skianzug auf einem der schmalen Sessel zu sitzen. Dazu trug ich noch Handschuhe, die ich mir abstreifte, als mir der Schweiß ausbrach. Auch die Haube legte ich ab. Sie fiel auf den Boden und meine Mutter hob sie blitzschnell auf, klopfte sie an ihrer Hüfte ab und gab sie mir zurück. Dann trat sie wieder ans Fenster. Ich sah, dass sie hinauswinkte.

– Immer noch zu kalt, sagte sie.

Mein Vater würde, wenn es warm genug war, zweimal hupen. Dann durften wir kommen und es ging los.

– Ich muss noch aufs Klo, sagte ich und zog den Reißverschluss auf.

Meine Mutter zog ihn wieder nach oben.

– Aber du warst doch gerade! Komm, wir fahren gleich los, dann kannst du im Gasthaus gehen. Die zehn Minuten hältst du schon noch aus. Wenn wir jetzt gleich –

Sie verstummte und spitzte die Ohren. Ein Motorengeräusch war zu hören. Und das Knirschen von Rädern auf hart gepresstem Schnee. Ohne etwas zu sagen, lief sie zur Tür hinaus. Ich taumelte ihr nach, die lange Unterhose kratzte an meinen Beinen.

Der alte VW fuhr in der Einfahrt langsam rückwärts.

Meine Mutter war bereits eingestiegen. Sie schluchzte. Ich nahm hinten Platz.

Wir fuhren los.

– Jetzt beruhig dich wieder, sagte mein Vater leise.

Seine Finger hatten nicht aufgehört, auf das Lenkrad zu trommeln, obwohl es im Auto inzwischen fast schon heiß war. Nur wenn er den Gang wechseln musste, dann griffen sie energisch zu.

Meine Mutter beruhigte sich tatsächlich. Autofahren nahm sie mit all ihren Sinnen gefangen. Sie sah aus dem Fenster, auf die vorbeiziehenden Gebäude, allesamt weiß und charakterlos. Sie drehte sich zu mir um.

– Suchst du uns einen Sender aus, hm?

Ich rutschte zwischen den beiden Vordersitzen durch und schaltete das Radio ein. Ich drehte zwischen einzelnen Sendern hin und her; mein Vater beobachtete genau, was ich tat. Als ich einen Sender gefunden hatte, der nur Musik zu spielen schien, setzte ich mich wieder hin.

– Schnall dich bitte an, sagte mein Vater.

Wir fuhren in eine Kurve, und es dauerte eine Weile, bis der Sicherheitsverschluss in den dafür vorgesehenen Schlitz passte. Er schnappte zu, ohne mir den Finger einzuklemmen. Der Gurt rieb an meinem Hals.

Mein Vater wechselte den Sender. Nachrichten. Eine Frau auf den Philippinen war über hundert Jahre alt geworden und konnte immer noch mit dem Rad fahren.

Wir hielten an einer Ampel. In einem hell erleuchteten Fenster stand ein Mann und blickte auf die wartenden

Fahrzeuge herunter. Er trug einen schwarzen Hut. Erst als wir langsam anfuhren, bewegte auch er sich und verschwand. Dieser Mann wusste nichts von uns, dachte ich, nichts. Er hatte nichts mit uns zu tun, sein unbekanntes Gesicht war Teil eines völlig anderen Universums.

Mein Vater fluchte über die Meldung im Radio, dass der Benzinpreis wieder im Steigen war.

Ich schaute durch das hintere Fenster zurück zu dem Haus, in dem der unbekannte Mann lebte. Das Haus wurde kleiner, verschwand in einer Kurve. Wir rollten über die Straße, in unserem VW, den der Mann am Fenster gesehen hatte, ohne ihn zu registrieren, und aus irgendeinem Grund wünschte ich mir plötzlich nichts sehnlicher, als ihn zu kennen. Oder für einen Augenblick er zu sein: unabhängig, alt, mit einem schwarzen Hut.

Genau genommen war das Gespräch zwischen ihm und Joachim gar keines über Schauspielerei gewesen, doch Walter schien es hinterher trotzdem so. Er sah jetzt endlich eine Berufsmöglichkeit, die seine Eltern ihm nicht vorgeschlagen hatten. Dann freilich schlug sein Vater sie ihm tatsächlich vor und Walter reiste schnell wieder ab, nach Hause in die Stadt, in sein Leben, und spielte dort ein halbes Jahr lang Vogel Strauß.

Als er genug davon hatte, erzählte er allen, die es interessieren musste, von seiner Homosexualität. Es war ein befreiender, großer Moment, der aus lauter kleinen, einengenden und zermalmenden Momenten bestand. Sein Vater hatte sich anfangs ein wenig geziert, Walters sexuelle Orientierung zu akzeptieren, aber bald hatte er zugeben müssen, dass sehr viele berühmte Künstler … durchaus … ziemlich viele, wenn man es genau bedachte sogar eine ganze Menge … jaja … (Letztendlich war Walter heilfroh, dass sein Vater diesen Satz in seinem Beisein nie ganz zu Ende brachte.)

Seine Mutter hatte größere Schwierigkeiten. Sie rang die Hände und machte sich lautstark Sorgen um die Zukunft der Familie. Walter machte einen Scherz darüber, dass alle guten Dinge irgendwann zu einem Ende kämen. Aber daraufhin wurde sie nur traurig und begann ihn zu beschimpfen. Nachdem sie ihr mütterliches Mantra *Trotz allem ist er trotz allem ist er trotz allem* einige Male still aufgesagt und sich wieder beruhigt hatte, ging Walter ihr einen Schritt entgegen und gestand, dass er keineswegs nur Männer mochte, eben *auch*. Frauen seien im Allgemeinen bloß die schwierigeren Zeitgenossen. Darüber konnte seine Mutter nun endlich lachen, und Walter hatte es wieder einmal geschafft, genau das zu sagen, was sein Gesprächspartner in dem Augenblick hören wollte. *Citroën du Monde*, dachte er sarkastisch.

– Dummer Bub, sagte seine Mutter sanft und berührte seine Schulter, ohne ihn dabei anzusehen.

Über diese Berührung war Walter einigermaßen entsetzt und er entfernte sich.

Seine Mutter blieb im abgedunkelten Zimmer sitzen. Mit gefalteten Händen beschloss sie, dass sich in den letzten zehn Minuten nichts geändert hatte, obwohl sich natürlich alles geändert hatte, und als sie sich bei dem tröstenden Gedanken ertappte, es gebe ja noch Mirja, die, so Gott wollte, für den Fortbestand des Zmalschen Erbguts sorgen konnte, tadelte sie sich selbst für ihre kindische Charakterschwäche. Sie fasste neuen Mut und ging die Fasane füttern.

Doch am Abend dachte sie plötzlich daran, wie Walter einst als alter Mann durch das Haus der Familie gehen und nacheinander die Lichter in allen Zimmern auslöschen würde. Und niemand wäre mehr da, nur noch er. Ganz allein. Gegen diese Vorstellung half kein Selbsttadel mehr und sie weinte.

Walter hatte Joachim auf die übliche Art kennen gelernt. Wie alle Homosexuellen hatte er eine sehr lange Zeit in der quälenden Gewissheit zugebracht, der einzige Mann auf der Welt zu sein, der so empfand, und naturgemäß sprang nach Ablauf dieses Purgatoriums eine Art Sensor an, der ähnlich empfindende Menschen mit einem besonderen Licht umgab und die Idee, sie anzusprechen, als die klügste erscheinen ließ, die man seit langer Zeit gehabt hatte. Schon nach den ersten zwei Minuten wusste Walter, dass Joachim ebenfalls schwul war, und er signalisierte mit der Art, wie er die Hände faltete, wenn er etwas Wichtiges sagen wollte, dass Joachim auch wissen durfte, dass er wusste, dass er –

Nach einer Stunde sprachen sie bereits offen darüber und fühlten sich beschwingt. Joachim allerdings kühlte schnell wieder ab und bestand darauf, dass sein Leben bisher die Hölle gewesen sei. Walter, sehr mutig, legte ihm eine Hand aufs Knie, was Joachim ein wenig aus der Ruhe brachte, und begann von Büchern zu sprechen. Sein Lieblingsautor war Chris Ware.

– Ein absolutes Genie, sagte er.

Ben hatte ihm damals in Paris die Bücher von Chris Ware gezeigt, die Bände der *Acme Novelty Library* und den großen Roman *Jimmy Corrigan*. Walter hatte sich sofort in ihn verliebt.

– Noch nie gehört, sagte Joachim.

Er räusperte sich, zog die Schultern hoch und empfahl Walter im Gegenzug die Bücher von Dennis Cooper. Dann verabschiedete er sich in großer Eile, was allerdings hoffnungslos einstudiert wirkte.

– Warte, können wir vielleicht unsere Nummern austauschen?, fragte Walter. Nur für den Fall …

Joachim drehte sich im Gehen um, und sein Gesicht schien zu überlegen, ob es der Entscheidung, die der Rest seines Körpers längst gefällt hatte, folgen würde.

– Null Sechs Sechs Vier, begann er.

Walter tippte die Nummer blind ein und blickte Joachim dabei streng in die Augen, damit dieser nicht plötzlich zu sprechen aufhörte.

Walter besorgte sich die Bücher von Dennis Cooper und begann sie zu lesen, war aber von den Gewalt- und Mordfantasien, in denen sich der Autor ständig verlor, so abgestoßen, dass er damit aufhören musste. Dann nahm er eines der Bücher spätnachts, als er aufs Klo ging, wieder zur Hand und fand sich zu seiner großen Überraschung in ein vor Rührung heulendes Häufchen Elend verwandelt.

Er rief Joachim mitten in der Nacht an und dankte ihm überschwänglich für den Tipp. Dann entschuldigte er sich dafür, ihn aufgeweckt zu haben.

– Schon okay, sagte Joachim.

Mit kuschelig-schlaftrunkener Stimme lud er Walter zu sich ein. Die Tür stehe immer offen, sagte er mit einem intimen Seufzer, er besitze ja kaum etwas von Wert, außer einem Kopf voller unbrauchbarer Phantasien.

Unter einem glühenden Deckenlampion saßen sie in Joachims Küche, tranken Wein und sprachen wieder von Literatur, zuerst von berühmten Vorbildern, dann von Joachims eigenen Schreibversuchen.

– Shakespeare ist ein Dichter, mit dem man quasi immer per Sie bleibt, sagte Joachim. Mit anderen Autoren ist man gleich von Anfang an per Du. Kennst du Dave Eggers?

Walter schüttelte den Kopf und bat ihn, davon zu erzählen. Aber Joachim hatte den Faden verloren und erzählte ihm stattdessen von einem Literaturpreis, den er vor elf Jahren bekommen hatte, für sein erstes Buch, das den sonderbaren Titel *Das Tschechow'sche Wandgewehr geht von selbst los* trug und inzwischen vergriffen war.

– Weißt du, sagte Joachim, die Sache ist, ich erhole mich gerade von einer sehr, sehr schweren Zeit. Ich habe mich lange wie ein Misanthrop benommen, der heimlich in die ganze Menschheit verliebt ist und alle vor dem Untergang retten will.

Er zog sein Reclam-gelbes Hemd mit einer einzigen Bewegung seines kräftigen, aber auch etwas aufgedunsenen Oberkörpers aus, sodass sich zwei Knöpfe unter dem Druck schnell von selbst öffneten, um nicht geköpft zu werden. Er wischte sich sein verschwitztes Gesicht mit dem Hemd ab, dann sprach er weiter:

– Der Roman, der diese Zeit beschreibt und gewissermaßen eine … eine Aufarbeitung davon ist, ist schon in Planung. Er muss nur noch geschrieben werden, dann dürfte sich alles wieder zum Guten wenden. Einigermaßen.

Der Sessel, auf dem er saß, knarrte zustimmend.

Walter brauchte viel Höflichkeit, um Joachims nervöse Kennenlern-Monologe zu ertragen. Aber er fühlte sich auch hingezogen zu diesem unsicheren, kindlichen Mann, der vor lauter ununterdrückbarem Künstlertum das Wort *Misanthrop* wie *mise-en-scène* aussprach und sich am liebsten von aller Welt nur mit seinem Nachnamen anreden ließ, der vielleicht ein Pseudonym war: Hutmek.

Ihre Beziehung war sehr kurz, denn obwohl sie sogar zusammen wohnten, trennte sich Walter bald wieder von Joachim, als dieser immer mehr dem Alkohol und der verbalen Selbstgeißelung verfiel. Als Schriftsteller war er seit langem in jenem gefährlichen Zustand der Arbeitsunfähigkeit angelangt, der von den Worten *Ich brauche nur eine gute Idee dann wird sich alles weitere schon ergeben nur eine einzige gute Idee bitte* erfüllt ist wie der Kopf eines wahnsinnigen Priesters von immerwährendem Glockengeläut. Er verbrachte seine Tage damit, dass er vor dem Bildschirm saß und das Layout seiner Textverarbeitung veränderte, im Internet spezielle Schriftarten suchte, die seinem Auge am angenehmsten erschienen, und einsame, von keinem gesunden Menschen je einholbare Minesweeper-Rekorde aufstellte. Als Joachim Walter eines Abends eröffnete, dass er gedächte, in ein anderes Land zu ziehen, in eine anregende, literarisch hochwertige Großstadt, natürlich nur für kurze Zeit, nur so lange, bis die ärgsten Hemmschwellen überwunden waren, wartete Walter, bis die unsichtbare Zündschnur in seinem Inneren abgebrannt war, und fragte dann, an welche Stadt er denn dabei gedacht habe, obwohl er die Antwort längst wusste.

Joachims romantisch intonierte Antwort war der Schlusspunkt gewesen. Drei Tage später zog Walter bei ihm aus und sie besprachen die ungewisse Zukunft ihrer Beziehung am Telefon. Walter, der seinen überstürzten Auszug ein wenig zu bereuen begann, erzählte Joachim von seinem Coming-Out. Joachim hörte ihm ganz ruhig zu und sagte dann:

– Weißt du was, ich beneide dich.

Walter fragte ihn, warum er ihn beneide. Joachim habe doch seiner Familie ebenfalls von seiner Homosexualität erzählt.

– Ja, sagte Joachim und schien plötzlich ganz nah am Telefonhörer zu kleben, ja, natürlich, aber die sind doch alle so unheimlich liberal und finden das ganz toll und alles. Ich beneide dich um den *Stoff*, um die Szene. Könntest du mir das noch einmal erzählen?

Walter versuchte ein letztes Mal, das Thema zu wechseln, sprach Joachim auf seinen Alkoholkonsum an (seinen empfindlichsten Punkt), was Joachim normalerweise ungeduldig oder gar wütend machte, aber jetzt half nicht einmal mehr das.

– Waren alle dabei?, fragte Joachim.

Walter nahm das Telefon langsam vom Ohr, die empfindungslose Plastikoberfläche war noch für wenige Sekunden warm, und legte auf. Seine Gefühle für Joachim waren verschwunden, so sagte er sich, und die Bücher von Dennis Cooper wanderten in ein unerreichbar hohes Regal.

Der Riss

Am innersten Punkt der Hölle stand einst ein mittelgroßer Eichenholzschrank, in dem nichts hing als eine Vielzahl nervös vibrierender Kleiderbügel. Diese Kleiderbügel hielten sich an der Metallstange fest wie die vor dem Abrutschen zu einem verzweifelten Fragezeichen gekrümmten Finger des Schurken in einem James-Bond-Film – und bei der ersten Berührung, manchmal sogar schon beim ersten Blick, fielen alle diese Kleiderbügel – eine Generation missgestalteter, von ihrem Schöpfer verstoßener Triangeln – zu Boden, klirrten in dem hölzernen Resonanzraum des Kastens und läuteten das Jüngste Gericht ein.

Irgendwann im Jahr 1982 holte jemand, vermutlich mein Vater, der neben einem Ausweis für die Stadtbibliothek und einem Doktortitel in Physik auch einen LKW-Führerschein besaß, diesen Schrank von seinem ursprünglichen Bestimmungsort ab und stellte ihn in einen der noch weitgehend leeren Räume des Hauses, das er eben erst mit meiner Mutter bezogen hatte.

Meine ersten Besitztümer waren dieser Kleiderschrank, eine Ausgeburt von Lärm und ständig herunterfallenden Dingen, und die Wiege, in der ich lag. Meine früheste Erinnerung ist das Bild der schwebenden Köpfe meiner Eltern über dieser Wiege: sonderbare, sich gegenseitig abstoßende Planeten, die niemals gemeinsam auftraten.

Ein Gespräch, das plötzlich verstummt, weil ein ungebetener Gast den Raum betreten hat. Alle Gesichter drehen sich nach ihm um, sehen ihn vorwurfsvoll an. Man schämt sich plötzlich, kann nicht mehr weiterreden. Alles ist verändert.

So ungefähr muss man sich meine Geburt vorstellen.

Anfangs war alles noch gut, dann war ich meinen Eltern zunehmend im Weg und wurde auf den Balkon gestellt, wo die Luft so kalt war, dass sie vor meinem Gesicht zu Rauchzeichen gefror. In der Eiseskälte, eingewickelt in mehrere Lagen Decken, die mir das Erfrieren ersparen sollten, fragte ich mich mit der sprachlosen Aufrichtigkeit einer lebenden Tabula rasa, was ungeheuer Wichtiges vorgefallen sein mochte, dass ich hier war und mich bewegen konnte.

So zumindest stelle ich es mir vor.

Mit der Möglichkeit, mich zu bewegen, kam die seltsame Notwendigkeit, hin und wieder völlig still zu liegen, auszuruhen. Das führte automatisch zum dritten meiner frühesten Besitztümer: ein völlig abgewetzter Teddybär, der ungefähr zehnmal so alt war wie ich und schon einige Erfahrung mit Kindern hatte. Sein Spezialgebiet war die Linderung von Einsamkeit und Verlassensängsten. Ich vertraute ihm. Ich brauchte ihn, wenn ich ins Bett ging, denn einzuschlafen war ein fast unüberwindliches Problem. In der Nacht, wenn man schlaflos daliegt und an nichts zu denken versucht, werden die Ohrwürmer, die sich tagsüber angesammelt haben, immer lauter, plärrend und schnarrend, wie fremde Radiomusik von einem Nachbarbalkon im Sommer. Deshalb war das komplizierteste Ritual von allen das Einschlafritual. Meine Mutter musste mir jeden Tag Gute Nacht wünschen, dann noch versprechen, dass sie nicht aus der Wohnung ginge, während ich bewusstlos in der Dunkelheit lag, und musste am Ende auf meine nicht immer, aber immer wieder geäußerte Bitte eingehen, draußen, hinter der geschlossenen Tür, die von glühenden Lichtbalken eingerahmt war (welche mit der Essenz verbotenen nächtlichen Erwachsenenlebens getränkt waren), unauffällig und stetig Krach zu machen, Geschirr zu ordnen, Bücher im schmalen Regal neben dem Fernseher herauszunehmen und wieder hineinzustellen – obwohl sie es natürlich nie tat. Es ging um ihre Zustimmung, ihr Versprechen.

– Gute Nacht.

– Gute Nacht.

– Schlaf schön.

– Mama?

– Ja?

– Du bist draußen, oder?

– Ja, natürlich, ich bin in der Küche und im Wohnzimmer.

– Warum kann ich nicht auch noch ein bisschen im Wohnzimmer sein?

Ihre Hand legte sich von außen auf die Türklinke; sie sank etwas nach unten.

– Weil du jetzt schlafen musst. Schlaf schön.

– Aber Mama …

– Und schöne Träume.

Der Türspalt, in dem sie als schwarze Silhouette gegen das hereindrängende, unendlich interessante Licht stand, wurde schmaler, er drohte zu verschwinden.

– Mama!

– Was ist denn?

Die Türklinke atmete erleichtert auf.

– Du hast vergessen zu sagen –

– Angenehme Träume, hab ich doch gesagt.

– Nein, du hast gesagt *schöne* Träume, und vorher hast du *Schlaf schön* gesagt, also zweimal *schön.*

– Also gut, angenehme Träume.

– Nein, sag's zweimal.

– Alexander!

– Mama!

Wenn mein ruheloser, lebenshungriger Geist sich nicht geschlagen geben wollte, brach ich in Tränen aus. Meiner Mutter blieben dann im Prinzip zwei Möglichkeiten: die Tür zu schließen und den Abend in Unfrieden zu beenden, da sie wusste, dass ich zu faul sein würde, um tatsächlich aufzustehen und zu ihr zu gehen; oder das dumme Spiel weiterzuspielen, bis zu dem Punkt, da ich zufrieden war.

Natürlich konnte ich selbst auch nicht anders, als mich jeden Abend mühsam die Geländepunkte des zwanghaften Spiels entlangzuhanteln, bis mein Bewusstsein endlich losließ und in bedeutungsvollen Unsinn versank. Der täglich von mir verlangte Abstieg in die Traumwelt hatte zu dieser Zeit weder etwas Beruhigendes noch etwas Aufregendes für mich. Ich fantasierte sehnsüchtig von einer Welt, in der man niemals schlafen musste. Eine Welt ohne erleuchtete Türspalte, die mit einem Ruck zugeklappt werden konnten.

– Angenehme Träume!

Manchmal trieb ich meine Mutter mit meiner Bettelei, dieses oder jenes Wort der Einschlafliturgie noch einmal zu wiederholen, damit das Protokoll auch wirklich eingehalten wurde, so zur Verzweiflung, dass sie ausfällig wurde und mir drohte, die Tür von außen zu versperren, wenn ich nicht sofort Ruhe gab. Natürlich weinte ich dann, so *gerade noch hörbar*, wie ich konnte, einige Minuten lang, damit sie merkte, wie sehr sie mich mit ihrer Drohung eingeschüchtert hatte, bis sie zurück kam und eine dem feierlichen Vokabular des Einschlafrituals entsprechende Entschuldigung aufsagte, die ich sie dann, angetrieben von der kraftspendenden Wirkung gestillter Tränen, noch ein paar Mal wiederholen ließ.

Und schließlich Nummer vier. Meinen ersten Regenschirm bekam ich – ich erinnere mich genau – mit fünf Jahren. Als ich ihn sah, nahm ich ihn zuerst gar nicht als Schirm wahr. Für den Bruchteil einer Sekunde, für jene kurze Zeitspanne, die wir den *ersten Blick* nennen und später gern für die größten Fehlentscheidungen unseres Lebens verantwortlich machen, für diesen flüchtigen Moment war er etwas anderes, beinahe Lebendiges, ein Mysterium an Struktur, das sich in seltsamer Spreizgebärde auf dem Küchenfußboden niedergelassen hatte und mich mit einem einzigen ausgefahrenen Fühler anstarrte, auf dessen Spitze ein blendendes Korn Sonnenlicht balancierte. Wie konnte etwas nur so aussehen? Mit diesem langen, am Ende geringelten Schwanz, mit dieser breiten Hutkrempe aus schwimmhäutig bespanntem Stoff und dem sonderbaren Muster, das ihn bedeckte: eine Wolke von weißen Punkten, von denen manche durch dunkelblaue Linien verbunden waren. Erst ein paar Tage später begriff ich den Sinn dieser Verzierung. Ging man unter dem Schirm durch den Regen, konnte man in eine reizvolle Miniatur des nächtlichen Sternenhimmels blicken. Sein erstes Loch bekam der kleine Kinderregenschirm übrigens in der Umgebung der Plejaden, einem blassen Schönheitsfleck der Milchstraße, der aus ungefähr tausend Sternen besteht und für das ungeschulte Auge leicht mit einer verunreinigten Brille oder einer Glaskörpertrübung zu verwechseln ist.

~

Der Riss war in meinem sechsten Lebensjahr aufgetaucht, gegen Ende eines ungewöhnlich heißen Sommers. Im Unterschied zu all den anderen Gegenständen meiner Kindheit war er etwas, das man nicht besitzen konnte; der Riss besaß einen, wenn überhaupt. Aber seine eigentliche Natur war die völliger Ungreifbarkeit, jenseits aller Fragen von Besitz.

Er erschien eines Morgens plötzlich an einer Kellerwand, erstreckte sich bis zum Rand eines alten Regals, in dem längst nicht mehr verwendete Geräte und Werkzeuge lagerten. Und vielleicht hörte er da auch auf.

Er tat es nicht.

Mein Vater, verschwitzt, seine Hände schmutzig und müde vom Verrücken des schweren Eisenregals, betrachtete das Ausmaß des Risses. Die ganze Wand entlang. Meine Mutter und ich standen im Hintergrund, hilflose Statisten, die auf das nächste Stichwort des Regisseurs warteten.

– Dreck, sagte mein Vater. Verdammter Dreck.

– Da hinten hört es vielleicht auf, sagte meine Mutter.

– Unsinn. Der geht immer weiter. Dass da die Wand ist, bedeutet nichts.

– Aber er geht nicht über die zweite Wand.

– Hab ich das behauptet?

– Nein, aber –

Mein Vater drehte sich um.

– Hab ich das etwa behauptet? Bringt uns das irgendwie weiter?

– Nein.

– Ich hab nichts von der verfluchten zweiten Wand gesagt, sagte mein Vater und wandte sich wieder dem Riss zu. Die zweite Wand interessiert mich nicht.

– Okay.

– Der Riss geht weiter, er schert sich nicht um Ecken. Er geht einfach weiter.

– Aber –

– Was *aber*? Red nicht über Dinge, von denen du nicht die geringste Ahnung hast.

Meine Mutter sagte nichts mehr. Ich war verwirrt. Die Idee eines Risses, der sich weiter erstreckte als alle Wände, war mehr, als ich mir vorstellen konnte. Konnte ein Riss ohne eine Wand überhaupt existieren? Aber es hätte in diesem Augenblick nichts gebracht, meinen Vater irgendetwas zu fragen. Er stand nur da und schaute auf die seltsame Fieberkurve, die die Nordwand unseres Kellers zierte. Sein Gesicht war dabei von einer bedrohlichen Ausdruckslosigkeit. Es zeigte keine Wut, aber irgendetwas bereitete sich darin vor. Die Kiefer mahlten, die Augen blinzelten viel und schnell. Selbst seine Bartstoppel schienen sich zu bewegen, wie die Punkte auf einem rauschenden Fernsehschirm.

Dann riss er sich von dem unangenehmen Anblick los und ging an uns vorbei die Treppe hinauf.

Den ganzen Abend dachte ich über die unbegreiflichen Eigenschaften des Risses nach. Ich sah aus dem Fenster. Ging der Riss da unten einfach weiter, durch die Luft, als unsichtbare Verwerfung? War der Raum an dieser Stelle entzweigebrochen? Und was geschah, wenn man ahnungslos hindurch rannte? Man knickte einfach in der Mitte ein oder platzte an der Seite auf. Wie sah ein Mensch überhaupt aus, innen? Ich brütete über die sonderbaren Einsichten, die meinem Vater den ganzen Tag durch den Kopf gehen mussten. Wie fühlten sich solche Einsichten wohl an? Es war ohne Zweifel unangenehm, sie zu besitzen. *Er geht einfach weiter.*

In dieser Nacht träumte ich von riesenhaften Regenwäldern, die sich mit langsamen Stiefelschritten über den ganzen Erdball bewegten und ihn langsam verdunkelten. Ich wachte auf und musste so dringend aufs Klo, dass ich es fast nicht mehr rechtzeitig schaffte.

– Ich bin mir sicher, dass das nicht ohne Grund passiert, sagte meine Mutter. Ich weigere mich, das irgendwie als Strafe zu betrachten, weil ich … weil ich glaube, dass uns dieser Riss als Familie noch enger zusammenschweißen wird.

Sie sagte das natürlich nicht so, in einem Satz, nicht einmal in einem einzigen Gespräch. Es brauchte schon mehrere Tage, bis sie diese Essenz aus der verwirrenden neuen Situation herausdestilliert hatte.

Das fertige Konzentrat an Optimismus, das meine Mutter anbot, wurde von meinem Vater mit einigen sachlichen Erläuterungen vom Tisch gefegt. Er führte Zauberworte wie *Fundament*, *Tragfähigkeit* und *Naivität* ein. Die Naivität unseres beschädigten Hauses war dabei das stärkste Argument.

Natürlich verfehlte er, trotz seiner Skepsis, die Wahrheit, die meine Mutter längst erkannt hatte: Einen guten Teil der Tageszeit, die er sonst mit finsteren Vorbereitungen zu Panikattacken und Wutausbrüchen verbracht hatte, widmete mein Vater nun der Erforschung des Risses. Immerhin war es sein Metier, er war gefragt – nicht von meiner Mutter oder seinem Sohn, deren Bitten und Anliegen er zumeist als linguistisches Phänomen abtat, nein, er war gewissermaßen von der Natur selbst gefordert worden, durch das unvorhersehbare Absinken des Hauses, für das er den Kaufvertrag einst eigenhändig unterschrieben und dessen Garten er aus eigener Kraft bepflanzt hatte.

Er war es im Übrigen, der dem Riss seinen Namen gab. Er nannte ihn: *Riss.* Manchmal auch: *Risss.*

In seinem Arbeitszimmer stand eine Schiefertafel, die mir, der ich noch keinerlei Gedanken an unverrückbare Tatsachen wie das Erwachsenwerden, den Tod oder das implodierende Universum verschwendete, Schauer über den Rücken jagen konnte, wenn ich mich ihr mit meinem Finger näherte: Lange bevor ich sie berührte, teilte sich ihre Oberflächenbeschaffenheit, jene furchtbare Mischung aus glatt und rau, meiner Haut mit, so ähnlich wie wenn man mit der Hand über einen knisternden Fernsehbildschirm wischt.

Auf der Tafel meines Vaters befand sich seit geraumer Zeit eine ungefähre Kopie des Risses, die Übergänge von Wand zu Wand waren durch ein kleines Symbol gekennzeichnet, das, wie ich später lernte, einen rechten Winkel bezeichnete.

Natürlich war mein Vater unempfindlich gegenüber der Oberfläche der Tafel, er bemerkte nicht einmal das Kreischen der Kreide, das immer dann entstand, wenn er zu schnell auf ihr schrieb. Er tat alles am liebsten sehr schnell, denn je schneller er die Dinge erledigte, desto eher hatte er sie hinter sich, und erst wenn etwas zu Ende war, konnte er darüber reden, was, wie mir früh klar wurde, die einzige Überlebensstrategie war, die es für ihn in der Hölle gab.

Seine Hölle maß in ihrer Gesamtheit ungefähr einhundertzwanzig Quadratmeter, verteilt auf zwei Stockwerke, eine Terrasse mit Garten, einen Balkon und eine finstere Garage.

Die Vorbesitzer des Hauses hatten es sich nicht nehmen lassen, bei ihrem Auszug das Geländer der Innentreppe aus ihrer Verankerung zu reißen und mitzunehmen.

Das Haus war in den sechziger Jahren gebaut worden, es hatte beängstigend wenig Überflüssiges in seiner Bauweise. Wilder Wein, dem man eine Fassade zum Wachsen anbot, bildete nur ein paar traurige Ärmchen, die keinen Halt fanden. Efeu wuchs in leidenschaftslosen Ornamenten an der schmutzigen Garagenwand. Und selbst bunte Girlanden, die irgendwann anlässlich eines längst vergangenen Kindergeburtstags aufgehängt worden waren, blieben nicht hängen und fielen ins Gras. Es gab keine vorstehenden Fensterbretter, auf denen Blumentöpfe Platz gefunden hätten, aber zumindest gab es einen Balkon. Der Balkon lag allerdings auf der Schattseite des Hauses, und im Winter bildeten die Eiszapfen unter der Dachrinne einen dicken, weißlich-transparenten Euter.

Nach dem Auftreten des Risses blieben die morgendlichen Rundgänge meines Vaters manchmal aus. Stattdessen hörte man mysteriöse Geräusche aus dem Keller, bis hinauf in den ersten Stock und in mein Zimmer.

Was tat er die ganze Zeit da unten? Ich traute mich nicht zu fragen. Und ich durfte ihn, soviel war sicher, auch nicht begleiten. Angeblich bestand Einsturzgefahr. Was aber niemand bedacht zu haben schien, war, dass in der Folge ja das ganze Haus betreffen musste, also auch mich, der in vermeintlicher Sicherheit im ersten Stock im Bett lag, während mein Vater unten mit dem Erdreich verhandelte.

Ich versuchte durch unauffällige Bemerkungen meine Mutter dazu zu bringen, mir unabsichtlich auf meine stumme Frage zu antworten. Etwa: *Ja, Alexander, da unten ist ein riesiger Tunnel, eine Probebohrung, und da macht der Papa ein neues Stützgerüst für unser Haus. Er kann das. Man darf ihn bloß* nicht stören. Diese Erklärung machte meinen Gedanken selbst im Halbschlaf ein jähes Ende. Alles, wobei man meinen Vater nicht stören durfte, gehörte in eine Sphäre von fast religiöser Selbstgenügsamkeit.

Warum durfte man ihn nicht stören? Natürlich weil man ihn nicht stören durfte.

Gott existierte und waltete irgendwo tief in diesen stillen Verlautbarungen, und mein Vater verehrte einen besonders schwierigen, unversöhnlichen Gott, für den er jeden Tag sehr früh aufzustehen pflegte, um vor dem Haus langsam auf und ab zu gehen. Diese Art von Morgenmesse durfte nur er allein besuchen. Wenn man ihn bis an die Türschwelle verfolgte und fragte, was er denn um fünf Uhr morgens auf der Straße machte, wurde er wütend und ging ohne Kommentar ins Haus zurück.

Ließ man ihm aber seine zwei Stunden, die ihn vom Zusammenleben mit seiner Familie trennten (um sieben Uhr stand meine Mutter auf), war er tagsüber einigermaßen ruhig und entspannt. Um fünf Uhr früh ist eine schmale Nebenstraße in einer mittelgroßen Stadt wie Graz etwas sehr Intimes, wie ein windiger, verlassener Parkplatz hinter einem Zirkuszelt oder der geräuschlose Innenhof eines Krankenhauses, in dem gerade ein Nachkomme geboren worden ist.

Am Abend, wenn mein Kopf schon fast eingeschlafen war, bekam ich Antworten auf meine Fragen. Mein Vater zog sich seinen Overall an, wie jeden Tag, und ging dann in den Keller. Man hörte irgendwo weit weg das Knarren von Stühlen, dann fiel eine schwere Tür ins Schloss.

Schnitt. Der Keller. Spinnweben. Mein Vater mit einem Grubenlicht am Helm. Der Lichtkegel streicht über die verwitterte Mauer, an der sich tote oder blindgeborene Weinreben entlangtasten. Plötzlich stehen wir in einer Sackgasse, vor uns eine Wand, auf der nur ein großes

Poster klebt. Es ist schwarz-weiß, eigentlich sepiabraunweiß, und zeigt einen Elefanten, der auf einem Fuß balanciert, mit unendlich traurigen Vergangenheitsaugen. Ein winziger Dompteur steht daneben und freut sich, als Mensch auf die Welt gekommen zu sein. Mein Vater reißt das Plakat von der Wand. Kühle Luft und modrige Dunkelheit wehen uns an. Das Grubenlicht meines Vaters erhellt den Tunneleingang. Wir tauchen ein in die dreckige, fette Finsternis. Der Gehörsinn wird augenblicklich sphärisch, Dinge, die hinter uns zu hören sind, ereignen sich vor uns und umgekehrt. Das unheimlich verstärkte Echogeräusch von fallenden Wassertropfen, wie von einem Synthesizer gespielt: *Tuipp! Tuipp!*

Ein paar Meter durchs Erdreich geht es dahin, ohne dass uns etwas Besonderes auffiele. Es gibt sehr viele Würmer im Erdreich neben und über uns. Die Würmer ringeln sich, vermutlich unter Qualen, da sie so etwas noch nie gesehen haben: elektrisches Licht. Manche von ihnen sind eindeutig nur mehr der Rest ihres alten Ichs, armselige Hälften, die melancholische Fingertänze aufführen. Kopfstücke ohne Rumpf winden sich, versuchen sich zu orientieren. Sie bestehen aus nichts als Phantomschmerzen.

Bewohner der Höllenbecken.

Dann ist der Gang plötzlich zu Ende. Ein Widerstand, ein schweres, graues Bündel Kleider oder etwas Ähnliches. Das Grubenlicht huscht über ein altes, augenloses Gesicht, das die Farbe von frisch gebranntem Ton besitzt.

Jeden Tag geht er hier hinunter, zu seinem Lehm-Mann, der prähistorischen Mumie, die er in der Erde, in welcher unser Haus für alle Zeiten feststeckt, gefunden hat. Deshalb darf ihn niemand stören. Der Körper ist gut erhalten, ihm fehlen nur der linke Arm und die Beine. Die Augenhöhlen sind leer. Der Mund mit zwei dicken, geschwollenen Lippen wirkt sehr ernst. Man kann ihn berühren, aber nicht zu oft, sonst zerfällt er. Ist es überhaupt ein Er? Er, der Körper.

Plötzlich bekam er Augen, die Augen meines Vaters. Er musste sie gestohlen haben, dazu noch das Grubenlicht! Und schon stapfte er die Treppe hoch, zu uns, zu mir, der ich nicht hinuntergehen durfte, und jetzt werden sie sehen, was sie von diesem Verbot haben – gemeinsam hätten wir den Wiedergänger niedergerungen.

Mein Kopf fiel nach hinten und ich wachte auf. Verwirrtes Blinzeln zog über mein Gesicht, wie das Leuchten von Gewittern, die von einer Raumstation aus beobachtet werden. Wirbelstürme so klein wie Muffins. Unten im Erdgeschoss hörte man das allnächtliche Poltern der Möbel. Die Couch ächzte, als sie verschoben wurde. Alles war in Ordnung. Ich war in unserem Haus.

Und das Haus bewohnte kein ehemaliger Bergarbeiter, der dereinst in einem Stollen verschüttet worden und nach einer langen Reise durch verschiedene Gesteinsschichten im Erdreich unseres Vorgartens gelandet war.

Ich schloss die Augen, dachte an etwas Schönes.

Natürlich, jeder Bergarbeiter würde sein Grubenlicht zurückhaben wollen. Er sieht ja sonst nichts in der Dunkelheit, und kann die Gesichter der Menschen in seiner Umgebung nicht erkennen. Wer keine Augen mehr hat, braucht wenigstens eine Lampe auf der Stirn.

Nur ein einziges Mal sah ich ihn am Riss arbeiten. Ich ging mit der Ausrede zu ihm in den Keller, dass oben das Telefon nach ihm schrie. Soweit ich sehen konnte, tat er hier unten gar nichts. Er wischte sich nur alle paar Minuten mit der Hand über die schweißglänzende Stirn.

– Ich hab's fast gehabt, sagte er.

– Was?

Natürlich ahnte ich, was er meinte.

– Den Verlauf der ... ach, egal ... das ist einfach unmöglich ...

Er wandte sich zu mir und deutete mit dem Schraubenzieher direkt auf meine Nase, während er sprach:

– Merk dir, Alex, das ist einfach unmöglich ... unmöglich, merk dir meine Worte ... Man glaubt die ganze Zeit, man hat es endlich, und dann kommen einem ständig die eigenen Gedanken in die Quere. Die kann man nie abstellen. Nie, nie. Denn sonst würde man ja ... sicher, man würde wahrscheinlich ...

Verrückt werden – der Schraubenzieher vollendete den Satz mit einer kleinen irren Drehung. Mein Vater schüttelte den Kopf über diese unverrückbare Einsicht, und der Schraubenzieher wanderte zurück in seine Tasche. Dann ächzte er und hatte große Schwierigkeiten, sich zu bücken.

~

Das Auftreten des Risses fiel mit einigen anderen unangenehmen Vorfällen zusammen. In der Schule wurde ich von einem Schläger namens Philipp belästigt. Er warf mich auf den Boden, setzte sich auf mich, schlug mich blutig, ließ mich Erde fressen und dabei rezitieren, dass ich gerne Erde fraß. Es gab kein Mittel, ihn zu bremsen. Er hatte sich auf mich eingestellt, hörte meine Stimme unter den Stimmen hunderter anderer Schüler heraus und steuerte zielsicher auf mich zu, nur um dann mit einem auf einschüchternde Weise glänzenden Grinsen vor mir stehen zu bleiben und zu sagen:

– Ja, wen haben wir denn da?

Ich wehrte mich, natürlich, ich versuchte alles. Aber es half nichts. Ich verlor regelmäßig mein Taschengeld an ihn, er sperrte mich im Klo ein oder trat mir von hinten in den Rücken, wenn ich auf der Treppe stand.

Dann kamen die Sommerferien, eine kurze Erholungspause, und als die Schule wieder anfing, blieb sein Platz die ersten paar Wochen leer. Dann kam er für zwei Tage, verschwand aber wieder. Er sah sehr bleich aus.

Mich schien er vergessen zu haben.

Es hieß, er leide an einer schweren und komplizierten Krankheit. Mir erzählte man diese Neuigkeit mit einiger Genugtuung und achtete genau auf meine Reaktion. Vielleicht hätte ich diese Nachricht einfach zur Kenntnis nehmen sollen, anstatt ihn zu besuchen, aber ich wollte sehen, wie er hilflos in einem Bett lag und gefüttert werden musste.

An einem Herbsttag läutete ich am Haus seiner Eltern, wurde von seiner Mutter, einer unwirklich geschminkten Frau mit kurzen Puppenhaaren, begutachtet und schließlich zu dem abgedunkelten Zimmer ihres Sohnes vorgelassen. Er lag im Bett, wie ich erwartet hatte. Ich begrüßte ihn. Er schaute mich lange stumm an. Dann setzte er sich auf.

– Hallo, sagte er.

– Und, wie geht's?, sagte ich und setzte mich neben seine Beine, die aus der Decke hervorschauten. Er trug rote Socken, das weiß ich noch. Dann kommt ein längerer Filmriss. Ich erinnere mich nur noch an die finsteren Vorhänge und den abgestandenen Geruch im Zimmer, aber an kein einziges Wort unserer Unterhaltung.

Zwei Tage später erhielt meine Mutter einen Anruf.

– Ich wollte Sie bitten, Ihren Sohn nicht mehr zu uns kommen zu lassen.

– Du liebe Zeit, was hat er denn angestellt?

– Unser Sohn ist sehr krank, wie Sie vielleicht schon gehört haben.

– Aber was hat mein Sohn ihm denn getan?

– Das weiß ich nicht, aber Philipp hat sich furchtbar aufgeregt, nachdem Ihr Sohn bei uns war. Ich hab ihm eine Spritze geben müssen. Bitte, sagen Sie Ihrem Sohn, dass er nicht mehr hierher kommen soll.

Aber meine Mutter wäre nicht meine Mutter, wenn sie nicht nachgefragt hätte:

– Eine Spritze? Was denn für eine Spritze? Und was hat mein Sohn damit zu tun?

Eine Zeitlang schwieg die Anruferin, dann knackte es in der Leitung und das Gespräch war beendet.

Ich sah Philipp später wieder. Er hatte seine Krankheit überlebt und saß in einem Rollstuhl. Ich sprach ihn auf der Straße an, und es dauerte eine Weile, bis er sich an mich erinnern konnte. Dann schüttelte er mir die Hand. Aus irgendeinem Grund kam ich mir in diesem Augenblick vor wie sein Retter. Ich lächelte ihn von oben herab an und erbot mich, ihn im Rollstuhl zu schieben, egal wie weit, egal wohin. Vielleicht habe er ja Lust, den Mur-Radweg entlang bis zum Kalvarienberg zu fahren? Er lehnte angewidert ab.

Die anderen Namen

Da Walter alle Fehler gern zwei- oder dreimal machte, war sein nächster Geliebter wieder ein Künstler. Colin. Der Name war das einzige Amerikanische an ihm, seine Eltern und alle anderen Vorfahren stammten aus dem Wiener Raum. Der amerikanische Name des jüngsten Sprösslings, der einmal ein berühmter Jazzmusiker werden sollte, bedeutete für die Familie so etwas wie ein Fenster in die Zukunft. Doch da dieses Fenster sich nie wirklich ganz öffnete und der Junge sich in der Schule eine Menge bösartiger Abwandlungen seines Namens gefallen lassen musste, bereuten seine Eltern ihre Entscheidung, aber natürlich war es da längst zu spät.

Das Hauptproblem in dieser Beziehung war, dass Walter sich Colin mit *Art* teilen musste. Art war ein Saxophon. Es war eines jener liebevoll abgewetzten Instrumente, an denen Jazzmusiker, diese seltsame Unterwasser-Spezies aus Clubs und Hinterhöfen, wie Walter sie sich gerne vorstellte, stundenlang mit ihren Lippen hängen konnten, um alle Musik bis auf den letzten Tropfen in gierigen Zügen auszutrinken.

Colin war ein schwieriger Mensch.

In besonders festgefahrenen Situationen, wo er an seinem Talent und seiner Zukunft gleichermaßen zweifelte, war Art, das Saxophon, ein überdimensionales Babyfläschchen, das ihn beruhigte. Er umklammerte das Instrument, das wie ein spanisches Fragezeichen vor ihm schwebte, und ging ruhelos durch alle Zimmer. Colin trug Augen im Gesicht, so wie andere Menschen Manschettenknöpfe tragen: nicht, um damit irgendwelche interessanten Dinge zu tun, sondern weil an dieser Stelle nun mal Platz für sie gewesen war. Selbst wenn man ihn fotografierte, bei festlichen Gelegenheiten wie einer Geburtstagsfeier oder nach Aufführungen seiner kurzen Kompositionen, war das so, als zapfte man ihm unerlaubterweise etwas ab, von dem er ohnehin viel zu wenig besaß. Auf allen Bildern sah er dem Betrachter so entgeistert entgegen, als habe er noch nie etwas so Grauenhaftes gesehen wie den auf ihn gerichteten Lauf einer Kamera.

Natürlich hatten auch Colins Eltern gewusst, dass man jemanden heutzutage nicht mehr einfach der Gosse überantworten kann, um aus ihm einen großen Jazzmusiker zu machen, deshalb schickten sie ihn auf die Musikuniversität. Doch da Colin den kleinen Rest an Mitspracherecht, der ihm eingeräumt worden war, voll ausgenutzt hatte, studierte er nun nicht Jazzarrangement oder Saxophon, sondern Komposition. Seine Eltern gaben sich damit zufrieden. Es war nahe genug an dem, was ihnen vorschwebte.

Über Musik zu reden war für Walter bald mit einem eigenartigen Tabu belegt, denn Colin war wahrscheinlich der einzige Mensch auf der Welt, der sich nie für irgendein Musikstück so begeistern konnte, dass er mitgetanzt, -getrommelt oder -gesummt hätte. Für ihn war jedes Stück eine Frage von Gelingen oder Misslingen einer gestellten Aufgabe. Ein Musikstück war eine Reihe von Axiomen und Folgerungen, die sich daraus ableiteten und die man im besten Fall hören konnte (sonst war es, wie Colin meinte, keine Musik im engeren Sinn). Und wenn ihm die Folgerungen einigermaßen sinnvoll erschienen, erklärte er es zu einem guten Stück. Er hörte sich einen zappeligen Popsong, eine leidenschaftliche Jazzballade, ein experimentelles Streichquartett für vier Roboter oder eine Sonate für neunundneunzig Geigerzähler mit dem gleichen Ernst an und gab hinterher seinen Kommentar ab. Wenn er komponierte, studierte er im Vorfeld eine Vielzahl obskurer Quellen, etwa die Mystikerin Juliana von Norwich oder mittelalterliche Chroniken über den Ausbruch der Pest in Europa. Ausgehend von diesen Quellen leitete er verschiedene Zahlenreihen ab, die er anschließend in Tonfolgen übersetzte. Wie er von den Zahlenreihen auf die Töne kam, blieb stets ein Geheimnis. Er hasste es, wenn man ihn darauf ansprach; dieses Recht besaß ausschließlich sein Professor – und der war ein Genie, ein Erleuchteter, der bei Wolfgang Rihm studiert hatte. Manchmal allerdings hatte Walter den Verdacht, Colin improvisiere seine Stücke lediglich und behaupte dann hinterher, sie aus abstrakten Zahlenfolgen destilliert zu haben.

Colin hielt Anton Webern für den größten Komponisten aller Zeiten, ein Bild von dessen ernstem Konterfei, das an einer unheilbaren Brillenkrankheit litt, hing über seinem Schreibtisch. Der andere Heilige war Erik Satie. Von dessen Musik sagte er immer, sie sei so entwaffnend einfach, dass man sie sogar auf dem Rücken liegend mit den großen Zehen dirigieren könnte, und trotzdem bleibe es große Musik. Die Opernliteratur lehnte er zur Gänze ab. In seinen Augen hatte eine Kunstform keinen Sinn, deren einziges Geheimnis darin bestand, dass das Orchester immer schlauer und weitsichtiger war als alle handelnden Figuren.

Walter fragte Colin eines Tages, ob das Saxophon tatsächlich das richtige Instrument für ihn sei. Er meine ja nur, dieser spezielle Klang, diese raunzig-verrauchte, quasi am Boden schleifende Leidenschaft. Colin reagierte auf diese Bemerkung überraschend zornig und nannte Walter einen bigotten Provinzclown. Wenig später begann er mit intensivem Klavierunterricht. Das Instrument sei in seinem Studium ohnehin ein Pflichtgegenstand, erklärte er, also könne er es ebenso gut gleich ordentlich lernen. Außerdem erteilte ihm eine japanische Gaststudentin Nachhilfe in Rhythmik, was Colins größter Schwachpunkt war; sobald irgendetwas synkopiert war, widerstand es ihm sofort. Ein paar eingekiffte Jazzkollegen waren zwar der Meinung, dass gerade *das* der Punkt sei, *Mann* … aber Colin bezahlte doch lieber zwanzig Euro pro Stunde, um dieses lästige Defizit auszugleichen. Er verbrachte ganze Nachmittage über den recht anspruchsvollen Trommel- und Transkriptionsübungen seiner Lehrerin Mitsuko Wakabayashi.

Walter, der ein Faible für fremde Namen hatte, die niemand aussprechen konnte, fragte ihn im Scherz, ob diese Frau wirklich existierte. Colin zeigte ihm daraufhin ein Notenblatt mit einer Komposition: *For Mitsuko, Ballad in (almost) C.* Er hatte dieses kleine Stück für sie geschrieben. Natürlich bewies das gar nichts, dachte Walter zerknirscht. Er existierte immerhin auch, und Colin hatte ihm noch nie ein Musikstück gewidmet.

Art, das Saxophon, lehnte während dieser Zeit in einer Ecke und wurde nur mehr in den schon erwähnten *festgefahrenen Situationen* hervorgeholt. Solche Tage begannen meist damit, dass Colin nicht aufstehen wollte und zu weinen begann, wenn man ihn ansprach oder berührte. Das Weinen verzerrte seine Züge derart, dass man kaum noch ein Gesicht erkennen konnte; wie die farbigen Puzzlespiele, aus denen Neonreklameschilder wurden, wenn man sie durch verregnete Windschutzscheiben betrachtete.

Leider häuften sich diese Tage, je näher Colin dem Abschluss seines Studiums kam, und ballten sich schließlich zu tragischen Wochen zusammen. Walters Geburtstag fiel mitten in eine solche Woche. Er lud seine Freunde ein und sie bildeten einen heiteren Sitzkreis um den Küchentisch, tranken und rauchten Marihuana. Dann kam Colin zur Tür hereingewackelt, setzte sich benommen auf einen leeren Sessel und sagte kein Wort. Seine Finger, die noch von synkopierten $^{11}/_{8}$-Takten träumten, trommelten nervös auf der Tischplatte. Man begrüßte ihn. Er nickte schwach.

Walter war froh, dass Colin sich doch noch dazu aufgerafft hatte, an der kleinen Geburtstagsfeier teilzunehmen; auch wenn er nur zwei Zimmer weiter saß, war sich Walter der ungeheuren Entfernung, die die paar Schritte für Colin bedeuten mussten, wohl bewusst.

Die letzten Wochen ihrer Beziehung bestanden ausschließlich aus verwirrenden Szenen, die nichts und niemand aufschlüsseln konnte.

Colin, zitternd im Türrahmen, mit zerschnittenem Oberarm. Walters entsetzte Frage: *Was zum Teufel hast du dir dabei gedacht?* Colins Antwort: *Nicht anfassen, bitte.* Walter, der ungläubig auf die größte Wunde starrte, die wie ein blutiger Fingerabdruck aussah, ein herausgeschnittenes Stück Packeis. Mein Gott, er wird sich noch völlig zerstören, dachte Walter. Aber das Blut war bereits geronnen, und die Hautzellen hatten an den Rändern ihre winzigen Baustellen errichtet.

Colin, der in einer Buchhandlung vor Walter davonrannte, weil dieser den Arbeitstitel seines letzten Klavierstücks unnütz im Munde geführt hatte. Walter, der ihm sofort nacheilte und zu seiner großen Beschämung ein paar Leute um die Richtung fragen musste, in die der junge Mann, etwa so groß und hier an den Seiten ausrasierte Haare – Danke! Manche Leute wiesen dem unfreiwilligen Verfolger ohne Aufforderung die Richtung. Sie taten es nicht aus Bösartigkeit oder deshalb, weil sie den Flüchtenden für einen Verbrecher hielten; sie waren Gardinen, die der Windstoß einer interessanten Menschenbewegung mit sich zog.

Und schließlich, ganz zuletzt: Colin, der sich kaum mehr bewegen konnte, weil seine Abschlussprüfung in drei Tagen stattfinden sollte, und er war nichtswürdig und klein und unwissend, im Begriff, vom brutalen Universitätsbetrieb zerrieben zu werden wie ein Käfer. Seine Bewegungen, die ruckartig und ökonomisch geworden waren, und dann und wann froren sie einfach ein, wie eines der Ausdauerhäschen von Duracell am Ende seines langen, langen Lebens. Am Tag der Prüfung chauffierte Walter ihn zur Universität, wo er ihn ohne ein Wort ablud. Dann setzte er sich in ein Café und wartete auf ein Zeichen Gottes. Nach vier Stunden kam eine SMS von Colin, in der er mit vielen Ausrufezeichen erklärte, dass er die Prüfung bestanden habe. Walter nickte dem kleinen Handy zu, das ihm diese Nachricht immer und immer wieder vorlas, während er auf die Straße hinaustrat, die in der Nachmittagssonne ganz still geworden war. Das einzige Geräusch war eine körperlose Stimme, die in einer unverständlichen Sprache aus einer Gegensprechanlage quakte. Es klang fast so, als rezitiere sie irgendeine historische Wahlkampfrede.

Walter ging lange spazieren.

Als sein Handy läutete, ging er nicht ran. Er bog um eine Ecke und tauschte die ruhige, kontemplative Straße gegen eine lautere ein. Mit einer Hand löschte er Colins Namen aus dem Nummernspeicher.

Namen, dachte Walter. All die Namen.

– *Eintrag wirklich löschen? OK/NO*, fragte das besorgte Telefon, das ahnte, wie groß die bevorstehende Veränderung war.

Walter ließ seinen Finger auf der Taste behutsam schwerer und immer schwerer werden, so lange, bis sie sich wie von selbst drückte und dieses Kapitel beschloss.

Preis der Jury

Dann – ein Wort wie ein Trommelschlag, einer der unendlich vielen Ruhepunkte von Zenons berühmtem Pfeil: Dann geschah etwas sehr Merkwürdiges. Eine Jury hatte aus vielen hundert Beiträgen für Maturazeitungen ausgerechnet die Einleitungsworte meines Vaters *An das Komitee für Zukunft / Geheimabteilung B* als beste Abschlussrede des Jahres gekürt – und Professor Kerfuchs, der seit beinahe zehn Jahren Französisch und Physik an einem Gymnasium unterrichtete, war darüber empört, ja sogar zutiefst gekränkt. Niemand konnte sich sein Verhalten erklären. Seit einer Woche war er nun schon im Krankenstand. Seine Vertretung übernahm eine junge Kollegin. Er schloss sich unterdessen in seinem Zimmer ein und ordnete stundenlang irgendwelche Zettel.

Irgendwann kam er heraus, als wäre nichts gewesen, setzte sich zu uns an den Tisch, las uns die holprige, freundliche Preisbegründung vor und verbrannte sie hinterher. Das Papier wurde zuerst an den Rändern braun, faltete sich und fiel zusammen, bildete eine kleine Faust aus Asche.

– Ich werde nicht mehr zurückgehen, sagte er. Ich kann nicht mehr im Klassenzimmer stehen.

– Warum nicht?, fragte meine Mutter.

– Es geht einfach nicht, sagte mein Vater und legte sich eine Hand auf den Rücken, als er von seinem Sessel aufstand.

Den Rest des Tages verbrachte er in dem Blättergeraschel, das aus seinem Arbeitszimmer drang.

In den ersten Jahren war er noch so klug gewesen, nur einen halben Lehrauftrag zu übernehmen, aber dann kamen sehr bald die dunklen Jahre der Vollbeschäftigung. Er stellte sein Hobby, das Schreiben und das Konzipieren von Musicals, vollkommen zurück, verkündete, dass er ein, zwei Jahre Pause machen wolle. Schließlich müsse man auch einmal an die Familie denken. Und er hielt dieses Gelübde auch tatsächlich durch – und fand nie wieder richtig zu seinen alten leidenschaftlichen Irrfahrten auf dem Papier zurück.

Dann kam die plötzliche Anerkennung für seine Abschlussrede. Man gratulierte ihm. Und er zog sich zurück und arbeitete mehr an dem Riss als je zuvor.

Früher hatte er in die Gesichter seiner Schüler geblickt, in eine leuchtende Tastatur von Ausdruckslosigkeit, und hatte nur Wissenslücken, Herausforderungen, formbare Geister, junge Menschen auf einer spannenden Reise gesehen, auf einem subtilen Abenteuer von Sinnsuche, Selbstfindung und Identitätsentwicklung. Heute sah er in diesen Gesichtern nur noch den Tod.

Wenn er Hefte korrigiere, erklärte er meiner Mutter, überkomme ihn manchmal die entsetzliche Angst, sein Herz könnte stehen bleiben, *mitten im Stapel.* Etwa beim Buchstaben L. L wie Linquist, Leitner, Leitgeb, Lachner, LaBionda. Er zählte die Namen seiner Schüler auf, die mit L begannen.

– Ist es nicht entsetzlich, dass ich so etwas auswendig weiß?, sagte er.

~

– Wie kannst du nur so lange ohne Unterbrechung reden? Ohne zu wissen, dass dir überhaupt jemand zuhört?

Lydia's besorgtes Gesicht taucht wieder ab, und der Rahmen der Zimmertür ist weiß und leer. Ich höre sie im Nebenzimmer in irgendwelchen Dingen kramen. *Wie kannst du nur so lange.* Sie weiß nicht, dass der Satz eine Falltür war.

– Weiß nicht, rufe ich. Wahrscheinlich Erbmasse.

Ein glücklicher Abend vor langer Zeit. Mein Vater bringt uns alle zum Lachen, erzählt heitere Geschichten, von seinem ersten Fahrrad-Unfall, während er einen Korb voll Gemüse über eine Landstraße transportiert. Davon rollende Kohlköpfe, ein Eisbergsalat, der im Schnee stecken bleibt.

Er spielte oft ein Spiel mit mir, das hieß *Ross-Biss.* Damals schrieb man beides noch mit ß und entsprechend gleißender waren die Worte. Das Spiel bestand darin, dass wir uns Auge in Auge gegenübersaßen und seine Hände versuchten, mich in die Knie zu zwicken. Ich war entsetzlich kitzlig und tat alles, um seine blitzschnellen Attacken abzuwehren. Die Regel des Spiels lautete: Ein Angriff und eine Abwehr, dann von vorne. Wenn er mich erwischte, quietschte ich und fiel fast vom Sessel.

Wenn er in Fahrt kam, sagte meine Mutter zu ihm:

– Ich könnte nicht so lange einfach drauflos erzählen … Wie machst du das?

Er schmückte seine Geschichten von Zuhause oft wunderbar aus. Und manchmal schlichen sich in eine witzige Handlung Requisiten, die etwas Trauriges und Mysteriöses an sich hatten, ein mit einem weißen Leintuch abgedeckter Vogelkäfig auf dem Dachboden oder ein kaputter Kompass, den er einmal in einem Fußstapfen gefunden hatte.

Dann, auf einmal sehr ernst, begann er davon zu erzählen, wie er eines Tages, während eine Kuh auf dem Hof seiner Eltern *in den Wehen* lag und schrecklich brüllte, über die Wiese gegangen war. Er war ganz allein, wie immer, wenn Kühe in den Wehen lagen, und er trat mit seinen Schuhen in Maulwurfshügel und sprach laut mit sich selbst. Da plötzlich begann er zu fliegen.

Meine Mutter veränderte ihre Sitzposition ein wenig, als sie das hörte. Sie richtete sich auf und ihr Blick suchte den meinen. Er verwandelte sich vor unseren Augen von einem amüsierten zu einem leidenschaftlichen Erzähler.

Er habe, so erzählte er, und seine Finger wurden zu flatternden Empfangsantennen, zuerst gar nicht glauben können, was ihm da geschah, dann habe er mit den Armen geflattert und es wieder gelassen, denn es sei gar nicht an den Armen gelegen, nein, er flog einfach drauflos, wie an einer unsichtbaren Schnur hochgezogen. Zuerst habe er natürlich Angst bekommen, dann habe er versucht, sich frei fallen zu lassen, in den Wind, der mit ihm spielte und ihn im Kreis herumwirbelte. Er war ein Herbstblatt, ein von Luftströmungen gefangenes Papierflugzeug, eine wirbelnde Schneeflocke. Er habe versucht, sich zu orientieren, vielleicht war alles am Ende nur ein Schwindelanfall, wie er es schon seit seiner Kindheit kannte, diese plötzlichen Attacken, die wie aus dem Nichts kamen, in denen einem der Boden unter den Füßen schwand und man fiel, gleichzeitig stieg, sich festhielt an seiner eigenen Kleidung, was aber nichts nützte. Aber diesmal sei es etwas anderes gewesen, er habe sich weit, bestimmt an die zwanzig Meter über dem Erdboden befunden, strampelnd und nirgends anstoßend, und es habe ihn zu seinem Entsetzen immer weiter in die Höhe gehoben. Die Wolken, die bedrohlich näher kamen, seien das erste gewesen, was ihm eine Ahnung von seinem nahen Tod eingegeben hatte, und er habe versucht zu schreien, er habe mit winziger Stimme um Hilfe geschrieen, aber natürlich habe ihn niemand hören können, weil alle um die klagende Mutterkuh versammelt waren und ihre Arme – er habe das nie wieder vergessen können – bis zum Ellbogen in ihr versenkt hatten. So wurde er tatsächlich einige Kilometer weit davongewirbelt und auf irgendeiner fremden Wiese vor einem fremden Gehöft ins Gras gesetzt, sodass er sich den linken Knöchel verstauchte, und –

Meine Mutter war aufgestanden, hielt meinen Vater am Knie, er schaute zu ihr auf. Sie schlug vor, in die Küche zu gehen, vielleicht etwas essen, nur eine Kleinigkeit.

– Du hast ja den ganzen Tag gearbeitet, du vergisst immer zu essen, sagte sie lachend.

Aus seiner Geschichte gerissen, starrte er sie entgeistert an.

– Ich kann schon gut auf mich selbst aufpassen, murmelte er. Ich weiß, wann ich esse und wann nicht.

Stille. Ich stand auf.

– Komm, setz dich wieder hin, sagte mein Vater.

Es war eine unsinnige Bitte, so etwas hatte er noch nie von mir verlangt. Ich ignorierte sie und ging aus dem Zimmer. Im Nacken fühlte ich, wie sein Blick mir folgte, mich an den Schultern zurückhalten wollte.

Wenig später sah ich ihn und meine Mutter in der Küche sitzen. Sie plauderten über irgendetwas Belangloses, meine Mutter erzählte einen Witz. In der Hand hielt sie ein Joghurt, mit dem sie meinen Vater fütterte. Dicke weiße Tropfen fielen vom Löffel zurück in den Becher. Hin und wieder kostete sie selbst davon, nur damit er nicht merkte, was mit ihm geschah.

Später musste sie ihm dabei helfen, von seinem Sessel aufzustehen.

Nachdem mein Vater den Lehrberuf ganz aufgegeben hatte, fuhren wir im Sommer zu meinen Großeltern. Im Haus meiner Großeltern gab es einen unbetretbaren Treppenaufgang, der mit einem Band abgesperrt war, das zu einer schwarzen Schleife verschnürt war. Ich freute mich auf diesen Treppenaufgang und seine Schleife, denn vielleicht würde ich dieses Mal mutig genug sein, hinaufzugehen und zu sehen, was sich im geheimnisvollen dritten Stock befand. Diese Hoffnung hatte ich selbst dann noch, als man mir erklärte, dass es dort nur zum Dachboden ging.

Am liebsten hatte ich meinen Großvater, den personifizierten Schaukelstuhl. Sein Leben fand fast ausschließlich in der Z-förmigen Sitzposition statt. Nicht dass er etwa gar nicht oder nur schwer gehen konnte, er ging ohne Probleme überallhin, auf die Toilette, an die Tür, wenn es klingelte, oder zum Fernseher, um das Programm umzuschalten (eine Fernbedienung existierte zwar, aber es war noch nicht ins Bewusstsein meiner Großeltern übergegangen, wozu sie gut war, und so wartete das kleine, schwarze Ding auf einem Fenstersims auf seinen Einsatz und setzte Staub an), aber sonst saß er im Grunde nur herum, und Gelegenheiten dazu gab es viele: Sitzbänke vor dem Haus und auf der Veranda, Küchen-, Wohnzimmer- und Balkonsessel, Gartenmöbel (Stühle wie abstrakte weiße Elefanten), eine Hollywoodschaukel (die streng genommen gar keine Schaukel mehr war, sondern eine steife, knarrende Erinnerung daran), eine Kloschüssel, ein Bidet, ein langes Sofa, das direkt auf den Fernseher blickte, und ein kleineres, das im rechten Winkel dazu stand, und diverse

Hocker (besetzt von Blumentöpfen und Stapeln alter Zeitungen). Mein Großvater konnte nur schwer dazu gebracht werden, sich hinzulegen. Wenn er es einmal tat, weil er krank war oder dem Drängen meiner Großmutter nachgab, sah man auch, warum. Er wirkte auf sonderbar vervielfachte Weise erlegt und hilflos, so wie ein auf den Rücken gedrehter Käfer auf dem Bauch einer auf den Rücken gedrehten Schildkröte. Es hatte einige Versuche gegeben, ihn zum Liegen zu verführen: auf dem Sofa erschienen über Nacht plötzlich hübsche, kleine Plüschpolster, eine weiche Decke legte sich über die Holzbretter der Verandabank, und zwischen zwei besonders kräftigen Baumstämmen im Garten grinste eine weiße Hängematte, die sich im Wind hin und her wiegte wie eine geheimnisvoll winkende Jungfrau.

Aber er hatte allem widerstanden.

Nur wenn er saß, war er wirklich er selbst, dann sah er so zufrieden aus wie ein Frosch, der seine Backen aufblies. Zudem war er das seltene Beispiel eines Menschen, der tatsächlich den Eindruck vermittelte, dass er etwas *tat*, wenn er still irgendwo saß, so wie manche Leute bis in die Haarspitzen hinein beschäftigt zu sein scheinen, wenn sie eine Zigarette rauchen oder mit einer Hand in der Hosentasche ein langes Bücherregal abschreiten.

Meine Großmutter schimpfte mit ihm und befahl ihm alle möglichen Dinge, aber er verhielt sich immer hartnäckig und war störrisch wie ein altes, verrostetes Garagentor. Wenn er nach ihr rief, reagierte sie eine ganze Weile nicht, sondern sprach mit ihm wie mit einem klingelnden Telefon: *Nur die Ruhe, bin ja schon unterwegs, schon gut, schon gut*. Mein Vater kam mit ihr nicht aus, da sie selbst früher Volksschullehrerin gewesen war. Wenn sie mir etwas erklärte, sprach sie immer mit meinem Bauchnabel.

Sie war es gewohnt, mit kleinen Menschen zu sprechen, die nicht das Geringste von dem verstanden, was sie sagte. Ihr Haar trug sie in dem speziellen Lehrerinnen-Kurzhaarschnitt, der sagte: *Ich kann auf alle gängigen Schönheitsmerkmale verzichten, denn sie würden die jungen Burschen nur verwirren. Aber ich bin immer noch eine Frau*. Um den Hals trug sie einen Strauß Seidentücher in Herbstfarben. Wenn irgendetwas im Haushalt zerbrach, etwa ein Teller oder eines der Weingläser, die ich aus Langeweile versucht hatte zu zersingen, ließ sie einen kurzen spitzen Schrei los, der unerhörte Ähnlichkeit mit dem Ruf des nacktkehligen Glockenvogels (*Procnias nudicollis*) hatte.

Die weitaus unangenehmste Person im Haus meiner Großeltern war eine Tante, die von Beruf Hospizschwester war und mit ihrer Abgeklärtheit in allem, was Leiden, Krankheit und Tod betraf, jedem unheimlich auf die Nerven ging. In ihrer Gegenwart hatte man das Gefühl, selbst den unabwendbaren Tod der Sonne (irgendwann in vielen Millionen Jahren) viel zu persönlich zu nehmen. Sie war eine Frau, die imstande war, eine offene Schürfwunde auf meinem Knie mit ihren kaum desinfizierten Fingern zu berühren, nach Art eines Ungläubigen Thomas, der einfach nicht einsehen will, dass diese kleine Stelle verletzter Haut tatsächlich so weit ging, Schmerzen durch den kleinen Körper zu jagen. Wenn sie einmal nicht mehr weiterwusste, stellte sie ein großes Brettspiel auf den Wohnzimmertisch und begann die bunten Figuren zu bewegen, so lange, bis man neugierig wurde und trotz blutigem Ellbogen oder Kopfweh oder leichter Übelkeit darum bettelte, mitspielen zu dürfen. Ablenkung war einer ihrer bestausgebildeten Instinkte, er funktionierte perfekt. Dazu kam noch ihre vollkommene Immunität gegenüber Geschichten. Als ich ihr eines Morgens, aus Gründen, die ich heute nicht mehr weiß, die Handlung des Märchens vom *Rattenfänger von Hameln* bis zu dem Punkt erzählte, da die Kinderschar in einem fernen Land unter einem fremden Himmel hoffnungslos dahinzog, begann sie nur über die Folgen einer solchen Entführung zu sinnieren. Weit würde dieser Spielmann ja nicht kommen, und wenn er einmal irgendwo ankäme mit seiner Horde verzauberter Kinder, dann ginge das Gequengel wahrscheinlich erst recht los, noch bevor er das Instrument abgesetzt hätte. Ein paar Kinder müssten dann sicher aufs Klo, die anderen hätten schrecklichen Hunger, und der dumme Musikant sähe sich zu seinem Entsetzen den Ansprüchen einer riesigen Familie ausgesetzt.

– Die einzigen Gewinner bei der Geschichte, sagte meine Tante und legte weiter Hemden zusammen, sind die Erwachsenen, die allein in Hameln zurückbleiben. Sie leben ein paar Monate ohne Geschrei und Lärm und Kleinkindbedürfnisse und setzen sich dann friedlich zusammen, beraten sich und machen neue Familien.

Und ich, in meiner Verwirrung, verpasste die Gelegenheit zu fragen, wie. Die Hemden, kunstvoll gefaltet und gezwungen, sich selbst zu umarmen, bildeten einen weißen Turm auf dem Küchentisch.

– Kann Walter uns besuchen kommen?

Mein Vater sortierte gerade Untersetzer für Biergläser nach Marken. Die meisten waren rot und abgewetzt. Als er sie geordnet hatte, mischte er sie wieder durch, wie Spielkarten, und fing von neuem an. Er hatte meine Frage überhört.

– Papa!

– Ja?

– Kann Walter zu uns kommen? Er bleibt eine ganze

Woche, weil sein Papa in der Nähe ein Kraftwerk entworfen hat, und jetzt fahren sie her, um sich das anzusehen, weil sein Papa –

– Dieses seltsame Kind?, fragte mein Vater. Ich meine, das ist doch dieses ungesunde, bleiche Kind, oder?

Er wusste genau, wer Walter war. Er wusste es, weil er genau wusste, wer Walters Vater war. Der große Architekt Zmal.

– Er ist nicht bleich und ungesucht, sagte ich.

– Unge*sund*, korrigierte er.

– Hab ich doch gesagt.

– Nein, du hast gesagt unge*sucht*. Du weißt selbst, dass er bleich und seltsam ist und dass du besser nicht so viel –

– Aber das ist doch überhaupt nicht wahr!

Das Gespräch kam nicht von der Stelle. Ich fühlte mich den Tränen nahe. Aber solange mein Vater im Raum war, konnte ich auf keinen Fall weinen, das stand überhaupt nicht zur Diskussion. Also blieb die unangenehme Spannung zwischen meinen Augen, bis ich endlich allein war.

– Unge*sund*, korrigierte mein Vater noch einmal, als er aus dem Zimmer ging.

Das Schlimmste war, dass er Recht hatte: Walter *hatte* sehr helle Haut. Er war deshalb oft das Ziel von Spott und sehr empfindlich, wenn man ihn darauf ansprach. Einmal hatte ich erlebt, dass er zugab, sich die Wangen geschminkt zu haben, damit er nicht so aussah, als wäre er krank. Erst einmal hatte Walter bei mir übernachtet. Damals hatte er nicht einschlafen können, weil ihm ein Plakat, das im Kinderzimmer hing, Angst machte.

Die neue Rolle

Mit schräg gestelltem Vorderreifen balancierte Walter an der Kreuzung. Das Fahrrad knarrte und zitterte, wanderte millimeterweise vor und zurück, um das Gleichgewicht zu halten. Seine Füße kauten auf den Pedalen herum.

Dann war der Seiltanz vorbei und er tauchte zurück in den Straßenverkehr. Der Fahrtwind zerrte an seinen Ärmeln und verlieh ihm große, bauschige Muskeln.

Walter hatte sich am Morgen die Haare gewaschen, und obwohl sie nicht besonders lang waren, waren sie immer noch nicht trocken. Aber es war ein warmer Tag und ein wenig gefiel ihm auch die Vorstellung, sich eine Erkältung einzufangen, nichts Schlimmes, nur ein kleiner Dämpfer, der ihn für die nächste Zeit von allen Verpflichtungen und Anfeindungen befreite.

Er war schon fünf Minuten zu spät und trat kräftiger in die Pedale. Schnaufend und mit feuchten Haaren kam er in der Praxis an. Als er von der hörbehinderten Sprechstundenhilfe, die sich einer korrekten, aber an den Rändern der Konsonanten sonderbar abgewetzten Sprache bediente, nach seinem Namen gefragt wurde, bekam er zu seiner Überraschung einen Hustenanfall. Das ist ja schnell gegangen, dachte er zufrieden.

Nach der Katastrophe mit Colin und der überstürzten Trennung hatte er in einem Kleidergeschäft zufällig Jessica, seine erste Freundin, getroffen, die ihn etwas steif, aber mit einem unergründlichen und viel sagenden Blick begrüßte. Er hatte so getan, als sei sie gar nicht da. Aus den Augenwinkeln hatte er dann beobachtet, wie sie lautlos zu weinen begann und sich zwischen gigantischen Kleiderständern auflöste.

Seine Schwester hatte ihm zu einer Therapie geraten. Einfach mal über alles reden. Das war nicht schwer und es kostete auch nicht die Welt.

Der Tod, was ist der Tod? Der Tod ist die Frage aller Fragen.
Sorgen Sie rechtzeitig für den Ernstfall vor.
Im Ausgleich für die Mühen der Ebene und den aufrechten Gang hat uns die Evolution mit dem Bewusstsein ausgestattet, dass wir sterblich sind. Ein fairer Tausch?

So ein elendes Geschwätz, dachte Walter. Er faltete die Broschüre auf. Ein Bild von einem Schiedsrichter, der pausbäckig in eine Pfeife bläst. Walter musste lachen. Ein rundes, unsympathisches Gesicht, in das man am liebsten eine Nadel stechen würde, nur um zu sehen, ob es platzt.

Sorgen Sie vor.
Jetzt.

Walter verlor die Geduld und legte die Broschüre weg. Er war sich sicher, dass er den Schiedsrichter schon einmal gesehen hatte. Vielleicht im Fernsehen. Sieben andere Menschen saßen mit ihm in dem Wartezimmer. Bestimmt würde er als Letzter drankommen.

Die Stunde begann damit, dass die Therapeutin ihn bat, ihr zu erklären, warum er hier sei und was er sich von einer Therapie erhoffe. Walter redete von Beziehungsunfähigkeit, Homosexualität, Richtungslosigkeit in beruflicher Hinsicht und dergleichen mehr. Valerie folgte anfangs allem, was er erzählte, aufmerksam, sie schrieb sogar einige Stichworte mit, dann aber legte sie den Stift beiseite und bildete aus ihren locker verschränkten Fingern eine

Hängebrücke, auf der sie ihr Kinn balancierte, während sie ihm mit leicht zur Seite geneigtem Kopf zuhörte. Als Walter zu Ende gesprochen hatte, erkundigte sie sich, ob er zu Ende gesprochen habe, obwohl das offensichtlich war, und fragte ihn:

– Würden Sie von sich sagen, dass Sie diese Therapie wirklich brauchen?

– Na ja, sagte Walter, vielleicht nicht direkt *brauchen*, aber ich habe mir gedacht, dass es wichtig sein könnte, mit einer kompetenten Person über all diese Dinge zu sprechen.

Sein Gesichtsausdruck war so ernsthaft, dass er fast darauf ausglitt und in ein unsinniges Gelächter ausbrach. Er konnte sich dieses seltsame Schwellengefühl nicht erklären. Valeries Mund zog sich ein wenig zusammen, als sei sie kurz davor, ein spitz zulaufendes Wort wie *Mönch* auszusprechen. Sie blickte auf ihre professionell deformierte Handschrift und rollte ihren Bleistift mit dem Zeigefinger, auf dem ein rot lackierter Nagel hockte, hin und her, als müsste sie sich den nächsten Schritt wohl überlegen.

– Sie haben genau das gesagt, was ich hören wollte.

Walter war verblüfft. Es war die reine Wahrheit. Er hatte sich so sehr daran gewöhnt, dass es ihm inzwischen nicht einmal mehr auffiel. Wie eine böse Vorahnung überkam ihn der Verdacht, dass er vielleicht überhaupt keine Probleme hatte. Dass er mit Kanonen auf die Spatzen seiner Einbildungskraft schießen wollte.

– Ich muss mich entschuldigen, sagte Valerie. Das war möglicherweise –

– Nein, nein, sagte Walter etwas lauter als beabsichtigt.

Er hatte begonnen, mit den Fingern auf dem Holz der Sessellehne zu trommeln. Er bemerkte es und hörte auf. Valerie, die Therapeutin, bat ihn, ihr noch einmal alles von vorne zu erzählen. Diese Beziehung zu dem Musiker habe zumindest viel versprechend geklungen. Habe Walter sich schon einmal gefragt, ob er anderen Menschen genauso viel zu geben imstande sei, wie –

– Warten Sie, sagte Walter. Wie haben Sie das gewusst, ich meine …

– Ach, es tut mir leid, sagte Valerie.

– Nein, nein, sagte Walter. Sie haben ja Recht, Sie haben mit Sicherheit –

Er sah an ihrem Gesichtsausdruck, dass er auch jetzt wieder gesagt hatte, was Valerie erwartete. Ein komisches Gefühl. Er schüttelte den Kopf und blickte im Zimmer herum. Vasen. Helle Pflanzen. Kinderzeichnungen an den Wänden. Bücher.

Als Walter fünfzehn Minuten später aus seiner ersten und letzten Therapiesitzung kam, hatte ihm Valerie statt einer Problemlösungsstrategie oder einem strikten Diätplan einen Job angeboten. Er hatte ihr lang und breit von seinem Regiepraktikum und seinen Erfahrungen als Journalist erzählt. Sie hatte ihn gefragt, ob er mit dem großen Architekten Zmal verwandt sei, und er hatte gelogen und gesagt:

– Ein entfernter Onkel von mir.

Aber sie hatte sich an seinem Leben trotzdem sehr interessiert gezeigt, und ihm das Gefühl gegeben, dass er bei ihr gut aufgehoben sei; den Ausschlag hatte die Erwähnung seines Tagtraums vom Schauspielstudium gegeben, obwohl sich Walter gerade dabei nicht mehr sicher war, wer von ihnen diesen Satz im Gespräch vorausberechnet hatte. Für einen spontanen Einfall war er etwas zu schnell und perfekt aus seinem Mund gekommen. Und mit etwas zu viel Make-up. *Schauspielerfahrung*, hatte er gesagt.

Schau. Spiel. Erfahrung.

Dabei hatte er praktisch keine.

Sein Herz machte einen missglückten Salto.

Aber egal, Walter war glücklich und erzählte seinem Fahrrad auf der Heimfahrt von der ungewöhnlichen Wende, die sein Schicksal an diesem Morgen genommen hatte. Kraftvoll und zugleich sehr sanft trat er in die Pedale. Sein linker Arm streckte sich beim Abbiegen in einer großen visionären Siegesgeste – *Mir nach, Kinder Israels!*

Er fühlte sich befreit und bereichert. Er ließ die prall aufgepumpten Reifen seines Fahrrads wild über die Gehsteigkanten hüpfen. Wie schön, dachte er, wie selten und kostbar die Einsicht, dass man nichts Besonderes ist und sich alles bereits durch eine kleine Parallelverschiebung der Verhältnisse lösen lässt.

Die Maturarede von Prof. Georg Kerfuchs

(Schwarzweißfoto von Prof. K.
vor einer Tafel, auf der zwei Züge
gezeichnet sind, die sich mit Licht-
geschwindigkeit voneinander fort-
bewegen)

OFFENER BRIEF
An das Komitee für Zukunft / Geheimabteilung B
Geehrte Herren!

Sie haben mich, wie jeden Lehrbeauftragten des Landes, vor einigen Jahren mit Ihrem vertraulichen Dokument *Drei Goldene Regeln zur Eindämmung der Zukunft* versorgt und mir unter Androhung des Entzugs meiner Lehrbefugnis geraten, diesen Richtlinien im Unterricht zu folgen. Nun muss ich Ihnen leider mitteilen, dass ich dieser Aufgabe nicht gewachsen war. Ich werde mein Versagen und die Gründe dafür im Folgenden erläutern.

Zu Punkt 1
Der Schüler oder die Schülerin soll über sein/ihr Leben, über sein/ihr Schicksal und über die Welt, in der er/sie lebt, nicht anders nachdenken können als in religiösen oder anderen entmündigenden Kategorien. Dem Schüler oder der Schülerin muss ein Reflex ankonditioniert werden, welcher

bewirkt, dass er oder sie bei moralischen Fragestellungen einzig und allein das Wort GOTT *vor Augen sieht und nicht die reale Situation.*
Kurz gesagt: Ich habe diesen ersten Punkt niemals befolgt. Ja, ich habe meine Schüler sogar dazu erzogen, dass bei ihnen ein kleines Warnsignal im Kopf losgeht, wenn sie dieses folgenschwere Wort aus dem Mund eines politischen Entscheidungsträgers oder einer anderen Autoritätsperson hören.

Zu Punkt 2
Der Schüler soll allem Fremden gegenüber Angst empfinden. Jedes Mal, wenn er Angst vor einem fremden Menschen, einem fremden Gedanken oder einer fremden Kultur empfindet, sollte er mit einem Geschenk belohnt werden. Ausmaß und Art dieses Geschenks darf der Lehrer selbst bestimmen.
Diese Regel habe ich, formal gesehen, befolgt. Allerdings habe ich das Ausmaß und die Art dieser Geschenke auf Null gesetzt. Es gab freilich nicht wenige Fälle, wo ich die Geduld mit dem fünfhundertsten dumm grinsenden, jugendlichen Hakenkreuzzeichner verloren habe.

Zu Punkt 3
Der Schüler soll genauso dumm bleiben, wie er vor dem Schuleintritt war. Bloß mit einem größeren Vokabular und einem Gefühl für das Ergebnis komplizierter Rechenaufgaben.

Um es kurz zu sagen: Ich habe in allen Punkten versagt.

Ich wage es, den Schülern, denen ich die *Drei Goldenen Regeln* vorsätzlich vorenthalten habe, eine großartige Zu-

kunft zu wünschen, voller Gesundheit, Beweglichkeit und breiten Horizonten.
Ich erwarte meine Kündigung in den nächsten Tagen – oder, falls sich mein Unterricht als erfolgreich erweisen sollte, IHRE Kündigung, geehrte Herren vom Komitee, in den nächsten zehn bis fünfzehn Jahren – hier auf meinem Schreibtisch.

gez.
Dr. Georg Kerfuchs

(abgedruckt in: *Die Maultrommel*, Maturazeitung des Jahrgangs 1993)

Das Konzept

Zuerst waren da drei Seiten in kompliziertem Psychologenjargon über etwas, das sich *Theorie seelischer Gleichgewichtssteuerung* nannte. Es ging darin irgendwie um Verlust und Ausgleich, um Spannungszustände und Öffnung, Halt und Lösung. Die Begriffe waren so abstrakt gebraucht, dass Walter allein vom Lesen einen trockenen Mund bekam.

Er versuchte sich zu konzentrieren, aber seine Beine wollten nicht zur Ruhe kommen. Er war so aufgeregt, dass er den ganzen theoretischen Unfug schon nach wenigen Zeilen übersprang. Endlich kamen die interessanten Stellen, das Fleisch sozusagen. Unwillkürlich leckte er sich die Lippen.

Seine Rolle war, wie es schien, sehr einfach. Valerie beschrieb sie ihm in kompakten, leicht fassbaren Begriffen. Walter sprang auf, rannte in die Küche und holte sich Erdnüsse. Er schälte und knabberte sie in atemberaubendem Tempo, während er mit den kleinen Fingern seiner Hände in Valeries Skript weiterblätterte, weil die anderen Finger voller Salzkörner waren. Er konnte sich vor Freude kaum konzentrieren. Er fuhr sich durchs Haar, bemerkte sein Versehen, lachte darüber und leckte sich die Finger.

Da er den ganzen Tag Zeit hatte, sich mit Valeries Brief zu beschäftigen, beschloss er, sich dieses Vergnügen aufzusparen. Er wollte ein wenig mit dem Rad durch die Gegend fahren.

Meine erste Rolle!, dachte er. Danach mussten ihn eigentlich alle Bühnen nehmen, denn er hatte so etwas wie einen Versuch in Echtzeit vorzuweisen. Er bemerkte, dass er schon wieder vergessen hatte, was Valerie in dem Brief geschrieben hatte. *Theorie der …* Egal, er hatte den ganzen Tag Zeit, dann noch die Nacht, und so schwer würde es wohl nicht sein. Die Therapeutin hatte ihn als eine Art Hilfskraft (*Immerhin verfügen Sie über Schauspielerfahrung!*) eingestellt, und von außen betrachtet war das bestimmt nicht atemberaubend, aber von innen – da bedeutete es den wichtigsten Schritt in die Eigenverantwortung seit Erschaffung der Welt.

Walter hatte Schwierigkeiten, die Tür aufzusperren, weil seine Hand zitterte. Er schüttelte sie aus, wie Schauspieler das machen, wenn sie Lampenfieber haben.

Beim Verlassen der Wohnung vergaß er seine Frisur zu kontrollieren. Eine fettige Strähne, auf der winzige Salzkörner glitzerten, stand schräg von seinem Kopf ab. Der Wind spielte mit ihr, Walter bemerkte es nicht. Er hatte das Gefühl, der angenehme Sommerwind fahre durch ihn hindurch und blähe ihn auf wie einen Ballon.

Er fuhr mit dem Rad durch den Park. Ein alter Mann auf einer Bank fütterte mit kleinen, feuchten Brotkrumen die ersten Sonnenstrahlen. Vögel gab es keine.

Als er durch die Annenstraße fuhr, schneller als es ratsam war, wusste er, dass er die wunderbare Neuigkeit unbedingt jemandem erzählen musste. Der Fahrtwind kühlte ihn ein wenig ab. Wem? Wem?

Mit dem Vorderrad geriet er in eine Straßenbahnschiene, und fast wäre Walter hingefallen – Slalom fahrend fand er sein Gleichgewicht wieder. Vielleicht sollte er es Joachim erzählen. Mit Joachim hatte er lange nicht mehr telefoniert. Walter wurde etwas langsamer. Auch war er ein wenig außer Atem.

Walter kam an einer Buchhandlung vorbei, die vor etwa einem Jahr geschlossen worden war. In den sonst völlig leeren Schaufenstern hingen die immer gleichen Plakate. *Sommerdiebe* von Truman Capote. Darunter der mitten im Sprung erstarrte Schriftsteller, den sonderbar quadratischen Mund aufgesperrt, ein Rachen, in dem die flamboyante Lebensfreude eines ganzen Zeitalters verschwunden war.

Schade um die alte Buchhandlung, dachte Walter. Es war die einzige in der Stadt gewesen, in der man unwillkürlich in ein konspiratives Flüstern verfiel, wenn man durch die Reihen der Bücher ging (die nach keinem allzu offensichtlichen System geordnet schienen). Und die Angestellten behandelten jede noch so alberne Frage mit fast kondolenzartiger Ernsthaftigkeit. Wenn sich ein Buch als nicht lieferbar erwies, entschuldigten sie sich dafür. Auch kompromisslos schwierigen Fragen begegneten sie mit derselben zinnsoldatenen Standhaftigkeit.

Joachim:

– Ich suche ein Buch von Bataille, aber ich weiß den Titel leider nicht. Also vor allem die frühen Schriften über die Sprache der Blumen und den großen Zeh.

Und die Angestellte brauchte nicht einmal einen Computer, um zu wissen, worum es ging.

Hinterher hatte er es Walter erklärt:

– Bei Bataille gibt es dieses Dreigestirn, eine *Trias* des Denkens gewissermaßen. Drei Dinge, die man nicht direkt ansehen kann und die deshalb im Grunde dasselbe sind. Erstens: die Sonne. Aus offensichtlichen physiologischen Gründen, die Netzhaut würde verbrennen. Zweitens: das Auge. Weil es als einziges zurückblicken kann und dadurch unkontrollierbare soziale Uhrwerke in Gang setzt. Und drittens: der Anus.

– Ach, komm, du verarschst mich, sagte Walter.

– Nein, lies nach. Es steht alles hier drin. Der Anus, weil

er mit Tabu und Ekelgefühlen belegt ist. Deshalb schaut ihn niemand an.

Walter dachte daran, dass er alle diese Schranken schon einmal überschritten hatte. Bei der Sonnenfinsternis im Jahr Neunundneunzig. Natürlich nur durch eine Schutzbrille, und dann, als die nicht mehr nötig war, auch mit freiem Auge. Und in fremde Augen schaute er sowieso die ganze Zeit. Wenn man genau hinsah, spiegelte man sich darin, ein winziges Männchen, das in einem fremden Augapfel gefangen war. Und der Anus, na ja, er konnte nicht anders, wenn er Sex hatte, egal, ob mit Männern oder Frauen. Es war eine unschuldige und niedliche Stelle, fand er. Wenn man sich aus ihr zurückzog, nachdem man sie unter Zuhilfenahme von Gleitmitteln penetriert hatte, konnte sie sogar blinzeln. Ringförmig und nicht so elegant wie ein Auge, aber immerhin.

Bis zum späten Nachmittag fuhr Walter durch die Stadt. Er aß bei einem Imbissstand am Hauptplatz und erbrach sich hinterher in einen Mistkübel, der gerade noch rechtzeitig aufgetaucht war. Er fuhr nach Hause und legte sich hin. Er nahm den Brief von Valerie wieder zur Hand und las an der Stelle weiter, wo er aufgehört hatte. Zu seiner Überraschung ging es plötzlich auch um andere Patienten. Natürlich, schon klar. Es war schließlich eine Gruppentherapie, in der er als Strohmann mitwirken sollte. Die meisten Namen waren abgekürzt.

Das Problemkind in der Gruppe ist G., schrieb Valerie. *Sie wird nach jeder Sitzung von ihrem Mann W. abgeholt. Er hat sie verlassen, als G. schwanger war und …*

Interessant, interessant. Er fragte sich, ob das überhaupt erlaubt war. Aber Valerie schien sich nicht an konventionelle Vorgehensweisen zu halten. Es wäre interessant zu wissen, dachte Walter, ob sie überhaupt studiert hatte.

Er veränderte seine Liegeposition, aber diese minimale Verschiebung seiner inneren Wasserwaage ließ die Übelkeit neuerlich in ihm hochsteigen. Er stürzte zur Toilette. Als sein Kopf wieder aus der Klomuschel auftauchte, bemerkte er, dass er die zusammengehefteten Blätter des Briefes immer noch in der Hand hielt. In der Eile hatte er vergessen, sie vor sich selbst in Sicherheit zu bringen.

Die Blätter waren besudelt.

Walter legte sie zum Trocknen auf den Heizkörper neben der Kloschüssel. Er wischte sich den Mund mit Klopapier ab, dann riskierte er einen Blick auf sein Erbrochenes. Eine kleine, ja, tatsächlich, eine tote Wespe schwamm inmitten der halbverdauten Essensreste. Eine Weile erwog er, sie herauszufischen und zu untersuchen. Wie war sie überhaupt in seinen Magen gelangt? Aber dann konnte er den Anblick nicht länger ertragen und zog die Spülung. Der scharfe Geschmack der Magensäure hatte sich in seinem Mund zu etwas Hartem, Metallischem verändert. Wie die Vorahnung einer Katastrophe.

Er klappte den Klodeckel herunter und setzte sich hin. Dabei stieß er sich den Kopf am Spülkasten. Verdammte Scheiße. Er betrachtete den besudelten Rollenentwurf. Immer musste er alles in letzter Sekunde versauen.

Dinge, die man nicht direkt ansehen kann, dachte er ironisch. Ja, der eigene Hinterkopf.

Es ist unmöglich, seinen Namen in den Schnee zu pinkeln, außer in Schreibschrift, die eine stetige Linienführung erlaubt. Die dampfende Spur erschien aus unerfindlichen Gründen um eine Sekunde zeitversetzt, ein torkelndes, geisterhaftes A. Dann ging ich dazu über, eine kleine, dunkelgelbe Mulde zu befüllen. Es war eine sehr dunkle Schattierung von Gelb, eine kränkliche Farbe, die einem beim bloßen Hinschauen Übelkeit bereitete. Ein paar Tropfen landeten auf meinen Schuhen, drei kleine Punkte wie für ein Blindenzeichen. Ich bohrte die Schuhspitze in den Schnee, dachte *Zschschsch*, gleichzeitig machte ich den Hosenschlitz wieder zu.

– Bist du fertig?

Die Stimme meiner Mutter war sehr nahe. Ich stapfte hinter dem Baum hervor, da stand sie, ungeduldig. Mein Vater wartete etwas abseits.

– Können wir?, fragte sie.

Mein Vater setzte sich in Bewegung und ging auf das Gasthaus zu, in dem wir Walter und seine Eltern treffen würden.

Die Familie Zmal war wohlhabend, im Grunde genommen reich. Sie lebten außerhalb der Stadt in einem riesigen Haus, das von außen sehr verfallen aussah, innen jedoch mit altertümlicher Üppigkeit protzte, und in dem zu schlafen mir wie eine verbotene Jenseitsvorstellung erschien.

Walter und ich begrüßten einander, wie sich männliche Kinder gleichen Alters begrüßen: Wir stellten uns nebeneinander auf und setzten ein Gespräch über Fernsehserien oder Wrestling-Stars fort, das wir nie begonnen hatten.

Mein Vater hatte Walters Schwester Mirja ein Jahr lang unterrichtet und so den berühmten Architekten Zmal kennen gelernt. Er war einige Male in der Sprechstunde erschienen und hatte mit meinem Vater über *Strukturen* gesprochen, ohne dass man genau verstanden hätte, was er damit meinte. Er sprach gerne über abstrakte Dinge.

Auch an diesem Tag, als wir um den runden Holztisch saßen, Walter mir direkt gegenüber, seine Eltern neben mir. Als hätten die Familien beschlossen, ihre Kinder zu tauschen.

– Das ist ein Projekt, das ich schon so lange vorbereite, dass ich langsam das Gefühl bekomme, es wird mich überleben, sagte Herr Zmal mit einem unsentimentalen Seufzer. Diese großen, übergreifenden Ideen kommen mir immer ganz harmlos vor. So wie ein Teller, der einem aus der Hand fällt. Man erschreckt sich, denkt sich aber weiter nichts dabei. So etwas passiert eben, sagt man sich.

Aber mein Vater war heute leider nicht sehr gesprächig. Kein Wunder, er war schließlich unrasiert und das machte einen erwachsenen Mann bekanntlich schweigsam. Keine Plaudertasche der Welt trug einen Dreitagebart. Ich fragte mich, ob ein Gesicht mit Bart tatsächlich *schwerer* war.

– Mhm, sagte er.

– Genau, sagte Herr Zmal. Ich bin, weißt du, ich bin manchmal so zum Bersten voll mit Ideen, dass ich einen Kompromiss schließen muss, mit dem eigenen Gehirn. Auslese, sage ich dann, aussortieren, abwägen. Das ist unerhört schwierig, weil man die Tragweite seiner Einfälle natürlich nie abschätzen kann, es sei denn, man hat ein sorgenfreies Leben.

– Ja.

Meine Mutter las die Speisekarte, als wäre sie ein französischer Roman.

– Man hat mir gerade angeboten, ein Krankenhaus zu entwerfen, mit allem Drum und Dran. Dreihunderttausend sofort, im Voraus. Ohne Fragen. Hab ich abgelehnt. Abgelehnt.

Er präsentierte uns seine Hände, als würde er sich ergeben.

– Ja?

– Ich will nichts mit Krankenhäusern zu tun haben, sagte Herr Zmal. Da wird man sehr schnell in eine Ecke gedrängt. Ich meine, man muss Krankheit nicht noch durch erhöhten Komfort belohnen. Das ist irgendwie widernatürlich. Krankheit ist letztendlich ein Verrat an der Gesellschaft. Ein Verrat, der nicht bestraft werden sollte, aber ein Verrat, immerhin.

– Mhm, nickte mein Vater.

– Gerade letzten Monat ist einer meiner Zeichner verunglückt. Jetzt liegt er im Wachkoma, obwohl ich, ehrlich gesagt, nicht an so etwas glaube, für mich ist das ein Widerspruch. Entweder wach oder Koma. Beides auf einmal – aber egal, davon verstehe ich nichts. Er kann jedenfalls nicht mehr arbeiten. Manchmal hat er noch lichte Momente, hat man mir gesagt. Aber ich habe es trotzdem nicht geschafft, ihn zu besuchen. Meine Nase ist sehr empfindlich.

– Mhm.

– Einfach abgelehnt, wiederholte Herr Zmal, obwohl niemand mehr das Echo hörte. Ich weiß ja nicht, wie das bei dir ist, bei mir jedenfalls setzt der kreative Prozess immer eine Kettenreaktion in Gang, so wie diese …

Er wandte sich an seine Frau, die ihn ansah, als wäre er eine Zimmerecke.

– Wie sagt man … Du kennst das, solche Installationen, solche Dominospiele an der Wand.

Er deutete im Raum herum, auf die Wände, auf die Tischplatte.

– Also etwa … auf der Wand laufen irgendwelche Dinge entlang und setzen irgendwelche anderen Dinge in Gang und so weiter und eines geht in das andere über. Du weißt doch, was ich meine?

Seine Frau schaute auf die Wände der Gaststube, wo sich keinerlei Anhaltspunkte fanden. Niemand sagte ein Wort. Ihre großen, kirchenfensterförmigen Augen wanderten noch ein wenig herum, dann kehrten sie in ihre Ausdruckslosigkeit zurück.

– Ich habe keine Ahnung, sagte sie leise.

Beim Sprechen bewegte sie ausschließlich die Unterlippe.

– Doch, sicher, du weißt schon, du kennst das. Das gibt's in Filmen immer, bei diesem Film zum Beispiel, dem mit dem Auto, das sprechen kann –

– *Knight Rider*?, fragte Walter.

– Nein, nein, nein, sagte sein Vater, ein Schwarzweiß-Film mit diesem Erfinder und einem Auto …

– Also jemand wie du?, fragte mein Vater, und seine Stimme war auf eine eisige Art höflich.

– Es ist wie verhext, sagte Herr Zmal abgelenkt, ich komm einfach nicht drauf. Da gibt's einen eigenen Namen dafür. Mein Gott, wie nennt man das, diese Dinger, die sich gegenseitig anstoßen und dann geht das –

Wieder musste die Wand mit ihrem traurigen Hirschgeweih herhalten.

Niemand ging darauf ein. Ich wusste, was gemeint war. Ich wusste es, weil mich das, was er meinte, so elektrisiert hatte, als ich es zum ersten Mal sah, dass ich mehrere aufeinander folgende Nächte davon träumte, als wäre es eine Vision meiner eigenen Zukunft. *Weltmaschinen. Rube-*

Goldberg-Installationen. Meist beginnt es ganz harmlos. Ein Metallstab kippt um, erschlägt ein Seil, das Seil reißt und ein kleiner Spiegel fällt um, und Splitter regnen zu Boden und ein Ballon bläst sich auf, wächst wie eine Kaugummiblase und stößt einen kleinen, melancholischen Duracell-Hasen vom Balkon, der ein Grammophon in Betrieb setzt, an dessen äußerem Ende eine Rasierklinge kreist, und diese Klinge schneidet die Sicherheitsleine eines mit Helium gefüllten Stoffgespenstes durch, und das Gespenst schwebt zur Zimmerdecke, verheddert sich mit dem Deckenventilator, der zum Stillstand kommt und dafür sorgt, dass eine Nuss, die bisher durch die Zentripetalkraft auf dem innersten Punkt eines Rotorblatts gefangen war, zu Boden fällt, wo sie ein Loch in ein Playmobil-Krankenhaus schlägt, in dessen Zentrum eine trotz Tod und Verdammnis versammelte Hochzeitsgesellschaft wild durcheinanderpurzelt, und eines der Männchen legt dabei einen Schalter um, der ein Matchboxauto losfahren lässt, mit Kurs auf den Auslöser eines Feuerzeugs, das eine Flamme produziert, die einen Nylonfaden durchbrennt, und endlich fällt das letzte Stück, langsam wie ein Vorhang im Theater oder ein Fallbeil – bloß damit etwas ganz Banales passiert, ein Frühstücksei wird skalpiert oder eine Zigarre angezündet. Ein großer Aufwand für ein winzig kleines Ergebnis.

– Mhm, sagte mein Vater. Ich muss kurz –

Er stand auf und verschwand.

Nach ein paar Minuten entdeckte ich ihn.

Er gestikulierte. Meine Mutter bemerkte, dass ich irgendetwas anstarrte, folgte meinem Blick, indem sie sich kurz umdrehte, und sah da hinten ihren Mann, der ihr eindringlich zuwinkte: *Komm, komm her.*

Ich stand auf und ging zu ihm. Meine Mutter entschuldigte sich und folgte mir, um mich zurückzuhalten.

– Ich gehe, sagte er.

– Was ist denn?, fragte meine Mutter.

– Das fragst du noch? Diese Vorzeigefamilien, alles dieselben. Diese glücklichen, erfolgreichen, kreativen – ich gehe jetzt.

– Georg, sagte meine Mutter.

– Wenn du hier bleiben willst, bitte.

Für einen Augenblick sah es so aus, als würde meine Mutter gerade das tun, dann aber straffte sich das unsichtbare Seil, das zwischen ihr und dem Rücken meines davoneilenden Vaters gespannt war, und sie eilte ihm nach.

– Jetzt bleib doch stehen, was ist denn passiert?

Er schritt rasch voran, durch eine Tür, die aus dem Nichts aufgetaucht war, die sich einfach zu unseren Zwecken in der Wand geöffnet hatte. Dahinter überraschte mich blendendes Weiß. Ein Hühnerhof, schmutzig und verschneit, natürlich ohne Hühner, nur ein leerer, niedriger Zaun stand da, der ein verschneites Rechteck bewachte. Mein Vater drängte sich zwischen zwei leeren Regentonnen durch. Sie polterten. Ich war schmal genug, dass ich lautlos durchpasste.

– Glaubt, er ist was Besseres. Dieser … dieser Architekt! Diese überglücklichen Überfamilien aus dem Bilderbuch, alles dieselben!

Mein Vater ging, während er vor sich hinfluchte, immer schneller. Er bog um eine Ecke, wir holten ihn ein, dann blieb er plötzlich stehen. Fenster.

– Duckt euch, sagte er.

Das war der Punkt, an dem es meiner Mutter zu viel wurde. Sie protestierte. Was sollte dieses alberne Versteckspiel? Man könne die Zmals doch nicht einfach so sitzen lassen. Wenn er nach Hause fahren wolle, bitte, nur zu, aber sie würde ganz bestimmt nicht durch den Schnee robben.

Der Blick meines Vaters war unerhört bitter. Was konnte einen solchen Blick verdienen?

– Wie du willst, sagte er und duckte sich.

Er ging mit langen Ganovenschritten unter dem Fenster durch. Er versuchte sich zu bücken, aber irgendetwas hielt ihn zurück, vielleicht hatte er seinen Gürtel zu eng geschnallt. Er ächzte, als trage er eine zentnerschwere Last auf dem Rücken. Ich tat es ihm gleich. Meine Mutter ging aufrecht am Fenster vorbei. Sollte die ganze Welt sehen, dass sie sich nicht versteckte.

– Warum tust du das?, fragte sie. Ist er nicht so was wie dein Freund?

– Gewesen, sagte mein Vater.

Wir waren schon beim Auto, da wurde die Haustür plötzlich aufgestoßen, und mein Vater setzte sich in seiner Angst hinter dem Wagen fast in den Schnee, damit man ihn nicht sah. Aber es war nur ein alter Mann mit Steirerhut, der mit seinem Gehstock die rutschigen Stufen hinunterbalancierte.

Im Auto schaltete mein Vater sofort das Radio ein. Die Endmelodie der Nachrichten, dann Verkehrsfunk. Er startete den Motor.

Es dauerte ungewöhnlich lange, bis er den Sicherheitsgurt angelegt hatte.

Wir fuhren dahin, es hatte leicht zu schneien begonnen, und ich ließ mich von den Scheibenwischern hypnotisieren: Nach einer halben Stunde nahmen sie die Gestalt von Trickfilm-Arbeitern an, die sich nach Ziegeln bückten und sie an den Nachbarn weitergaben, immer im gleichen Takt, die Ziegel an den jeweiligen Nachbarn, nachdem sie sich gebückt hatten, von links, in einem immergleichen Takt, nach rechts, an den jeweiligen Nachbarn, Ziegel für Ziegel.

Die Landschaft, durch die wir fuhren, kam mir längst nicht mehr bekannt vor. Es war zweifelhaft, ob hier überhaupt jemand leben konnte, so weit entfernt von jeder Zivilisation. Als wir schließlich an einem winterlichen Wasserfall vorbeikamen, für den die Zeit stehen geblieben war, fragte ich, wann wir endlich da wären.

Niemand antwortete.

Wir fuhren an den immergleichen Telegraphenmasten vorbei, die kleine weiße Hauben aufhatten und so still waren, als bewachten sie eine Krippe. Kein anderes Auto war zu sehen, keines kam uns entgegen, keines parkte entlang der Straße. Ich musste daran denken, wie wir im Urlaub einmal an einer Unfallstelle vorbeigekommen waren. Ein räumliches Stillleben am Straßenrand. Ein kleiner Körper oder der Teil eines Körpers lag unter einer Decke, die wie Alufolie aussah. Menschen gingen herum, als trügen sie schwere Lasten, Rettungskräfte und Verirrte, mit unterschiedlichen Farbmarkierungen. Wie es sich gehörte, wurde unser Wagen langsamer, denn ein Auto kann weder pietätvoll das Haupt zur Seite neigen noch mitleidig die Lider seiner Scheinwerfer senken. Aber auch die Zeit innerhalb der Unfallszene, jenes Bezugssystems, für das die Naturgesetze längst nicht mehr gelten, hatte sich verlangsamt: ein Mann, eingewickelt in einen Teppich, nahm in Zeitlupe einen Schluck von einem Kaffeebecher, sein Adamsapfel tauchte ab und wieder auf. In den paar Sekunden, die es dauerte, sah man in den stillen Trümmern die ganze Szene noch einmal, wie in Eis konserviert. Ein großer, dunkler Laster stand etwas abseits, das schuldige Fahrzeug, und sein Kopf hing traurig in den Straßengraben. Daneben der umgekippte Kleinwagen in stabiler Seitenlage. Uns blieb nichts anderes übrig, als vorüberzugleiten, verschont und begünstigt, so gut wie unsichtbar, begleitet von dem respektvollen Knirschen Tausender winziger Glassplitter unter unseren Reifen, ein maßvolles und intimes Solidaritätsgeräusch, wie der Applaus von Zellengenossen.

In der Ferne erhob sich aus dem Schnee ein altes Getreidesilo, der Aussichtsturm eines riesenhaften U-Boots, das an dieser Stelle durchgebrochen war, um einen fremden Eiskontinent zu erforschen. Aus kahlen Baumkronen, die mitten in der Explosion erstarrt waren, erhob sich nebelhaft ein Vogelschwarm, schrumpfte plötzlich zusammen und war nicht mehr zu sehen.

Wir waren etwa eine halbe Stunde gefahren, wortlos und konzentriert. Dann war diese große verschneite Wiese aufgetaucht, im Hintergrund ein Waldstück, daneben das grobkörnige Gehöft mit dem Silo und dem sonderbaren schmalen Nebengebäude, das aussah wie eine Kirche ohne Glockenturm. Am Rand des Waldes stand in der winterlichen Einöde ein Schild, das einen Sommerwanderweg markierte, für Menschen, die wissen wollten, wie weit sie gegangen waren, eine Erinnerung an frohere Zeiten: 0,5 km.

Wir gingen schweigend durch die erfrorene Landschaft und hinterließen unsere Fußspuren, in denen der Schnee nicht mehr weiß war, sondern blau. Ich hielt Daumen und Zeigefinger ganz nah vor mein Auge, bis die Finger riesenhaft erschienen, die Kiefer eines Dinosauriers. Ob Walter mit seinen Eltern immer noch im Gasthaus hockte und auf unsere Rückkehr wartete? Mein Vater und meine Mutter wackelten in einigem Abstand voneinander vor mir durch den Schnee. Meine Mutter sah manchmal zu mir zurück. Was sah sie in diesem Augenblick, als ihr Kopf zwischen meinen Fingern zerplatzte – einfach so, *zp!* Dachte sie vielleicht: Merkwürdig, was macht er da bloß? Hat er was im Auge? Spielt er Fotografieren? Auch der Kopf meines Vaters musste dran glauben, mehrere Male. Aber bei ihm machte es keinen rechten Spaß, denn er sah heute nicht aus wie sonst. Mir war aufgefallen, dass er sich am Morgen nicht rasiert hatte. Ich hob meinen Finger wieder vors Auge. Diesmal war er der schwarze Lauf einer Pistole. Ich schoss auf in der Ferne winkende Baumwipfel. Sie zerklirrten wie Fensterscheiben, Schnee rieselte zu Boden. Vielleicht traf ich dabei auch ein Vogelnest. Ich schoss das halbe Magazin leer. Der Waldboden, übersät mit schreienden Vogelküken. Und die Eltern kommen heruntergeflattert, raufen sich die Haare und schreien vergeblich um Hilfe.

Um die unangenehme Vorstellung loszuwerden, biss ich mir in den Finger.

Zuletzt wurden nur wenige Worte gewechselt. Der Wagen sprang nicht an. Dann sprang er an, aber die Reifen drehten durch und wir schlitterten seitwärts von der Straße. Mein Vater stieg aus, begutachtete die Bodenverhältnisse.

Er erklärte meiner Mutter, die nicht Auto fahren konnte, was sie zu tun hatte. Er würde anschieben.

Sein Gesicht erschien in der Heckscheibe. Meine Mutter tat, was immer sie tat. Nichts geschah. Ich drehte mich um. Mein Vater war verschwunden. Dann tauchte er wieder auf, mit schmerzverzerrtem Gesicht, beide Hände an der Hüfte. Dann ging er ein paar Schritte ins Leere, den

Blick zum Himmel gedreht. Eine Hand tastete nervös auf seinem Rücken herum. Er atmete so, dass man es sehen konnte.

– Okay, ich fahre. Ihr beide versucht anzuschieben, sagte er.

Ich war als Erster draußen. Ich fühlte mich sehr stark, jetzt, da ich für würdig befunden worden war, meine Stärke unter Beweis zu stellen. Ich nahm Aufstellung, ich war bereit.

Aber mein Vater brauchte sehr lange, bis er ins Auto gestiegen war. Irgendetwas mit seinem Gleichgewicht schien nicht zu stimmen. Bestimmt hatte er zu schnell geatmet.

Er startete den Motor, der eiernd ansprang, dann schoben wir an und – tatsächlich, als hätte ein Riese einen gigantischen Eisberg bewegt. Die Reifen knirschten bestätigend, endlich hatten sie etwas, womit sie arbeiten konnten. Und da fuhr er. Ein herrlicher Anblick.

– Ha!, schrie ich.

Ich war ein Superheld, ich war stärker als ein Auto. Das Auto fuhr dahin, es bog um eine Kurve. Ich hatte es befreit, aus Schnee und Eis befreit, ich war sein Retter.

In der Ferne sahen wir das Auto ein wenig langsamer werden. Jetzt war er doch sehr weit gefahren. Bestimmt aus Übermut. Ein winziger Schranken senkte sich vor dem Wagen. Wir winkten, gingen los.

– So weit, sagte meine Mutter.

Ein Zug kam aus dem Nichts, bretterte zwischen dem Wagen und dem Rest der verschneiten Welt durch. Mein Vater, eine kleine, schwarze Gestalt, stieg aus dem Auto und stand eine Weile einfach da. Wir gingen ihm schweigend entgegen, ohne besondere Eile. Weit war er gefahren. Aber bestimmt nur deshalb, weil der eingefrorene Motor ein wenig auf Temperatur gebracht werden musste.

Als die Schranken wieder hochgingen, waren wir vielleicht zwanzig Meter gegangen. Das Auto setzte sich langsam wieder in Bewegung und fuhr davon.

Die Nacht war über der entsetzten Landschaft hereingebrochen. Meine Mutter hatte begonnen, sich bei mir zu entschuldigen.

– Das war bestimmt nicht Absicht, sagte sie und wischte sich die Augen mit dem immer gleichen Taschentuch.

Sie hatte mehr davon in ihrer Handtasche, aber sie wollte nichts verschwenden, auch wenn es inzwischen völlig durchnässt war. Jetzt hieß es zusammenhalten, sparen, sich konzentrieren.

Es war nicht absichtlich passiert. Es war wahrscheinlich nicht einmal wirklich passiert.

Wenn er nicht vor dem Bahnübergang angehalten hätte, wenn er nicht kurz ausgestiegen wäre, ein kleiner, verzweifelter Däumling, hätte man meinen können, dass er vielleicht entführt worden war von einem … einem vermummten Mann, der sich auf dem Beifahrersitz versteckt gehalten hatte.

Ja, der Mann zieht die Pistole und sagt:

– Also, wenn ich sage *losfahren*, dann fährst du los, sonst bringe ich die beiden um, hast du das kapiert?

Das Gesicht meines Vaters erstarrt. Er sieht nicht mehr zu uns zurück. Er bewahrt Ruhe. Er möchte um Hilfe schreien, natürlich, denn er ist kein mutiger Mann, er weiß das, und trotzdem bleibt er still.

– Wenn der Wagen anspringt, trittst du aufs Gas, klar?

– Ja, natürlich, nur tun Sie bitte meiner Familie nichts, ich tu auch alles …

– Keine Angst … jetzt, losfahren, sofort!

– Aber, ich –

– Fahr jetzt, oder –

Und da hilft nichts mehr, mein Vater tritt aufs Gas, die Reifen drehen noch einmal durch, aber schon haben sie sich freigekämpft und tragen den Wagen davon, davon, davon.

– Warum … warum tun Sie das?, fragt mein Vater mit Tränen in den Augen.

– Hör auf zu heulen, du verdammte Memme, sagt der Entführer. Ich warne dich.

Mein Vater schluckt mühsam, sammelt sich, versucht sich zu beruhigen.

– Warum ich, warum ausgerechnet ich?

– Schicksal, Pech, sagt der Entführer und lacht.

Eine Weile fahren sie schweigend dahin, die Mundwinkel meines Vaters zucken. Der Entführer lächelt, schaut aus dem Fenster, herrliche Landschaft, herrlicher Ausblick, sollte man öfter machen. Sein Gesicht spiegelt eine grausame, beinahe endzeitliche Zuversicht.

Als sie endlich in der Stadt sind und an einer Ampel halten, fasst mein Vater wieder Mut.

– Wo … wo soll ich Sie hinbringen? Sie können alles haben, alles … den Wagen, mein Geld … was Sie wollen …

– Nur die Ruhe, sagt der Entführer. Entspann dich. Da, links abbiegen, los!

Sie biegen in eine ruhige Seitenstraße ein.

– Halt!, ruft der Entführer.

Mein Vater bringt den Wagen zum Stehen.

– Also, zum angenehmen Teil … Freut mich sehr, sagt der Entführer und streckt meinem Vater die linke Hand entgegen. Darf ich mich vorstellen: Karl. Aber du wirst mich Herr und Meister nennen.

– Wie? Ich –

– Nein, nein, nein. Herr und Meister. Sag es.

– Herr und Meister.

– Kopf hoch, sagt der Entführer, nicht so traurig. Noch einmal, bitte, etwas fröhlicher. Also?

– Herr und Meister, sagt mein Vater mit gespielter Inbrunst.

– Viel besser! Und jetzt raus, aber schön langsam. Ich zuerst.

Sie steigen aus dem Wagen. Mein Vater hält die Hände hoch, der Entführer dirigiert ihn mit der Pistole in einen Hauseingang. Aber dort ist es natürlich viel zu dunkel, um noch irgendetwas zu erkennen.

Wir warteten die ganze Nacht darauf, dass das Auto vorfahren würde. Er musste ja nicht zu uns ins Haus, es würde schon genügen, wenn er einfach vor dem Steuer sitzen bliebe, unbeweglich und geheimnisvoll, wenigstens in Reichweite. Er war vermutlich wegen irgendetwas sauer. Er hatte überreagiert. Das kam vor. Man konnte bestimmt über alles reden.

Meine Mutter war still geworden, seit wir zuhause angekommen waren. Wir saßen zusammen im Wohnzimmer und redeten. Das heißt, meine Mutter redete fast nichts, nickte nur manchmal zu einer Bemerkung von mir. Ich redete, um nicht den Verstand zu verlieren.

Hin und wieder fuhr draußen ein Auto vorbei, und gefächerte Lichtstreifen wanderten über die Tapeten.

Es sei unbedingt nötig, erklärte ich ihr, dass wir, falls er nicht mehr auftauchte, die Familie von Walter verklagten. Vor allem seinen Vater, der diese ganzen gemeinen Sachen gesagt habe. (Was genau hatte er gesagt? Ich konnte mich nicht erinnern.) Und vielleicht sei Walter selbst auch nicht ganz unschuldig. Jemand, der Zmal heiße, könne nur ein Verbrecher sein.

Während ich meinem Redefluss freien Lauf ließ, starrte meine Mutter in eine Ecke, wo es nichts zu sehen gab als eine Steckdose. Nur manchmal schien sie plötzlich zu begreifen, wo sie sich befand, was passiert war – und blickte verwirrt um sich, als erkenne sie die Zimmereinrichtung nicht mehr wieder.

Es sei vielleicht alles ein Unfall gewesen, sagte ich, vielleicht habe das Auto nicht bremsen können (der Zug, der Zug!). Vielleicht sei er deshalb direkt in die Werkstatt gefahren, um uns nicht zu gefährden. Weshalb wäre er sonst mit uns über den Hühnerhof gegangen, er hatte ja jede Gelegenheit, uns zu verlassen, wenn er das vorgehabt hätte. Wir wären noch länger mit Walter und seinen Eltern zusammen gesessen und hätten geglaubt, er wäre am Klo.

– Ja, sicher, warum nicht, sagte meine Mutter, ohne mir wirklich zu antworten.

Eine schreckliche Einsicht: Sie ließ mich reden. Und weiterreden. Es war völlig egal, was ich sagte.

Dann erhob sie sich und schickte mich schlafen. Ich zog mich um, wurde endlich die lästige Unterhose los, die durch die ganze Aufregung geschmolzen war, und legte mich ins Bett.

Von meinem Zimmer aus hörte ich meine Mutter laut ins Telefon sprechen. Sie wiederholte immer dieselben Sätze. *Entschuldigen Sie bitte vielmals, dass ich Sie so spät noch … Ja … Ich wollte nur fragen, ob … Nein, sicher … Entschuldigen Sie, bitte … Entschuldigung … Entschuldigung …*

In der Dunkelheit versuchte ich die Wörter, die sie sagte, mitzusprechen. Es gelang mir ganz gut. Aber bald bekam ich keine Luft mehr, weil ich während des Sprechens genau auf meine Atmung achtete, und ich stand auf und öffnete ein Fenster. Draußen war es eiskalt, elektrisch aufgeladene Kälte. Unter den Straßenlaternen schneite es sogar. Wahrscheinlich musste er irgendwo warten, bis der Schneefall aufhörte, bevor er zu uns zurückkam.

Nach zwei Stunden ging ich wieder ins Wohnzimmer, setzte mich hin und wartete. Meine Mutter kam zu mir, stand eine Weile herum, dann ging sie ins Badezimmer und wusch sich das Gesicht. Man hörte das Plätschern des Wassers.

Die Stunden vergingen bis zum Morgen.

Einmal wurden wir aus unserem nervösen Dämmerzustand zwischen Wachsein und Schlaf gerissen, als ein Telefon klingelte. Meine Mutter sprang sofort auf, der Sessel fiel nach hinten und blieb liegen, die Beine in der Luft wie ein hypnotisiertes Huhn.

Aber es war nur einer von denen, die sie vor ein paar Stunden angerufen hatte. Der Anrufer entschuldigte sich, dass er vorhin so unfreundlich gewesen war. Sie habe ihn aus dem Schlaf gerissen, da vergesse er manchmal seine Manieren. Worum gehe es denn? Tatsächlich? Nein!

– Doch, sagte meine Mutter. Es ist ihm vielleicht was passiert.

Gleich … jetzt würde sie in Tränen ausbrechen … gleich … warte, einen Moment … jetzt …

Ich wartete schon den ganzen Abend auf diesen Moment, der mir erlauben würde, zu weinen. Bisher hatte ich mich mit großer Mühe beherrscht. Es war wie dieses Spiel, wenn man in ein fremdes Gesicht starrt und versucht, nicht zu blinzeln. Ich durfte auf keinen Fall verlieren. Wer einmal verlor, der blinzelte immer als Erster.

Im Bus zur Schule stellte ich fest, dass die Welt sich verändert hatte. Der Busfahrer musste um fünfzig Jahre gealtert sein. Er sah aus, als würde er gleich einen Herzinfarkt bekommen. Außerdem trug er eine Perücke, was mir noch nie aufgefallen war. Sie sah seinen echten Haaren zum Verwechseln ähnlich, aber es war eindeutig eine Perücke. Außerdem hatte er eine winzigkleine Narbe auf der Oberlippe.

Überhaupt schien der Bus plötzlich von alten, sterbenden Menschen bevölkert. Die ganze Stadt. Sie krochen über die Gehsteige dahin, als trügen sie zentnerschwere Mäntel oder Hüte. Und vor mir saß ein mindestens hundertjähriger Mann, dessen Gesicht aussah wie gebrannte Erde. Einzig seine Nase hatte der Zerstörung widerstanden und war faltenfrei geblieben. Neben ihm saß eine Frau mit eingefallenen Wangen, deren Kopfhaut durch das schüttere Haar leuchtete.

Ich lehnte meinen müden Kopf an die Fensterscheibe, aber von den Vibrationen wurde mir schwindlig. Wir fuhren durch eine kurze Allee, die Morgensonne sprang zwischen den Gitterstäben der Bäume durch. Lichtblitze auf geschlossenen Lidern. Aber der Rhythmus des Flackerns, von dem ich sonst manchmal high wurde, erschien mir heute langsamer als sonst.

Ich habe nicht geschlafen, sagte ich mir. Ich bin übernächtig.

Heute, an diesem Morgen zur Schule zu gehen, mit dieser elenden und endlosen Nacht im Rucksack, erschien mir wie ein riesiger Fehler, als hätte ich mich unerlaubt von einem Kriegsschauplatz entfernt. Das alles – die Haltestelle, die letzten paar Meter zum Schulgebäude, die Flügeltüren, der immer gleiche Geruch nach Putzmitteln und Leberkäse – hatte nicht mehr das Geringste mit mir zu tun. Ich kam aus dem Krieg nach Hause, und die Welt hatte aufgehört sich zu drehen, und niemand war mehr da, der sich an mich erinnerte.

Warum musste ich hierher zurück?

Es gab wichtigere Dinge zu tun, zuhause, vor dem Telefon. Warten. Reden. Was, wenn mein Vater inzwischen zurückgekommen war und nach mir fragte? Nichts wünschte ich mir sehnlicher als ein Telefon, das man ohne Schnur mit sich herumtragen konnte. Vielleicht war er ja zurückgekommen, um sich richtig zu verabschieden. *Tut mir leid wegen gestern. Das war nicht so gemeint. Tut mir leid, aber ich muss eine lange Reise antreten, ich gehe nach Alaska. Der gestrige Tag im Schnee hat mir klar gemacht, wo ich hingehöre. Tut mir leid wegen gestern Abend, ich weiß, dass ich euch da einen ziemlichen Schrecken eingejagt haben muss, aber es war notwendig, bitte glaubt mir. Tut mir leid, aber ich bin entführt worden. Ja, wirklich. Habt ihr denn nicht bemerkt, wie sonderbar ich ausgesehen habe, als ich vor den Bahnschranken noch einmal ausgestiegen bin? Als würde man vom Auto aus eine Waffe auf mich richten. Warum hätte ich aussteigen sollen, wenn ich euch einfach so verlassen wollte? Um euch noch einmal zu sehen? Um euch zu quälen? Das ergäbe doch gar keinen Sinn.*

Kein Lehrer merkte an diesem Tag, dass ein völlig Fremder in der zweiten Reihe saß, auf meinem Platz, und dass dieser Fremde keine einzige Frage falsch beantwortete, auch wenn er sehr leise sprach, sodass man ihn fast nicht verstehen konnte und in übertrieben strengem und ungeduldigem Ton dazu auffordern musste, seine Antwort zu wiederholen. Keinem Lehrer fiel auf, dass ich mir vor Schreck die Fingernägel ins Handgelenk grub, als die Pausenglocke läutete. Ich versteckte die kleinen roten, halbmondförmigen Male unter dem Ärmel. In der Pause biss ich mir die Nägel ab.

Warum hatte mich meine Mutter heute nicht zuhause behalten? Sie hätte doch eine Entschuldigung schreiben können, vielleicht sogar die Wahrheit sagen; ich wusste, eine erfundene Entschuldigung hätte sie aus Prinzip abgelehnt. *Wenn man einmal damit anfängt, hört man nie wieder auf.*

Aber sie schämte sich wahrscheinlich, das war alles. Sie wollte nicht auf einem abgerissenen Din-A5-Zettel in ihrer kleinen und verletzlichen Handschrift erklären müssen, warum ihr Sohn heute nicht zum Unterricht erscheinen konnte. Sie wollte das Verständnis und die Anteilnahme des Lehrers nicht über sich ergehen lassen, wenn sie daraufhin zu einem kurzen persönlichen Gespräch eingeladen wurde. Sie wollte unerkannt bleiben. Eine Touristin im Land der Verzweiflung. Mit Kopftuch und großer, schwarzer Sonnenbrille. Mit gefälschten Papieren und einem in der Armbanduhr versteckten Kompass.

Oder sie wusste mehr als ich und alles war vorherzusehen gewesen. Alles war am Ende tatsächlich geplant, vielleicht schon sehr lange. Ein Komplott. Andererseits waren da die Telefongespräche, die ich in der Nacht ja belauscht hatte. Es war nur Scham. Auch ich schämte mich.

Ich hatte nicht bemerkt, dass der Lehrer neben mir stand.

– Sind wir bei der Sache?, fragte er.

Ich blickte auf.

Er schnippte mit den Fingern vor meinem Gesicht, aktivierte den Hohnreflex der Klasse und alle lachten.

Sorgenkinder

Die Ehe von G. und W. war in etwa das, was ein außen stehender Beobachter vielleicht als *Herausforderung* bezeichnet hätte. Leider ist selten ein außen stehender Beobachter zur Hand, wenn man einen braucht.

Am Tag, da Gabi ihrer Tochter das Licht der Welt und so weiter, war Wolfgang kurzerhand davongelaufen und hatte sich für ein paar Wochen abgeseilt. Zuhause hatte er ihr einen Brief hinterlassen, der alles erklären sollte. Er hielt ihre Launen nicht mehr aus, aber er wusste auch, dass nach einer Schwangerschaft manchmal alles anders wurde, und zögerte noch, ob er nicht vielleicht wieder zurückgehen und den Brief vernichten sollte. Er blieb insgesamt vier Wochen fort, dann kam er zurück, reumütig und um einige dunkle Erfahrungen reicher, und fand seine Frau in der Tat völlig verändert vor: ein in Tränen aufgelöstes, bleiches Häufchen Elend.

Aber alles von Anfang an.

Wolfgang hatte vor Stunden im Warteraum Platz genommen und auf jedes Schreien in der großen, unübersichtlichen Klinik gelauscht, obwohl er natürlich wusste, dass er sich töricht verhielt. Seine Mutter war vor zwei Monaten gestorben, und das Familienstammbuch war mit einem lauten Knall hinter ihr zugeschlagen. Wolfgang musste nun ganz allein ohne Eltern in dem langweiligen Korridor darauf warten, dass seine Frau es im Alleingang wieder aufschlug. Man hatte ihm, da es eine moderne Klinik mit modernen Menschen war, angeboten, bei ihr zu bleiben und die Geburt zu filmen oder Fotos zu machen, aber er hatte es abgelehnt. Er war, trotz aller Aufregung über das bevorstehende Ereignis, traurig, dass seine Eltern nicht da waren, um ihn dabei zu sehen. Er dachte daran, wie seine Mutter ihn gegen Ende ihres Lebens mit dem Wunsch überrascht hatte, in ein Spielwarengeschäft zu gehen, was er natürlich zuerst als Scherz abgetan, dann aber als letzten Wunsch respektiert hatte. Die Begründung seiner Mutter war gewesen: *Aber das hat dir doch immer …* eine Geste mit der Linken, welche noch recht beweglich war und nicht von der wachsartigen Leichenblässe wie die Rechte, vollendete den Satz: *Freude gemacht.* Also war er mit ihr in ein Spielwarengeschäft gegangen und hatte sie eine Weile herumgeführt. Schließlich entschied er sich für eine kleine Spritzpistole und bezahlte mit zitternden Händen. Seine Mutter blickte ihn stolz an und legte ihm ihr Kinn von hinten auf die Schulter, sodass die Dame an der Kassa unangenehm berührt das geschminkte Gesicht verzog.

Wolfgang starrte auf seine Knie, die eng beieinander standen und sich ungewöhnlich heiß anfühlten, wie in der Sonne gewärmte Steine. Niemand war hier, um zu sehen, wie es mit der Familie weitergehen würde – und plötzlich hielt er es nicht mehr länger aus und begann zu schimpfen: auf die unbequemen Sessel, auf die verlangsamten Krankenhausuhren und auf sich selbst, auf seine altmodische Angst, die ihn davon abgehalten hatte, bei Gabi zu bleiben, während sie –

Der Mann neben ihm blickte von seiner Zeitung auf, faltete sie zusammen – es war eine Maturazeitung, mit dem clownesken Schriftzug *Die Maultrommel* und lachenden, jungen Menschen auf der Vorderseite –, stimmte spontan in den Kanon ein, zeitversetzt um wenige Sekunden, und begann ebenfalls zu schimpfen. Ja, die Uhren liefen tatsächlich langsamer als in der wirklichen Welt. Und der Kaffee aus dem Automaten schmeckte wie *flüssige Bart-*

stoppel. Und ja, natürlich war das Warten die einzige der ewigen Höllenstrafen, für die man schon zu Lebzeiten ordentlich üben konnte.

Eine Weile schwiegen die beiden Männer.

Der Fremde mit der zusammengefalteten Maturazeitung auf dem Schoß hörte sich Wolfgangs schüchtern vorgetragene Frage an und nickte. Ja. Er habe einen Sohn. Nein, nicht hier, nicht heute. Eine reine Routineuntersuchung. Der Rücken. Und hier, dieses Bein. Am Morgen immer etwas Taubheit. Aber nichts Ernstes. Natürlich, das hier war ein freier Wartebereich.

Wolfgang hatte gedacht, dass hier nur werdende Väter, Großmütter oder Großväter aufgereiht säßen.

– Hallo, sagte der Mann mit der Zeitung.

Wolfgang hielt ihm die Hand hin. Der Fremde nahm sie.

– Ich heiße Wolfgang.

Der Fremde nahm die Brille ab und schnäuzte sich in ein großes Stofftaschentuch. In seinem Vollbart blieb ein kleiner Rest hängen. Wolfgang starrte darauf und hatte das wilde Bedürfnis, irgendetwas zu sagen. Gleich musste es soweit sein, jeden Moment würde die Tür auffliegen und seine Frau käme auf ihn zu gerannt, mit einem breiten Lächeln und ungeheuer aufregenden Neuigkeiten und –

– Angenehm. Georg Kerfuchs, sagte der Fremde.

– Sehr erfreut, sagte Wolfgang etwas benommen.

In diesem Augenblick ging eine Tür auf, Wolfgang sprang sofort von seinem Stuhl. Das musste es sein. Gleich, gleich – und sogar der Fremde mit dem seltsamen Nachnamen erhob sich langsam, indem er sich mit einer Hand an der Wand abstützte. Aber es war nur ein dunkelhäutiger Mann mit weißem Turban, der sich nun unschlüssig im Korridor umsah, als fragte er sich, wie in aller Welt er hierher gekommen war, und dann einfach an der Reihe der Wartenden vorbeimarschierte.

Die folgenden Wochen verschwanden einfach vom Kalender. Vielleicht würden sie später irgendwann wieder auftauchen? Wolfgang hoffte, dass das geschehen würde, wenn er längst tot war oder ihm wenigstens jemand eine Pistole an die Schläfe hielt. Obwohl er sich dieses Gefühl nicht erklären konnte, hatte er bereits eine dunkle Ahnung, aus welcher Ecke diese Pistole kommen würde.

Er seufzte.

Gabi saß zusammengekauert zuhause vor dem Heizkörper und weinte darüber, dass ihre Weinkrämpfe nicht mehr weggehen wollten. Seit zwei Wochen befand sie sich auf dem Meeresgrund, wo alle Farben mehr oder weniger tot waren und wo man in der allgegenwärtigen Dunkelheit bestenfalls mit einem friedlichen Seeungeheuer zusammenstoßen konnte, das gelassen verschmähte, einen zu vernichten.

Draußen regnete es, und das gleichmäßige Rauschen erinnerte sie daran, dass ihr die Zeit davonlief, die Zeit, in der sie sich um ihr Kind kümmern musste. Sie war völlig hilflos, wusste überhaupt nicht, was sie tun sollte, aber die Ärzte hatten sie nicht länger im Krankenhaus behalten wollen, da sie nicht im Kindbett gestorben war.

Sterben, dachte sie.

Ihr Hinterkopf schlug einige Male gegen die Rillen des Heizkörpers, und ein hohler Metallton erklang, wie das Läuten einer geborstenen Glocke.

Ihr Hemd, das in einem früheren Jahrhundert, einem aus Licht und fröhlichen Gesprächen, ihr Lieblingshemd gewesen war, war von Tränenflecken verunstaltet, und Gabi schämte sich dafür (und weinte darüber), dass sie überall, wo sie war, gleich eine Sauerei hinterlassen musste.

Wolfgang war fort. Das konnte man ihm wahrscheinlich nicht verübeln. Ob er wieder zurückkommen würde, war schwer zu sagen.

Schwer zu sagen, dachte sie.

Ihre Unterlippe war wund und aufgebissen. Kein schöner Anblick. Außerdem fand Gabi, dass sie einen unangenehmen Geruch verbreitete. Kein Wunder, denn sie hatte sich schließlich seit Tagen nicht mehr gewaschen. Allein die Vorstellung, nass zu werden, ließ Übelkeit in ihr hochsteigen und sie schüttelte den Gedanken ab. Aber natürlich wurde davon der Geruch auch nicht besser und sie schämte sich wieder und weinte über die ewigen Labyrinthe, in denen sie sich ständig verrannte.

Es war nicht gerecht. Alles. Nichts.

Nichts war ihr zumutbar. Sie war allergisch auf das Universum, in dem alle Lebewesen allein und verlassen waren. Es machte sie krank und hilflos. Merkwürdig, dachte sie, und der Gedanke brachte ihr etwas Trost, merkwürdig, diese ganzen Menschen, die Raumanzüge anziehen, mit Messer und Gabel Fleisch zerteilen, Tiere in kleinen Käfigen einsperren, Bücher schreiben, in Gewässern schwimmen, einschlafen und wieder aufwachen, Holzbretter zurechtschneiden, Schminke auftragen, unerreichbar weit entfernte Gesteinsbrocken nach irgendwelchen Vorfahren benennen, applaudieren, Maßanzüge anfertigen, Krieg führen und einander Nobelpreise zuteilen – diese großflächige und unberechenbare, hauchdünne Besiedelungsschicht auf dem Planeten, im Verhältnis hundertmal dünner als die Haut eines Apfels. Und aus irgendeinem Grund musste sie an Weihnachten denken, das bald bevorstand. Wo würde sie an diesem Tag sein? Zuhause, tot, in einer Zelle? Sie stellte sich vor, wie sie am Weihnachtsabend allein in der Stadt herumging. Das Baby war bei seinem Vater, der es vergeblich zu stillen versuchte. Ringsum nichts als verlassene Straßen. Das Leben ist zu lauter kleinen erleuchteten Fensterquadraten zerfallen. Eiskalter Wind.

Das Rauschen des Regens hielt sie in ihren trübsinnigen Gedanken gefangen, es verlieh allem eine Kontinuität, der man sich kaum entziehen konnte. Regen ist etwas, das mehr in der Vergangenheit als in der Gegenwart stattfindet. Es ist jedes Mal *derselbe Regen*, er setzt jedes Mal die Reihe von finsteren Regentagen fort, die in der Erinnerung eine melancholische Lichterkette bilden.

Gabi fasste über ihre Schulter und berührte den Heizkörper, nur um zu sehen, ob er auch funktionierte. Ihr war kalt, aber das musste nicht unbedingt an der Heizung liegen. Ihre Hand wurde warm und schwer. Als sie sie zurückzog, zeigte die Handfläche kleine rote Flecken, wie von Wachskreide.

Das Baby wachte auf und begann in der Dunkelheit zu schreien.

Gabi legte den Kopf auf die Knie und stellte sich die Stadt vor, unter dem Regen, von oben besehen. Irgendwo dort unten war sie, in ihrem Zimmer. Unauffindbar, klein. Die Erstarrung hatte begonnen. Ihr Kind lag reglos nebenan im Wohnzimmer, machte Bewegungen, wie kleine Menschen sie machen mussten, damit sie überlebten, aber es stand trotzdem still. Alles hatte aufgehört sich zu bewegen. Ein Pendel, ein erhängter Körper, der langsam in absoluten Stillstand übergeht. Kein Luftzug, keine Vibrationen. Das Licht einzuschalten hatte keinen Sinn mehr. Irgendwann würde es ohnehin ausgehen, für immer. Alles war zum letzten Mal da, und vieles davon nicht einmal am rechten Platz. Alles tot, alles still. Reglos wie eine Schaukel im Winter. Reglos wie ein abgestorbener Baum vor einem Schulgebäude. Allen möglichen Beschreibungen der Welt fielen nach und nach die Verben aus, wie nicht mehr benötigte Zähne. Die Landschaft vor den Fenstern wie ein großer, toter Wal. Den Wind einzuschalten hatte keinen Sinn mehr. Er würde ja doch nur stehen bleiben, irgendwann. Und auch das Haus, aus dem im Augenblick wohl dunkler Rauch in den Nachthimmel stieg, dieses Haus, in dessen Bauch sie unbeweglich feststeckte, würde sich nicht mehr vom Fleck rühren. Ihre Hände lagen nutzlos im Schoß. Ein wenig ringelten sich noch die Finger, weil ihnen die Berührung mit dem Hosenstoff angenehm war. Aber sonst war alles erstarrt. Sogar die Bücher in den Regalen unterdrückten, mit Mühe, wie es schien, jede noch so kleine Bewegung.

Ein plötzlicher Knall riss sie in die Höhe, die Lähmung fiel von ihr ab. Noch etwas unsicher torkelte sie ans Fenster und schaute hinaus auf die Straße. Mit hellen Scheinwerferaugen fuhren still vor sich hin weinende Autos durch den Regen. Und ein Mann stand dort draußen, so reglos wie sie selbst vor wenigen Sekunden. Er stand unter einer Straßenlaterne, die sich über ihn beugte wie eine Entenmutter über ein Küken. Sein Kopf steckte in einem schwarzen Motorradhelm, von dem das Wasser tropfte.

Dann wurde ihr klar, was geschehen war. Der Knall war aus dem Wohnzimmer gekommen. Außerdem hatten die langen, gedehnten Schreie ihres Kindes sich verändert. Es schrie jetzt nicht mehr, es schien sich an seinen eigenen Lauten verschluckt zu haben.

Schnell ging sie zu ihm. Mit einem kraftlosen Schlag gegen den Lichtschalter erledigte sie die schwergewichtige

Dunkelheit. Das Kind lag auf dem Boden, hilflos auf den Rücken gedreht, und würde nie wieder aufstehen, wenn man ihm nicht half. Man musste ihm helfen. Gabi musste ihm helfen.

Sie bückte sich. Das Kind erkannte seine Mutter oder es erkannte seinen Schmerz und versuchte lauter zu schreien. Aber es war hart auf den Rücken geplumpst und rang nach Atem. Der Schrei war wie das Quietschen eines Ballons, dem langsam die Luft ausgeht.

Gabis Hände zogen es vom Boden hoch und rissen seine kleinen Arme in die Höhe, während sie es mit einem Knie zwischen Himmel und Erde fixierte. Das Kind kam langsam zu Atem, der Krampf löste sich und es konnte wieder schreien, markerschütternd, anklagend. Gabi legte es sich an die Brust und erwartete, dass es mit seinen winzigen Fäusten auf sie eintrommeln würde. Aber das Kind schrie nur, schrie und schrie und hörte eine halbe Stunde nicht mehr auf. Mein Gott, es war ja so klein, kein Wunder, dass ihm alles wehtat. Wie konnte man nur so klein sein, dachte Gabi. Sie legte das Kind vor sich auf den Tisch und suchte den kleinen Körper nach Verletzungen ab, aber Gott sei Dank war da nichts. Nur sein Bauchnabel guckte sie böse an, eine zwischen Speckfalten eingeklemmte Erbse.

Nachdem Gabi es endlich hatte beruhigen können, rief sie eine Freundin an, die ihr in der ersten Zeit, nachdem sie geschwächt und verzweifelt aus dem Krankenhaus entlassen worden war, beigestanden war und geholfen hatte. Die Freundin hörte sich an, was passiert war, versicherte Gabi, dass sie nicht schuld sei, und versprach, in spätestens einer Stunde bei ihr zu sein. Doch vorher rief sie Wolfgang an, um ihm zu sagen, er solle augenblicklich mit dem Theater aufhören und zu seiner Frau zurückkehren.

Sie sei auf dem besten Weg, den Verstand zu verlieren. Seine Tochter sei in Lebensgefahr.

Gabi betrachtete das Telefon auf dem Tisch. Unter dem Telefon lag ein Zettel. Wie lange lag der schon hier? *Für G.*

Wolfgang stand unterdessen an einer Haltestelle und dachte zurück an die Wohnung. Gleich würde er wieder in seiner Wohnung sein. Und sein Kind würde in seinem Zimmer liegen, hoffentlich war alles in Ordnung. Bestimmt sollten sie zum Arzt fahren mit der Kleinen, aber aus irgendeinem Grund wollte er jetzt gar nicht besonders darüber nachdenken, denn die alte Wohnung fehlte ihm, ja, er merkte es erst jetzt, ohne sie hatte er sich nackt gefühlt, wenn es Abend wurde. Seit er bei Georg Kerfuchs ausgezogen war, hatte er viel telefoniert, mit Leuten, die sich manchmal nur schwer an seinen Namen erinnerten und an die Nebenrolle, die er vielleicht vor Jahren einmal in ihrem Leben gespielt hatte.

Er vermied Selbstgespräche, auch wenn sie sich manchmal in ihm anstauten und es fast wehtat, sie zu unterdrücken. Wenn er sie in sich aufsteigen fühlte, fluchte er obszön, was ein wenig half. Wenn gar nichts mehr half, sang er in der Dunkelheit ein Lied. Und wenn er dann endlich, nach langem Hin und Her und einem guten Dutzend Zählspielen, die allesamt nichts nutzten, eingeschlafen war, wachte er schon bald wieder auf, schwitzend, verwirrt, und hatte von einem kleinen Vogel geträumt, der mit einer altertümlichen Handkrücke über seinen Schreibtisch spazierte. Und obwohl es doch albern und harmlos war, dieses Bild von dem humpelnden Vogel, hatte er trotzdem wieder geweint im Schlaf, er spürte es genau, es brannte anders in den Augen als der

Schweiß, und in der Dunkelheit wischte er sich über das nasse Gesicht und fluchte – *Drecksau! Schlampe!* –, weil er schon drauf und dran gewesen war, dem schweigenden Zimmer seinen Traum zu erzählen, mit lauter Stimme, obwohl höchstwahrscheinlich niemand im Umkreis von vielen Kilometern noch wach war außer seinem Kopf.

Er musste an die Fische denken, zuhause im Aquarium.

Oder daran, dass es ja keine definitive Trennung gewesen war, sondern nur eine aus Vernunftgründen, eine vorübergehende Maßnahme, die er ergriffen hatte, eingeleitet von einem *Offenen Brief*, eine Auszeit, die man ebenso leicht wieder beenden konnte, mit allen verfügbaren Mitteln, Freunden, einem Gerichtsbeschluss. Mein Gott! Es wurde schon Abend und er hatte Angst. Wie ein kleiner Junge.

Er machte sich auf den Weg nach Hause.

Liebe Gabi!
Ich sehe ja, dass es dir schlecht geht. Nichts kann deine Unzufriedenheit lösen. Ich biete dir nur eine Veränderung an, egal welche, du wählst!

Geld spielt keine Rolle (wirklich!)

Absolut keine Rolle, ich will nur, dass es irgendwas für dich geben möge, das dich ein wenig glücklicher stimmt. Wenn das eine Scheidung sein sollte, ein eigenes Zimmer, eine eigene Wohnung in der Stadt, weit weg von mir und dem Kind (ich hoffe, es geht ihm gut!), dann ist es eben das – auch das würde ich akzeptieren, denn ich weiß, dass ICH der Schuldige bin, jawohl, ich weiß, dass ICH es war, der deinem Leben den Stoppel herausgezogen hat, indem ich dich geschwängert habe, indem ich dein Einverständ-

nis, deine freiwillige Liebe ausgenützt habe, indem ich dir immer wieder gesagt habe, du wärst die Einzige für mich, obwohl du mir so oft unter Tränen erklärt hast, dass es das niemals geben kann.

Es tut mir aufrichtig leid. Am liebsten möchte ich dir zurufen: Vergib uns, denn wir wissen nicht, was wir tun. Wir wissen nicht, wer wir sind, was wir anrichten, was wir in eurem Leben bedeuten. Wir zerstören euch, dringen in eure Körper ein, spießen euch lachend auf, als wärt ihr irgendeine Leben spendende Frucht, setzen euch fremde Lebewesen in den Bauch, die ihr, in mühsamer monatelanger Selbsthypnose, irgendwann als eure Kinder erkennt – spätestens dann ist alles kaputt.

Als Wolfgang zuhause ankam, fiel ihm Gabi nicht um den Hals. Sie fragte ihn auch nicht, wo er gewesen war. Sie saß am Tisch und hielt einen Zettel in der Hand.

– So wenig bedeute ich dir, sagte sie und hielt das Papier in ihren kraftlos verkrümmten Fingern hoch. So entsetzlich wenig bedeute ich dir?

Wolfgangs Kopf brauchte ein paar Sekunden, um ihre paradoxe Reaktion zu verarbeiten, dann floh er aus der Küche. Sie stapfte ihm nach, brüllte die Badezimmertür an, hinter der er sich verschanzt hatte, um niemandem wehzutun. Ich bin in der Hölle, sagte er sich leise, während er seinen Kopf unter das wohltuend kalte Wasser hielt, ich bin in der Hölle, was soll ich denn noch tun, was verlangt sie von mir, ich bin doch zurückgekommen, ich bin in der Hölle, in der Hölle –

– Sprich mit mir!, hämmerte es an die Tür.

Sie ist erst zufrieden, wenn ich tot bin, das wurde ihm klar, als er sich aufrichtete. Von seinen Stirnfransen lief Wasser, sein Gesicht starrte rot und verletzt in den Spiegel. Sie will Blutrache. Sie will mich tot sehen, gepfählt, bestraft. Sie will mich zerstören.

– Bitte, bitte, bitte, weinte und schrie sie vor der Tür.

– Verschwinde, schrie er zurück, verschwinde! Oder ich schneide mir die Pulsadern auf! Hier und jetzt, in der Badewanne!

Und zum Beweis seiner Entschlossenheit ließ er Wasser einlaufen. Mit angewinkelten Beinen blieb er neben der Badewanne sitzen. Er bemerkte eine Ameise, die über die Bodenfliesen wanderte, dann noch eine und noch eine. Sie hatten Ungeziefer. Da bin ich einmal vier Wochen nicht zuhause und schon, dachte er. Aber der Rest des Satzes verhallte dumpf in seinem Kopf. Er hatte sie im Stich gelassen, allein mit dem Baby. Es war alles seine Schuld. Er verfolgte den Weg der kleinen, schwarzen Punkte. Von dem Gewusel wurde ihm schwindlig. Er würde sich später darum kümmern.

Nach zehn Minuten traute er sich aus dem Bad. Gabi saß, die Knie eng unter ihr Kinn gepresst, auf dem Fernsehsessel und schaukelte sich. Auf seine reuevolle Anrede reagierte sie nicht. Von ihren Mundwinkeln lief Spucke.

Er rüttelte sie, flüsterte:

– Mein Gott, was machst du mit mir! Was zum Teufel machst du mit mir!

Aber ihr Blick blieb starr. Ihr Atem ging so schnell wie der einer Feldmaus.

Wenig später telefonierte er mit dem Notarzt, der auf einen epileptischen Anfall tippte. Aber Wolfgang wusste, dass es das nicht war.

Sie würde wieder in Ordnung kommen, hieß es. Nach einer Schwangerschaft war alles möglich. Man musste einfach abwarten.

Gabi schien das irgendwie einzuleuchten.

Wolfgang entschuldigte sich mehrmals bei ihr. Das mit dem Brief sei eine Dummheit gewesen, aber das alles liege jetzt hinter ihnen.

– Verstehst du? Hinter uns. Alles.

Sie nickte. Auf eine gewisse Art.

Wieder hatte er das Gefühl, sein Kopf müsste implodieren. Ich bin in der Hölle, ich bin – nein. Ich muss vernünftig bleiben, dachte er. Sie braucht mich jetzt. Als Verrückter kann ich ihr nicht helfen und erst recht nicht meinem Kind.

Aber in der Nacht hatte er eine quälende Vision von einem Schrumpfkopf, einem verschrumpelten Ding, das schon mehr einer faulen Zwiebel als einem menschlichen Gesicht glich. Und er zwängte diesen Schrumpfkopf unter Zuhilfenahme beider Daumen zwischen die Hinterbacken seiner Frau. Es gab ein schmatzendes Saugschluckgeräusch und schon sah der Homunculus aus seinem neuen Versteck hervor, rosig und verwandelt, ein frisch geschlüpftes Kindergesicht.

Ich bin nicht normal, sagte er sich immer wieder. Er hatte das bestimmte Gefühl, dass der schwarze Raum dort oben unter der Zimmerdecke weiter war, als es schien. Er nahm eiskalte Bäder. Er gab sich Ohrfeigen und weinte.

Danach fühlte er sich ein bisschen entspannter und gereinigt. Aber bald schon stellten sich die quälenden Träume wieder ein, und er bemerkte, dass er seinen Blick jedes Mal ängstlich abwandte, wenn sich seine Frau neben ihm im Schlafzimmer umzog.

Er musste sich eingestehen, dass er schreckliche Angst vor ihr hatte.

In seinen schlimmsten Träumen nahm sie manchmal die Form eines rätselhaften Gegenstands an, der gleichzeitig ein Glockenturm und ein Pfefferstreuer war. Was ihm daran genau Angst machte, konnte er gar nicht sagen. Er wusste nur, dass er Todesangst hatte und sich wünschte, sehr weit weg zu sein.

Falschfarben

Im Zimmer meines Vaters gab es Schränke, die so alt waren, dass sich die flacheren Schubladen, jene, die ohnehin nicht viel enthalten konnten, langsam aufgelöst hatten und nun mit dem Holz verschmolzen waren. Es war völlig zwecklos, an ihnen zu rütteln oder zu zerren, sie blieben verschlossen wie der Mund eines Kindes, vor dem ein Löffel mit Lebertran schwebt.

Meine Mutter traute sich lange nicht in sein Arbeitszimmer. Als sie es zusammen mit mir an einem verregneten Vormittag endlich betrat, war die Tafel das Erste, was uns auffiel. Auf ihr wartete nicht etwa eine Nachricht, im Gegenteil, sie war gelöscht worden mit einem Schwamm, dessen Wischspuren zu weißen, bauschigen Wolken erstarrt waren.

Meine Mutter ging langsam und mit hochgezogenen Schultern durch das verlassene Zimmer, als erwarte sie eine Falle, einen Pfeil, der plötzlich aus einem Winkel geschossen kam, oder dass eine Alarmsirene losginge.

Nichts geschah und sie entspannte sich. Dann wurde ihr Blick glasig und sie begann zu wühlen, als gälte es, ein verschüttetes Kind aus dem Sand zu buddeln. Ich half ihr. Meine Mutter verzweifelte allerdings bald an der Ziellosigkeit dieser Tätigkeit, da sie weder *wichtige Papiere* noch sonst irgendwelche Dinge von Bedeutung fand. Sie habe das zwar schon erwartet, aber es überrasche sie trotzdem aufs Neue, hier nur diese entsetzliche Leere vorzufinden. Wann hatte er das alles fortgeschafft? Hatte er es langsam gemacht, Schritt für Schritt, wie ein Schmuggler? Oder hatte er diese Leere einfach plötzlich entstehen lassen, wie ein Zauberkünstler, der eine signierte Banane verschwinden lässt?

Ich verstand nicht, was sie meinte. Leere? Diese Unordnung, diese vielen Bücher, diese Schubladen voll mit alten Rechnungen, Kalendern und Magazinen. Natürlich, besonders faszinierend waren diese Dinge alle nicht, aber man musste sie zumindest einmal durchsehen.

Hinter ein paar Büchern entdeckte meine Mutter zu ihrer Überraschung eine Flasche ohne Etikett, die halb leer war. Sie roch daran und blinzelte stark. Dann stellte sie sie wieder zurück.

Ein kleiner Karton neben dem Mistkübel enthielt ein gelbliches Paket Briefe, die in verschiedenen unleserlichen Handschriften geschrieben waren. Ich versuchte etwas zu entziffern, aber es ergab nur Unsinn. Als ich schon nicht mehr glaubte, etwas Interessantes zu finden, fiel wie auf ein Stichwort eine Dose mit Tennisbällen um. Ich öffnete die Dose, die Bälle darin waren pechschwarz. Schwarze Tennisbälle? Ich stürzte die Dose, und die Bälle hüpften über den Parkettboden, dann dumpfer über den Teppich davon.

Während wir in seinem Zimmer waren, wurde ich das Gefühl nicht los, dass wir uns vor einer Art Kulisse bewegten. Vielleicht war das alles nur gestellt, einstudiert, und mein Vater lebte in Wirklichkeit noch immer irgendwo im Haus, in einer Geheimkammer hinter all diesen Schubladen, Schachteln und Bücherattrappen, in einem Raum ohne Türen und Fenster, und nahm so an unserem Leben teil, während er intensiv an irgendetwas Wichtigem arbeitete, an einem Buch vielleicht, das seine ganze Zeit beanspruchte. Er beobachtete uns durch Gucklöcher und zwinkerte uns zu, wenn wir etwas Schönes gesagt oder getan hatten. Er war das Gesicht, in das sich mein eigenes verwandelte, wenn ich es lange im Spiegel anstarrte. Und vielleicht handelte sein Buch von uns, von dem Leben, das wir führten, seit er fort war. Er schrieb an einer Studie über allein erziehende Mütter, an einem Roman über ein kompliziertes Mutter-Sohn-Verhältnis, an einer Meditation über seinen eigenen Tod und das Bild, das die dazugehörige Nachwelt abgeben würde.

Und manchmal hörte ich ihn sogar beim Einschlafen, wenn ich meinen Kopf auf dem Polster hin und her drehte, manchmal hörte ich da seine Stimme, nur für einen Augenblick und wie durch Mauern gedämpft, aber es war eindeutig seine Stimme. Er sagte irgendetwas Ruhiges, *Gute Nacht* oder *Pass auf dich auf* in einer fremden Sprache.

An anderen Tagen fand ich die Fernbedienung im Wohnzimmer woanders liegen. Vielleicht hatte er während meiner Abwesenheit kurz ferngesehen, natürlich. Ich experimentierte ein wenig, ließ im Winter das Küchenfenster lange, viel zu lange offen, was ihn immer zur Weißglut gebracht hatte, aber er tappte in keine meiner Fallen. Sein Versteck musste hermetisch abgeriegelt sein, sodass es ihn vor einem frühzeitigen Abbruch seines Exils bewahrte. Vielleicht existierte an der verborgenen Tür der Geheimkammer so etwas wie ein Zeitschloss, das ihn erst freigab, wenn ich, sagen wir, achtzehn Jahre alt war.

An einem hellen Morgen im Mai wachte ich spät auf. Ich war bis drei Uhr morgens wach gelegen und hatte mit dem Weltempfänger unverständliche Radioprogramme gehört. *Eine Kleine Nachtmusik* auf einem russischen Sender. Ein Tennismatch, weit weg, wie von einem anderen Planeten, mit den gespenstisch verdoppelten Echos der geschlagenen Bälle. *BBC World*. Ein weiteres Kapitel aus unserer Reihe *A Life in Jazz. Today we take a close look at the life of Thelonious Monk*. Ein Autist. Asperger-Syndrom. *Deutsche Welle*. Der Sommersprossenmann von *Simply Red* sang in meinen Ohren: *And I LOVE the thought of coming HOME to you … EVEN IF I know we can't MAKE IT!*

Am Morgen fand ich mich neben dem Radioapparat liegen. Das Kabel der kleinen Stöpsel-Kopfhörer verschwand unter meiner Decke, es war um mein Handgelenk gewickelt.

Als ich in die Küche gehen wollte, hörte ich meine Mutter draußen vor der Haustür mit jemandem sprechen. Ihre Stimme war laut und aufgeregt. In schrecklicher Gewissheit rannte ich zur Tür und presste mein Ohr an das Holz.

Aber es war eine fremde Männerstimme, die auf die erregten Fragen meiner Mutter antwortete. Mehrmals wiederholte sie dieselbe Frage (ich erkannte es an der Sprechmelodie, nicht am Inhalt des Gesagten) und bekam nur eine entschuldigende oder ausweichende Antwort. Mir wurde nach und nach klar, dass es um Briefe ging, um einen Absender, über den die männliche Stimme, die wohl dem Briefträger gehörte, nichts sagen konnte oder wollte oder durfte.

Die Stimme meiner Mutter wurde schrill, dann bettelnd, dann wurde es ganz still. Die Klinke bewegte sich und ich flüchtete mich in mein Zimmer. Ich wusste, dass sie mich gesehen hatte; als ich die Zimmertür erreicht hatte, stieß ich mit der Schulter gegen den Türrahmen. Sie sagte kein Wort.

Wenig später ging ich zu ihr in die Küche. Sie hatte keinen Tee gemacht und auch kein Frühstück. Nicht einmal die morgendlich zerknitterte Zeitung lag auf dem Tisch.

Alles, was es an diesem Morgen gab, war ein kleines Stück Papier, auf das meine Mutter mit belebten und flinken Augen starrte.

Sie erzählte mir nicht, was in dem Brief stand. Aber von diesem Tag an kam es nie wieder vor, dass sie auf ein Frühstück verzichtete. Auch die Zeitung, die nie jemand las, die aber zur täglichen Routine gehörte, lag immer griffbereit auf dem Tisch. Ihr Gesicht war noch das alte und doch nicht.

Ihr wirkliches Gesicht sah ich erst einige Jahre später wieder.

Im Jahr 1999 wurde aus heiterem Himmel eine totale Sonnenfinsternis angekündigt. Plötzlich lagen Tageszeitungen als Geschenk für Abonnenten spezielle Sonnenbrillen bei, die fast vollkommen undurchsichtig waren. Eine 100-Watt-Glühbirne, die man dadurch betrachtete, verwandelte sich in eine blau glühende Frucht. In der Schule verglichen und tauschten wir die verschiedenen Brillen-Modelle wie Sammelkarten. Wer keine besaß, war eine *Schwuchtel.*

Ich schaute mir die Sonnenfinsternis mit meiner Mutter an. Wir gingen dazu auf die Hauptbrücke, die zur Inneren Stadt führt.

Das Einzige, was man darüber sagen kann, ist, dass sich eine totale Sonnenfinsternis wie ein riesengroßer Fehler anfühlt. Alles ist falsch: die Schattierung und der Faltenwurf der Kleidung, die Hände, die Gesichter der Umstehenden, die Gebäude der Umgebung, das Wasser des Flusses, über dem man das Spektakel im Himmel betrachtet; falsch das Verhalten des Gehörsinns, der plötzlich dumpf wird, wie unter Wasser oder hinter Glas. Man bewegt sich in der plötzlichen Finsternis unter anderen

Schaulustigen, die an die Darstellung der Toten bei Homer erinnern: demütige Gestalten, die möglichst wenig Raum beanspruchen, farblos und voller Sehnsucht nach Licht.

Für eine Minute hing der gespenstische Sonnenring im verdunkelten Himmel wie ein Einschussloch in Blech, mit diesen flackernden Metallfransen am Rande der Öffnung. Kurz vorher wälzt sich der schwere Körper des Mondes über die Sonne, es dauert etwa zwei Sekunden und man traut seinen Augen nicht: das runde münzförmige Stück von der Farbe des Himmels, das seit einer halben Stunde langsam und stetig vorgerückt ist und immer mehr von der Sonnenscheibe abgebissen hat, wird plötzlich plastisch, wie eine schwarze Kameralinse, und legt sich über die Sonne, nicht elegant oder hypnotisierend, wie man es vom Mond erwarten würde, sondern schwerfällig und plump wie ein Betrunkener, der sich auf eine schlafende Frau rollt.

So schnell wie sich ein Augenlid schließt, ist es dunkel geworden. Man muss die Brille abnehmen, da man sonst völlig blind ist. Eine Sekunde ist es stockdunkel, dann springt ein inneres Notstromaggregat an und der Blick taumelt benommen umher, streift Gebäude, Bäume, Menschen, alles in falscher Färbung und Aufstellung. Der Fluss bewegt sich nun sehr viel langsamer fort, wie jemand, der an einer Unfallstelle vorbeifährt und in Zeitlupe seinen Kopf reckt. Seine Farbe ist das ungesunde Bronze-Grau von Moorleichen.

Den meisten entkam ein Schrei, als die Sonne von dem schwarzen Sack verschluckt wurde. Einige begannen verwirrt zu klatschen, gespenstisch verlangsamt, als würden sie sich im selben Augenblick ihrer klatschenden Hände bewusst – und hörten gleich wieder auf.

Nachdem sich die Augen, in den wenigen Sekunden, die ihnen dafür blieben, an die neuen Lichtverhältnisse gewöhnt hatten, war alles in ein unnatürliches Halblicht getaucht, ein Licht, das vor Schreck alle Farben durcheinandergebracht hatte, dafür aber Linien und Konturen verstärkt hervortreten ließ. Alles schien jetzt aussichtslos und deprimierend. Das Ganze musste ein schrecklicher Irrtum sein. Irgendetwas war schiefgegangen, mitten in der routinemäßigen Verschiebung der Körper; vielleicht war die Erde aus ihrer Bahn geschlittert und ins All davongedriftet, oder eine riesige Sonnenexplosion verbrannte gerade die erdabgewandte Seite des Mondes und verlieh ihm dadurch dieses albtraumhafte Hintergrundglühen.

Meine Mutter, die sich in ein riesiges Pendel verwandelt hatte, stieß gegen mich. Ihre Schuhe trugen sie ein paar Schritte vorwärts, dann kehrten sie um. Ich sah, was sie meinte. Es hatte auf einmal keinen Sinn mehr, irgendwohin zu gehen. Die beiden Stadthälften, die links und rechts des Flusses lagen, hatten sich in blutleere Holzschnitte verwandelt. Geschäfte, Büros, Wohnungen, Parks existierten nicht mehr. Den Vögeln hatte es die Sprache verschlagen. Alle Fenster erschienen vergiftet. Häuserfronten gefroren zu eilig hingepatzten Abziehbildchen wie für eine Briefmarke. In diesem hartkantigen, mittelalterlichen Licht, das sonst nur in Totentänzen und düsteren Passionsspielen vorkommt, konnte im Grunde alles passieren. Der Körper wurde wachsamer, der Blick klar und unruhig.

Der nackte, unfreundliche Wind, der direkt aus dem Weltraum zu kommen schien, war nun überall zu spüren. Es war ein Wind, der sich nicht um Erfindungen wie Kleidung oder Kopfbehaarung kümmerte. Er durchdrang alles.

Die Ampeln schalteten währenddessen immer noch von Rot auf Grün, obwohl sie niemand mehr beachtete, weil sie die notwendigen Signalfarben nicht mehr richtig trafen. Das rote Ampelmännchen war nicht rot, sondern erstrahlte in einem wehmütigen Kupferbraun, das Erinnerungen an altertümliche Türklinken in der Form melancholischer Löwenköpfe heraufbeschwor. Die Proportionen der Gebäude veränderten sich stetig, verschoben sich, manches wurde runder, anderes schien langsam in sich zusammenzufallen, wie ein Ballon, aus dem die Luft entweicht. Die Welt war ein Schachbrett in einem konvexen Karnevalsspiegel.

Meine Mutter ging wieder ein paar Schritte, dann blieb sie stehen, holte ein Taschentuch aus ihrer Handtasche und schnäuzte sich. Selbst dieses Geräusch wirkte verlangsamt.

Das Einzige, was in diesem gottverlassenen Augenblick noch fehlte, waren diese körnigen, flackernden Verunreinigungen alter Stummfilmbilder. Und ein Heer vermummter Liquidatoren, die auf die strahlengeschädigte Sonne zuliefen wie auf eine große, entsetzliche Unglücksstelle im All, im Gepäck große, unförmige Schaufeln, mit gewaltigen Schwimmbewegungen aufwärts strebend, auf den völlig entgeisterten Ort der Verwüstung zu.

Die meisten Menschen waren jetzt ruhig und überwältigt, atmeten still durch den Filter ihrer vor den Mund gehaltenen Hände oder klammerten sich aneinander. Ein Kind versteckte sich hinter seiner Mutter, kam gleich wieder hervor, aber es hatte nichts geholfen, die Welt war immer noch ohne Orientierung und es verschwand wieder hinter den Beinen. Die seltsame Vorstellung, dass diese zerdehnte und zerbeulte Minute Dunkelheit nur ein kurzer Aufenthalt im Schatten des Mondes war, der mit vielen hundert Kilometern pro Stunde übers Land jagte, brachte meinen Gleichgewichtssinn völlig durcheinander.

Ich brauchte etwas, an dem ich mich festhalten konnte. Meine Hand tastete vorwärts. Das Brückengeländer war warm wie am Tag.

Ein paar Jugendliche auf der anderen Straßenseite ließen im verzweifelten Bemühen, die Sonne wieder anzuzünden, ein paar Feuerwerksraketen steigen. Die Raketen schwirrten ängstlich davon, erlitten auf halber Strecke einen Herzinfarkt und fielen in den Fluss. Ein paar Schritte von ihnen entfernt entdeckte ich einen Polizisten, der wie ein eben erst erwachter Prinz über die Brücke stolzierte.

Nach sehr, sehr langer Zeit erschien am Rande der Verdunkelung ein gleißendes Loch, aus dem Licht quoll: wie der Stich einer glühenden Nadel in einen Augapfel. Man konnte das Licht nicht ansehen, ohne ein Knirschen im Kopf zu hören, ein mürrisch-vertrautes Geräusch wie beim Verrücken von antiken, zentnerschweren Möbeln. Die wiedererweckte Sonne streckte ihre ersten Strahlen aus, die Fühler eines auf den Rücken gedrehten Goldkäfers.

Es war der Moment, da man sich wieder für längere Zeit von der Sonne abwenden konnte. Bisher hatte ich nur kurze Kontrollblicke in die Runde getan, um mich zu vergewissern, dass die Welt sich nicht plötzlich aufgelöst hatte. Jetzt sah man auch das geheimnisvolle Glühen am Horizont, ein furchtbares, geisteskrankes Licht, wie es bestimmt nur in den Gehirnen von Serienmördern leuchtet. Es war eine Mischung aus Blau und Gelb, ohne auch nur in Ansätzen so etwas wie Grün zu sein. Sosehr es sich auch anstrengte, das Licht blieb wie ein unaufgelöster Dominantseptakkord stehen.

Allmählich kam das normale Tageslicht zurück, all die eingefrorenen Bewegungen tauten auf, die Augenlider, die sich während der ganzen Zeit tot gestellt hatten, begannen zu flattern, und über das Gesicht meiner Mutter liefen Tränen, sie schluchzte wie ein kleines Mädchen, hielt sich eine Hand unter die Nase, als drohte ihr Gesicht zu schmelzen. Zum ersten Mal seit mein Vater uns verlassen hatte, heulte sie und es wurde immer schlimmer, ihre Hände wussten nicht wohin, kletterten wie verirrte Meerkatzen auf ihrem Oberkörper herum, auf der Suche nach einem Ausschaltknopf.

– Komm, zog ich sie am Ärmel, gehen wir.

Sie gab meinem Drängen nach und ließ sich wie eine Erblindete führen. Niemand beachtete uns, ein seltsam schwankendes Paar, das über die Brücke ging, alle sahen immer noch in den Himmel, denn natürlich war jede Sekunde dieses Spektakels wertvoll. Nach sechzig Sekunden war alles vorbei und der Vorhang im Himmel wurde langsam hochgezogen, damit der zweite Akt des Tages beginnen konnte. Die Jugendlichen auf der anderen Straßenseite schrieen wild durcheinander.

– Arschlöcher, sagte ich, um irgendetwas zu sagen.

Zuhause rollte sich meine Mutter auf der Couch ein und schluchzte weiter. Ihre Schultern bebten. Sie war völlig aufgelöst, umarmte ihre Knie.

– Ist ja schon vorbei. Überstanden. Vorbei, wiederholte ich hilflos und hielt ihre Hand, bis sie sich wieder beruhigt hatte.

Draußen schien die Sonne wieder auf die Straße herab, als wäre nichts vorgefallen. Der Schatten des Mondes raste unterdessen weiter mit atemloser Geschwindigkeit über die Erdoberfläche und schluckte andere Städte, Bauwerke und Betrachter.

Der Zeitelefant

Im Jahr 2000 nach Christus vergaß ein Computer irgendwo auf der Welt, dass die Doppelnull in seinem Betriebssystem, welche Schlag Mitternacht plötzlich in seinem Speicher aufgetaucht war, dass dieses seltsam ursprünglich anmutende Ziffernpaar nicht etwa 1900 bedeutete, sondern die undenkbare Zahl 2000. Der arme Computer konnte sich darauf keinen Reim machen. Das wäre ja ein Zeitsprung von mehr als neunzig Jahren in die Vergangenheit gewesen! Er teilte seine Bedenken daraufhin allen anderen Computern der Welt mit, und das Gerücht vom unerlaubten Zeitsprung verbreitete sich rasend schnell über den ganzen Globus. In wenigen Sekunden verloren Millionen von psychisch labilen Intel-Prozessoren den Verstand. Stromausfälle auf der ganzen Erde waren die Folge, Aufzüge blieben zwischen den Stockwerken stecken und zwangen die in der Finsternis gefangenen Passagiere dazu, sich zögernd miteinander bekannt zu machen und sich ihre Lebensgeschichten zu erzählen. Männer, die sich vorsichtshalber kurz vor Mitternacht zusammen mit Frau und Kindern in den Familienbunker gesperrt hatten, drehten plötzlich durch und schossen auf alles, was sich bewegte; zuletzt auf sich selbst. Die internationale Raumstation ISS verlor das Gleichgewicht, stürzte vom Seil und verglühte beim Eintritt in die Atmosphäre. Alle Bankkonten der Welt wurden auf den Betrag 0,00 gesetzt. Explosionen bedeckten die Landkarte. Atompilze wuchsen majestätisch am Horizont. In der gigantischen Staubwolke, die sich in den folgenden Stunden bildete und Europa und Asien sowie weite Teile Nord- und Südamerikas überzog, erschien ein bärtiges Antlitz und forderte die Seelen der

Toten dazu auf, sich zu erheben und sich ohne Umwege auf die Anklagebank zu begeben, wo das lange schon überfällige Kreuzverhör stattfinden sollte. Aber statt der aufgerufenen Seelen kamen lauter Leichen, teilweise oder vollständig verweste Körper, die sich nur mühevoll und schwerfällig fortbewegen konnten. Auch waren darunter ein paar Gliedmaßen, die früher alle zu einem Körper gehört hatten und sich jetzt in verschiedene Richtungen bewegten, wie Asseln, wenn man einen an der Unterseite feuchten Stein im Garten aufhebt.

Steiner seufzte und hörte das unangenehm harte Echo seines Seufzens in den Badezimmerfliesen. In diesem Jahr war das Spektakel zwar etwas ruhiger verlaufen, aber es war dennoch unangenehm und laut. Steiner saß angezogen in der Badewanne und fühlte sich hundeelend. Seine Frau hatte sich in einer Silvesternacht das Leben genommen.

Sein Pyjamaoberteil stank. Missmutig roch er an seiner Schulter.

Ein entsetzlicher Juckreiz hatte von seinem Körper Besitz ergriffen. Er war sich sicher, dass er vom vielen Fernsehen kam, von den Strahlen der Bildröhre. Seine Fingernägel setzten auf der Wange auf, aber er hielt sich zurück, erlaubte seinen Fingern nicht, sich zu kratzen, obwohl alles in ihm danach verlangte.

Der verhängnisvolle Silvestertag lag bereits Monate zurück, aber der Lärm in seinem Kopf hatte immer noch nicht aufgehört. Steiner hörte manchmal, wenn er das Ohr gegen die Fensterscheiben presste, vielstimmigen Gesang. Vermutlich kam er aus einem der oberen Stockwerke. Da oben ging es zu wie in einem Taubenschlag. Andauernd Partys, Gelächter, Singen. Und diese alberne Jazzmusik, tagein tagaus, oft bis spät in die Nacht.

Einen einzigen Mieter gab es im Haus, den jungen Herrn Kerfuchs, der gerade erst eingezogen war, bei dem er sich noch nie beschweren musste. Er zahlte auch immer rechtzeitig. Aber er war ein sehr scheuer Mensch, sehr zurückgezogen. Obwohl er eine Freundin hatte, eine hübsche noch dazu, eine recht kleine Frau, die immer bedruckte T-Shirts trug und ein wenig hinkte.

Steiner hatte oft versucht, die drei- oder vierzeiligen Sprüche auf ihren T-Shirts zu lesen, aber dazu hätte er ihr auf die Brüste starren müssen, was natürlich nicht in Frage kam. Er hatte schon genug Schwierigkeiten mit der Aufschrift auf seinem Pyjamaoberteil: *Time flies like an arrow.*

Zeit-Fliegen mögen einen Pfeil.

Der Satz ergab überhaupt keinen Sinn. Steiner hatte den ganzen Abend darüber nachgedacht und zuletzt sogar in einem englischen Wörterbuch nachgeblättert, das noch aus seiner Schulzeit stammte. Er hatte ganz vergessen, wie schwer es war, ein Wörterbuch zu bedienen. Ständig verlor man die Seiten, die man gerade gefunden hatte.

Er schüttelte den Kopf und seufzte wieder.

Auf seiner Brust hob und senkte sich ein zweidimensionaler Elefant, sein Körper kreisrund, der mit seinem Rüssel diesen sonderbaren Satz hochhielt und damit beschäftigt war, die bunten Buchstaben zu ordnen (ein R hing immer noch verkehrt, wie im kyrillischen Alphabet). Daneben der Pfeil, den die Zeitfliegen offenbar mochten. Zu welcher Art von Liebe waren Zeitfliegen wohl fähig? Steiner legte das Wörterbuch zurück auf den Badewannenrand. Egal, was der Satz bedeutete, seine eigentümliche Schönheit gefiel ihm, und außerdem war das Pyjamaoberteil sein liebstes Kleidungsstück. Er legte es nur selten ab.

Natürlich trug er es nie in der Öffentlichkeit, höchstens ab und zu, und selbst dann nur unter einer Windjacke oder einem Rollkragenpullover.

Verdammt, dieser Lärm war wirklich unerträglich. Dumpfe Musik, die sich in den Wänden verdickte. Musikschleim. Betrunkene Menschen, die grölten und ausgelassen waren. Jugendliche. Und das gedämpfte Donnern von Feuerwerksraketen, die letzten Nachzügler, weit zurück, in der Vergangenheit. Dabei war es sicher schon halb zwei, dreiviertel.

Natürlich konnte er sich nicht beschweren, niemand würde ihn heute anhören und ihn ernst nehmen. Er war machtlos gegen das Datum, dieses willkürlich gewählte Datum, an dem die Welt jedes Jahr unterging, um am nächsten Morgen genauso strahlend und leer wieder zu erscheinen, als wäre nichts gewesen. Nein, heute war ja gar nicht –

Er war durcheinandergekommen und sah sich nach seiner Frau um.

Gott, wie er dieses Haus hier hasste. Er schöpfte mit der Hand Wasser und fuhr sich durch die Haare. Tropfen rannen ihm über die Augen.

Seine Frau hatte zu ihm immer gesagt, er sei dumm wie ein kleiner, kluger Esel. So in etwa, er erinnerte sich nicht mehr genau. Aber wenn er den Kopf unendlich langsam in den Nacken legte, sodass die Zeit stehen blieb, konnte er ihr wunderbar unverwüstliches Gesicht sehen, das ihn von der Seite anblitzte. Er sah es tatsächlich. So ein hübsches –

Sein eigenes Gesicht erinnerte an ein Smiley. Oder an den Clown *Grock*. Wenigstens freuten sich die Menschen meistens, wenn sie ihn sahen. Es kam ohnehin nur mehr selten vor. Ihn selbst erinnerte seine Kopfform ein wenig an Charlie Brown, den kleinen, melancholischen Hundebesitzer aus den Peanuts-Comics, eine Mischung aus altem Mann und Schulkind.

Er ging nass in die Küche und setzte sich an den Tisch. Er schlug die Zeitung auf. Sein Blick fiel auf ein Bild einer nackten Frau, die sich aus einem Fenster lehnte, ein geblähtes Segel. Steiners Unterlippe löste sich, wie ein großer, schwerer Tropfen; er hielt seinen Zeigefinger direkt auf den Unterleib der Frau, so lange, bis er etwas spürte, eine feine Bewegung, eine Art Vibration – dann zog er den Finger schnell weg. Aber er blieb an dem feuchten Papier kleben.

Steiner starrte ungläubig. Vorsichtig löste er die Zeitung von seinem Finger – seine Zungenspitze wanderte währenddessen in einen Mundwinkel und bildete dort eine kleine Noppe –, dann zerkratzte er mit dem Daumennagel die feuchte Stelle. Er hatte Druckerschwärze an seinen Fingern. Er leckte sie sauber, atmete schwer.

Seit einiger Zeit fielen ihm überall die Ränder auf, die alle Dinge hatten. Die Zeitung beispielsweise hatte einen annähernd quadratischen Umriss, wenn sie auf dem braunen Holztisch lag. Der Kühlschrank hatte einen ähnlichen Rand, seine Hand einen ganz anderen. Der Rand mancher Dinge war ihm auf beklemmende Weise nicht ausgeprägt genug und er zog ihn nach, zuerst nur symbolisch mit seinem Finger, dann mit einem Bleistift. Er fürchtete um die Dinge. Viele schienen sich ihrer endgültigen Form nicht sicher zu sein. Die Orangen beispielsweise konnten auf einmal ohne Vorwarnung mit der Obstschale verschmelzen, und Fliegen kamen und legten ihre widerlichen Nachkommen unter ihre Haut.

Plötzlich hörte er einen Knall, draußen im Garten.

Er rannte zu einem Fenster, riss es auf, als wäre es eine Hemdbrust, und steckte seinen Kopf in die Kälte.

Nein! Das konnte nicht wahr sein! Raketen! Oh Gott, bitte, nein!

Die Meerjungfrau

Gabi erholte sich von ihrem großen Zusammenbruch nur langsam. Wolfgang, der wusste, dass er und nur er schuld war, versuchte sie, so gut es ging, wieder an seine Anwesenheit zu gewöhnen. Er setzte sich zu ihr in ein Zimmer und beobachtete sie. Er machte ihr Komplimente und entschuldigte sich an manchen Abenden unaufgefordert bei ihr und zählte ihr lang und breit auf, was er seiner Meinung nach alles falsch gemacht hatte. Sie wollte es meist nicht hören.

Das Einzige, worüber sie sich lange mit ihm unterhalten konnte, war das Baby. Wolfgang musste zugeben, dass das ein ziemlich guter Gesprächsgegenstand war. Die kleine Sandra. Er konnte den Namen nicht denken, ohne zu lächeln.

Geduldig und sehr behutsam versuchten sie beide alles, um wieder zueinander zu finden. Aber der Weg war voller Fallen. Manchmal traten sie mitten im Satz auf eine Mine und verstummten, während das Gesicht des anderen sich im Widerschein der Explosion verdunkelte. Wolfgang ließ sich von Gabi die einfachsten Regeln im Umgang mit dem Baby erklären, obwohl ihm schon nach den ersten Sätzen klar war, dass seine Frau nicht die geringste Ahnung hatte, wovon sie sprach.

Hin und wieder verfiel sie in lange Abwesenheiten, aus denen sie völlig verwandelt zurückkehrte. Dann sprach sie mit schneller, hoher Stimme oder erwähnte Menschen, deren Namen Wolfgang noch nie im Leben gehört hatte.

Und ein weiteres Problem drängte sich auf. Gabi lag nun

schon seit einer Stunde in der Badewanne und Wolfgang hatte das lächerlich starke Bedürfnis, seine Frau nackt zu sehen. Aber seit er zu ihr zurückgekehrt war, schämte er sich vor ihr und wich Intimitäten aus. Um Mut zu fassen, umklammerte er seine Trillerpfeife. Dann klopfte er ausgiebig und hörbar und trat ein.

Gabi lag nackt in der Wanne. Wolfgang sah ihr nasses Haar, das in Spiralen in den Schaum fiel, ihre Schultern, die kleine rosa Insel ihres angewinkelten Knies. Immer noch kam er sich fremd vor. Er gehörte ebenso wenig zu ihrem Leben und seinen Notwendigkeiten wie ein zwischen zwei Seiten zerquetschtes Insekt zum Symbolvorrat eines Buches.

Ein großer, nervöser Fremdkörper bewegte sich vorsichtig durch das Badezimmer.

– Ich wollte nur was holen, sagte er.

Er traute sich nicht, den Blick abzuwenden, da er nicht wusste, wie sie es auffassen würde. Natürlich fand er sie immer noch schön.

Ihr glänzendes Knie verschwand im Wasser. Er kramte in dem winzigen Schrank über dem Waschbecken, fand etwas, ein halbwegs glaubhaftes Alibi, und wandte sich zum Gehen. Sie hatte sich vor ihm geschämt. Das bedeutete nichts Gutes.

– Willst du auch?, fragte sie die sich langsam auflösende Schaumschicht in der Wanne. Ich kann den Stoppel drin lassen.

Wolfgang blieb stehen. Schaum, überall.

– Nein. Nein, danke. Ich weiß, ich war nicht wirklich viel da für dich in der aller … in der schwierigsten Zeit, sagte er. Ich werde mich bemühen.

Er bemerkte, dass er zu der Tür sprach, die einen Spaltbreit offen stand. Was würde sie machen, wenn … aber nein, er konnte nicht einfach plötzlich zu ihr in die Wanne steigen, angezogen wie er war.

– Ich war nicht viel draußen, antwortete sie, obwohl das nichts mit seinem Satz zu tun hatte.

Er hörte, wie sie hinter ihm in der Wanne aufstand. Er hob eine Hand an sein Ohr. Nicht weiter, sagte seine Hand, bitte. Er wusste nicht, warum ihm diese Situation unangenehm war. Seine Bitte wurde erhört, der Wasserstrahl der Brause zischte hinter ihm los, verschluckte alles, schlaf wieder ein, und spülte den restlichen Schaum mit dem darin eingeschlossenen Schmutz des Tages von Gabis nacktem Körper. Und er hatte sich immer noch nicht zu ihr umgedreht.

Die Wohnung empfing ihn mit Kälte, als träte er aus einem Traum heraus. Hinter ihm klopfte es.

– Wolfgang? Stehst du noch vor der Tür?

Ihre Stimme klang müde und emotionslos.

– Ja, ja.

– Hier sind keine Handtücher. Kannst du schnell ins Zimmer gehen und mir –

Ein Stromstoß von Glück – wie von Sinnen rannte er ins Schlafzimmer und wühlte mit zitternden Händen im Schrank, fand ein Handtuch, das zu klein war, eines mit einem hässlichen Loch, dann eines, dass viel zu rau war für ihre zarte, zerbrechliche Haut. Aber da war ein weiches – Er zerrte es unter all den anderen hervor und rannte zurück. Schnaufend reichte er es seiner Frau durch den Spalt.

Er blieb in der Dunkelheit stehen, wusste nicht wohin. Wenn er stillhielt und für einen Moment nicht atmete, hörte er, wie sie sich schweigend mit seinem Handtuch abtrocknete.

Als er an diesem Abend im Bett lag, schlüpfte Gabi zu ihm unter die Decke und sie schliefen miteinander. Er konnte es fast nicht glauben. Ihre Bewegungen glichen denen einer Schlange, die unter abenteuerlichsten Verrenkungen versucht, sich alle Wunden auf ihrem Körper gesund zu lecken. Sie verletzte ihn an der Unterlippe. Und er schlug sie aus Versehen mit dem Ellbogen, aber sie bettelte spielerisch um mehr. In einer Mischung aus Schmerz und Erregung erreichten sie beide den Höhepunkt und fielen dann wieder auseinander.

In den folgenden Tagen wiederholten sie das sonderbare Ritual, das sie beide gleichermaßen verwirrte und entwaffnete, mehrere Male. Selbst dann, wenn das Baby schrie, ließen sie nicht sofort voneinander ab, sondern stocherten und hämmerten noch mehrere Sekunden aufeinander ein, auf der Suche nach dem Punkt, da die Milch des Universums überkochte und ihnen die Haut verbrannte.

Wolfgang merkte, wie allmählich alle Hemmungen von ihm abfielen. Er ertappte sich dabei, wie er seine Frau ohne Kondom in den Arsch fickte – ohne dass er sie um Erlaubnis gefragt hätte. Sie war einfach plötzlich unter ihm gelegen und er hatte getan, was er wollte. Manchmal stellte er sie sich in einem Nonnenkostüm vor oder mit dem glatten Fischschwanz einer Meerjungfrau.

Auch Gabi versuchte alles, um die eben erst zurückgewonnene Intensität nicht gleich wieder an Routine und Alltag zu verlieren. Wenn sie mit Wolfgang schlief, stellte sie sich vor, dass er dabei an andere Frauen dachte, aber zu feige war, um es zuzugeben und den Namen einer anderen Frau zu stöhnen (sie hasste ihren Namen, *Gabriele*, er war stumpf und grün wie eine unreife Banane). Der

Gedanke erregte sie so sehr, dass sie selbst, wie um das gedankliche Gleichgewicht zwischen ihm (der in ihrer Fantasie Fantasien mit anderen Frauen durchlebte, während ihm sein kleines, grünes Schiedsrichterpfeifchen rhythmisch gegen die nackte Brust baumelte) und sich wiederherzustellen, anfing, sich andere Männer vorzustellen, die in wechselnden Stellungen ihre Vagina oder ihren schmerzhaft gedehnten Anus bearbeiteten (denn diese Strafe hatte sie verdient!), so lange, bis sie ihren Höhepunkt erreicht hatte und kleinere Mengen Flüssigkeit verspritzte.

Wolfgang machte das Angst. Er hielt den Vorgang für unnatürlich, vielleicht war er sogar gefährlich (eine Folge der Medikamente oder gar der Schwangerschaft?), und suchte im Internet nach Beschreibungen dieses seltenen Phänomens. Gabi war ebenfalls mit ihren Orgasmen nicht zufrieden. Sie waren zwar lauter und greller als zuvor, dafür aber gleich wieder vorbei, wie Böllerschüsse im Dunkeln. Sie versuchte sich zu beherrschen und den warmen, geruchlosen Strahl zu unterdrücken, aber davon wurde alles nur noch schlimmer und sie verspritzte mehr Flüssigkeit als zuvor.

Frisch aneinandergeschmiedet, triefend und zufrieden, lagen sie nebeneinander im Bett. Im Flüsterton unterhielten sie sich. Das Baby schlief im Nebenzimmer. Um Gabis Vertrauen zu gewinnen, erzählte Wolfgang ihr eine peinliche Geschichte, die ihm vor kurzem passiert war. In der Schule, wo er Sport unterrichtete, hatte ein Mädchen in der Umkleidekabine ihre Regel bekommen und war von den anderen Mädchen verspottet worden.

– Das arme Ding, sagte Gabi.

Und sie sagte das so klar und aufrichtig, dass Wolfgang

glaubte, jetzt sei das Schlimmste überstanden. Er schlug ihr vor, vielleicht zu einer Gesprächstherapie zu gehen, einfach so, zum Abschluss.

Verstärkung

Weihnachten, das Sterbegeleit für einen im Wohnzimmer verfallenden Baum, der mit Girlanden, Sternen, Engelpuppen und anderem Kinderspielzeug von seiner bevorstehenden Auflösung abgelenkt wird. Unsicher und ängstlich steht er da und streckt seine Zweige erfolglos nach anderen Bäumen aus. Schon regnen seine Nadeln zu Boden, auf den kleinen quadratischen Teppich, die Krippe und die Geschenke. Gott sei Dank sind da Menschen, die ihm in seinen letzten Stunden Gesellschaft leisten, sie singen ihm vor, knien sich vor ihn hin, zupfen an seinen Ästen herum, hängen ihm glitzernde Infusionen an und lassen ihn in seinem künstlichen Fundament stehen, solange er noch alles mitbekommt, was rund um ihn geschieht – das lange Zusammensitzen der Familie an den Abenden, wenn sich in den Fenstern ein gespenstisches Panorama entfaltet: eine Vielzahl heller Fensterquadrate mit einer Vielzahl kleiner Baumskelette darin, ein Todesbild aus der Zukunft; der weihnachtliche Streit zwischen den Generationen, geworfenes Geschirr, vor dem Kamin weinende Silhouetten und Telefonanrufe von fremden Verwandten mit kleinen, aufgeregten Stimmen.

Das alles ist für ihn bestimmt, als Ablenkung, eine Theateraufführung über ein in der Luft liegendes Thema. Und erst als sein großer, verwitterter Kopf sich vollständig zurückgezogen hat ins Dickicht braun werdender Äste, beginnt die Mutter (im sanften Delirium verwechselt er sie mit dem Föhnwind, der seine Glieder berührt hat, auf der Wiese neben der Autobahn, wo er aufgewachsen ist), ihm den Schmuck abzunehmen. Sie entfernt jedes Stück einzeln, so wie man einen toten Präsidenten entkleiden würde, sie säubert ihn von den traurigen Storchennestern aus Lametta, kehrt die Nadeln zusammen, die er im Todeskampf auf den Teppich geschwitzt hat. Auf seiner letzten Fahrt ist er längst nicht mehr ansprechbar. Niemand singt, niemand sagt kleine Sprüche oder Gedichte auf. Man legt ihn auf die Ladefläche oder bindet ihn auf das Dach des Autos, um mit ihm in den Wald zu fahren, wo man ihn endlich seiner Vergangenheit zurückgeben wird. Wenn er Glück hat, bekommt er es noch mit, bevor er blind und erschöpft auf den schwarzen, vor Regen nassen Haufen seiner Kameraden fällt.

Seit Anfang des Winters war ich nicht mehr aus dem Haus gegangen. Draußen war es kalt und ich hatte keine Lust, mir mehrere Lagen Kleider anzuziehen. Das bevorstehende Weihnachtsfest kündigte sich bereits im Oktober an, in Supermärkten und Schaufenstern, und das alles stimmte mich traurig.

Zur Ablenkung machte ich kleine Dinge kaputt. Eine Fernbedienung, eine Uhr, einen tragbaren CD-Player. Und ich aß Schnee vom Fensterbrett, weil ich hoffte, mich zu erkälten, mir eine hartnäckige, aber ungefährliche Krankheit zuzuziehen.

Auch in der Schule wurde ich schwächer, ein Jahr vor der Matura. Als ich eines Tages vor Desinteresse gar nicht mehr aus dem Bett kam, blieb meiner Mutter wohl nichts anderes übrig, als Verstärkung anzufordern. Meine Großeltern erklärten sich bereit, eine Weile bei uns zu wohnen.

Mein Großvater war, seit ich ihn das letzte Mal gesehen hatte, ungewöhnlich aus der Form gegangen. Er war jetzt so dick, dass er unmöglich auf einen Toilettensitz passen konnte, und ich grübelte lange nach, wie er sich seine Schuhe zubinden mochte, und fand keine Antwort. Sein Gang wirkte wie der Ausdruckstanz zu einer melancholisch blubbernden Melodie auf der Bassklarinette. Ein dicker Mann ist immer etwas Witziges, und tatsächlich lachte ich den ganzen ersten Abend, als wir zusammen beim Essen saßen (ich war tatsächlich wieder aufgestanden!). Es war wie ein Slapstick-Stillleben. Ganz im Unterschied zu der Erscheinung meiner Großmutter: Eine dicke Frau ist immer etwas Ernstes, etwas Folgenschweres. Ein Ergebnis, keine Pointe. Ein an irgendeiner Stelle schiefgegangenes Experiment. Ihr dicker Körper verlieh ihr eine ungewöhnlich tiefe Stimme, vor der ich mich anfangs fürchtete. Eines Tages hörte ich sie abends beim Zähneputzen gurgeln und flüchtete entsetzt in mein Zimmer.

Meine Großmutter trug immer dasselbe dunkelblaue Jäckchen, von dem große, ovale Knöpfe perlten. Diese Knöpfe berührte sie ausschließlich mit den Fingerspitzen, als wären sie sehr kostbar und zerbrechlich; und wenn man sie einmal einen ganzen Tag lang beobachtete, konnte man nicht umhin zu bemerken, dass die Knöpfe sie genauso zärtlich behandelten wie sie die Knöpfe. Als sie bei uns einzog, stellte sie als erstes ein Bild ihres Vaters auf ein Fensterbrett. Niemand hatte etwas dagegen. Sie musste es um sich haben, auch wenn sie verreist war. Das Bild, das einen Mann mit strengem Blick und einem weißen Auge zeigte, hatte schon viele Hotelzimmer gesehen. Manchmal, wenn sie sich unbeobachtet glaubte, nahm meine Großmutter das Bild vom Fensterbrett und drückte es an sich, als wollte sie ihm die Brust geben.

Wir wohnten seit einiger Zeit nicht mehr im Haus (der Riss erschien uns, da mein Vater nicht mehr da war, als zu unberechenbar), sondern in einer billigen, kleinen Wohnung mitten in der Stadt. Die Wohnung gehörte zu einem alten Mietshaus, in dessen Hinterhof eine Menge Glas lag. Glassplitter. Wer weiß, woher es stammte.

Manchmal zerbrach ein Stück Glas, wenn eine Katze oder irgendein anderes nachtaktives Tier über den Scherbenhaufen stieg. Das mürrische Knirschen des Glases weckte mich oft aus dem Halbschlaf und brachte letzte Sequenzen von bedeutungsvollem Unsinn mit an die Oberfläche. Die Autoentführung lief dabei in unermüdlichen Variationen immer wieder von Neuem ab.

Der seltsame Moment, da der Entführer bekommt, was er will, und endlich die Autotür aufstößt und aussteigt. Stille. Freiheit. Die Welt existiert mit einem Schlag wieder. Es gibt Geschäfte und Straßennamen, Verkehrsschilder und Menschen. Aber er, der Entführte, kann nicht mehr in diese Welt zurück. Er blickt verwirrt auf das Armaturenbrett, betastet den Hebel der Handbremse, auf dessen Unterseite ein getrockneter Kaugummi klebt, und schaltet nach ein paar misslungenen Versuchen, mit seinem käsig weißen Gesicht im Rückspiegel zu sprechen, das Radio ein. Und tatsächlich funktioniert es noch, es hat den Weltkrieg offenbar überlebt, sendet weiter Musik und Kommentare, darunter auch ein paar bekannte Melodien, die man wie im Traum mitpfeifen kann. Natürlich, sie stammen zwar aus einem anderen Jahrhundert, einem fernen Jahrhundert des Friedens, aber vertraut sind sie doch.

Der Moment, da man einsam ist, unendlich weit entfernt von den zwei Menschen, die einen retten könnten, an einem Bahnübergang steht, und vielleicht übertönt der vorüberdonnernde Zug die albernen und pathetischen

Hilfeschreie, die man in die eisige Winterlandschaft ausstößt, und im Auto winkt eine kleine Handfeuerwaffe: *Komm wieder ins Auto, los, einsteigen … aber schön langsam …*

Der Moment, da man gefragt wird: *Wie ist dein Name?* Und man antwortet, nennt den Familiennamen, den Namen der Familie, die es nicht mehr gibt, die man in der Sekunde ausgelöscht hat.

Die ganze Nacht das Knirschen und Klirren der Glassplitter.

In den Morgenstunden wachte ich oft auf und war wieder einmal hinter einem Auto hergerannt, das sich rasch von mir entfernte. Selbst damals war mir dieses Traumbild ein wenig zu deutlich, zu explizit. Ich war enttäuscht und den ganzen Tag lang sehr gereizt. Ich hatte ein wenig mehr Verschleierung und Symbolik von meinen Träumen erwartet statt dieser fantasielosen Verhöhnung: Ich, ein kleines, gegen einen weichen, membranartigen Sonnenuntergang anrennendes Etwas, dem seine viel zu kleinen Hände vor den Augen flimmerten, wenn es versuchte, die Stoßstange des Fluchtwagens zu erhaschen, der manchmal noch eine neckische Schnur mit scheppernden Aluminiumdosen hinter sich her schleifte.

Zu dem Mietshaus gehörte ein steinalter Aufzug, der für gewöhnlich außer Betrieb war. Wenn er doch für wenige Tage im Jahr wieder einmal funktionierte und man sein stöhnendes Steige- und Fallgeräusch in den Wänden hören konnte, wirkte er so gequält, dass nur unwissende Besucher oder Menschen, die beruflich in unserem Haus zu tun hatten, ihn verwendeten. Doch die würdevoll-gebrechliche Schwerfälligkeit, mit der die Schwebekabine in dem gewählten Stockwerk ansetzte, einrastete und zum

Stehen kam, erweckte selbst in ihnen so etwas wie Mitleid für diesen alten, müde gewordenen Hauslift, der sich nach nichts mehr sehnte als nach Ruhe und Stillstand.

Eines Morgens entdeckte ich beim Verlassen der Wohnung, dass sich unsere Klingel über Nacht in ein menschliches Ohr verwandelt hatte. Als ich näher trat, wurde mir klar, dass nur der Klingelknopf herausgefallen war. Er fand sich auf dem Boden, schmutzig und kalt, wie ein ausgeschlagener Zahn. Ich drückte ihn zurück in das Loch. Es klingelte.

Meine Mutter öffnete die Tür. Ihr Gesicht fragte mich, warum ich immer noch hier, was denn jetzt wieder los und warum ich nicht schon längst –

– Die Klingel war kaputt, sagte ich.

– Jetzt geht sie, oder?, sagte sie. Du musst in die Schule, geh jetzt.

War das Musik, was ich im Hintergrund aus der Wohnung hörte? Ein laut aufgedrehtes Radio, gedämpft durch die Wände mehrerer Räume? Wenn ja, wo? Das einzige Radio befand sich in meinem Zimmer, der Weltempfänger.

Meine Mutter hatte die Tür schnell wieder geschlossen, und es war zu spät, sie zu fragen. Was machte sie, wenn ich nicht da war? Vielleicht hörte sie den Polizeifunk ab, auf der Suche nach dem verlorenen Mann.

Verdächtiges Individuum … in einem schäbigen Wagen … Kennzeichen unleserlich … steht hier schon ein paar Tage, ohne sich zu rühren … da ist jemand neben ihm … so ein vermummter … mit einer … Achtung, an alle Einheiten … bewaffnete Entführung in der KSGRTRPST!-Straße … Was? … Ich wiederhole SCHSCHTRTRSCHPPKR-Straße … der Entführer trägt eine Skimaske … und das im Juli …

Am Schulhaus wehte eine schwarze Fahne, schon seit

zwei Tagen, ein ehemaliger Lehrer war gestorben. Ich kannte ihn nicht und auch die meisten Junglehrer wussten von Professor Leitgeb nur, dass er früher an unserer Schule Mathematik und Deutsch unterrichtet hatte. Er war im Stadtpark tot aufgefunden worden, in der Nähe des Spielplatzes. Manche besonders gut informierten Schüler munkelten, man habe ihn *auf* dem Spielplatz gefunden, in der Nähe der Schaukeln. Angeblich war sein toter Körper nach dem Herzinfarkt einfach so auf dem kleinen Schaukelbrett sitzen geblieben, die Arme in die Seile verwickelt, und der Wind hatte ihn sanft hin und her – nein, von Wind war keine Rede, das kam mir nur so in den Sinn, weil es mich zum Lachen brachte. Der Wind, der das spärliche graue Haar auf dem Kopf des toten Lehrers zaust. Der Windstoß, der ihm die Brille vom Gesicht bläst. Und die Brille, endlich befreit von ihrer Knechtschaft, flattert im Aufwind davon, wird zu einer kleinen spindeldürren Krähe und verliert sich über den Dächern der Stadt.

Der Lehrberuf. Mein Vater hatte ihn rechtzeitig aufgegeben, sagte ich mir. Rechtzeitig. Man gab Dinge, die einem die Luft zum Atmen nahmen, rechtzeitig auf. So machte man das. Bahnübergang. Skimaske. Krummer Pistolenlauf.

Ich riss mich zusammen und dachte an den toten Lehrer, den ich nie kennen gelernt hatte, mit einem leisen Gefühl von Mitleid, das gleich wieder verschwand. Ich konzentrierte mich, aber es half nichts, das Gefühl kam nicht zurück. Ich sah wieder nur seine hagere Gestalt, die windbewegt im Stadtpark den Geist aufgibt, und die kleine, eifrig flatternde Brille, die es sehr eilig hat, vom Ort des Geschehens zu entfliehen.

Später sah ich in der Aula, in der eine Menge Fotografien hingen, die von den Sporterfolgen der Schule zeugten oder andere feierliche Anlässe dokumentierten, eine Aufnahme von Professor Leitgeb. Er sah ganz anders aus, als ich ihn mir vorgestellt hatte. Vor allem besaß er keine Brille, auch war sein Haar nicht schütter und erst recht nicht grau. Er war ein Mann mit dichten, schneeweißen Haaren, kräftig und energiegeladen. Er schaute mit zuversichtlichem Blick direkt in die Kamera, als könnte ihm das Blitzen doch keine Angst machen, und hinter ihm standen die Schüler eines Maturajahrgangs, die ihre verschiedenen Gesichter-zu-feierlichen-Gelegenheiten schnitten: Augen geschlossen, übertriebenes Grinsen, verschlafenes Gesicht mit halb geöffnetem Mund, trostloser Hundeblick, Flittchen, Angsthase ohne Zukunftsperspektive. Die Kamera tut mir doch nichts, Mama? Schießt doch nicht, oder? So, jetzt stillhalten. Wohin so eilig. Skimaske. Das Grinsen darunter, nur eine Falte im Stoff.

Staffellauf

Wilhelm Steiners Frau war Trafikantin gewesen, in einem kleinen Häuschen neben einer viel befahrenen Straße. Das Häuschen erinnerte in seiner Form ein wenig an den Uhrturm, das Wahrzeichen der Stadt, denn es hatte ein auffallend spitzes Dach. Sie hatte nicht weit zur Arbeit, man konnte den Weg ohne Mühe zu Fuß gehen, aber als es ihr schlechter und schlechter ging, nahm sie jeden Tag den Bus. Gegen Ende ihres Lebens musste er sie überallhin begleiten, da sie ständig umzukippen drohte, ihr Gang war unsicher und schwankend, und hätte er ihr nicht eines Tages einfach seinen Arm als Gehhilfe angeboten, wäre sie wohl auf einen Stock angewiesen gewesen.

Der Kopf, der schwindlige Kopf. Alles ging vor die Hunde.

Die Erinnerung an den Hund, den er verjagt hatte, durchfuhr ihn; er blieb stehen, sah sich um. Irgendwo lauerte der Köter vielleicht noch. Was war das da hinten? Ein dunkler Fleck, ein –

– He!

Der Junge hatte nicht gehört, woher der Ruf gekommen war. Er flüchtete schnell vom Tatort, passte allerdings nicht auf, wohin er rannte, und stieß sich seinen Kopf an der Stoßstange des Rennwagens auf Steiners T-Shirt. Steiner drängte den Jungen zur Seite und bückte sich über das am Boden zappelnde Tier. Der Igel war an der Seite verwundet, Teile der Wunde klebten am Asphalt fest. Der Junge ließ den Stock fallen und wollte davonrennen, aber er rutschte auf den nassen Blättern aus. Er hielt sich am Geländer einer kleinen Brücke fest. Steiner drehte sich zu ihm um und schubste ihn über das Geländer. Es war ganz leicht.

Dann wandte er sich wieder dem Igel zu. Die Todesangst hatte ihn aus seiner Sicherheit gelockt, und er versuchte mit seinen kurzen Beinen, seinen halb zerschmetterten Körper fortzuschleppen. Aber es gelang ihm nicht. Herr Steiner sah sich das Schauspiel eine zeitlang an, dann zertrat er den Kopf des sich windenden Tiers.

Er wischte die Schuhsohle an der Gehsteigkante ab, und eine zertretene Kastanienhülse blieb auf der Straße liegen.

Schnell sagte er in der Stimme seiner Frau ein paar tröstende Worte. Er achtete nicht einmal darauf, ob ihn vielleicht jemand belauschte.

– Armes Tier, aber jetzt ist es an einem besseren Ort. Der Lauf der Welt.

Die Stimme seiner Frau tat ihm unendlich gut. Die Finger seiner linken Hand spielten mit seinen Jackenknöpfen, und um sein schlagendes Herz ein wenig zu beruhigen, schaute er dreimal hintereinander auf die Uhr an seinem zitternden Handgelenk. Aber er wusste immer noch nicht, wie spät es war.

Er erschrak heftig, als er den Jungen auf sich zukommen sah. Er war völlig durchnässt – was war ihm zugestoßen? – und er hielt einen Stock, der schwarz glänzte. Steiner wich zurück, rief um Hilfe – in der Stimme seiner Frau.

Der Junge stutzte. Steiner sah sich in die Enge getrieben und attackierte ihn. Der Junge rannte davon, bald war er um einen Baum gebogen und Steiner sah ihn nicht mehr. Dann sah er ihn wieder. Er schlich sich von hinten an.

Der Junge wehrte sich und schrie. Steiners Frau half mit, ihm die schwachen Arme auf den Rücken zu drehen, und redete ihm gleichzeitig sanft zu, dass das Weinen einer solchen seelenlosen Kreatur nichts zu bedeuten habe. Ehe er sich's versah, saß Steiner auf dem Rücken des Jungen, in diesem kalten Winkel des Parks, wo niemand sie sehen konnte, wo niemand sonst außer ihm das Verbrechen des Jungen sehen hatte können, und hatte dessen spindeldürre Arme und seinen verschwitzten Nacken fest im Griff. Steiner senkte den Kopf auf die Brust seiner Frau, die seine Stirn mit einem Luftzug streichelte und ein zutrauliches Gurren von sich gab.

Als er die Augen wieder aufmachte, knackte es zwischen seinen Fingern.

Er stand auf, verwirrt, blickte sich um – niemand. Ein Skandal, dass hier nie jemand vorbeikam! Es konnte doch weiß Gott was passieren. Er drehte sich zu dem Jungen um, der still am Boden lag. Vermutlich hatte er ihm Angst eingejagt.

Steiner suchte den Stock, mit dem er den Igel gequält hatte. Wer weiß, dachte er, wozu dieses Beweisstück noch zu gebrauchen war. Gesetzt den Fall, die Polizei würde aus den Aussagen des Jungen nicht schlau, sie würden vermutlich bei ihm läuten, dem Nachbarn, und er würde ins Badezimmer gehen und den Stock holen, mit dem der Junge den Igel gefoltert hatte. *Da, sehen Sie doch, Igelblut!* Er stand nun über dem Jungen, der vor Angst schwarz war wie der Stock, und beugte sich zu ihm hinunter:

– Das kann man mit dem Mikroskop feststellen! Mit dem Mikros*kop*!, sagte er laut, damit der Junge es auch wirklich mitbekam.

Natürlich, der Junge bewegte sich nicht, weil er Angst hatte. Er fühlte jetzt bestimmt sein kleines Herz auf und ab hüpfen. Er stellte sich tot, wie manche Käferarten. Steiner musste zugeben, dass auch er im Augenblick sein Herz schlagen fühlte. Er war eben nicht mehr der Jüngste und solche Szenen nicht mehr gewohnt. Gott sei Dank gab es eine Bank in der Nähe, auf die er sich setzen konnte. Er wischte sich den Schweiß von der Stirn und begann mit dem Jungen zu reden. Wenn er nicht mehr weiterwusste, übernahm seine Frau für eine Weile. Es tat ihm so gut, ihre Stimme zu hören. An manchen Tagen konnte er sie überhaupt nicht mehr hören und verzweifelte bei den vergeblichen Versuchen, sie zu imitieren. Ein wirksames Zaubermittel war ihre Sammlung von Postkarten, aus Porto, aus Marokko, aus Venedig, aus Prag, aus St. Petersburg: sie und er, das immer gleiche Paar, vor ständig wechselndem Hintergrund. Sie waren die Konstante, die den Städten eine Ordnung verlieh, eine Ordnung, die die Städte ohne sie gar nicht hatten.

Jetzt war die Stimme seiner Frau ganz klar zu hören.

– Ein Tier gehört doch niemandem, hörte er sich sagen. Ein Tier ist genau wie du oder ich. Verstehst du? He, ich rede mit dir! Ich möchte wirklich nicht, dass das noch einmal vorkommt, verstehst du? Ich möchte, dass du weißt, dass ich dich wirklich nicht erschrecken wollte. Ich hoffe, du verstehst mich. Es ist doch nur ein kleiner Igel, was macht das schon. Nein, nein, so hab ich das natürlich nicht gemeint. Ich habe sagen wollen, ach, ich bin mit Worten noch nie besonders gut gewesen. Ich habe sagen wollen, dass es eine Entscheidung ist, die man für sich und für sein Leben treffen muss, ob man mit den Dingen und Tieren auf dem Planeten zusammenleben will. Hörst du mir zu? Das Tier gehört nur sich, niemandem sonst! Und was nur sich selbst gehört, das gehört niemand anderem. Ja, und deshalb kann man es auch nicht einfach so umbringen, hast du mich verstanden? Verstehst du mich? Weißt du, du bist mir schon aufgefallen. Einmal, da hab ich gesehen, wie du mit einem Ast auf einen Mieter in unserem Haus geschossen hast. Das war nicht recht, finde ich. Aber es war auch nur ein Spiel, sicher, das verstehe ich. Ich kann sehr wohl zwischen Spiel und Wirklichkeit unterscheiden. Ich bin schon seit dreißig Jahren verheiratet, weißt du? Ich habe einige Lebenserfahrung, aber wie ich dich da mit dem Astgewehr im Hof gesehen habe, weißt du, ich, also, da hat es mir die Brust zugeschnürt, weil mich das so traurig gemacht hat, dieser Anblick. Ich verstehe nicht, wie man sein Leben so wegwerfen kann, wo man doch noch so jung ist. Ich meine … ich verstehe ja nicht so viel davon, aber immerhin so viel weiß ich, nämlich dass das keine befriedigende Vorübung für das spätere Leben sein kann, das, was du jetzt machst … ich meine, schau dir nur einmal an, was du mit dem armen Igel gemacht hast! Jetzt ist er tot, ich habe ihn töten müssen. Was, wenn er Familie gehabt hat? Was, wenn er trächtig gewesen ist? Für diese Jahreszeit wäre das gar nicht ungewöhnlich, das kannst du mir glauben. Ich würde mir wünschen, dass du das, was ich dir zu sagen habe, nicht einfach so abtust. Ja, das würde dir selber helfen. Du kannst später einmal alles erreichen, was du dir heute nur vorstellen kannst, praktisch alles …

Das meiste davon sagte Steiner laut. Vieles murmelte er nur. Aber da es im Park vollkommen still geworden war, wusste er, dass der Junge seine Worte auch so hören würde, ohne dass er sie deutlich aussprach. Alles in allem war der Junge ja kein Monster, das einer Besserung nicht fähig war.

– Eine eigene Familie, sagte Herr Steiner, einen eigenen Arbeitsplatz. Du wirst das alles haben. Denk nur! Kein Grund, das alles für einen Igel einfach so zum Fenster hinauszuwerfen. Ein kleiner Igel gegen das Familienglück.

Gegen die Verantwortung, die man hat, wenn man Kinder in die Welt setzt. Ah. Ich wünschte mir wirklich, du würdest nicht so schlecht von mir denken.

Den letzten Satz hatte er ganz leise gesagt, mit gesenktem Kopf. Er war müde. Das lange Gespräch mit dem Jungen hatte ihn erschöpft. Sein Blick fiel auf seinen Schuh, auf einen braunen Blutfleck an der Seite. Er stand auf.

Der Junge lag immer noch mit dem Gesicht zum Asphalt und spielte mit der Welt Verstecken. Vielleicht zählte er gerade still bis tausend und wartete, bis Steiner verschwunden war. Gut. Mehr konnte man vermutlich nicht machen. Eine schwer zu knackende Nuss, dachte Steiner und zuckte mit den Schultern. Er drehte sich zu dem verlassenen Park um, mit demonstrativ erhobenen Händen, wie um zu sagen: *Soll keiner behaupten, ich hätte mich nicht bemüht.*

Dann ging er über den schwarzen Spazierweg davon. Am Teich wusch er sich die Hände. Sie waren voller Rindenstücke. Das Wasser roch sonderbar scharf. Der Geruch reizte seine Nase und er nieste. Seine Frau reichte ihm ein Taschentuch.

Aber er konnte sich damit nicht schnäuzen. Es roch nach ihr.

– Entschuldigung, fragte eine weibliche Stimme. Sie haben nicht zufällig meinen Hund gesehen? So ein kleiner, rötlicher Hund.

~

Uljana war ein schreckhaftes Tier, schon oft war sie der Welt abhanden gekommen. Außerdem hatten räumliche Distanzen für sie keinerlei Bedeutung. Das letzte Mal war es an einem finsterkalten Winternachmittag passiert. Ein

Laternenpfahl, der nach Katzen roch, hatte dabei eine Rolle gespielt, aber die genauen Umstände dieses schwarzen Tages waren alle längst in der Versenkung verschwunden. Sie wusste nur noch: Nachdem sie wieder zuhause war, hatte sich das kleine Mädchen, das so gut roch wie sonst nur eine Steckdose, wiederholt bei ihr entschuldigt. Lange strich es über ihr Fell, wühlte mit den Fingern darin herum, als wasche sie sich ihre Hände. Und andauernd entschuldigte sie sich für irgendetwas und wurde spürbar leichter, um zwei oder drei Kilo. Kinder wiegen ja nicht viel.

Und Uljana hatte ihr die Finger geleckt, ohne auf ihre Erklärungen einzugehen. Doch das machte das Mädchen völlig hilflos, und beinahe hätte sie die Geduld verloren, wenn sie nicht durch Zufall entdeckt hätte, dass Uljana unter den Achseln kitzlig war. Also kitzelte sie sie und Uljana schüttelte sich vor Lachen und japste ekstatisch nach Luft.

Jetzt kümmerte sich jemand anders um Uljana, und das war manchmal sehr verwirrend. Im Augenblick war die Erinnerung an das überwältigende Gefühl von damals so stark, dass sie plötzlich einen Stock im Maul hatte und damit losrannte, als wäre jemand im Spiel hinter ihr her.

Aber etwas stimmte nicht mit dem Stock.

Sie ließ ihn fallen und drückte die Schnauze hinein. Der Geruch eines Kindes, das große Angst hatte. Vermischt mit dem herben Geruch von Kastanien, die heuer früh gefallen waren.

Eine solche Angst durfte sie nicht mit sich herumtragen.

Sie musste sie jemandem bringen.

~

Es war ein ruhiger Tag. Gabi war seit ihrem Zusammenbruch das erste Mal wieder auf dem Balkon gewesen, hatte die grelle Welt angestarrt, hatte ein wenig an ihren Pflanzen herumgezupft, als besäßen sie so etwas wie Kleiderfalten, und war wieder hineingegangen. Jetzt saß sie langsam vor, und zurückwippend, eine lebendige Erinnerung an eine Schaukel, auf dem Sofa und blätterte mit einer Hand in einem Modemagazin. Wolfgang kümmerte sich um sie, so gut er konnte. Er näherte sich ihr immer von vorne, niemals von hinten, da sie bereits der geringste Schreck in Panik versetzen konnte.

Am Morgen hatten sie es wild miteinander getrieben, er hatte ihr Gesicht von hinten in die Kissen gedrückt und sie an den Haaren gezogen. Jetzt tat es ihm leid. Sonst beruhigte sie ihn immer, das sei schon alles in Ordnung. Die normalen Schwierigkeiten einer Übergangszeit. Aber Wolfgang hatte bemerkt, dass Gabi heute ein wenig anders war als sonst. Er hatte einen Verdacht, woran das liegen konnte. Es war Mittwochnachmittag und sie waren nicht in die Stadt gefahren und hatten sich auch keinen Film angesehen oder ausgeborgt. Natürlich war daran niemand schuld, dachte Wolfgang. Er stand in der Tür und beobachtete seine Frau. Als sie ihren Blick hob und ihn entdeckte, wich er zuerst zurück, als hätte er etwas Verbotenes getan, dann überwand er sich und ging zu ihr.

– Was machst du?, fragte er.

– Hm. Nichts.

– Alles in Ordnung?

Sie blätterte eine Seite um.

– Sollen wir irgendwas spielen?, fragte Wolfgang.

Der Satz verfehlte seine Wirkung nicht.

– Du musst mich nicht beschäftigen, sagte Gabi. Ich habe ja mit dem Kind genug zu tun.

Sie legte sich hin, indem sie sich einfach auf die Seite fallen ließ. Er wich ihr aus, stand vom Sofa auf und ging im Zimmer herum.

– Du kommst schon wieder auf die Beine, sagte er.

Sie drehte sich von ihm weg. Ihr Gesicht verschwand in der Sitzbeuge des Sofas.

– Ich weiß, wie du dich jetzt fühlst, sagte Wolfgang. Aber das geht vorbei. Und wenn es nicht vorbeigeht, dann lernen wir halt, damit zu leben.

Es dauerte lange, bis Gabi antwortete.

– Nein, sagte sie leise.

– Doch, sagte Wolfgang und nahm wie zur Bestätigung seiner kühnen Theorie die Fernbedienung vom Tisch und drückte ein paar Knöpfe.

– Mmh, machte Gabi.

– Zuerst klappern wir hier alle Therapeuten ab, und wenn das nichts hilft, dann überall sonst. Das sind ziemlich viele, wir haben noch lange nicht alle Karten verspielt.

Er merkte, dass er mit sich selbst sprach. Gabi lag da, ein Stein, eine unbewegliche Grenzmarkierung. Hinter der Oberfläche, hinter dem hübschen Gesicht, das sie immer noch in den Sofabezug gedrückt hielt, hinter den Schultern, dem leicht gekrümmten Rücken und den zwei angewinkelten Beinen lag ein tiefer Burggraben, den er nicht einfach so überschreiten konnte. Zumindest jetzt nicht. Das Einzige, was ihm erlaubt war, war ein Blick auf die uneinnehmbare Festung ihres Leidens. Er nahm sich vor, einmal beim Sex mit ihr über diese Dinge zu sprechen, vielleicht bekam er dann endlich eine Antwort. Aber er wusste auch, dass das ein gefährliches Spiel war. Wenn sie in Fahrt kam, war sie imstande, ihm die Nase zu brechen.

Wolfgang hob die Fernbedienung auf und richtete sie auf Gabis Rücken, überließ sich eine Weile dem männlichen Genuss des Zielens, und feuerte dann zwei konzentrierte Infrarotsignale auf sie ab. Zweimal *Ton Aus*, das kleine Symbol, das wohl einen zweimal durchgestrichenen Grammophontrichter darstellen sollte.

Stille, Stille.

Gabis Körper hob und senkte sich, sie atmete die gleiche Luft wie er und wusste doch in diesem Augenblick nicht einmal mehr, dass er hinter ihr stand. Oder es interessierte sie nicht, weil sie eingeschlafen war. Das waren die Tabletten. Ihr normaler Tag-und-Nacht-Rhythmus war vollkommen durcheinandergekommen. Sie wachte um vier Uhr morgens auf, ging dann unruhig in der Wohnung umher und stürzte sich, wenn er aufwachte, sofort auf ihn, um sich einen Orgasmus und ein paar blaue Flecken zu holen.

Wolfgang legte die Fernbedienung wieder hin und setzte sich vorsichtig neben sie. Jetzt konnte er sogar ihr Gesicht erkennen, das sich an den kühlen Stoff des Sofas schmiegte, die kleinen knospenartigen Augen, die fest geschlossen waren, die breiten Wangenknochen, die kleinen Falten um die Mundwinkel, die sich im Alter zu einem melancholischen Flussdelta verdichten würden.

Was, wenn er Gabi nun einfach in einen Rollstuhl setzen und in die Stadt fahren würde? Wenn er sie vor ihrem Lieblingsrestaurant wecken, den Rollstuhl stehen lassen und mit ihr durch die Passage gehen würde, in die Geschäfte, die sie am liebsten hatte? Würde sie irgendwas Verrücktes machen, alle Bücher in einem Geschäft wie wild zu ordnen beginnen, nach Farben oder sonst irgendeiner zwanghaften inneren Logik? Würde sie wieder einen Anfall bekommen?

Natürlich würde er nichts dergleichen unternehmen. Er saß hier mit ihr fest und wurde unter der Last immer schwächer. Aber er musste sich beherrschen. Sie war eine zarte, filigrane Qualle, die an dieses blaue Sofa gespült worden war und die man nicht berühren durfte, wenn man nicht riskieren wollte, dass sie einem unter den Fingern zu Staub zerfiel.

Am nächsten Tag in der Früh, als Wolfgang die ohnehin nicht besonders fest geschnürten Fesseln von ihren Handgelenken entfernte, sagte Gabi, dass sie heute mit dem Kind spazieren gehen wolle. Wolfgang fragte, ob es nicht vielleicht ein bisschen zu früh sei, allein mit dem Kind.

Nein, sie war sich sicher. Und sie musste unbedingt wieder raus. Es war September, der Sommer war schon so gut wie vorbei.

Ein wunderbarer Anblick: Parkbänke im Sonnenlicht. Und unter ihnen, am Kiesboden, die Schattenrisse ihrer Sitzflächen, wie ein doppelter Boden, Ersatzbretter für den Fall, dass jemand durchbricht. Bänke, die Verkörperung absoluter Bewegungsunfähigkeit. Nichts scheint so unverrückbar wie eine Wartebank, in einem Bahnhof, an einer Haltestelle, in einer Klinik, ein Objekt völlig ohne den Wind der Zeit, der an allem zerrt und nagt.

Gabi ging mit dem Kinderwagen über den Parkweg. In der Ferne hörte man jenes halb verstimmte Glockenspiel, das immer um diese Tageszeit in einem der vielen Kirchtürme der Umgebung gespielt wurde. Gerade hatte sie eine seltsame Begegnung mit einem kleinen, rötlichen Hund gehabt. Er hatte einen Stock im Maul getragen. Und Gabi hatte den Kinderwagen losgelassen und ihn entgegengenommen. Jetzt schlief das Baby neben dem Stock.

Der Hund war zu seiner Besitzerin, die eine Lederjacke trug und sich in einiger Entfernung mit einem Mann unterhielt, zurückgerannt. Es war – sie war sich sicher – jener ältere Mann mit dem runden, freundlichen Gesicht, den sie vor längerer Zeit einmal im Park getroffen hatte. Sie hatte ihm von ihrem Kindersegen erzählt und er ihr von seiner Frau, die an einem Silvesterabend gestorben war. Er erschien ihr verständnisvoll, und sie unterhielten sich sehr ausführlich und vernünftig über das Wetter.

Etwas Großes kam hinter ihr näher, sie hörte einen anschwellenden Lärm, bestimmt eines dieser albernen Parkfahrzeuge, diese Miniaturen von echten Straßenräummaschinen, die man zum Plattfahren des Herbstlaubs oder zum Säubern der Gehwege verwendete. Und drinnen saß meist ein hagerer, ungesund aussehender Mann, der auf dem Kopf eine Mütze trug und darüber einen Lärmschutz-Kopfhörer.

Das musste es sein, und dem Anschwellen des Motorengeräuschs nach zu urteilen, kam das Räumfahrzeug nur sehr langsam näher. Trotzdem wich sie mit dem Kinderwagen aus und trat an den Wegrand, wo die Wiese endete.

Sie wollte sich nicht umblicken, wollte nicht den Eindruck erwecken, sie fühle sich verfolgt oder gestört.

Sie kam an einer Parkbank vorbei, auf der ein Bettler schlief. Sein Nacken ruhte auf der Armlehne. Der verwahrloste Mann musste stocktaub sein, wenn er bei so einem Krach schlafen konnte. Vielleicht war auch sein Genick im Schlaf gebrochen, sanft und leise; es konnte unmöglich angenehm sein, in einer solchen Stellung zu schlafen. Und dann auch noch unter freiem Himmel. Alkohol schraubte eben alles herunter, die Wahrnehmung wie die Wünsche und Ansprüche. Der Mann stank fürchterlich.

Sie ging weiter und war einige Male kurz davor, sich nach dem kriechenden Fahrzeug umzudrehen, das sich scheinbar einen Spaß daraus machte, ihr auf die Nerven zu gehen.

Das Kind lag mit geschlossenen Augen im Kinderwagen, ein Daumen steckte zwischen den winzig kleinen, Speichel glänzenden Lippen. Gleich würde er herausfallen, da niemand mehr an ihm lutschte. Das Bild war so wunderschön, dass sie sich beherrschen musste, nicht laut aufzulachen. Auch wenn sie ihr Lachen vermutlich gar nicht hören würde.

Der Lärm schwoll weiter an, jetzt musste ihr der Witzbold schon fast auf den Fersen kleben. Gabi stieß einen wütenden Seufzer aus, den sie nicht einmal mehr hörte, so laut war es inzwischen – und wandte sich um.

Der Riss, zweiter Akt

Im Nachhinein war mir, als wäre meine große Winterdepression nur gespielt gewesen. Ich meine, ich hätte natürlich zu jeder Zeit aufstehen können. Ich ging ja auch zur Toilette. Und mit dieser Einsicht ging eine andere, sehr seltsame, einher. Es schien mir, dass ich im Grunde nie etwas anderes getan hatte als vorzutäuschen. So zu tun *als ob*. Diese zwei unscheinbaren Wörter, *als ob* – vielleicht waren sie das Schlüsselloch, durch das man mein Leben betrachten musste.

Nicht nur in den üblichen Dingen der Kindheit, die ein gepflegtes *Als-ob* erfordern – Fleiß in der Schule oder die sonderbaren Verrichtungen der Religion, mit der man aufwächst und die so gut ist wie jede andere –, nein, in beinahe allen Situationen gab es diese erdabgewandte Seite von mir, die immer ein wenig schlauer war als die sichtbare.

Ich bin vier Jahre alt. Mein Vater bringt mir bei, wie man einen Fotoapparat bedient. Damals gibt es noch diese unförmigen Zauberkästen, die ehrfurchtsvoll *Sofortbild-Kamera* genannt werden und die einem, sobald man auf den Auslöser gedrückt hat, die Zunge rausstrecken: ein weißes, glänzendes Quadrat.

– So, da ist der Auslöser, und durch dieses Loch da … probier mal … Siehst du mich?

Er winkt. Ich sehe ihn, ja, aber irgendetwas in mir will noch nicht zugeben, dass alles bereits durchschaut ist, dass die Lektion, kaum hat sie begonnen, ausgelutscht ist und leer – ich senke die Kamera, mein Gesicht verformt sich im Ausdruck kindlichen Zweifels, und ich – sehen Sie nur: ich *schüttle* die Kamera, nach Art eines Kleinkinds, das wissen will, was in seinem Geschenkpaket ist, eine lächerliche Bewegung, die bedeuten soll: *Funzoniert nicht, Papa helfen.*

Warum tue ich das? Ich habe meinen Vater gesehen, mein Zeigefinger streicht über den Auslöser, geht schwebend in Position. Es wäre so einfach gewesen, die Lektion für beendet zu erklären, zu demonstrieren, dass ich kein Kind mehr war. Ihn einfach zu fotografieren. Aber stattdessen –

– Schau, lass mich, ich mach's dir noch mal vor.

Spätestens als ich meine Matura hinter mich brachte, erkannte ich, dass ich ein vollkommener Heuchler geworden war, jemand, der nichts, absolut gar nichts Aufrichtiges mehr an sich hatte.

Ich sah mich in die ernsten Gesichter der Reifeprüfungskommission blicken, sah mich die richtigen Gesten zu meinen lückenlosen Erklärungen ausführen – eine Hand, die würdevolle Purzelbäume macht, während ich die wichtigsten Eigenschaften des Epischen Theaters aufzählte, oder der zum Zeigestock umfunktionierte Folienmarker, mit dem ich den hügeligen Verlauf einer Interpolationskurve nachzeichnete –, sah mich ein ernstes Gesicht zu der ganzen Komödie machen, zu den Angabezetteln, der Sitzordnung, den Konzeptpapieren, sah mich das Lob entgegennehmen, mit den charakteristischen Gebärden der Bescheidenheit, einem etwas schüchternen Zu-Boden-Schauen, einem nicht zu kräftigen Händedruck beim Verabschieden der Prüflinge.

Ich schämte mich nicht einmal. Denn vor wem hätte ich mich schämen sollen, wenn mein Marionettentheater das war, was von allen *Alexander Kerfuchs* genannt wurde. Ich war ein Komödiant, über den ein einziger Mensch lachte – und der war für alle unsichtbar und wohnte als finsterer, rechthaberischer Einsiedler hinter meiner Stirn.

In einem Buch über einen jungen Dichter entdeckte ich den Satz: *Ich ist ein anderer.* Ich musste lachen. Bei allem Respekt, aber dieser junge Wilde hatte nicht die geringste Ahnung, wovon er sprach. Der Satz war eine erschwindelte und triviale Lösung, wie die des Gordischen Knotens von Alexander dem Großen.

Als meine Großeltern wieder nachhause fuhren, war ich um einige Zentimeter größer und dünner geworden, die Haut meines Gesichts und Oberkörpers durchlitt in mehreren qualvollen Phasen noch einmal die Geschichte Mitteleuropas während des 14. Jahrhunderts, und Millionen unschuldiger Hautzellen fielen einer mysteriösen Seuche zum Opfer. Und wie die völlig verängstigten und entkräfteten Menschen des Mittelalters beschmierte ich mich mit Wundermitteln und Salben, die ungefähr so viel halfen wie ein Gebet. Gleichzeitig verwandelte sich meine Stimme in die eines Sexualstraftäters aus einer Dokumentation, hinter einer Blende sitzend, eine Sonnenkappe auf dem Kopf, wurde tief und hoch zugleich, und an manchen Tagen konnte man sogar zwei separate Stimmen heraushören. Aus dem aufgeregten Jungen, dem kleinen Hund, der sich regelmäßig in einem Wald aus Hosenbeinen verlief und sich durch ständiges Auf-und-ab-Hüpfen, Ziehen, Zerren und Kläffen vergewisserte, dass er noch existierte, war ein nervöser, nachtaktiver Jugendlicher geworden, der plötzlich Fragen stellte, die allesamt mit *Warum sind alle anderen* begannen.

In einem einzigen Sommer, in dem ich mehr schwitzte als in allen vorhergehenden zusammen, verwandelten sich alle Mädchen zu quälenden Aufforderungen, zu Verhöhnungen eines fehlenden Mutes, der vielleicht bewirkt hätte, dass man irgendetwas zu sagen oder zu tun imstande gewesen wäre. Ihre abschätzigen Blicke begleiteten mich überall, selbst beim Einschlafen und Aufwachen, beim Baden, bei einer Schularbeit, beim Zubinden der Schuhe, beim Tennisspielen, beim Fernsehen, beim Schwitzen. Ich war drei- bis viermal pro Woche unglücklich verliebt, die Mädchen wechselten wie Schattenspiele an der Wand.

Natürlich gab es auch kurze Lichtblicke. Einmal onanierte ich mit verzweifeltem Gesichtsausdruck vor dem Spiegel, in Erinnerung an ein Mädchen aus der Schule, das rote Korkenzieherlocken hatte. Dann, kurz bevor ich zum Höhepunkt kam, musste ich niesen und mein Penis wippte, ohne dass ich ihn berühren musste, albern auf und ab. Ein seltsames Gefühl: Du stehst im Badezimmer, allein auf der Welt, ringsum alles wüst und leer, und dein Körper gesteht dir, um dich abzulenken, dass es Muskeln in deinem Körper gibt, von denen du noch nichts gewusst hast.

Doch meine Selbstquälerei war im Grunde ein Segen, denn ich dachte kaum mehr an flüchtende Nummernschilder und tote Lehrer. Ich reparierte sogar einige der Dinge, die ich kaputt gemacht hatte, und meine Fantasien beschäftigten sich fast ausschließlich mit unbekannten, schönen, sommerlich ausgehungerten Frauen, die mir mit unauffälligen Gesten bedeuteten, sie an verschiedenen Stellen zu berühren. Sie gingen langsam durch die leer gefegten Räume meiner Vorstellung, um dann an einer in Zeitlupe vor sich hin plätschernden Trinksäule haltzumachen und ihre Lippen unter den Wasserstrahl zu halten. Dann richteten sie sich auf und schauten mich von der Seite her an; ein dicker, glänzender Tropfen perlte von ihren Lippen und niemand leckte ihn ab.

Ich onanierte in alles, was mir einigermaßen brauchbar erschien. In stinkende Waschlappen, in Taschentücher, in vollgeschriebene Ringmappen, in alte Vokabelhefte, in einen Luftballon, ja sogar in den lasziv offen stehenden Pappmaschee-Mund einer alten Faschingsmaske. Oft musste ich hinterher den Teppich oder den Fußboden reinigen.

Ich las Bücher über Verschwörungstheorien und beteiligte mich zum ersten Mal an Demonstrationen, obwohl ich nicht einmal verstand, worum es ging, davon abgesehen, dass wir es den Mächtigen ordentlich zeigten.

Die Mächtigen. Trotz meiner jungen Jahre hatte ich bereits eine ziemlich präzise Vorstellung davon, was das war. Eine Handvoll Männer, die in das hübsche, gesunde Gehirn der westlichen Welt ein gefräßiges Astrozytom aus Ölfirmen und Waffenindustrie gepflanzt hatten; die sich unverhohlen dem Satanismus hingaben; die mit gekaperten und aufgemotzten Nazi-Flugscheiben (die Modelle *Vril* und *Haunebu*) zur Arbeit flogen; die in abgelegenen Wäldern eine riesige Eulenstatue umtanzten und dabei die Namen altsumerischer Gottheiten murmelten; die ein perverses Vergnügen an der Vernichtung von Lebensraum hatten und die ganze Dritte Welt über Nacht in ein Feuerwerk blitzender Machetenklingen verwandeln konnten. Dicke, häufig operierte, alte Männer mit Sauerstoffschläuchen in beiden Nasenlöchern und einem hässlich quakenden Sprachsynthesizer.

Ich durchstöberte Webseiten nach immer ausgefalleneren Ideen und fand Alien-Autopsien (dieses in körnigem Schwarzweiß gefilmte Mädchen, das wie ein an Progerie verstorbenes Kind aussieht und das von merkwürdigen, wie unter Trance arbeitenden Wissenschaftler-Handpuppen seziert wird, jede Menge schwarzes Blut und

Pappmaché-Organe, die auf eine Fleischerwaage gelegt werden), das Philadelphia-Experiment, Augenzeugenberichte von Engelserscheinungen, bei denen hinterher immer jemand schwanger zurückblieb, und ein paar Leute, die behaupteten, sie hätten schon den dritten oder vierten Zeitsprung hinter sich. Ein Mann, der die Buchstabensequenzen der hebräischen Bibel in einer gigantischen Matrix nebeneinandergestellt und darin verschiedene quer und vertikal zu lesende Wörter ausfindig gemacht hatte, prophezeite die nukleare Zerstörung Jerusalems für das Jahr 2002.

So.

Kurz darauf trat Lydia in mein Leben, dieses fragile Kartenhaus. Und es fiel unter der Wucht des Tritts in sich zusammen.

~

– Alles in Ordnung?, frage ich Martina.

– Ja, ich hab mich nur erschreckt.

– Entschuldige. War nur Spaß.

– Schon klar.

Wir schweigen. Rund um uns hölzernes Caféhausgemurmel und die Geräusche von Besteck auf halbleeren Tellern.

– Du kannst die Faust jetzt wieder runter nehmen, sagt Martina. Danke.

~

An dem Tag, als Lydia mich zum ersten Mal besuchen kam, war ich früh aufgestanden. Das erste Lebewesen, dem ich an diesem Morgen begegnete, war eine flugunfähige Motte, die vor Schreck auf den Teppich fiel, als ich die Vorhänge öffnete. Sie flatterte, was aber nur dazu führte, dass sie sich selbst auf den Rücken drehte. Jetzt lag sie da, auf der unwegsamen, fransigen Oberfläche des Teppichbodens, in der Nähe einer Steckdose, die irgendwie zu den hilflosen Bewegungen des auf dem Rücken liegenden Tieres zu gehören schien, als fremdes, fast außerirdisch wirkendes Artefakt, das mit dümmlichen Knopfaugen auf ihr Missgeschick herabblickte. Mit einem Blatt Papier versuchte ich die Motte aufzuheben, aber es gelang nicht, ich rollte sie nur in der Gegend herum. Ihre entsetzt flimmernden Beine hatten für einen Augenblick Halt gefunden, unwiderstehlich, köstlich, und suchten nun gierig danach; schließlich streckte ich ihr meinen Finger entgegen, doch die Motte schien sich nicht beruhigen zu wollen. Stattdessen tastete sie nur unsinnig an mir herum, sodass ich schließlich keine andere Wahl hatte, als sie mit einer kurzen Bewegung meiner Hand auf das weiße Blatt Papier zu schieben. Irgendetwas in ihr musste dabei einfach kaputt gegangen sein. Vorsichtig balancierte ich sie bis zum Schreibtisch, wo ich sie mir im Morgenlicht genauer besah. Ein wenig bewegte sie sich noch, dabei knickten ihre Flügel in der Mitte ein, als wäre das der Beweis dafür, dass sie immer noch atmete.

Es gab keine Rettung mehr für die Motte, deshalb schimpfte ich ein wenig mit ihr.

Die ganze Nacht hatte sie in den Vorhängen geschlafen (falls Motten überhaupt schliefen) und sich für unsterblich gehalten (falls Motten religiös waren), und nun konnte sie sich nicht einmal mehr vor einem 1,75 Meter großen Säugetier in Sicherheit bringen. Ich hatte nicht die geringste Ahnung, was ich mit dem verendenden Insekt anfangen sollte. Eine Weile erwog ich, es zwischen den

Fingern oder in einem Taschentuch zu zerdrücken. Aber was, wenn es in frischer Luft wieder zum Leben erwachen würde? Und als hätte es meine Gedanken gelesen, begann sie mit den Flügeln zu flattern.

Ich öffnete das Fenster und legte die Motte draußen auf das Fensterbrett. Selbst in den absurdesten Situationen verstummt mein Symmetriebedürfnis nie ganz, deshalb begann ich die Motte auf dem Rechteck der Fensterbank auszurichten. Als ich mit ihrer Position einigermaßen zufrieden war, löste ich meine Hand. Die Motte schoss plötzlich in die Höhe, wie Menschen, die aus Albträumen erwachen – und im Schreck erschlug ich sie.

Angewidert schüttelte ich meine Hand. Dann wischte ich die Motte, die sich ihre Vernichtung ohne weiteres hatte gefallen lassen, in ein Taschentuch.

Ich hatte Lydia zu mir nach Hause eingeladen, weil ich mit ihr allein sein wollte. Es war das erste Mal, dass ich mit einem Mädchen allein in meinem Zimmer sein und diesen Gedanken haben würde: *Ich bin mit einem Mädchen allein in meinem Zimmer.*

Als sie endlich kam, redete ich lauter Unsinn und zeigte ihr verschiedene Auszeichnungen, die ich auf Mathematik-Olympiaden bekommen hatte. Vierter Preis. Zweiter Preis. Lobende Erwähnung. Sie sagte, sie sei furchtbar schlecht in Mathematik.

– Ich ja eigentlich auch, sagte ich.

Natürlich stimmte das nicht. Ich war ganz gut. Ich war sogar der intelligenteste Siebzehnjährige, den ich kannte. Deshalb hassten mich auch alle und fanden mich abstoßend, verschroben, ständig verschwitzt, unhygienisch, eigenbrötlerisch, schwul.

Ich schluckte.

Lydia ging weiter durch mein Zimmer und studierte

alles ganz genau. Sie hatte Narben an ihren Handgelenken. Ich dachte daran, wie überwältigend es sein musste, diese Narben zu berühren. Mit den Fingern, mit der Nasenspitze.

Schnell packte ich die gerahmten Urkunden zurück in die Schublade. In einem anderen Leben hätte ich irgendetwas Schlagfertiges gesagt. Stattdessen fragte ich Lydia, ob sie das gehört habe.

– Ja, sagte sie. Was war das?

Das Geräusch wiederholte sich. Es war meine Mutter, die heftig nieste. Sie musste vor der Zimmertür stehen. Es klopfte, ich öffnete. Sie reichte mir einen Stapel Wäsche durch den Türspalt.

– Da.

– Danke.

Ihr Arm blieb noch eine Weile im Türspalt, ein neugieriges Periskop, dann zog er sich zurück. Ich machte die Tür zu.

Lydia und ich machten es uns auf dem Bett gemütlich. Sie erlaubte mir, dass ich meinen Arm um sie legte. Mein Herz flatterte auf, beruhigte sich wieder, versank in einen trägen Gleitflug, aber dann, als sie mich zu sich zog und ihren Mund auf meinen drückte, setzte es erneut aus und mir wurde fast übel vor Aufregung.

Unsere Münder stießen aneinander, versuchten ungeübte, ungestüme Saugbewegungen. Speichel rann an unseren Mundwinkeln herab. In meiner wachsenden Erregung leckte ich ihr über den Hals. Sie wehrte mich ab. Ich war über ihre Reaktion fast ein wenig erleichtert. Sie hatte ihr Einverständnis signalisiert, sie war mit mir zufrieden, aber jetzt sollte es eben noch einen Aufschub geben. Kein Problem.

– Kein Problem, sagte ich.

Nur nichts überstürzen. Ich löste mich von ihr. Okay. Gut so.

Sie schien irritiert und setzte sich auf.

– Ist irgendwas?, fragte sie.

– Nein, ich … du … wir sollten wahrscheinlich nicht so schnell –

Millionen Sätze aus Millionen Fernsehserien geisterten durch meinen Kopf. Mit einer einzigen Bewegung, die sie tausendmal geübt haben musste, zog Lydia ihren Pullover aus. Ihre Haare blieben daran haften, knisterten, neigten sich für einen Augenblick in statischer Aufladung in die Richtung des abgelegten Kleidungsstücks, als wollten sie nicht, dass es fortging.

– Was?

Bevor ich meinen Satz wiederholen konnte, hatte sich meine Hand nach ihr ausgestreckt. Ich berührte ihre Brust. Tatsächlich. Meine hässlichen, langen Spinnenfinger berührten ihre runde, herrliche, volle Brust. Sie schaute mich an, ließ sie auf ihr herumwandern, erkunden. Mein Ständer hatte sich in einem Hosenbein verfangen, trotzdem versuchte ich die Beine übereinanderzuschlagen, was sich als unmöglich herausstellte.

– *Und jetzt?*, fragte das Bett, das Zimmer, das Universum.

Wie schön, ich brachte Lydia zum Lachen. Mein Penis hatte sich in ein Sprungbrett verwandelt, das selbstständig wippte. Sie nahm ihn in die Hand und zog ein wenig an ihm, als müsste sie erst überprüfen, ob er auch echt war. Dann beugte sie sich zu ihm herab und nahm ihn in den Mund.

Ich verstand im ersten Moment gar nicht, was passierte, dann wurde mir klar, dass mir gerade ein Gottesbeweis in den Schoß gefallen war: diese perfekt kreisenden Bewegungen, die Streicheleien ihrer Stirnfransen auf meinem Schenkel, das Auf und Ab ihres Hinterkopfes, auf dem meine Hand lag. Nur ein Gott konnte diese Zähne geformt haben, jeden nach seiner Art, die ich an der Unterseite meines Schwanzes spürte. Dazu die leisen Schmatzgeräusche; man musste ganz still sein, um sie zu hören – wie das Gebimmel der Schlittenglocken am Weihnachtsabend. Ich versuchte, möglichst leise zu stöhnen, aber das war unmöglich. Ich klang wie einer dieser Pornodarsteller, die ihre Stimme einfach nicht abstellen können.

– Aah! Oh! Jaa!

Lydia saugte an mir, und meine Hand krallte sich in ihren Haarschopf. Dann löste sich ihr Kopf von meinem Schoß, die glänzende, glückliche Antenne wippte wieder hin und her.

Draußen machte es wieder *Ksch!*. Meine Mutter nieste nebenan im Badezimmer, und die Fliesen verliehen dem Geräusch ein knappes, scharfes Echo.

Da ich mich bei Lydia revanchieren wollte und auch eine vage Vorstellung davon hatte, was zu tun war, stürzte ich mich gleich auf sie. Sie merkte, was ich vorhatte, und wehrte mich ab.

– Warte, ich will, dass du aufpasst, sagte sie.

– Okay, sagte ich, im allerdümmsten Tonfall. *Okay Captain. Ay, ay, Sir.*

Auf dem Bauch liegend begann sie, sich durch die Unterhose hindurch zwischen den Beinen zu streicheln. Ihre Bewegungen ließen ihre Schultern bald ruckartig kreisen. Sie weihte mich ein in das Mysterium aus halb geschlossenen Augen, gerötetem Gesicht und Lippen, die zu einem Schmollmund geöffnet waren, durch den sie die Luft zischend einsaugte.

Als sie kam, zitterte sie eine Weile, wurde schließlich langsamer, ließ sich ein letztes Mal durchschütteln, dann streckte sie sich aus. Ihre Zehen rollten sich auf, entspannten sich. Sie blickte zu mir auf.

– Oh, sagte sie. Du lieber Gott.

Sie stand auf, drückte sich eine Hand zwischen die Beine. Ich versuchte sie zu berühren, aber sie hielt mich zurück.

– Wo ist das Bad?

– Draußen, gleich rechts.

– Danke.

Sie schlüpfte in ihre Jeans und verschwand. Ich blieb auf meinem Bett sitzen, allein mit meiner Erektion, die sich an meinen Bauch gelehnt hatte. Ich hob sie an und betrachtete sie. Mir war nie aufgefallen, wie sehr sich die Farbe verändern konnte, von Rosa zu Rot zu Dunkelrot zu Blau.

In diesem Moment kam Lydia zurück. Sie blieb in der Tür stehen. Ich sprang sofort auf.

– Ich hab nur –

– Schon gut, schon gut, sagte sie und kam ins Zimmer.

Ich nahm sie bei den Händen, als wollte ich mit ihr Ringelreia tanzen, und führte sie zum Bett. Sie zog die Hose aus (auf die *männliche* Art, strampelnd, bis sie von ihr abfiel), legte sich wieder auf den Bauch und stützte ihr Kinn auf ihren Händen ab, während sie ihre Beine angewinkelt hatte. Ihre Fersen berührten ihren Hintern. Sie sah aus wie ein kleines Mädchen, das am Sonntag vor dem Fernseher liegt.

Ich masturbierte sehr vorsichtig, um sie nicht mit dem

verrückten Tempo zu erschrecken, das ich sonst anschlug: so schnell, dass man die Bewegungen der Hand nur mehr vage und flimmernd sah, wie mit einer Digitalkamera aufgenommen.

Ich brauchte natürlich länger als sonst, und irgendwann fing Lydia auch noch zu reden an. Ich versuchte auf ihre Fragen einigermaßen sinnvoll zu antworten, aber es war unmöglich. Als ich schließlich so weit war, hielt ich inne.

– Ich komme dann jetzt.

– Warte!

Sie sprang auf.

– Halt, warte!

Sie ging durch mein Zimmer, suchte irgendetwas. Ich stand inzwischen da, meinen Penis in der Hand, und sah ihr zu. In rätselhafter Eile glitt ihr Blick über alle Gegenstände, aus denen mein Leben bestand. Inzwischen war ich mir gar nicht mehr so sicher, dass ich so weit war. Alles an mir fühlte sich taub und alleingelassen an.

Endlich hatte Lydia entdeckt, was sie gesucht hatte, und nahm ein zusammengeknülltes Taschentuch, das auf dem Schreibtisch liegen geblieben war. Sie kniete sich vor mich hin und faltete es auseinander: die Überreste der Motte, ein schwarzes Nest aus unwirklichen Miniaturbruchstücken, ein zu Sand gewordenes Uhrwerk. Ich konnte meinen Blick nicht davon abwenden. Verkrampft schüttelte ich den Kopf.

– Aber du brauchst doch was, wo du … hinein … oder?

Ich schaute vermutlich, als hätte ich sie nicht verstanden. Sie wiederholte:

– Du brauchst doch einen … Behälter, nicht?

Lydia ging zum Bücherregal, ihr Blick hellte sich auf. Sie stellte sich auf die Zehenspitzen und präsentierte mir ihre durchgedrückten Kniekehlen und holte etwas vom obersten Regal. Mit beiden Händen, als wäre er ungeheuer schwer, hielt sie einen Pokal. Jugendmeisterschaft im Tennis. Lange her. Damals war ich elf.

– Du willst, dass ich da rein? Ich soll in meinen Pokal –

– Aber du brauchst doch irgendwas, oder?

Oder? Oder? Ich fragte mich, ob sie jemals einen männlichen Samenerguss gesehen hatte.

Schon war sie vor mir, auf diese besondere und aggressive Art erfinderisch, welche nur in Augenblicken starker sexueller Erregung zutage tritt, und hielt mir mit einem aufmunternden und beängstigend fröhlichen Gesichtsausdruck die Schale des Pokals unter die Eichel. Ich versuchte es ein wenig, onanierte brav, aber die Erregung war inzwischen verflogen, ich pumpte leer an mir herum. Außerdem würde ich ohnehin nicht treffen, ich würde daneben spritzen, auf Lydias Handgelenk oder auf ihren nackten Oberkörper. Ja, sie war immer noch nackt. Ihre Brüste hingen die ganze Zeit über einfach da, unbeachtet. Ich wollte ihr meinen Schwanz zwischen diese Brüste klemmen, ihn zwischen ihnen hin und her bewegen, ja, schneller, schneller, und schließlich meine Ladung auf ihr Kinn abspritzen. Ich wichste schneller, das angenehm brennende Gefühl war zurückgekehrt, meine Beine wurden unsicher, ich taumelte auf die Seite. Lydias Hand folgte mir mit dem Auffangbecken, und ich tat so, als müsste ich mit dem Gleichgewicht kämpfen. Ich spielte Tauziehen mit einem unsichtbaren Gegner.

– Oh, jetzt gleich – oh! – Achtung –

– Warte!

Wieder diese helle Begeisterung, die mir Angst einjagte. Sie ging vor mir auf die Knie, die Schale blieb, wo sie war. Ich verlangsamte meine Bewegungen, aber die Zündschnur war bereits ganz abgebrannt. Da kam es schon, ein erster glücklicher Tropfen quoll hervor, fiel in den Pokal. Aber es war nur das Warnsignal, denn die nächsten Spritzer verfehlten die Schale und verfehlten auch Lydias Kopf nur knapp, ein Spritzer streifte ihre Stirnfransen. Sie kreischte auf und wich zurück, kicherte aber gleich über den ganzen Vorfall, auch über den Schreck, den sie gekriegt hatte, es war ja schließlich nur ein bisschen milchige Flüssigkeit. Nachdem es vorbei war, stand sie auf und fiel mir um den Hals.

– So ein gesunder, gesunder Mann!, sagte sie laut an meinem Ohr.

Sie löste sich von mir und überließ mich meinem benebelten Taumeln. Meine Beine zitterten und knickten ein. Ich schaffte es noch bis zum Bett und ließ mich fallen. Wieder nieste jemand, aber diesmal war es ein helles, feminines Niesen, ein Geräusch wie vom Öffnen einer Coladose.

– Gesundheit, murmelte ich.

– Ist ganz schön viel Staub in dem Pokal, sagte Lydia.

Meine Mutter war immer schrecklich nervös, wenn Lydia bei mir war. Sie sagte, das Mädchen bringe nur Unordnung in die Wohnung, vor allem in mein Zimmer. Ich beharrte darauf, dass es mein Zimmer war, vielleicht mochte ich ja Unordnung, vielleicht war ich zufällig süchtig danach.

– Aber wenn *du* Unordnung in dein Zimmer bringst, dann ist das etwas anderes, sagte meine Mutter, mit deiner Unordnung werde ich fertig. Aber ihre Unordnung hat nicht das geringste System.

– Aber das ist doch der Sinn von Unordnung!

– Ich sehe schon, du willst mich nicht verstehen.

Von diesem Zeitpunkt an ging meine Mutter in Lydias Gegenwart mit gesenktem Kopf, trug Schaufel und Besen mit sich herum und nieste ständig.

Im Sommer darauf, als ich bei ihren Eltern zu Besuch war (und mit Lydias Vater ein lustiges Frage-und-Antwort-Spiel durchlitt), schlief ich das erste Mal richtig mit Lydia. Mir war schwindlig und übel vor Angst. Meine Erektion fiel mehrmals in sich zusammen. Eine Biene war ins Zimmer geflogen und stieß wieder und wieder an die Fensterscheibe. Ich stand auf, nackt, mein Glied baumelte feucht von Schenkel zu Schenkel, und ich öffnete das Fenster. Aber das dumme Vieh kletterte auf der Fensterscheibe nur immer höher und höher, sodass ich schließlich aufs Fensterbrett steigen musste. Unangenehme Erinnerungen an die Motte kündigten sich an, und ich biss mir auf die Unterlippe, um sie zu unterdrücken. Als sie endlich ins Freie gefunden hatte, stand Lydia hinter mir, mein baumelndes, nasses Ding auf Stirnhöhe.

Sie zog mich ins Bett. Als sie mich auf den Rücken legte, sich auf mich setzte und mir eine ihrer großen, tief hängenden Brüste in den Mund baumeln ließ, als wäre es das Normalste auf der Welt, erregte mich das.

Sie freute sich kindisch über meinen Ständer und grabschte ungeschickt an ihm herum. Ich zeigte ihrer Hand die Bewegungen, die angenehm waren, aber sie wechselte zu oft das Tempo, und ich bat sie, ihn doch wieder in den Mund zu nehmen.

Sie setzte sich auf, das Sonnenlicht legte sich über einen ihrer nackten Schenkel, und schüttelte den Kopf.

Dann legte sie sich neben mich auf den Bauch und bedeutete mir, auf sie zu klettern. Ich brachte es mit einigen ungeschickten Paddelbewegungen fertig, mich zwischen ihre Beine zu legen. Mein Schwanz rieb über den rauen Bettbezug. Ich versuchte ihn in die richtige Position zu bekommen, aber schließlich merkte ich an ihrem Kichern, dass ich alles falsch machte.

– Du bist nicht einmal in der Nähe.

Sie half mir, ihre Hand fasste unter ihr durch und griff nach meiner Penisspitze, die ihr zuerst wie ein glitschiges Stück Seife entkam. Dann führte sie mich langsam in ihre Öffnung.

Wir bewegten uns ein wenig vor und zurück.

– Geht's?, fragte ich.

Sie gab keine Antwort. Dann plötzlich lockerte sich etwas in ihr, und mein Schwanz rutschte ein paar Zentimeter tiefer. Sie stöhnte auf.

– Angenehm?, fragte ich.

– Angenehm? Du liebe Zeit, ich zerreiße hier gerade!

Sie kämpfte sich frei. Ich legte mich neben sie. Sie saß da mit gespreizten Beinen und betrachtete sich.

– Du liebe Zeit, sagte sie. Du liebe Zeit.

– Tut es weh?

– Tut es weh, tut es weh. Natürlich tut es weh! Ich blute …

Sie murmelte ein paar unverständliche Flüche.

– Tut mir leid, sagte ich. Aber so ist das wahrscheinlich am Anfang.

– Oh, da kennt sich aber jemand genau aus!, rief sie, stand auf und stapfte nackt aus dem Zimmer.

Ich hörte die Badezimmertür knallen und das Plätschern von Wasser. Dann eine andere Stimme, Lydias Stimme antwortete, es war ihre Mutter – sie klopfte an die Badezimmertür. Wieder gedämpfte Stimmen. Ein tiefes Kichern. Entsetzt sprang ich aus dem Bett und suchte meine Kleider zusammen.

Ich band mir gerade meine Armbanduhr um, als die Tür aufging.

~

– Du hast es getan? Ehrlich? Na, dann Glückwunsch.

Obwohl er verschwörerisch lächelte und der Mittelpunkt unserer kleinen Verabschiedungsfeier war, schien Walter angewidert.

– Vielen Dank, sagte ich.

– Sag mal, Walter, für wie lange gehst du nach Paris?, fragte Markus, ein Schulkollege, der im Nebenhaus wohnte.

– Ein Jahr. Vielleicht auch weniger.

– Und, was willst du da?

– Weiß auch nicht, sagte Walter. Mein Vater findet, eine Sprache mehr kann mir nicht schaden.

– Scheiße.

– Ja, du sagst es.

– Auf Paris.

Ich erhob meine Flasche.

– Und, fragte Markus, verrätst du uns jetzt, was in der Tasche ist? Wenn es irgendwelche Drogen sind, die kannst du dir gleich –

– Nein, keine Drogen, sagte Walter. Aber gut, wenn dir die Neugier bereits den Arsch hinaufkriecht. Voilà!

– Toll, du sprichst ja jetzt schon Französisch.

– Faszinierend, nicht?, sagte Walter missmutig.

Er machte den Reißverschluss seiner Sporttasche auf.

– Feuerwerksraketen?

– Raketen!

Markus war begeistert. Er griff sofort in die Tasche und nahm ein Büschel davon heraus.

– Wo hast du die denn her?, fragte ich.

– Überbleibsel, sagte Walter. Ich hab mir gedacht, zur Feier des Tages. Wenn ich schon weg muss, kann ich wenigstens noch die Stadt anzünden.

– Macht Sinn, sagte ich und trank meine Flasche in einem Zug leer. Hier!

Ich stellte die leere Flasche auf den Boden des Balkons.

– Ich weiß, wohin wir die Raketen schießen können, sagte Markus. Zu den Türken da drüben. Der älteste von den Brüdern hat mich früher immer verdroschen.

– Spinnst du jetzt völlig?

– Warum denn nicht? Merkt doch keiner, woher die Rakete gekommen ist.

– So ein Schwachsinn. Außerdem war das keiner von den Türken.

– Das weiß ich doch wohl am besten, sagte Markus und steckte eine Rakete in die Flasche.

– Aber ich kenn die, das sind keine Schläger. Meine Mutter war bei denen schon einmal eingeladen.

– Ja, aus Angst tut man vieles.

– Was? Was soll das wieder heißen? Fick dich doch.

– Fick dich selber.

– Mach ich, versprochen, sagte ich. Aber nur, wenn du mir hilfst.

Walter sah uns beide erstaunt an.

– Ja, sagte ich, die steck ich mir dann einfach in mein Schwanzloch, und wenn ich losspritzen muss, dann brenn ich die Zündschnur ab, ganz einfach …

Walter schien sich zu amüsieren, aber er war rot geworden und atmete beim Lachen lauter als sonst.

– Hast du übrigens schon einmal … ich meine … während was in dem Loch drin ist?

– Ich steck mir doch nichts in den Arsch, sagte Markus.

– Nein, schaltete sich Walter ein, er meint etwas anderes, aber das ist dir wahrscheinlich zu hoch, er meint … eher was *Wissenschaftliches*. Etwas, von dem nur echte Männer was verstehen.

– Ach, lasst mich doch in Ruhe. Lasst es euch doch von den Türken besorgen!

– Faschist.

– Was?

– Fa-schissst! Das bedeutet: Scheißt sich in die Hose.

– Fick dich doch.

– Mach ich, mach ich, Marky Mark. Nazisau.

– Fuck you! Jetzt halt endlich die Schnauze! Ihr mit eurer Scheißarschlochwissenschaft.

– Siehst du, sagte Walter, wie ich dir gesagt habe: Es ist ihm zu hoch.

– Nein, wandte ich ein, ich glaub schon, dass er es verstehen würde, aber er schämt sich einfach noch ein bisschen.

– Ja, das ist es, sagte Walter, er ist *un*reif!

Markus nahm ein Streichholz aus der Schachtel.

– Ja, sagte ich, sieht ja sogar ein Blinder. Warte, ich erklär's ihm … Das Schwanzloch, das ist die Öffnung, wo deine Pisse rauskommt, nichts anderes, das ist es.

– Erzähl mir doch, was nicht schon in deinem Tagebuch steht!, sagte Markus und zündete das Streichholz an.

– Nein, da muss ich dich korrigieren: Du hast bei dem Wort *Schwanzloch* als Erstes an –

– Haltet die Schnauze, sagte Markus. Haltet beide die Schnauze.

Er steckte die Zündschnur der Rakete an.

– Spinnst du! Die zeigt doch nach innen. In den Hof! In den Hof!

Ich nahm ihm die Flasche aus der Hand und hielt sie über das Balkongeländer – die Rakete zischte davon.

Ich atmete Rauch ein und musste husten. Meine Augen brannten.

– Wuuh!, schrie Markus der abgefeuerten Rakete hinterher.

Das trockene Echo seiner Stimme bröckelte von den Nachbarhäusern, dann war es still. Markus schien fast ein wenig enttäuscht, dass sich die Umgebung durch seinen Schrei nicht in etwas anderes verwandelt hatte. Er räusperte sich und bereitete eine zweite Rakete vor.

– Auf Paris!

Er hielt die Flasche in den gelblichen Abendhimmel, der sich über den Dächern, hinter denen die Sonne vor ein paar Minuten verschwunden war, ausgebreitet hatte. Einige Teile der Stadt lagen bereits im Dunkeln. Ich nahm eine zweite Flasche und richtete eine Rakete auf die Nachbarschaft, eine von den ganz kleinen, die nicht explodierten, sondern nur auf einer dünnen Rauchspur davonzischten. Markus wartete mit dem Anzünden seiner Rakete, bis ich so weit war. Als beide Zündschnüre brannten, stießen wir mit den zu Raketenwerfern umfunktionierten Bierflaschen an.

– Auf Paris!

– Auf dass es niederbrennen möge. Stadt der Lichter.

Die Raketen zischten davon. Markus salutierte vor dem Himmel. Im Hof hörte man den kleinen Stecken meiner Rakete aufschlagen. Die größere explodierte mit einem unschuldigen *Pop!* ein paar Meter oberhalb der Nussbäume.

– Auf Paris, sagte Walter mit jener seltsamen Rührung in der Stimme, wie sie Männer (und nur Männer) manchmal im derben Chaos der ausgelassensten Brüllgelage überkommt.

Unten ging ein Fenster auf und ein entsetztes, weißes

Gesicht erschien. Man konnte ein paar Wortfragmente der Entrüstung hören.

– Scheiße, der Hausbesitzer, sagte ich und trat vom Balkongeländer zurück.

– Glaubst du, er hat uns gesehen?, fragte Markus.

– Bestimmt. Der blöde Grottenolm merkt immer alles.

Ich bemerkte, dass meine Finger ganz schwarz geworden waren. Außerdem war meine Kehle gereizt und verlangte nach Wasser. Ich hörte, wie das empörte Fenster von Herrn Steiner unten wieder zugemacht wurde. Bestimmt würde er jeden Moment klingeln. In diesem Fall war es bestimmt nicht ratsam, die Tür mit rußgeschwärzten Fingern aufzumachen.

– Ich glaube, ich gehe mir mal Gesicht und Hände waschen.

– Ich geh auch rein, sagte Markus. Wird kalt hier draußen.

Walter blieb auf dem Steinboden des Balkons sitzen.

– Mir ist ein wenig schwindlig geworden, sagte er. Vom Rauch. Ich komm gleich nach.

Das war das letzte Mal, dass ich Walter gesehen habe. Er ging tatsächlich für ein Jahr nach Paris, und wenn es stimmte, was man hörte, war er drauf und dran, ein großer Regisseur, Journalist und Frauenheld zu werden. Merkwürdig, man verliert Menschen so leicht aus den Augen, und wenn man sie nach Jahren zufällig irgendwo wieder trifft, sind sie einem peinlich und fremd wie altes Spielzeug.

Früher hatten Walter und ich oft ganze Tage zusammen verbracht. In den Sommerferien streiften wir gemeinsam durch den Park und kehrten schmutzig und aufgerissen wieder zurück. An besonders stürmischen Tagen hielten wir uns in den Innenhöfen auf und schossen mit Plastikpistolen auf kleine Raumschiffe. Wir hingen auf Wäschestangen und übten Klimmzüge, weil die Fremdenlegion unter der brennenden afrikanischen Sonne bei Kräften bleiben musste. Wir zündeten einen kleinen Strauch an, der entsetzlich stank. Und einmal landete eine kleine Propellermaschine im Hof. Darin befand sich eine winzige Gestalt, ein aufgeregt sich windendes Etwas, das aus dem Cockpit gefallen war. Die kleine Figur begann auf der Wiese im Kreis zu laufen, wie ein Stummfilmkomiker auf der Flucht vor Knüppel schwingenden Polizisten. Wir verfolgten das kleine Wesen, das ein Husarenröckchen und darüber eine moderne Fliegerjacke trug und in einer piepsenden Stimme wilde Flüche ausstieß. Walter hatte die Idee, es mit einer leeren Sektflasche, die von Silvester übrig geblieben war, einzufangen. Wir jagten den Zwergpiloten über Stock und Stein, schließlich flüchtete er sich in ein Mauseloch, das, wie wir wussten, eine Sackgasse war. Wir stopften ihn in die Flasche und trugen ihn in die Wohnung. Der Pilot zappelte wie wild. Wir schüttelten die Flasche, und der winzige Pilot mit den vielen Miniatur-Orden auf der Brust und der altertümlichen Fliegerhaube über dem Gesicht purzelte umher, brüllte Verwünschungen, zeigte uns durch die trübe Scheibe der Flasche, die zur Hälfte von einem eleganten Etikett verdeckt wurde, sein vor Zorn rot glühendes Gesicht und wedelte mit der geballten Faust. Er verlangte heiser, augenblicklich wieder in seine Maschine gesetzt zu werden, um den nächsten Angriff fliegen zu können. Wir lachten ihn aus und ließen die Flasche über den Teppichboden rollen. Der kleine Pilot schlug verzweifelte Purzelbäume. Völlig erschöpft fiel er in Ohnmacht. Wir holten ihn mit einer Pinzette aus seinem Gefängnis und beschlossen, ihn gnadenhalber aufzuspießen, solange er noch schlief. Wir entkleideten ihn. Wir leerten auch seine Taschen. In der Innentasche seiner Jacke fanden wir einen langen Brief und lasen ihn unter einer Lupe. *Liebe Käthe* – so begann er, aber mehr konnten wir nicht entziffern. Walter bestand zwar darauf, dass ihm gerade einfiel, wie der Brief weitergehen könnte, doch mich langweilte das Spiel bereits, und so stopften wir den Brief zurück in die Tasche und zogen den Piloten wieder an. Walter schien enttäuscht. Wir hätten die Flasche zumindest noch ein wenig über eine Flamme halten können, sagte er.

Weil es schon spät geworden war und Walter bald von seinem Vater abgeholt werden würde, beschlossen wir, dass Folgendes passierte: Ein paar Wochen päppelten wir den völlig entkräfteten und leicht verletzten Piloten mit Brotkrumen und klein gehackten Nüssen auf, die wir ihm mit einer Pinzette in seine Sektflasche reichten. Er streckte sich jedes Mal gierig nach dem nächsten Brocken. Als er wiederhergestellt war, ließen wir ihn frei. Eines friedlichen Morgens schließlich kletterte er in seine Propellermaschine und hob ab.

Die Gruppe

1. Szene. Ein halber Sesselkreis in einem kleinen Zimmer. Vor den Fenstern Abend. In einer Ecke des Zimmers ein kleiner Käfig, darin ein kleiner bunter Vogel, der sich kaum bewegt. Eine große, grüne Zimmerpflanze mit Blättern in Form eines gefrorenen Springbrunnens.

Personen: Die Gruppenleiterin, eine Frau um die Vierzig mit Schweißflecken unter den Achseln; die verschiedenen Teilnehmer der Gesprächsgruppe.

Gemurmel unter den Teilnehmern, bevor die Leiterin mit der Begrüßung beginnt.

LEITERIN: So … dann möchte ich gern alle begrüßen, die heute Abend gekommen sind … hier ins Institut für Lebensführung. Mein Name ist Valerie und ich werde diesen Gesprächsabend leiten. Das Gruppengespräch versteht sich … gewissermaßen als Ergänzung zur Einzeltherapie. Und … ja.

Sie klemmt sich die Stirnfransen hinters Ohr. Sie bleiben nicht hängen, fallen ihr wieder in die Stirn.

Auftritt Walter. Er trägt eine unauffällige Weste, so wie sie Menschen mit psychischen Problemen in schlechten Hollywoodfilmen tragen. Die Schirmkappe, die er auf dem Kopf getragen hat, hält er in der Hand und fächelt sich damit Luft zu. Es ist Sommer und sehr heiß. Walter schwitzt entsetzlich.

LEITERIN: Guten Abend. Bitte setzen Sie sich.

WALTER *setzt sich auf den einzigen noch freien Sessel, dreht die Schirmkappe nervös zwischen seinen Fingern. Er sieht auf seine Schuhe. Sehr leise:* Hallo.

Felix, ein in leichter Seitenlage gehender Musikstudent, hat sich unterdessen von seinem Platz erhoben und streunt im Zimmer herum.

FELIX *vor dem Vogelkäfig*: Kann er … kann er sprechen?

LEITERIN *bemerkt ihn*: Was?

FELIX: Der Vogel. Kann der sprechen?

Pause

LEITERIN: Ja.

FELIX *aufgeregt*: Und?

LEITERIN *scheint zu überlegen*: Wollen Sie sich nicht vielleicht lieber setzen?
Pause. Felix bleibt vor dem Käfig stehen. Er lacht auf. Was ist so komisch?

FELIX: Der Papagei … er hat geseufzt!

LEITERIN: Geseufzt?

FELIX: Ja! So richtig, mit Heben und Senken der Schultern, so –
Er macht es vor.

LEITERIN: Nehmen Sie doch erst einmal Platz. Wir fangen dann an.

FELIX *bleibt stehen*: Man könnte einem Papagei ja im Prinzip alles beibringen. Gebete …

LEITERIN *steht auf.*

FELIX: Flüche oder philosophische Sätze. *Zum Papagei:* Gott ist tot. Hey, Gott ist tot.

WALTER: Keine Angst, der wächst wieder nach.

Alle starren ihn an, die Leiterin vor allem. Ihr Gesicht drückt äußerstes Unbehagen aus. Längere Pause.

FELIX: Was hat er gesagt?

LEITERIN: Gar nichts, kommen Sie jetzt, setzen Sie sich. *Sie deutet auf den freien Stuhl, der sofort um eine Grauschattierung dunkler wird. Felix zuckt mit den Achseln, geht an seinen Platz und setzt sich.* Ich bin mir nicht mehr ganz sicher, wo wir letztes Mal aufgehört haben.

Der Vogel brabbelt plötzlich vor sich hin. Felix springt auf und rennt zurück zum Käfig.

FELIX: Haben das alle gehört? Er hat was gesagt! Hat jemand verstanden, was er gesagt hat?

LEITERIN: Alles ist in Ordnung. Kommen Sie. Setzen wir uns wieder hin. In einem so intimen Rahmen können wir wirklich gut auf jeden Einzelnen eingehen. Aber bevor wir das tun, wäre es vielleicht ganz gut, wenn wir unsere natürlichen Berührungsängste abbauen und uns ein bisschen mit gegenseitigem Vertrauen aufladen. *Sie steht auf.* Vielleicht steht jetzt jeder einmal auf.

Die Gruppe kommt ihrer Aufforderung zögerlich nach. Jutta, eine magere Frau mit Kopftuch, ist schüchtern und versteckt ihr Kinn hinter einem Seidenschal, der von ihrem Neffen mit Wasserfarben bekleckst worden ist. Sie wird von einem kraftlosen trockenen Dauerhusten gequält, wie Leute, die in Symphoniekonzerten sitzen.

LEITERIN: Und jetzt nimmt jeder … einfach so, ohne tiefere Bedeutung … die Hand seines Nachbarn. Jeder zumindest eine. Gut. So … und jetzt machen wir langsame Wellen, so – *Sie bewegt ihre Hände vor und zurück, wie langsame Ruderbewegungen.* Und wenn ich vorne bin, dann gehen die Nachbarn nach hinten und die nächsten wieder nach vorne, so – *Die Gruppe macht zuerst mit, kommt dann aber sofort mit dem Rhythmus durcheinander. Gabi hat als einzige schon die Augen geschlossen und bemerkt es nicht. Ein paar Teilnehmer lassen kurz los.* Und jetzt schließt jeder die Augen. Gut. Und jeder versucht, sich in den Wellen-Rhythmus der Gruppe einzufühlen. So – *Wieder kommen einige Teilnehmer aus dem Rhythmus. Jetzt macht auch Gabi die Augen auf und sieht verwirrt hin und her.* Ja. Wie man sieht, ist das am Anfang gar nicht so leicht. Wem ist es leicht gefallen, sich einzufühlen?

Pause

JUTTA *mit gepresster Stimme, kurzatmig*: Mir ist es am Anfang sehr schwer gefallen, obwohl ich die Übung ja schon vom letzten Mal kenne und sonst eigentlich auch keine großen Schwierigkeiten hab, mich in die Gruppe einzufühlen, also könnten wir vielleicht noch einmal, ich meine, einfach von vorn damit ... damit ...

Sie wird leiser, schweigt schließlich. Dann ein krampfhaftes Husten, wie das Zischen einer Zigarette im Schnee. Den verlorenen Satz bringt sie nicht mehr zu Ende.

WALTER: Der Fluss war noch nicht richtig da ...

FELIX: Was?

JUTTA *bevor Walter antworten kann*: Der Fluss. Die Welle, die dann irgendwann über alle ...

WALTER: Der energetische Fluss.

LEITERIN *sieht Walter kurz von der Seite an*: Nun ja, für den ersten Versuch war es nicht so schlecht. Natürlich muss man sich einlassen auf die anderen, auf die Bewegungen, gewissermaßen auch auf den Bewegungs*drang* der anderen. Denn jeder hat seine eigenen Richtungen, seine eigene Geschwindigkeit, seine Eigenschwingung gewissermaßen.

Nina, eine junge Frau mit einer grauen Haarsträhne, blickt auf, als hätte in der Ferne jemand geschrieen.

FELIX *der wieder zu dem Vogel blickt und sich wünscht, das kleine, putzige Federvieh in Händen zu halten, es zu streicheln und ihm einen Namen zu geben*: Ich seh aber nicht ganz ein, was das jetzt mit uns –

WALTER *unterbricht ihn*: Den meisten Menschen ist ihre Bewegung mehr dik*tiert* als *eigen*. Bei den meisten ist eher alles fremdbestimmt, weil sie noch nicht so weit sind, auch nicht so weit sein können, weil sie noch voll sind von ihren Blockaden –

LEITERIN *streng*: Einen Augenblick, ich glaube, Felix wollte was sagen …

FELIX *lässt die rechte Hand von Jutta los, die sie sofort erleichtert ausschüttelt und unter ihre linke Achsel klemmt*: Ich sehe nicht, wie diese Übung Vertrauen … wie wir damit …

LEITERIN *professionell fröhlich*: Wir machen sie ja noch einmal, keine Angst. So viel Zeit muss sein.

WALTER *im Tonfall eines Hare-Krishna-Jüngers*: Manche Menschen haben halt Schwierigkeiten, sich darauf einzulassen.

Jutta hält Felix wieder ihre Hand hin. Er bemerkt sie zuerst nicht, weil er Walter anstarrt.

LEITERIN: Also, noch mal. Alle schließen die Augen. *Jutta nimmt die Hand von Felix, der in seinem Zorn die Augen geschlossen hat. Er erschrickt ein wenig.* Und noch einmal wiegen wir uns vor und zurück, jeder in seinem Tempo, an das sich der Partner anpassen muss, und wieder der nächste und so wie die Glieder in einer Kette –

Walter rutscht auf dem Boden aus und reißt Felix und Gabi mit sich zu Boden. Er entschuldigt sich und steht mühsam auf.

FELIX *sarkastisch*: Wieder der Fluss, oder?

LEITERIN *zu Walter*: Geht's? Alles in Ordnung?

WALTER *der wieder steht und gleich die Hand seiner Nachbarin ergriffen hat*: Nicht alles, aber ich bin wieder aufrecht. *Zu Gabi, die ihn gestützt hat*: Danke. Du hast aber weiche Hände … *Gabi schaut ihn an.* Der Boden ist ein bisschen rutschig – *Gabi schaut ihn immer noch an.*

FELIX: Flüssig …

LEITERIN *schließt als erste wieder die Augen*: Also, dann noch ein letztes Mal. Die Augen geschlossen, und jeder versucht, den Rhythmus des anderen zu erspüren und sich vorzustellen, seine Bewegungen kämen von seinem Nachbarn. Das nennt man auch die Perpetuum-Mobile-Methode, und wenn sich dann diese spezielle Wellenbewegung eingestellt hat und wie von allein vor sich geht … so … dann stellt sich jeder vor –

Das fast unhörbare Geräusch einer reißenden Filmrolle.

2. Szene. Die Beleuchtung ändert sich, da die Tür aufgerissen wird. Im Türrahmen steht, dampfend vom Nachglühen eines heißen Spätsommerabends, Alexander Kerfuchs, ein Fremder mit den wilden Märtyreraugen eines Verliebten. Mehrere Sekunden stummer Austausch von Blicken. Walter hat sich gerade zu seinen Schuhen hinabgebeugt und bindet die Schuhbänder neu. Da ihm in dieser Position das Blut in den Ohren rauscht, bemerkt er Alexanders Auftritt nicht.

KERFUCHS: Oh, bitte vielmals um Entschuldigung, ich …

LEITERIN *die ihm, so peinlich ihr die Situation zu sein scheint, mit kaum zu unterdrückender Intensität in die Augen blickt und mit tiefen Atemzügen daraus zu trinken scheint*: Warte doch bitte unten, es dauert noch ein bisschen … *Ihre Brust hebt und senkt sich. Sie möchte ihn am liebsten in die Lippe beißen. Sieh sich einer diesen jungen Mann an.*

KERFUCHS *der ihren Blick bis zur letzten Sekunde, da sein Verhalten noch einigermaßen normal wirkt, auskostet*: Sicher, Entschuldigung. *Er schließt die Tür hinter sich. Walter taucht wieder auf. Das Pulsieren in seinen Ohren verebbt.*

LEITERIN *an alle*: Entschuldigung, das war nur … Ich habe nachher noch … *Sie winkt mit der Hand ab. Dieser Satz hat gar kein Ende. Sie hat begonnen zu schwitzen.*

3. Szene. Kerfuchs allein im Wartezimmer. Er hält einen Totenschädel in der Hand, der eigentlich ein musikalisches Spielzeug ist: Wenn man den Totenschädel aufzieht, beginnt er wild zu hoppeln und mit den Plastikzähnen zu klappern. Dieser Tanz vollzieht sich in einem Rhythmus, der an den Boléro von Ravel erinnert, das langweiligste Stück der Musikgeschichte.

KERFUCHS *à part:* Ach ja, das ist die Rücksicht, die die Liebe zu jungen Jahren kommen lässt … Ist jetzt schon das zweite Mal, dass ich mitten in die Sitzung reingeplatzt bin. Aber ihr Blick, wunderbar! Das ist es wert. Man kann sie während dieser göttlich verlängerten Sekunde *atmen* sehen. Sie atmet den Moment ein und aus. Das erste Mal hab ich sie mitten im Satz unterbrochen.

Er verändert im Folgenden immer dann, wenn er Valerie meint, ein wenig die Stimme, ein wenig so, wie man die Stimme verändert, wenn man mit einem Kind oder einem kaputten Videorekorder spricht.

Die Patientin, hat sie damals gesagt, kommt also zu mir, die Patientin kommt zu mir und sagt – und ihr Blick, ach – *Er bewegt den Totenkopf wie eine Taschenlampe* –, ihr Blick strich entschuldigend über mich hin, denn sie wollte mich nicht verscheuchen, aber sie wollte auch, dass ich mich in Luft auflöse, weil ich sie ablenkte. Die Patientin kommt zu mir und sagt, und sagt, dass sie schon seit Jahren an unerklärlichen Kopfschmerzen leidet, dass sie alles ausprobiert hat. Und sie spannte dabei den Abzug ihres Daumens auf: Erstens, und ich sah ihr ins Gesicht. Ich entschuldigte mich und schloss die Tür hinter mir, ich hatte ohnehin längst eine Erektion. Aber natürlich lauschte ich weiter von außen an der Tür. Vom Schädel-CT, fuhr sie fort, über ein Röntgen der Nackenmuskulatur bis hin zur Untersuchung ihrer Aura durch einen alternativen Kristallaufleger, alles ausprobiert, natürlich auch verschiedenste Migränemittel, alles nutzlos. Dann kommt natürlich der Verdacht auf eine psychosomatische Erkrankung auf und man versucht eine Therapie. Die Patientin macht die Therapie mit, sie macht überhaupt alles mit, was man ihr vorschlägt, sie fügt sich, hebt die Hände, wenn man sagt, *Heben Sie bitte mal die Hände über den Kopf*, sie hustet, wenn man ihr sagt, *Jetzt bitte husten*. Dabei denkt sie die ganze Zeit nur an ihre Kopfschmerzen, die immer da sind und keine Ursache haben und kein absehbares Ende. Und keine Therapie nützt etwas. Sie kommt eines Tages zu mir, weil sie alle Adressen in der Stadt abklappert, alphabetisch, wie sie sagt. Sie sitzt vor mir und zählt an beiden Händen auf, welche Formen von Therapie schon versucht worden sind. Ich bitte Sie, mir Ihre Kopfschmerzen zu beschreiben. Und sie sagt etwas Interessantes: Ja, die Kopfschmerzen, sagt sie, die reichen ungefähr von dieser Wand des Zimmers bis dahin, zu dem Schrank mit den Büchern. Wenn ich meine Hand auf meine Stirn lege, sagt sie, dann tut auch die Hand nach einer gewissen Zeit weh.

Er macht eine kurze Pause, schließt die Augen.

Mehr habe ich nicht verstanden. Auf der Tür blieb von meinem lauschenden Ohr ein kleiner Schweißfleck. Wie die Geschichte wohl zu Ende gegangen ist? Die Frau sitzt vor mir, und ich sage ihr: Es ist einzig und allein Ihre Lebensführung, die die Kopfschmerzen verursacht. Oder: Es ist Ihr Ehemann. Die Frau sitzt vor mir, und ich sage: Ihre Kopfschmerzen haben gar keine Ursache und das müssen Sie akzeptieren, es gibt nicht den geringsten Grund dafür, genauso wie es keinen Grund für Ihre Existenz gibt, genauso wie es keinen Grund für das alles hier gibt, für die Tatsache, dass es gerade Sie getroffen hat und nicht mich. Die Kopfschmerzen sind gekommen, einfach so, über Nacht. Sie bedeuten nichts, sie gehen auch nicht mehr weg. Es gibt sie im Grunde gar nicht, sie existieren einzig und allein in Ihrem Kopf – ha!

Er steckt den kleinen aufziehbaren Totenkopf zurück in seine Tasche. Der Kopf beginnt zu knattern, verstummt aber gleich wieder.

Ah, dieser herrliche überraschte Blick. Und eine angenehme Stimme hat sie, das muss man sagen, eine ganz wunderbare Stimme, nicht zu hoch. Ich liebe Frauen mit tiefer Stimme. Wenn sie sich räuspern, ergibt das ein Geräusch in allen Farben des Regenbogens. Aber gut, was soll's. Warte unten, hat sie gesagt. Warte unten.

Exit Kerfuchs. Leichtfüßig rennt er das Treppenhaus hinunter. Seine Hand trommelt ausgelassen auf das Geländer. Die glatte Schwingtür schwappt hinter ihm geschmeidig zusammen, spiegelt in ihrer Glasoberfläche die Lichter der Häuser auf der anderen Straßenseite und reißt sie, obwohl sie in Wirklichkeit unbewegliche Riesen sind, wild hin und her.

Eine Kaugummiblase wuchs aus ihrem Mund, wurde größer und heller zwischen den schmalen, mit schwarzem Konturstift nachgezogenen Therapeutinnenlippen, ein mystischer Ballon, rosa und glänzend wie der Kopf eines Babys, und als die Blase so groß war, dass sie ihr vor die Augen wuchs, begann Valerie mit der Hand zu wedeln: *Mmh! Mmh!*, was so viel bedeutete wie: *Seht her! Seht alle her!*, und ihre Zeigefinger deuteten auf das Wunder, das im selben Augenblick auch schon ein kleines Loch bekam und zusammensackte, sich noch einmal aufblähte, eine Herzkammer mit angeborenem Fehler – und endgültig zerfiel. Valerie saugte die schlaffe Blase zurück in ihren hübschen Mund.

Ich erkannte erst nach und nach, dass Valerie so etwas wie eine Koryphäe war, oder zumindest das, was ungebildete Menschen als eine echte Koryphäe bezeichnen. Für gebildete Menschen hätte sie als beliebte, aber nicht gerade begnadete Therapeutin gegolten.

Sie war auf jeden Fall ein wichtiger Mensch.

Viele ihrer Klienten verehrten sie. Sie fragten sie auch um Rat, wenn es nicht um ihre Beschwerden ging. Soll ich heiraten? Soll ich eine weite Reise unternehmen? Bin ich vielleicht schon auf einer Reise? Bin ich interessant? Bin ich *ich*?

Valerie verdiente ziemlich gut.

Und wie alle Menschen, die gut verdienen, witterte sie sofort, dass ich wenig Geld hatte, und lud mich ein. Ich bedankte mich und fühlte mich ihr so unterlegen, wie ich mich während der kurzen Zeit meines Studiums manchen

Studenten unterlegen gefühlt habe, die dazu imstande gewesen waren, einen zu korrigieren, wenn man einen philosophischen Begriff zu sehr im rein ontologischen Sinn gebrauchte, oder sich darüber entsetzt zeigen konnten, mit welcher Ironie man ein Wort geschlechtsneutral aussprach. Doch Valeries Überlegenheit hatte nichts Hysterisches und Surreales, sondern sie schien außerhalb ihrer selbst zu liegen, in einem allgemeinen Verhaltenskodex, der sie lediglich begleitete und, wenn man genau hinsah, von ihr abperlte wie etwas vollkommen Selbstverständliches.

Schon nach unserem ersten Essen ließ sie sich von mir in den Mantel helfen, aber sie verfehlte den zweiten Ärmel, drang schief ein, sodass sie sich verfing, die Arme wie Flügel auf dem Rücken; sie rang eine Weile in der Fesselung des Mantels, dann half ich ihr, der Arm fand seinen Weg und wir taumelten erleichtert auseinander. Sie lachte und richtete sich den Mantelkragen. Und sie winkte sogar noch über ihre Schulter, als sie auf ihrem Fahrrad davonwackelte, ihr Gesäß schwebend über dem Fahrradsattel, der wie ein Pfeil darauf gerichtet war.

Noch nach Stunden hörte ich ihre Stimme, ihre helle, atemreiche Stimme. Würde sie singen, würde sie klingen wie Björk. Überbehaucht, schon nach den ersten paar Wörtern außer Atem, dann schnell neu Luft holen – und alles gleich wieder verschleudern.

Das Ganze hatte etwas ungeheuer Leidenschaftliches, das sich leicht nachahmen ließ.

Ich führte in der Nacht fiktive Gespräche mit ihr, sprach einmal in meiner, dann in ihrer Stimme, und stellte mir vor, sie würde mir bestimmte Zusammenhänge in meinem Leben erklären, von denen ich bisher nichts geahnt hatte. Als ich nach und nach das Gefühl bekam, durch mein

Spiel (am dunklen Balkon, auf der Couch, vor einem auf lautlos geschalteten Fernseher) tatsächlich neue Erkenntnisse zu gewinnen, bekam ich Angst und hörte damit auf.

Ich begnügte mich mit erotischen Fantasien. Ich schlug Valerie vor, sich vor mir auszuziehen und dann nackt für mich zu tanzen. Sie lehnte zuerst angewidert ab. Ich drängte, erzählte ihr von einem Ohrgeräusch, das mich schon seit meiner Jugend quälte. Es habe zufällig genau die Tonhöhe ihrer Sprechstimme, allerdings transponiert in höhere Frequenzbereiche.

– Siehst du? So –

Ich machte den Ton nach. Sie hörte mir mit professionellem Unbehagen zu. Das Ohrgeräusch sei außerdem genau jenes Geräusch, das entstehe, wenn sie sich den Stoff ihrer Hose über die glatten Beine ziehe, dieses unnachahmliche *Siii*, ein seidig behauchter Ton wie von einer gestrichenen Harfensaite.

Sie lachte am anderen Ende der Leitung. Dann streckte sie ihre Hand aus und berührte mich am Kinn, trotz der Distanz, die uns trennte.

Ich entschuldigte mich für meine Ungeduld und wiederholte meine Bitte. Sie tat schließlich, was ich von ihr verlangte. Ich hörte das Geräusch eines eilig abgestreiften Seidenkleids. *Siii*. Ich schlug ihr vor, vor mir in die Knie zu gehen.

Sie tat es. Ich verlor, wie durch Geisterhand, alle meine Kleider.

Ihr Mund bewegte sich neugierig über meinen Bauch, setzte, ohne mich zu küssen, mit sanftem Druck Berührungen hintereinander wie ein wanderndes Stethoskop. Dann legte sie den Kopf in den Nacken, blickte zu mir auf und verriet mir ein Geheimnis:

– Ganz kühl, besonders um den Bauchnabel herum. Der Bauch einer Frau ist wärmer als der eines Mannes.

Noch während ich über dieses wunderbare Mysterium nachdachte, das irgendwie mit den hinterlistigen Gesetzmäßigkeiten des Lebens verwandt sein musste, nahm sie meinen Penis in den Mund.

– Ja, nimm ihn in den Mund. Lutsch daran … Oh!

Mein Handy fiel mir vor Aufregung aus der Hand und blieb auf dem schmalen Teppichstreifen vor der Couch liegen. Mir fiel ein, dass ich es ja gar nicht mehr brauchte, nicht hier, nicht in meiner Wohnung. Wozu die Maskerade? Ich war allein. Ich sprach jetzt frei, ohne Verkleidung.

– Oh ja, gib mir deine Zähne … beiß in die Spitze … ich will deine Schneidezähne spüren … ja … oh, genau so … ja …

Ich erregte mich selbst immer mehr. Vor mir auf dem Boden, im Halbdunkel des Zimmers, schwebte das unscharfe Bild von Valerie. Wie immer bei Frauen, die ich gerade erst kennen gelernt hatte und begehrenswert fand, hatte ich große Schwierigkeiten, mir ihr Gesicht vorzustellen. Ich musste mich mit einer unvollkommenen Erinnerung und einer ungefähren Andeutung begnügen.

Ich fickte sie wild in den Mund.

Die dazugehörenden Schmatzgeräusche machte ich selbst, indem ich an zwei Fingern meiner linken Hand lutschte.

Auf dem kleinen Kästchen neben der Couch entdeckte ich eine Teetasse, die dort seit heute Morgen stehen musste. Sie war mit stilisierten Kranichen verziert. Der Tee war inzwischen eiskalt.

– Willst du heißen Tee?, fragte ich.

Valerie – für einen sehr kurzen Augenblick sah ich sie

klar vor mir –, Valerie nickte mit meinem Schwanz im Mund, sodass dieser brav mitnickte.

Sie stand langsam auf, dabei behielt sie mich so lange im Mund, wie es ging. Dann machte sie mit ihrer Hand sanfte Pumpbewegungen, so wie sie nur Frauenhände machen können: ungeübt, auf unsichere und etwas naive Art sexy, in unregelmäßigen Rhythmen.

Sie nahm einen Schluck von dem heißen Tee, dann kniete sie sich wieder hin. Sie lächelte mich von unten an, mit vollem Mund, ein wenig selbstironisch, als wollte sie sagen: *Schau mich an, versucht da mit einem Mund voller Tee zu grinsen … Mmh …*

Ihre Finger schlossen sich um meinen Penis und zogen mich zu ihr. Ihre langen, lackierten Fingernägel. Sie hielt das Unterkiefer und ihre Lippen so, dass sie keinen Tee verschüttete, und ließ mich in ihren Mund eintauchen. Die Hitze, die mich empfing, war unglaublich. Ich bewegte mich kaum in ihr, schon spritzte ich meine Ladung in ihren Mund ab, wo sie sich mit dem Tee vermischte.

– Schluck's runter, sagte ich so liebevoll wie möglich und musste mich hinsetzen, da meine Beine zu zittern begannen.

Ich betrachtete die Sauerei, die ich angerichtet hatte. Das meiste davon auf dem Parkettboden. Nur da, ein kleiner Fleck auf dem Teppich. Egal.

Ich ging aus dem Zimmer, um Küchenpapier zu holen. Mein halbsteifer Penis wippte beim Gehen, wippte langsamer, ging über ins Baumeln, hing schließlich kraftlos zwischen meinen Beinen. Als ich ihn anfasste, quoll ein letzter milchiger Tropfen aus der Spitze, den ich zwischen meinen Fingern verrieb.

Am nächsten Tag war ich bei ihr eingeladen und wir unterhielten uns stundenlang.

– Das ist ungefähr so, als würde man versuchen, ein Uhrwerk mit einem Presslufthammer zu reparieren, sagte Valerie und kaute.

– Ehrlich? So schlimm.

Ich stocherte weiter in meinem Essen, auf der Suche nach anderen Gesprächsthemen. Ich drehte die glänzenden Kartoffeln um, und da war es schon, das nächste Thema. Nackt und unschuldig. Eine Nacht vor vielen Jahren. Ich stand vor meiner Zimmertür. Ansichtskarten hingen dort, aus Nachbarländern, schwarzweiß in der Dunkelheit, wie alle Dinge. Ich öffnete die Tür. Das Geräusch wurde lauter. Meine Mutter am Wohnzimmertisch.

– Ich kann nicht schlafen.

– Ah, du auch nicht?, sagte sie. Mmmh …

Durch das schmutzige Glas der Balkontür fiel Licht. Es konnte Mondschein sein, oder auch der Widerschein der Reklametafel auf dem Baukran, der seit einigen Wochen in unserer Siedlung stand.

– Mmmh … mmmh …

– Was?

– Ach, nichts. Ich singe nur so vor mich hin.

Sie wischte etwas Unsichtbares von der Tischplatte, hielt einen Finger an die Nase.

– So staubig, sagte sie. Überall.

– Ja, hab ich gemerkt.

– Was?

– Dass du gesungen hast. Ich bin davon wach geworden.

Sie wischte noch einmal über die Tischplatte.

– Ja, sicher, sagte sie, warum nicht. Warum eigentlich nicht?

Sie nickte.

– Du hast mich aufgeweckt mit deinem Gesumme, sagte ich etwas lauter.

– Oh, wirklich? Das tut mir leid. Ich hab nur so ein Klingeln im Ohr. Das wird in der Nacht immer lauter.

– Druckausgleich?

– Ja. Sicher. Wahrscheinlich. Es pfeift so, ganz fern … ganz, ganz leise. Man muss sich höllisch konzentrieren, damit man es hören kann. Tagsüber ist es einfach nicht da.

Ich setzte mich zu ihr, streckte einen Fuß aus und tauchte ihn in den schmalen Lichtstreifen, der vor uns auf dem Teppich lag. Das Licht war gelblich und warm, also vermutlich nicht der Mond.

– Mmmh … mmh …

– Wie lange hast du das schon?, fragte ich.

Sie sah auf.

– Was?

– Wie lange ist das schon so?

– Ach, jetzt mach dir doch nicht gleich Sorgen. Geh ruhig wieder ins Bett. Ich bin schon still. Ich wollte nur, ich hab nur versucht –

– Die Tonhöhe zu finden, sagte ich.

– Ja, sagte Valerie. Das versuchen sie alle.

Sie schien begeistert, dass ich dieses Thema angeschnitten hatte. Glücklich bearbeitete sie das Gemüse, das auf ihrem Teller lag. Eine kleine Karotte versuchte zu entkommen, wurde aber mit einem gezielten Stich in den Rücken zur Strecke gebracht.

– Das Ohrgeräusch ist allerdings gleich wieder verschwunden, sagte ich. War wahrscheinlich nur ein vorübergehendes Symptom. Oder sie hat es einfach nicht mehr erwähnt und es hinuntergeschluckt, durch beide Ohren in ihren Hals, hinunter in ihren Brustkorb, wo es sich verdichtet hat zu einem kleinen, bösen Ball.

Wir lachten. Valerie hatte hinreißende Falten um den Mund.

Sie holte Luft, wie um etwas zu sagen. Immer noch kauend bereitete sie eine Frage vor, kündigte die Frage durch die üblichen Laute an, die glänzende Gabel hob sich währenddessen in ihrer Hand und wies auf einen wichtigen, noch ungenannten Aspekt der ganzen Sache hin –

Da explodierte plötzlich das Gebäude ringsum, die Decke wurde aus ihrer Verankerung gerissen und in den Weltraum fortgeweht, der Himmel gefährlich rot, Wind trat ein, überall Wind, scharf und übel riechend. Ich packte Valerie am Arm und rannte mit ihr aus den Trümmern – in die Trümmer. Die ganze Stadt zerstört! Ein Meteor? Ein Atomangriff? Eine göttliche Intervention in das schiefgegangene Menschheitsexperiment, das nichts bewiesen hatte? Ich zerrte Valerie hinter mir her durch herabfallende Ziegelsteine und brennenden Schutt. Sie jammerte, sie hatte Staub und Asche im Gesicht. Ich zog sie in die ausgebrannte Höhle eines Schaufensters. Plastikköpfe, brennende Fetzen und Tausende, Millionen Kleiderhaken lagen auf dem Boden verstreut. Wir rollten uns in einen Winkel, der mir einigermaßen sicher schien. *Ich hab Angst*, flüsterte Valerie. Ich legte einen Arm um sie. *Hier müssen wir wohl einige Tage aushalten*, sagte ich, um einen beruhigenden, väterlichen Tonfall bemüht. Ich bemerkte, dass Valeries Streifenpullover durch die Explosion zerrissen worden war –

– Wie bist du eigentlich zu deiner Arbeit gekommen, ich meine …

Ihre Gabel blieb kurz noch, wo sie war, dann kehrte sie zu ihrem Essen zurück.

Ich räusperte mich, sammelte Speichel.

– Na ja, sagte ich … also ich hab mir vor allem vorgestellt …

Was hätte ich sagen sollen? Nun ja, warum ausgerechnet das Altersheim? Weil es das ist, was uns alle erwartet, vorausgesetzt, wir leben lange genug. Eine Art Grundwehrdienst in der Hölle. In der Hölle der Narrenfreiheit, wo man alles sagen darf, aber nichts ernst genommen wird, in der Hölle der Hilflosigkeit und der obszönen Verwandlungen des eigenen Körpers. Manchmal werden auch die Pfleger von dieser Hölle erfasst und schalten in einen grausamen Überlebens-Modus, werden zu Raubtieren, die abstrakte Hindernisse aus Fleisch und Blut überwinden müssen. Ich hätte von den zwei brutalen Pflegern erzählen können, die mit mir, dem Neuen, zu einem apathischen, gelähmten Mann gegangen sind: *Schau, den kannst du ohrfeigen … Probier mal, das befreit,* total … *Du kannst ihn auch kitzeln. Kein Schwein weiß, ob er wirklich kitzlig ist. Habt ihr eigentlich gewusst, dass man daran sterben kann? Ja, irgendwann bleibt dir einfach die Luft weg und du krepierst …*

Junge Pfleger drehen im Nachtdienst regelmäßig durch und bestrafen die Alten, die sich von oben bis unten vollgeschissen haben. Sie ziehen zwei Lagen Krankenhaushandschuhe an und greifen in die Scheiße, um sie auf dem alten, entsetzten, nur manchmal um Hilfe schreienden Gesicht zu verschmieren. Max hat das einmal gemacht und ist nicht einmal rausgeflogen. Jeder weiß, dass er verrückt ist. Oft kommt er am Morgen mit einem Haufen kleiner Heftpflaster am Unterarm zur Arbeit. Er sagt dann, er habe sich wieder mit Öl verbrannt, aber jeder weiß, dass er sich selbst in den Unterarm schneidet, wenn er mit seinen Dämonen allein ist.

Ich hatte den Faden verloren, starrte dumm auf meine Gabelspitze und die drei Babykarotten, die darauf aufgespießt waren.

– Was hast du dir vorgestellt?

– Hm? Entschuldigung, ich hab kurz nicht aufgepasst.

– Was hast du dir vorgestellt?, wiederholte sie sanfter.

Was?

– Ich, ich weiß nicht, ich hab den Faden verloren.

Gott sei Dank lachte sie darüber. Sie machte kein besorgtes Gesicht, sie fragte mich nicht danach. Sie wurde auch nicht wütend über den Mangel an Aufmerksamkeit, den ich ihr bei unserem ersten gemeinsamen Mittagessen entgegenbrachte. Sie sprang nicht augenblicklich von ihrem Sessel auf, riss ihre Handtasche an sich und verließ den Raum mit schnellen Stöckelschuhschritten, deren Takt ich nicht würde vergessen können.

– Ah, ich weiß schon wieder, sagte ich, sicher, meine Arbeit. Ja. Ich hab mir einfach vorgestellt … wie sich das anfühlen wird, alt zu sein, irgendwann einmal. Ich meine, noch bin ich jung und kann mich bewegen und alles …

– Ja, das ist sicher wichtig.

– Findest du?

Sie lächelte. Ich lächelte zurück. Es war so einfach wie Pingpong. Als nächstes würden wir uns gegenseitig beschnüffeln und auf telepathische Weise zu der gemeinsamen Überzeugung kommen, dass es das Beste wäre, wenn wir –

– Man sollte sich zumindest einmal mit diesem Problem auseinandergesetzt haben, sagte sie.

Sie nahm einen Bissen von ihrer Gabel und kaute. Wir kauten, sahen woanders hin.

– Mein Vater war für kurze Zeit in einem Altersheim. Dann haben wir eine Privatpflegerin gefunden.

– Ah, gut.

Kauen, kauen. Unsere Blicke streunten über den Tisch.

– Ich hab jetzt nur mehr wenig Kontakt zu meinen Eltern, sagte sie. Aber ich kümmer mich um den Hund meines Vaters.

– Ah, das ist das Geräusch, das ich gehört habe?

– Wahrscheinlich. Es ist eine *Sie*. Sie heißt Uljana.

– Ach so. Und sie mag keine Fremden. Ist sie deshalb –

– Ich hab sie nicht eingesperrt, Gott behüte, sagte Valerie und legte sich eine Hand auf die Brust. Aber es stimmt, sie verkriecht sich, wenn sie fremde Stimmen hört. Sie ist scheu und schreckhaft. Sie ist mir schon drei- oder viermal weggerannt, einfach so.

– Hunde laufen einfach so davon?

– Wenn sie Angst haben. Dem Vorbesitzer soll sie kurz vor seinem Tod weggelaufen sein, die haben deswegen einen Riesenwirbel gemacht, von wegen Prophetenhund und so. Also ist sie zu uns gekommen, zu meinem Vater, etwa ein Jahr. So richtig eingefunden hat sie sich allerdings nicht. Sie läuft eben manchmal weg und kommt dann irgendwann wieder, völlig zerzaust.

– Komisches Tier.

– *Armes* Tier, korrigierte Valerie. Beim Spazierengehen muss man aufpassen wie ein Schießhund. Vielleicht sucht sie ja meinen Vater, kann sein. Aber wie gesagt, ich hab nicht mehr wirklich viel Kontakt. Außerdem ist er ja kaum ansprechbar. Und er hat eine Pflegerin, die kommt aus China oder Vietnam oder was weiß ich. Ich bin mir sicher, dass sie sich noch mal um ihren Verstand plaudert. Blablabla, den ganzen Tag, quaquaquaqua. Kein Wunder, dass er nicht mehr richtig aufwacht. Bei dem Geplapper den ganzen Tag. Früher hat er für einen Architekten gearbeitet, einen ziemlichen Halsabschneider, der reihenweise Reihenhäuser – ha, wie das klingt, wie in einem Gedicht –

– Reihenhäuser, wiederholte ich sinnloserweise.

– Der einen Haufen Häuser verpatzt hat, zumindest die Statiker, die für ihn gearbeitet haben. Aber die letzten Korrekturen hat irgendwie immer mein Vater gemacht, ich kann mich nicht genau erinnern. Jedenfalls sind viele Häuser einfach nach einer Anzahl von Jahren kaputt gewesen, die Fundamente … was weiß ich. Dem war einfach alles egal, auch als mein Vater den Unfall gehabt hat. Ein korruptes Schwein.

Sie stützte ihren hübschen Kopf auf ihre beiden Hände. Ihre Stirnfransen wuchsen zwischen ihren Fingern durch.

– Ja, solche Schweine, sagte ich.

– Die Hausbesitzer sind nach der Reihe mit Beschwerden und Klagen gekommen. Und rate, worauf er sich dann spezialisiert hat. Auf Kunst. Künstlerische Architektur, wo niemand drin wohnen muss.

– Ah, typisch, sagte ich.

– Typisch Mann, sagte Valerie. Alles immer unter den Tisch kehren. Wie mein erster Mann.

– Du warst verheiratet?

– Ja. Die Bissspur des Rings sieht man immer noch.

Sie hielt mir ihren Ringfinger hin. Die Geste war so sexy, dass ich einen Ständer bekam.

– Willst du darüber reden?, fragte ich im Tonfall eines besorgten Therapeuten.

Wir lachten. Valerie hielt sich dabei ihr Schlüsselbein.

– Na ja, er war mir untreu, meist direkt vor meiner Nase. Und dann hat er alles auf einmal erzählt, in einer langen, überflüssigen Beichte, und hat gedacht, er macht so alles wieder gut.

– Typisch.

– Ich habe, sagte sie und maß mit der Hand einen Teil der Länge des Tisches ab, ich habe gewissermaßen ein General-Update meiner gesamten Vergangenheit bekommen.

Ihre Hand wanderte weiter, maß Vergangenheit ab, bis ans Ende der Tischplatte und darüber hinaus.

– Es ist immer dasselbe. Wenn eine Ehe den Eisberg rammt, dann geht sie ziemlich schnell unter, sagte sie. Und man merkt erst hinterher, dass die Vergangenheit aus einer ununterbrochenen Kette von Fehlentscheidungen besteht.

– Und wann hast du's gemerkt?

– Was gemerkt?

– Na ja, dass er … nicht der Richtige war?

– Natürlich bei der Hochzeit. Nur ist man da in der Regel zu feig, um es zu bemerken oder zu sagen.

– Am Tag der Hochzeit?

– Genauer gesagt beim Anstoßen mit den Sektgläsern, ja. An sich etwas Harmloses. Aber wir Dummköpfe haben dabei unsere Hände so ungeschickt gehalten, dass nur die frisch angesteckten Ringe zusammenstießen. Mit diesem trockenen, kalten *Kl'k.* Das kann einem wirklich den ganzen Appetit verderben.

– Die Eheringe?

– Ja. Allerdings habe ich den Verdacht, dass ich mir das jetzt alles nur einbilde. Im Nachhinein erscheint einem immer alles bedeutungsvoller. Ich war betrunken an dem Tag.

– Und nach der Scheidung hast du deinen alten Namen wieder angenommen?

– Ich hab ihn nie aufgegeben. Ist doch ein schöner Name, oder?

– Ja, so geschwungen. Wie ein Schmetterlingsflügel.

– Nach der Scheidung ging's mir allerdings schon ziemlich dreckig. Ich hab Geister fotografiert, irgendwelche Flecken an der Wand, ich weiß auch nicht, was ich mir dabei gedacht hab. Geister unterscheiden sich ja von normalen Menschen nur dadurch, dass sie nie in peinliche Situationen kommen können.

Wir waren auf die Couch übersiedelt und trieben die Gesprächsthemen vor uns her.

– Warte, ich weiß auch einen, sagte ich. Vor kurzem hab ich was ganz Verrücktes geträumt. Ich hab geträumt, dass ich mit meiner Mutter ein Spiel spiele. Und bei dem Spiel geht es darum, wer besser ein graues Pferd nachmachen kann, so ein altes Pferd mit hängendem Kopf und einem Maul, das ständig an irgendetwas kaut.

– Ich hab Pferde immer gern gehabt, sagte Valerie und strich sich eine Strähne aus der Stirn.

– Ja, aber was das Seltsamste war … ich hatte im Traum das Gefühl, dass meine Mutter dieses Spiel ein wenig zu freudig mitmacht, dass ihr diese Verrenkungen irgendwie nicht … irgendwie nicht zustehen …

– Hm, machte Valerie. Als Kind bin ich einmal geritten. Aber dann bin ich irgendwann vom Pferd gefallen und habe mich am Rücken verletzt. Nichts Schlimmes. Aber ich bin nie wieder geritten.

– Aber Pferde machen dir nichts aus.

– Wie? Ob ich Angst habe, meinst du?

– Ja.

– Nein, ich finde sie schön. Mit ihren langen Gesichtern. Und stimmt, die kauen wirklich ständig an irgendwas, an den Zügeln, unter ihrer Zunge. Stell dir das einmal vor. Den ganzen Tag mit so etwas unter der Zunge, von dem das andere Ende in der Hand eines halbverrückten Jockey liegt.

– Kein Wunder, dass sie immer so traurig aussehen.

– Stimmt. Aber sie machen mich nie wirklich traurig. Ich meine, ich hab Mitleid und alles, das schon, aber sie sind trotzdem immer wie Kunstwerke, wie Statuen. Vor Statuen muss ich ja auch nicht weinen. Nur einmal hab ich eine Skulptur gesehen, die hätte mich fast dazu gebracht. Aber nur fast.

– Welche?

– Die *Nase* von Giacometti. Ein Würfel mit einem schwebenden Menschenkopf drin. Und nur die monströse Nase ragt aus dem Würfel heraus, weil sie viel zu lang ist.

– Witzig, sagte ich.

– Ja, sagte Valerie ernst. Aber die Nase selbst ist überhaupt nicht witzig. Du fragst dich vielmehr: Womit hat der das verdient? Weißt du? Ich meine, dass seine Nase so lang ist, während alle anderen … So ein Gefühl von Ungerechtigkeit.

– Kenn ich, sagte ich.

Mit Valerie zu reden war wie das *Katzenwiege*-Spiel, das die Mädchen in meiner Schule spielten wie in jeder anderen Schule der westlichen Welt. Man wickelt einen Bindfaden kunstvoll um die Finger, sodass ein bestimmtes Muster entsteht. Dann kommt jemand, lächelt viel sagend und übernimmt mit seinen Fingern das Muster, aus dem durch eine bestimmte Drehung ein neues wird. Die Mädchen konnten dieses Spiel stundenlang spielen. Sie sprachen dabei kein Wort, aber sie reagierten auf die entstehenden Muster wie auf geistreiche Bemerkungen der anderen, einmal war das Muster witzig, dann scheinbar schlau, dann ironisch. Ich wusste, dass ich nie hinter die Geheimsprache des weißen Bindfadens kommen würde. Die Burschen unserer Klasse, das wusste ich, würden sich damit höchstens gegenseitig fesseln oder strangulieren.

Jedes Wort von Valerie war ein anderes Muster, das Gespräch blieb dasselbe, aber sonst veränderte sich immer alles. Sie sprach über ihre Vergangenheit und amüsierte sich über den Umstand, dass sie fast doppelt so alt war wie ich.

– Ist doch schön, sagte sie. Das ist dann für dich fast so wie zwei Frauen auf einmal!

– Wow, sagte ich.

– Aber es stimmt, sagte sie ein wenig nachdenklicher, vor zwanzig Jahren war ich tatsächlich jemand anders.

Sie schüttelte angewidert den Kopf und fasste sich an die Schultern, als wäre ihr kalt geworden.

Auf einem Schrank voller Bücher entdeckte ich ein paar eigenartige Puppenfiguren, die in einer Ecke so etwas wie eine kleine Krippe bildeten.

– Was sind denn das für –

– Ah, das … Jizo.

– Was?

– Jizo.

– Und was –

– Buddhistische Figuren.

– Nein, ich meine, was bedeuten sie?

– Ach, die sollen Glück bringen.

Der Schrank war voll mit einschlägiger Literatur. Gleich zwei Ausgaben des *Tibetanischen Totenbuchs*.

– Du hast ja ziemlich viel davon, sagte ich (ich meinte die Anzahl der Puppen und die Bücher).

– Oh, das entscheidet wohl jeder selbst, sagte Valerie.

Dann nahm sie eine der seltsam gesichtslosen Jizo-Figuren in die Hand und deutete damit auf mich.

– Hast du nicht auch manchmal so ein komisches Gefühl … ich meine, das hat doch jeder … so ein Gefühl … ach, ich weiß nicht, wie ich das sagen soll.

– Nein, kenne ich nicht, sagte ich.

– Du glaubst nicht an Geister?

Das also hatte sie gemeint.

– Nur weil ich etwas nicht sehe, heißt das noch nicht, dass es existiert.

– Ein vernünftiger Standpunkt.

Sie stellte die Puppe zurück.

– Allerdings könnte es sein, dass in unserem Haus gerade ein Poltergeist umgeht, sagte ich lachend.

– Tatsächlich? Drehen sich deine Bilder im Kreis? Oder fliegen Gegenstände herum?

– Nein, manchmal … ach, das ist albern. Irgendjemand macht nachts Geräusche im Treppenhaus. Kein Geist. Irgendjemand aus dem Haus. Und die Post wird andauernd gestohlen. Aber wahrscheinlich ist es nur der Hausbesitzer selber. Ha, der wäre ein Patient für dich. Der läuft immer im Pyjama durchs Stiegenhaus und sogar auf die Straße hinaus.

– Es ist alles eine Frage des Glaubens, sagte Valerie etwas zerstreut, dann hellte sich ihr Blick auf und wurde verschmitzt. Weißt du, was ich getan habe, als mir jemand einmal eine Bibel geschenkt hat? Ich … ich hab einfach eine Widmung hineingeschrieben. Mit der linken Hand, obwohl ich Rechtshänderin bin. *Liebe Valerie, viel Glück für die Zukunft, Gott.* Verrückt, oder?

– Ja, lachte ich, verrückt. Übrigens, apropos Geschenk, ich hab da was für dich.

Ich holte das Geschenk aus meinem Mantel, der im

Vorzimmer hing. Ich rollte es vor Valerie auf. Als sie sah, was das Bild zeigte, verzog sich ihr Gesicht zu dem eines überraschten Mädchens.

– Witzig, sagte sie. Hast du das –

– Nein, das ist von einem alten Film. Mein Lieblingsfilm. *Méliès*.

– Wirklich schön. Dieses Mondgesicht strahlt ein besonderes Licht aus. Ich glaub, ich hab einen passenden Platz dafür.

Ein paar Minuten später hatte sich mein Geschenk auf dem Tisch wieder zusammengerollt. Valerie streckte und rekelte sich unter mir, wickelte ihre Beine um mich, als ich mich mit meiner feucht glänzenden Erektion auf sie legte. Ein dünner, beinahe unsichtbarer roter Ring unterhalb der Eichel war von der Operation noch zu sehen. Ich drang genau bis zu dieser Markierung in sie ein, und sie gab ein Geräusch von sich, das halb Gurren, halb Fauchen war.

Ich verlor den Verstand. Er wurde mir vom Kopf geweht wie ein Hut von einem starken Windstoß.

Mein Penis hatte es eilig, er tauchte in sie ein, um zu sehen, wie weit er gehen konnte – manchmal berührte er dabei etwas Kleines, Rundes, tief in ihr, in ihrem *Gebärmutterhals*, wie ich mir vorstellte – und kam wieder hervor, mit hellrotem, nassem Kopf.

Valerie reckte mir ihr breites Becken entgegen, dadurch erhöhte sich der Druck auf mich. Ihr Bauchnabel war wie Schmuck, eine würdevoll zerknitterte Rosine. Ich bewegte mich etwas langsamer und vorsichtiger, aber nach einer gewissen Zeit veränderte sich das Gefühl, der Widerstand schmolz, alles wurde gleitender und nasser, mein Schwanz bewegte sich leicht und glatt vor und zurück. Valerie hatte sich nun vollständig entspannt, und ich merkte, dass sie erregt war. Ihre Hände begannen unruhig auf mir zu wandern, berührten mich an verschiedenen Stellen, wussten nicht wohin, kehrten wieder zu ihr zurück und gingen erneut auf Erkundungsreise.

Während ich sie fickte, sah sie mir direkt in die Augen. Selbst wenn ich wegsah oder kurz die Augen schloss, um an etwas Verrücktes, Verbotenes zu denken, spürte ich ihren Blick.

Während ich meinem Höhepunkt näher und näher kam, veränderte sich das Gefühl in ihrer Möse ein weiteres Mal, es wurde ein wenig rauer, beinahe sandig. Man hörte jetzt auch meine Bewegungen in ihr, kein vakuumartiges Schmatzen mehr, sondern ein aufregendes, lässiges, schmutziges Reiben.

Ich kam in ihr, zitternd und heftig, und es wurde heiß, als hätte ich Funken in sie abgefeuert. Ich zog mich aus ihr zurück und betrachtete sie: Sie war herrlich weit geöffnet, ein feuchter Tunneleingang, der mich an den Milchkrug in dem Gemälde von Vermeer denken ließ. Sie setzte sich ein wenig auf, und es rann aus ihr heraus, weiß und zäh. Sie stöhnte kurz auf – Presste sie? War sie erschöpft? War es angenehm? –, und es lief auf die Tischplatte, in drei kleinen Wellen. Dann bildeten sich kleine Blasen aus Sperma an ihren Schamlippen und machten ein hell blubberndes Geräusch, wie das Knistern von Badeschaum.

Ich kniete mich vor sie auf den Boden und umschloss ihr ganzes Geschlecht mit meinem Mund. Ich saugte an ihr und spürte, wie ihre Schamlippen an meine Zähne drangen. Valerie kam schnell und krampfartig, eine Mischung aus Schluchzen und Niesen.

Als sie sich hinterher nackt an mich drückte, murmelte sie:

– Danke noch mal für das Plakat.

Sie stand auf und suchte irgendetwas in einer Schublade. Als sie es gefunden hatte, machte sie *Ha!* und versteckte es hinter ihrem Rücken, während sie auf mich zuging.

– Was hast du da? Ein Geschenk?

– So ähnlich, sagte sie.

Ihre Hand tauchte auf. Eine Zigarette, nur dicker als gewöhnlich. Wie eine in Papier gerollte Hornisse.

– Magst du?

– Du musst den Rauch versuchen dri –

Aber mehr brachte Valerie nicht heraus, ein starker Husten überkam sie. Sie krümmte sich auf dem Bett, als müsste sie sich übergeben, dann hielt sie mir den Joint hin. Ich probierte, schaffte es, den Rauch in der Lunge zu halten, dann würgte es auch mich.

– Ich weiß nicht, sagte ich. Ich spüre nichts.

– Funktioniert auch nicht bei allen, sagte Valerie und nahm wieder einen Zug. Nur so und so viel Prozent der Bevölkerung können wirklich high werden … eine Dunkelziffer … ist wahrscheinlich alles eine Frage der Bewölkerung …

– Was?

Sie gab mir den Joint und ich nahm einen weiteren Zug. Das Zeug brannte fürchterlich im Hals.

– Bewölkerung, sagte Valerie. So wie Bewölkung. Hast du kapiert?

– Bevölerung, Bewölkung, sagte ich. Ist mir noch nie aufgefallen. Wow.

Valerie drehte sich zufrieden auf den Bauch.

– Mmh, machte sie und streckte sich aus.

Ihre Gelenke knackten leise. Benebelt von den zwei Atemzügen aus dem Joint hypnotisierte ich mich selbst, indem ich zwei Finger über ihren Rücken spazieren ließ. Ein kleiner Kobold, der nur aus einem Unterleib bestand. Ich starrte fasziniert auf meine eigene, unerwartet bedeutungsschwangere Hand, die lässig über diese hellweiße Frauenlandschaft schlenderte, der Daumen und die anderen Finger auf dem Rücken verschränkt. Ich konnte jede Pore auf Valeries Haut erkennen. Mein Gott, das waren ja richtige kleine Höhlen! Hohlräume, aus denen Schweißtropfen wie gläserne Ameisen schlüpften, die ihre durchsichtigen Köpfe ins Freie steckten.

– Du kitzelst mich, sagte Valerie.

– Ja, sagte ich begeistert.

Sie stand auf, nackt und überwältigend schön. Ihre Brüste bewegten sich gegen die Schwerkraft nach oben, als sie ihre Arme über den Kopf streckte, sodass man ihre Achseln sehen konnte, die mit schwarzen Haarpunkten gepfeffert waren. Ich hatte plötzlich Lust, meine Zunge in diese Achselhöhlen zu drücken, sie in den Hals zu beißen. Ich stand auf und ging zu ihr. Als ich hinter ihr stand und den Geruch ihres Nackens einatmete, bekam ich sofort wieder eine halbe Erektion. Mein Penis pendelte hilflos gegen Valeries Schenkel und brachte sie zum Lachen, weil er so verloren und dumm aussah.

Ich biss etwas zu fest in ihren Nacken. Sie zog den Kopf ein und schüttelte mich ab. Obwohl ich kein Balancegefühl fand (mein Schwerpunkt befand sich irgendwo außerhalb meines Körpers, ein Bleigewicht, das von meiner Stirn pendelte), drängte ich sie irgendwie wieder ins Bett zurück. Sie ließ es sich gefallen. Aber die halbherzigen Bewegungen meines halbsteifen Glieds führten zu nichts und sie begann mit ihm zu spielen, ließ ihn hüpfen, was mir eine merkwürdige Spannung durch den Unterleib jagte, und kicherte über meine zu kurze Vorhaut.

– Tut das weh?, fragte sie und hielt meinen Schwanz wie einen Pez-Spender, ihr Daumen auf der rot glühenden Spitze.

– Warum fragen mich das immer alle?

– Aus dem Pullover bist du rausgewachsen, sagte sie zu ihm, er nickte bestätigend in ihrer Hand.

Sie quietschte vor Vergnügen und rollte sich wieder auf den Bauch. In ihrer Albernheit hatte sie ihre Position falsch eingeschätzt und sie stieß mich vom Bett. Plötzlich lag mein Kopf auf dem Boden, in der Nähe eines Heizkörpers, der so hoch war wie ein Wolkenkratzer. Ich blieb glucksend auf dem Rücken liegen, ein Bein immer noch auf der Matratze.

Ich hatte eine mystische Vision von einem Riss, der quer durchs Zimmer ging, nein, quer durch die Raumzeit. Ich streckte die Hand danach aus. Die große Verwerfung war unsichtbar, aber ich wusste ganz genau, wo sie war, denn sie war weich und irgendwie wabernd, wenn man sie berührte, und sie eierte lustig hin und her, wie eine gespannte Wäscheleine. Sie versetzte das ganze Zimmer in Schwingungen. Die verborgene Herzsaite der Dinge.

– Das ist Wahnsinn, sagte ich.

– Hm?

Valeries Gesicht ging über dem Horizont des Bettes auf, erkannte mich und lachte. Sie hörte gar nicht mehr auf. Ich hätte wohl auch gelacht, wenn nicht ihr Kopf genau in den Riss geraten wäre und nun aus zwei Hälften bestand, die etwas versetzt zusammengesteckt waren. Ich versuchte sie mit meinem Fuß aus der Verzerrung zu schieben, aber sie nahm meine Zehen und begann sie zu zählen.

– Eins, zwei, drei, vier, fünf, sechs. Sechs Zehen!

Sie kicherte.

– Unmöglich, raunte ich.

Sie musste sich verzählt haben!

– Sechs Zehen, wiederholte sie. An jedem Fuß.

– Hast du, ich meine, hast du die Ferse, sagte ich verwirrt, vielleicht mitgezählt, ich meine …

– Nein, eindeutig sechs Zehen.

– Gibt's nicht, sagte ich und drückte meine Augen zur Sicherheit zurück in ihre Höhlen. Du musst die Ferse mitgezählt haben.

– Hab ich nicht.

– Dann ist das Hexerei, sagte ich und musste lachen.

Ich spuckte mich aus Versehen an. Du liebe Zeit, ich war nackt. Wie lange war ich schon nackt?

– Wie spät ist es?, fragte ich.

Valerie nahm meinen Fuß, tastete darauf herum.

– Sechs, sagte sie.

Wir kugelten uns vor Lachen.

– Fünf! Es ist höchstens fünf!, protestierte ich, nach Luft japsend, während mein Zwerchfell zu schmerzen begann.

Ich versuchte einen langen, ruhigen Atemzug, aber es war unmöglich, der Lachkrampf schnürte mich in ein enges Korsett. Alles war entsetzlich komisch, Valeries verklebte Haarsträhnen auf ihrer Stirn, ihre Schultern, mein Fuß, das Bett, der Riss – er war das Allerkomischste. Eine unwissende Fliege flog einfach mitten hindurch und wurde in der Mitte gespalten. Die beiden Fliegenhälften flogen getrennte Wege.

– He, bevor ich's vergesse … du kommst doch zu meinem Vortrag?, sagte Valerie.

– Welcher Vortrag?, fragte ich, immer noch außer Atem. Ein komisches Wort. *Vortrag. Fort tragen. Vortag.*

– Morgen.

– Sicher, sicher. Ich folge dir überallhin. Ich bin dein Kometenschweif.

Ihr Gesicht erschien wieder über dem Bettrand.

– Das hast du schön gesagt, sag das noch mal!

– Entschuldigen Sie, ich glaube, ich habe den Faden verloren. Wissen Sie noch, was ich gerade gesagt habe?

– Ja, sagte Walter. Sie wollten sich gerade bei mir beschweren.

– Ah, ja, sagte Valerie. Natürlich. Was zum Teufel sollte das gestern Abend?

– Wieso, was meinen Sie?

– Walter, ich habe Sie gebeten, mir zu helfen, weil Sie Erfahrung als Schauspieler haben. Das haben Psychologen in den allermeisten Fällen natürlich nicht. Deshalb habe ich auch absichtlich keinen Kollegen gefragt, die verpatzen immer alles … Pfeife rauchende Idioten … Aber, ich meine, Sie brauchen hier wirklich keine Show abzuziehen.

– Hab ich doch gar nicht! Haben die anderen nicht gut auf mich reagiert?

Valerie rieb sich die Augen, kratzte sich am Hals.

– Ja, sicher, sagte sie. Sicher haben sie das. Aber es hätte auch anders kommen können.

– Sie sind doch für unkonventionelle Methoden bekannt, sagte Walter.

Das war völlig frei erfunden, er hatte noch nie in seinem Leben jemanden über Valeries Methoden sprechen gehört. Sie wurde rot, eine nackte Felswand, auf der die Morgenröte emporklettert, und ging mit ihm noch einmal Schritt für Schritt alle Punkte durch. Trotzdem hatte Walter den Eindruck, dass sie heute nicht ganz bei der Sache war. Sie trug einen Rollkragenpullover, obwohl es dafür viel zu warm war, und kratzte sich ständig den Hals. Als Valerie ihm Zeit ließ, ein paar wichtige Sätze durchzulesen und vielleicht sogar schon zu memorieren, bemerkte er, dass sie mit einem geistesabwesenden Lächeln zum Fenster hinausstarrte und ein Bein auf dem anderen schaukeln ließ. Walter kannte diesen Blick und verstand nun auch den Pullover, den unaufgeräumten Schreibtisch, auf dem leere Schokoriegel-Verpackungen lagen, verstand die Augenringe und den erdig-verschwitzten Sommergeruch, den seine neue Vorgesetzte an diesem Morgen verströmte.

Verliebt. Mit ihren Gedanken woanders. Und wahrscheinlich Bissspuren im Genick.

Als Walter den Text durchgelesen hatte, erklärte sie ihm noch ein paar sehr wichtige Aspekte des Charakters, den er verkörpern sollte. Mit weit ausholenden Gesten sprach Valerie von einem angenehmen Schwindelgefühl, das erzeugt werden sollte. Ein Schwindelgefühl, das den Körper (sie lehnte sich in ihrem Sessel zurück, räusperte sich und wiederholte dieses Wort), *den Körper* wieder in seine Balance brachte. Es sei dasselbe Schwindelgefühl, das einen befällt, wenn man erkennt, jeder Mensch ist nur eine gespannte Saite über einem Abgrund.

Walter hatte große Schwierigkeiten, ihr zu folgen. Ihm erschien diese Erklärung paradox und er fragte nach. Während er seine Zweifel formulierte, schaute Valerie zur Decke, wo es tausend interessante Dinge zu sehen gab, und antwortete schließlich, dass es doch gut sei, wenn er eigene Aspekte einbringe. Zum zwanzigsten Mal rückte sie ihre Füllfeder zurecht.

Walter gab auf. Er beschloss, die Zeilen auswendig zu lernen. Schwindelgefühle, die Balance erzeugten. Er hatte nicht die geringste Ahnung, wovon sie sprach. Trotzdem bedankte er sich bei Valerie und erhob sich, um zu gehen.

– Das ist so, murmelte Valerie, die ein wenig aus ihrem Morgentaumel erwacht schien.

Walter wartete gespannt, aber sie hatte vergessen, was sie sagen wollte. Sie ließ die Füllfeder durch ihre Finger gleiten, malte sich aus Versehen den Handrücken an und bemerkte es nicht, dann stand auch sie auf und gab Walter die Hand.

– Oh, was ich noch vergessen habe –

– Ja?, fragte Walter hoffnungsvoll.

– Heute Nachmittag ist eine Singgruppe, das ist ... ach, das würde wahrscheinlich zu weit führen, wenn ich Ihnen das erklären wollte ... ein Überbleibsel von früheren Gesprächsgruppen. Bei der Leechkirche, um vierzehn Uhr. Wissen Sie, wie Sie da hinkommen?

– Ja.

– Warten Sie, ich erklär's Ihnen. Setzen Sie sich, ich bin gleich wieder da.

In welche Komödie war er hier geraten? Es war ganz still im Zimmer. Nur der Papagei machte leise Stapfgeräusche in seinem Käfig.

Valerie kam mit einem Glas Wasser zurück.

– Gut, also, sagte Walter. Vierzehn Uhr bei der Leechkirche. Also dann.

– Ciao, sagte Valerie.

Dumme Nuss, dachte Walter, als er den Raum verließ. Aus den Augenwinkeln sah er, wie sie auf ihrem Sessel kindisch hin und her wippte. Sie saß so schief, dass sie fast unter den Tisch rutschte.

Aus seiner Zeit als poetisch inspirierter Spaziergänger-mit-Notizbuch (oh, er hatte alle Gedichte inzwischen verbrannt und niemand würde sie je zu Gesicht bekommen!) kannte Walter die Kirchen seiner Stadt ziemlich gut.

Aus irgendeinem Grund sprach er gern über Kirchen. Dabei war er gar nicht gläubig; sein Glaube beschränkte sich auf die staunende Ungeduld, die er angesichts windbewegter Schaukeln auf einem völlig verrosteten Kinderspielplatz oder angesichts der unmenschlichen Laute und Rituale der Fasane im Garten seiner Eltern empfand. Fragte ihn jemand nach seinem Glauben, konnte Walter lange über die philosophischen Aspekte von Religion reden und wurde dabei immer zutraulicher, bis er dem Gesprächspartner ohne Vorwarnung das Du-Wort anbot. Ja, das konnte vorkommen. Manchmal ging er noch am selben Tag mit seinem Gesprächspartner ins Bett und wusste hinterher wenigstens, warum er so lange über Religion gesprochen hatte, obwohl ihn das Thema nicht besonders interessierte. Einmal war er mit einem Mann im Bett gelandet, der von sich behauptete, *im Prinzip nicht homosexuell* zu sein, auch nicht *neugierig* oder *offen*. Der Mann hatte Frau und Kind. Er trug eine Brille und einen dichten Vollbart, was Walter sonst eher nicht gefiel, und kam Walter aus irgendeinem Grund bekannt vor.

Er hatte ihn weniger aus Sympathie oder Geilheit verführt als aus dem Bedürfnis, dieses unangenehme Gefühl zu betäuben.

Der Fremde war überraschend zärtlich. Er massierte ihn am ganzen Körper, langsam und geduldig, bis Walter vor Entspannung gar nicht mehr sprechen konnte. Dann kniete er sich nackt auf Walters Rücken und sagte:

– Deine Haut, sie ist so hell. Hat dir das schon mal jemand gesagt?

– Ehrlich?, murmelte Walter benommen.

Am nächsten Morgen erklärte der Fremde, er sei eigentlich nicht schwul, er habe nur etwas beweisen wollen. Walter, der einen nicht ausfüllbaren Abgrund hinter dieser Bemerkung vermutete, hakte nicht nach, obwohl er sich fragte, was dieses Etwas gewesen sein mochte und ob es nach dieser Nacht, in der er ihm mehrmals vor lauter unerklärlicher Erregung ins Kinn gebissen und ihn am Ende sogar gebeten hatte, in seinen Rachen zu ejakulieren, was der Fremde nur mit einigen Schwierigkeiten zuwege gebracht hatte – ob jenes Etwas dadurch nun bewiesen oder widerlegt war.

Die Leechkirche, das älteste sakrale Gebäude der Stadt, verfügte über eine ausgezeichnete Akustik. Außerdem war sie fast immer leer, deshalb waren die tapferen Überbleibsel des Harmoniekurses, zwei von den Frauen, Jutta und Gabi, und der junge Musikstudent mit dem langen Pferdeschwanz und dem Pharaonenbart, bei ihren Übungen für mehrere Stunden ungestört.

Als Walter vor der Kirche stand, hörte er bereits ihren nervös modulierenden Gesang, ein *Aaaah,* das sich langsam in ein *Ooooh* verwandelte. Ein wenig erinnerte der Klang an das meditative *Ommm* eines Flugzeugs.

Er trat ein. Die drei Köpfe wandten sich um, ohne mit dem Singen aufzuhören. Er gesellte sich zu ihnen und summte mit. Er modulierte den Ton in seinem Mund, aber eine Obertonmelodie wollte nicht entstehen. Er war viel zu nervös und beobachtete die Gesichter der anderen, die die Augen geschlossen hielten.

Ich spiele mit, dachte er. Ich spiele nur mit.

Erst nachdem sie aufgehört hatten, begrüßten sie sich. Gabi sah ihn fasziniert an. Sie summte irgendeinen Ton. Als Walter den jungen Musikstudenten, an dessen Namen sich niemand erinnern konnte, fragte, ob er schon Fortschritte gemacht habe, sagte er:

– Ich hab das schon einmal gemacht. Ich bin auf die Quelle gestoßen.

Gabi kicherte.

Walter glaubte, auch etwas sagen zu müssen, über das die anderen staunen konnten. Immerhin war das sein Metier. Er sah in die Gesichter der Anwesenden und hatte auf einmal dieses Gefühl wie damals in der Küche seines Vaters, an seinem Geburtstag, als er genau gewusst hatte, welchen Ton er anschlagen musste, damit ihn alle entzückt anstarrten.

– So als würde das Schweigen sich plötzlich lichten, begann er.

Da brach Jutta plötzlich in ein unkontrollierbares Husten aus, sie schnappte nach Luft und ihre Hände flatterten wie zwei aufgescheuchte Tauben, die vor einer bevorstehenden Katastrophe warnen wollen. Die dünne Frau wurde durchgeschüttelt, Gabi klopfte ihr mit nachlassendem Lächeln auf den Rücken, aber es wurde dadurch nur noch schlimmer. Schließlich war sie völlig rot angelaufen und kniete sich händeringend in die Kirchenbank, um wieder zu Atem zu kommen. Gabi hielt ihre Hand, summte einen Ton, und Walter, der sich während des Erstickungsanfalls nicht einen Zentimeter bewegt hatte, bemerkte, dass sein Mund offen stand, wie so oft, wenn man ihn unterbrach. Er klappte ihn zu.

– Ich glaube für. Heute war das. Genug Gesang ja.

Gabi stimmte Jutta zu und ließ für sie ein breites Lachen auf ihrem Gesicht entstehen. Der Musikstudent war aufgestanden. Er hatte seinen Schlüsselbund aus der Tasche genommen und ließ ihn wie ein Anti-Stress-Spielzeug durch seine Finger gleiten.

– Vielleicht, dass da was aufbricht, sagte er schließlich und deutete auf Jutta, dann auf seinen Hals.

Jutta schaute ihn an, sah dann auf ihre Hand, die immer noch in der kleinen, zittrigen Faust von Gabi steckte, und nickte. Sie zog ihre Hand vorsichtig aus der Umklammerung und blickte auf die Uhr.

– Fast so, als würde das Schweigen irgendwie gebrochen, sagte Walter.

Er schämte sich sofort. Die drei schauten ihn an, auf Juttas Gesicht standen Ratlosigkeit und Angst. Walter sah zu dem Musikstudenten, dessen Schlüsselbund sich inzwischen so schnell zwischen seinen Fingern bewegte, als hätte er sich verflüssigt. Der Student blickte mit unverhohlenem Hass zurück.

– *Öffnung*, sagte er leise. So was wie der *Fluss*?

Walter überkam der Verdacht, dass der Musikstudent vielleicht nicht mehr ganz bei Trost war. Ohne sich viel zu denken, fragte er Jutta, ob es wieder besser gehe, ob er ihr helfen solle aufzustehen.

Sie nickte, immer noch ein wenig kurzatmig, und ließ sich von ihm hochziehen. Sie war erstaunlich leicht, fand Walter. Als sie erst einmal aufrecht stand, beugte sie sich ein wenig nach vor und strich über ihre Knie.

– Geht's?

– Ja. Ja, danke. Gut, dann …

Sie winkte den Anwesenden zum Abschied und ging in Richtung Tür davon. Gabi winkte hinterher. Der Musikstudent murmelte etwas Unverständliches und Walter drehte sich zu ihm um.

Der Student hielt seine Faust vor dem Kehlkopf und ließ sie dann in Zeitlupe explodieren, als wollte er andeuten, dass sich in Juttas Kehle soeben der Urknall ereignet habe. Er war tatsächlich wahnsinnig, dachte Walter. Sein Bedürfnis, etwas Bestaunenswertes zu sagen, war völlig verschwunden. Er ging ein paar Schritte auf den Ausgang zu. Warum habe ich mich nur auf diese ganze Scheiße eingelassen? Spiele einen Verrückten. Dabei bin ich ganz normal.

Er bemerkte, dass ihm jemand nachgegangen war. Gabi stand da, lächelnd.

– Was du da gestern in der Gruppe gesagt hast, sagte sie. Hast du das ernst gemeint?

Walter hatte nicht die geringste Ahnung, was sie meinte. Aber ihr Blick war so zuversichtlich, dass er sie nicht enttäuschen wollte, also sagte er:

– Ja, sicher.

Sie faltete die Hände.

Dann machte sie einen mutigen Schritt vorwärts, als trete sie durch einen Perlenvorhang, reckte ihren schreckhaften Kopf und drückte ihre Lippen auf Walters Mund.

Walter sah, wie sie ihre Augen schloss.

Gabi atmete tief durch die Nase, atmete Moleküle von Walter ein, köstliche, frische Moleküle, der Moment dehnte und vergoldete sich, sie spürte, wie etwas in ihr wuchs und übermütig wurde vor lauter Erfüllung. Aber dann, als hätte man an der Schnur einer Lampe gezogen, um Licht zu machen, und hielte sie nun abgerissen in der Hand – löste Walter seine Lippen von ihr. Und seine Hände lagen plötzlich auf ihren Schultern und drückten sie unsanft fort.

Und da sprach Walter mit der Stimme Gottes, die sich in diesem Augenblick wie ein großer, gefräßiger Bolzen Wahrheit durch Gabis Hirn bohrte:

– WAS SOLL DENN DAS? HAST DU DEN VERSTAND VERLOREN?

Über Selbstbestimmung

In einer Erzählung von Samuel Johnson mit dem Titel *Rasselas* sitzt ein Astronom Tag und Nacht vor dem Teleskop und verfolgt die Reiserouten der Sterne. Stundenlang blickt er auf die kleinen, weißen Punkte und die großen, schwarzen Zwischenräume, welche das meterlange Fernrohr gehorsam und geduldig an seine Netzhaut weiterleitet. Er hat den seltsam unwiderlegbaren Verdacht, das Universum würde einfach aufhören zu existieren, wenn er es nur für einen Augenblick sich selbst überlassen würde.

Natürlich hat der Mann vollkommen Recht mit seiner Vermutung: Gerade einmal eine Stunde nachdem ich ihre Wohnung verlassen hatte, rief ich Valerie wieder an. Sie ging nicht ran. Sofort wurde ich ungeduldig und fuhr mit dem großen Zeh die Spuren der weißen Klebestreifen auf meinem Schlafzimmerboden nach. (Die Nebelschwaden unseres kleinen Drogenexperiments hatten sich zwar schon verzogen und ich konnte wieder einigermaßen klar denken, trotzdem zählte ich sicherheitshalber meine Zehen nach. Allerdings hörte ich schon nach dem ersten Fuß auf und war's zufrieden. Genug Kindereien für heute. Aber dann las ich einen Zeitungsartikel über eine bevorstehende Schulreform, und fast jeder Satz darin war zum Schreien komisch.)

Ich wartete die ganze Nacht, ob sie vielleicht zurückriefe, aber ich würde mich bis zum nächsten Abend gedulden müssen.

Auf dem Weg zu ihrem Vortrag stellte ich mir vor, wie ich Valerie vor einem Angreifer rettete. Ich kam gerade an, ein paar Leute standen abseits, Valerie unterhielt sich mit einem großen Mann. Plötzlich packte er sie am Handgelenk und zerrte sie mit sich in eine dunkle Hauseinfahrt (von denen es immer welche zu geben scheint, wenn man sie braucht). Ich baute mich vor ihm auf, er zückte ein Messer. Ich verpasste ihm drei *Roundhouse Kicks*, er kippte nach hinten, Unter- und Oberkiefer bildeten ein zerschlagenes Parallelogramm. Das Messer glitt ihm aus der Hand, ich hob es auf und rammte es ihm durch seine Handfläche tief ins Mauerwerk. Wir ließen ihn einarmig zappeln und ich geleitete Valerie an meinem Arm sicher zu ihrem Wagen.

Mit den ersten Sätzen ihres Vortrags hatte sie sofort den ganzen Saal für sich gewonnen.

Meine Damen und Herren, liebe Freunde. Die Meschen sterben, wenn sie sich dazu entscheiden. Das ist eine Daumenregel. Oft genug tritt sie nicht ein. Denn man muss bekanntlich alt genug sein, um sich zu entscheiden, dass man das Licht jetzt besser abschaltet, rechtzeitig bevor der oder die Angehörige von der Toilette zurückkommt.
Das Thema meines Vortrags sind Entscheidungen.
Die erste Frage, die uns beschäftigen wird, lautet: Ist ein gradueller Übergang zwischen eigen- und fremdbestimmtem Leben überhaupt möglich? Bisweilen scheint es uns so, als würde schon die allerkleinste Unfreiheit ausreichen, um ein Leben vollkommen fremdbestimmt zu machen. Der menschliche Verstand, von Natur aus obsessiv und pedantisch, beginnt sofort, um diese klitzekleine Unfreiheit seine Jahresringe zu spinnen, bis diese alles überlagern, was von Belang ist.

Das ölige Bild einer Overheadfolie erschien auf der Wand. Riesenhaft vergrößert und schwarz glitten Valeries Fingersilhouetten über die Schrift, dann wurden sie von einer zeppelinförmigen Füllfeder abgelöst.

Lassen Sie mich eine Geschichte erzählen. Ein Bettler sitzt den ganzen Tag auf der Straße. Die Geldstücke tröpfeln langsam in seinen Hut. Irgendwann hat er davon so viele, dass er sich irgendetwas kaufen kann. Etwas zu essen oder zu trinken. Aber der Bettler ist schlau und macht eine Investition: Er kauft ein Kinderspielzeug, ein altmodisches, billiges natürlich, etwas wie ein Holzpferdchen oder einen trübsinnigen Kreisel. Daneben stellt er ein Bild eines kleinen Kindes. Die Leute gehen vorbei, und in ihren Köpfen kommt es zu dem beabsichtigten Kurzschluss. Sie sehen das Bild des Kindes und das melancholische Spielzeug, und die dafür zuständigen Drüsen in ihrem Nervensystem produzieren Mitleid. Sie geben dem Bettler mehr Geld. Er nimmt es und kauft wieder Spielzeug. Mehr Spielzeug neben dem Kinderbild ergibt mehr Mitleid, eine einfache Gleichung, und tatsächlich ist er schon sehr bald in der Lage, sich noch mehr Spielzeug zu kaufen. Schließlich benötigt er einen Karton als Unterlage für das viele Spielzeug. Ein Traktor ist darunter, eine abgewetzte Vorform einer Barbiepuppe, fünf Kreisel, ein Jojo, ein Seifenblasenspender, eine Scherzartikelfliege in einem Eiswürfel und so weiter und so fort. Die Leute knien jetzt bereits vor seiner Sammlung nieder, und er, selbstsicher zurückgelehnt an der Mauer, die ihm nun gar nicht mehr schmutzig vorkommt, stellt sich mit Genuss vor, wie das Mitleid in ihren Köpfen fast schon tropische Temperaturen annehmen muss. Aber die Leute tun etwas vollkommen Unverständliches: Sie fragen ihn, wie viel? Wie viel was? *Na, für dieses Pferdchen mit dem Schwanz, den man wie eine Wasserpumpe bewegen kann. Als er ihnen zu verstehen gibt, dass er nicht verkaufen will, gehen sie davon und schimpfen ihn einen Verrückten.*

Niemand im Auditorium wusste, was diese Geschichte bedeuten sollte. Valerie trank einen Schluck aus einer mit Wasser gefüllten Colaflasche.

Sie trug eine Lederjacke, die so selbstbewusst wirkte, dass es fast schon peinlich war. Ich versuchte die ganze Zeit, einen Blick von ihr zu erhaschen, mit dem ich für ein paar gesegnete Sekunden spielen hätte können, aber Valerie sah absichtlich immer woanders hin. Auch das war irgendwie erregend. Sie ignorierte mich nicht, sie hielt mich geheim.

Wer besuchte den Vortrag? Ältere, übergewichtige Frauen, hauptsächlich. Ein paar Exzentriker, von denen einer in einem Papageno-Kostüm steckte, über dem er allerdings Sakko und Mantel trug. Dazu ein paar alternative Jugendliche in rosafarbenen oder weißen Kleidern, die seit einem verhängnisvollen Diskobesuch mit einem leisen Sirren in ihren Gehörgängen zusammenlebten und gelegentlich sehnsüchtig an Selbstmord dachten. *Lydia. Abschiedsbriefe schreiben. Du Idiot.*

Die Jugendlichen besetzten die ersten drei Reihen. Darunter auch eine Frau mit starrem, fast eisigem Gesicht, die neben einem Mann saß, der Sportler oder Sporttrainer sein musste (wer würde sonst mit einer Trillerpfeife um den Hals aus dem Haus gehen?). War es derselbe, der mich vor einer Woche in Valeries Wartezimmer angesprochen hatte? Ein Verrückter, der behauptet hatte, mich von irgendwoher zu kennen. Sicher, deshalb geht er ja auch zur Therapie. Ein unsympathischer Kerl, dem man nicht allein in der Umkleidekabine begegnen möchte. Seine kleine Frau war allerdings eine willkommene Abwechslung; endlich jemand, der nicht so fett war, dass er mit sich selbst synchronschwimmen hätte können.

Nach einer Weile begann Valerie von den Wundern der Partnerschaft zu sprechen. Da sie dabei Wörter wie *Sexleben*, *Befriedigung* und *Abenteuer* verwendete, konnte ich mich sogar auf den Inhalt ihres Vortrags konzentrieren. Anfangs hielt ich mich am Rand der Sitzbank fest, dann streifte mich einmal kurz ihr Blick (in dem Augenblick, da ihre überbehauchte Stimme den Wortteil *lastig* aussprach, ohne dass ich wusste, zu welchem Wort er gehörte), und ich steckte meine Hand unauffällig in die Hosentasche und schloss die Augen.

... und ist es nicht gleichzeitig sehr komisch, dass mit dem Erwachen, mit dem Reifen der Genitalien und den ersten mutigen Expeditionen in ihre unerforschten Gebiete auch das in unser Leben tritt, was man im Allgemeinen den Ernst des Lebens nennt? Der Tod, der die Geschichte beendet, und das leblose Weltall, das übrig bleibt, diese ungeheure Platzverschwendung, alles das, dieses ganze un-kindliche, bitter schmeckende Wissen: Es ist erst dann denkbar, die Fragen darüber sind erst dann richtig und ohne Ablenkung zu stellen, wenn die sexuelle Richtung festgelegt ist. Erwachsenheit, Ertragen-Können, Erfahrungen einordnen – ist es nicht absurd, dass diese Dinge mit den Sensationen auf unseren erogenen Zonen zusammenhängen?

Oh, Gott. Oh Go-tt.

... oder diese wunderbaren Momente in einer Partnerschaft, wenn die Frau Sex zum ersten Mal ***bewusst*** *einsetzt, ihn als Mittel erweiterter Kommunikation entdeckt. Es geht ihr auf einmal nicht mehr allein darum, gefickt zu werden, ihre sexuelle Erregung auszuleben – nein, es geht vielleicht darum, eine tief liegende Angst des Mannes zu behandeln: Wird er diesmal*

in mir kommen oder wird er wieder eine Ausflucht suchen, auf meinen Körper oder mein Gesicht, weil er wieder diese furchtbare Angst hat, er könnte mich aus Versehen schwängern? Oder es geht ihr um eine Bestätigung ihrer Partnerschaft: Zeig meinem Körper, dass du ihn begehrenswert findest. Schau mich an, während du in mir bist, schau mir in die Augen, wenn du kommst, ich will, dass du weißt, in wem du dein genetisches Abbild hinterlässt.

T-t-t …

… oder ein Ausläufer eines länger zurück liegenden Streits, jetzt murmelst du schon zum fünften Mal, ich liebe dich, und immer stößt du ihn dabei ganz tief in mich ja ja mach mir weiter wenn du dich sehen könntest nicht so heftig wie du dabei schwitzt oder es bedeutet auf einmal mehr als alle diese einzelnen, klar formulierbaren Aufgaben du liebst mich ja und betrügst mich im selben moment mit meiner möse was für ein schmutziges wort aber sie ist ja auch schmutzig und voll von deinem saft du schwitzendes tier von deinem saft diesem bitteren ich schlucke ihn nur aus gefälligkeit und für diesen himmelverzückten blick in deinen augen und für den freundschaftlichen kuss hinterher eine spur zu väterlich während du nackt vor mir kniest und dieses ding pendelt so komisch auf und ab für diesen kurzen kuss auf die stirn und herrgott vielleicht spürst du ja tatsächlich nicht wann du mir wehtust merkst du denn nicht wenn er zu schräg eindringt nein nein nicht aus dem takt kommen es ist gerade erst schön geworden oder bist du schon wieder so weit nein bitte nicht und was zum teufel soll ich jetzt tun ich bin noch nicht noch gar nicht noch überhaupt nicht aber du bist jetzt nur mehr mit dir beschäftigt ein wort würde genügen und du wärst wieder hier würdest die augen aufsperren und erkennst da vor dir unter dir ach musst

du musst du musst du mich denn jedes mal so durch durch durchvögeln langsam langsamer viel langsamer schalt einen gang runter einen gang langsamer ich bin nicht deine hand ja ja gut so brav spiel nur ein bisschen mit meinen brüsten du großes kind ganz hübsch nicht obwohl ich das niemals nie laut sagen würde aber ich betrachte sie manchmal sogar im spiegel wenn ich ganz allein bin denn alle spiegel sind miteinander verbunden die brüste einer echten kurtisane alter stil alte schule findest du nicht die brüste einer richtigen dame valeriedame adelige madelerie nicht valeriebrüste lecken kurtisane laute brüste valerielippen –

Jemand stieß mich von der Seite an.

– Wenn es Sie nicht interessiert, zischte er.

Das zornige Gesicht eines Mannes blickte mich an, ein Gesicht, das wütend war, weil der Vortrag durch sein Zischen, das notwendig gewesen war, weil ich den Vortrag gestört hatte, gestört worden war.

– Ich kann mich mit geschlossenen Augen besser konzentrieren, sagte ich blinzelnd. Ich hab nicht geschlafen.

– Sie haben sich gegen mich gelehnt, flüsterte er.

Er deutete mit einem Ausdruck großer Verletztheit auf seine Schulter, wo ich ihn offenbar berührt hatte.

– Entschuldigung, aber ich habe Gleichgewichtsstörungen, improvisierte ich. Schon seit meiner Kindheit, deswegen … deswegen bin ich auch hier.

Währenddessen wanderte meine heiße Hand zurück an die Erdoberfläche und legte sich auf mein Knie. Das strenge Gesicht neben mir und der elegante Anzug, auf dem es hockte, waren zufrieden. Der Mann beugte sich wieder über die Mitschrift. Ich versuchte, etwas davon zu lesen, um zu sehen, wie viel ich von Valeries Vortrag versäumt hatte. *brüste meine brüste einer dame einer hure fühl mal.* Durch eine geschickte und unauffällige Hüftdrehung (die jeder männliche Schüler im Laufe seiner Karriere einmal lernt) klemmte ich meine Erektion in ein Hosenbein. Es dauerte ein wenig, bis ich die krakelige Handschrift meines Sitznachbarn entziffert hatte. Es ging noch immer irgendwie um freie Entscheidungen. Das Wort *Ernährung* war zweimal unterstrichen. Ein Pfeil führte von diesem Wort zu einer Blase. Und in der Blase stand: *Selbst…* Was? *Befr…* Nein. *Selbstreferenzielle Abschottung.*

Wir erfuhren, dass Valerie früher einmal stark übergewichtig gewesen war und in sehr kurzer Zeit sehr viel Gewicht verloren hatte. Die Leute schrieben beeindruckt mit. Der Mann neben mir schüttelte seinen Kugelschreiber.

Valerie brachte das halbe Auditorium zum Lachen mit einer Anekdote über eine Freundin, die immer wieder Ausflüchte fand, um nicht abnehmen zu müssen:

Manchmal können Frauen gar nicht anders, sagt diese Freundin, manchmal müssen sie dick und schwabbelig und riesig werden. Denn sie sind mit einem unterentwickelten, kindlich-brutalen Mann verheiratet, und nichts, so sagt meine Freundin, geht über den Horror eines Mannes vor einer nackten fetten Frau! (Erstes Gelächter) *Wer, sagt sie, würde mit ihr eine Rauferei anfangen?* (Zweites Gelächter, etwas schwächer) *Sie sehen, meine Damen und Herren, das sind nur Scheinargumente, selbstreferenzielle Abschottungen …*

Der Vortrag vertiefte sich nun ein wenig, wurde anspruchsvoller und komplizierter. Der Mann neben mir hörte auf mitzuschreiben. Stattdessen lehnte er sich zurück und beschäftigte seine Krawatte.

Valerie erzählte eine Geschichte.

Kore war die Tochter der Demeter, der Göttin der Jahreszeiten und der Fruchtbarkeit. Demeter liebte ihre Tochter über alles, aber eines Tages wurde Kore von Hades, dem Gott der Unterwelt, geraubt. Zeus half Hades dabei, indem er eine Hyazinthe an der Stelle wachsen ließ, wo sich Kore gerade befand. Halten wir die Szene für einen Augenblick an: am Boden eine Hyazinthe, Kore daneben, ein unschuldiges Mädchen, steht einfach so herum, und Hades, der gerechteste aller griechischen Götter, nähert sich von unten. Er ist es gewohnt, Menschen zu sich zu nehmen, er tut es jeden Tag, unabhängig von Geschlecht, sozialem Stand, Alter oder Beruf.

Das Krawattenspiel neben mir hörte auf. Ein paar Wörter wurden rasch hingekritzelt, ohne Zweifel völlig sinnlos.

Aber sehen wir uns die Geschichte weiter an. Ich erzähle sie deshalb so ausführlich, weil wir darin ein Ideal erblicken werden, eine Doppelfigur, die sehr nahe an das heranreicht, was ich zuvor versucht habe zu erläutern. Kore wird also von Hades in die Unterwelt entführt und zu seiner Braut gemacht. Als seine Braut nimmt sie einen anderen Namen an: Persephone. Sie ist nun die Herrscherin über die Unterwelt, die dunkle Prinzessin, die über eine Schar von Toten bestimmt. Auf der Erde war sie nur die Tochter ihrer Mutter. Merken wir uns das. Die Mutter, Demeter, ist sehr traurig, und ihre Trauer bewirkt, dass die Welt in ewigen Winter versinkt. Blumen und Bäume sterben, dann die Tiere, zuletzt die Menschen. Die Götter versuchen, Demeter aufzumuntern, aber sie ist untröstlich. Sie weint und wirft sich auf den Boden, strampelt mit den Beinen und verlangt nach ihrer Tochter. Zeus hat ein Einsehen und erlässt, dass Kore ein paar Monate im Jahr bei ihrer Mutter verbringen muss. In den Wintermonaten darf sie die finstere Königin der Unterwelt sein, die Frau von Hades.

Valerie trank kurz aus der Colaflasche.

Was sehen wir? Zuerst ist da ein uraltes Muster: Mädchen zieht von Zuhause aus, Mutter weint um ihren Fortgang, dämonisiert den Ehemann, sieht ihn als Räuber und Vergewaltiger. Das ist jedem bekannt. (Überraschendes Gelächter im Publikum.) *Die wirklich interessante Gestalt in der ganzen Geschichte ist natürlich Kore Schrägstrich Persephone. Sie ist die Bewohnerin zweier Welten. Sie ist nicht so dumm zu glauben, dass eine Frau auch nur für einen flüchtigen Augenblick die Macht ihres Mannes besitzt. Gleichzeitig nimmt sie jedes Jahr einen langen Urlaub von ihren unterirdischen Machtgefilden. Wenn sie noch selbst entscheiden könnte, wann sie diesen Urlaub antritt, wäre sie ein vollkommenes Beispiel für selbst bestimmtes Leben. Wir können sie im Grunde nur beneiden, die junge Kore, wenn sie mit langsamen Schritten die Treppe zum U-Bahn-Schacht hinuntergeht, ihre dunklen Sonnenbrillen aufsetzt und beobachtet, wie ihr eigener Schatten langsam von der Vielzahl der anderen Schatten verschluckt wird.*

Der Kerl neben mir machte mittlerweile kleine Schlaufen in seine Krawatte. Ich machte meinen Mund zu. War er offen gewesen? Warum? Wie lange war ich mit offenem Mund dagesessen?

Valerie schob eine Klarsichtfolie auf den Projektor.

Nach dem Vortrag stand sie schwitzend und glücklich am Ausgang. Es regnete. Ich öffnete meinen Schirm über ihr.

– Kommt, Fräulein, unter meinen Schirm, deklamierte ich.

– Oh, sagte sie. Wie galant.

Sie ließ sich von mir dazu überreden, noch irgendwo was essen zu gehen.

Kurz nachdem wir Platz genommen hatten, läutete Valeries Telefon. Ihr Klingelton war eine Imitation der klassischen analogen Telefonanlagen. *Rrrring!* Sie blickte auf die Nummer, ihr Mund bewegte sich lautlos, dann legte sie auf.

– Nein, sagte sie.

– Kein Problem, sagte ich. Geh nur ran.

– Nein, sagte sie. Patienten. Sie kommen immer irgendwie an meine Nummer. Wie die Insekten.

– Sicher sehr anstrengend, oder?

Wie konnten Insekten hinter eine Telefonnummer kommen?

– Die sind eben sehr verzweifelt. Die meisten würden eigentlich rund um die Uhr Betreuung benötigen. Schwierig. Aber was reg ich mich auf, ich hab mir diesen Beruf ausgesucht. Wenn jemand ein Problem hat, das ihn in den Wahnsinn treibt, dann kann er sich entweder einweisen lassen oder er kommt zu mir.

– Du hilfst den Leuten, sagte ich. Toller Vortrag übrigens. Diese Geschichte mit der Unterweltfrau, also –

Valerie sagte nichts. Ich schämte mich für meinen dämlichen Satz und versuchte mir zur Strafe ein Haar auf meinem Handrücken auszureißen.

– Manchmal treiben sie mich in den Wahnsinn. Zum Beispiel diese Frau mit dem Ohrgeräusch, das natürlich aus der Tiefe ihres Gehirns kommt und auf einem Ohr sogar alles andere übertönt. Zumindest behauptet sie das. Wie dem auch sei, sie hat so ein Gefühl wie … als würde ihr ein Auto nachfahren und sie gleich überholen, dieser Moment, kurz bevor das Auto vorbeirast.

– Ja.

– Aber das Auto bleibt immer da, wo es ist, bildlich gesprochen. Es überholt sie nie. Das Tosen im Rücken, dieses Geräusch, das immer lauter zu werden scheint, bleibt. Jetzt hört sie es die ganze Zeit. Sie hat einen Suizidversuch hinter sich und war auch schon in Behandlung deswegen. Und jetzt ist sie zu mir gekommen, weil sie – ach, ich sollte dich damit nicht –

– Aber nein, nur zu.

Valerie schien zu überlegen. Ich hielt es für ein gutes Zeichen, wenn sie mir von suizidgefährdeten Frauen erzählte. Es bedeutete, dass sie Vertrauen hatte. Oder sie hatte vorgehabt, mich zu erschrecken, und war enttäuscht, weil ich immer noch Interesse heuchelte. Ihr Handy läutete ein weiteres Mal. Sie nahm es und schaltete es aus.

– Geh ruhig ran, sagte ich.

– Nein, nicht jetzt.

Ich jubelte. *Nicht jetzt*!

– Muss schlimm sein, sagte ich fröhlich. Wenn man immer ein Auto hört, das einen verfolgt. Schlimm.

– Natürlich, sagte sie.

Ihre Stimme klang ernst.

– Das ist fast so wie bei Achilles und der Schildkröte, sagte ich. Eigentlich müsste er sie überholen, aber das tut er nicht, weil er immer erst den Weg zurücklegen muss, den die Schildkröte als Vorsprung gehabt hat, und dann so weiter, ad infinitum.

– Aber Achilles überholt die Schildkröte doch, oder?

– Nicht im Gleichnis.

– Ist das überhaupt ein Gleichnis?

– Ein Paradoxon, ein Gleichnis, ich weiß nicht, sagte ich.

Ich versuchte, wieder etwas ernster zu sprechen, aber es funktionierte nicht. Ich war schon froh, wenn ich nicht nach jedem vollendeten Satz wie ein Baby zu glucksen anfing.

– Die Schildkröte ist doch langsamer als der Läufer, sagte Valerie.

– Ja, sicher, sagte ich. Sicher ist sie langsamer. Das ist ja der Witz daran, die Moral von der Geschichte, wenn man so will.

– Welche Moral denn?

– Ach, ich weiß auch nicht. Dass man logisch beweisen kann, dass ein beliebiger Vorsprung immer ausreicht, um einen Läufer zu besiegen. Aber am Ende ist alles Unsinn, weil die Mathematik das letzte Wort hat, weil bestimmte Reihen einfach konvergieren –

– Eben. Die Schildkröte wird am Ende überholt, sagte Valerie. Meine Klientin nicht. Weil das Auto in ihrem Gehirn steckt. Sie wird es mit hoher Wahrscheinlichkeit niemals ganz los. Aber es wird immerhin leiser, sagt sie, wenn sie sich konzentriert und versucht, den Tag nach gewissen Abläufen durchzugehen. Jeder Handgriff bewusst, Schublade auf, wieder zu, Gabel zum Mund, wieder auf den Teller. Solche Dinge. Das beruhigt sie.

– Klar, sagte ich, das beruhigt.

Das Gewitter, das draußen niederging, ließ die Helligkeit schwanken. Das Stromnetz war müde, die Augen fielen ihm zu.

Mit feierlichen Bewegungen begann Valerie die Autopsie an ihrer Forelle. Als die milchig weiße Wirbelsäule mitsamt dem entsetzten Fischkopf von ihrer Gabel baumelte, fiel ihr ein, was sie hatte erzählen wollen:

– Ah, genau …

Ein ausgestreckter Zeigefinger bereitete die Rede vor. Valerie kaute zu Ende, dann erzählte sie mir, dass sie gerade eine Studie gelesen habe, die Krankengeschichte eines Mannes, der behauptet, dass die Zeit für ein ganzes Monat stehen geblieben sei. Er allein sei davon verschont geblieben. Und genau in der Sekunde des Stillstands sei ein mehrstöckiges Gebäude eingestürzt.

– Das Gebäude ist übrigens wirklich eingestürzt, sagte Valerie kauend. Man vermutet, dass das der Auslöser für sein Trauma gewesen sein könnte.

Die obersten Stockwerke des Gebäudes seien bereits eine Rauchwolke aus Schutt und Zementstaub gewesen, aber im Café im Erdgeschoss habe man noch gefahrlos sitzen und Zeitung lesen können, so der Patient. Jeden Tag in dem Monat, die ganze Zeit (die freilich gar keine Zeit mehr gewesen sei) sei er dort unten gesessen, auf einem ewig unverrückbaren Sonnenplätzchen unterhalb des Damokles-Schwerts der Stockwerke, die in einer großen, majestätisch stillstehenden Pilzwucherung darauf gewartet hätten, endlich auf ihn herabstürzen zu dürfen. Er habe gebetet, dass das Gebäude diesem Drang nachgeben möge, aber nichts geschah. Als man den Mann fand, fiel er jedem um den Hals, berührte alle möglichen Gegenstände, als wären sie Objekte von hoher erotischer Anziehungskraft, und freute sich kindisch über die hin und her pendelnde Krawatte seines auf paranoide Zwangsvorstellungen spezialisierten Psychiaters. Von dem stammte auch der Bericht, der in Fachkreisen einiges Aufsehen erregt hatte.

Wieder läutete ein Telefon. Diesmal meines.

Lydia. Ich wandte mich etwas ab.

– Hallo?

– Bist du noch lange weg? Weil, ich bin bei dir zuhause und wollte nur fragen, wann du –

– Ja, sagte ich mit gedämpfter Stimme, also, wir sitzen hier noch ein wenig.

– Ach so, ich verstehe schon. Du kannst jetzt nicht reden, oder?

– Nein.

– Ich versteh schon. Du brauchst auch nur Ja oder Nein zu sagen, ich stell die Fragen einfach so.

– Kann ich dich vielleicht später anrufen?

– Ich –

– Ich kann jetzt nicht reden.

– Aber wie lange?

– Hör zu. Kann ich dich später –

– Aber wann?

– Ich weiß nicht, das kann ich jetzt noch nicht sagen. Einfach später.

– Okay.

– Aber es wird sicher noch dauern. Warte nicht darauf.

Sie schwieg eine Weile, dann begann sie, etwas leiser, von Neuem:

– Ich bin nicht dumm. Ich weiß, dass du jetzt nicht offen reden kannst, aber ich muss dich wirklich etwas Wichtiges fragen und du brauchst auch nur mit Ja oder Nein zu antworten.

– Geht es nicht etwas später?

– Es geht ganz schnell, versprochen.

– Weißt du was, ich rufe dich in einer Viertelstunde noch mal an. Bist du so lange noch wach?

Als hätte sie einen Grund, in meiner Wohnung zu übernachten. Was machte sie überhaupt bei mir zuhause?

– Ja.

– Also, dann bis später, sagte ich, es geht jetzt im Augenblick wirklich nicht.

– In einer Viertelstunde bin ich bestimmt noch wach.

– Also dann.

– So früh geh ich ja sonst auch nicht schlafen.

Dann legte sie auf. Oder die Verbindung wurde von höheren Mächten, die endlich ein Einsehen hatten, getrennt. Valerie hatte sich, während ich telefonierte, mit ihrem Schlüsselbund beschäftigt. Sie hatte ihn aus der Handtasche geholt, spielte damit und ließ ihn klingeln. Als ich das Telefon von meinem Ohr löste und es einen Augenblick ungläubig anschaute, ließ sie die Schlüssel auf den Boden fallen. Ich bückte mich danach.

– Dankeschön, sagte sie und deutete auf das Telefon in meiner Hand. Deine Freundin?

– Eine Freundin, ja, sagte ich.

– Eine von vielen?, fragte sie verschwörerisch.

– Sehr viele, natürlich.

– Übrigens, ich habe zwei Karten für die *Zauberflöte*, sagte Valerie. Übermorgen um acht. Magst du?

Zuhause war ich immer noch so aufgeregt, dass ich mir im Internet zur Entspannung wackelige UFO-Videos anschaute. Valerie hatte die ganzen fünfundsiebzig Minuten unseres Zusammenseins mit mir geredet, war niemals aufgestanden und aus dem Raum gerannt. Kein einziges Mal. Kein einziges Mal! Sie genoss es also, mit mir zusammen zu sein. Ich war mehr als ein Abenteuer. Diese wunderbare Einsicht! Gott, ich hatte Lust, sie dafür hemmungslos zu ficken.

Der Mauscursor wackelte ein wenig, auch er war sehr aufgeregt. Zweimal klickte er daneben.

Dann öffnete sich ein neues Fenster.

Lichter. Wahrscheinlich unscharf gefilmte Glühwürmchen. Sie umkreisten einen weit im Hintergrund liegenden Berggipfel. Dazu eine sehr erregte amerikanische Stimme und ein Kommentar wie zu einem Pornofilm: *Oh my GOD, it's coming … I can see it … It's fucking COMING … there it is … Wahoo! … oh my GOD, I can't beLIEVE … look at THAT … oh my GOD.*

Dann wechselte ich über zu einer Webcam, die auf den Hudson-River blickte. Eine hübsche und handliche Version des Jenseits. Eine Frau ging ruckelnd und zitternd durch das Bild, ging um die namenlose Straßenecke, die man gerade noch erkennen konnte; sie führte einen Hund an der Leine. Niemand würde je wissen, wer sie war. Niemals würde ich mit ihr Kontakt aufnehmen, mit ihr sprechen, nicht in einer Million Jahren. Aber sie hatte einen Hund an der Leine. Einen kleinen, schwarzen Dackel.

Auf einer anderen Seite, die ich seit einigen Monaten regelmäßig besuchte, konnte man inszenierte Todesvideos sehen. Künstler aus aller Welt beteiligten sich an dem Projekt. Es ging im Prinzip einzig und allein darum, Mord- oder Selbstmordvideos zu produzieren, die einen bestimmten Fehler hatten. Anschließend diskutierten nervöse Fans nächtelang in Foren, welcher Fehler das gewesen sein mochte. *He's dying too fast I'm tellin ya!* Oder: *There is no fucking blood.*

Wie ich sah, hielt die Kontroverse um das Omensetter-Video (ein Selbstmord-Stunt mit einer Schlinge) immer noch an. Die Fans beschimpften sich inzwischen mit ihren Deutungsvorschlägen. Devvil235 schrieb: *Stfu. At 2:11 u can see his goddam eyes move.* Darauf konterte ein gewisser SirhanSirhan: *You idiots havent noticed that he's wearin a fake head! LOL!*

Sie wusste nicht, was sie falsch gemacht hatte. Sie hatte das Programm befolgt. Das Schwirren und Brausen, das sich ihr von hinten näherte, hatte sich unterdessen verändert, allerdings nicht aufgrund ihrer Konzentrations- oder Singübungen. Dass der Hauptton in dem Brausen, das entfernt dem Gemurmel abendlicher Kirchenglocken über der Stadt ähnelte, ein unreines D war (in etwa 300 Hertz), war zwar genau betrachtet sehr bemerkenswert und vielleicht sogar ein wenig beruhigend, aber an der lästigen inneren Tontraube war dennoch etwas Rätselhaftes und Unerklärliches, vor allem, was ihre spontanen Verwandlungen anging.

Um es kurz zu sagen: In die schabenden, schwirrenden Geräusche mischten sich von Zeit zu Zeit geisterhafte Fetzen einer menschlichen Stimme.

Gabi kannte dieses Phänomen von zischenden Wasserleitungen, von Aufnahmen von menschlichem Applaus im Fernsehen oder auf Schallplatte, oder vom Knistern von Alufolie. Das Fragment eines erinnerten Telefongesprächs tauchte auf und verschwand wieder.

Mit Valerie hatte sie noch nicht darüber gesprochen. Sie hatte ihr bei einer ihrer Einzelsitzungen geraten:

– Gabi, Sie müssen es als einen Teil von sich selbst akzeptieren. Ich weiß, das sagt sich so einfach dahin, und ich bin mir auch darüber im Klaren, dass Sie sich das im Augenblick noch nicht vorstellen können. Noch ist das Geräusch ein Fremdkörper, *der* Fremdkörper, gegen den sich Ihr Bewusstsein wehrt, Tag und Nacht, im Traum wie im Wachzustand. Aber das wird sich ändern. Es verändert sich. Wenn Sie einige meiner Punkte befolgen, kann es sein, dass Sie diesen Prozess ein wenig beschleunigen, vielleicht sogar um ein erhebliches Maß. Gabi, ich möchte Ihnen eine kleine Vergleichsgeschichte erzählen. In Amerika fiel ein Mann, der bei einem Bauunternehmen arbeitete, in eine Grube und rammte sich einen Metallstab, etwa von dieser Länge und etwa so dick, direkt durch den Kopf. Durchs Gehirn. Sein Glück war, dass der Metallstab keine lebenswichtigen Zentren zerstört hat, sondern hauptsächlich Gebiete, die für die Koordination seines linken Armes zuständig waren. Außerdem wurde das Sehzentrum beschädigt, sodass er ab diesem Zeitpunkt farbenblind war. Entfernen konnte man den Stab nicht, das wäre zu gefährlich gewesen, also konzentrierte man sich darauf, ihn zu stabilisieren, mit einem Metallgerüst rund um den Kopf, das ein wenig an eine dieser riesigen Zahnspangen erinnerte, mit denen man Mädchen quält.

Eigenartig, Valerie hatte *Mädchen* gesagt. Als hätten Buben keine schiefen Zähne. Vermutlich wollte sie vermeiden, dass Gabi an Walter dachte. Sie hatte ihn nach der albernen Gruppensitzung nicht mehr darauf ansprechen können.

Schöne Hände.

Schöne Hände.

– Schließlich sägten die Ärzte den Metallstab ab und ließen den Rest im Gehirn des Mannes stecken. Er war natürlich vollkommen verstört seit dem Unfall, aber eine Therapie half ihm, damit umzugehen, und am Ende nahm er den Stab in seinem Kopf sogar als eine Art Mitbewohner an und gab ihm einen Namen. Leider erinnere ich mich nicht mehr daran, welchen. Und Sie, Gabi – Sie hatte Gabis Hand ergriffen, weil nichts anderes in der Nähe war –, Sie müssen genau dasselbe tun. Sie müssen das kennen lernen, was Sie quält. Nur so kann es geschwächt werden. Ich schlage Ihnen folgende Übung vor: Spielen Sie ein Instrument? Großartig. Dann setzen Sie sich hin, spielen Sie ein paar Noten. Und wenn Sie bei einer Note sind, die dem Ton in Ihrem Ohr ähnlich ist oder nahe kommt, spielen Sie ihn noch einmal. Nehmen Sie vielleicht auch ein anderes Musikinstrument zu Hilfe, das nahtlos verstellbare Tonhöhen hat, nicht wie bei einem Klavier. Zum Beispiel eine Gitarre. Oder eine Geige. Damit können Sie die Tonhöhe ganz genau treffen. Als nächstes bestimmen Sie die Frequenz. Schlagen Sie in einer Tabelle nach oder rechnen Sie es nach. Verwenden Sie eine Stimmgabel. Das ist der erste Schritt zu einem Namen. Bei den nächsten Schritten werde ich Sie selbstverständlich begleiten. Aber diesen ersten müssen Sie ganz allein bewältigen.

Das therapeutische Händchenhalten ging automatisch in ein Händeschütteln über, dieses in ein gegenseitiges Bedanken, dem eine Verabschiedung folgte.

Jetzt konnte sie nur mehr an den Metallstab denken, der im Kopf des amerikanischen Bauarbeiters steckte. Metallstab, Metallstab, Metallstab. Absägen. Metallstab. Namen.

Welchen Namen konnte man einem Metallstab geben, der im eigenen Gehirn feststeckt, vielleicht sogar genau in der Region, die für das Erfinden von Namen zuständig ist? *Bob the Stick. Heavy Metal Joe.* Oder *God II.*

Das Problem an der ganzen Sache war, dass es gar keine Frequenz mehr war, kein einfacher Dauerton, sondern ein Schwirren von Stimmen, mit einer Hauptstimme, die mit ihrer hellen Degenspitze immer wieder hervorstach (und die Gabi auf ihrer Stirn spüren konnte). Da ihr nun wirklich nichts mehr einfiel, versuchte sie, diese Stimme zu imitieren.

Und siehe da, es war ganz leicht. Sie musste der Lösung all ihrer Probleme auf der Spur sein!

Bald hatte sie das perfekte Abbild der Stimme gefunden. Sie übte es einige Male vor dem Spiegel und spürte, wie sich Aufregung in ihr ausbreitete.

– Schilf, sagte ihr Spiegelbild.

Ähnliche Wortfetzen kannte sie von ihrem Ohrgeräusch. *Schilp. Wilk. Zint.* Meist hatte das Wort ein kurzes I in der Mitte. Dass sie jetzt ein Wort ausgesprochen hatte, das tatsächlich existierte, fühlte sich an wie der Schlüssel zu einem weiteren Geheimnis, das in dem Ohrgeräusch verborgen war.

– Schild, murmelte sie aufgeregt in den Spiegel. Wild. Zimt.

Ich habe es, dachte sie. Das muss es sein. Ich muss die Dinge geradebiegen, die aus irgendeinem Grund unvollständig durch mein Gehirn geistern. Vielleicht ist gerade das der Grund, warum sie dort feststecken – ihre Sinnlosigkeit.

Den ganzen Morgen sprach sie einsilbige Wörter mit einem I in den Spiegel. Ihr Gesicht war ein wenig fleckig, fand sie. Sie streckte die Zunge heraus und untersuchte sie. Die Zunge zeigte Zahndruckspuren, die sie ein wenig eckig erscheinen ließen.

– Bild. Still. Kinn.

Ein Metallstab. Ein glänzender, feuchter, schwarzer Metallstab quer durch den Kopf. Gabi drehte ihren Kopf, bis sie ihre Schläfe sehen konnte und das zittrige Haar, das darauf wuchs. Ihre Spiegelhand strich über die Stelle. *Da durch.* Eine glatte Durchdringung. Sie stand ganz kurz vor der Lösung. Natürlich – Wörter mit kurzem I in der Mitte waren wie Schädel, in denen ein dünner Stab steckte. Und die Konsonanten waren das Fleisch, das verdrängt wurde.

Gabi, Sie haben einen dicken, fetten I-Träger in Ihrem Schädel stecken, dem Sie einen Namen geben müssen. Ein glänzendes, schwarzes I. Quer durch den Kopf. Ein transkontinentaler Metallstab. Gabi spürte, wie ihr Tränen über das Gesicht rannen. Jetzt sah ihr Spiegelbild aus wie eine wundertätige Madonnenstatue. Ja. Das musste es sein, was Valerie mit ihrer geheimnisvollen Erzählung andeuten hatte wollen. Gabi überlegte, ein Finger wanderte an ihre Oberlippe und begann dort wie eine Biene zu kreisen. Metallstab, Metallstab, Metallstab. Nein, so etwas gab es hier nicht. Oder? Eine Nadel war zumindest ein *kleiner* Metallstab.

Als ihr Mann aufstand, fand er Gabi über ihr Nähkästchen gebeugt. Er sagte etwas und sie grüßte freundlich zurück. Er wunderte sich über ihre gute Laune und fragte, ob eine nennenswerte Besserung eingetreten sei. Gabi ging nicht näher darauf ein. Wolfgang wiederholte seine Frage, aber er bemerkte, dass Gabi schwitzte. Auch ihre Schminke war ein wenig verschmiert, als hätte sie geweint. Er ergriff ihren Ellbogen und sprach auf sie ein, aber sie entwand sich ihm und deutete nur an, dass sie eine starke Frau sei, viel stärker und zäher, als er bisher in seiner grenzenlosen Ignoranz angenommen hatte. Metallhart.

Und damit musste Wolfgang sich zufriedengeben, denn mehr bekam er den ganzen Tag nicht aus ihr heraus. Er überlegte, ob er die Therapeutin mit dem hübschen Nachnamen anrufen sollte, aber als er sah, wie Gabi fröhlich mit dem Baby spielte und es aus der Wiege hob und herumwirbelte (seit vielen Wochen das erste Mal!), setzte er sich, als sei ihm plötzlich schwindlig geworden, in einen Lehnstuhl und musste dagegen ankämpfen, unartikulierte Tierlaute der Dankbarkeit von sich zu geben. Konnte es sein, dass das schreckliche Leiden seiner Frau wirklich vorbei war? Schwieg sie deshalb, weil sie fürchtete, durch das Sprechen über ihre Fortschritte alles wieder zunichte zu machen? Wolfgang dachte an seinen Onkel Philipp, den Halbbruder seiner Mutter, der zeit seines Lebens an Migräne gelitten hatte und bei dem manchmal schon eine einzige intensive Erinnerung daran Kopfschmerzen oder die mysteriösen Begleitsymptome (ein metallischer Geschmack im Mund, linksseitige Taubheit der Gliedmaßen, Flimmerlichter in der Peripherie) wecken konnte.

Nein, er verstand. Lieber nichts verschreien. Auf Holz klopfen. Sein Knöchel rieb kurz über die Lehne des Sessels.

Am Abend beugte sie sich über das Gitterbett und ließ ihre leicht zitternde Hand eine feine, silberne Nadel neben das schlafende Kind mit diesen sonderbar gebogenen Beinen fallen, die sie an Kneifzangen erinnerten. Über Nacht würde sie sie dort liegen lassen. Denn wenn es eine Gerechtigkeit gab auf Erden, würde sie am nächsten Morgen immer noch dort liegen, das Kind unversehrt und unwissend – und alles wäre wahr, was man ihr über die Bedeutung der Frequenzen gesagt hatte und über den Zusammenhang von Zufall und Ordnung in der Welt; und auch das Kompliment von Walter, für dessen Nachnamen sie ein Vermögen bezahlt hätte, wäre ehrlich gewesen, nicht nur eine Art sozialer Körperfunktion, wie Händeschütteln oder Grinsen, sondern eine helle, strahlende, aufrichtige, ernstzunehmende Aufforderung zum Tanz durch Gott den Allmächtigen und bestimmt würde er auch das was er zu ihr vor der Kirche gesagt hatte zurücknehmen obwohl man das verstehen konnte denn es war schließlich heiliger Boden und alles und bestimmt hatte er das nicht so gemeint sie merkte wie sie wieder zitterte ihre Hand zitterte hatte sie die Nadel schon losgelassen ja das hatte sie ja allerdings.

Als Gabi am nächsten Morgen, ein paar Minuten nachdem Wolfgang zur Arbeit gegangen war, die Nadel neben dem friedlich schlafenden Kind fand (nur dass sie in der Nacht auf unerklärliche Weise auf die andere Seite des Bettes gereist war), stürzte sie unter heftigen Konvulsionen ins Badezimmer und riss sich die Kleider vom Leib. Sie setzte sich in die kalte, leere Wanne, die sich auf ihrer brennenden Haut wie scharfkantiges Glas anfühlte, und gab einen gewaltigen Strahl von sich, eine Mischung aus Urin und der rätselhaften Flüssigkeit ihrer sexuellen Höhepunkte. Sie legte sich die Hand auf den Mund, um nicht unkontrolliert zu schreien. Sie gab halberstickte, seltsam singende Tierlaute von sich.

~

Walter stand in einer Warteschlange. Er starrte auf einen roten Luftballon, der vor ihm in der Luft schwebte, als wäre es der Hinterkopf eines Mannes. Ein Königreich für eine Nadel. Das kleine Mädchen, das die Schnur des Ballons hielt, wippte auf ihren Fußballen. Die Zeit bewegte sich nur äußerst langsam, wie eine Hand, die im Gras nach einer Kontaktlinse tastet. Walter tippte den Ballon an und das Mädchen sah zu ihm auf. Er lächelte. Hinter ihm stand ein Mann, der hemmungslos schluchzte, die ganze Zeit schon, ohne Unterbrechung. Er weinte in ein großes Taschentuch, schnäuzte sich laut und unappetitlich, und murmelte immer wieder leise ein Wort, das Walter nicht verstand.

– Sie müssen sich nicht jedes Mal anstellen, sagte Valerie, als Walter vor ihrem Schreibtisch Platz genommen hatte.

Sie war unfrisiert wie immer und roch nach Desinfektionsmitteln oder irgendeiner chemischen Seife. Außerdem schien sie wieder übernächtig, die winzigen Äderchen in ihren Augen hatten sich zu einem rötlichen Netz verdichtet. Sie hatte ihre Uhr vom Handgelenk genommen und vor sich auf den Schreibtisch gelegt. Die Zeiger fuhren vorschriftsmäßig im Kreis, und Valerie sah alle paar Sekunden darauf, als wäre das der interessanteste Vorgang, den sie je beobachtet hatte. Oder sie betrachtete ihre Schuhe, die mindestens ebenso interessant schienen.

Im Zimmer der Therapeutin hing ein neues Bild, das Walter gleich beim Eintreten aufgefallen war. Eine altertümliche Schrift buchstabierte den rätselhaften Namen *MÉLIÈS*, ein Wort, das den Betrachter mit den erhobenen Augenbrauen seiner Accents anstarrte, über einer menschengesichtigen Mondscheibe, deren linkes Auge von einer Rakete durchbohrt war. Das Bild kam ihm bekannt vor. Aber woher?

Eine hingekritzelte Bildunterschrift: *Für Val von Al.*

– Ja, sicher, sagte Walter abgelenkt, aber ich habe mir … nur gedacht, dass es so vielleicht besser aussieht. Es sollen ja nicht alle wissen, dass ich gar kein Patient bin.

Valerie kämpfte ein Gähnen nieder, schwieg und sah wieder auf die Uhr. Sie wischte sich eine Haarsträhne aus dem Gesicht und klemmte sie hinters Ohr.

– Wir haben uns noch nicht über das Honorar unterhalten, sagte sie. Viel kann ich leider nicht zahlen.

– Okay, sagte Walter.

Er hatte so etwas schon erwartet, aber jetzt, da sie es sagte, war er doch enttäuscht. Immerhin hatte er ihr demonstriert, dass er sich anstrengen konnte, und er hatte sich in die fragmentarische Rolle, die sie für ihn entworfen hatte, gut eingearbeitet. Zum Teufel noch mal, er hatte sogar einen halben Nachmittag geopfert, um mit ein paar Leuten aus der Gruppe singen zu gehen, in die alte Kirche, in der fast nie jemand war. Es ärgerte ihn, dass niemand sein Talent mit Geld aufwiegen wollte.

Valerie lehnte sich in ihrem Sessel zurück und streckte sich, dabei hob ihr T-Shirt sein schläfriges Lid und präsentierte aller Welt ihren Bauchnabel, an dessen Form und Größe man sehen konnte, dass sie keine junge Frau mehr war. Mein Gott, dachte Walter etwas deprimiert, wie jugendlich sie sich heute wieder vorkommt. Mit ihrem silbrig geäderten Haaransatz, ihrer Lesebrille und der Handcreme, die penetrant nach Krankenhaus riecht. Valerie gab ein merkwürdiges leises Jaulen von sich, wie ein –

– Ah, da bist du ja, sagte Walter.

Er hatte Valeries kleinen, roten Hund entdeckt, der, gut getarnt an einer schattigen Stelle, unter ihrem Schreibtisch saß und den Kopf mit dem feinen, grüblerischen Gesicht auf die Vorderpfoten gestützt hatte. Der Denker. Er begleitete sie manchmal in die Praxis. Der Hund war selbst so eine Art Patient, hatte sie Walter einmal erzählt. Plötzliche Panikattacken, die sich niemand erklären konnte. Armes Vieh.

Walter streckte seine Hand unter den Schreibtisch, aber der Hund lag zu weit weg. Er beobachtete die sich nähernde Hand, die auf halbem Weg schlapp machte, als wollte er sagen: *Wird das heute noch was? Nein? Auch gut.* Und er legte den Kopf zurück auf die Pfoten.

Valerie ließ ihr Handgelenk, das genau spürte, was Walter dachte, langsam rotieren, bis es befreiend knackte. *Schau mich an, ich bin so was von beweglich*, sagte das Gelenk, *alles in mir ist fließend.*

Hinter ihnen ging die Tür auf und die Sprechstundenhilfe erschien, holte Luft, weil sie etwas ungeheuer Dringendes verkünden musste, aber schon wurde sie sanft zur Seite gedrängt. Walter blickte in ein bekanntes Gesicht, das sich vor Überraschung verfinsterte. Valerie fuhr sich einmal mit der Hand durchs Haar, räusperte sich und sagte laut:

– Aber! Gabi, was … was haben Sie denn da?

Walter spürte etwas auf seinem Knie unter dem Schreibtisch. Bestimmt Valeries Fuß, der eine verschlüsselte Warnung überbringen wollte. Walter sah, dass ihr Gesicht alle morgendliche Entspannung verloren hatte. Eine labile Patientin, die mit einem dicken Packen Papier ins Büro geschwankt kam, bedeutete nichts Gutes. Die Sprechstundenhilfe zog sich ohne ein Wort zurück.

– Ich hab alles … alles, sagte Gabi und deutete wirr auf ihre Papiere.

Sie war außer Atem und musste sich setzen. Obwohl es draußen nicht kalt war, steckte ihr Hals in einem dicken Schal, der vor der Brust zu einem Knoten zusammengebunden war. Sie stellte ihr Zettelpaket vor Valerie auf den Schreibtisch. Der Turm stand ein wenig schief und der obere Teil rutschte nach links; Walter wollte rettend eingreifen, aber die Zettel glitten ihm durch die Hände und fielen auf den Boden.

– Egal, sagte Gabi, Hauptsache, ich hab endlich alles.

Sie hustete und klopfte sich überraschend fest und mit beiden Händen auf die Brust.

– Hn! Hn!

Walter bemerkte eine kleine Ader auf ihrer Stirn, die sich bewegte wie eine unter Folie gefangene Raupe. Die Zettel waren eng beschrieben mit Zahlen. Zahlenkolonnen, endlos und in wechselnder Handschrift.

Valerie sah ein paar davon durch, dann fragte sie sehr ruhig:

– Was haben Sie denn da notiert?

– Was Sie mir gesagt haben! Alles, einfach alles!

– Aber das sind lauter Zahlen, was stellen die denn dar?

Gabi schaute etwas hilflos zu Walter, der sie freundlich anlächelte, was sie sehr zu beruhigen schien. Lautlos bildeten ihre Lippen das Wort *Hal-lo*.

– Ach so, ja, fiel Valerie ein. Walter, wir sind dann ja fertig für heute.

– Oh, ich ... ja, ja, sicher, sagte Walter.

Beinahe hätte er sich Gabi gegenüber wie der Therapiekomplize benommen, als der er angeheuert worden war. Er ging an den beiden vorbei aus dem Raum. Draußen hörte er Gabi hinter der geschlossenen Tür rufen:

– Alle Frequenzen! Einfach alle!

Und etwas, das wie ein verlangsamtes, heiseres Lachen klang. Darauf die Stimme von Valerie, die zu behutsam sprach, als dass man draußen verstehen konnte, was sie sagte. Walter hatte das dumpfe Gefühl, zu weit gegangen zu sein. Dann wieder wurde er wütend, und er sagte sich, dass ihn das alles gar nichts anging.

Als er aus der Praxis trat und zu seinem Fahrrad gehen wollte, sah er etwas Seltsames. Ein Kinderwagen parkte da vor dem Haus, mutterseelenallein. Und als er neugierig hineinsah, erschrak er, denn in dem Kinderwagen lag ein Haufen Holz, wie für einen Ofen.

Verrückt, was die Leute alles stehen ließen.

Er schüttelte den Kopf und fuhr nach Hause, wo er sich sofort vor den Fernseher setzte. Er blieb den ganzen Nachmittag davor sitzen. Sein Handy klingelte immer wieder, aber er ging nicht ran. Zahlen, dachte er. *Bezah-*

lung, dachte er. *Viel kann ich nicht zahlen*. Immer dasselbe.

Er schaltete planlos durch die Kanäle, ohne Ton. Bald erschien ein Schauspieler in Schiedsrichteruniform, der traurig in die Kamera blickte und dann in seine Trillerpfeife blies – sie war lautlos wie eine Hundepfeife. Aber Walter bekam das gar nicht mehr richtig mit, sein Kopf war schon viel zu müde.

Der Garten der erwachsenen Entscheidungen

Ich ging zu Lydia, um ihr zu sagen, was sich in mir angestaut hatte. Valerie.

Als sie mich hereinließ, umarmte sie mich.

– Seltener Gast, sagte sie.

– Hallo.

– Du schwitzt wie ein Schwein.

Da hatte sie Recht.

– Ein bisschen, ja. Ist heiß draußen.

– Zuviel überschüssige Energie?, fragte sie.

Sie war stolz darauf, meine Gemütszustände am Geruch erkennen zu können. In diesem Fall hatte sie Recht. Ich war über eine halbe Stunde lang mit einer Erektion in einer der hintersten Sitzreihen des kleinen Vortragssaals gesessen und hatte hinterher mit Valerie zu Abend gegessen, nichts weiter.

– Energien muss man umleiten, sonst können sie einen umbringen, sagte Lydia im Tonfall eines Dokumentarfilmkommentars.

Ich berührte geistesabwesend ihre Schulter. Ich musste es ihr sagen, es war die perfekte Gelegenheit.

– Weißt du, Ly, um ehrlich zu sein, ich –

Aber sie nahm meine Hand von ihrer Schulter und biss mich sanft in den Finger.

– Du riechst wie ein fünfzehnjähriger Schüler, der sich in der Umkleidekabine für Mädchen in einem Schrank versteckt hat.

– Woher weißt du, wie so jemand riecht?

– So wie du, sagte sie.

Hinkend führte sie mich zu einem Sessel. Sie öffnete meine Hose.

– Nicht, sagte ich, wir –

– Ist doch nichts dabei, sagte sie. Versprochen.

Ich glitt sofort in ihren Mund. Ihre Lippen bewegten sich um meinen Schwanz, als versuchten sie ihn neu zu formen. Tausend winzige Bewegungen. Dann, auf einmal, rutschte ihr Kopf nach vor und ihre Zähne bissen in meine Schambehaarung. Völlig fassungslos starrte ich sie an. Mein Glied steckte bis zum Anschlag in ihrem Rachen, und an den leichten Bewegungen ihrer Nasenflügel sah ich, dass sie trotzdem noch atmen konnte. Sie bewegte ihren Kopf (der so nah an der Form einer geschlossenen Faust war, wie ein Kopf nur sein kann) ruckartig vor und zurück, und ich spürte die verheißungsvolle Härte absoluten Vakuums.

– Oh Gott, stammelte ich. Wie … wie …

– Puaaah.

Lydia entließ meinen Penis, atmete ein paar Mal tief durch und nahm ihn ein zweites Mal in den Mund. Diesmal brauchte sie länger, bis sie die besondere Leerlauf-Schluckbewegung (die geheime Zutat dieses atemberaubenden Zaubertricks) hinbekam, und wieder schlitterte ich mit der ganzen Länge in ihren Hals. Ihre Zähne berührten meine Hoden.

– *Ng*, machte Lydia.

Drei, vier, fünfeinhalb Pumpbewegungen genügten und ich kam. Mein Sperma spritzte Gott weiß wohin, in sie, in ihren Kopf, ein entsetzliches, herrliches, Funken sprühendes Sakrileg.

– Hat das geholfen?, fragte sie, als es vorbei war.

– Was?, fragte ich benebelt.

Sie hätte mich genauso gut fragen können, wie der Innenminister der Ukraine hieß.

– Zu viel Energie kann einen umbringen, sagte sie. Weißt du? *Chchchrrrr!* Mmh.

Sie blickte sich im Zimmer um. Auf dem Tisch fand sie eine Packung Taschentücher, faltete eines auf und spuckte hinein. Sie betrachtete den Fleck eingehend, drehte das Taschentuch hin und her, dann knüllte sie es zusammen und warf es mir in den Schoß.

– Wie … wie hast du das gemacht?, fragte ich dumm.

Ich ließ das Taschentuch, für das ich keine Verwendung hatte, zwischen meinen Knien auf den Boden fallen. Ich zog mir die Unterhose über mein Glied, das immer noch steif war und vergeblich zu begreifen versuchte, was mit ihm geschehen war.

– Übung, sagte sie. Übrigens, wenn du schon einmal hier bist. Weißt du noch, die Disco, wo wir früher immer hingegangen sind? Die haben wieder offen. Ich bin da gestern vorbeigefahren und hab das Schild gesehen. Wollen wir?

– Ich weiß nicht, ich wollte eigentlich –

Aber alle vorbereiteten Sätze waren verschwunden. Abgesaugt, ausgespuckt.

– Ach, komm schon, das geht schon in Ordnung. Ist kein Rendezvous, versprochen.

Eine Stahltoilette auf einem LSD-Trip. Keine Fenster, dumpf wummernde Drumbeats, als wären die dünnen Wände der Klokabine von Blutgefäßen durchzogen, die bei der geringsten Berührung bersten. Flackerndes Licht wie eine in der Lampenschale gefangene Fledermaus. Überall auf den schmutzigen Fliesen: Mobiltelefonnummern, manche davon ohne Vorwahl.

Im Spiegel ein unreifes, verschwitztes Gesicht. *Elender Feigling. Kein Wunder, dass du nie bekommst, was du willst.*

Du weißt eben nicht, was du mit deinem Leben anfangen lassen sollst.

Anfangen lassen?

Das Gesicht zweifelte an der Richtigkeit dieser Formulierung, blickte noch ein paar Sekunden auf sein Double, erlaubte sich ein unerwidertes Blinzeln, dann streckte ich meine Hände unter den Wasserhahn, der durch einen Bewegungsmelder aktiviert wurde. Angenehm. Bloß nichts berühren. Schmutz, Keime, fremde Spermien. Bauplan für ein ganzes Leben.

Das Gesicht betrachtete sich noch einmal im Spiegel. Es war nur ein Gesicht. Gerötet, feige und ohne Zukunft.

Ich ging zurück zu Lydia, tauchte wieder in den innersten Kreis der Disco ein, wo es am lautesten war und sich vor meinen Augen flimmernde Gestalten unter dem donnernden Lärm der Lautsprecherboxen krümmten und ekstatisch auf und ab sprangen, als schieße jemand mit einer MG auf den Boden unter ihren Füßen. Ein Jugendlicher hatte die Augen in seinem großen, krebsroten Gesicht fest geschlossen und ruderte zum Rhythmus der Musik wild mit seinen Armen, als wollte er ein Loch in die Luft schaufeln. Ein anderer spielte seine Zeigefinger aus, deutete zuerst mit der linken, dann mit der rechten Hand im Takt zur Decke, dann geradeaus, als hätte er jemanden erkannt, dann wieder zur Decke, wo futuristische Lampen in verschiedenen Farben Blitze durch den Raum jagten, in denen die Bewegungen der Tanzenden zu einer Serie von Schnappschüssen wurden.

Lydia stieß mich auffordernd an.

Ich schüttelte den Kopf: Nein, ich will jetzt nicht tanzen.

Sie stieß mich ein zweites Mal an: Ach, komm schon.

Nein, schüttelte ich meinen Kopf ein wenig bestimmter.

Jetzt komm schon, zogen ihre Finger an meinem Ärmel.

Nein, sagten meine Augen, die kurz zu Boden blickten. Aber geh du ruhig, wenn du magst, ergänzte meine Hand.

Lydia wartete, ob ich mittels Zeichensprache auch so etwas wie eine Begründung geben würde, dann wandte sie sich ab und ging mit ihren vorsichtigen, kleinen Schritten allein auf die Tanzfläche.

Ich sah sie in den sich bewegenden, einander streifenden Gliedmaßen untergehen, sie war eine kleine Frau unter Menschen, die sie um mindestens einen Kopf überragten.

Nach einer Weile sah ich sie nicht mehr. Ich schaute den hypnotisierenden Bewegungen zu. Die Blitze verwandelten die Tanzenden in Bewegungsstudien von Muybridge: Viele ließen eine ihrer Hände vor dem Gesicht auf und ab wandern und folgten diesem interessanten Objekt, das sich in schnellen Momentaufnahmen voranbewegte wie die Protagonisten in einem Daumenkino. Ein Springball. Ein Mann, der einen Revolver zieht. Eine Bombe, die explodiert, zu Rauch wird und sich schließlich in Nichts auflöst. Ein Strichmännchen, eine einzige von links nach rechts laufende Linie, geht im Pyjama durch die Welt, ohne erkennbaren Gesichtsausdruck.

– *Let's hear it for DJ Q!*, wurde über einen Lautsprecher verkündet.

Ich fuhr heftig zusammen, als mich jemand an den Schultern packte. Lydias Gesicht tauchte neben mir auf, grinste, erwischt, hab ich dich, hast geglaubt, ich wäre –

– Lass das, sagte ich.

Sie sah, dass sich meine Lippen bewegten, und bedeutete mir, dass sie nichts hören könne.

Ihr T-Shirt hatte in den Achseln Schweißflecken bekommen, außerdem hinkte sie stärker.

– Mir gefällt es hier, ehrlich gesagt, nicht besonders, sagte ich.

Ich sprach, indem ich meine Lippen möglichst wenig bewegte. Nur in meinem Rachen spürte ich, wie sich der Schall der Worte bildete.

Lydia sah gerade woanders hin und bemerkte nichts. Sie war durstig geworden und saugte an ihrem Getränk. Der perfekte Augenblick, um zu üben.

– Ich habe jemanden kennen gelernt, wie du weißt, sagte ich gerade so laut, um die Worte in meinem Schädel vibrieren zu lassen. Ich hab eine Frau kennen gelernt, sie heißt Valerie, sie …

Sie riecht einfach umwerfend, weißt du. Wir alle haben verschiedene Gerüche, und sie sind das Intimste, was wir besitzen.

– Sie riecht wirklich umwerfend. Jedes Mal, wenn ich ihre Schultern sehe, denn sie trägt meist etwas, in dem ihre Schultern nackt sind, also jedes Mal, wenn ich diese Schultern sehe, die immer ein wenig … wie soll ich sagen … glänzen, also ein kleiner Lichtschein ist da immer, auf dieser Rundung, wie … wie auf einem Porzellankrug oder einem polierten Apfel, dieser Widerschein von Licht, das durch ein Fenster fällt … ja … und morgen Abend gehe ich mit ihr in die Oper …

Lydia schaute mich plötzlich an. Ich erstarrte. Dann lächelte sie, immer noch über meine Faulheit, weil ich nicht mit ihr auf die Tanzfläche gegangen war. Ihre Lippen saugten an dem Strohhalm.

Sie gestikulierte etwas wie *Gehen wir?*

Ich stimmte zu.

Sie nahm meine Hand und führte mich durch den Tumult, der schlimmer zu werden schien. Inzwischen hatte sich die Blitzfrequenz erhöht und machte mich, wenn ich die Augen schloss, schwindlig und benommen. Sie war wohl nahe bei 10 oder 11 Hz, der Frequenz der Alphawellen im Gehirn. Die Tanzenden, die sich mit geschlossenen Augen bewegen (so wie der Jugendliche, der sich einen Lufttunnel in ein besseres Leben schaufelte), fallen dann in Trance, sehen Farbexplosionen und religiöse Ur-Symbole: Kreuze, Kreise, Spiralen, Sterne.

Während ich hinter Lydia herging, sprach ich weiter. Es gab noch etwas Wichtiges zu sagen:

– Ich glaube, dass sie mich auch interessant findet, obwohl sie … also, sie ist viel älter als ich … oder du … mindestens zehn oder fünfzehn Jahre. Mindestens.

Lydia verlor kurz meine Hand, fand sie aber gleich wieder und zog ein wenig stärker. Schon waren wir beim Ausgang.

Kühle Nachtluft auf schweißnassen Körpern.

Lydia gähnte, um ihre Ohren zu öffnen. Wir sprachen nichts, während wir zu ihrem Auto gingen. Erst auf den letzten Metern, kurz bevor wir stehen blieben und uns voneinander abwandten, um einzusteigen, hängte sich Lydia noch bei mir ein. Dann ließ sie mich los, gähnte ein zweites Mal und steckte mich damit an.

Als ich mein Gähnen zu unterdrücken versuchte, traten mir Tränen in die Augen, und der Blick auf die Straße und die nächtlichen Häuser verwischte sich.

– Lydia, ich muss mit dir reden, sagte ich.

– Sicher kannst du bei mir schlafen, sagte sie. Ist schon spät.

Sie stellte das Radio so laut, dass mir schwindlig wurde.

Die Fliehkraft der Kurven zog an meinem müden Körper, als hinge ich an vielen winzigen Angelhaken.

– Ich hab da was Witziges gelesen, sagte Lydia, als wir bei ihr zuhause im Garten saßen. Über eine Frau ohne Arme und Beine, die Mutter von fünf Kindern geworden ist, weil sie sich in einem Edelbordell die Gliedmaßen einer Schaufensterpuppe angeschnallt hat. Ich frage mich, wer zahlt für so was?

– Grüne Spinnen, sagte ich.

– Welche Spinnen?

– Ah, gut, du kannst mich also wieder hören. Können wir jetzt miteinander reden?

– Sicher.

– Du hast mich angerufen und gesagt, dass du in meiner Wohnung wärst. Warum hast du das gesagt?

Lydia schwieg. Der Garten war still. Wie die Rahmenhandlung einer Heimatgeschichte, vorgelesen von einem alten, seltsamen Mann mit Hornbrille. Das Licht, das den Garten erhellte, verlieh allem, den Liegestühlen, dem weißen Gartentisch, sogar dem friedlich zusammengerollten Wasserschlauch, eine comicartige Schärfe. Die Ränder der Dinge schienen ihr eigentliches, unbemerktes Geheimnis zu sein. Ein Mückenschwarm, der in die Nacht davontanzte, glitt durch die Dinge hindurch, als gäbe es keine festen Oberflächen.

– Ach, ich weiß auch nicht, sagte Lydia. Ich wollte, dass du mir zuhörst, das ist alles.

Lydia lag auf einem der Liegestühle. In ihrer Hand drehte sich eine nervöse Bierflasche. Auf dem weißen Gartentisch neben ihr lag ein Buch. *Gärten – Die Orte Gottes.* Der Autor ein multikulturelles Gemisch namens Albert Fatih Johnson.

– Und?, fragte ich.

– Ach, scheiße, das ist alles so kompliziert, sagte sie. Ein Haufen hundskomplizierte Geschichten. Mein Gott …

Gott, ein Heimatdichter in der charakteristisch neutralen Abendgarderobe seines Metiers, steigt die drei Stufen zu einer kleinen Freilichtbühne empor. Niemand beachtet ihn, als er sich an den Tisch setzt. Er sucht in seinen Taschen, findet eine schmetterlingsförmige Brille, die er sorgfältig auffaltet und sich auf die Nase klemmt. Mit zitternder Stimme liest er einen Auszug aus seinem Work in Progress. Bevor er zu lesen beginnt, nimmt er einen gewaltigen Schluck aus dem Wasserglas. Es ist halb leer. Er liest eine traurige Geschichte über einen Mann und eine Frau. Eine Szene, die in einer Küche spielt.

– Du verlässt mich nicht, zumindest nicht ganz … Ach, du weißt schon, was ich meine, sagte sie und ließ eine Haarsträhne, die sie zwischen ihren Fingern zu einem kraftlosen Korkenzieher gezwirbelt hatte, los. Die Strähne wickelte sich auf.

– In Ordnung, sagte ich. Aber ich meine, bitte versteh das jetzt nicht falsch, aber wie … ich meine, wie kannst du dir da so sicher sein?

Der Satz ging entschieden zu weit, aber ihr Gesicht blieb, wie es war: entspannt. Sie griff sich wieder eine Haarsträhne, diesmal eine dünnere.

– Einfach so, ich …

Sie drehte sich um und nahm einen Schluck direkt aus der Flasche. Ein Echo der Schluckbewegung ging durch ihren zierlichen Nacken.

– Ich weiß es, weil ich Vertrauen zu dir habe, sagte sie und stellte die Flasche vor mich hin, als gehörten Vertrauen und Flasche irgendwie zusammen.

Ich wollte einen Bissen von meinem Kuchen nehmen, da hielt mich Lydia zurück.

– Halt, warte!

Sie nahm mir die Gabel aus der Hand.

– Was denn?

– Ist vergiftet, sagte sie und aß das Stück selbst.

Dann spülte sie mit einem Schluck nach. Bier rann ihr übers Kinn und tropfte auf ihr T-Shirt. Sie wischte sich den Mund mit dem nackten Unterarm.

Sie lachte.

– Mein Gott, sagte sie, jetzt schau nicht so dumm. Glaubst du wirklich, ich bin eifersüchtig? Ausgerechnet dieses eine Mal? Iss ruhig fertig, ich wollte nur kosten.

– Man weiß ja nie, sagte ich.

– Oh doch, sagte sie, man weiß sehr wohl. Ich kenne dich länger als irgendjemand sonst, ausgenommen deine Mutter. Und auch wenn du weiterhin hartnäckig glaubst, dass es in jedem Menschen diesen kleinen, unbetretbaren Raum gibt, der bis in alle Ewigkeit verschlossen bleibt, bin ich doch so nahe an einem vollständigen Bild von dir, wie man es nur sein kann. Wie kannst du mir dann ins Gesicht sagen, ich würde ausgerechnet *das* nicht verstehen? Es gibt nichts an dir, keine Entscheidung, keine Bewegung, keine Bemerkung, die mir nicht bekannt vorkommen würde! Also bitte … Siehst du? Ich *bitte* dich wirklich … erklär mir.

– Aber *was* soll ich erklären?

– Natürlich, die Frage habe ich erwartet. Diese Fragen. *Was willst du überhaupt, warum stehst du da vor mir und hältst mir dieses sprechende Gesicht vor? Warum bist du überhaupt da? Warum gibt es dich?* Sag selbst. Warum mache ich das wohl? Was meinst du?

– Du willst wissen, wo ich hingehe?

– Falsch.

– Du willst nicht wissen, wo ich hingehe?

– Das *Wo* ist mir völlig egal. Ob du dich mit irgendjemandem in einem Brunnenschacht, auf einem Baugerüst oder auf einem fremden Hausdach zur Besichtigung des Sternenhimmels triffst –

– *Besichtigung* … du erinnerst dich noch?

Ihr Gesicht hörte auf zu sprechen. Sie brauchte eine gewisse Zeit, um das, was ich gesagt hatte, aufzunehmen. Dann richtete sie ihren leicht vorgebeugten Oberkörper auf und stemmte die Arme in die Hüften, Hüften, deren stiller Schwung für elegante Schuhlöffel Modell gestanden hatte.

– Wovon redest du eigentlich?

– Das Wort hast du damals verwendet, als wir es die ganze Nacht auf dem Balkon getrieben haben, im Sommer, unter der Decke, sagte ich. Erinnerst du dich?

– Ich erinnere mich, sagte sie.

– Ja, und über uns, da war dieser riesige –

– Mein Gott, sagte sie plötzlich und fing mit der Hand Tränen ab.

Ich stand auf.

– Was ist denn?

– Mein Gott, du solltest … du solltest dich einmal hören, jammerte sie. Wie du redest!

Sie schluchzte, mit einer einzelnen, viel zu schmalen Hand vor ihrem Gesicht. Ihre Wangen waren rot angelaufen. Ihre Unterlippe zitterte oder suchte immer noch nach den richtigen Worten. Ich kam ihr zuvor:

– Aber was hab ich denn gesagt?

– Du solltest dich hören, würgte sie mit einem dünnen Stimmrest hervor. Du solltest dich reden hören. Du bist verliebt.

Ihr Make-up brachte ihre Tränen mitten auf der Wange zum Stillstand, wie Wachstropfen auf einer brennenden Kerze.

– Aber was hab ich denn –

– Du bist verliebt! Das sieht ja sogar ein Blinder. Erzähl mir nichts.

Wieder verbarg sie ihr Gesicht hinter ihren zu kleinen Händen.

– Idiot, sagte sie leise. Verdammter Idiot.

Der alte Tragödiendichter überspringt ein paar Seiten. Mit dem Daumen, den er sich vorher in den Mund gesteckt hat, blättert er weiter. Sein Mund bleibt offen, die Unterlippe hängt rot herunter, wie die Zunge einer alten Katze.

– Also, der Mann, sagt er, während er blättert, der Mann trifft sich also mit dieser viel älteren Frau, wovon seine Freundin natürlich weiß. Der Mann bleibt sehr lange weg. Und er trifft die ältere Frau nach einem ziemlich lächerlichen Vortrag, den sie irgendwo gehalten hat.

Der Dichter kehrt wieder zum Text zurück. Er holt Luft, als wollte er einen neuen Absatz beginnen, dann hält er inne, fährt mit dem Zeigefinger eine Zeile entlang, murmelt leise mit. Er schüttelt den Kopf, er hat sich geirrt. Er blättert weiter, sichtlich verärgert über sein Missgeschick, und die Seiten, die er überblättert, scheinen ihn nicht fröhlicher zu stimmen: Sie sind übersät mit Korrekturen, roten und hellblauen Flecken und dichten Wolken aus Randnotizen. Selbst aus der letzten Reihe sieht man deutlich, dass vieles, was auf diesen Seiten gesagt wird, besser ungesagt geblieben wäre.

– Mein Gott, ich lass dir ja deinen Freiraum, es ist nur –

– Lydia, bitte nicht mehr heute, ich bin müde.

– Ich steh jetzt einfach ziemlich dumm da, das ist alles. Das wollte ich dir am Telefon sagen.

– Wieso das? Wieso stehst du dumm da?

– Du willst mich nicht verstehen, oder?

– Doch. Also wieso?

– Nein, weißt du was, wenn du gerade nicht zuhören kannst … du bist müde und alles … wir können auch später reden. Du solltest einfach hier bleiben und dich ausschlafen.

– Jetzt sag schon.

– Gut, wenn du's unbedingt wissen willst. Weil ich so für dich gekämpft habe, damals, vor meinen Eltern. Und wie steh ich jetzt da?

– Warte mal, warte mal eine Sekunde … du hast was?

– Ja, jetzt bin ich die, die sich von Anfang an geirrt hat! Was glaubst du, wie *die* sich hinter meinem Rücken das Maul zerreißen.

– Dann lass sie reißen.

– Ich hätte nicht davon anfangen sollen. War es wenigstens lustig heute? Ich meine, für dich?

Ich antwortete nicht. Lydia hatte mir eine dicke, weiche Decke gegeben, und bald schlief ich ein und träumte von einem weißen Dudelsack, dem bei jeder Bewegung seine fragilen Knochen brachen. Als ich ihn umarmen wollte, schrie der Dudelsack wie eine Ziege. Ich schlief bis Mittag, trotz der Kälte, dann weckte mich der Lärm eines rückwärts fahrenden LKWs. Lydia hatte mich einfach im Garten schlafen lassen. Ich ging zu ihr in die Wohnung. Sie machte mir etwas zu essen und erzählte mir von einem Videofilm, den sie sich gestern ausgeborgt hatte.

Als ich am Nachmittag losfahren wollte, bemerkte ich, dass sich die Pedale meines Fahrrads nicht mitbewegten, wenn man es rückwärts schob. Ich musste es reparieren, denn in ein paar Stunden begann die Oper und ich musste vorher noch nach Hause, mich umziehen. Ich stellte das Rad in der Einfahrt des Hauses auf. Zuerst versuchte ich die Pedale zu bewegen, während ich den Hinterreifen anhob. Es ging nicht. Ich war so darauf konzentriert, den Fehler zu finden, dass ich nicht merkte, wie die Zeit verging.

Irgendwann kam Lydia zu mir nach unten, sah auf die Uhr, dann setzte sie sich auf die Stufen und schaute mir bei der Arbeit zu. Ich hatte nicht die geringste Ahnung, was mit dem Rad nicht stimmte. Die Pedale hingen irgendwie fest, aber ich konnte ums Verrecken nicht erkennen, wo und warum. Ich hob die Kette an und sie fiel herunter. Ich richtete mich auf und trat gegen das Rad. Die Speichen federten wild hin und her, aber es fiel nicht um.

Lydia polierte einen Apfel an ihrem Hemd und biss krachend hinein.

– Scheißding, sagte ich.

Lydia kaute zustimmend und biss noch einmal in den Apfel.

– Könntest du mich eventuell fahren?

Sie wartete, bis sie geschluckt hatte.

– Weißt du was?, sagte sie. Beißen ist wie ein … ein elementares menschliches Vergnügen, findest du nicht auch? Jemanden dabei zu unterbrechen ist fast unverschämt. Beißen, kauen, das ist das Leben selbst, in … in einen Pfirsich, in ein hartes Stück Brot, in eine fremde Lippe, in die glatte Haut am Nacken, so … so raubtierhaft. Oder in einen Apfel wie den hier.

Sie hielt ihn hoch. Der Apfel hatte inzwischen die Form einer verkrüppelten Doppelpagode. Ein letztes Mal biss sie hinein und ließ dieses unvergleichliche Geräusch hören, als würde man einer Holzpuppe das Genick brechen. Zähne, der härteste Teil des Körpers, konzentrierte Stärke, eine Pressgewalt von hundert Kilo bei einem einzigen kräftigen Biss. Kein Wunder, dass wir sie pflegen und sauber halten, aber wie seltsam, dass wir gerade unsere Zähne entblößen, um zu signalisieren, dass wir einander gewogen sind, dass wir uns freuen.

– Kannst du mich fahren?, fragte ich freundlich. Bitte.

Lydia lächelte zufrieden.

Ich dachte daran, wie mich die winzige Lücke zwischen den Schneidezähnen von Valerie entzückte. Sie war wie ein Detail aus einem Kindergesicht, das sich in das Gesicht einer erwachsenen Frau verirrt hatte. Ich wollte am liebsten meinen ganzen Kopf zwischen diese Lücke klemmen!

– Sicher, sagte Lydia. Sicher kann ich dich fahren.

– Verfluchtes Scheißding, murmelte ich.

Ich stellte das Rad zurück in den Garten, wo ich es noch einmal verfluchte, und folgte Lydia und ihrem Apfel zurück in die Wohnung. Sie war noch im Pyjama und musste sich erst anziehen.

– Warte, sagte sie. Ich bin gleich so weit.

Ich war schon fertig angezogen und stand in Schuhen vor der Tür. Sie kam lange nicht.

– Was hast du gemacht?, fragte ich sie.

– Nichts. Ich hab mir noch die Nägel geschnitten.

– Warum ausgerechnet jetzt?

– Mit langen Nägeln kann ich das Lenkrad nicht halten. Wo soll's überhaupt hingehen?

– Zuerst zu mir nach Hause, ich muss mich umziehen. Dann zur Oper.

– Du verarschst mich?

– Nein, jetzt komm schon. Ich kauf dir auch ein Eis.

– Jetzt verarschst du mich, oder?
– Ja, komm jetzt.

Das Hemd, das ich in aller Eile angezogen hatte, war zu kurz und ich musste es immer wieder in die Hose zurück stopfen. Dazu fühlte sich das schwarze Sakko so an, als befände sich der Kleiderbügel immer noch darin. Lydia fuhr sehr vorsichtig. Sie ließ alte Frauen bei tödlich roter Ampel über die Straße gehen, hielt für einen roten Ball, der sich auf die Fahrbahn warf, und musste unterwegs auch noch tanken.

Trotzdem kamen wir eine halbe Stunde vor Beginn bei der Oper an.

– Danke, sagte ich zu Lydia und stieg schnell aus.

– Warte, rief sie mir nach. Kann ich dich hinterher anrufen, es ist nur wegen –

– Heute nicht mehr, sagte ich und rannte davon, obwohl der Eingang keine zehn Schritt entfernt war. Als Lydia fort war, stellte ich mich in Warteposition.

Die Zeit begann zu vergehen. Ich lief auf und ab. Irgendwann wurde die Zeit langsamer, schließlich kroch sie nur mehr dahin. Keine Spur von Valerie.

Ich wartete über eine Stunde. Menschen gingen an mir vorbei wie aus einer anderen Dimension: mit sich selbst beschäftigt, unendlich weit entfernt. Als gehörten sie selbst zur verwunschenen Welt der *Zauberflöte.* Wenn ich um Hilfe geschrieen hätte, wären sie mir wahrscheinlich nur ausgewichen, so wie man einer Statue ausweicht, die zufällig im Weg steht.

Ich trat von einem Fuß auf den anderen. Es war furchtbar kalt. Dreimal umrundete ich das Gebäude.

Als ich sicher war, dass sie nicht mehr kommen würde, machte ich einen Spaziergang. Ich konnte Lydia unmöglich bitten, mich früher zu holen. Also überstand ich eine ziemlich unsinnige Unterhaltung mit einem Obdachlosen, der in der Nähe des Parks herumstreunte und mit den Sternen redete.

– Viel zu tun?, fragte er mich, als ich schnell an ihm vorbeiging.

– Ja, sagte ich.

– Aber, aber … aber nicht zu viel, oder?

– Nein.

– Weil von zu viel wird einem nur … zu viel bringt einen nur durcheinander, die ganzen Satelliten …

– Sicher, sagte ich.

Er hielt die Hand auf. Ich schaute hinein. Sie war leer, also ging ich weiter. Rechtzeitig zum Ende der Oper war ich wieder am verabredeten Ort und wartete. Wenn wir uns durch einen unsinnigen Zufall verpasst hatten, würde ich sie jetzt wenigstens herauskommen sehen. Sie würde sich bei mir entschuldigen und mich fragen, wo ich denn gewesen sei, und ich würde antworten: *Hier natürlich, direkt vor deiner Nase, was bin ich doch für eine* – und ich würde sie küssen und bei ihr einziehen, noch heute Nacht.

Menschen strömten an mir vorbei, dieselben weit entfernten, unwichtigen, unbekannten, scheintoten Menschen, die sich in den nächtlich glitzernden Windschutzscheiben der parkenden Autos spiegelten. Keiner davon war Valerie. Wieder wartete ich eine halbe Stunde. Bis niemand mehr kam.

Neben mir hupte es.

Für einen Augenblick dachte ich tatsächlich, Valerie fährt dasselbe Auto wie – dann fuhr das Seitenfenster herunter.

– Komm, ich fahr dich nach Hause, sagte Lydia.

– Was zum Teufel machst du hier?, schrie ich sie an.

– Ich wollte sie sehen. Das ist alles. Mehr wollte ich nicht. Dass ich jetzt hier stehe, ist nur Mitleid. Komm, dir ist sicher eiskalt inzwischen.

– Du wolltest sie sehen? Hast du den Verstand verloren? Und jetzt lauerst du mir auch noch auf!

– Ich lauere dir nicht auf, sagte sie gekränkt. Ich will dich nur nach Hause fahren. Es ist ja niemand mehr da. Es war kaum noch mit anzusehen, wie du da auf und ab gelaufen bist.

Ich hatte Lust, sie aus dem Wagen zu zerren und zu verprügeln. Ich machte einen mutigen Schritt auf sie zu und – hätte mich fast leise bei ihr entschuldigt. Ich atmete tief durch. Kalte Nachtluft.

– Was geht es dich an, ob ich irgendwo in der Kälte stehe?, fragte ich.

Meine Stimme gehorchte mir nicht mehr.

– Alex, ganz ruhig. Du bist ja total durchgefroren.

– Was willst du von mir?, sagte ich mit zusammengebissenen Zähnen.

– Nichts. Ich will dich nur nach Hause fahren. Das ist alles.

Entschuldigung, sagte die hässliche Stimme, die sich in meinem Kopf eingenistet hatte. *Für alles*. Ein seltsamer, farbloser Gedanke von der Form eines vom Himmel fallenden Zeppelins. Außerdem wurde ich das Gefühl nicht los, froh und erleichtert zu sein, dass Lydia hier war (meine Zehen waren inzwischen taub und verlangten nach einem warmen Nest). Als ich neben ihr im Wagen saß, begann ich sofort von irgendetwas Belanglosem zu reden, von Wörtern, die man nicht eins zu eins übersetzen konnte. Weiß der Teufel, wie ich auf dieses Thema gekommen war. Lydia tat so, als hörte sie mir zu (und auch ich tat so, als hörte ich mir zu), aber kaum hatte sie den Wagen gestartet, läutete ihr Handy und ich verstummte. Lange sagte sie nichts, das Telefon hatte sie zwischen Schulter und Kinn eingeklemmt. Mir war immer noch eiskalt, trotzdem nahm ich die Haube ab, weil ich wissen wollte, mit wem sie sprach. Aber ich hörte nur den farblosen Rest einer Stimme, dünn wie ein verbrannter Kerzendocht.

– Aha, sagte sie. Ja. Aha.

Ihre freie Hand drehte das Lenkrad weiter. Dann lachte Lydia plötzlich hell auf, und das Lachen klang so fremd, dass ich zusammenzuckte.

– Wie ein Grammophon?, fragte Lydia. Um den Hals? Wie niedlich.

Sie legte auf und warf das Handy in meinen Schoß.

– Du sollst nicht telefonieren, wenn du fährst, sagte ich. Das ist verboten und außerdem gefährlich. Warum stellst du nicht auf Lautsprecher?

– Musst du schon wieder mit mir streiten?, sagte sie. Ist dir beim Warten der Verstand eingefroren? Außerdem, was hast du da eben gesagt? Ich hab kurz nicht aufgepasst, weil ich mich aufs Fahren konzentriert habe.

– Ach so, ich habe nur gesagt, ein Wort wie –

– Was für ein Wort zum Beispiel?

– Das Wort *Tenderness*.

– Wieso? *Tenderness* … Zärtlichkeit … ist doch übersetzbar. Ich seh da gar nichts.

– Aber es ist nicht übersetzbar in dem Sinn wie zum Beispiel *cat* oder *house*, weil verschiedene Dinge im Englischen *tender* sein können, die im Deutschen nie als *zärtlich* beschrieben werden würden.

– Zum Beispiel?

– Eine Straße.

– Unsinn! Es heißt doch gar nicht *zärtlich*, sondern *sanft*. Eine Straße kann sehr wohl sanft sein.

– Aber die Art, wie … wenn es zum Beispiel eine hügelige Straße ist und … das Auto federt diese kleinen Hügel ab beim Fahren, diese niedrigen Geschwindigkeitshügel, die man in der Magengrube spürt, dann kann man das *tender* nennen, auch im Sinne von zärtlich … Ach, was weiß ich … *the tender* irgendwas *of the car* … oder *of the street* …

– Na ja, trifft auf diese Straße jedenfalls nicht zu.

– Kommt ganz auf den Fahrer an.

– Die Fahrerin.

– Okay, Fahrerin.

– *Chauffeuse.*

– Ist ja gut.

– Wovon reden wir eigentlich?

– Weiß ich doch nicht.

– Geh ich dir auf die Nerven?

– Warum, was ist denn?

– Ich frag ja nur. Geh ich dir auf die Nerven? Wenn ja, kann ich auch einfach stehen bleiben.

– Wieso, was hab ich denn gesagt? Du hast davon angefangen.

– Ich fahr dich immer überall hin. Ist dir das schon einmal aufgefallen?

– Ja, stimmt, du lässt immer alles stehen und liegen.

– Nur damit du überall hinkommst.

– Ja. Sag ich ja. Ist mir aufgefallen.

– Dann ist ja gut … *the tender irgendwas of the car* … so wie jetzt?

– Nein, das war eher unangenehm.

– Was? Wie ich fahre?

– Nein, aber mir hebt's immer die Eingeweide, wenn du –

– Sag's nur, ich weiß schon, was du sagen willst.

– Ach, meine Güte.

– Was? Murmel nicht irgendwas in deinen Dreitagebart. Das Auto ist zu klein für solche Versteckspiele.

– Wer spielt denn Versteckspiele? Mein Gott, müssen wir uns unbedingt streiten?

– Wir haben nicht gestritten. Ich habe es nur ge*wagt* – und ich bitte um Entschuldigung –, ich habe es gewagt zu bezweifeln, dass eine Straße oder das Federn oder was auch immer *zärtlich* sein kann.

– Aber genau darum geht es ja! Kann es auch nicht!

– Werd nur laut.

– Jetzt hör doch auf, ich bin ja deiner Meinung! Kann sie eben nicht. Aber im Englischen –

– Oh, ent*schuld*ige bitte, dass ich nicht so per*fekt* Englisch kann wie du! Aber dafür fahre ich ganz gut Auto, oder?

– Was ist denn los?

– Gar nichts.

– Du bist heute so –

– Gar nichts ist los. Wir fahren jetzt einfach schweigend weiter durch die Landschaft.

– Was hab ich denn falsch gemacht? Wenn du mir das einfach sagen könntest, wären wir schon einen Schritt weiter.

– Einfach schweigend nebeneinander herfahren, du und deine treue Chauffeuse … jaja. Ein Mann und seine Chauffeuse kämpfen gegen das Unrecht.

– Haha, sehr witzig.

– Ein Mann und seine Chauffeuse. Ohne lästige Kinder auf dem Rücksitz. Was ist so komisch?

– Was? Ich hab nur –

– Du willst keine Kinder, weiß ich. Aber ist das ein Grund zu lachen?

– Ich hab doch nur über den Witz gelacht!

– Oh, für Witze bin ich also wieder gut genug? Zum Autofahren und Witze reißen. Sicher, hab schon verstanden.

– Nein, ich glaub eher, du hast da was total falsch verstanden.

– Dann erklär's mir, wir haben ja Zeit.

– Mir wäre ehrlich gesagt lieber, du würdest mir sagen, was dich stört.

– Ich hab dir schon gesagt, was mich stört.

– Ehrlich? Wann?

– Noch deutlicher geht's nicht.

– Wann denn?

– Grad eben.

– Was? Im Ernst? Grad eben? Wann?

– Du wiederholst dieselben Wörter, immer und immer wieder, bis sie einen Sinn ergeben, oder?

– Jetzt warte mal ... Grad eben? Ich komm nicht drauf. Sag's mir noch einmal.

– Nein, du hörst mir ja doch nicht zu.

– Stimmt doch gar nicht, ich war mit den Gedanken nur irgendwo –

– Bestimmt.

– Was bestimmt?

– Bestimmt ist das die Lösung ... ist das ein verdammter Idiot ...

– Was?

– Ich meine den Eierkopf da vor uns.

– Fährst du wegen dem so langsam?

– Was glaubst du, warum ich so auf ihm draufklebe? Der fährt hier mitten in der Einöde fünfzig. Und hat natürlich einen Hut auf. Dann ist ja alles klar.

– Und? Sagst du mir jetzt, was ich verbrochen habe, dass du so gereizt auf alles reagieren musst?

– Ah! Ich hab's gewusst! Immer drehst du alles um, immer in deine Richtung!

– Was? Wieso umdrehen, ich will doch bloß wissen, was ich falsch gemacht habe. Mir geht's nicht darum, Recht zu haben.

– Nein, *über*haupt nicht.

– Nein, ganz genau, aber –

– Mein Gott, lass mich doch in Ruhe damit!

– Aber wieso? Wenn ich nicht weiß, was es ist, dann –

– Dann stirbst du eben blöd, ist das so eine Tragödie?

– Wenn ich dafür erst sterben muss, ja.

– Es wäre dir ja sowieso egal, wie alles, was mit mir zu tun hat.

– Also, das ist jetzt wirklich nicht fair. Also –

– Was also? Scheiß auf dein Also! Es gibt keine *Alsos* mehr, die hast du bereits alle bei unserem letzten Streit aufgebraucht. Die rettende Keksdose mit den *Alsos* für den Notfall ist leer!

– Unser letzter Streit? Wann war das? Meinst du –

– Nein, meine ich nicht. Das haben wir besprochen. Geklärt. Persönlicher Freiraum ist nie ein Thema gewesen, das weißt du genauso gut wie ich.

– Also was war es dann?

– Oh, du willst dich *daran* nicht erinnern? An deiner Stelle wäre ich vorsichtiger!

– Wieso ich? Sei du lieber vorsichtiger, sonst fährst du dem noch hinten rein!

– Warum muss der auch so langsam fahren!

– Pass wenigstens auf, wo du hinfährst … die Straße …

– Ah, das ist es also, worauf wir fahren! Endlich sagt mir das einer! Eine *Straße* also … *tender irgendwas …*

– Na ja, bei *den* Schlaglöchern –

– Lenk nicht vom Thema ab.

– Wir haben doch gar kein Thema. Dazu müsstest du mir zuerst verraten, worüber wir überhaupt reden.

– Ist es jetzt plötzlich *meine* Schuld, dass du dich nicht erinnern kannst, was vor zehn Minuten gewesen ist?

– Das hab ich nicht gesagt. Aber wie soll ich, wenn ich schon bereit bin, dazuzulernen, wenn du –

– Dazulernen, da*zu*lernen? Also, ich bitte dich, aber wir sind hier wirklich nicht in der Schule.

– Ich offenbar schon.

– Ja, tolle Antwort.

– He, ich bring alten Leuten bei, wie ihre Handys funktionieren. Zumindest *hab* ich das getan.

– Und schon fühlst du dich als Lehrer! Großartig.

– Ach, lass mich doch in Ruhe.

– Als *Lehrer* sehen sich auch immer nur die, die irgendwann in ihrer Entwicklung stehen geblieben sind.

– Lass mich in Ruhe, habe ich gesagt.

– Und versuchen dann, sich irgendwie wieder salonfähig –

– Schon gut, zieh ruhig über diesen Berufsstand her. Geht mich ja nichts an.

– *Berufsstand*!

– Ja, so was gibt's tatsächlich, auch wenn's dir vielleicht schwer fällt, das zu glauben. Es gibt tatsächlich Leute, die Berufe haben. So wie ich zum Beispiel. Bis vor einer Woche.

– Toll, ich bin beeindruckt. Und, wieso willst du dann wieder studieren, wenn dich dieser Berufsstand nichts mehr angeht?

– Ich habe nicht gesagt, dass er mich nichts *mehr* angeht. Ich habe gesagt, dass er mich *noch* nichts angeht.

– Hast du nicht.

– Doch. Und vielleicht ist das der wichtigste Beruf überhaupt, wenn es darum geht, wie man die Gesellschaft am Leben erhält.

– Als wäre das dein persönliches Anliegen!

– Und das war schon im neunzehnten Jahrhundert so.

– Und, was beweist das? Hat es sich etwa durchgesetzt, dein großartiges neunzehntes Jahrhundert? Wo ist es jetzt?

– Vorbei natürlich.

– Eben.

– Na, dann gratuliere. Der Punkt geht an dich.

– Was macht dieser Idiot da vorne eigentlich? Dauernd fährt er an den Straßenrand. Was soll das?

– Ist vielleicht ein nervöser Fahrer.

– Nein, nein – *ich* bin eine nervöse Fahrerin, ich erkenne einen nervösen Fahrer, wenn ich ihn sehe. Der sucht irgendwas.

– Vielleicht einen Platz zum Halten?

– Hier?

– Ist vielleicht ein Waldfreak.

– Ja, genau, bei dir ist jeder, der in den Wald geht, gleich ein Freak.

– Natürlich, ich bin ein desillusionierter, demaskierter, desintegrierter ehemaliger Altenpfleger, der nebenbei –

– Ja, der nebenbei?

– Seine Freundin dazu missbraucht –

– Endlich redest du Klartext, nur weiter.

– Der seine Freundin gelegentlich dazu missbraucht, ihn irgendwohin zu fahren, weil er immer noch keinen Führerschein hat.

– Ein Mann ohne Führerschein!

– Was so viel heißt wie *ohne Existenzberechtigung*. Ein würdeloser Zustand.

– Das einzig Würdelose daran ist, dass du deinen großartigen Pflegerberufsstand mit Händen und Füßen verteidigst, aber jede Kritik an deiner Person einfach *seelenlos* hinnimmst.

– Seelenlos?

– Kritiklos. Achselzuckend. Du hältst die andere Backe hin. Seelenlos eben.

– Übertreibst du jetzt nicht ein bisschen?

– Ja, sicher, bestimmt übertreibe ich. Das muss das Lenkrad sein. Eine Frau am Steuer, so viel Verantwortung auf einmal, du weißt ja.

– Ich will gar nicht wissen, was das wieder heißen soll – Ah!

– Scheiße!

– Hast du das gesehen? Bleibt einfach stehen!

– Verdammtes Arschloch!

– Hup doch einmal.

– Hast du das gesehen? Der hat irgendwas –

– Was?

– Er hat was aus dem Fenster geworfen!

– Hat er?

– Ich hab's genau gesehen.

– Ah, jetzt kann er auf einmal! Schau an!

– Jetzt drückt er plötzlich aufs Gaspedal! Nachdem er das Ding aus dem Fenster geworfen hat … oder die Frau am Beifahrersitz, die hat –

– So genau hast du das gesehen?

– Ich bin ja auch nicht Brillenträger und nachtblind so wie du, sondern deine Chauffeuse, Exfreundin … treu und *tender irgendwas* bis ans Lebensende …

– Schon gut, schon gut, schon gut!

– Es muss irgendwo da vorne liegen. Weißt du, was ich glaube? Das war ein Hund. Der hat einfach einen Hund aus dem Fenster geworfen.

– Was? Unsinn. Doch nicht hier.

– Doch, ein kleiner Hundewelpe. Ist einfach da hinten ins Gebüsch gesegelt.

– Was? Ja, aber –

– Ich hab's genau gesehen. Segelohren.

– Ja, aber warum fährst du dann weiter, verdammt noch mal? Halt an! Fahren wir zurück!

– Nur keine Panik. Hilft jetzt auch nichts mehr.

– Was?

– Atme einfach ruhig durch.

– Ah! Das tust du nur, um mich zu bestrafen, oder? Halt gefälligst an, wenn da was war!

– Ach, ich hab mich wahrscheinlich nur geirrt.

– Mein Gott, musst du mich so quälen?

– Wenn du dich nicht einmal erinnerst, was vor fünf Minuten war!

– Vor fünf Minuten bin ich noch in der Kälte vor der Oper gestanden!

– Wie war denn übrigens die Vorstellung? Hat es lange Applaus gegeben? Wovon handelt die Oper eigentlich?

– Ich schreibe dir morgen einen genauen Bericht.

Als ich in dieser Nacht im Bett lag und damit beschäftigt war einzuschlafen, verwandelte sich der Hundewelpe, den es gar nicht gegeben hatte, in ein kleines Pferd, das immer noch ein Hundehalsband trug. Im Halbschlaf erfand ich Dinge, die auf so einem Halsband stehen konnten, und gab dem Pferd, das ein Hundewelpe war, verschiedene Namen.

Dann war ich plötzlich allein, Lydia und das Auto waren längst verschwunden, und ich rannte auf einer einsamen Landstraße dem viel zu schnellen Fahrzeug hinterher, aus dem vor fünf Minuten der kleine Hund gefallen war.

Manchmal kam ich ganz nahe heran, streckte die Hand aus und berührte das Kennzeichen. Darauf befand sich, zur Verhöhnung seiner Verfolger, ein Griff, wie auf einer Schublade. Das Auto wurde schneller und verschwand um eine Kurve. Ich blieb mit dem verängstigten Pferdewelpen oder Hundefohlen zurück. Ich setzte es auf den Boden. Es krümmte sich zusammen, fiel ein paar Mal auf die Schnauze und zupfte sich hinterher mit seinem Maul kleine Zweige von den Flanken.

Hi, ich bin Sammie. Ich bin zwei Jahre alt. Ich mag Menschen und verstehe mich besonders gut mit Kindern. Ich neige zu Fettleibigkeit, also füttert mich nicht zu viel. Kein rohes Fleisch und nur wenig Trockenfutter. Hin und wieder brauche ich eine Vitamintablette. Wenn ich aufgeregt bin, muss ich manchmal sehr dringend, aber es geschieht nie mit Absicht, im Gegenteil, es ist für mich genauso peinlich wie für euch.

Hallo, mein Name ist Micky. Ich bin ein Bullterrier. Bitte bringen Sie mich zu meinen Menschen zurück. Adresse unbekannt.

Hallo Finder! Ich habe noch keinen Namen, weil DU der erste bist, der mich findet. Ich bin ausgesetzt worden, von Menschen, die keine bösen Menschen sind, sondern die mit der Situation überfordert waren und nicht mehr zurechtgekommen sind. Ich bin stubenrein und von reinrassiger Abstammung. Die Situation hat leider erfordert, dass man sich nicht mehr um mich kümmern konnte. Bitte sei lieb zu mir!

Hi, ich bin Labi. Ich heiße so, weil ich ein Labrador-Mischling bin. Ich esse alles, gehe gern spazieren und bin sehr pflegeleicht. Ich bin ein Freund von Menschen, vor allem von alten Menschen. Bitte finden Sie für mich ein neues Zuhause, mir ist kalt.

Mein Name ist Jeeves. Einen wohl erzogeneren Hund als mich werden Sie nicht finden. Ich kann alles. Sogar allein bleiben, bis ans Ende meiner Tage.

Ich bin Uljana. Meine Fellfarbe ist rot, warum weiß ich auch nicht. Meine Eltern waren beide braune Mischlinge, und die Evolution sieht eigentlich vor, dass sich Brauntöne verstärken. Braun ist das Ende aller Farben, wie ein Auto, das irgendwo festgefahren ist und sich mit jeder Umdrehung der Reifen tiefer in den Matsch gräbt. Rot dagegen ist eine isolierte, verletzliche Position, wie auf einem Trapez.

Ich bin sehr kitzlig, also bitte versuche mit mir zu lachen, wenn du mich am Bauch berührst. Ich hasse Menschen, die sterben. Warum tun sie das? Wie können sie sich einfach so zurückziehen, in Starre und Verantwortungslosigkeit? Wenn ich kann, verlasse ich sie rechtzeitig, so wie Ratten ein sinkendes Schiff verlassen. Ich sammle zwar weiter Gastfamilien, denn ich bin nicht gern allein, aber ich gehöre niemandem.

– Ich hab dir eine einfache Frage gestellt.

– Und ich hab dir eine einfache Antwort gegeben.

– Du hast mir keine einfache Antwort gegeben, sondern eine dumme.

– Das ist dein Problem, Lydia.

– Ich bin gestern extra noch einmal umgekehrt, um dich heimzufahren. Du könntest ruhig ein bisschen dankbar sein und mir die einfache Frage beantworten, worum es in dieser Scheißoper geht.

– Es ist keine Scheißoper.

– Okay, dann eben Drecksoper. Du kannst mir nicht ewig ausweichen.

– Nur Geduld …

– Geduld! Du wagst es wirklich, von Geduld zu sprechen? Soll ich dir was sagen? Meine Geduld hat längst den Raum verlassen!

– Und hat die Tür hinter sich zugeknallt, ja, wir haben es bemerkt.

– Du glaubst wirklich, du kannst dich über alle lustig machen, oder?

– *Aber ich werde schon noch sehen.*

– Was?

– Das wolltest du doch sagen. *Du glaubst, du kannst dich über alles lustig machen – aber du wirst schon noch sehen.*

Sie suchte einen Moment nach Worten, ihre Oberlippe zitterte.

– Nein, sagte sie traurig, die Hoffnung, dass du einmal irgendwas einsehen wirst, habe ich längst aufgegeben.

– Ich nehme an, die Hoffnung ist ebenfalls aus dem Zimmer gestürmt, ihrer Zwillingsschwester nach, der –

– Ach, bitte, sei endlich still!

– … der Geduld. He, weißt du was? Vielleicht sollten wir einfach ins Nebenzimmer gehen, wo unsere ganzen guten Eigenschaften auf uns warten!

– Idiot! Verdammter Idiot!, sagte Lydia und drehte sich um.

– Ja, genau, geh nur!, rief ich ihr nach. Geh zu deiner Geduld und zu deiner Hoffnung, aber schnell, bevor sie sich auflösen!

Der Baron oder Jäger auf dem Flaschenetikett starrte mich an. Ich stellte die Flasche auf den Küchentisch. Was war da überhaupt drin? Langsam verliere ich den Verstand, dachte ich. Warum hatte Valerie mich versetzt? Verdammte Drecksoper.

– Alex, sagte sie traurig.

– Was denn?

– Alex, hör doch zu …

– Hör auf.

– Nein, sagte Lydia, du verstehst immer alles falsch. Ich steh unter Druck. Ich muss zu meinen Eltern fahren, das bringt mich vollkommen durcheinander. Sie kommen in ein paar Tagen auf Besuch und ich fahre ihnen entgegen. Das hat nichts mit dir zu tun …

Und sie ging aus dem Zimmer. Die Tür öffnete sich eine Zehntelsekunde, bevor sie sie berührte, aus Angst davor, eingeschlagen zu werden.

Ich blieb allein zurück, mit einem unangenehmen Rauschen in den Ohren, das eigentlich immer da ist, nur meist friedlich und vertraut, ein Hinweis, dass der eigene Körper noch da ist und seinen Dienst tut. Aber diesmal war das Geräusch nur hoffnungslos. Wie ein hoher Raum in einer Kirche. Ihre Eltern also, na, das kam ja gelegen. Diese elenden Snobs.

Dann kam Lydia zurück und entschuldigte sich. Die Anspannung wegen ihrer Eltern, die vielen Veränderungen. Sie ließe mir ja meinen Freiraum.

Nachdem sie mit ihren Erklärungen fertig war, tätschelten wir uns die Schultern. Sie gab mir einen Abschiedskuss auf die Nasenwurzel und bat mich, ihr einen Film aufzunehmen, während sie weg war.

Als sie gegangen war, berührte ich ein paar Dinge auf dem Schreibtisch. Eine Zigarettenpackung. Einen Tixospender, der die Zunge zeigte. Ein paar gebrauchte Batterien. Einen magischen Kugelschreiber, der mit Hilfe eines Magneten auf seiner Spitze balancierte: Man konnte ihn schwebend zum Rotieren bringen und er hörte damit eine ganze Weile nicht mehr auf; oder man stieß ihn mit der Fingerspitze ganz leicht an und er zitterte nervös hin und her. Der Stift war leuchtend violett und trug den Werbeschriftzug für irgendein Medikament. Ein herannahendes Erdbeben würde man als erstes an ihm ablesen können.

Während meine Gedanken noch um das Erdbeben kreisten (Häuser fallen in sich zusammen, Autos stürzen in Löcher, die sich im Boden auftun, die Kanalisation geht über und Rattenfamilien fluten quietschend ans Tageslicht), dachte ich: Das ist das Ende, ein Ende, das niemals aufhört. So würde es immer weitergehen. Lydia *ließ mir meinen Freiraum*, wiederholte dabei dieses Wort sooft es ging, bis es keinen Sinn mehr ergab, und hinterher vertrugen wir uns wieder, redeten, streichelten uns und versuchten, wenn es auf diese ganz spezielle Weise still wurde zwischen unseren ratlos im Raum herumstehenden Körpern, Geständnisse zu murmeln, ehrlich und verzagt, als ob wir noch ganz am Anfang stünden. Ja, damals … Lydia verwechselt ihre Handschuhe und glaubt, ihre Finger seien über Nacht angeschwollen.

– Eine allergische Reaktion vielleicht.

– Nein, du hast nur links mit rechts verwechselt.

– Passiert mir andauernd.

Sie taumelt gegen mich.

– Ja, man sagt doch, links und rechts, bei Frauen –

– Pass bloß auf, was du sagst, Macho.

Ein weiteres, kleines Taumeln. Nur ihre Hüfte, gedämpft von einer Handtasche.

– Nein, das ist eine Tatsache, kein Macho-Gerede. Frauen verwechseln tatsächlich links und rechts. Das hat irgendwie mit dem Gehirn zu tun.

– Du solltest hören, was du für einen Unsinn daherredest. Das hat wahrscheinlich auch mit dem Gehirn zu tun.

Ich stieß den Magnetschwebestift an, er zitterte vor sich hin. Dann ging ich durch die Wohnung, die auf eine niederschmetternde Weise still war, auf der Suche nach einem Wasserglas; nie stand eines in der Nähe, wenn man es brauchte. Der Küchenschrank war leer. Die drei Gläser, die ich besaß, waren ständig an unauffindbaren Orten in der Wohnung versteckt. Wenn sie bei mir war, trank Lydia nie zweimal aus demselben Glas.

Ich fand eines auf dem Klavier. Es stand, etwas schief, auf der Holzabdeckung, die zum Schutz über die Tasten geklappt war, und wartete darauf, dass man es wieder befüllte. Ich warf zwei Aspirintabletten hinein. Während sie sich zischend und schäumend dagegen wehrten, ließ ich das Rollo in meinem Zimmer herunter, bis auf eines. Die Sonne war bereits untergegangen, also würde ich nicht viel verpassen; der kleine Ausschnitt auf die Welt genügte. Irgendwann gingen die Leuchtreklamen auf den höheren Gebäuden und Baukränen an.

Als ich zu meinem Glas Schaumwasser zurückkehrte, war darin eine winzige Fliege ertrunken. Ich fischte sie mit dem kleinen Finger heraus. Warum war sie da überhaupt hineingeraten? War sie ausgerutscht? Spürte sie nicht, dass es darin giftig war? Acetylsalicylsäure. Dummes Vieh.

Bevor noch ein Tier darin verenden konnte, trank ich das Glas halb aus, mehr bekam ich nicht hinunter. Der seltsam steife und ungelenkige Geschmack von Aspirin, mehr wie die Vorstellung eines Geschmacks.

Ich blieb lange wach und saß am Fenster. Ein unsagbar angenehmes Geräusch mischte sich in meine Niedergeschlagenheit. Früher fuhren sie noch lautlos im Rückwärtsgang durch die Nacht, LKWs und größere Spezialfahrzeuge, und man rannte ihnen ahnungslos in den Weg, wurde angefahren oder kam unter die Räder. Heute jedoch ertönt dieses charakteristische Warnsignal, ein schwerfällig wiederholter Sinuston, bei jedem Zentimeter, den sie zurücklegen, und natürlich sind diese insistierenden und echolosen Warntöne längst zu einem Refrain unserer Zeit geworden: In den Nächten machen sie sogar den Turmuhren Konkurrenz, sie alarmieren und sie halten wach, laut und unnachgiebig, selbst wenn das Fahrzeug nur daran zu denken scheint, rückwärts zu fahren, und völlig still vor einem Lieferanteneingang oder einem mit Engeln verzierten Eisentor eines Friedhofs steht und darauf wartet, in Bewegung gesetzt zu werden.

Von meinem Fenster aus sah ich eines dieser Fahrzeuge, ein friedliches Monster, von einer albernen Firmenaufschrift verhöhnt wie ein seelenloser Formel-Eins-Pilot, und schlaflos wie ich.

Schon nach wenigen Minuten denke ich wieder an Valerie. Ich halte meinen halb erigierten, schmerzenden Penis mit der rechten Hand umklammert. Ich bewege die Hand nur ganz leicht auf und ab (die gestutzte Vorhaut über der Eichel zwinkert, obwohl sie seit der Operation viel zu kurz ist), gerade kräftig genug, dass man es noch Masturbation nennen kann.

Ich genieße den herrlichen Anblick einer Stadt, die langsam in Nacht und Schwärze übergeht. Die Menschen auf der Straße ziehen für eine Weile diese langen, majestätischen Abendschatten hinter sich her, welche mit dem Niedergang des Tages immer länger und imposanter werden, bis es unvermittelt dunkel wird – und die Schatten in die Unendlichkeit davonschießen, in jene seltsame Vorhölle des dreidimensionalen Raumes, in der sich nur noch parallele Geraden schneiden.

Etwas später zieht ein leichtes Gewitter über die Dächer.

Regen, ein wenig Lärm.

Blitze, wie plötzlich im Himmel freigelegte Nerven.

Von draußen dringen die üblichen Geräusche herein: eine Gruppe Arbeiter gegenüber belädt den LKW, dazwischen die Morsetänze des Regens, hie und da Betrunkene, die ihre Stimmen ausprobieren, ein Frauenlachen, dann später auch ein Hund. Der Regen wird schwächer und erstirbt. Vor mir, auf dem niedrigen Heizkörper unterhalb des Fensterbretts, steht das halbvolle Glas Wasser. Warmes, sauberes, luftbläschenreiches Wasser.

Anstelle eines Taschentuchs.

Regennasse, schmatzende Echos der Straßen, Getröpfel von Baumwipfeln, Menschenlaute, Autos, das weit entfernte Gejammer verfeindeter Katzengangs – alles harmlos, Spielarten derselben Ereignislosigkeit, fette, weiche, sich überwachsende Natur. Aber das metallische *Piep-Piep-Piep* des LKWs gegenüber – ich weiß, ich werde genau in dem Moment meinen Höhepunkt erreichen, wenn es zum letzten Mal ertönt und der letzte gellende Schrei in der Nachbarschaft verklingt. Das Geräusch kriecht meine

Wirbelsäule entlang, es kitzelt mich, es erregt mich. Das Geräusch und Valeries Mund. Ihre Lippen, die zur Bildung des Lautes *Mmh* geschaffen worden sind (das minimale Aufeinanderdrücken beider Lippen, begleitet von einem zahm-knurrenden Tierlaut), dazu ihre etwas schief stehenden Schneidezähne, wie die Füße eines Mädchens, das verschämt zu Boden blickt. Mein Penis, dessen Spitze ich im letzten Moment gerade noch ins Wasser tauche, stößt dicke Spermawolken aus, üppige Trauben von Luftblasen, die aus den Öffnungsschlitzen einer Taucherbrille quellen. Ich stelle mir Valeries leicht angewiderten Blick vor, ein dehnbarer Spermafaden zwischen ihrer Unterlippe und meiner Eichel. Ich stöhne laut aus dem Fenster. Mit der rechten Hand ziehe ich mein Glied hoch, und Wasser tropft auf mein nacktes Knie. Danach schütte ich das Wasser mit dem Sperma in den Ausguss. Jeder andere hätte damit irgendetwas angestellt. Wozu sonst in ein Glas mit warmem Aspirinwasser abspritzen?

Unten auf der Straße stöckelt eine Frau vorbei. Ihre Schritte klingen wie *doch, doch, doch …*, und manchmal verschlucken sie sich: *do-doch, doch, doch …*

Spätnachts wurde ich von Lärm geweckt. Fallendes Glas, Scherben. Ich torkelte aus dem Schlaf zurück in die Wirklichkeit eines kühlen Schlafzimmers. Ich hatte die Balkontür offen gelassen, und schwere, kalte Spätsommerluft, die man angenehm an den Füßen spürte, hatte sich in der ganzen Wohnung ausgebreitet.

Im Badezimmer glitzerte es überall.

Der Spiegel war von der Wand gefallen und hatte sich in tausend blinkende Puzzlestücke verwandelt. Ich zog meine Straßenschuhe an und machte mich ans Aufräumen, zwei wabbelige Gummihandschuhe an den Händen. Während ich die größeren Scherben, die ich vielleicht wieder zusammenkleben konnte, von den feinen Splittern trennte, kam das Traumbild, das ich abrupt hinter mir gelassen hatte, wieder zurück: Tweety, der ballonköpfige gelbe Singvogel aus den Zeichentrickfilmen – *Ich glaub, da war doch eben noch ne Miezekatze* –, saß auf einem Hochhaus. Ich zielte mit einem Gewehr auf seinen großen, dummen Kopf. Aber hatte ich auch abgedrückt, im Traum? Ich konnte mich nicht mehr erinnern. Jetzt, mit der träge vor sich her stolpernden Vorstellungskraft, die mir nun zur Verfügung stand, holte ich diesen Gedanken nach. Der Vogelkopf zerplatzte zu rotem Matsch, und das Hochhaus stand wieder ruhig und verlassen da.

Die großen Scherben landeten fürs erste im Waschbecken. Von den kleineren Stücken bis zum feinen Glasstaub, den man für gewöhnlich verhassten Menschen ins Essen mischt, kehrte ich alles mit einem Besen zusammen und leerte es in den Müllkorb, wo es zwischen Eierschalen und Milchpackungen feindselig zu Boden rieselte. Anschließend wechselte ich die Handschuhe, da bereits Splitter in der dünnen Gummihaut steckten.

Als das Badezimmer wieder betretbar war, wischte ich den Boden noch einmal feucht auf, auch um den Straßenschmutz, den ich mit meinen Schuhen überall verbreitet hatte, zu beseitigen.

Als die Arbeit getan war, setzte ich mich im Wohnzimmer auf die Couch. Das Licht im Badezimmer ließ ich an, nur für den Fall.

Es roch ein wenig seltsam, fand ich, vielleicht nach zerbrochenem Spiegel. Morgen würde ich die größeren Scherben zurück auf die Unterfläche kleben. Für einen neuen Spiegel hatte ich kein Geld.

Kühle Nachtluft kroch um meine nackten Beine.

Kein Geld für einen neuen Spiegel – der Gedanke war aus irgendeinem Grund beruhigend, fast poetisch.

Ich musste die Augen zusammenkneifen, bis ich die Uhrzeit lesen konnte, die der schlafende Satellitenreceiver in grünen Digitalziffern anzeigte. Es war halb zwei. Eine unangenehme Uhrzeit, wenn man weiß, dass man nicht mehr einschlafen wird. Ich ging auf den Balkon und betrachtete die Nachbarschaft. Zu Steinblöcken gepresste Dunkelheit. Schwarzes Nachteis. Alle Menschen schliefen. Über den Dächern waren ein paar helle Sterne zu erkennen, aber sie sahen aus, als wären sie lieber unsichtbar.

Selbst der Fernseher kam nicht ganz zu sich, nachdem ich ihn eingeschaltet hatte. Er delirierte vor sich hin und zeigte zusammenhanglos ineinander übergehende Musikclips.

Ich schaute den Fieberträumen des Bildschirms eine Zeitlang zu, dann schaltete ich den Ton ein. Alles ergab plötzlich mehr Sinn, und ich ertappte mein Knie dabei, wie es zu einem Rapvideo mitwippte, dessen ansteckender Rhythmus dem schwappenden Geräusch von Badesandalen ähnelte, wenn man damit kraftlos über nasse Fliesen schlurft. *You better lose yourself in the music the moment you own it.* Winkende Hampelmänner mit Mikrophonen vorm Gesicht. Szenenfolgen, die den IQ in Zehnerschritten herunterschraubten.

Ich schaltete weiter. Am Fehlen des Senderlogos konnte man sehen, dass es sich um Werbung handeln musste: Ein Mann kommt ins Bild, er hat einen großen Schnurrbart, zwei spiegelbildlich identische Ohren, eine Glatze, zwei Hände, deren sehnenreiche, kräftige Gelenke weiße Schweißbänder tragen. Um seinen Hals hängt eine Trillerpfeife. Er ringt die Hände auf äußerst theatralische Weise: *Oh nein! Oh mein Gott! Nein!* Er verzieht sein Gesicht zu einer stark überzeichneten Leidensgrimasse, wie die Maske einer Witwe in einem Kabuki-Theaterstück. *Oh nein! Ich werde sterben! Der Tod! Der Tod tritt in mein Leben! Ich werde sterben, ich, der größte Schiedsrichter der Welt! <Pfiff!!>* Sein Gesicht ist vom Blasen der Trillerpfeife ganz rot geworden. Er sieht direkt in die Kamera, hilflos und entsetzt. Seine Lippen zittern.

Ich wartete die Auflösung nicht ab, sondern schaltete um. Ein still stehender Text auf dem Bildschirm wies darauf hin, dass der Kinderkanal erst wieder ab Morgen früh um sieben Uhr sendete. Ich schaltete den Ton aus und das kleine Symbol am rechten oberen Rand erschien, ein durchgestrichenes Zeichen, das entfernt an im Profil dargestellte Augen in ägyptischen Hieroglyphen erinnerte.

Hieroglyphen, dachte ich. Hieroglyphen …

Am Rand meines Gesichtsfeldes blitzte es.

Ich musste einfach wieder schlafen gehen, sonst nichts. Der kleine Unfall im Badezimmer hatte mich aufgeregt, aber jetzt war alles überstanden und ich konnte zurück ins Bett.

Während ich über diese Idee nachdachte und zu dem Schluss kam, dass sie zweifellos die allerbeste war, ging ich in die Küche und holte mir ein eiskaltes Gingerale aus dem Kühlschrank. Ich trank es im Stehen und sah meinen Füßen zu, deren Zehen sich von ganz allein bewegten, als versuchten sie, eine Teppichfalte aufzuheben, die es gar nicht gab.

Das wirkliche Ende

Frau Doktor Valerie hatte ihn mehrere Male angerufen. Aber erst am Abend war Walter endlich rangegangen, und sie hatte ihm mit ihrer überbehauchten Lakritzschneckenstimme mitgeteilt, dass Gabi mitten in der Sitzung plötzlich aus der Praxis gestürmt und seitdem nicht mehr aufgetaucht war. Die Frequenzen habe sie quer durch das Zimmer geschmissen, sagte Valerie, sie habe eine heillose Sauerei hinterlassen. Der alte Papagei sei entsetzt in seinem Käfig herumgeflogen, auf der Suche nach einem Notausgang. Sogar ihre Hündin sei jetzt vollkommen durcheinander, obwohl sie von aufgebrachten Klienten einiges gewohnt sei, das arme Tier.

– Aber jetzt einmal Klartext, sagte Valerie.

Was sei da zwischen ihm und Gabi vorgefallen? Sein Name sei nämlich einige Male gefallen, aber sie habe sich absolut keinen Reim auf die sonderbaren Andeutungen machen können.

Walter schluckte trocken.

– Ich habe nicht die geringste Ahnung, sagte er, ehrlich. Außerdem ist da mit Sicherheit nichts zwischen Gabi und *mir* vorgefallen, sondern zwischen Gabi und *der Rolle*, die Sie für mich –

– Okay, es war also etwas, sagte Valerie ruhig. Okay. Dann würde ich Sie bitten, Walter, dass Sie es mir sagen.

– Nein, nein, es war nichts! Sie missverstehen mich.

Das durfte alles nicht wahr sein. Wahrscheinlich sollte er daran schuld sein, dass diese kleine Frau in Valeries Praxis durchgedreht war. Ein traumatisierter Vogel, ein entsetzter Hund. Ein Stoß Papier voller Zahlen. Bestimmt würde sein, Walters, Gesicht erscheinen, wenn man all diese Zahlen auf dem Boden nebeneinanderlegte, wie in diesem Science-Fiction-Film, in dem Außerirdische einem taubstummen Mädchen andauernd Einsen und Nullen diktieren.

– Ich versuche hier wirklich nicht, Sie irgendwie anzuklagen, sagte Valerie. Sie können nichts dafür.

– Nein, nein …

Walter nieste absichtlich, um etwas Zeit zu gewinnen, abzulenken.

– Einen Fehler habe ich natürlich gemacht, plauderte Valerie. Ich habe Gabi darauf hingewiesen, dass das mit den Frequenzen vielleicht mehr als *Bild* gemeint war. Da ist sie schon zusammengezuckt, und ich hätte sie beruhigen müssen. Aber … darüber wollte ich mit Ihnen eigentlich gar nicht reden –

– Dann lassen wir das, würde ich vorschlagen, sagte Walter.

War sie wieder bekifft?

– Hören Sie mir zu, sagte Valerie etwas bestimmter. Als ich Gabi erzählt habe, dass Sie nur eine Rolle gespielt haben, eine notwendige und ergänzende Rolle, rein zu Therapiezwecken, hat sie vollkommen irrational reagiert. Sie ist richtig über die Ufer getreten! Sie hat erzählt, dass sie ihrem *Kind* – und dieses Wort hat sie mehrere Male wiederholt, hat sich dabei auf die Stirn geschlagen und gesagt *Natürlich, natürlich* –, dass sie also ihrem Kind eine Nadel, ja, eine echte Nadel in die Wiege gelegt hat, nur um zu sehen, ob das Schicksal es gut mit ihr meint oder nicht! Verstehen Sie jetzt, wie ernst diese Angelegenheit ist? Und dann sind mir ihre ganzen verdammten Zettel auch schon um die Ohren geflogen! Und Sie sollten erst meine Hündin sehen … Sitzt schon den ganzen Abend vor der Wohnungstür und scharrt. So durcheinander ist sie! Es muss etwas zwischen Ihnen beiden gewesen sein. Walter, bitte …

Er musste sich verhört haben.

– Augenblick, Augenblick. Sie haben *was*?

– Was?

– Sie haben ihr erzählt, dass ich nicht wirklich –

– Natürlich, sagte Valerie mit fester Stimme. Das war schließlich eine Ausnahmesituation. Die Patientin hat ein Recht, alles zu erfahren. Mein Gott, ich weiß bald wirklich nicht mehr, was ich mir dabei gedacht habe, ich hätte nie einen Laien –

– Aber das können Sie doch nicht einfach so, brüllte er in den Hörer, ich meine …

Walter war entsetzt. Das alles ergab doch längst keinen Sinn mehr! Diese Frau tat, was ihr ihre momentane Stimmung diktierte. Einmal so, dann wieder so. Völlig unprofessionell! Sie gehörte hinter Gitter, sie war ja selbst vollkommen übergeschnappt!

– Sie!, zischte Walter, selbst erstaunt über die ungeheure Wut, die er empfand.

Am anderen Ende war es eine Zeitlang still.

– Bitte beruhigen Sie sich, sagte Valerie schließlich. Es geht hier überhaupt nicht um Sie, verstehen Sie das? Trotzdem ist es jetzt sehr wichtig, dass Sie mit mir zusammenarbeiten. Dafür habe ich Sie angestellt. Sie sind Schauspieler, das waren Sie von Anfang an, und die Aufgabe, die ich Ihnen überantwortet habe, war bei Gott nicht so schwierig! Ich begreife also nicht, warum Sie –

Walter legte auf.

Zuerst verstand er gar nicht, was sein Daumen da getan hatte, dann fühlte er eine enorme Erleichterung.

Am nächsten Tag, am späten Nachmittag, bekam er noch einmal einen Anruf, diesmal war die Sprechstundenhilfe am Apparat. Sie fragte ihn, ob er wisse, wo Valerie sei.

– Keine Ahnung, sagte Walter tonlos.

Er wartete und schloss die Augen. Blasse Farbflecke wanderten durch sein Gesichtsfeld. Waren sie immer da? Oder nur, wenn er die Augen schloss? Am äußersten Rand blinkte ein Licht.

Er stellte sich auf ein ausführliches Interview ein. Aber das Gespräch überlebte gerade einmal seine erste, bescheidene Frage nach Valeries Verbleib, da die Sprechstundenhilfe sich wieder um den unverständlichen Lärm kümmern musste, den man im Hintergrund hörte. Menschen schrieen irgendwas durcheinander, jemand brüllte sehr laut das Wort *Zahl*.

Vielleicht passierte das alles ja jemand anderem. Der Gedanke stand einen Augenblick lang vor ihm und lockte ihn mit seiner befreienden Fiktion, dann verwarf er ihn. Er steckte in seinem Schicksal fest und niemand konnte ihn daraus befreien. Nicht einmal er selbst. Es sei denn, er besaß so etwas wie einen freien Willen. Einen Freien Willen, mit großem F. *Selbstverständlich glaube ich an den freien Willen, ich habe ja gar keine andere Wahl*, hatte Isaac B. Singer einmal gesagt. Kein riesenhafter Retter hebt dich aus diesem Rahmen, dachte er, und kichert dich an mit seinem riesigen Gesicht, wie ein Brandstifter die ersten, sich scheu um eine Astspitze ringelnden Flammen. Nicht einmal ein doppelter Boden, dachte er und klopfte mit den Fingerknöcheln auf den leeren Koffer, nicht einmal ein doppelter Boden rettet einen vor der Tatsache, dass das alles wirklich passiert, und niemand kann vor- oder zurückblättern in der Geschichte, wie es ihm beliebt. Überhaupt sind diese ganzen Vorstellungen eine einzige riesige

Feigheit, ein ängstliches Zurückweichen vor dem Lauf der Dinge, der immer linear, grausam und unerbittlich ist.

Walter packte seinen Koffer in Rekordzeit. Er hatte zwar nicht mitgestoppt, aber er war sich sicher.

Was passiert, passiert immer jetzt, es taucht auf, pflanzt seine Koordinaten in die Wirklichkeit und das war's. Es lässt dich dumm zurück, ohne irgendwelche Hilfsmittel, Innen-Außen-Vexierspiele, endlose Dialogleitern oder die vollendete Feigheit eines Perspektivenwechsels, eine zwischengeschaltete Stimme, die niemand kennt und die nichts bedeutet.

Er wartete die ganze Nacht, ob sich noch etwas in ihm oder um ihn regte, kündigte seinen Eltern seinen Besuch per E-Mail an, worauf er überraschend schnell eine Antwort bekam (Mirja war wohl noch wach und unterhielt sich mit verschiedenen Single-Websites). Am Morgen ging er los.

Im Stiegenhaus piepte sein Handy. Eine Textnachricht von einer unbekannten Nummer: *Das ist das Ende.* Walter steckte das Telefon zurück in die Innentasche, hob den ungewöhnlich schweren Koffer an – er hatte einen geschmeidigen Griff, der ihn an Spielzeugpistolen aus seiner Kindheit erinnerte – und machte sich auf den Weg.

Intermezzo
Bericht und Zusammenfassung

Erster Akt. Eine riesige Schlange bewegt sich langsam durch das Land. Der einsame Prinz Tamino kreuzt ihren Weg und erstarrt vor ihr. Wie von einem Schlag auf den Kopf getroffen, fällt er um und schließt die Augen.

Möglicherweise stellt er sich tot.

Drei Frauen kommen gerade noch rechtzeitig und töten die Schlange. Sie verwenden dazu einen langen Stecken mit einem kleinen prähistorischen Feuerkeil an der Spitze. Der schlafende Prinz gefällt ihnen. Sie streiten sich, wer von ihnen ihn für sich gewinnen wird. Anschließend lösen sie sich in Luft auf.

Der Prinz erwacht und sieht einen Menschen in Federkleid, der von Vögeln und Süßigkeiten singt, die er irgendwann gegeneinander einzutauschen gedenkt. Nach dem Lied behauptet der Gefiederte, die Schlange im Alleingang getötet zu haben. Die drei Frauen erscheinen nun wieder und bestrafen ihn für diese Lüge, indem sie ihm den Mund mit einem Schloss verschließen und ihm anstatt des Weines, den er zu trinken gewohnt ist, Wasser geben. Fraglich bleibt, wie er das Wasser überhaupt zu sich nehmen kann.

Ohne danach verlangt zu haben, erhält Prinz Tamino von den drei Frauen ein Bildnis von einer unsagbar schönen Frau namens Pamina. Pamina ist entführt worden, sagt man dem Prinzen. Misstrauisch betrachtet er das kleine Passfoto.

Die Königin der Nacht erscheint und klagt über ihr grausames Schicksal. Tamino hört aufmerksam zu. Die Königin der Nacht bittet ihn, ihre Tochter Pamina aus der Gewalt des bösen Zauberers Sarastro zu befreien. Papageno, der nichts mit der ganzen Sache zu tun hat, wird gezwungen, dem verliebten Prinzen auf seiner Abenteuerreise zu folgen. Zur Aufmunterung erhält er ein Glockenspiel. Der Prinz bekommt eine verzauberte Flöte.

Drei Knaben in einem lachenden Ballon, der ein großes, graues Mondgesicht ist, steigen vom Himmel herab und bieten sich als Führer an. Von oben sieht man den Palast des Zauberers Sarastro. Monostatos, ein schwarzer Diener Sarastros, verhindert einen Fluchtversuch von Pamina. Danach bedrängt er sie unsittlich.

In diesem Augenblick kommt Papageno zur Tür herein. Monostatos und Papageno erschrecken voreinander, Monostatos aufgrund der Federn und Papageno aufgrund der schwarzen Hautfarbe. Sie halten sich gegenseitig für den Teufel. Sie bitten um Mitleid und Schonung. Anschließend stürmen sie beide aus dem Raum. Papageno kehrt nach kurzer Zeit zu Pamina zurück, die inzwischen gewartet hat und nicht durch die offen stehende Tür gegangen ist. Er erinnert sich, dass es ja auch schwarze Vögel in der Welt gibt, warum dann nicht auch schwarze Menschen. Er erzählt Pamina von dem Rettungsversuch Taminos und auch, dass er selbst noch keine Geliebte hat.

Gemeinsam singen sie von der Liebe. Anschließend fliehen sie.

Tamino und die drei Knaben gelangen zum Tempel der Weisheit. Dort wird ihm erklärt, dass Pamina noch lebt und dass Sarastro sie zu ihrem eigenen Wohl entführen ließ. Tamino spielt daraufhin seine Zauberflöte. Tiere erscheinen, tanzen synchron um ihn. Ein Tiger ist darunter und auch ein Hirsch, sogar ein orientalisches

Kamel und schließlich ein klatschnasser Otter, der beim Tanzen eine Wasserspur hinter sich herzieht. Papageno und Pamina werden durch das Flötenspiel angelockt, werden aber von Monostatos und anderen Sklaven gestellt. Papageno lässt sein Glockenspiel erklingen. Die Sklaven sind von dem Klang ganz verzaubert und drehen sich im Kreis. Nun erscheint Sarastro und bestraft Monostatos, der sich immer noch wie in Trance um die eigene Achse dreht.

Pamina und Tamino erkennen unterdessen ihre Liebe füreinander.

Tamino muss allerdings gleich wieder weg, denn er und Papageno müssen sich in den Tempeln einigen Prüfungen unterziehen. Ein Loblied auf Sarastro wird angestimmt. Alle Anwesenden stolzieren mit ausgebreiteten Armen umher, als wollten sie mit kräftigen Flügelschlägen in die Lüfte abheben und davonfliegen. Anschließend tanzen sie alle synchron zur Melodie ihrer neu erlangten Erkenntnisse.

Einige von ihnen tanzen ein wenig synchroner als der Rest.

Zweiter Akt. Ein Palmenhain. Vermummte Priester befinden Tamino für würdig, Pamina zu heiraten. Nach dieser Entscheidung ist es auf einmal egal, was Tamino macht, er bekommt Pamina in jedem Fall. Denn auch die Königin der Nacht hat ihm ihre Tochter zur Frau versprochen, wenn er sie nach Hause bringt. Er kann also gar nicht mehr verlieren.

Doch obwohl Tamino gerade für würdig befunden worden ist, muss er noch einige Prüfungen über sich ergehen lassen. Die erste Prüfung besteht darin, dazustehen und kein Wort zu sprechen. Drei Frauen treten auf. Sie sprechen Tamino und Papageno an. Papageno antwortet. Tamino heißt ihn schweigen, erinnert ihn an die Regeln der Prüfung. Für seine Zurechtweisungen braucht er dreimal so viele Worte wie Papageno. Trotzdem gilt seine Prüfung am Ende als bestanden. Man lobt ihn für seine Standhaftigkeit, und die drei Damen fallen durch ein kleines Loch im Boden direkt in die Hölle. Papageno fällt daraufhin in Ohnmacht. Tamino hingegen kümmert sich nicht weiter um das Schicksal der drei Frauen.

Pamina schläft unterdessen in einem Garten. Monostatos kommt, von Liebe geplagt.

Die Königin der Nacht erscheint. Sie richtet sich zu ganzer Größe auf und schreit. Sie ist voller Zorn und fordert Rache. Pamina erhält von ihr einen Dolch. Die Stimme der Königin der Nacht überschlägt sich einige Male, wird grell und spitz wie die Zacken einer Krone. Pamina soll Sarastro ermorden. Monostatos droht Pamina damit, Sarastro alles zu erzählen. Dieser erscheint auch sofort und ermahnt Monostatos, der Paminas Dolch in der Hand hält.

Monostatos läuft davon.

Sarastro sagt, es gebe keine Rache.

Tamino und Papageno unterziehen sich noch einmal derselben Prüfung. Papageno plappert und Tamino schweigt. Selbst als Pamina zu ihm kommt, sagt er kein Wort. Er lässt sich auf kein Gespräch ein, gewährt ihr keinen Trost. Nicht einmal von dem Dolch kann sie ihm erzählen, weil er sie völlig ignoriert.

Sarastro lobt Tamino.

Zur Belohnung kündigt er die Trennung von Pamina und Tamino an. Tamino akzeptiert. Er ist umgeben von Pyramiden mit kleinen, streng blickenden Augen auf ihrer Spitze. Papageno wird die Strafe, die er verdient hätte, erlassen. Er erhält als Geschenk Papagena, eine junge Frau, die allerdings gleich wieder verschwindet. Pamina versucht inzwischen, Selbstmord zu begehen. In ihrer Verwirrung spricht sie mit dem Dolch und nennt ihn ihren Bräutigam.

Die drei Knaben im lachenden Mondballon erscheinen und ermahnen sie. Sie sagen ihr, dass Tamino sie durchaus noch liebt. Pamina fragt, warum er dann nicht mit ihr spricht. Die Knaben geben ihr darauf keine Antwort. In der Welt der drei Knaben kennt man so etwas wie Antworten nicht. Und als wäre diese ganze Episode eine passende Überleitung, begegnen einander Tamino und Pamina in einer düsteren Gegend, im Hintergrund ragen zwei große Berge auf. Weil sie nichts anderes zu tun wissen, umarmen sie sich und weinen.

Da Papageno nicht mehr daran glaubt, dass er Papagena jemals wirklich bekommen wird, möchte auch er Selbstmord begehen. Er ist damit schon der zweite.

Wieder erscheinen die drei Knaben, klettern von ihrem großen, grauen Heißluftballon herab. Sie raten Papageno, das Glockenspiel einzusetzen. Seine Vernunft und all seine Gewitztheit haben nichts ausrichten können, also wird es wohl ein seelenloser Gegenstand tun.

Es funktioniert.

Papageno und Papagena finden zusammen und stottern heftig bei der wiederholten Aussprache ihrer Namen.

Die Königin der Nacht dringt in den Palast ein, fällt aber, als Tamino und die Priester vor ihr erscheinen, durch ein Loch im Boden.

Die drei Knaben halten kleine, schwarze Dinge in der Hand.

Alle, die am Ende übrig bleiben, finden sich zusammen, um ein Loblied auf das Erlebte anzustimmen. Folgende Dinge wurden erlangt: Schönheit. Der Weisheit Krone. Die Überwindung der Vorurteile. Sittliche Stärke. Pyramiden.

Am Ende vertreiben die Strahlen der Sonne die Nacht.

Der Vorhang fällt und es wird stockfinster.

Zweiter Teil: Die Besucher

Wir sind geneigt zu denken, dass für wirklich sorgfältige Messungen die Verwendung eines Stahlmaßstabs besser ist als die eines lebenden Aals. Das ist ein Irrtum; nicht deshalb, weil der Aal uns eine Information liefern kann, die man vom Stahlstab erwartet hätte, sondern weil der Stahlstab in Wirklichkeit nicht mehr liefert, als es offensichtlich der Aal tut. Der springende Punkt ist nicht, dass Aale in Wirklichkeit starr sind, sondern dass Stahlstäbe in Wirklichkeit sich schlängeln wie ein Aal.

Bertrand Russell

perhaps this yarn's the only thing
that holds this man together

Tom Waits

Der Fall

Dämmerung. In Zeitlupe ergießt sich ein weiterer Sonnenaufgang über die Stadt. Die Konturen der Häuser lösen sich vom Hintergrund des Himmels. Der morgendliche Chor der Vögel, von dem niemand genau weiß, warum er jeden Tag ausgerechnet um diese Zeit angestimmt wird, ist gerade verklungen, und die winzigen Federtiere holen nach zwei Stunden Dauergesang zum ersten Mal wieder Luft. Alle scheinbar wahllos über die Stadt verstreuten Dinge erwachen zum Leben. Autos setzen sich in Bewegung. Schleusen öffnen sich und Arbeiter verschwinden im Inneren großer Gebäude. Und in einigen besonders eigensinnigen Straßen, die so früh am Tag noch gar nicht wissen, in welchem Jahrhundert sie aufgewacht sind, gehen die Bewohner auf Nummer sicher und kurbeln hundert Jahre alte Markisen aus den Wänden.

Es gibt zwei zentrale Springbrunnen, die durch einen kleinen magischen Schlüssel in Betrieb genommen werden. Es gibt einen niedrigen Berg mitten in der Stadt, auf dem ein Uhrturm mit vertauschten Zeigern steht. Es gibt Dächer und Mauern, westlich gelegen, auf denen die Sonne aufgeht wie ein geheimnisvoll sinkender Wasserstand. Es gibt Menschen, die überall gebückt aus Gebäuden treten und auf schmalen Gehsteigen einander ausweichen. Und auf den zerknitterten Altstadthäusern hocken die hübschesten grauen und roten Dachziegel, die zum Weltkulturerbe gehören und so aussehen, als wären sie in der Mitte irgendwie verrutscht. Es gibt Bäume, die kurze, unentschlossene Alleen bilden, quer durch die Stadt, und Bäume, die allein stehen und manchmal kreisrunde Sitzbänke um ihren Stamm tragen wie Armbanduhren.

Es gibt einen Hauptplatz mit Rathaus und Brunnen. Ein Mann im Overall zieht die über Nacht stehen gebliebenen Tauben wieder auf. Und andere Vögel, die auf den Dachrinnen der ältesten Häuser herumhüpfen, betrachten von oben Marktplätze, Kreuzungen und frisch gefegte Parkwege. Wenn sie noch etwas höher steigen, sehen sie kilometerlange, sich kreuzende Straßen, die immer zu zweit auftreten und jeweils ein ganzes Stadtgebiet durchstreichen wie den fehlerhaften Entwurf eines Zeichners.

Es gibt überall Geplärr und Gedröhne, braunen Verkehrslärm, das Plätschern von Stimmen, während die Glocken in den Kirchtürmen reglos da hängen, von allen Geistern verlassen. Im Innenhof eines Gefängnisses oder einer Kaserne steht eine Gruppe von Menschen beim Morgenappell. Ihre geschorenen Köpfe sehen aus der Ferne alle gleich aus und sie bewegen sich kaum, nicht mehr als die bunten Ballone in einer Jahrmarktschießbude, wenn der Wind sie an ihren Nägeln zittern lässt, Sekunden bevor die Dartpfeile auf sie niederregnen.

Der Himmel ist an diesem prächtigen Frühherbstmorgen ein riesiges Mikroskop, durch das ein ungläubiges Auge herabglotzt, voller Erstaunen darüber, dass sich das Ganze da unten immer noch bewegt und vermischt und organisiert und ständig komplizierter wird, anstatt sich einfach aufzulösen wie die zarte Struktur eines Salzkristalls in Wasser, und warum sich bei jedem, aber auch wirklich jedem Durchlauf des Experiments an allen möglichen Orten diese albernen Kirchtürme bilden und diese vielen langsam dahingleitenden Fahrzeuge, die vor jeder Kreuzung Schlange stehen, als hinge der Fortbestand der Welt davon ab.

In einer bestimmten Straße unweit des Volksgartens hat sich ein Verkehrsschild aus seiner Verankerung im

Beton gelockert und ist zur Seite gekippt, wie ein Stundenzeiger, der von der Zwölf auf die Eins springt. Auf die Straße, genauer gesagt, auf eine einzelne Mauer in dieser Straße, fällt bereits Licht; der Schatten der Nachbarhäuser ist langsam gesunken und nun ist die gesamte Mauer ein Abbild des frühen Morgens, brennend und nackt – der einzige Schatten, der geblieben ist, ist der des schief stehenden Vorfahrtsschildes, der scharf über den Asphalt fällt und an einer Stelle einen kleinen Buckel bildet: Er liegt auf einem Menschen.

Ein Mann tritt aus einem der hohen Gebäude, die an den Park grenzen. Er wirft einen Blick auf die Frau, die mitten auf dem Gehsteig schläft.

Am helllichten Tag.

Er blickt auf die Hausmauer gegenüber. Er schüttelt den Kopf. Bestimmt eine Betrunkene.

– Am helllichten Tag!, wiederholt er.

Aber natürlich kann ihn niemand hören, am wenigsten die Bewusstlose selbst, denn unter ihr sammelt sich bereits Blut. Und austretendes Blut bedeutet immer einen Mangel an Aufmerksamkeit. Trotzdem schimpft der Mann, ballt sogar die Faust, auf der sein alter Ehering feststeckt. Niemals wird er ihn wieder abnehmen können. Damals war er selbst ja noch dünn wie ein Fahrradschlauch. Erst wenn er irgendwann krebskrank und ausgezehrt sein wird wie ein Skelett, fällt ihm der Ring vielleicht einmal vom Finger. Aber bis dahin …

Er seufzt und steigt über den Frauenkörper hinweg (und der Schatten des Verkehrsschildes gleitet über sein Bein), dabei verfehlt er um Haaresbreite ihr Handgelenk, fast wäre er drauf getreten. *Knack*. Aber selbst wenn, dann hätte er die fremde Hand nur mit einem Taschentuch gesäubert und wäre davongerannt – und hätte sich erst an der nächsten Straßenecke umgedreht und mit Genugtuung festgestellt, dass sein altes Herz noch immer zu schlagen versteht, tatsächlich, mitten in dieser Einöde. Endlich schlägt es wieder.

Ein Vogel landet im dichten Gebüsch neben dem Gehsteig, wo die bewusstlose Frau liegt. Aber er sieht nur Zweige, Dornen, Gestrüpp: eine eigenartige Welt. Er schüttelt den kleinen Kopf, dann hebt er surrend ab.

Viele Menschen gehen hier entlang, auch auf der anderen Straßenseite, wo ihre Schatten mit absurd langen Füßen an der Wand tanzen. Kinder werden langsamer, fragen etwas, und Mütter antworten, allerdings erst, wenn sie an der Liegenden vorübergegangen sind. *Nicht anfassen. Ist vielleicht schmutzig. Außerdem ist es schon spät, wir müssen weiter.*

Mehrere Male klingelt es unter der Frau auf dem bluttränkten Asphalt.

Der Schatten des Zeigers wird immer kürzer und wandert langsam über sie hin, bis er sich irgendwann löst. Wie ein plötzlich abreißendes Gummiband.

Die Luft ist angenehm warm.

In einer Nebenstraße hupt ein Auto. Es ist so windstill, dass ein Luftballon schnurgerade nach oben fliegen würde, wenn man ihn losließe.

Ein unsichtbares Flugzeug zieht einen zarten Kondensstreifen hinter sich her.

Im nahen Volksgarten geht ein Junge spazieren, einer, der sich oft hier herumtreibt, und jeder, der ihn sieht, weiß, dass er eines jener verwahrlosten Kinder sein muss, von denen man andauernd in der Zeitung liest, die sich oft bis zum Abend im Park aufhalten und irgendetwas aushecken. Wahrscheinlich ist ihm langweilig, denn er vollführt einen seltsamen Tanz: drei schnelle Schritte nach vor, dann lässt er sich auf die Knie fallen, aber Gott sei Dank immer ins weiche Gras, sonst würde er sich wehtun. Außerdem muss er ständig achtgeben, dass er nicht in einen Hundehaufen fällt, von denen hier jeder Zentimeter voll ist, jeder Strauch, jede Holzbank. Es ist für die herbstliche Jahreszeit noch recht warm, und da gehen die Leute gern mit ihren Hunden spazieren. Oder Hunde rennen herrenlos und glücklich über die Wiesen, wie im Paradies. Auch so was kommt vor.

Der Junge, dem die Knie nun doch ein wenig wehtun, holt sein Handy hervor. Es ist das allerneueste Modell, mit Kamera, die so viele Pixel hat, wie es Einwohner gibt in Österreich. Für jeden Kopf ein kleiner Bildpunkt. Er sieht sich zum x-ten Mal den Film an, den er gestern Abend in der Nähe des Parks aufgenommen hat. Das Bild ist ziemlich verwackelt, weil seine Hände ängstlich waren, wie immer, trotzdem kann man alles gut erkennen. Er hat die Aufnahme da drüben, gleich hinter dem Hochhaus, gemacht; jetzt meidet er die Stelle.

Der kurze Film zeigt, wie eine Frau mit einer langen Metallstange niedergeschlagen wird. Ihr Hund läuft davon, sein Kopf steckt in einem Trichter. Die Frau taumelt gegen ein Verkehrsschild und biegt es ein wenig zur Seite, bekommt dann einen letzten, vernichtenden Schlag auf den Kopf und fällt hin.

Woman beated to death with metal steel.

Gerald überlegt, ob der Titel, unter dem er den Film abgespeichert hat, grammatikalisch korrekt ist. *Beated? Beat. Boat? Beaten?* Er nimmt sich vor, seinen Englischlehrer zu fragen, bevor er den Film ins Netz stellt.

Man muss zugeben, der Ton ist wirklich schlecht, ein ohrenbetäubendes Rascheln seiner Kleider, und der Clip beginnt mit einer abstrakten Explosion von Pixeln, aber das macht nichts, denn wenn der Film einmal läuft, kann Gerald seinen Blick nicht mehr abwenden. Er hat ihn bestimmt schon vierzig Mal abgespielt, trotzdem hat er das Gefühl, dass er noch längst nicht alles gesehen hat.

Allein

Aber jetzt war alles in sich zusammengestürzt, alle Zusammenhänge, alles kaputt und zerstört, jetzt war alles nur mehr Orientierungslosigkeit und viele, viele Signale, die danach verlangten, aufgenommen und eingeordnet zu werden. Blumen. Eine Hecke. Ein Regenschauer, kurz, aber heftig. Die Begleitmusik für eine Flucht.

Ein beständiges Klirren im Hintergrund, wie von herunterfallendem Metall, das sich im Kopf fortpflanzte, verbreiterte und wieder zusammenzog, sodass es nie zu fassen war.

Sirenengeheul.

Dann die schnell atmende Stille unterhalb des Autos, mehrere Stunden.

Keuchen, hecheln.

Die Unmöglichkeit, am eigenen Fell zu nagen.

Nackenfellsträubende Blitze. Und die Gespenster der Elektrizität zwischen den Zähnen. Lärm aus der Hölle. Fernes Klirren von Metall.

Nichts hasste die kleine, nasse Hündin mit dem rötlichen Fell mehr, als ausgeschlossen zu sein. Gott sei Dank war sie diesmal rechtzeitig davongerannt, bevor man sie wieder verlassen konnte. Früher hatte sie immer laut um Hilfe gebellt, wenn die Menschen in ihrer Gegenwart die Köpfe, die unerreichbar hoch oben, knapp unter der Zimmerdecke schwebten, zusammensteckten und leise miteinander redeten.

– Schschsch, beugte sich dann eines der Gesichter zu ihr herunter, spendete wohltuenden Augenkontakt und schwebte wieder nach oben.

Und die Bedeutung dieses einfachen Zischlautes war

im Gegensatz zu den sonst eher unverständlichen Geräuschfeldern und Lautfolgen relativ einfach zu entschlüsseln: *Du bist da. Wir haben dich ja bemerkt, also bist du da.*

Es gab wenige Dinge, die sich so gut anfühlten wie diese Gewissheit, und es fiel ihr jedes Mal sehr schwer, das Gebell, das sie in solchen Momenten zum Dank für die erteilte Anerkennung anstimmen wollte, zurückzuhalten; aus irgendeinem Grund war es von der Gesellschaft der höheren Regionen nicht gern gehört.

Aber jetzt war alles eingestürzt, alle Zusammenhänge. Die vier Wände, die täglichen Rituale. Ein hässlicher schwarzer Metallstab war aufgeblitzt und hatte sie verjagt, sie hatte die Kontrolle über sich verloren und nun war sie allein. Allein unter einem Auto, für mehrere Stunden in Schach gehalten vom Regen, von den Bewegungen der Stadt, Menschenbeine pendelten vorbei. Ein männliches Paar Schuhe blieb stehen und Asche fiel auf den Asphalt.

Uljana atmete sie ein.

Allein: ein Reuegefühl von vier Pfoten auf kaltem Asphalt.

~

Der Schlaf hatte Walter eine Weile vor sich hergetrieben, wie ein Stock schwingendes Kind seinen über Gehsteigkanten und Feldwegränder davonspringenden Reifen. Aber dann hatte er den Anschluss verpasst, oder er war irgendwo falsch abgebogen, jedenfalls war er jetzt wieder hellwach, lag auf dem Rücken und starrte an die Zimmerdecke. Wenn er sich konzentrierte, konnte er sich vorstellen, wie er sich auf allen Vieren über die Decke bewegte, als wäre sie der Fußboden. Er kroch um die schräg nach oben stehende Lampe, streckte seinen Kopf durch das Fenster in eine verkehrte Welt und stieß sich das Bein an der kniehohen Schwelle, die die Tür auf einmal hatte.

Sein Kopf lag so, dass sein Nacken von einem kleinen, wurstförmigen Polster abgeklemmt wurde. Das verursachte unangenehme Schwindelgefühle, aber was sollte er tun, wenigstens ging so ein bisschen was weiter. Wenn er sich bewegte, hörte der Schwindel auf und alles war wieder still.

Schritte näherten sich, kündigten jemanden an, der nicht viel wog. Vielleicht einer der Fasane. Mit einem Frühstückstablett im Schnabel. Sonst wollte ihn hier ja niemand sehen, dachte er.

– Walter?

Mirjas gedämpfte Stimme.

– Hm?, machte Walter.

– Ich wollte nur fragen, ob du … Walter?

– Ja, sagte er lauter. Ja, ich bin da.

– Darf ich reinkommen?

– Bin müde.

– Okay. Ich wollte auch nur fragen, ob du vielleicht mitgehen magst. Wir gehen irgendwo auswärts essen.

Er überlegte. Die Idee fühlte sich gar nicht mal schlecht an. Aber er hatte keinen Appetit.

– Nein, danke. Ich glaub, ich bleib hier. Ausruhen.

– Sicher?

– Ja.

Er drehte sich auf die Seite und deckte sich mit seinen Lidern zu.

– Okay, dann …

Walter blieb liegen, bis er das Räuspern des in Betrieb genommenen Wagens hörte, der sich zu einem frühen

Essen (sagte man um diese Uhrzeit noch *Frühstück*?) auf den Weg machte. Nur seine Eltern waren imstande, *auswärts* frühstücken zu fahren.

Reiche Provinzidioten, dachte er.

Er stand auf und zog sich eine bequeme Jogginghose an. Obwohl sie erst wenige Stunden in seinem alten Schrank gelegen war, roch sie bereits danach. Der Zeitsprung war unvermeidlich: Walter erinnerte sich an die vielen Male, da er mit einem Couchpolster über die Treppe hinuntergerutscht war und sich dabei mit den Händen vorangepaddelt hatte wie ein Bobfahrer.

In der unteren Lade des Kleiderschranks fand er ein paar alte T-Shirts, darunter eines mit dem Polizeifoto von Martin L. Gore, dem Keyboarder und Komponisten der Gruppe *Depeche Mode*. Er hatte einmal alle ihre Platten besessen und sie irgendwann einfach hergeschenkt, an einen Jungen, der ihm gefallen hatte. Roland. Was wohl aus ihm geworden war?

Er zog das T-Shirt an. Es passte ihm immer noch.

In dieser Verkleidung ging er hinunter ins Wohnzimmer. Prächtiges Sonnenlicht fiel durch die Fenster und wärmte die alten, vom Staub zerfressenen Möbel. Er öffnete die Terrassentür. Im Hof mischten sich Wind und Sonne. Klare, warme Herbstluft. Im Türrahmen blähte sich ein altes Spinnennetz.

Walter streunte durch sein Elternhaus, und wie immer, wenn er dachte, dass er aus irgendeinem Grund nicht willkommen war, und sich trotz aller Anfeindung stets wie ein würdevoller Eindringling fühlte, ging er direkt ins Schlafzimmer seiner Schwester, wo er kurzerhand zwei Schubladen vertauschte (Socken und Unterwäsche), und anschließend in das seiner Eltern. Vorsichtig machte er dort Schränke auf und wieder zu, setzte sich auf das große

Bett und ließ es federn. Hier hatte er sein erstes Gedicht geschrieben, auf dem Rücken liegend, mit dem Ende der Füllfeder im Mund. Warum eigentlich hier? Er konnte sich nicht mehr erinnern, wie er damals darauf gekommen war. Vielleicht weil es das einzige Zimmer im Haus war, das man absperren konnte, ohne einen Schlüssel zu brauchen (die Tür hatte eine eingebaute Verriegelung, wie bei einer Toilette).

Als sie ihn dabei ertappt hatten, waren seine Eltern natürlich ausgerastet – vor Freude. Sie hielten seine poetischen Kreationen vor sich in die Höhe und lasen sie sich gegenseitig laut vor, in einem sonderbaren Singsang, der wohl irgendwie zu Poesie gehörte. Walters Vater war so stolz, dass er ihm das Angebot machte, einen Privatdruck von Walters *Frühwerk* zu bezahlen.

Damals hatten seine Eltern es noch geschafft, ihn mit ihrer Begeisterung zu motivieren. Wie ein Wahnsinniger begann er Gedichte zu schreiben. Dann arbeitete er eine Zeitlang mit einem Diktiergerät. Wieso er ausgerechnet dazu übergegangen war, konnte er nicht mehr sagen. Er hatte eine vage Vorstellung von einem glücklichen Moment auf einer Parkbank, in dem ihm eine Stimme zukommen würde, so ähnlich wie bei Rilke auf Schloss Duino, die durch ihn, aus ihm und in ihm zu hören wäre. So was in der Art. Ungefähr. Zu dem Vogelgesang und dem Lärm der Basketball spielenden Jugendlichen (in deren nackte Oberkörper er am liebsten seine jungfräulichen Zähne geschlagen hätte) würde er seine Inspiration in die kleinen Schlitze des Diktiergeräts sprechen. Walter war schon immer ein bedächtiger und langsamer Sprecher gewesen, ein chronischer Reisender, der Landschaften sammelte wie Briefmarken. Zumindest hatte er sich damals so gesehen. Und wie dem begeisterten Philatelisten bereiteten ihm die Fehlfabrikate die größte Freude: ein See, aus dessen Mitte ein verwitterter weißer Kirchturm ragte, der schon vor langer Zeit den Verstand verloren hatte und nur mehr ein paar Seevögel beherbergte; ein ausgeschlachteter Lieferwagen ohne Räder auf einem Kornfeld; ein Wald mit einer gestrandeten Gondel, die langsam von jungen Nadelbäumen zugedeckt und verschluckt wurde; ein Spielplatz in einer namenlosen Vorstadt, der über und über mit Tauben bedeckt war; eine polternde Brücke mit alten Hochwasserwarnschildern, die über ein ausgetrocknetes Flussbett führte; die albtraumhaften Reste eines Zirkuszelts auf einer Gemeindewiese.

An all diese Dinge dachte er, wenn er eine Gedichtzeile in das Mikrophon zu sprechen begann. Die Wörter kamen wie von selbst, und in den Wörtern waren Bilder von weiten, grenzenlosen Landschaften verborgen; er sah ein weites Feld, wie immer schneebedeckt, sah merkwürdige kleine Gestalten auf einer Brücke bei starkem Regen, die aus einer japanischen Tuschzeichnung ausgebrochen waren, die Poesie verschnürter und zusammengebundener Eislaufschuhe und einen alten einarmigen Nussknacker, der im Haus seiner Großeltern gestanden war – schöne Worte wie *Perlen, neun, Sommer, Regen, Ranken* – sie erinnerten ihn an die stillen Straßen seines Heimatdorfes, an den psychedelisch gelben Forsythienstrauch, dessen schwermütige, rätselhafte Bewegungen die Fieberträume seiner Kindheit erfüllt hatten, an einen im Schlamm von Traktorspuren gestrandeten roten Fußball; all das sah er in den Wörtern, die er mit geschlossenen Augen aneinanderreihte und bedächtig dem gigantischen Speicherplatz (45 Minuten) zwischen seinen Fingern anvertraute. Am Ende hörte er sich das Gedicht (oder was immer er da geschaffen hatte) an, den kleinen Lautsprecher an sein

Ohr gedrückt. Ja, ja, es stimmte, es war alles da. Er sah und roch seine Kindheit, spürte Lichteinfälle vergangener Tage und rührte sich, je näher es gegen Mittag ging, mehr und mehr selbst zu Tränen. Es stand für ihn völlig außer Frage, dass womöglich niemand sonst die Bilder sehen konnte, die für ihn in den Wörtern verborgen waren. Aufgewühlt und glücklich erhob er sich von der Parkbank und machte sich auf den Weg nach Hause. In der Konditorei überkam ihn plötzlich ein Gefühl von Selbstzufriedenheit, und er antwortete auf die Frage, wie man ihm dienen könne, nur mit einem leisen: *Nichts … nichts … Danke.* Spätabends, wenn er in den Gedichtbänden seiner Vorbilder blätterte, kam es ihm beinahe wie eine Art Fehlentwicklung vor, dass er hier allein sitzen sollte, unbemerkt und wenig wahrgenommen von der Welt, er, ein Dichter von derselben tiefinnersten Ergriffenheit wie Trakl, Heym oder Bachmann. Er las ihre Werke nur im Vergleich zu sich selbst und fand seinen Verdacht, dass seine eigenen Gedichte durchaus bestehen konnten, immer wieder bestätigt. In solchen lichten Momenten konnte es sogar vorkommen, dass er ernsthaft über die Gründung einer Familie nachdachte.

Doch wenn er sich bei diesem Gedanken ertappte, holte er schnell ein Puzzle aus dem Kasten und legte eine Winterlandschaft aus fünfhundert Teilen.

Wo waren diese ganzen Puzzlespiele heute?

Walter legte die Zettel zurück in den Schrank seiner Mutter. Es rührte ihn, dass sie sie so lange hier aufbewahrt hatte. Diese ganzen Kindereien. Joachim hatte schon Recht gehabt; nur ein einziges Gedicht war ihm einigermaßen brauchbar erschienen. Das von dem Hund.

Walter hatte ganz allein einen Ausflug in die Berge gemacht und war in einer kleinen Herberge abgestiegen. Als er sich unbeobachtet fühlte, schrieb er ein Gedicht in das uralte, in Leder gebundene Gästebuch.

durch den schnee kommen wir
spindelglocken im mond
sperper-vernebelt der see

Er unterschrieb das Gedicht mit seinen Initialen: W. Z. Aber das Z misslang ihm, und er strich es aus und malte ein neues, schöneres.

In der Nacht konnte er nicht einschlafen. Zuerst störte ihn das Blinken eines Radioweckers, der auf dem Nachtkästchen neben ihm stand. Nachdem er ihn umgedreht hatte, musste er daran denken, dass der Wecker ja immer noch blinkte, selbst wenn er ihn gar nicht mehr sehen konnte, und entfernte die Batterien aus dem Gerät. Dabei splitterte ihm der Daumennagel und er kaute ihn ab, bis er das schmerzhafte Pochen seines eigenen Pulses in der Fingerkuppe spürte.

Er musste ständig an das Gedicht denken, das er am Morgen ins Gästebuch geschrieben hatte. Er konnte sich nicht mehr genau an den Wortlaut erinnern und das ärgerte ihn. Schließlich stand er auf, ging unruhig im Zimmer auf und ab, an dem schmerzenden Finger lutschend, und sprach sich die Anfangszeile immer wieder vor, in der Hoffnung, er könnte seinem Gedächtnis den Rest entlocken.

Da es nicht gelingen wollte, holte er das Diktiergerät aus dem Mantel, der über der Sessellehne hing; in der Dämmerung sah das aus wie ein Kobold, der den Kopf eingezogen hatte. Aber auch das vertraute Gefühl des Diktiergeräts in seinen eiskalten Händen brachte die wertvollen Zeilen nicht zurück.

Missmutig zog er sich an. Sein linker Fuß verhedderte sich in einem Hosenbein, und er hüpfte fluchend im Zimmer umher.

Im Stiegenhaus fand er keinen Lichtschalter, aber so war es vermutlich auch besser; er wollte ungesehen bleiben. Er hoffte nur, dass die Rezeption in der Nacht nicht von einem misstrauischen Portier besetzt war.

Seine Hoffnung erfüllte sich, der Einzige, der ihn erwartete, war ein großer, schlafender Hund an einer Kette, die eine kraftlose Schlaufe um eine seiner Pfoten gebildet hatte. Vermutlich hatte der Hund wie jeden Abend, nachdem man ihn allein gelassen hatte, versucht, sich zu befreien und zu seiner Familie zu gelangen, die sich in ihren Betten verkrochen hatte, und war irgendwann vor Erschöpfung eingeschlafen. Walter nahm sich vor, ein Gedicht auf diesen Hund zu schreiben. Aber zuerst gab es da ein anderes Gedicht, um das er sich kümmern musste. Das Gästebuch lag immer noch aufgeschlagen, in seinem natürlichen Zustand. Aber die Seite war eine andere als die von heute Morgen: ein großer Pinguin befand sich auf der Seite – ein besonders merkwürdiges Exemplar mit überlangem Schnabel und einer angedeuteten Krawatte, die ihm aus dem Hals zu wachsen schien. Walter blätterte die Seite um und war beruhigt: Da war sein Gedicht, in der charakteristischen Handschrift des großen Poeten, der mit ihm identisch war. Mit viel Atemluft zwischen den Zeilen. Er las es elf Mal hintereinander. Anschließend sprach er es leise in das Diktiergerät und ging in sein Zimmer zurück. Doch er fühlte immer noch eine unerträgliche Leere, den sich langsam ankündigenden Schmerz eines Verlusts. Er kehrte um. Obwohl er den unordentlich gezeichneten Pinguin gerne nicht länger um sich gehabt hätte, riss er die Seite mit dem Gedicht aus dem Gästebuch und steckte sie ein. Endlich fühlte er sich besser. Den Pinguin auf der Rückseite würde er am nächsten Morgen übermalen, beschloss er.

Was war ich für ein elender Heuchler, dachte Walter im Schlafzimmer seiner Eltern.

Er ließ sich von der weichen Matratze hochfedern; er stand. Dann ging er zurück ins Wohnzimmer.

Von allen Gedichten, die er geschrieben hatte, erinnerte er sich nur mehr an das eine im Wortlaut, das von dem schlafenden Hund inspiriert worden war.

Ich hörte einen schwarzen Hund
vor meiner Haustür weinen
Ich sprach ihn an mit vielen Namen
Er hörte nur auf meinen

Das war wirklich gut. Hübsch und kompakt. Ein Gedicht wie ein Butterkeks. Erst nach langem Kauen entfaltete sich sein Geschmack.

Obwohl er keine besondere Lust hatte, sich zu betrinken, machte er sich einen Cocktail. Zutaten gab es reichlich, sein Vater war seit vielen Jahren Alkoholiker, ohne es zu wissen und ohne großen Schaden anzurichten.

Joachim, dachte er, hatte immer gute Cocktails gemacht. Wie es ihm wohl gehen mochte?

Der Cocktail (wenn man das Gemisch überhaupt so nennen wollte) war stark geraten und brannte in der Kehle. Egal, dachte er, es sieht mich ja niemand. Ich kann tun, was ich will.

Er machte sich einen zweiten und dritten. Auf unsicheren Pfoten wankte er zwischen dem Kühlschrank, der Bar und dem alten, knarrenden Ledersessel, der vor dem Fernseher stand, hin und her. Gerade balancierte er mit einer eigens zu diesem Zweck entwickelten Metallklammer einen Eiswürfel, als ihn ganz in seiner Nähe eine laute, volltönende, registerreiche Stimme ansprach.

Walter fiel vor Schreck fast über den Fernsehtisch, und der Eiswürfel fiel klirrend zu Boden.

Besuch am Morgen

Es war nicht einfach gewesen, aber nach einer halben Stunde hatte ich endlich alle größeren Teile des Spiegels aufgesammelt und zusammengeklebt. Die Haut auf meinen Fingerspitzen war vom Superkleber schwarz verätzt. Außerdem war mir vom Gestank der Chemikalien schlecht geworden. Entweder das, oder ich hatte feinsten Glasstaub eingeatmet, der nun meine Eingeweide zersetzte.

Anfangs hatte ich ein paar Ecken des großen Puzzles falsch zusammengesetzt (es gab mehr als einen Splitter, der die Form eines perfekten gleichseitigen Dreiecks hatte), und als ich in den reparierten Spiegel blickte, saß mein linkes Auge plötzlich unsicher blinzelnd auf meiner Wange. Missmutig grinsend vertauschte ich die beiden Teile.

Jetzt war alles wieder an seinem Platz. Zwar befand sich ein feines Netz von Bruchstellen, zwischen denen schwarzer Kleber hervorquoll, auf dem Spiegel, aber damit konnte man leben. Zur Feier der geglückten Instandsetzung schnitt ich Grimassen.

Mein linkes Auge fiel mir auf. Ich zog das Lid etwas herunter, und ein ungesundes Rot kam zum Vorschein, wie brennende Wolken am Horizont. Bestimmt hatten die giftigen Dämpfe des Klebstoffs meine Schleimhäute entzündet.

Es war früher Morgen, als ich mich zu Valeries Praxis aufmachte. Ich war etwas unsicher beim Gehen, denn ich hatte eine Nacht hinter mir, in der ich nicht mehr als zwei Stunden geschlafen hatte. Um sieben Uhr waren die Straßen bereits voller Menschen, aber die Praxis befand sich in einer jener besonders windstillen und ruhigen Seitengassen, die zwar so breit sind wie manche Hauptverkehrswege, aber trotzdem unter einem merkwürdigen Schutzzauber daliegen und sich einfach nicht von der Stelle rühren. Lässt man in einer solchen Straße etwas fallen, einen Knopf, eine Münze oder eine Zigarette, erscheint es einem fast wie ein unnötiger Eingriff in ein natürliches Gleichgewicht.

In einem kleinen, kompakten Café, das entweder *CHILL* oder *WLAN* hieß (genau ließ sich das nicht feststellen), kaufte ich mir einen Kaffee. Der weiche Pappbecher wurde nach wenigen Augenblicken bereits brennend heiß, außerdem schwappte die Flüssigkeit trotz des schnabelförmigen Schutzdeckels, durch den man trinken musste, ständig über meine Finger. Ich ging viel zu schnell, dabei hatte ich nicht einmal einen Grund, mich sehr zu beeilen. Die Praxis sperrte erst um acht Uhr auf.

Die Straße lag da wie immer, unbeweglich und rein. Vielleicht war in der Nacht eines jener großen, orangen Kehrfahrzeuge hier durchgefahren, lautlos, die Rotationsbesen und Wasserdüsen ausgeschaltet, und der Fahrer lächelte aus seiner schalldichten Kabine hinunter auf den Asphalt der in einen Dornröschenschlaf versunkenen Straße.

Ich kam an einer Reihe geöffneter Fenster vorbei, die zu einem Lern- und Nachhilfeinstitut gehörten und in denen breite Gitterstäbe wuchsen. Ein Geruch nach Turnhallen und Umkleidekabinen drang aus den Fenstern und beschwor dunkel verworrene Schulerinnerungen herauf. Fußballspiele, verbissen, in zu kurzen Hemden. Der unüberwindliche Barren, mit jahrhundertealten Wetzstellen auf dem bleichen Holz. Ein asthmatisches Trampolin. Ein düsterer Metallschrank voller Hockeyschläger. Nie verwendete Medizinbälle, schwergewichtig und in sich ruhend wie Buddhastatuen.

Es tat gut, hier entlangzugehen, der Körper erledigte alles von allein: ganz oben der wachsame Kopf, der Pilot, dann der bewegliche Oberkörper, die Balance, und darunter die automatisch dahintrabenden Beine, links, rechts, links, rechts. Sie irrten sich nie. Niemals kam zweimal hintereinander *rechts* oder *links*.

Ein herrlicher Tag. Ich hatte zwar nicht viel geschlafen, aber ich hatte einen Kaffee getrunken und ich hatte etwas vor.

Als ich das Haus Nummer 14, wo Valerie ihre Praxis hatte, erreichte, sah ich etwas Seltsames. Direkt vor dem Haustor lag ein schwarzes Knäuel aus Kleidern, das sich hob und senkte. Ein Bettler vermutlich. Ein Zahn, der der Gesellschaft über Nacht ausgefallen war. Er trug eine braune Pelzmütze, so wie sie Eskimos tragen mochten. Er hatte die Augen geschlossen, aber man konnte sehen, dass er nicht wirklich schlief. Er wartete.

Ich beachtete ihn nicht weiter, nahm mir aber vor, ihn um fünf vor acht von dem Hauseingang zu vertreiben. *Gehen Sie! Das hier ist kein Stundenhotel!* Dummer Satz. *Hauen Sie ab!* Ob er gewalttätig werden würde? Bestimmt übertrug er Krankheiten wie die Stadttauben und die unscheinbaren Spatzen in den Gastgärten irgendwelcher Cafés. *Schau zu, dass du weiterkommst, dreckiges Schwein!* Möglichst ordinär, um gleich durchzudringen. Versoffene Wracks. Tun alles für Geld.

Ich durchsuchte sicherheitshalber meine Hosentaschen nach Kleingeld. Wenn der Penner tatsächlich Widerstand leisten würde, konnte man ihn immer noch bestechen. *Da! Geh Bier kaufen. Aber komm nicht zurück!*

Ich ging bis ans Ende der Straße. Ein Lieferwagen

stand dort vor einem Haus und wartete, dass irgendetwas passierte. Ich wartete ein paar Minuten mit ihm, aber es geschah nichts. Niemand kam. Das Dach des Hauses war teilweise abgedeckt. Über die freien Flächen waren große farbige Leintücher gespannt.

Ich fand eine Zwei-Euro-Münze und steckte sie griffbereit in die äußere Manteltasche. *Los, fang! Hepp!*

Meine Armbanduhr sagte mir, dass es höchste Zeit war umzukehren. Schon von fern sah ich, dass der Bettler immer noch in der gleichen Stellung vor dem Hauseingang kauerte. Ich betete im Stillen darum, dass er sich nicht angemacht hatte oder womöglich verletzt war. Das waren diese Gestalten ja oft. Manchmal, vor allem im Sommer, konnte man sie mit notdürftig verbundenen Unterarmen herumlaufen sehen. Eine Unmenge rotfleckiges Klopapier um einen Fingerstumpf gewickelt. Aufgeplatzte Lippen, wie das Innere einer Muschel, die auf dem Herd verbrannt ist.

Als ich vor den Mann hintrat, schreckte er hoch. Er stand auf, putzte sich den Ärmel ab. Ich wollte etwas sagen, meine Hand versank in der Manteltasche, berührte die warme Münze, mein Notargument – da nickte mir der Mann zu, als würde er mich erkennen, und drehte mir den Rücken zu. Sein Blick richtete sich auf die geschlossene Tür, neben der sich das Messingschild mit Valeries hübschem Namenszug befand. So blieb er stehen und rührte sich nicht.

Ich nahm die Münze aus der Tasche und hielt sie hoch.

– Entschuldigen Sie, sagte ich. Ich würde hier gerne rein.

Er drehte sich um, lächelte.

– Ich bin Erster, sagte er.

Um sicherzugehen, dass ich auch begriff, was er meinte, deutete er mit einem gespielt fragenden Gesichtsausdruck auf das Messingschild. DR^{in}. VALERIE MESSERSCHMIDT. Ich nickte automatisch. Ja, sie. War das ein französischer Accent auf dem einen E ihres Vornamens? Ein Sprung im Messing?

– Wird gleich aufgesperrt, sagte der Mann zur Tür.

Hinter mir hörte ich Schritte, ich drehte mich um. Vor mir stand eine Frau, die ein kleines Mädchen an der Hand hielt. Sie nickte mir höflich zu. Das kleine Mädchen nagte am Daumen ihres Handschuhs.

Nach ein paar Minuten kam ein Mann mit einer Augenklappe.

Um acht Uhr zählte die Schlange bereits neun Menschen. Ich war der Zweite in der Reihe. Die Tür wurde von einem jungen Mann aufgesperrt, der uns kurz musterte und dann aufforderte, *langsam* einzutreten. Auch auf der Treppe behielten die Menschen die Reihenfolge der Warteschlange bei. Vor der Tür zur Praxis standen wir noch einmal an, allerdings nur für kurze Zeit, aber immerhin lange genug, dass sich die Ordnung auflöste. Nachdem wir eingelassen worden waren, drängelten sich alle vor dem Anmeldeschalter.

Leise Radiomusik kam aus den Wänden. Ein Telefon läutete melodisch in irgendeiner Ecke und niemand hob ab. Eine Sprechstundenhilfe ging an mir vorbei. In ihrem Ohr steckte ein Hörgerät, das wie geschmolzenes Wachs aussah.

Gleich würde ich Valerie sehen, ich konnte es kaum erwarten. Gleich würde ich erfahren, warum sie gestern nicht gekommen und auch bei sich zuhause nicht erreichbar gewesen war. Gleich würde sie mir, einem unerwarteten Patienten, der gar keiner war, erzählen, wie sie ihr

Telefon verloren und auf der Suche danach die Zeit übersehen hatte. Oder es hatte einen Notfall in ihrer Nachbarschaft gegeben. Ein brennendes Haus, eine entlaufene Katze. Wer weiß. Gleich, gleich.

Mein Herz klopfte Synkopen der Vorfreude.

Aus dem einen Menschen vor mir waren drei geworden.

Ich hielt die Anspannung nicht mehr aus.

– Werfen wir eine Münze!

Ein paar Leute starrten mich an – ein Verrückter, der mit ziemlich lauter Stimme sprach:

– Los! Wir werfen eine Münze, um zu sehen, wer als Erster drankommt!

Bevor mir irgendjemand widersprechen konnte, schnippte ich die Münze mit dem Daumen in die Höhe. Sie drehte sich, ein winziger Propeller, eine transparent flirrende Kugelform, erreichte ihren höchsten Punkt, wo sie kurz in der Luft stehen blieb, schließlich fiel sie auf den Teppichboden, und ein paar Männer beugten sich über sie, als wäre tatsächlich eine Entscheidung gefällt worden: ein Kranz von neugierig herabblickenden Gesichtern, wie man sie aus Operationssälen oder Träumen vom merkwürdigen Beginn des Lebens kennt.

Messerschmidt

Der Wind griff in das grün bespannte Baugerüst und verlieh dem Haus für Sekunden wilde, sich gegen den Himmel aufbäumende Segel. Das Haus aber bewegte sich keinen Zentimeter. Im Gegenteil, damit es sich auch wirklich nicht vom Fleck rühren konnte, wurde es an einem Fahrrad festgezurrt.

Eine schlanke Gestalt löste sich von dem Fahrrad, schüttelte ihre kräftigen Hände aus den Ärmeln und band sich das strähnige, schwarze Haar zu einem Pferdeschwanz zusammen. Sie nahm den Rucksack ab, in dem ein paar Drumsticks knöchern aneinander rieben, dann verschwand die junge Frau im Hauseingang.

Seit seinem Unfall wohnte Messerschmidt zeitweise ganz allein. Seine Abgeschiedenheit war so groß, dass er nicht einmal den Drang nach Selbstgesprächen oder tierischer Nähe verspürte. Manchmal war er sich selbst zu viel. Ein Raum, in dem er sich befand, war bis zum Bersten gefüllt.

Der Hergang seines Unfalls kam ihm jeden Morgen mit den ersten Sonnenstrahlen, die über seinem Bett flimmerten, wieder zu Bewusstsein. Alles begann bei der Tabaktrafik. Das heruntergekommene, von einer alten, schon etwas lahmen Frau betriebene Geschäft lag sehr ungünstig, daran gab es nichts zu rütteln, mitten auf einer Art Verkehrsinsel, auf der nur das Häuschen und ein kleines Rasenstück Platz fanden, in Schach gehalten von einem nie abreißenden Verkehrsstrom, und Messerschmidt war sich sicher, dass er noch nie einen anderen Kunden gesehen hatte als diesen dicken Mann, der dort manchmal auf und ab ging, ein unsympathischer Kerl mit einem kreisrunden Gesicht. Wie eine Karikatur von dem Mann im Mond.

Messerschmidt überquerte diese Straße nun schon zum tausendsten Mal, und immer fühlte es sich gleich an. Der Verkehrslärm wurde ein wenig lauter, wenn man in der Mitte der Kreuzung stand, der Augenblick ballte sich zusammen und entließ einen wieder, auf die andere Straßenseite. Unendlich fließender Verkehr. Autos in verschiedenen Farben und Formen.

Die Ampel war grün und alles lud ihn ein zu gehen. Aber aus unerfindlichen Gründen zögerte er eine Sekunde, bevor er sich in Bewegung setzte. Die weißen Zebrastreifen glitten langsam unter ihm dahin, wie gigantische Leitersprossen im Traum. Er blieb stehen, in Betrachtung des schwarzen Zwischenraums zwischen den Streifen. Er wirkte ungewöhnlich tief, wie ein unbewegtes Moorgewässer. Und die Zebrastreifen selbst wie die Rücken schlafender Krokodile, über die man springen musste.

Von hinten näherte sich Lärm, ein großes, schwarzes Fahrzeug, das von hinten auf ihn zukam. Das Motorengeräusch schwoll an, und der Laster rauschte an ihm vorbei, zog irgendetwas von ihm mit, aber Messerschmidt konnte nicht erkennen, was es gewesen war, seine Armbanduhr war jedenfalls noch an ihrem Platz. Aber warum blickte er ausgerechnet auf seine Uhr? Sein linker Arm kribbelte. Da bemerkte er, dass die Zeiger der Uhr nur mehr sehr langsam gingen. Die Batterie war wohl schon schwach.

Messerschmidt fluchte leise und trat auf den Gehsteig. Dabei stolperte er und stieß sich das Knie. Er rollte das Hosenbein hoch, um zu sehen, ob es sehr schlimm war. Ein kleiner Kratzer, nichts Weltbewegendes.

Ein einsamer Mann mit Zeitung stand an der Ecke. Messerschmidt sprach ihn an, ob er wisse, wie spät es sei. Der Mann kräuselte die Nase, als müsste er niesen, dann entspannte sich sein Gesicht wieder. Messerschmidt trat nahe an ihn heran. Der Blick des Mannes wurde immer ausdrucksloser und leerer, bis er Messerschmidt Angst machte.

Nach einer Weile sah der Mann tatsächlich auf die Uhr und kratzte sich am Handgelenk.

Na, egal, er würde eben zu spät zur Arbeit kommen. Er liebte seine Arbeit. Zeichner in einem Architekturbüro, ein schöner Beruf. Man verdiente zwar nicht viel, aber es machte Spaß, sich mit den Wünschen eines kreativen Menschen zu beschäftigen, der zudem noch mehr vom Leben zu verstehen schien als andere.

Trotzdem, er fühlte sich seltsam. Als ginge er auf Watte.

Er schüttelte den Kopf.

Tatsächlich?

Ja, es war sein Kopf gewesen. Mein Gott, er war heute wirklich etwas neben sich.

Er würde seinen Vorgesetzten, den Architekten Zmal, bitten, ihn heute etwas früher nach Hause gehen zu lassen, zu seiner Tochter, die in kurzer Zeit ihre Praxis eröffnen würde. Ja, sie war jetzt einunddreißig, aber sie lebte immer noch bei ihm. Das war ungewöhnlich, zugegeben, aber sie bildeten ein gutes Team. Er hatte sie nie ausdrücklich gebeten, weiter bei ihm zu wohnen. Nein, das war ihre eigene, schwer zu durchschauende Entscheidung gewesen. Er war sich sicher, wenn er etwas dazu gesagt hätte, hätte sie es sich anders überlegt. Sie war ein Trotzkopf. Wenn du einmal ausziehst, wenn du einmal einen Mann findest, mit dem du leben möchtest, dann bleib ich hier mit dem Hund allein, hatte er ihr gesagt. Sie wechselte darauf immer gern das Thema.

– Sie sind spät, sagte Herr Zmal, ohne aufzublicken.

Auf seinem Schreibtisch lag ein Haufen Zettel, und Herr Zmal nahm daran eine sorgfältige Obduktion vor.

– Ja, ich weiß, sagte Messerschmidt. Das tut mir auch leid, aber ich war da in einen kleinen Unfall verwickelt.

– Unfall?

Herr Zmal ließ ihn seine beiden würdevollen Augenbrauen sehen. Die Augenbrauen waren genauso, wie Augenbrauen normalerweise sind: groß, väterlich und sehr beweglich. Auch die Nase von Herrn Zmal war heute ein wenig wohlgeratener als sonst, schien es Messerschmidt. Es war ein seltsames Gefühl – und vielleicht entsprach es auch nur seiner Erleichterung, dass ihm nichts Schlimmeres passiert war, der LKW hatte ihn nur gestreift –, aber er sah Herrn Zmal einfach gerne an.

– Ja, wirklich. Keine Ausrede. Hier –

Er rollte sein Hosenbein auf, um die Schramme zu zeigen.

– Schon gut, sagte Herr Zmal, ich habe ja nicht gesagt, dass ich Ihnen nicht glaube. Beruhigen Sie sich.

– Ich bin ja ganz ruhig, sagte Messerschmidt.

Er staunte, dass das die Wahrheit war. Im Grunde hätte er aufgeregt sein müssen, immerhin war die Situation, der er gerade entronnen war, sehr gefährlich gewesen.

– Kommen Sie, setzen Sie sich hin, sagte Herr Zmal.

Schon saß Messerschmidt vor ihm. Jetzt konnte er auch genau erkennen, was Herr Zmal da tat: Er ging die Abrechnungen durch, kontrollierte alle Summen, so wie er es immer gerne machte. Die Arbeit würde viele Stunden, vielleicht sogar Tage beanspruchen, aber Herr Zmal machte es freiwillig, weil er ein Perfektionist war. Messerschmidt wusste, dass Herr Zmal dabei nicht gerne gestört wurde, und fragte sich, warum er gebeten worden war, sich hinzusetzen.

– Also …

Herr Zmal hielt den Korrekturbleistift immer noch in der Hand, als würde er jeden Moment wieder zu seiner Arbeit zurückkehren. Aber er tat es nicht, sondern er begann zu sprechen:

– Es ist gut, dass Ihnen nichts passiert ist. Erzählen Sie, was war denn?

Sein Blick war unverrückbar auf Messerschmidt gerichtet. Das war nichts Ungewöhnliches, Messerschmidt kannte dieses charakteristische Starren, dieses genaue Mustern der Umwelt, aber gleichzeitig irritierte es ihn ein wenig.

Er schaute auf den Fußboden, der aus kleinen hellen Holzbrettern bestand, die in einem Wellenmuster ineinandergesteckt worden waren. Messerschmidt fragte sich, ob ein solches Holzbrett länger oder kürzer war als sein Schuh. Er zog seine Füße unter dem Sessel hervor, dann aber kehrte seine Aufmerksamkeit zu dem starren Blick von Herrn Zmal zurück, den er wie einen stetigen Luftstrom auf seiner rechten Gesichtshälfte spüren konnte.

– Ich bin über die Straße gegangen, es war Grün für mich –

– Also haben Sie nichts falsch gemacht, unterbrach ihn Herr Zmal gleich.

Auch das war eine der Angewohnheiten seines Vorgesetzten. Herr Zmal musste immer alle Menschen, mit denen er sprach, unterbrechen, ihre Aussagen kurz zusammenfassen oder kommentieren. Vermutlich tat er das, um selbst nicht den Faden zu verlieren, denn er war ein Mann, der sehr leicht von allem Möglichen abgelenkt wurde.

Messerschmidt räusperte sich.

– Ja, stimmt schon, aber dann habe ich … einem Radfahrer Platz gemacht, und der ist dadurch langsamer geworden, und irgendwie … ich weiß nicht mehr, alles ist ziemlich schnell gegangen … zur Seite gekippt und schon hat mich ein Auto von hinten gestreift … Ja …

Er hatte alles ein wenig ausgeschmückt. Er schämte sich dafür, aber was sollte man machen, er wollte keine unnötigen Fragen beantworten müssen.

– Und sonst ist nichts passiert?

– Den Kopf hab ich mir, glaube ich, angeschlagen, gestand Messerschmidt.

Es musste beim Sturz auf sein Knie passiert sein, Schmerzen hatte er keine. Aber gut, sein Kopf war immer schon sehr robust gewesen. *Dickschädel*, hatte seine Frau früher oft respektvoll gesagt. Jetzt fiel ihm ein, dass er zuhause anrufen sollte, man machte sich bestimmt schon Sorgen um ihn. Aber warum? Er war doch ganz normal in die Arbeit gegangen und war schließlich auch hier angelangt, ganz einfach. Nein, zuhause wusste doch niemand von der Verspätung, es sei denn, Herr Zmal hatte bei ihm angerufen und seine Tochter hatte nicht gewusst, wo er war. Sie hatte eine erschrockene Hand zum Mund bewegt, und der Telefonhörer hatte in der anderen Hand zu zittern begonnen. *Ist … ist er nicht in der Arbeit erschienen?* Ja, so konnte es gewesen sein.

– Hat meine Tochter hier angerufen, sagte er.

Es war merkwürdig, der Schock hatte ihm offenbar auch die Stimmbänder gelähmt, denn er bekam die Satzmelodie einfach nicht richtig hin. Die Frage klang wie ein leidenschaftsloser Aussagesatz. Und außerdem war sie ganz verkehrt gestellt. *Haben Sie?*, hätte er eigentlich fragen müssen. *Haben Sie bei mir zuhause?* Aber egal.

– Nein, warum?, fragte Herr Zmal.

Auch das klang nicht wie eine Frage. Für einen Augenblick sah es so aus, als würde Herr Zmal seine Schreibarbeit wieder aufnehmen, aber der Korrekturbleistift bewegte sich nur wenige Millimeter über das mit Zahlen bedeckte Papier, als unterliege er einer Art natürlicher Fortbewegung, wie etwa der Mond oder der Schatten eines Hauses, während der Tag verging.

Messerschmidt winkte ab.

– Ich hab nur gedacht … nein, natürlich nicht, da hab ich was verwechselt, glaube ich.

Eine Weile schwiegen sie. Es war völlig still. Messerschmidt lehnte sich im Stuhl zurück, um ihn knacken zu lassen, aber das Holz schien dafür viel zu geschmeidig, obwohl es ein sehr alter Stuhl war. Die gesamte Einrichtung im Büro war sehr alt. Dass das angenehme Knarren und Knacken der hölzernen Stuhllehne ausblieb, enttäuschte Messerschmidt so sehr, dass er unvermittelt aufstand.

– So, also dann, sagte er, ich werde dann mal an die Arbeit gehen.

– Ja, in Ordnung, sagte Herr Zmal.

Er hielt Messerschmidt die Hand hin. Zwischen zwei Fingern hing noch immer der Bleistift. Messerschmidt, der nicht unhöflich sein wollte, sagte nichts über die kleine Vergesslichkeit seines Chefs und ergriff die Hand, wobei er achtgab, den Bleistift nicht zu berühren.

Als er sich zum Gehen wandte, hörte er hinter sich etwas zuklappen. Er drehte sich kurz wieder um und sah, dass es die Mappe mit den Jahresabrechnungen war. Herr Zmal war offenbar bereits fertig.

– Schon fertig mit den Korrekturen, sagte Messerschmidt freundlich.

Herr Zmal schien zu erschrecken. Er sah nach links und rechts, wischte sich über die Stirn, die plötzlich verschwitzt war und auch leicht gerötet. Sein Blick traf Messerschmidt nicht, obwohl dieser für einen Augenblick stehen geblieben war. Eine Weile wartete er, aber es geschah nichts. Herr Zmal antwortete auf seine Frage nicht. Wann hatte er die Korrektur gemacht? Es konnte nicht während ihres kurzen und merkwürdigen Gesprächs geschehen sein, denn Messerschmidt hatte genau darauf geachtet, obwohl er gar nicht genau sagen konnte, wieso.

Genau darauf geachtet, genau darauf geachtet: eine warme Berührung an seinen Oberschenkeln.

M'lp. M'lp.

Die junge Japanerin wischte ihre nasse Hand an der provisorischen Schürze ab, dann holte sie das Apfelmus, mit dem sie Herrn Messerschmidt fütterte. Das Mus kam in einen Beutel, und der Inhalt des Beutels gelangte über eine Sonde direkt in den Magen. Wenn sie die ständig verklebte Eingangsstelle am Bauch des alten Mannes reinigte und frisch mit einer Mullbinde überklebte, verbreitete sich ein beißend saurer Geruch im ganzen Zimmer.

Sie seufzte.

Heute war ihr die Arbeit besonders unangenehm. Ihr Körper verlangte nach etwas anderem. Sie hatte sich heute ein paar Minuten früher von ihrem neuen Freund trennen müssen, um rechtzeitig bei Herrn Messerschmidt zu sein. Sie waren zu gar nichts gekommen. Dabei brauchte sie es so dringend, auch wenn es peinlich war, das zuzugeben. Aber jetzt waren sie schon eine Woche zusammen, und alles, was sie bisher getan hatten, war ein wenig Oralverkehr, akrobatisch ineinander verkeilt wie Zwillingsgalaxien. Mein Gott, er hatte so gut geschmeckt, so verdammt gut, und das kam nicht oft vor bei Männern. Die meisten schmeckten säuerlich oder bitter oder überhaupt nur nach ungepflegten, dornigen Schamhaaren, aber Colin – Colin roch und schmeckte gut. Er hielt sehr viel auf Pflege und Hygiene. Sie wusste es genau, denn neulich hatte sie mit ihrer Zunge –

Schluss, Schluss. Nicht mehr daran denken.

Mitsuko zog Herrn Messerschmidt eine frische Windel an. Alles schön der Reihe nach. Nichts überstürzen.

Aber ihre Finger waren so unruhig, dass sie alles zweimal machen musste.

Nicht lange nachdem er das Büro verlassen hatte, nach draußen in eine Welt aus stillstehendem Verkehr, verstand er seine Situation. Es gab nur noch ihn. Anfangs war er verzweifelt, dass das so war, dann war ihm auch das egal. Denn solange es ihn betraf, spielten seine Erinnerungen noch ein bisschen mit und gaukelten ihm vor, nicht ganz allein zu sein. Aber genau das war er. Allein. Der einzige Tote weit und breit. Niemand sonst war je gestorben. Nur ihn hatte dieses sonderbare Schicksal getroffen. Sein Kopf war vielleicht noch nicht ganz tot, wo er sich befand, ließ sich allerdings nicht genau sagen. Ein letzter Rest von Leben flackerte noch darin und imaginierte sich Städte, einen Himmel, einen Horizont hinter den Häuserfassaden (tatsächlich, man spürte ihn, wenn man sich anstrengte, eine gleißende Linie, wo die Halbkugel der Welt aufhörte und die brausenden Wasserfälle der Ewigkeit anfingen), stellte sich Spielplätze vor und Schreibtische, erschuf sich Tag und Nacht, die Stimmen und Bewegungen anderer Menschen, so wie er es immer getan hatte. Er war ein Kopf, ein denkendes Gehirn im Cockpit eines verrottenden Körpers.

So musste es sein.

Und jeden Morgen kam der Hund und leckte seine nackten Beine ab, manchmal auch sein Geschlecht. Und zog ihm eine frische Windel an. Nein, nicht der Hund.

Ach, er hatte nur verschwommene Theorien über die Zeit seines Aufenthalts. Vielleicht dauerte das Nachglühen seines Verstandes nur Sekunden. Aber genauso wie der Traum einer einzigen Nacht mehrere Jahrzehnte dauern konnte (von den schwierigen, senil-unverständigen Jahren der Pubertät über die Hochzeit bis hin zum ersten Enkelkind, das man überlebt), so erstreckte sich dieser letzte Rest vielleicht unendlich lange in die Zeit hinein. Wie die Nachkommastellen einer irrationalen Zahl. Immer kleiner, immer detailreicher. Das allmähliche Versickern von Buchstabensuppe.

Am liebsten hatte er die Hündin gehabt. Warum war sie fort? Eine schwierige Frage. Er fand darauf keine Antwort. Eine Halskrause aus blau-transparentem Plastik spielte dabei eine Rolle, aber es war nicht ganz klar, welche. Mit dem Ding sah die Hündin aus wie eine Trompete, die ängstlich vor sich selbst davonläuft. Armes Tier. Wo war sie jetzt?

Hunde waren letztendlich immer rätselhaft, undurchschaubar. Ganz anders die Katzen, die machten kein Geheimnis daraus, dass sie sehen konnten, was mit ihm los war. Sie waren ein Fall für sich.

Jetzt allerdings war alles still, und vielleicht befand sich niemand mehr auf der Erde. Messerschmidt war ganz allein.

Früher hatte es auch noch einen anderen Bewohner gegeben, ein schreiendes Kind, das in den Lampen wohnte, sie hin und wieder zum Schaukeln brachte, und ein ungesundes, leicht gelbliches Licht verbreitete, das die Menschen traurig stimmte, ohne dass sie es merkten. Sie wurden finster und melancholisch, deuteten in Gesprächen schwer verzeihliche Dinge an und fielen einander ins Wort. Ah, diese sonderbaren Momente in den Gesprächen Erwachsener, in denen sich plötzlich eine unsichtbare Wand auftut, und beide Gesprächspartner prallen mit der Stirn dagegen. Dann wenden sie sich ab, gehen in ihre Ringecken zurück und schweigen. Sie sehen zu Boden und mischen ihre Worte neu wie ein Deck Spielkarten. Spricht man sie an, heben sie nur ihre Gesichter und lächeln entschuldigend, als hätte man sie auf Chinesisch nach dem Weg gefragt.

Das Lampenkind schluchzte und heulte die ganze Zeit, als wäre die Welt vor seinen Augen in tausend winzige Glassplitter zersprungen, als hätte sich alles Lebendige als ein undurchdringliches Wachsfigurenkabinett entpuppt.

Irgendwann wurde das Kind dann schlafen gelegt. Man nannte es wohl so, nicht nur bei Bewohnern, die in ihrer Kindergestalt stecken geblieben waren, nein, hier war es nur ein Zufall – auch ein uraltes Männlein, das im Garten wohnte und dort seine unverständlichen Klagen von sich gab, oder ein einzelner, gottverlassener Arm, dessen Handfläche manchmal blass durch Spiegelbilder blinzelte, als winke sie Auf Wiedersehen, konnte man schlafen legen, wenn man nur wusste, was zu tun war.

Seit das Kind nicht mehr schrie, gehörte Messerschmidt die ganze Wohnung. So zumindest schien ihm die Reihenfolge. Chronologie gehörte seit sehr langer Zeit nicht mehr zu seinen Stärken.

Er genoss diesen vorübergehenden Frieden. Mit Sicherheit war es nur eine Frage der Zeit, bis wieder ein neuer Bewohner zu ihm stoßen würde, der Platz auf Erden war begrenzt und der Schmerz in diesen zugigen, wetterfühligen Räumen einfach zu dicht.

Aber vorerst blieb er allein.

Allein. Der absurdeste Zustand von allen.

Als wäre die Eins eine wirkliche Zahl, mit der man etwas anfangen konnte. Dabei war sie lediglich die Vorform einer Zahl, eine Art abstrakte Masturbation. Und die Null war überhaupt keine Zahl, sondern ein Phantom, eine schlechte Metapher. Wie ein verkleideter Zwerg unter lauter Kindern.

Der letzte Tag

Ich stand vor der endlosen Reihe von Fahrrädern, manche davon waren schon seit Jahren hier draußen auf dem Heimparkplatz angeschirrt, vergessen, eingerostet, ins Knie gebrochen wie kranke Rehe, mit Rädern in Form einer liegenden Acht, ein halber Parkplatz voller Fahrräder, die allesamt darauf warteten, das sich endlich jemand ihrer erbarmte und mit ihnen Domino spielte.

Der letzte Tag, das letzte Mal ging ich über diesen Parkplatz, der immer so still und verlassen wirkte, als befände man sich in der Vergangenheit. Die albernen Fahnen vor dem Haupteingang. Fast jede Woche tragen sie mindestens einmal Schwarz.

– Was ist das Problem?, fragte mich die Direktorin, nachdem ich ihr gesagt hatte, dass ich nicht mehr weiter hier arbeiten wollte.

– Nichts. Ich. Ich bin das Problem.

Mit einem handfesten Problem in ihrem Dienstzimmer wollte sie auch gar nicht lange diskutieren. Sie akzeptierte meinen Wunsch nach Abbruch des Dienstverhältnisses, zumal es sich um einen Posten handelte, der in der Regel sehr schnell nachbesetzt werden konnte.

Ich beendete, wie vereinbart, meinen Dienst bis zum Ende des Monats. Am letzten Tag leerte ich meinen Spind gleich in der Früh. Bis Mittag noch, dachte ich, dann Auf Wiedersehen. Es war ein herrlicher Tag, um eine alte Haut abzustreifen. Ich legte meinen kleinen Schlüssel unter ein Fensterbrett, auf einen Heizkörper. Mochten sie danach suchen, wenn ich weg war.

Auf dem Weg zur Arbeit hatte ich meinen Monolog geübt. Ich würde den richtigen Moment abwarten und ihn dann aufsagen, hoffentlich bis zur Pointe am Ende. Und anschließend würde ich in der Stadt zum Friseur gehen, vorausgesetzt, ich *konnte* noch gehen.

In der Mittagspause standen die Pfleger am Hintereingang herum und rauchten. Max, die Glatze. Otto, der haargenau so aussah wie Bruce Springsteen im Video von *Streets of Philadelphia*. Werner, der früher als Grenzpolizist gearbeitet hatte.

Ich blieb vor ihnen stehen und befreite meinen Schuh, indem ich am Schuhband zog. Darauf band ich es wieder zu. Als ich mich erhob, grüßten die drei Pfleger mich mit einem kurzen Nicken und einer freundlichen Wippbewegung ihrer Zigaretten.

Wie immer, wenn ein Außenstehender zu einer männlichen Gruppe stößt, dauerte es, bis die anderen weitersprachen.

– Wie auch immer, sagte Werner, die Blumentöpfe sind einfach zu schwer. Da kannst du sagen, was du willst.

– Sag ich ja, sagte Max.

Sein Zippo schnappte heiser auf und zu.

– Einfach zu schwer, weil … ich meine, wer braucht so schwere Blumentöpfe? Ein paar leichtere würden doch denselben Zweck erfüllen. Viele kleine sind vielleicht teurer als ein großer, ja, aber du bräuchtest dann wenigstens nicht immer zwei starke Männer und einen kniezittrigen Zivildiener, um das verdammte Zimmergemüse von A nach B zu transportieren.

– Alles Verrückte da oben, bestätigte Max.

– Stimmt, sagte Werner. Auch grausam gegenüber den armen Zivis. Die schauen immer dermaßen ungesund aus. So bleich …

– Grausam!, schaltete ich mich ein, dankbar für das Stichwort. Grausam ist das noch nicht! Ich hab eine grausame Geschichte, da kannst du sehen, was grausam ist.

Ernste Gesichter, Zigaretten, Nicken. Die Männer waren auf eine langweilige Abenteuergeschichte gefasst, wie man sie in Mittags- und Zigarettenpausen oft zu hören bekommt. Vielleicht würde ihnen dieser sonst eher schweigsame Aushilfspfleger jetzt von seinen Problemen mit einer Frau oder einem kaputten Auto erzählen.

– Ihr kennt doch, sagte ich, die Erzählungen aus *Tausendundeiner Nacht*, oder? Da geht es um einen König, der beschließt, alle Frauen des Landes zu sich einzuladen, sie zu vögeln und anschließend zu köpfen.

Max schmunzelte. Sein Feuerzeug schnalzte mit der Zunge.

– Und dann kommt eines Tages diese Frau namens Scheherazade zu ihm –

– Den Namen hab ich schon mal gehört, sagte Werner.

– Scheherazade, fuhr ich fort, und die hat eine grandiose Idee, um ihr Leben zu retten. Sie erzählt dem König vorm Schlafengehen Geschichten und hört immer genau dann auf, wenn die Geschichte am spannendsten ist. Und der König, der ein großes Kind ist und deshalb Gutenachtgeschichten sehr ernst nimmt, hat keine andere Wahl, als bis zum nächsten Abend zu warten, damit sie ihm das Ende verrät. So rettet sie tausend Tage lang ihr Leben. Und am Ende gebiert sie dem König sogar drei Kinder.

– Recht so, sagte Werner.

Sein Schnurrbart schien sich über die Geschichte zu freuen, er zitterte ein wenig. Max schmunzelte immer noch. Er tippte seine Zigarette an, aber die Asche blieb, wo sie war.

– Warte, sagte ich, die Geschichte geht ja noch weiter. In einer bestimmten Nacht, irgendwann in der Mitte, beschließt Scheherazade, den grausamen und unberechenbaren König, der so an ihren Lippen hängt, ein wenig zu quälen. Denn sie ist schließlich eine Frau und Frauen sind von Natur aus grausam.

– Ts!, machte Otto.

Er schnippte seine Zigarette auf den Boden.

– Sie beginnt also wie jeden Abend ihre Geschichte, nachdem sie die alte vom Abend zuvor beendet hat, und erzählt dem König ungefähr Folgendes: *Es gab einmal einen König, der hatte beschlossen, alle Frauen seines Landes zu sich einzuladen, sie zu vögeln und anschließend zu köpfen* und so weiter. Das Gesicht des Königs verändert sich, er wird ganz bleich und seine Lippen zittern. Scheherazade erzählt ihm seine eigene Geschichte, bis zu dem Augenblick, da sie in sein Leben tritt. Sie beschreibt auch sich selbst, wie sie neben ihm Platz nimmt, erzählt ihm von der List, mit der sie gedenkt, ihr Leben zu retten, und erzählt ihm auch, wie sie die erste Geschichte zu erzählen beginnt, und alles wiederholt sich, Wort für Wort. Der König erstarrt. Er begreift, dass er in einem Zeitloch gefangen ist, in einer jener endlosen Spiegelungen, in der man einen Bildschirm sieht, auf dem ein Bildschirm zu sehen ist, der wiederum diesen Bildschirm zeigt, und ewig so weiter. Geniale Idee, oder?

– Ja, sagte Otto begriffsstutzig.

– Das war Grausamkeit Nummer eins, fuhr ich fort, denn natürlich dauert auch diese Nacht nur acht Stunden, Zeitschleife hin oder her, irgendwann wird es draußen hell und die Geschichte ist vorbei. Am nächsten Morgen geht das Leben im Palast weiter, und am Abend erzählt Scheherazade wieder Geschichten, vor allem religiöse Gleichnisse und Abenteuergeschichten, alles harmloses Zeug, denn sie hat ihren Spaß gehabt: Sie hat dem König gezeigt, dass man sich besser nicht mit einer Geschichtenerzählerin anlegt. Der König, eingeschüchtert, verschont ihr Leben auch weiterhin. Er hört sich alle ihre Geschichten an und freut sich daran und schläft hinterher mit ihr. Sie wird fast so etwas wie seine Lieblingsfrau. So gehen die tausend Nächte zu Ende, und in der letzten Nacht bittet Scheherazade, die von ihrer ständigen Todesangst bereits völlig ausgezehrt ist, den König, ihr Leben zu verschonen und sie als Mutter seiner drei Kinder – man muss sich das vorstellen: Sie ist sogar zu schwach, das kleinste der Kinder als Argument in die Höhe zu halten – im Palast zu behalten. Der König lächelt nur, auf diesen Augenblick hat er gewartet. Nie konnte er vergessen, was sie ihm in der einen, der sechshundertundzweiten Nacht, angetan hatte. Er lässt sie wissen, dass er gar nicht mehr vorhat, sie zu töten. *Ich*, sagt er, *habe dich längst verschont*. Scheherazade erbleicht nun ihrerseits, sie fällt auf einen Stuhl nieder und alles dreht sich. Er habe ihr Leben längst verschont, hat er gesagt. Sie hat also mindestens dreihundert Tage in falscher Todesangst Geschichte um Geschichte aufeinander gestapelt. Er hat sie nur weitererzählen lassen, weil ihm ihre Geschichten gefielen! Er hat sie im Glauben gelassen, sie könnte immer noch jeden Augenblick sterben, wenn die Erzählung nicht spannend genug ist oder sonst irgendeine Unstimmigkeit aufweist. *Das* ist grausam!

Ich stampfte mit dem Fuß auf. Es war eine alberne Geste und kostete mich einige Überwindung. Die drei Pfleger schauten mich erstaunt an.

– Wie bist *du* denn heute drauf?, fragte Max lachend.

– Also, sagte ich, ich geh dann jetzt.

– Wie, jetzt?

– Ja. Ich arbeite hier nicht mehr. Und bevor ich's vergesse: Bring sie nicht um, ja? Das ist es doch nicht wert.

Max hörte auf zu schmunzeln.

– Was?

– Im Nachtdienst, sagte ich. Natürlich, ich weiß, das geht mich nichts an und es ist ja auch total witzig und alles … aber umbringen, mein Gott, das muss doch nicht sein, finde ich.

– Was redest du da für einen Scheiß? Wen soll ich denn umbringen?

– Eben niemanden, sagte ich. Ich finde, das gehört sich einfach nicht. Ich meine … Scheiße fressen lassen, okay, das ist witzig, aber jemanden im Nachtdienst einfach umbringen, bloß weil er … oder sie …

– Du bist nicht ganz bei dir, kann das sein?

Max' Blick hatte endlich die Intensität erreicht, die ich brauchte. Die anderen schauten zu Boden, wo sich ausgetretene Zigaretten krümmten. Ich machte einen mutigen Schritt nach vor und trat Max gegen das Schienbein.

Der Countdown begann.

– Oder, was weiß ich, begann ich, während meine Zeit ablief, oder von oben auf sie draufpinkeln und hinterher behaupten, sie hätten es getan, das geht noch, ja, da sagt niemand was … aber ihnen die Kehle durchschneiden, wenn sie schlafen, und dann noch dazu mit deinem Autoschlüssel, nur damit du dir das blutverschmierte Ding hinterher in den Arsch stecken kannst, also das –

– *Keine rechte Moral*, sagte die volltönende, registerreiche Stimme.

Die Splitter des Eiswürfels lagen auf dem Boden. Walter hatte sich hingesetzt. Joseph Jeremias Lengel, der Orgelbaumeister, brachte sich in seinem Gemälde in eine etwas bequemere Sitzposition, legte das ihm in die Hand gemalte Notenpapier auf seinen Schoß, dann fuhr er sich gedankenvoll mit der Hand durchs Haar. Aber da er kein Haar mehr besaß, nicht auf seinem Haupt, hielt er mitten in der Bewegung inne, betrachtete verwirrt seine Hand und ließ sie langsam sinken.

– Lass mich in Ruhe, sagte Walter.

Von den vielen Cocktails war ihm übel geworden. Jeremias Lengel räusperte sich umständlich, als sei seine Kehle die Speichelklappe einer Trompete, und sagte:

– *Keine wirkliche Freude am Leben.*

Walter erwiderte nichts. Konzentriert studierte er das grüne Etikett auf der Flasche. Als er wieder aufblickte, hoffte er, dass der lästige Orgelbaumeister vielleicht schon wieder verschwunden war, aber der Blick, der ihm aus dem lebensgroßen Porträt entgegenstach, zerstörte seine Hoffnung. Es war ein Blick voll köstlicher Schadenfreude.

– Arschloch, sagte Walter.

– *Neutrum. Mehrzahl -löcher*, sagte Jeremias Lengel.

– Lass. Mich. In Ruhe, sagte Walter, aber seine Stimme war trotz des Nachdrucks, den er ihr verleihen wollte, nur ein ängstliches Quaken.

– *Was soll das eigentlich werden, wenn es fertig ist?*, fragte Lengel.

Walter stellte sein Glas auf den Fernsehtisch, der so

niedrig war, dass vermutlich nur eine Zwergenfamilie darin einen brauchbaren Gegenstand erblicken konnte. Für Normalsterbliche diente der Tisch einzig dazu, sich das Schienbein zu stoßen.

– Scheiße, mir ist schlecht, sagte Walter.

Er legte sich eine Hand auf den Bauch. Die Hand zitterte, als würde ihm jeden Moment sein Magen um die Ohren fliegen.

– *Natürlich*, sagte Jeremias Lengel ungerührt, *du hast Magenbeschwerden. Natürlich, natürlich. Schuld und Magenbeschwerden sind dasselbe. Und du fühlst dich sehr, sehr schuldig. Schau her, diese kleine Melodie beweist es.*

Eine simple, leise Orgelmelodie ertönte aus dem Gemälde. Sie bestand im Grunde nur aus den Anfangstakten von *Just Can't Get Enough*. Walter deutete auf sein T-Shirt, ah ja, er hatte die Anspielung verstanden. Er hob sarkastisch einen Daumen.

– Super, originell, sagte er.

Ich spreche mit einem Gemälde, dachte er.

– *Kein Respekt, kein Respekt*, sagte Jeremias Lengel mit einem enttäuschten Kopfschütteln, und die kleine Melodie verstummte.

Walter legte sich auf die Couch. Die Decke im Wohnzimmer war eine völlig andere als die in seinem Zimmer. Viel glatter und freundlicher. In seinem Zimmer war alles verfallen und schmutzig und abweisend. Niemand wollte ihn hier haben. Er war nicht willkommen. Ja, jetzt machte alles Sinn …

– *Dreh dich auf den Bauch, dann hört auch die Übelkeit auf. Versuch ein wenig auf dem Bauch zu schlafen.*

Walter drehte sich langsam um. Ihm war schwindlig und er wollte seine Ruhe haben. Niemand wollte ihn hier sehen. Dabei ging es ihm nicht gut. Wirklich nicht gut …

Er lag eine Weile auf dem Bauch und glaubte irgendwo weit entfernt eine Uhr ticken zu hören, dann wurde ihm von einer Sekunde auf die nächste speiübel, er schaffte es nicht einmal mehr bis zum Waschbecken. Er reiherte über den Couchbezug, über die spiegelglatte Oberfläche des Zwergentisches, über seine Jogginghose.

– *Ha Ha Ha Ha!*

Der Orgelbaumeister schlug sich aufs Knie.

Endlich war Walter beim Waschbecken, er beugte sich darüber und ließ sich von einem heftigen Brechreiz durchschütteln. Er hasste es, sich zu übergeben. Sein Magen kam so leicht aus dem Gleichgewicht.

– Arschlo-h, brachte er mit sauer-verklebten Lippen hervor.

Dann musste er sich wieder übergeben. Im Waschbecken sammelte sich eine rötlich-orange Flüssigkeit, die einen beißenden Gestank verbreitete.

– *Kein Benehmen, kein Benehmen.*

Walter wartete, ob noch etwas kam. Okay. Nein. Doch.

– *Erbrechen reinigt,* plapperte Lengel unterdessen weiter. *So wie Weinen. Und das Ablassen von entzündeter Körperflüssigkeit durch einen kleinen Schnitt in die Armbeuge. Alles dasselbe.*

Walter atmete durch den Mund. Das war's, dachte er. War's das? Ja. Es kam nichts mehr. Ein langer Speichelfaden seilte sich von seiner Unterlippe ab, er wischte ihn weg. Er drehte sich um und betrachtete das Chaos, das er angerichtet hatte. Alles war ruiniert, die schöne Couch, der Teppich, seine Hose. Der alberne Zwergentisch würde es überleben, er hatte nicht allzu viel abbekommen. Walter nahm eine Rolle Küchenpapier und machte sich an die Arbeit, obwohl ihm immer noch schwindlig war. Im Bad fand er einen Putzlappen, der in einer sonderbaren Form erstarrt war und auf die erlösende Berührung mit Wasser wartete. Walter wischte über den Stoffbezug der Couch, aber er hatte vergessen, den Putzlappen auszuwringen. Er versuchte aufzustehen, verlor das Gleichgewicht und musste sich mit dem Knie auf dem Sofa abstützen.

– Scheiße! Scheiße! Scheiße!

Sein linkes Hosenbein triefte.

Er legte den Putzfetzen weg. Jeremias Lengel gähnte unterdessen laut. Er sperrte dabei sein Maul derart weit auf, dass es so aussah, als wollte er seine eigene Hand fressen.

– Scheißkomponist, fluchte Walter. Alles dieselben … Colin …

– Wer?

– Niemand. Ein Freund, sagte Walter trotzig.

– *Maskulin. Mehrzahl auf -e*, erwiderte Jeremias Lengel.

Er knisterte mit dem Notenpapier, das auf seinem Schoß lag. Er hob es sich vor die Nase, runzelte die Stirn, als würde er lesen, aber anscheinend konnte er darauf nichts Sinnvolles erkennen und legte den Zettel wieder weg. Er rülpste leise.

– *Keine gute Luft hier*, sagte er.

– Die ganze Couch, jammerte Walter vor sich hin, die ganze verdammte, beschissene Couch.

Auch das Küchenpapier verwischte alles nur noch mehr und verteilte die Kotze, anstatt sie wegzuzaubern oder – egal was, Hauptsache, dieser Albtraum hörte endlich auf. Herrgott, es war so erbärmlich!

– Verdammte, verfluchte, verfickte Couch. Jetzt werd endlich sauber!

Er wischte und wischte. Der Gestank brachte ihn fast um.

– *Durch Erbrechen wird in der Regel alles nur noch schlimmer*, dozierte der Orgelbaumeister.

– Durch Reden auch, murmelte Walter.

– *Das ist im Grunde dasselbe. Verhält sich zueinander wie Dur und Moll.*

Der Orgelbaumeister gab ein papageienhaftes Gekicher von sich. Dann blieb ihm plötzlich die Luft weg, und er musste sich auf die Leinwandbrust klopfen, damit er wieder atmen konnte. Er wollte sich noch einmal mit der Hand durchs Haar fahren, aber auch jetzt blieb die Hand mitten in der Bewegung stehen und sank enttäuscht herab. Es war klar, dass er seine frühere Haarpracht sehr vermisste.

– *Du hast nicht die geringste Ahnung von Kontrapunktik, oder?*, fragte er mit boshaftem Mitleid.

– Schnauze, sagte Walter.

– *Warum wischst du ständig über dieselbe Stelle auf der Couch, wenn da unten auf dem Teppich die größte Sauerei wartet?*

Walter erhob sich. Er tat so, als wiege er den vollgesogenen, stinkenden Schwamm in seiner Hand, ja, der war ziemlich schwer und sah auch sehr interessant aus, ziemlich interessant – dann drehte er sich blitzschnell um und warf ihn auf das Porträt. Der nasse Schwamm zog einen Kometenschweif aus Wassertropfen hinter sich her. Er klatschte ungefähr einen Meter neben dem Bild an die Wand.

Meister Lengel bog sich vor Lachen, und die Adern auf seiner Stirn traten genüsslich hervor. Das Notenblatt war zwischen seinen Knien durchgerutscht.

– Jetzt ist aber genug, sagte Walter und ging mit schnellen Schritten um die Couch herum.

Er wollte das Bild, so wertvoll es sein mochte, von der Wand reißen. Er ertrug diesen lächerlichen, anklagenden Blick nicht mehr. Aber als er beim Bild angekommen war,

war der Orgelbaumeister in seinen früheren Zustand zurückgekehrt. Sein Gesicht war wieder die alte, fragende Maske vergangener Epochen, und die gottesfürchtige Lichtreflexion auf seiner Glatze war unbeweglich wie ein Mondkrater. In seiner Hand hielt er das Notenpapier mit der unlesbaren Pseudomelodie. Der unbekannte Porträtmaler war mit Sicherheit ein musikalischer Analphabet gewesen. Das geschah dem alten Kerl ganz recht, dachte Walter.

Er betrachtete die Sauerei, die er angerichtet hatte. Das Bild war nicht schuld, er hatte sich alles selbst zuzuschreiben. Er musste hier weg. Sehr schnell.

Er rannte, wie er war, nach oben in sein Zimmer, wechselte die Hose und zog sich den Mantel an. Gott sei Dank hatte er noch nicht alles aus dem Koffer gepackt; schnell räumte er die notwendigsten Dinge hinein. Den Metallstab ließ er da, so etwas konnte man in der Stadt kaufen. Der Koffer wehrte sich, er ging nicht mehr zu. Walter setzte sich auf ihn, drückte ihm ein Knie ins Genick, bis dieser endlich nachgab und zuschnappte.

Wie viel Zeit blieb ihm, bis seine Familie zurückkam? Was würden sie denken, wenn er einfach so verschwand? Würden sie ihn suchen? Ihm nachfahren?

Er öffnete ein Fenster, um zu sehen, wie kalt es draußen war. Konnte er in diesem Aufzug überhaupt auf die Straße? Er trug ein T-Shirt und darüber einen Mantel. So sah er aus wie ein weißer Rapper in einem Videoclip aus den achtziger Jahren. Fehlten nur noch die Hosenträger. Egal, es musste so gehen. Er hatte nicht mehr viel Zeit. Was würden sie zu der Sauerei im Wohnzimmer sagen? Und zu dem Fleck an der Wand? Alles stank nach Erbrochenem, das ganze Haus.

Im Hausflur zog er sich die Schuhe an, da meldeten

seine Ohren ein Geräusch. In der Einfahrt knirschten Reifen. Mit nur einem Schuh – den zweiten hatte er sich in der Aufregung in seine Manteltasche gesteckt – humpelte er zur Terrassentür. Sie öffnete sich mit einem Seufzen, als hätte er sie aus einem süßen Traum geweckt. In seinem Rücken hörte Walter den großen Schlüsselbund seiner Mutter (ein falscher Fuchsschweif, den er jahrelang für echt gehalten hatte). Er wandte sich um und konnte gerade noch sehen, wie sich ein Streifen Sonnenlicht durch die Tür schob, der breiter und breiter wurde, und schon waren da bewegliche Gestalten –

Er ging um die Ecke.

Er duckte sich unter einem Fenster durch.

Als er bei den Fasanen war, stand er vor einem neuen Problem: Er konnte nicht einfach an dem kleinen Gehege vorbeigehen, da er dann zu der Einfahrt gelangen würde (verdammte piranesische Architektur!), wo sein Vater seiner Schwester irgendetwas am Wagen erklärte. Glücklicherweise konnten sie ihn nicht sehen.

Er wartete an der Hausecke und zählte seine Herzschläge. Was, wenn seine Mutter auf die Terrasse ging und ihn entdeckte!

Die Stimmen kamen näher.

Walter duckte sich und lugte noch einmal um die Ecke. Das war töricht, aber es musste sein, wenn er nicht plötzlich vor seiner Schwester stehen wollte: *Mama, Papa, ich hab ihn gefunden!*

Sie würden ihn kreuzigen für das, was er aus dem Wohnzimmer gemacht hatte. Er lauschte. Die Stimmen kamen doch nicht näher, sie waren nur lauter geworden. Jetzt sprachen sie wild durcheinander. Im Haus, wenn er sich nicht täuschte. Er riskierte einen kurzen Blick – ja, die Einfahrt war leer.

Er rannte los.

Aber da er nur einen Schuh trug, stolperte er schon nach wenigen Schritten und schlug mit dem Kinn auf den Boden. Die Fasane begannen zaghaft zu schreien, sie lachten über den betrunkenen Harlekin, der da über seine eigenen Füße gefallen war.

Schnell raffte Walter sich auf und rannte davon. Sein Koffer schlug ihm gegen die Schenkel.

Da er so überstürzt geflüchtet war, hatte er auch keinerlei Gedanken an Zugverbindungen verschwendet. Als er an dem kleinen Bahnhof ankam, stellte er fest, dass er fast vierzig Minuten auf den nächsten Zug in die Stadt warten musste.

Jetzt saß er in der Falle. (Bestimmt lachten sich die Fasane halb tot über ihn.)

Natürlich würden sie ihn suchen gehen. Mit dem Auto brauchten sie höchstens zehn Minuten zum Bahnhof. Wo sollte er schließlich sonst sein? Und die Abfahrtszeiten kannten sie bestimmt auswendig. Das heißt, *Mirja* kannte sie. Sie würde einen Zeigefinger in die Höhe halten und sagen: Er kann nirgends hin, wenn er nicht nach Klagenfurt will, denn der Zug nach Klagenfurt geht in genau siebzehn Minuten. Walter schüttelte den Kopf. Seine Schwester war, so lieb er sie hatte, ein wirklich merkwürdiger Mensch.

In aller Eile besorgte er sich ein Zugticket und suchte sich dann ein Versteck. Das kleine Café gleich neben dem Bahnhof war zu offensichtlich, und in die öffentlichen Toiletten wollte er nicht.

Er betrat das alte Kino.

Von außen hätte man glauben können, dass es noch in Betrieb war, aber als die quietschende Tür hinter ihm zufiel, lag eine einzige große, friedliche Verwüstung vor ihm; als hätte eine äußerst sanftmütige Bombe eingeschlagen und alles in Zeitlupe herumgewirbelt. Ein kugelförmiger Kaugummiautomat war umgekippt, aber nicht geborsten. Und die Kassenkabine mit dem gotischen Guckloch im Glas und der aschenbecherartigen Drehscheibe für den Tausch von Geld und Ticket sah aus, als wäre sie gerade erst verlassen worden.

An den Wänden hingen überall Plakate von alten Filmstars. Gregory Peck. Hedy Lamarr. Jemand hatte das Bild der schönen Filmdiva mit einem Filzstift verziert: Auf ihren Schultern standen ein Teufelchen und ein Engelchen, die ihr von links und rechts ins Gewissen redeten. Walter versuchte über diese Zeichnung zu lachen, weil er das dringende Bedürfnis hatte, etwas komisch zu finden, aber es gelang ihm nicht. Sein Gelächter klang nackt und klein in dem riesigen Raum, wie Axtschläge in einer Polarnacht.

Er sah auf die Uhr. Noch mehr als eine halbe Stunde. Besser hier in dieser Ruine als –

Walter stand plötzlich vor einem Plakat, das er vorher nicht gesehen hatte. Ein Hundekopf in einem Astronautenhelm. Im Hintergrund stolz wehende Sowjetfahnen. Strammstehende Soldaten, salutierend vor einer strahlenden sozialistischen Zukunft. Hammer und Sichel begatteten sich im Himmel über ihnen, zwei wollüstige, geometrische Satelliten. Laika, die Astronautenhündin – der Name fiel ihm wieder ein. Er hatte sich vor langer Zeit mit Alexander Kerfuchs einen Film über das arme Tier angesehen; aus irgendeinem Grund hatten Alex solche Dinge immer fasziniert. Lange wurde geheim gehalten, dass die Hündin schon kurz nach dem Start der Rakete vor Angst und Stress gestorben war. Damit blieb ihr wenigstens der Blick aus der Luke erspart, auf den merkwürdigen Strandball, der da hinter dem Fensterglas schwebte und sich von ihr fortbewegte. Oder jener namenlose Hund, dem russische Wissenschaftler in den vierziger Jahren den Kopf absägten, durch eine Maschine aber weiter mit Blut versorgten. Der entsetzliche Schwarzweißfilm zeigt, wie der weiße Hundekopf gestreichelt wird (der Hund zwinkert mit den Augen und wedelt mit dem Schwanz, den es gar nicht mehr gibt), wie seine Lefzen mit einer Feder gekitzelt werden (er schnappt nach der Feder, erwartet, dass man sie gleich über seinen Kopf wirft, und er wird danach springen) und wie sein Maul mit Citrussäure beträufelt wird (er leckt, er macht eine bodenlose Schluckbewegung). Derselbe Film zeigt auch einen schwarzen Hund, der von einem konzentriert blickenden Mitarbeiter umgebracht wird und dann zehn Minuten tot auf dem Operationssaal liegt. Anschließend wird die Blutzirkulation künstlich wieder eingeleitet. Der Hund kehrt langsam wieder ins Leben zurück, zuckt mit den Pfoten, wedelt, reagiert auf Lichtreflexe. Zehn Tage vergehen und der Hund, der immer noch einen weißen Verband um den Hals trägt, kommt durch eine Tür und begrüßt einen der Wissenschaftler, leckt ihm die Hand und erzählt ihm mit seinen traurigen Augen zum fünfhundertsten Mal, wo er gewesen ist, an einem äußerst merkwürdigen Ort, der völlig geräuschlos war, eine einzige lange Mauer, an der man nicht hochspringen konnte, weil sie auf beängstigende Weise unendlich hoch war. Still stehende Fahnen waren da, im Hintergrund. Und ein plärrendes Grammophon, das Lieder aus längst vergangenen Tagen herunterleierte.

Ah, dieser Alex hatte ihm immer Angst gemacht. Walter fühlte sich etwas schwindlig. Er war, ohne es zu merken, weitergegangen, und seine Schuhe knirschten in einer Pfütze aus feinen Glassplittern. Eine Steckdose hing an ein paar Kabeln aus der Wand. Er berührte sie mit der Schuhspitze und sie pendelte. Jede Steckdose besitzt einen individuellen Gesichtsausdruck: knopfäugig, beleidigt, ein wenig so wie der Mann mit Skimaske aus den Horrorfilmen. Und im Hintergrund das Geklimper von Klaviermusik aus grauen Stummfilmtagen und ein paar zappelnde Figuren vor zweidimensionaler Kulisse. Eine Erinnerung, ein Geruch nach frischen Bettlaken, nach der Angst, sich nachts in einem fremden Bett anzumachen. Eine riesige Patrone schob sich ins Bild, eine Rakete mit einer Einstiegsluke, durch die sich Menschen zwängten, und dann endlich: die riesige, menschengesichtige Mondscheibe, deren linkes Auge von einer Raumkapsel durchbohrt wird.

– Ah!, sagte Walter laut.

Er stampfte mit beiden Beinen auf, Glasstaub knisterte. *Für Val von Al.* Von Alex? Alexander. Es war *sein* Plakat gewesen, an der Wand in Valeries Zimmer. Ohne Zweifel. Das Plakat, vor dem Walter damals Angst gehabt hatte, vor diesem unmenschlichen Blick der Mondscheibe. *Er*, Alex, war Valeries Freund oder Liebschaft oder wie auch immer. Und das bei dem Altersunterschied! Mein Gott, die Welt war wirklich klein, wie die Wespentaille einer Sanduhr. *Er* war der Grund dafür, dass Valerie ständig eingeraucht und liebestrunken in ihrem fetten Bürosessel geschaukelt war, sich wie ein junges Präriepferd fühlend, albern und verantwortungslos.

Alex, dachte er, Alex. Kerfuchs. Betont auf der ersten Silbe.

Und das die ganze Zeit und vor seiner Nase. Wie aber kam es, dass sie sich nie über den Weg gelaufen waren?

Er schaute auf die Uhr, es war immer noch zu früh. Aber vielleicht wartete der Zug bereits, sodass er sich in einem Abteil verstecken konnte. Als er aus der Kinoruine trat, hörte er ein Flugzeug über sich im Landeanflug. Er dachte an die Passagiere, die, in zwei parallele Sitzreihen gepresst, viele hundert Meter über der Erdoberfläche dahinflogen. Er würde nie erfahren, wer sie waren, und sie ahnten nichts von seiner Existenz. Das Einzige, was ihre Welt mit seiner verband, war das fauchende Geräusch der Triebwerke.

~

Was für ein entsetzlicher Traum!

Uljana schreckte hoch, knurrte. Die Vibration in ihrer Kehle brachte sie ein wenig zu sich. Sie sah sich um.

Eine Katze saß auf einem der abgewetzten Briefkästen, die aus einer endlosen Mauer wuchsen, und beobachtete sie. Uljana blinzelte und die Katze löste sich auf, genauso wie die schrecklichen Details des Traums, der noch vor Sekunden durch ihren Körper gejagt war. Schläuche, schmerzhafte Schläuche. Silberne Instrumente, so wie man sie zum Zerkleinern des Futters im Napf verwendete. Und entsetzliche Hitze. Aber es war nur ein Traum gewesen. Nichts, wovor man Angst haben musste.

Jetzt war sie wach, träumte nicht mehr. Sie war verloren.

Sie versuchte, unter dem großen schwarzen Auto hervorzukriechen, aber dann blieb sie hinten an der Stoßstange hängen, ihr Körper befand sich bereits im Freien, aber ihr Nacken hing fest, weil er kein Nacken mehr war, sondern eine Monstrosität, ein blauer Trichter (der für sie nur hässlich grau aussah), in dem sie nun kläglich feststeckte. Sie zerrte, half mit den Hinterfüßen nach und kam schließlich frei. Sie landete auf dem Rücken.

Benommen wackelte sie davon. Ihre Pfoten bildeten kleine, zitternde Fleischstücke auf dem Asphalt. Sie hatte Lust, danach zu schnappen, so sehr fiel sie nun der Hunger an mit seinem leeren, chaotischen Gebiss.

Sie schnupperte an einer Mauerecke, wo es nach vielen Hundeschicksalen roch, nach interessanten Lebensläufen, ebenso irritiert und verzweifelt wie sie. Eine Doppelgängerin hatte hier ihre Duftmarke hinterlassen. Etwa gleich alt.

Uljana sog die Luft ein.

Der Proust'sche Fragebogen

Was ist dein Lieblingssport?

Obst.

Was ist deine Lieblingsfarbe?

Geplatzte-Adern-unter-dem-linken-Auge-Blau.

Was ist dein Lieblingszeitvertreib?

Im Augenblick: mir das Headset auf den Kopf schnallen und einfach wild drauflosreden, damit durch die Stadt gehen und wahllos Leute beleidigen, die es nicht einmal mitbekommen, weil sie glauben, ich rede mit jemand anderem. Das ist besser als jeder Selbsterfahrungskurs. Die verlorene Kunst des Selbstgesprächs wiederaufleben lassen.

Ich habe so oft versucht, Valerie zu erreichen, dass ich beginne, mir Sorgen zu machen. Zuerst die Sache mit der Oper, dann dies. Nicht einmal in ihrer Praxis ist sie aufgetaucht. Und jetzt kommen auch noch Lydias Eltern zu Besuch.

Was ist der Lieblingszeitvertreib von Lydias Vater?

Fragen stellen. Schmunzeln. Dieselben Fragen langsamer wiederholen.

Was hasst du am meisten?

Leute, die unentwegt Fragen stellen.

Wie hast du die Eltern deiner Freundin kennen gelernt?

Bücherregale überwucherten eine ganze Wand des Zimmers, alphabetisch geordnete Prachtbände und Taschenbücher, die so eng standen, dass sich, wenn man ein Buch herausnahm, die anderen um die entstandene Lücke schlossen wie Honig, aus dem der Löffel gezogen wird, dann CDs, Hunderte, hauptsächlich Klassik und die kompromisslose Musik des späten zwanzigsten Jahrhunderts (Lachenmann, Ligeti, Rihm), dazwischen auch progressive Bands, die anzeigen sollten, wie jung das alt gewordene Ehepaar geblieben war; dann ein paar dichterisch veranlagte Songwriter wie Elliott Smith, Suzanne Vega und Nick Drake und ein paar Bands mit komplizierten Namen, die ökumenisch-religiösen oder existenzialistischen Jazz spielen.

– Ah hier, Alexander, schau, wie wär's mit dieser Frage: *Wer ist dein Lieblings-Prosaschriftsteller*?

Konnte Chris Ware als Prosaschriftsteller gelten? Ohne Zweifel der bedeutendste amerikanische Autor zur Zeit. Aber den kannte Michael ohnehin nicht. Um nicht länger dumm auf die Bücher zu starren und um höflich zu sein, zeigte ich auf Charles Dickens, der mehrbändig im Regal stand, und sagte im Tonfall eines vollkommenen Idioten:

– Das da hab ich gelesen.

Lydias Vater senkte den Kopf und lächelte.

– Nimm's ruhig heraus.

Ich nahm die *Pickwickier* heraus, spielte ein wenig damit und versuchte dann, das Buch zurück an seinen Platz zu stellen, aber dafür brauchte man entweder sehr viel Kraft oder ein wenig Gleitcreme; es wollte einfach nicht mehr in die Lücke. Lydias Vater, der sich mir als Michael vorgestellt hatte, nahm mir das Buch aus der Hand und ließ es mit einem kompliziert aussehenden, blitzschnellen Fingergriff zwischen die anderen Bücher (*Bleak House*, *Oliver Twist*) zurückwandern. Dabei entstand ein sonderbares Geräusch, ein Raunen der gegeneinander reibenden Bucheinbände. Als Michael noch einmal mit der Hand über die Buchrücken strich, wie um eine vom Wind zerzauste Oberfläche zu glätten, war es noch einmal zu hören.

– Das klingt witzig, sagte ich. Darf ich mal?

Er wusste überhaupt nicht, was ich meinte, trat aber einen Schritt zurück. Ich fuhr mit der Hand über die Bücher und erfreute mich an dem Geräusch.

– Das meinst du?, fragte er.

– Ja, sagte ich. Klingt gut.

– Viele, viele Bücher, nicht?, sagte Michael. Was ist denn dein Lieblingsgeräusch?

– Ach, Michael!

Seine Frau war gerade ins Zimmer gekommen und hatte ihren Mann bei seinem Frage-und-Antwort-Spiel ertappt. Ich schnitt in der Regel eher schlecht ab, denn er hielt mich für einen ausgemachten Holzkopf.

– Was denn? Ich mach doch nur Spaß. Ist doch in Ordnung, Alex, oder?

– Ja, sagte ich.

– Aber, beharrte seine Frau, vielleicht sind wir gerade nicht in Stimmung. Steck den alten Fragebogen weg.

– Aber wenn Bernard Pivot darf, darf ich auch. Und immerhin hat Proust himself diesen Fragebogen beantwortet. Damals war das ein Gesellschaftsspiel, ich meine –

– Michael, bitte.

– Na schön, wie du willst, sagte Michael. Dann eben nur *ein paar* Fragen. Also, dein Lieblingsgeräusch?

Der Klang einer einzelnen Hand, die im Wald um Hilfe klatscht, obwohl niemand da ist, um sie zu hören oder aus ihrem Elend zu erlösen. Das Geräusch von geschlossenen Lippen. Stille. Nur fünf Minuten Ruhe.

– Regen, sagte ich schließlich.

Stille ist auch ein Geräusch, aber eines, das immer lange Diskussionen nach sich zieht, also vermied ich die Anspielung. Michael wartete eine Weile, ob meine Antwort schon alles war, wozu ich fähig war, dann erlaubte er seinem Gesicht, Enttäuschung zu zeigen. Mein Gott, *Regen*. Wie originell.

– Okay, sagte er.

Ich hätte mehr sagen sollen, er hatte irgendeine spannende Kombination von Geräuschen erwartet. Aber jetzt war es dafür zu spät. Es war zu spät für: *Regen, der auf ein erfrorenes Sonnenblumenfeld fällt*, oder: *Schnee, der auf dem VIP-Parkplatz eines Krankenhauses knistert, in welchem gerade ein männlicher Nachkomme zur Welt kommt.*

– Was ist deine Lieblingsblume? Oder nein, besser: Welches militärische Ereignis bewunderst du am meisten?

Ich überlegte eine Weile.

– Vergissmeinnicht, sagte ich schließlich.

Er schaute etwas betreten, dann lachte er, ja, haha, er hatte verstanden. Er kicherte.

– Gute Antwort, sagte er. Stimmt, militärische Ereignisse … in solchen Kategorien denken junge Menschen heutzutage nicht. Ich glaube sogar, Proust himself hat auf diese Frage irgendetwas Blödes geantwortet wie … *meine eigene Einberufung* … oder etwas in der Art.

– Gut, das war's, sagte seine Frau.

– Warte, nur noch eine, sagte er und seine Stimme war freundlich. Also, wer ist dein Lieblings-Prosaschriftsteller, außer Dickens?

Deine auffallendste Eigenschaft?

Etwas musste mir ins Auge geflogen sein, vielleicht beim Radfahren. Vielleicht auch, als ich inmitten von gelblichen

Zigarettenleichen am Boden lag, mit dem schweren, wütenden Stiefel von Max auf meiner Brust. Oder irgendwo anders, jedenfalls tat mir das Auge beim Blinzeln so weh, dass ich es nicht mehr aufbekam. Ich musste zum Augenarzt.

Und immer noch kein Anruf von Valerie.

Dafür ein kleiner Warteraum, der erste Kreis der Hölle. Alte Menschen, die jemand auf moderne Designermöbel gesetzt und anschließend dort vergessen hatte. Ein Haufen Magazine mit zweidimensionalen Gesichtern. Mit weinendem Auge stand ich vor der mit zahlreichen Schmetterlingsbroschen ausgezeichneten Sekretärin und erklärte ihr mein Problem. Ich versuchte, auf die Uhr zu sehen, ich musste Lydia ja noch vom Bahnhof abholen, aber das Bild war sehr verschwommen. Die Sekretärin warf einen Blick auf den Terminkalender, der wie eine Landkarte vor ihr ausgebreitet lag, und schwieg. Dann, nachdem sie die schwierigen Berechnungen im Kopf beendet hatte, sagte sie, der Doktor könne mich vielleicht irgendwo einschieben.

– Es ist ein Notfall, sagte ich. Ich bin verletzt.

– Ja, das sieht man, sagte sie freundlich. Da sind Sie bös gestürzt.

Nach etwa einer Stunde kam ich dran.

– Herr Kernfuchs bitte!

– Ker!

– Wie bitte?

– Ker. Man spricht es Keerfuchs aus. Wie mit stummem Ha: *Kehr* –

– Ach so. Entschuldigung. Bitte …

Der Arzt kommentierte zuerst mein verbeultes Gesicht, dann anästhesierte er den rechten Augapfel mit einer brennenden Flüssigkeit und entfernte einen winzigen Gegenstand, der in meiner Hornhaut steckte.

– Was Weißes, murmelte er. Was ist Ihnen denn passiert?

– Ein Überfall, sagte ich.

– Eijeijei, machte er.

Seine Hand zitterte ein wenig, während er mit der feinen Pinzette das Objekt hervorkitzelte. Dann hielt er es sich vors Gesicht.

– Merkwürdig … wollen Sie sehen?

Ich gab mir Mühe, so zu tun, als könnte ich sein Angebot ernst nehmen. Die Irritation im rechten Auge legte auch das linke weitgehend lahm. Ich blinzelte hilflos und wischte mit meinem Hemdärmel die Tränen von meiner Wange. Ein Teil der Tränenflüssigkeit rann mir über merkwürdig verschlungene unterirdische Kanäle die Kehle hinab, und ich musste sie schlucken.

Aber plötzlich war es ganz nah, etwas Weißes, sehr groß und sehr nah an meinem Gesicht – ich schrak zurück. Der Arzt beruhigte mich.

– Nur ein bisschen Watte. Keine Angst, das ist nur für ein paar Stunden. Damit das Aug sich beruhigt. Und diese Salbe …

Ich betastete mein Gesicht. Jetzt, da das verletzte, irritierte Auge mit einem großen Wattepad zugeklebt und auch gleich eingeschlafen war, wie ein Kanarienvogel, dessen Käfig man mit einem Tuch verhängt, stellte sich in meinem Kopf die räumliche Orientierung wieder ein. Das Bild wurde scharf.

Der Augenarzt streckte mir die Hand hin. Ich verfehlte sie knapp, schüttelte sie etwas schief und nahm das Rezept in Empfang.

Erst im dunklen Spiegel der Tür konnte ich mich betrachten. Ein weißer Fleck, eine große, runde Augenklappe bedeckte meine rechte Gesichtshälfte. Die Menschen in der Straßenbahn musterten mich. Sogar meine Haustür schien sich vor mir zu fürchten, denn als ich nach der Türklinke griff, wich sie ein wenig zurück.

Welche Eigenschaften schätzt du bei einem Mann?

Auf der Straße sah ich alles verschwommen. Ich taumelte wie betrunken gegen Fußgänger und Ampeln. Am Bahnhof stellte ich mich in einen schlecht beleuchteten Winkel in der großen Ankunftshalle (Dunkelheit tat meinem Auge wohl). In einiger Entfernung bemerkte ich einen Mann mit weißem T-Shirt und einem roten Koffer, der mich anstarrte. Er schien mit meinem Anblick aus irgendeinem Grund überfordert, ja womöglich sogar beleidigt zu sein. Ich blinzelte ihm mit meinem gesunden Auge so unauffällig wie möglich zu; vielleicht würde er sich ja von selbst wieder auflösen. Sein T-Shirt zeigte irgendeine Verbrechervisage. Ich vermied es, seinem Blick zu begegnen, und konzentrierte mich stattdessen auf meine Schuhe, die, mit einem Auge betrachtet, erheblich verkleinert wirkten, was ein leichtes Schwindelgefühl erzeugte, als würde ich ankerlos einige Zentimeter über dem Erdboden schweben. Aber es half nichts, er kam näher.

Ich tat so, als bemerkte ich ihn nicht.

– Alex?

– Äh …

Ich zwinkerte, aber vergeblich, das Bild stellte sich nicht scharf. Ein großer und kräftiger Mann.

– Ich bin's. Walter.

Er hielt sich eine Faust an die Brust, wie Tarzan.

– Oh, aber ja, sicher, hallo.

Ich wandte ihm mein Gesicht zu und machte ein paar Schritte. Als Walter mich sah, mit dem weiß verklebten Auge und meinem unsicheren, nach rechts pendelnden Gang, erschrak er und hielt sich die Hand vor den Mund.

Er nahm mich bei der Schulter. Die plötzliche Berührung jagte mir Angst ein, aber ich traute mich nicht, mich irgendwie zu wehren. Noch war kein Angriff erfolgt, noch war alles, was mit mir geschah, Begrüßung.

– Wie geht's dir?, fragte er.

– Ach, na ja, nicht so gut.

– Sieht man, sagte er. Tut's sehr weh?

– Ein bisschen.

– Das ist witzig, wir haben uns so lange nicht gesehen. Komm, lass dich einmal drücken.

Bevor ich protestieren konnte, lag mein Kinn schon auf seiner Schulter. Er klopfte mir auf den Rücken, als wollte er sagen: *Sehr gut, sehr gut hast du das gemacht.* Ich ließ zu, dass meine Hände in etwa dasselbe taten: *Klopf klopf klopf.* Walter atmete tief durch die Nase ein und drückte ein wenig fester zu.

– Vorsicht, mein Auge …

Ich hielt die Watte über meinem verletzten Auge fest, um die Tränen aufzuhalten, die sich sofort gebildet hatten. Walters aggressives Rasierwasser hatte sein Teil dazu beigetragen. Mein Auge brannte und tränte und das andere ließ sich mitziehen.

– Oh, tut mir leid, sagte Walter. Ich hab wohl nicht aufgepasst.

Er fuhr sich energisch mit der Hand durchs Haar.

– Nichts passiert, sagte ich mit welker Stimme.

– Also, erzähl mal, was machst du so?, sagte er.

– Na ja, nicht viel. Ich hab gerade meinen Job im Altersheim gekündigt. Das war auf Dauer nichts für mich. Und sonst … Beziehungsstress, das übliche Programm eben.

Gott sei Dank, das Auge hatte sich wieder beruhigt. Aber Walter musterte mich immer noch sehr besorgt. Sein Blick war so unangenehm und durchdringend, dass ich auf den Boden schauen musste.

– Ich hab meine Arbeit auch verloren, sagte er. Meine Arbeitgeberin hatte einen Unfall.

– Schlimm, sehr schlimm.

– Hör zu … wollen wir irgendwo was trinken gehen?, fragte er. Ich würde gern mit dir reden, weil ich –

– Ein andermal.

– Ach so, okay …

– Ich muss jemanden abholen.

Mit einer unauffälligen, asymmetrischen Geste deutete ich in die Umgebung, das riesige Gebäude des Bahnhofs, in dem wir standen, in dem Menschen auf Menschen warteten. Deswegen war ich hier. Wir hatten uns nur zufällig getroffen. Dieses kleine Detail schien ihm entgangen zu sein.

– Schon okay.

Walter wich ein paar Schritte zurück. Als ich an ihm vorbeiging, trat er zur Seite, als würde er rückwärts einparken. Sein Blick verfolgte mich, bis ich die Rolltreppe erreicht hatte. Ich konnte es zwar nicht sehen, aber ich war mir sicher. Seltsamer Kauz, dachte ich. Immer noch derselbe seltsame Kauz.

Was ist deine Lieblingsbegrüßung?

– Um Gottes willen, tu dieses Ding weg!

– Aber ich bin verletzt.

– Du kannst das nicht aufbehalten, wenn meine Eltern da sind. Du musst es abnehmen!

– Au! Nein, nicht berühren –

Sie hob meine Augenklappe an, und der Tixostreifen

löste sich. Lydias Gesichtskonturen strahlten mich an, alles war ungeheuer hell und weiß, ein beleidigend grelles Licht, wie einer dieser blutleeren Mittagshimmel im Winter, die einen mit Melancholie füttern. Da war die kleine Narbe über ihrer Lippe. Ein paar oberflächliche Falten, die mir sonst nie aufgefallen waren. Alles so deutlich, wie ich es gar nicht sehen wollte. Hautporen, für einen Moment blitzten sie auf, als wollten sie mir zeigen, dass sie tatsächlich existierten, jede Einzelne. Sie war eine hübsche Frau, die so alt war wie ich – und älter wurde.

Mein Auge beruhigte sich.

– Nicht reiben!

Lydia zog an meiner Hand, die automatisch in mein Gesicht gewandert war. Damit ich mich nicht kratzte, hielt sie die Hand noch fest, als wir bereits losgegangen waren.

Schließlich mussten wir noch einmal umkehren, weil wir ihre beiden Koffer stehen gelassen hatten.

Welche Eigenschaften schätzt du bei einer Frau?

– Du meine Güte, wie sehen wir denn aus?

Lydias Mutter hatte sich von hinten angeschlichen.

– Hallo.

– Hallo.

Wir reichten uns die Hände. Michael, Lydias Vater, kam hinzu. Er hatte einen blauen Rollkoffer an der Hand, der ihm betrunken nachtorkelte.

– Hallo, Alex. Oh, was ist denn –

– Nichts weiter, sagte Lydia. Wir sehen uns dann nachher, oder?

– Ja, schon, sagte ihre Mutter, aber –

– Wir müssen vorher noch kurz was erledigen, sagte Lydia und zog mich am Arm davon. Fahrt ihr nur schon mal ins Hotel.

– Okay, sagte ihre Mutter und hielt einen Daumen hoch.

Michael stand etwas unschlüssig am Bahnsteig und setzte sich erst in Bewegung, als seine Frau ihn am Arm berührte.

Ich winkte ihnen hinterher, so hampelmannartig, wie ich konnte.

Was wäre deiner Meinung nach das größte aller Unglücke?

– Hast du mir den Film aufgenommen?, fragte Lydia.

Ich trug ihre beiden Koffer, so hatten meine Hände wenigstens etwas zu tun. Mein schuldbewusstes Grunzen ging in dem Stöhnen, das ich aufgrund des Gewichts der Koffer von mir gab, unter.

– Hast du?, fragte sie und hängte sich bei mir ein.

Ich hatte heute Vormittag mit meinem Job abgeschlossen, dann hatte ich beim Augenarzt Zeit vertan, außerdem: Was interessierte mich dieser verdammte Film?

– Nein, hab ich vergessen, sagte ich. Tut mir leid.

So gut es ging, versuchte ich mit den Achseln zu zucken, aber die Schultern blieben, wo sie waren.

– Oh, sagte Lydia.

Ihr Gang wurde steif.

– Ich war heute den ganzen Tag beim Augenarzt, log ich. Und dann bin ich direkt hierher, im Grunde –

– Sicher, sagte sie.

In einem früheren Leben hätte ich gesagt: *Jetzt sei deswegen nicht gleich wütend.* Und sie hätte geantwortet: *Aber ich hab mich die ganze Zugfahrt schon auf den Film gefreut.* Und ich hätte halb beleidigt gescherzt: *Ich mich auf dich auch!*

Jetzt ging sie nur nebenher, ihre Hand löste sich von meinem Arm, pendelte, wanderte in ihre Handtasche: Sie suchte und fand ein Taschentuch.

– Was musst du auch andauernd, begann sie, dann schnäuzte sie sich, und der Rest des Satzes blieb mir erspart.

Zuhause hatte sie es ungeheuer eilig, mich zu verarzten. Wir waren mit ihren Eltern zum Abendessen in einem sehr feinen Lokal verabredet.

– Du bist so ein verdammter Idiot, murmelte Lydia dicht an meinem Ohr. Ausgerechnet heute.

– Au! Auaah!

– Muss leider sein.

– Tut weh.

– Halt wenigstens still! Ich kann dir das Pflaster nicht draufgeben, bevor die Wunde nicht desinfiziert ist.

Lydia tupfte meine Wange noch einmal mit dem Taschentuch ab. Bei jeder schmerzhaften Berührung sog ich die Luft durch die Zähne ein.

– Was musst du dich auch prügeln. So eine überflüssige, männlich-prähistorische Dummheit. Und ausgerechnet heute.

Ihre Stimme, die trotz ihres verständlichen Zorns recht leise war, hatte etwas ungeheuer Beruhigendes, so nah an meinem beschädigten Gesicht.

– Wie ich unter ihm gelegen bin, sagte ich, und die anderen versucht haben, ihn von mir runterzuzerren – allerdings nur mit halber Kraft, wie ich vermute –, da hab ich ihn noch angebrüllt, dass er sich nie mit einem Geschichtenerzähler anlegen soll.

– Und das hat geholfen?

– Natürlich. Er hat mich fast umgebracht.

– Ah, eine große Hilfe.

– Hast du nicht gehört, was ich gesagt habe? *Fast* umgebracht.

Lydia klebte das Pflaster auf meine Wange. Sie strich es fest.

– Das ist viel zu fest, sagte ich. Damit kann ich ja nicht einmal mehr über die ganze Angelegenheit schmunzeln. Schau!

Ich zeigte ihr ein trauriges Lächeln, das nicht gelingen wollte.

– Wenn man dir so zuhört, könnte man glauben, es hat dir auch noch Spaß gemacht, so verdroschen zu werden.

– Ich hab ihn auch verdroschen, sagte ich. Ein bisschen zumindest.

– Ja, toll, ins Schienbein hast du ihn getreten. Großartig. Davon humpelt er bestimmt noch wochenlang.

– Verbal meine ich.

– Ach, verbal … bei dem! Da kannst du genauso gut einen Hydranten beschimpfen.

– Na ja, er ist immerhin rot geworden. Und die anderen haben ihn nicht gedeckt, das hat ihn wahrscheinlich total wahnsinnig gemacht.

Lydia stellte den Erste-Hilfe-Kasten zurück in den Schrank.

– Wieso hast du ihn überhaupt attackiert?

– Einfach so, als … als Feuerwerk.

– Als Feuerwerk?

– Ja. Mit Pauken und Trompeten. Du weißt schon.

– Mein Gott, sagte sie. Du bist wirklich völlig verrückt.

Sie ging aus dem Zimmer. Ihr Humpeln war ein wenig stärker geworden. Wenn ihre Eltern da waren, verwendete sie nie ihren Stock.

– *Was ist deine Lieblingsverletzung?*, rief ich ihr nach.

Vor der Wohnungstür hörte man wieder das Geräusch des Gespensts, ein mehrteiliges Poltern, dann ein Knall. Ich wollte nachsehen gehen, aber ich war zu schnell aufgestanden, und der Raum drehte sich und wurde dunkel. Als die Blutzirkulation wieder in Gang gekommen war, ging ich zur Tür und sah auf den Flur hinaus. Nichts. Stille. In einem anderen Jahrhundert hätte jemand Mehl auf dem Boden verschüttet, um Fußspuren des nächtlichen Besuchers zu sichern.

Lydia rief aus der Küche:

– Redest du mit mir?

Ich nickte, obwohl sie es natürlich nicht sehen konnte.

Bei dem. Verbal … bei dem. Wieso sagte sie *Bei dem*? Sie wusste doch nicht einmal, von wem die Rede war. Es war möglich, dass ich schon von Max erzählt hatte, aber es hatte über die Jahre so viele Betreuer gegeben.

Wie würdest du gerne sterben?

Sitzend unter einem großen Familien-Esstisch, schwach und unbeweglich wie ein Schaukelpferd, gelehnt an das einzige, zentrale Tischbein, umgeben von Knien, auf denen faltig das Tischtuch ruht, umgeben von nervösen Füßen, die in Schuhen und Haussandalen stecken, und über mir die Essgeräusche, die jahrhundertealten Diskussionen über bevorstehende Hochzeiten, ungünstige Arbeitsbedingungen, kommende und gehende Jahreszeiten und die ewige Uneinholbarkeit mächtiger Menschen; das Lachen der alten Tante, die von Beruf Hospizschwester ist und auf einem Ohr nichts mehr hört und geistesabwesend versucht, es abzunehmen wie einen kaputten Kopfhörer; die nirgends dazupassenden Zwischenrufe der Kinder, die sich entsetzlich langweilen und lieber an einem heißen

Tag Steine auf leer stehende Fabrikhallen werfen würden; der kurze Streit um das letzte Stück Kotelett und die friedlichen Kompromisse, welche von den ältesten Frauen am Tisch erwirkt werden – das alles über mir, schwebend, eine schirmende Wolke aus vertrauten Stimmen, nur ein paar Zentimeter jenseits der Tischplatte, in deren vollkommenes Schwarz meine Augen starren: Natürlich wäre das die schönste Art zu sterben, in einem Raum voller Menschen, denen man fürs erste die Welt überlassen kann, in deren Gegenwart man sich gleich in Nichts auflösen wird, hier in diesem alten, bei Tag oft durchwanderten Esszimmer, ohne dass sie etwas davon ahnen.

Lydia stammt aus einer sehr alten, weit verzweigten Familie. Alte Familien haben etwas Beruhigendes. Ich war bei einigen der großen Familienzusammenkünfte dabei. Eines dieser Treffen fand in einem Hotel in der Schweiz statt, man hatte eigens einen Trakt des Gebäudes zu diesem Zweck gebucht. Ich war sehr aufgeregt. Lydia stellte mir an diesem Tag mindestens neunhundert Menschen vor, die mich allesamt nach meiner Identität fragten, nach meinen Qualifikationen, meinen Talenten. Es hatte etwas sehr Erregendes, hinterher mit Lydia im Bett zu liegen, mit einer Vertreterin einer uralten, mächtigen Familie, dem geschmeidigen Konzentrat eines meilenlangen Ahnenregisters. Natürlich hatte auch sie das charakteristische Familiengesicht, das mir im großen Festsaal des Hotels überall begegnet war, gespenstisch vervielfacht wie in einem Traum.

Wer ist dein Lieblingsheld aus dem wirklichen Leben?

Der selten gewordene, halb betrunkene Mann in manchen Restaurants, der eine kleine Plastiktüte aufbläst, die Öffnung zuhält, kurz in die Runde schaut und lächelt –

und dann: PAFF! Die Gäste schrecken hoch, halb zerkaute Bissen fallen von erstarrten Unterlippen, silbernes Besteck bleibt mitten im Gleitflug zwischen Teller und Mund stehen, Servietten heften sich an Lippen, als klebten sie fest. Menschen verwandeln sich in Blicke.

Ich faltete meine Stoffserviette auf. Bestimmt machte ich es falsch. Nein, natürlich konnte man sie nicht aufblasen, nur auf den Schoß legen, das war alles.

Welche seltsame Empfindung hast du jedes Mal, wenn Lydias versnobte Bilderbucheltern zu Besuch kommen?

Das Gefühl, ein sabberndes Baby zu sein, das bei einer Hunde- oder Katzenschau mitmachen muss, obwohl es doch ein Menschenkind ist. Das Gefühl, nicht gut genug zu sein, ganz einfach, weil ich nicht gut genug bin. An sich ja nichts Schlechtes. Kein Beinbruch, keine Krankheit und auch kein evolutionärer Nachteil. Aber in der Situation … Dieses Ausfragen, diese mit Sicherheit schon auf der Herfahrt im Zug (erster Klasse) vorbereiteten Fragen nach meiner Arbeit, nach meinem Studium, nach mir selbst. *Ja, wer bist du eigentlich? Und warum bist du mit meiner Tochter zusammen? Sicher, ihr kennt euch schon recht lange. War deine erste Frau überhaupt, ja? Niedlich. Dann wird sie auch immer deine Frau bleiben. Bei seiner ersten Liebe bleibt der Mann, er hat gar keine andere Wahl.*

Ich entschuldigte mich und ging auf die Toilette.

Sind SIE verantwortungsvoll?

Ein Schild über einem Kondomautomaten. Luftballone. Clowns.

Während ich urinierte, wählte ich mit einer Hand Valeries Nummer. Ich konnte sie bereits so sehr auswendig, dass in meinem Kopf jedes Mal ein schmerzhaftes, gespenstisches Echo entstand, wenn ich sie wählte. Es läutete mehrere Male, dann wurde das Klingeln um einen

Viertelton höher, und eine Metallstimme übernahm das Gespräch und bot mir an, eine Nachricht in ihrem unerschöpflichen Gedächtnis zu hinterlassen.

Als ich aus der Toilette kam, fand ich mich in der Nähe der Ausgangstür. Draußen herrliche Abendluft. Freiheit und Straßenverkehr. Die Chance, von einem großen Auto überfahren zu werden. Ich blickte um mich. Von hier konnte man den Tisch nicht sehen. Ich machte einen vorsichtigen Schritt Richtung Ausgang.

– Ja, ja, flüsterte die Tür. Komm nur. Es geht ganz leicht.

Sie öffnete sich und ließ einen Statisten herein, als wollte sie mir demonstrieren, wie geschmeidig sie auf und zu ging, es brauchte nur wenig, und schon war man in Freiheit und konnte sich aufmachen zu Valeries Wohnung und, wer weiß, einfach mal anläuten und dann eilig etwas zusammenimprovisieren, dass sie mir gefehlt habe, ja, mitten in der Nacht, auf dem Weg hierher habe ich sogar einen Ständer bekommen, also, was ist, lässt du mich herein, oder sollen wir's gleich hier auf der Schwelle –

– Hier bist du.

Lydia berührte mich von hinten an der Schulter, und mein Herz fiel zu Boden. Ein Kellner, der zufällig gerade vorüberging, hob es auf und klemmte es sich wie eine Zigarette hinters Ohr.

– Alles in Ordnung?, fragte Lydia.

– Ja, ja …

– Gleich hast du's überstanden, sagte sie leise und zärtlich. Und wenn wir zuhause sind, werde ich dich richtig verarzten.

Sie strich mit der Hand über meinen Hintern.

Kannst du dir das überhaupt leisten?

Michaels unbewegter Blick wiederholte diesen Satz so lange, bis er überhaupt keinen Sinn mehr ergab. Der Kellner zog meine Bankkarte so schnell durch das Lesegerät, als wollte er eine Halsschlagader durchtrennen. Ein rotes Lämpchen leuchtete auf. Die Maschine war um einen ruhigen und höflichen Tonfall bemüht: *KARTE DEFEKT? STECKRICHTUNG KONTROLLIEREN.*

Während ich den schwarzen Datenstreifen der Karte an meinem Ärmel abwischte, lächelte ich den Kellner zuversichtlich an. Er schaute meinen Bewegungen aufmerksam zu, als sähe er darin einen tieferen Sinn.

Ich versuchte es erneut. Wieder leuchtete das rote Lämpchen.

– Wieder rot, sagte ich. Kann doch nicht sein. Geben Sie her.

– Hm, machte der Kellner, dem das lange Stillstehen keinen Spaß mehr machte (der natürliche Zustand eines Kellners ist der freie Galopp).

Ich polierte die Karte ein zweites Mal. Dann fiel mir ein:

– Warten Sie, ich habe noch eine zweite …

Wird das noch lang dauern?, sagte das Gesicht von Lydias Vater mir gegenüber. Er fasste sich an die Nase, bedeutete mir irgendetwas, starrte, zwinkerte.

Wie sieht dein Traum von Glück aus?

Mich in Luft auflösen. Das Starren dieses alten Mannes nicht mehr sehen zu müssen. Mich in Luft auflösen, wenn ich möchte. Auf Knopfdruck.

Ich tippte meinen Code ein. Das Gerät tat lange Zeit nichts, es schien sich an die richtige Antwort auf einen korrekt eingegebenen Code einfach nicht zu erinnern.

Dann endlich fiel es ihm ein, ja, es musste *Piep!* Machen: *BETRAG BEZAHLT.*

– Ihre Nase blutet, sagte der Kellner freundlich.

Ich fasste hin. Meine Fingerspitze war rot. Ein Tropfen. Ich nahm eine Serviette und hielt sie mir auf die Nase.

– Schon die ganze Zeit, sagte der Kellner und nickte ernst.

– Hast du dich verletzt?, fragte Lydias Vater.

Was ist deine Lieblingsverletzung?

– Immerhin ehrenvoll, sagte ich.

– Nein, übertönte mich Lydia, bevor ich weitersprechen konnte. Natürlich nicht.

Dein Motto?

Wenn die sachlichen Aufforderungen eines Geldautomaten bei weitem das Höflichste sind, was dir an einem Tag gesagt worden ist, dann war es ein beschissener Tag.

Was denkst du in diesem Augenblick?

Am Abend stehe ich allein in der Küche und wähle zum fünfzigsten Mal Valeries Nummer. Ich habe auch schon eine andere Nummer ausprobiert, die ich aus irgendeinem Grund mit Valerie in Verbindung bringe, aber da geht nur eine Frau ran, die Japanisch spricht. Obwohl ich nichts verstanden habe, bin ich mir sicher, dass sie mich beschimpft hat.

Ich höre ein schwerfälliges Poltern im Flur, das jambische Taktmaß von Lydias Schritten, und lege schnell auf. Vom vielen Gehen heute Nachmittag ist ihr Bein müde und deshalb verwendet sie ihren Stock. Das untere Ende von Lydias Stock ist mit einem kleinen Gummikäppchen umhüllt, daher das Geräusch. Es soll verhindern, dass das

Holz sich allzu schnell abnutzt. Sie nimmt den Stock nie, wenn ihre Eltern zu Besuch kommen, da ihre Mutter statt *Stock* ständig *Gehhilfe* sagt.

Lydia hinkt, seit sie achtzehn ist. Sie sagt, sie sei damals vom Balkon gefallen. Sie behauptet, sie sei gesprungen, aus Weltschmerz und Verzweiflung, aber es gibt Zeugen, die gesehen haben wollen, wie sie sich schief aufs Geländer gesetzt hat, mit einer Haarbürste in der Hand, und erst nach viel Gezappel und Geschrei langsam nach hinten gekippt und gefallen ist, auf die Motorhaube eines zufällig im Garten parkenden Autos.

Kartesische Spaziergänger

Steiner wachte mitten in der Nacht auf und hörte Glockenläuten. In seinem rechten Ohr.

Es waren keine einzelnen Schläge, eher ein eintöniges Gemurmel, so wie man es am Abend bei geschlossenen Fenstern hören konnte, wenn alle Glocken der Stadt läuteten: ein brodelnder, gurgelnder Orgelton, der den Abend in die Stadt brachte.

Steiner steckte sich den kleinen Finger ins Ohr und schüttelte ihn. Laute Klangblitze zuckten durch seinen Kopf. Als er den Finger wieder herauszog und an seiner Bettdecke abwischte, hörte er für einige Sekunden nur mehr das beruhigende Rauschen seiner Ohren, die friedliche Zirkulation seines Blutes, dann aber kam der Glockenton zurück, murmelnd und bedrohlich.

Er sprang aus dem Bett und rannte zum Radio, aber er konnte den Sender nicht richtig einstellen. Das atmosphärische Schwirren und Brausen blieb.

Ein Spaziergang, das war's, das würde ihn beruhigen und ihn wieder ein wenig zu sich bringen. Steiner zog sich sein Pyjamaoberteil an, das er sich dieses Jahr zu Ostern geschenkt hatte, und darüber eine leichte Jacke, denn in der letzten Zeit war es bis spät in die Nacht hinein noch angenehm warm.

Er ging am Park entlang, langsam, beide Hände in den Taschen. Er schaute in den Himmel. Die Milchstraße hing traurig da, ein bleiches ausgetrocknetes Flussbett. In den riesigen schwarzen Abständen zwischen den sichtbaren Sternen fühlte er eine seltsame Nähe zu sich selbst – das Gefühl war sehr verwirrend; er versuchte es genauer zu erfassen, ein wenig deutlicher zu spüren, aber da ging es auch schon unter, und nur der unergründliche dunkle Himmel über der Stadt blieb übrig.

Ein Flugzeug, das sich in der Nacht in ein blinkendes Insekt verwandelt hatte, flog schnurgerade zwischen den Bäumen durch. Das merkwürdige Gefühl kam wieder, diesmal stärker, Steiner streckte die Hand aus, aber niemand ergriff sie.

Niemand war da. Er hatte alle verscheucht.

Eine Parkbank löste sich aus einer reglosen Familie von Sitzgelegenheiten und galoppierte ihm nach, wurde langsamer und begann friedlich neben ihm herzugehen. Er wusste, dass sie gekommen war, um ihn zu trösten – ein plumper, wertloser Versuch. Aber sie hatte ja keine Vergangenheit und wahrscheinlich meinte sie es nur gut. Er tätschelte sie, ohne sie anzusehen. Das Holz fühlte sich kühl und feucht an. Eine Weile noch begleitete sie ihn, bis zum Ende des Parks – vermutlich war es ihr ab hier nicht mehr erlaubt weiterzugehen.

Steiner ging über die schmale Brücke, vorbei an einer mit unverständlichen Aufforderungen beschriebenen Plakatwand, und kam an eine kleine Kreuzung, auf der so spät kein Verkehr mehr stattfand. Das Ampelmännchen aber tat sein Bestes, sich die einsame Sinnlosigkeit seines Farbenspiels nicht anmerken zu lassen. Steiner überlegte, ob er umkehren und denselben Weg zurückgehen sollte, aber als er sich probeweise umwandte und wieder den Park vor sich erblickte, diesen großen, schwarzen Abgrund zwischen den klar voneinander abgegrenzten Gebäuden, wurde ihm kalt, und er wählte einen anderen Weg nach Hause.

Er ging langsam durch die hell erleuchtete Annenstraße und starrte in die Gesichter der Passanten, als wären sie unterhaltsame Bilderrätsel. In der UCI-Kinowelt reihte er sich in eine Warteschlange ein und kaufte sich einen Kübel Popcorn. Es war warm und schmeckte nach Papier.

~

Messerschmidt wanderte durch die leeren Räume der neuen Wohnung. Niemand war da. Das war sehr ungewöhnlich, aber angenehm. Er wusste ja nicht, wohin er sonst gehen konnte, in die alte Wohnung, in die ständige Gegenwart der warmen Waschlappen, der leisen Monologe und der lauten Schlagzeuggeräusche in seinem Hinterkopf.

Hinterzimmer.

Hinterkopf.

Was auch immer.

Er mochte die neue Wohnung, weil sie in letzter Zeit selten besucht war. Für mehrere Stunden oder Tage verfing er sich in einer großen, schon etwas angedunkelten Pfauenfeder, die ganz oben auf einem Bücherregal stand, und musste sich mühsam wieder daraus befreien, nur um sich gleich wieder zu verheddern, diesmal im krepppapierenen Gehäuse eines Zimmerlampions, der von konzentrischen Drahtringen in seiner Ellipsoidform gehalten wurde. Während er in dem durchleuchteten Gehäuse feststeckte und vorsichtig zappelte, dachte er: Was ist eigentlich ein Ellipsoid? Er hatte das Wort schon einmal verwendet. Er erinnerte sich an sein Zeichenbrett, an das Büro von Herrn Zmal, dessen Stimme immer irgendwo zu hören gewesen war. Er erinnerte sich daran, Achsen eingezeichnet zu haben. Und eine quadratische Gleichung war aufgetaucht, geheimnisvoll wie alle Gleichungen, ein rätselhafter Fingerzeig aus einer anderen Welt, einer Unterwasserwelt mit korallenartig wehenden Implikationen, die einen immer im Kreis herumführten.

Von einem Fenster der neuen Wohnung sah man noch immer die Konturen eines vor Jahren verschwundenen Riesenrades im Himmel. Wenn es Abend wurde, war es besonders deutlich zu sehen. Die kleinen, verzauberten Fahrkabinen schaukelten hin und her, Glockenblumen, mit denen der Wind spielte. Und jede Kabine war von der nächsten gleich weit entfernt. Man konnte jahrelang im Kreis fahren, aber man kam den anderen niemals näher, keinen Zentimeter. Man blieb genau, wo man war, auch wenn man einmal um die ganze Welt gefahren war und den Horizont auf und nieder gehen gesehen hatte wie den Vorhang eines weit entfernt stattfindenden Theaterstücks.

Messerschmidt mochte das Riesenrad, auch wenn es längst verschwunden war.

Endlich ließ der Lampion ihn los, und er war zurück in der alten Wohnung. Ein unangenehmer Geruch ging durch seinen Kopf. Er versuchte sich gegen sein unerwünschtes Eindringen zu wehren, aber es half nichts, der Geruch durchspülte ihn und es war unmöglich, ihn nicht wiederzuerkennen.

~

Schaufensterpuppen sind dazu da, uns an den Anblick abgetrennter Köpfe und Gliedmaßen zu gewöhnen; damit wir nicht jedes Mal schreiend davonlaufen, wenn wir sie im wirklichen Leben antreffen. Verrenkungen, Amputationen, verstümmelte Unfallopfer – wir denken dann automatisch an Mode, die neuesten Herbstfarben und die beruhigende Hintergrundmusik in einem Kaufhaus.

Walter stand zwischen dichten, drehbaren Gebüschen aus Kleidung. Der frische Geruch von nie getragenen Hosen. Seine Finger glitten über den Stoff. Er fühlte sich entsetzlich. Nachdem er Alexander getroffen hatte, war er mehrere Tage nicht aus dem Haus gegangen. Jetzt war er zum ersten Mal wieder draußen, im Schutz einer teuren Boutique.

Er fühlte sich schuldig, und die harmonische Stimme von Jeremias Lengel spukte durch seinen Kopf.

Diese Hose fühlte sich angenehm an, aber dann kamen welche, bei denen sich seine Haare aufstellten. Filzig rau. Er fragte sich, woher dieses Ekelgefühl bei der Berührung bestimmter Oberflächen komme, was für eine evolutionäre Begründung es dafür wohl geben mochte. Kratzspuren auf Baumrinden. Verletzungsgefahr, automatisch entdeckt von sensiblen Fingerkuppen. Oder es hatte überhaupt keinen Sinn und war einfach nur da.

Nur aus Neugier sah er sich ein Preisschild an. Dreistellig. Und das für eine einfache Hose!

Trotzdem wollte er sie anprobieren, nur um zu sehen, was er verpassen würde. In der Umziehkabine war es dunkel. Er entdeckte eine niedrige Designerlampe, trat näher und zog die Spülung.

Weiches Licht ergoss sich über seine Beine, wie der Wasserstrahl einer Dusche in einem Hotelzimmer, das vorher von einem Zwerg bewohnt worden ist. Er zog seine Hose aus, hängte sie über einen Bügel. Da die Hose, die er probieren wollte, etwas zu eng war, hatte er Schwierigkeiten, in die Hosenbeine zu steigen. Er fesselte sich selbst und kippte in der engen Umziehkabine zur Seite. Als er gegen den Spiegel stieß, hinterließ er mit der Wange einen hässlichen fettigen Fleck.

Er war ekelhaft, er war verabscheuenswert.

Eine Weile überlegte er, ob er einfach so, mit der viel zu engen Hose um die Beine, aus dem Geschäft gehen sollte. Verdient hätte er es ja: aufgehalten und geschnappt zu werden, angeklagt zu werden. Was würde sein Vater sagen, was seine Mutter. Und Mirja mit ihrem stumpfsinnigen Komplizenblick.

Sie alle würden mit dem Finger auf ihn deuten, und sie hätten auch noch Recht damit.

Er stand da, einsam in der Kabine, und Tränen rannen ihm über die Wangen, ohne dass er gerade welche gebrauchen konnte. Er trocknete sie an seiner eigenen Hose, die sich ihm wie ein Handtuch anbot.

Mistkerl, sagte er leise. Sein Gesicht im Spiegel sagte dasselbe, untermalt von einer hässlichen Fratze.

Er wartete, bis er sich wieder beruhigt hatte, dann zog er sich an, legte die viel zu teure Hose ordentlich zusammen und hängte sie zurück an den Metallast, von dem er sie gepflückt hatte. Er verließ die Boutique, niemand hielt ihn auf, niemand schlug ihn nieder. Obwohl er es verdient hätte. Nur sein eigener Schatten folgte ihm: ein hässlich gebogenes Ding, eine Deformation, die ihn überallhin begleitete, außer in die Dunkelheit.

Er prallte gegen jemanden, der sinnlos am Eingang herumstand, und entschuldigte sich – aus unerklärlichen Gründen auf Französisch.

– *Excusez-moi!*

Ich trat an den Anmeldeschalter. Ich legte beide Hände auf das Trenngeländer, als befände ich mich auf einem Balkon mit Aussicht auf ein weites Schlachtfeld.

– Grüß Gott.

Die Empfangsdame reagierte mit einem Lächeln, das sich mühsam in ihrem Gesicht aufrichtete wie ein alter Mann in einem Sessel.

Sie fragte mich, wie sie mir helfen könnte.

– Dr. Valerie Messerschmidt bitte.

– Auf welcher Station arbeitet sie?

– Nein, sie ist gestern eingeliefert worden. Eine Patientin.

Die Anmeldedame lachte über das kleine Missverständnis. Dann kitzelte sie ihren Computer, bis dieser mit der Wahrheit rausrückte. Sie nannte mir das Stockwerk. Unfallchirurgie.

Eine merkwürdige Gestalt erschien am Ende des Korridors, wurde kurz unsichtbar, lief dann weiß an (so wie menschliche Wesen zuweilen rot anlaufen) und stellte sich vor eine Tür. Ein Clown mit riesigen Schuhen. Ein Klinikclown. Er sah mich nicht.

Er stand ganz still da, vor einer grauen Krankenzimmertür am Ende des langen Korridors. Der Clown sah zu Boden, und etwas in seinem verunstalteten Gesicht bewegte sich. Erst als er seine Hand zum Mund führte und küsste, bemerkte ich, dass er gebetet hatte. Er riss die Tür vor sich auf und stieß ein lautes Gelächter aus. Er versuchte durch die Tür zu gehen, aber natürlich hielt ihn irgendetwas zurück, es war sein dicker, ausgestopfter Hintern, also rutschte er aus und kugelte ins Zimmer. Ich sah ihn nicht mehr. Die Tür fiel von alleine hinter ihm zu.

Ich setzte mich wieder auf den Wartesessel. Frühestens in zwanzig Minuten, hatten sie gesagt. Eine Viertelstunde war vergangen und niemand war zu sehen. Da ich mich hastig auf den Weg gemacht hatte, hatte ich noch keine Zeit gehabt, das Mehl von meinen Schuhsohlen zu putzen. Außerdem hatte ich in der Eile vergessen, nach Fußspuren zu suchen. Wenn welche da waren, hatte ich sie beim Verlassen der Wohnung bestimmt verwischt.

Hin und wieder erschienen Schwestern, die große Metallgestänge oder einen unförmigen Essenswagen herumführten, der aussah wie Leonardo da Vincis Entwurf eines Panzers. Der einzige Zivilist, der auftauchte, während ich wartete, war ein alter Mann mit verbundenem Kinn.

Vermutlich hingefallen, dachte ich. Wie ich damals vor dem Sedlatschek. Der alte Vollidiot, was machte er jetzt wohl gerade? Lebt vor sich hin, atmet, hustet, atmet freier, schläft im Stehen plötzlich ein. Spielt Schach gegen die Zukunft, die zweite Etage, die Bettenstation. Eigentlich ein guter Mensch. Einer, der Unterhaltung liebt, wie wir alle. Bestimmt.

Die Uhr zeigte bereits eine Minute nach. Einundzwanzig Minuten. Die Nachspielzeit hatte begonnen, natürlich, Menschen waren keine Roboter, vor allem nicht Ärzte. Allerdings hatte ich jetzt keinerlei Anhaltspunkte mehr, wie lange es noch dauern konnte.

Ich versuchte still zu sitzen.

Aber schon bald musste ich aufspringen und ging auf und ab.

Ich nahm einen leeren Kaffeebecher aus einem Müllkorb und zerknüllte ihn.

Nach ein paar Minuten erschien der Clown wieder. Mit ein paar sparsamen Handbewegungen richtete er seine Kleidung und stellte sich vor der nächsten Tür auf. Diesmal sah ich sogar, wie er das Kreuzzeichen schlug. Welcher Patient freut sich heute noch über einen Clown?

Ich stellte mir vor, wie ich ihn zusammenschlug, langsam und genüsslich. Ihn Stück für Stück auseinanderzunehmen wäre jetzt genau das Richtige.

Ich musste an eine Episode mit Lydia denken. Ein Tag wie hinter prismatischem Glas, das alle menschlichen Figuren in pointillistische Gespenster verwandelt, die sich in Pixel auflösen, wenn sie sich entfernen.

– Damit das gleich klar ist, sagte sie. An meinem Gesicht hat dein Ding nichts verloren, geschweige denn in meinem Mund!

– Aber warum denn auf einmal?

– So eben.

– Mache ich vielleicht einen unsauberen Eindruck?

– Dann wäre ich ja wohl kaum mit dir zusammen!

– Was ist es dann?

– Weißt du was, du kannst wirklich nerven!

Eine qualvolle Pause verstrich.

– Jetzt sag's mir schon. Ich kapier das nicht.

– Was soll ich sagen?

– Warum du nicht willst, dass ich –

– Weil ich es nicht will. Darum. Zufrieden?

– Nein, nicht zufrieden.

– Was, bist du jetzt vielleicht schockiert? Ist es das? Hab ich dir einen Schreck eingejagt?

– Es ist gar nicht so sehr die Botschaft, die mich irritiert, es ist die Art, wie du es gesagt hast … *Damit das gleich klar ist* … Was soll das?

– Ich wollte nur, dass das von vornherein klar ist. Soll ich etwa lügen?

– Nein, das nicht, aber –

– Warum ist das denn so ein ungeheures Problem für dich? Ich will ihn nicht in den Mund nehmen. Unten kann er von mir aus tun, was er will, aber alles, was über die Gürtellinie geht, davon will ich nichts wissen.

– Schon gut, ich hab's verstanden.

– Und warum hab ich dann immer noch das Gefühl, dass du überhaupt nicht kapierst, was ich sage?

– Woher soll ich das wissen? Vielleicht sprichst du in Rätseln, in Metaphern, was weiß ich!

– Ja, so haben wir das gern: Wenn du einmal nicht weiter weißt, dann wirst du einfach laut. Brüllst herum. Super. Ich freu mich schon auf die Zeit, wenn wir beide einmal alt sind!

– Mach dir darüber keine Sorgen.

Ich stand auf und stapfte aus dem Zimmer. Sie rannte mir nach.

– Was? Hast du jetzt vielleicht vor, die Tür ins Schloss zu werfen? Ist es das? Wenn du das vorhast, dann kannst du das ganz allein machen, weil ich nämlich nicht in der Nähe sein werde, um es zu hören. Ich gehe auf den Balkon!

Sie drehte sich so energisch um, dass der Teppich unter ihr in einem kleinen Wirbel Falten warf.

Ich flüchtete aus der Wohnung, ohne die Tür ins Schloss zu werfen, obwohl ich wilde Verwünschungen gegen alles Lebendige auf der Welt ausstieß, während ich das Treppenhaus hinunterrannte.

Als ich aus der Haustür trat, vibrierte mein Oberschenkel. Ich klappte das Telefon auf und sah Lydias Namen blinken. Ich schaute dem *eingehenden Anruf* zu, wie man den letzten Atemzügen eines Sterbenden zusieht; nach wenigen Sekunden brach er ab, und eine kleine Notiz erschien am unteren Rand des Displays: *Anruf in Abwesenheit.*

Aus irgendeinem Grund traten mir Tränen in die Augen.

Ein Pantomime, an dem ich auf meinem Nachhauseweg vorbeikam, imitierte mein trauriges Gesicht. Als ich stehen blieb und ihn verdattert ansah, bot er mir zur Aufmunterung einen unsichtbaren Blumenstrauß an. Seine Augenbrauen hoben sich erwartungsvoll, als ich mit geballten Fäusten auf ihn zuging.

Als der Klinikclown im Zimmer verschwunden war, hielt ich es nicht mehr aus, holte mein Handy aus der Tasche und schrie ein paar Flüche in das tote Telefon. Aber schon nach den ersten Worten wurde ich leiser und plapperte eine Weile vor mich hin, einfach, um nicht einzufrieren oder den Verstand zu verlieren.

Ich ging den ausgestorbenen Gang entlang.

– Überall hängen diese albernen Kinderzeichnungen, weißt du, sagte ich, diese hingekleckten Kunstwerke mit Patschhändchen-Wolken in Rot, Blau und Grün, und dann noch ein paar Herbstblätter, mit denen man ein ganzes Din-A3-Blatt gestempelt hat, und die Krankenschwester sagt: *Jööh, so schön, was du da machst, wie heißt denn das Bild?* Und das Kind antwortet: *Mama. Mama heißt dein Bild? Ja.* Das Bild besteht aus einem Haufen Blätter, und die Krankenschwester fragt nach: *Mag deine Mama denn gern Blätter?* Und das Kind sagt: *Meine Mama ist jetzt im Himmel und von da regnen immer die Blätter.* Gott, wie ich Krankenhäuser hasse. Wenn hier eines dieser Warndreiecke herumstünde, die vor dem glatten Boden warnen, würde ich es nehmen und in der Toilette verstecken, wo der Boden wirklich feucht und glitschig ist. Und dann würde ich ausrutschen, nach allen Regeln der Kunst, noch spektakulärer als damals im Heim. Auf dem fahrlässig rutschigen Boden würde ich mich schreiend hinschmeißen und mir vielleicht sogar was brechen und hinterher jemanden verklagen. Ja, das wäre genau das Richtige! Ach, verdammte Scheiße noch mal.

Ich hörte mit meinem Gerede auf, da es nichts zu bewirken schien, und steckte das Telefon zurück in die Tasche. Ein wenig besser fühlte ich mich allerdings, auch wenn die Erleichterung nur von kurzer Dauer sein würde.

Komm nur, dachte ich, etwas verwirrt, ohne zu wissen, wen oder was ich damit meinte. *Komm nur her. Na los.*

Ich bemerkte, dass ich das Kinn vorgereckt hatte. Ich versuchte mich zu entspannen.

Ein Blick auf die Uhr. Siebenundzwanzig Minuten und fünf Sekunden. Die digitale Fünf erhielt ein weiteres Stäbchen und war jetzt eine Sechs. Mir wurde schwindlig, ich setzte mich wieder hin.

Schweiß brach mir aus, ich öffnete den Mantel, wickelte meinen Schal ab. Es war ohnehin noch viel zu warm für einen Schal, erst recht hier drinnen, wo es nur eine einzige Jahreszeit gibt: die Verwesung.

Ich stand auf, fächelte mir mit einer Broschüre über tibetische Atemtechniken ein wenig Luft zu und wanderte den Gang entlang. Ein Kinderbild nach dem anderen. Generationen von hospitalisierten Kindern, eingesperrt, abends allein, ohne Eltern, aufgemuntert von einem fetten, borderline-religiösen Clown, der nicht einmal durch eine sperrangelweit offene Tür gehen konnte.

Fette Sau.

Generationen von –

Kinderstation! Der Schal fiel mir aus der Hand.

Ich ließ ihn liegen und rannte zur Treppe. Auf einen Lift zu warten hätte ich nicht ertragen.

Wer würde mir entgegenkommen? Wen würde ich rückwärts die Stufen hinunterwerfen müssen, in den sicheren Tod? Niemand, das Treppenhaus war leer. Nur die lauten Echos meiner Schritte. Niemand kam mir in die Quere.

Die Kinderstation! Das falsche Stockwerk!

Wie viele Minuten? Siebzehn. Sieben. Zehn.

Die Ziffern auf meinem Handgelenk arbeiteten unterdessen weiter, vergrößerten den Irrtum, die Peinlichkeit, mein Herz war mir als Ballon in den Hals gestiegen und klopfte nun dort wie ein pulsierendes Geldstück unter der Zunge. Ich streifte die Wand, als ich im Stiegenhaus die Laufrichtung änderte, nach oben, nach oben. Vierter Stock, vierter Stock. Warum liegen im vierten Stock überhaupt noch Menschen? Warum sind dort nicht nur Abstellkammern und Restaurants, die im Brandfall entbehrlich wären?

Atemlos erschien ich vor einem Mann in Weiß, der gleich eine Schwester zu sich winkte.

– Sie sind kurz nach Hause gegangen?

– Nein ich hab unten ich hab … unten also ist doch … egal jetzt bin ich jedenfalls da kann … ich jetzt zu meiner …

Ich schnaufte den Rest der Luft aus und stützte mich mit den Händen auf meinen Knien ab.

– Ja, dann nehmen Sie doch bitte hier Platz, sagte die Schwester in einem Tonfall, der verriet, dass sie sich von gesunden Menschen normalerweise nicht aus der Ruhe bringen ließ.

Sie zeigte auf eine der Sitzecken, in der ich gerade eben gewartet hatte. Nur der Polsterbezug der Sessellehnen hatte ein anderes Muster. Schottenrock. Die in der Kinderstation waren von einem aufdringlichen Grün.

Ich setzte mich hin, immer noch schwer atmend, obwohl ich inzwischen das Gefühl hatte, ich übertrieb mit meiner Erschöpfung vielleicht ein wenig, und krallte die Finger in die Sitzfläche. Ich erwürgte den Clown, langsam und genüsslich. Seine fettige, von unzähligen Schminkschichten unmenschlich verfärbte Haut schmatzte unter meinen Fingern, verlor immer mehr an Spannkraft und erschlaffte schließlich.

Ich schloss die Augen, erschöpft, nur für einen Moment.

Das wandelnde Grammophon

Der Hund ist der große Humanist unter den Tieren. Uljana bildete von dieser Tatsache keine Ausnahme. Doch die eine Nacht im Freien, unbeachtet von den Menschen, die doch eigentlich alle für sie zuständig waren, hatte sie etwas verbittert. Als sie am Morgen die Reste eines lästig über ihren Nacken galoppierenden Traums abgeschüttelt hatte, war ihr alles entsetzlich und hoffnungslos erschienen, kalt und zugemauert, eine riesige, unverständliche, gesetzlose Welt, die im Innersten so herzlos war wie Nebel.

Vor kurzem hatte sie wieder das Gefühl gehabt, beobachtet zu werden. Ein alter Mann, der auf den ersten Blick vertraut gerochen hatte, erschreckte sie, indem er etwas Großes, Unförmiges schüttelte. Aus dem Ding fielen Tropfen, und Uljana musste aufpassen, dass sie nicht wieder nass wurde. Das Wasser von gestern war mehr als genug gewesen.

Sie rannte weiter, bog um eine Ecke.

Die Hündin schüttelte den Kopf über irgendeine Irritation, ihre Ohren flappten gegen den Trichter. Dann überquerte sie die Straße und musste achtgeben, dass sie nicht von einem riesigen Autobus erfasst wurde.

Das alles durfte gar nicht wahr sein.

Sie setzte eine Pfote vor die andere. Das alles passierte gar nicht ihr. In ihrem Kopf wirbelten die Stimmen wild durcheinander, die Töne und Geräusche, die Gerüche, vor allem die Gerüche, sie reagierte, zuckte unkontrollierbar, wenn sie meinte, einen plötzlichen Lockruf zu hören, aber dann hatte sie sich alles nur eingebildet und tappte weiter.

Sie fand einen überfahrenen Vogel am Straßenrand und schnupperte so lange an ihm, bis das platt gewalzte Tier keinen Sinn mehr ergab. Am Ende war es nur ein nichtssagender Fleck auf dem Asphalt.

Sie hörte ein Geräusch und wandte sich um. Ein alter Mann ging schwerfällig die Straße entlang. Mit einem langen Stock betastete er sie, vermutlich um zu sehen, an welchen Stellen sie dünn wie Papier war, damit er nicht in diese unsichtbaren Löcher tappte, die es überall auf der Welt gab. Vielleicht suchte er auch nach unsichtbaren Wänden, die fast noch heimtückischer waren als die Löcher.

Die Hündin wandte sich wieder dem Straßenrand zu. Eine Coladose, die sie vor einem in gelben Zuckungen entrückten Forsythienbusch fand, roch nach einem Kind, das vermutlich ebenfalls von Zuhause verbannt worden war. Die Hündin leckte die Überreste auf, die in einem schmalen Rinnsal aus der Dose geronnen waren, und stellte fest, dass es ein männliches Kind war. Das bedeutete an sich noch nichts, aber es wurde ihr ein wenig leichter ums Herz.

Plötzlich erfasste sie wieder diese dunkle, galoppierende Panik. Sie floh mit eingezogenem Schwanz und verkrampftem Kiefer in eine lichtlose Hauseinfahrt und kauerte sich dort in eine Ecke. Der unsichtbare Angreifer in ihrem Nacken verschwand, löste sich langsam auf.

Der Trichter, er war noch immer da. Wenn sie lief, wippte er. Die Falle, in der ihr Hals steckte. Das musste es gewesen sein, das merkwürdige Gefühl. Sie musste versuchen den Trichter loszuwerden. Er bedeutete nichts Gutes, er bedeutete, von Zuhause verbannt worden zu sein. Und jeder konnte es sehen.

Eine dunkelhäutige Frau ging mit einem Kinderwagen leise singend an ihr vorbei und beachtete sie nicht.

Vor lauter Nervosität biss sie sich ins eigene Fell. Sie kam nicht weit, weil der Trichter im Weg war. Sie versuchte durch Verrenkungen ihr Rückenfell zu erreichen, begnügte sich aber schließlich mit dem struppigen, widerstandsfähigen Fell an den Waden, die sie gerade eben noch erreichen konnte. Einmal biss sie aus Versehen zu heftig zu und jaulte kurz auf.

Das alles passierte wirklich ihr.

Die Nacht kam sehr schnell und es begann zu nieseln. Trotzdem blieb es einigermaßen warm. Uljana ging an erloschenen Schaufenstern vorbei, irgendwann waren da keine Gebäude mehr und ein grauer, großer Firmenparkplatz begann. In der Ferne sah man an Messingstangen schlotternde Fahnen. Eine davon dunkler als die anderen.

Sie ging lange durch endlose Reihen von Autos. Sie kannte das. In ihnen konnte man stundenlang sitzen, auf einer nach Erdnüssen und Kindern riechenden, dunkelgrauen Steppdecke. Und ringsum wackelte alles und legte sich gefährlich auf die Seite, sodass man das Gefühl hatte, gleich müsse der ganze Kasten umfallen, mitsamt den Kindern. Ah, mit den Kindern, die irgendwann nicht mehr mitfuhren, weil sie zu groß und zu selten geworden waren. Eine merkwürdige Sache: *selten* werden.

Sie liebte die Kinder, vor allem das Mädchen, das sie immer anquietschte und bei den Ohren anfasste, wenn sie sie sah.

Manchmal, wenn es wirklich heiß war, dienten diese riesigen Dinger auch als Fallen. Das sonnenheiße Blech lockte aus der Nachbarschaft Katzen an, die sich dann auf der Motorhaube niederließen, sich genüsslich ihre Ballerinabeine oder den Hintern putzten und sich schließlich ausstreckten, um in der Sonne zu braten. Dann konnte man sich von der Verandatür aus anschleichen, das Bellen, das einem genüsslich in der Kehle aufstieg, unterdrücken – und dann: Wah! Wah! Und hinterher das Entsetzen genießen, mit dem die Katzen über den Zaun in die Nachbargärten flüchteten. Es war herrlich, diese vielen buschigen Schwänze und gesträubten Buckel, diese schnellen, kleinen Pfoten, wie sie auf dem Blech ausrutschten und sich vielleicht noch daran versengten wie an einer heißen Herdplatte!

Aber keines dieser Autos war das richtige. Sie schnupperte lange an jedem Türgriff, aber jener seltsame Reigen aus Bildern, die durch ihren Kopf gegeistert waren, schien endgültig versunken.

Sie schlief, eingerollt zu einer kompakten Fellkugel, in einem Gebüsch gleich neben einem kleinen, orangen Kasten, der, wie viele Dinge auf der Welt, mit Elektrizität gefüllt war und in der Dunkelheit beunruhigend summte.

~

Messerschmidt sah sie, sog ihren Geruch in sich ein, der ihm so wehtat, als hätte man seine Lungen mit heißem Blei gefüllt. Er lag in seinem Bett und seine Beine wurden von einer warmen Zunge abgeleckt. Dazu hörte er eine Stimme, die in einer unbekannten Sprache mit ihm redete. Wie das ewige Zirpen der Grillen oder das abendliche Gemurmel der Glocken.

Er träumte und er sah sie an.

Das arme Geschöpf musste herumrennen wie ein Grammophon auf Beinen, das lästige blaue Ding, das sie um den Hals trug, verhöhnte sie, es raubte ihr die Sicht an den Rändern ihres Blickfeldes und beeinträchtigte ihr Gehör. Alles musste sich so anhören, als geschähe es ganz nah an ihrem Kopf, hinter ihr, auf ihrem Nacken, zwischen ihren aufgestellten Ohren. Deshalb wahrscheinlich gingen diese leichten Schauer durch ihr Fell.

Blablabla, die Stimme senkte sich über ihn, er spürte einen fremden, süßen Atem. Lippen berührten seine Stirn und zogen sich schnell wieder zurück. Dann wiederholte sich dieser Vorgang Hunderte Male, reichte rückwärts in die Zeit, bis es auf einmal seine Mutter war, die ihn mit ihren Lippen berührte, weil sie ihm etwas Wichtiges sagen musste, das man anders nicht sagen konnte. Er hörte das unangenehme Knirschen ihrer Zähne. Seit ihr die Weisheitszähne genommen waren, hatte sie ein wenig von ihrem Verstand eingebüßt. Eine ganze Woche war sie im Bett gelegen und hatte mit der Wand gesprochen. An der Wand hing das graue Bild eines Pferdes, und nichts, so dachte Messerschmidt, nichts auf der Welt konnte entsetzlicher sein als dieses Bild. Der hängende Kopf dieses Hengstes. Seine Hufe, ordentlich nebeneinander gestellt wie schwarze Plastikhüllen für eine Kameralinse, tot gepresste Filmzylinder.

Das alles lag sehr weit zurück. Und doch passierte es wieder und immer wieder. Ein Vorteil bei der Sache war, dass er manchmal Ausgang bekam aus den endlosen Spiralen, in denen er gefangen war. Dann streunte er durch sein Revier, die alte Wohnung, die neue Wohnung, in der seine Tochter lebte, die seine Hündin versorgte. Oder lag das schon sehr weit zurück? Die Hündin, die Hündin …

Er brachte alles durcheinander. *Chronologie*: eine exotische Pflanze aus dem Mittelalter, aus der man eine bewusstseinsverändernde Substanz gewinnen konnte.

Er merkte, wie sich seine Lider über die Augäpfel bewegten. Zwei trockene Insektenflügel, die ein leeres Gehäuse bewachten. Jede Berührung mit Wasser würde ihr Ende bedeuten. Und das Ende der Dunkelheit.

Halbwüchsiger prügelt sich mit Pantomimen

Der Schauspieler und Pantomime Anselm S. (38) musste sich am Samstag auf einiges gefasst machen, als der Gymnasiast Alexander K. seinen Weg kreuzte. Wie der Angegriffene später detailgetreu schilderte, habe Alexander K. (18) den ahnungslosen Künstler, welcher auf seinem Stammplatz vor dem Grazer Rathaus die Passanten mit seinem Programm schon seit mehreren Jahrzehnten unterhält und bereits den Ruf eines „Grazer Originals" genießt, attackiert.

Nach dem Bericht von Augenzeugen warf sich Alexander K. auf Anselm S., der durch diese Attacke augenblicklich das Gleichgewicht verlor. Anschließend schlug der Täter auf sein am Boden liegendes Opfer ein. Das Opfer erlitt neben einer blutigen Nase auch Bissspuren an der Wange. Am schlimmsten wiegt eine Prellung des linken Ellenbogens, welche eine Ausübung seines Brotberufs für die nächsten Wochen unmöglich macht.

Ein Freund des Pantomimen, der zufällig anwesend war und dazwischen ging, konnte den Angreifer schließlich überwältigen und ein Ausarten der Situation verhindern.

> Der Angreifer, der kurz vor der Matura steht, gab übermäßigen Stress als Ursache für sein Verhalten an. Er habe sich von dem Pantomimen provoziert gefühlt.

Man muss sich das vorstellen: Zur Strafe für mein Vergehen werde ich auf ein früheres Alter zurückgestuft. Ich komme wieder in die erste Klasse der Volksschule. Meine noch junge Beziehung zu Lydia wird für nichtig erklärt; sie wird hinter eine große Metalltür mit Nummernschloss gesperrt.

Vor meinen Augen wird jede einzelne Prüfung, jeder langweilige Biologietest, jede halsbrecherisch schwierige Mathematikschularbeit, jedes fünfminütige Diktat, das ich in meinem Leben bestanden habe, annulliert. Ich bin, rechtlich gesehen, wieder sechs Jahre alt.

Vor einer Prüfungskommission, die aus ein paar alten Männern und drei glatzköpfigen Schaufensterpuppen besteht, die in bedeutungsvoll-bedrohlichen Gesten erstarrt sind, werde ich einer brutalen Befragung unterzogen, die schon nach wenigen Sekunden vorbei ist. Man zeigt mir ein Foto des verletzten Pantomimen und ich breche in Tränen aus. Ich bekomme ein Zeugnis in die Hand gedrückt, das mir bestätigt, dass meine Reife ungefähr derjenigen eines Dreijährigen entspricht. Gnadenhalber werde man mich wie einen Sechsjährigen behandeln, versichert man mir.

Ich schluchze, entschuldige mich und bringe ein paar Argumente vor.

Man schleppt mich fort, direkt in ein Klassenzimmer. Der unangenehm süßliche Geruch von Volksschulkindern. Mir wird sofort übel, ich will mich umdrehen und den Raum verlassen, aber man drückt mich auf eine der viel zu kleinen Schulbänke nieder.

In den folgenden Monaten muss ich mich mit Grundrechnungsarten, der Uhr und den ersten Spaziergängen im lateinischen Alphabet beschäftigen. *A wie Ap-fel. O wie O-ma.*

In meiner Verzweiflung biete ich der Lehrerin Geld an. Sie weist mich darauf hin, dass Dreijährige, Verzeihung, *Sechs*jährige über kein eigenes Bargeld verfügen können, auch ein Bankkonto könne ich nicht besitzen. Das seien alles Hirngespinste. Mein eigentliches Problem sei, es fehle mir an Konzentration. Zu viele Videospiele und Actionfilme. Deswegen auch all diese Fantasien vom Erwachsensein. Deswegen meine furchtbare Ungeduld.

Ich gehe noch weiter, biete ihr Liebesdienste an, was sie mit einem milden Lächeln abtut.

Ich bin unfähig, noch etwas zu erwidern. Es gibt nur taube Ohren.

In der Pause führe ich auf dem Schulhof laut Selbstgespräche:

– Es war doch nur eine harmlose Rauferei. Kein Grund, mich deswegen gleich zu einem Sonderfall abzustempeln, der nicht bis drei zählen kann! Das kann man doch nicht machen …

Wegen der Selbstgespräche werde ich zum Schulpsychologen geschickt. Der gibt mir eine Injektion in den Oberarm, die mich ein wenig beruhigen soll. Von der Spritze und dem beißenden Krankenhausgeruch, den der Schulpsychologe verbreitet, wird mir schlecht, und ich bitte darum, nach Hause gehen zu dürfen. Zu Hause warten bestimmt schon meine völlig verzweifelten Eltern auf mich.

Meine Mutter öffnet mir die Tür. Auf der Kühlschranktür hängt der Zeitungsartikel über meine Schlägerei. Mein

Vater ist nirgends zu sehen. Aber wenn man ganz leise ist, kann man sein Schluchzen aus dem Arbeitszimmer hören. Oder aus den Wänden. Meine Mutter setzt sich zu mir.

– Noch einmal alles von vorn, sagt sie kraftlos. Gerade haben wir uns an dieses Leben gewöhnt, weißt du, gerade bist du, ich meine, gerade bist du erwachsen geworden, mein Gott, noch einmal das Ganze … Elternabende … Ausflüge … Schularbeiten unterschreiben … Krippenspiele mitorganisieren … mein Gott, mein Gott …

– Aber es ist doch nicht meine Schuld, der Clown hat mich provoziert!

– Der Pantomime.

– Ja, meine ich ja, der Pantomime. Er hat mich provoziert.

– Hm. Das ist jetzt leider auch nicht mehr wichtig. Alles noch einmal von vorne …

– Ich lasse das nicht mit mir machen, schreie ich. Ich werde alle Prüfungen noch einmal machen, im Eiltempo, ich versprech's!

Meine Mutter schaut ungläubig. Sie erinnert sich noch lebhaft daran, wie es war, mit mir zu lernen, sie, als allein erziehende Mutter, kein Mann im Haus, der mal auf den Sohn aufpassen und ihm erklären würde, wozu er sich mit all dem Unsinn beschäftigen muss, warum ausgerechnet Geografie und Geometrisches Zeichnen und Französisch für sein späteres Leben so wichtig sein werden. Alles hat sie allein durchstehen müssen.

– Es gibt doch auch hochbegabte Kinder, sage ich, Kinder, die schon mit dreizehn studieren und selbst dann noch ihre Kommilitonen überholen! Und für die Volksschule bin ich ja in gewisser Hinsicht auch überbegabt. Die könnte ich in einer einzigen Woche machen, wenn man mich nur lässt.

– Ja, du bist ein sehr kluges Kind, sagt meine Mutter mit einem Lächeln, das im Grunde nur aus Augenfalten besteht.

Sie sagt diesen freundlichen Satz, aber ihre gekrümmten Hände auf der Tischplatte sagen auch: *Alles, alles noch einmal von vorn. Alles allein. Nur wir beide, Mutter und Sohn, so wie all die schwierigen Jahre hindurch. Allein.*

Ich zucke zusammen, fast falle ich vom Sessel. Mühsam richte ich mich wieder auf. Ich hab nicht geschlafen, denke ich. Ich hab nicht geschlafen. Nicht hier.

Im Warteraum ist es ein wenig dunkler geworden. Schräg einfallende Sonnenstrahlen bilden einen hellen Fächer auf dem Linoleumboden.

Ich blicke mich um, entdecke eine türkische Familie, die wie ich auf etwas wartet. Ein dicker, gemütlicher Mann. Eine Frau mit Kopftuch und einer kleinen, eleganten Brille. Ein kleines Mädchen. Sie alle sprechen kein Wort. Der Mann sieht mich nach einer Weile an und lächelt. Ich lächle zurück und senke den Blick.

Die Sekundenanzeige auf meiner Armbanduhr. 04.05.06.

Die Litfaßsäule

Der Wind warf ein einzelnes Zeitungsblatt hin und her. Es klatschte gegen eine Mauer, blieb kurz daran kleben, stürzte dann Hals über Kopf weiter und ohrfeigte eine Straßenlaterne. Irgendwann verlor der Wind das Interesse an dem Blatt und ließ von ihm ab; es blieb still zwischen anderem Straßenmüll liegen.

Uljana hatte sich mehrere Stunden abgemüht. Jetzt endlich hatte sie den Stellungswinkel ihrer Beine gefunden, sodass es funktionieren müsste. Sie drückte mit ihrem Hinterlauf – der Plastikring um ihren Hals schob sich nach oben, wellte ihr Fell, dann war der Ring über den Bereich hinaus, wo sonst immer das Halsband ihrer Leine rieb, und begann an ihren empfindlichen Ohren zu reißen.

Es half nichts, es tat so weh, dass sie aufhören musste. Schnaufend machte sie ein paar Minuten Pause, schnupperte verloren auf dem Boden herum und hörte dem weißen Rauschen der Niederlage zu, das ihren kleinen, rotbraunen Kopf erfüllte. Das Rauschen wurde lauter, Uljana schnüffelte Blätter an, die am Boden klebten, das Rauschen ging über in ein Brüllen – und sie sprang auf, biss sich in ihren Schwanz, bis sie vor Schmerzen aufjaulte.

Mit starrem Blick und entblößten Lefzen hockte sie sich noch einmal hin und versuchte es, schabte an dem Plastik herum, und plötzlich – platzte es an einer Seite auf, wie die Haut einer von Gärstoffen angeschwollenen toten Maus. Uljana fuhr mit ihrer Pfote in den Riss und vergrößerte, verbreiterte ihn, sie schaffte es sogar, ein großes Plastikstück aus dem Trichter herauszutrennen, das nun vor ihr auf dem Boden lag und tot war.

Aufgeregt lief sie ein paar Mal im Kreis, sie musste sich beherrschen, ihren Schweif, der jetzt wild hin und her wedelte, nicht vor Freude zu attackieren.

Sie ging ein paar tänzelnde Schritte, es fühlte sich alles viel leichter an.

– *Ja*, dachte sie und bellte.

Glücklich badete sie ihre Schnauze in dem dichten Geruchskranz, der eine Litfaßsäule umgab.

Sie hörte ein dünnes Quietschen.

Eine Tür, klein wie eine Ofentür, öffnete sich in der Litfaßsäule.

Hier spricht die Stimme von Alexander Kerfuchs – mehr ist im Augenblick nicht von ihm erreichbar. Bitte hinterlassen Sie ihm eine Nachricht gleich nach dem Tinnitus.

– …llo? Hallo Alex, hier ist Ly. Lydia. Du, ich … ich versuch dich die ganze Zeit schon zu erreichen, ich muss dir was wirklich Wichtiges sagen, aber ich erreich dich nicht und ich war gerade bei dir zuhause und du hast nicht aufgemacht, also frage ich mich jetzt natürlich, wo … ja, wo versteckst du dich, haha (*ein gepresstes, nervöses Lachen*) … ja, jedenfalls, ruf mich bitte, bittebitte an, sobald du die Nachricht hörst, es ist wirklich wichtig … okay … also dann …

Sie haben. Keine weiteren Nachrichten. Sie haben (rhetorische Pause) eine alte Nachricht. Drücken Sie jetzt –

Ich lege auf. Die Nachricht ist von gestern Abend. Keine Anrufe während der Nacht. So wichtig wird es schon nicht gewesen sein.

Hallo Alex? Bist du da? Esse percipi. Gibt es dich?

Heute Früh nach dem Aufstehen ist mir meine rechte Hand eingeschlafen, und ich habe die Gelegenheit genutzt und mir in die Daumenwurzel gebissen. Der Schmerz ist fast komisch, unentschlossen und weich, so als wollte man einem Kind mit sanften Stromstößen erklären, was Schmerzen sind.

Da es fürs Krankenhaus noch zu früh ist, lenke ich mich mit albernen Videos im Internet ab. Die Diskussion um das Omensetter-Video wird immer noch geführt. Die vorherrschende Meinung ist, dass der einzige Fehler des Videos der ist, dass es gar keine gestellte Szene ist. Idioten. In der Sparte *New Videos* gibt es ein paar Einträge: *Man commits suicide with Mentos + Soda.* Lächerlich. *Woman beated to death with metal steel.* Langweilig, außerdem grammatikalisch inkorrekt. *Suicide with knife.* Gab's schon hundertmal. Das Projekt wird langsam eintönig und fad.

Ich bemerke, dass meine Hand, die die Mouse umklammert hält, zittert.

Warum?

Ah, natürlich, die eingeschlafene rechte Seite. Milder Vorgeschmack auf einen Schlaganfall. Und ich schwitze wie wahnsinnig. Auf dem Weg ins Bad ziehe ich mein Hemd aus und werfe es in eine Ecke, aber es segelt direkt in einen Blumentopf. Das kalte Wasser verleiht meiner rechten Hand elektrische Aalhaut.

Nach einem spartanischen Frühstück gehe ich ins Krankenhaus. Die automatischen Flügeltüren kennen mich bereits und machen mir pietätvoll den Weg frei.

Nach dem Besuch bei Valerie, die immer noch mit geschlossenen Augen in ihrem Bett liegt und so tut, als wäre sie gar nicht da, nehme ich im Aufenthaltsraum Platz. Ihre Familie (oder das, was ich dafür halte) könnte sie demnächst besuchen kommen. Kein Grund für Konfrontationen.

Die einzige Gesellschaft im Aufenthaltsraum ist eine etwas rundliche Frau, die sich auf ihre hochgezogenen Knie stützt. Ihre hübschen weißen Turnschuhe liegen vor ihr auf dem Boden, in einem merkwürdigen Winkel, wie ein Autounfall von oben.

Eine Melodie ertönt, unbekannt, eine schnelle Techno-Nummer. Die Frau kramt ihr Telefon aus einer Speckfalte hervor und nimmt den Anruf an.

Sofort verzieht sich ihr Gesicht, es bildet Falten, die ganz und gar unnatürlich wirken. Neue Farben erscheinen wie aus dem Nichts, sie verwandelt sich in Picassos berühmte *Weinende Frau*.

– N-nein.

Ihre Stimme ist durchscheinend und zaghaft. Ihr verzweifeltes Gesicht bleibt verzweifelt. Eine Hand wandert langsam vor ihren Mund, bleibt dort, friert ein.

– Du … du sollst mich nicht mehr anrufen, sagt sie, still weinend.

Wieder eine lange Pause. Am anderen Ende liest jemand ein ganzes Buch vor. Dann:

– Ich hab dir doch gesagt, du sollst nicht … ich will aber nicht mehr reden …

Eine sehr lange Pause. Der Anrufer redet und redet. Man hört, wenn man sich sehr konzentriert, sogar seine kleine blecherne Stimme.

– Aber ich … aber ich … nein … ich hör dir nicht mehr zu … ich will nicht mehr …

Minuten folgen, in denen die Frau mit verzweifeltem Gesicht an die Wand starrt – wo sie allein den schwarzen Schlund wahrnehmen kann, in dem ihr Leben gerade zu verschwinden droht. Dann bringt sie mit letzter Kraft hervor:

– Ich aber nicht … ich will nicht mehr reden …

Entweder der Anrufer spricht sehr, sehr langsam, vielleicht durch einen Sprach-Synthesizer für gelähmte Menschen, oder er hat wirklich erstaunlich viel zu sagen. Oder er wiederholt sich. Immer und immer wieder. So wie die Frau, nur mit viel weniger Worten:

– Du … sollst mich nicht anrufen … ich … ich will nicht mehr …

So geht das ganze zwanzig Minuten. Ich schließe die Augen und versuche an etwas Neutrales zu denken, einen Zahnputzbecher oder eine Weinbergschnecke, sehe aber durch die geschlossenen Lider nur das entsetzte Gesicht der Frau und höre ihre tröpfelnden, einsilbigen Antworten. Ihre Sätze wiederholen sich, in wechselnder Permutation. Ah, die ewige Unmöglichkeit, die Ohren jemals vollkommen zu verschließen. Egal, was man unternimmt, der Kopf hört immer mit, Schädelschall, es genügt nicht, sich die Ohren zuzuhalten, etwas dringt immer durch.

– Aber … ich … ich will nicht …

Leg doch einfach auf, du dumme Kuh. Leg auf.

Eine Krankheit, denke ich, ferngesteuerter Telefonismus. *Remoting.* Ein Fall von *Remote Controlling.* Eine Dokumentation, moderiert von einer jungen Moderatorin mit Wackelohrringen, blonden Haaren, eingängigem Vornamen.

(Die Frau wimmert ins Telefon. Vermutlich schüttelt sie dazu langsam den Kopf. Leg auf, du verdammte Idiotin.)

Einmoderation. Schnitt in ein Wohnzimmer. Die österreichische Durchschnittsfamilie sitzt beim Abendessen. Ein Anruf im Nebenzimmer. Die ganze Familie weiß, wer der Anrufer ist. Die Mutter stürzt wie in Trance zum Telefon. Sie hört sich die Beschimpfungen an, verfällt in einen katatonen Zustand, weint, bittet den Anrufer verzweifelt, endlich zur Vernunft zu kommen, *bitte, bitte, bitte.*

(– Aber … ich will aber nicht … nicht mehr reden, bitte …)

Bitte, bitte, bitte. Vollkommen verängstigt bricht sie schließlich auf dem Küchenfußboden zusammen. Die Familie bückt sich über sie. Sie blickt zu ihnen auf, erkennt niemanden. Dann läutet das Telefon wieder.

Schnitt auf einen Experten. *Bei* Remote Controlling *handelt es sich nicht um Terroranrufe im herkömmlichen Sinn, da der Anrufer meist ein Verwandter ist oder zumindest ein guter Bekannter. Die Rechtslage ist hierbei so klar wie unbefriedigend: Der Anrufer macht sich keines Verbrechens schuldig, da er a) nicht anonym bleibt und b) keinerlei Obszönitäten oder Drohungen von sich gibt. In den meisten Fällen spricht er von ganz allgemeinen unangenehmen Angelegenheiten, auch nicht immer von denselben Dingen, damit man ihm nicht vorwerfen kann, er würde jemanden belästigen. Und diese unangenehmen Dinge, so würde jeder Verteidiger vor Gericht argumentieren, können … eben … solche emotionalen Gefühlsausbrüche … eben … zur Folge haben.*

(– Ich hör dir nicht mehr zu … nein, ich hör nicht mehr zu … ich … bitte …)

Schnitt. Zu sehen ist die Familie mit der betroffenen Mutter, die immer noch am Boden hockt. Ihre schweißnassen Haare sind ihr ins Gesicht gefallen, sie wischt sie beiseite. Die Stimme der Moderatorin aus dem Off: *Der Begriff* Remote Controlling *kommt daher, weil dabei eine Art von Fernsteuerung ausgeübt wird – von einer weit entfernten Person auf eine andere. Das Opfer weist bei dieser Art von Fremdbeeinflussung zumeist ähnliche Symptome auf wie ein Suchtkranker.*

– Entschuldigung.

… meldeten sich nach unserer Sendung Hunderte Zuseher, die ebenfalls einen Angehörigen oder …

– Entschuldigung.

Ich öffne die Augen.

Ein Arzt, aber es ist nicht für mich. Er redet mit der telefonierenden Frau. Sie ist jetzt an der Reihe, vermutlich hat sie den Lautsprecheraufruf überhört.

Sie braucht noch eine Weile, bis sie dem Anrufer erklärt hat, dass sie jetzt auflegen und ins Behandlungszimmer gehen muss. Ihre Stimme ist dabei erstaunlich gefasst und sachlich.

Als die Frau weg ist, beschließe ich, ein wenig zu telefonieren, und wähle die Nummer der Zeitansage. Die vertraute Stimme meldet sich, eine samtblaue Stimme, die ein wenig nach Sonntag und Schokolade schmeckt. Aber da mir vor lauter Müdigkeit nach dem langen Warten nichts einfallen will, wiederhole ich einfach meine kleine Fantasie von der neuen Volkskrankheit *Remote Controlling*, so, als würde ich jemandem von der Dokumentation erzählen. Am besten einem Kind, das ungemein begriffsstutzig ist und auf den Namen Thorsten hört.

Es befriedigt mich nicht besonders. Also sage ich eine Reihe schlecht gewählter Schimpfwörter auf und beende das Gespräch.

– Max, du begreifst aber auch gar nichts, du kleine Drecksau! Ich schneide dir deinen verdammten Hals durch!

Egal.

Es ist ohnehin niemand da.

Ich stehe auf und bewege mich ein wenig. Ob der Clown auch hierher kommt, irgendwann, im Laufe des Nachmittags?

Wieder habe ich dieses ungesunde Flackern in mir, diese merkwürdige Art von Vibration, wie man sie in einem Lenkrad spüren kann, wenn man auf glatter Fahrbahn energisch gegenlenken muss, um nicht einen Abhang hinunterzurollen.

Bestimmt dauert es nicht mehr lange und ich stelle mir große Fantasiehasen vor, die mir grausame Befehle zur Rettung der Zukunft erteilen. *Die Welt in fünfzig Jahren.*

Krankenhäuser machen mich verrückt. Unangenehme Gebäude. Weiß, quadratisch. Umgeben von Parkplätzen und Häusern, von denen nicht sicher ist, ob sie nicht nur aus Fassade bestehen.

Raus, raus!

Die Säulen sind einfache geometrische Embleme des Gedächtnisses. Wie der Freud'sche Wunderblock werden sie nie gelöscht, sondern immer nur überschrieben, mit einer neuen Schicht überklebt, die ohne die vorherige Schicht wenig Sinn hätte und die selbst ein eindeutiges Verfallsdatum besitzt. Und diese verschiedenen Schichten sprechen in derselben Ursprache wie ein alternder Baum von der Zeit als etwas Kumulativem, Additivem, also letztendlich Unvergänglichem. So handelt die Geschichte der Säulen von den Säulen der Geschichte, den Grundbedingungen gewissermaßen, unter denen die letzten hundert bis hundertfünfzig Jahre aus der Tube gedrückt worden sind. Und es dürfte wohl kein Zufall sein, dass ihre Erfindung ungefähr mit der frühmodernen Neuinterpretation von Zeit zusammenfällt, welche Ezra Pound vielleicht am deutlichsten beschrieben hat: We do NOT know the past in chronological sequence. It may be convenient to lay it out anesthetized on the table with dates pasted on here and there, but what we know we know by ripples and spirals eddying out from us and from our own time. *Die Spiralen in den konzentrischen Jahresringen der Objekte sind der Fortschritt, der sich als Schrittfolge verkaufen möchte, jedoch immer nur eine Spiralbewegung darstellt, ähnlich dem Schicksal verschiedener Flüssigkeiten, die in einem Kaffeebecher zusammengerührt werden. Das Problem der ständigen Anwesenheit der Vergangenheit ist allerdings die verführerische Illusion, die daraus erwächst, nämlich die Annahme, ihre Les- oder Erkennbarkeit verändere sich ebenso wenig durch die Zeit wie ihr simples und beinahe schon eigenschaftsloses Da-Sein. Im Falle der betretbaren Litfaßsäule ist es allerdings so, dass der*

Hohlraum ein in jedem Fall subversiver und geschichtsloser Fleck auf der Bergwanderkarte der Diskurse ist. Der Sessel darin und dazu noch das Bild mit dem in comichafter Leichtigkeit über eine Wasserfläche steuernden Schiff – was bedeuten sie? Natürlich ist diese Frage genauso absurd wie die augenzwinkernde Leugnung ihrer Beantwortbarkeit. Eine Frage, die nicht beantwortet werden kann, ist bekanntlich nur eine Pseudo-Frage, ein leerer Handschuh, der das Gebärdensprache-Zeichen für Wie bitte? *macht, mit anderen Worten: eine Falle. Wenn die Litfaßsäule geschlossen wird, ist es vollkommen dunkel. Natürlich hat der Künstler daran gedacht, im Inneren eine Lampe zu installieren, doch der Lichtschalter ist bei geschlossener Tür nicht mehr zu betätigen. Solange der Besucher, Flüchtling oder Geist aus den späten Achtziger Jahren keine Taschenlampe bei sich hat, muss er die Betrachtung des Bildes auf der Innenwand der Säule auf den Einfall des Tageslichts durch die schmalen Ritzen der Tür abstimmen. Oder er öffnet die Litfaßsäule wieder. Draußen gehen Leute vorbei, sehen zu ihm hinein, auf das Bild, wieder zu ihm. Schütteln den Kopf. Der Zustand* Ich betrachte das Bild *wird also gleichbedeutend, weil gleichzeitig, mit dem Zustand* Ich bin sichtbar *oder* Ich werde von außen betrachtet. *Man betrachtet einen Menschen, der in die Betrachtung eines Bildes versenkt ist, noch dazu an einem höchst sonderbaren Ort. Es ist nur eine Frage der Zeit, bis diese Litfaßsäule vergessen wird und ihr Eingang von einer unzerreißbaren Schicht Plakatwerbung zugeklebt ist. Bis dahin – erfreuen wir uns an ihr.*

Joachim Hutmek
(Aus der Broschüre für die Ausstellung *Think Tanks*)

~

– Raus, raus!, bellte ein großer, dicker Kopf.

Uljana sprang sofort auf und versuchte aus ihrem Versteck zu entkommen, das gar kein Versteck war, sondern eine Falle. Aber der Ausgang war versperrt. Der wild verzerrte Mund spuckte sie an, sie zuckte zusammen.

– Los! Raus, raus, raus!, bellte jetzt auch ein zweites, noch größeres Gesicht.

– Das ist kein Katzenklo, knurrte der erste.

Endlich öffnete sich zwischen den beiden ein enger Korridor, gerade breit genug, um durchzuschlüpfen. Uljana schaffte es.

Einer der Männer, die beide einen orangen Overall mit der Aufschrift *Stahlstift* trugen, stampfte mit dem Fuß auf, um sie zu verscheuchen. Sie flüchtete ins Gebüsch. Sie kannte diese Art von Zorn und wusste, dass sie dagegen keine Chance hatte.

Da ihr aufgrund des großen Schreckens selbst das Tageslicht Angst machte, verkroch sie sich am Parkplatz unter einem der Autos und wartete dort, zwinkernd und atmend, bis sie sich wieder beruhigt hatte.

– Dreckskóter, sagte der erste Arbeiter.

– Egal, sagte der andere. Wenigstens hat er nicht in die Säule geschissen. Hat sich nur ausgeruht. Ein Streuner.

– Gott sei Dank ist der Zmal nicht da. Was glaubst du, wie der sich aufgeplustert hätte, wenn da in seinem Kunstwerk ein Hund übernachtet.

– Wie spricht man den Namen aus?

– Zmal, oder? Ich weiß es nicht.

– Ich sag *Tsmal*. Ist das falsch?

– Mir doch egal. Hilf mir lieber.

Sie öffneten die Tür ein Stück weiter und betätigten den Lichtschalter. Eine einzelne Glühbirne erhellte mit ihrem harten Licht den Innenraum, in dem sich ein kleiner Sessel und ein Bild befanden, das ein Schiff zeigte, welches im himmelblauen Meer spazieren fuhr.

– Ich versteh nicht, sagte der Dickere der beiden. Nein, ich versteh wirklich nicht, wie wir das hinkriegen sollen. Diese scheiß Künstler!

Er ließ seinen Zeigefinger wie einen verrückt gewordenen Satelliten um sein Ohr kreisen und sagte:

– In dem Konzeptpapier, das er uns geschickt hat, steht: *Flackerndes Licht*. Hm …

Er kratzte sich an der Wange.

– Konzeptpapier, äffte der andere ihn nach.

– Ja, ha! Ich meine: das handschriftliche Fax, das heute Morgen in der Kaffeekassa gelegen ist.

Die Männer lachten. Sie lehnten sich zurück und stießen die Luft durch die Zähne aus:

– *Ts-s-s!*

– Aber ernsthaft, fragte der erste Arbeiter, kannst du dir was drunter vorstellen?

– Nicht wirklich. Er meint wohl, so wie wenn man im Keller das Licht anmacht und die Glühbirne hat einen Wackelkontakt und flimmert die ganze Zeit. Aber wie sollen wir das mit einer *gesunden* Glühbirne hinkriegen?

– Dabei ist das bestimmt nicht einmal ungefährlich. Was ist, wenn wir einen Kurzschluss oder einen Kabelbrand verursachen?

– Na ja, dann brennt dieser hässliche Klotz hier ab.

– Hast Recht. Auch kein großes Unglück.

– Eben. Und kein Haus in der Nähe, nur dieser Parkplatz. Vielleicht fängt diese Hecke dort Feuer, wer weiß. Aber sonst ist der Platz perfekt für ein kleines Feuerchen zur Eröffnungsfeier.

– Weißt du was, mir ist das alles zu blöd. Schrauben

wir die Birne halt nur zur Hälfte rein, dann wird sie schon flackern.

– Gut, probieren wir's.

Der Schlankere der beiden Männer griff durch die enge Raumschiffluke ins Innere der Säule. Er berührte die Glühbirne mit der Hand und schrie auf.

– Aaah!

– A wie Anfängerfehler, du sagst es! Hahaha!

Der andere klopfte sich auf den Schenkel.

– Scheiße! Au!, schrie der Dünne, blies auf die verbrannten Finger und klemmte sie sich unter den Arm.

– Mach du, sagte er. Ich bin verletzt.

– Ach Quatsch, du bist nicht verletzt. So lang hat das Licht ja noch gar nicht gebrannt.

– Los jetzt! Ich hab keine Lust, den ganzen Tag mit dir zu streiten. Ich bin froh, wenn ich diese blöde Säule nicht mehr sehen muss.

– Schon gut, schon gut.

Der Dickere wickelte sich einen Fetzen um die Hand und schraubte die Birne aus der Fassung. Er schraubte und schraubte und – plötzlich ging das Licht aus.

– Du musst es mit Gefühl machen, sagte sein Kollege, der seine Hand immer noch unter den Arm geklemmt hatte.

– Versuch ich doch.

Er schraubte langsamer. Das Licht flimmerte einmal auf, dann war es wieder dunkel.

– Das ist mit Abstand der dümmste Auftrag, den wir je bekommen haben!

– Warte, ich hab's gleich …

Das Licht flackerte auf, ging wieder aus, flackerte.

– Genau so, sagte der Dünne. Das ist perfekt. Flackernder geht's nicht.

Er beobachtete mit offenem Mund, wie sein Kollege die Glühbirne vorsichtig losließ. Sie hing ganz still an ihrem Kabel von der Decke.

– Okay. Dann probieren wir's mal. Es soll schließlich auch bei der Eröffnung morgen Abend funktionieren.

Der Dickere steckte den warm gewordenen Fetzen zurück in seine Hosentasche und schaltete das Licht aus. Dunkelheit. Er wartete ein paar Sekunden, tauschte einen viel sagenden Blick mit seinem Kollegen, dann schaltete er wieder ein. Ein elektrisches Knirschen ertönte, dann explodierte die Glühbirne, und Glassplitter regneten zu Boden.

– Scheißdreck!, brüllte der Dünne, warf seine Haube auf den Boden und trat gegen die Säule. Ich bring dich um, du verdammtes Scheißding, ich bring dich um!

Der Pferdebiss

Ich hasse es, wenn Leute zuerst lang und breit in den Telefonhörer atmen, bevor sie sich dazu herablassen, ein Wort zu sagen.

– Äh …

– Hallo?

– Äh … ja, also … hier ist dein … äh …

Die Stimme am anderen Ende der Leitung machte tatsächlich noch einmal *Äh*, damit ich sie identifizieren konnte. Nachdem ich sie erkannt hatte, setzte ich mich auf den Fußboden, Gott sei Dank auf den Fußboden, denn im selben Augenblick flogen mehrere Handgranaten zum offenen Fenster herein, darunter auch kleinere Raketen und Giftpfeile, die federnd in der Wand stecken blieben, in der Winterlandschaft, die auf dem heutigen Kalenderblatt zu sehen war, und in meinem Lieblingsposter, einer verkleinerten Reproduktion von Paul Klees Meisterwerk *Die Zwitschermaschine*, dieser herrlichen Fantasie mit den spiralhalsigen Vögeln, die durch eine Kurbel in Gang gesetzt werden konnten, ach ja, diese unschuldigen, kleinen, kindlichen Vögel, und jetzt steckte da ein gefährlicher Pfeil mitten im Bild, und schon riss es entzwei, wohl wegen der wilden Zersetzungskraft des Giftes und des Drucks der Explosionswellen, welche in konzentrischen Kreisen durch mein Zimmer jagten – ich konnte nicht mehr atmen, mir blieb die Luft weg, wie in einem Überschallflugzeug ohne Pilotenkanzel, dem Wind ausgesetzt, diesem immerwährenden Aufprall gegen die trägen, alles zersetzenden Luftmassen, die die Gesichtshaut in absurde Schlottermasken verwandeln, in groteske Faltenspiele, und die den Mund mit heißer Luft füllen, sodass man die Lippen nicht mehr schließen kann und mit einem dämlich aufgeblasenen Pferdegrinsen, einsam zwischen Himmel und Erde zappelnd, in einem kleinen, kompakten Höllengefährt, seinen Geist aufgibt mit einem letzten, niederfrequenten Gnadenlaut:

– Oh.

Das Telefon löste sich von meinem Ohr. Vorsichtig, mit zitterndem Daumen, legte ich auf. Ich drückte den entsprechenden Knopf. So. Das heutige Datum erschien, darunter Uhrzeit und Dauer des Anrufs. 0:49. Neunundvierzig Sekunden. Neunundvierzig, sieben ins Quadrat. Eine hässliche Zahl. Mein Sinn für Synästhesie teilte ihr die Farbe Rot zu. Die Sieben ist eher gelb, vielleicht ein wenig orange.

Gelb mal Gelb ergibt also Rot.

Ich überprüfte noch einmal, ob ich auch wirklich aufgelegt hatte. Dann schaltete ich das Handy aus und legte es vor mich auf den Tisch, wie einen glühenden Stein.

Nervös ging ich im Zimmer auf und ab, so wie es schlechte Schauspieler tun, die Anwälte beim großen Schlussplädoyer verkörpern.

Ich fütterte das Buch, das ich heute Morgen angefangen hatte (*Das Konversationslexikon der Jenseitsmythen*, ich hatte es mir von Lydia ausgeliehen und nie zurückgegeben), mit einem Lesezeichen, obwohl ich die Seitenzahl jedes Mal automatisch im Gedächtnis behielt. Außerdem ist da diese seltsame Angewohnheit von Taschenbüchern, sich selbst an der Stelle, an der man sie verlässt, wieder aufzuschlagen, wenn man sie mit dem Rücken auf den Tisch legt. Die verlorene Seite erscheint, man erkennt sie auf den ersten Blick, und dann – ein zweiter, liebenswerter Effekt dieser Semi-Lebewesen aus Papier und Karton: Sie überlegen es sich anders, blättern sich selbst weiter, ein, zwei

Seiten, die aufstehen, wie eine nicht zu bändigende Haarsträhne nach einer schlaflosen Nacht.

Es besänftigt mich, über Bücher nachzudenken, aber jetzt brauchte ich etwas Stärkeres. Ich musste jemanden umbringen.

Ich führte am Balkon ein imaginäres Telefongespräch mit jemandem, der ein schwaches Herz hatte. Nachbarn erschienen an ihren Fenstern, schauten zu mir herüber, schauten in den Himmel, dachten ihre unschuldigen Gedanken, nahmen ihre Heiligenscheine für einen Augenblick ab und klopften sie an ihrer Schulter ab. Kleine Staubwölkchen schwebten in der stillen Abendluft.

– Ach ja?, brüllte ich. Dann sag ich dir etwas … sie kommt bei dir nicht einmal im Entferntesten auf ihre Kosten, wenn du weißt, was ich meine … Ja … ganz genau … Ach, bitte, hör auf, ins Telefon zu röcheln, was soll denn das …? Hallo? … Ernst? … He, rede mit mir, verdammter Idiot! … Ernst! … Ich hör dich doch atmen! … Ach, Scheiße …

Ich wandte mich von der Welt jenseits des Balkongeländers ab, als brächte sie mich und Ernst auch nicht weiter, und ging wieder in die Wohnung.

Nach ein paar Minuten kehrte ich auf den Balkon zurück und tötete Ernst ein zweites Mal. Diesmal hatte er in meiner Vorstellung schon so etwas wie ein Gesicht. Es war groß und freundlich, es zwinkerte bei jedem stark betonten Wort, als wäre die ganze Welt eine einzige ulkige Angelegenheit, die man durch Augenblinzeln zum Leuchten bringen konnte. Er sah ein wenig aus wie Dienstag. Ich beschimpfte ihn so lange, bis er am anderen Ende der Leitung röchelnd zusammenbrach und blutige Klumpen hustete, kleine Montagsbruchstücke.

Stunden später bin ich wieder im Krankenhaus, bewaffnet. Mit einem krächzenden Reiben rollt sich das silberne Jojo an seiner Schnur ab, streift den Boden, lässt unsichtbare Funken sprühen und rollt sich zur Hälfte wieder auf. Ich versuche es durch ungeschicktes Zupfen in meine Hand zurückzuholen, aber es funktioniert nicht, mit starker Schlagseite eiert es auf und ab, wie eine Flugscheibe, die gerade im Begriff ist, über der Wüste von New Mexico abzustürzen.

Mein Gott, wie ich Krankenhäuser hasse.

Trotzdem gehe ich praktisch nur mehr zum Schlafen nach Hause.

Nach dem fünfzigsten Versuch gelingt es, und das Jojo *schläft* nicht nur – ein Fachausdruck aus der Jojo-Sprache, der den faszinierenden Schwebezustand bezeichnet, wenn das kleine wirbelnde Ding sich am tiefsten Punkt einfach weiterdreht, sodass man es wie einen Hund Gassi führen und sogar über ein paar Treppenstufen hüpfen lassen kann –, sondern es kehrt auch brav wieder zurück.

Heute muss ich warten, weil Valerie *umgetopft* wird. Dazu benötigt man frische Laken, einen feuchten Waschlappen und zwei dicke Schwestern, von denen die eine mutig genug ist, diesen Ausdruck auch vor Angehörigen zu verwenden, weil sie von oben bis unten von Zynismus durchdrungen ist und sich lebendig vorkommt wie ein junges Tier, wenn sie den entsetzten, hilflosen Ausdruck im Gesicht der Besucher sieht.

Ich sitze quer über zwei Sessel in der Nähe des Aufenthaltsraums und hypnotisiere die Tür, hinter der Valerie umgetopft wird. Ich lasse das Jojo über den Boden kullern und ziehe es zurück, es ist voller Staub.

Lydias Nummer erscheint mehrere Male blinkend auf meinem Telefon, aber ich nehme nicht ab.

Was ist dein Lieblingsereignis im aktuellen Kriegsgeschehen?

Der Kampf mit zwei tonnenschweren Krankenschwestern. Der Kampf gegen die unerträgliche Überlegenheit eines Spitalskorridors, gegen die Fensterscheiben, die man von innen wegen der vielen Gründe, die für Selbstmord sprechen, gar nicht öffnen kann, die Rebellion gegen das kränkliche Licht der Deckenlampen. Wie kann etwas nur so hässlich sein und trotzdem Licht spenden?

Im Aufenthaltsraum ist niemand. Ich gehe hinein, lese die Titel der Bücher, die dort in einer Vitrine eingesperrt leben. *Segen der Erde. Die Gösta-Berling-Saga. Waldheimat. Kristin Lavranstochter. In einer dunklen Nacht ging ich aus meinem stillen Haus.*

Ich schalte den Fernseher ein. Massenhysterie kleiner Punkte. Eine Fernbedienung findet sich nicht, also schalte ich am Gerät weiter.

Eine Sitcom. *Jason, hast du etwa die Dartpfeile runtergeschluckt? Sag's mir, na los, spuck's aus.* Gelächter toter Menschen.

Werbung. Aufgeregte Mädchen: *Baby Poop hat gepinkelt!*

Sumoringen.

Tiere. Eine Dokumentation über Zecken. Ich setze mich. Um zu überleben, befallen die Zeckenlarven ein Küken, das langsam schwächer wird, nicht mehr fressen kann und schließlich im Nest untergeht, immer noch geborgen zwischen den Geschwistern, aber unendlich müde und verwirrt ins Tageslicht blinzelnd. Die Mutter nähert sich dem bereits toten Küken, quakt, klappert mit dem Schnabel: *Beeil dich, du musst dich doch bewegen, ich helfe dir, deine Geschwister sind schon beim Spielen.* Das Klappern ist ein Zeichen dafür, dass eine Fütterung bevorsteht, es regt den Appetit an – umso unverständlicher, dass das Küken einfach nicht reagieren will. Die Mutter versucht es noch einmal, *Klapp, Klapp, Klapp*. Sie stupst das Küken sogar mit ihrer Schnabelspitze an: *Jetzt aber los, schnell, bald bist du auf dich allein gestellt, du musst noch viel nachholen.* Aber nichts zu machen, das Küken bewegt sich nicht. Die Mutter setzt sich darauf, behutsam, zutiefst verwirrt, denn Unbeweglichkeit weckt ihren Brütinstinkt, dann erst setzt die Trauer ein: Nachher steht sie ratlos im Schilf und meidet das Nest wie eine Todesfalle.

Ich schalte den Fernseher aus, gehe nervös auf und ab. Was, wenn ein todkrankes Kind diese Sendung gesehen hätte? Ist jemand da? Ich schaue mich um. Nein, niemand. Auch draußen auf dem Gang ist alles leer und still.

Mein Jojo rutscht mir vom Finger und rollt davon, unter einen Tisch.

Draußen vor dem Fenster hat der Himmel die Farbe von Auberginen angenommen. Man sieht noch die schwachen Silhouetten von Bäumen und hohen Gebäuden.

Das Jojo ist jetzt so schmutzig, dass ich es einstecke. Es gibt nichts zu tun, also gehe ich am Gang spazieren. Was will ich hier im Krankenhaus, wenn man mich doch nicht zu ihr lässt?

Die Zecken aus der Dokumentation erinnern mich an einen Nachmittag mit meinem Vater, der mir fluchend den Kopf waschen musste, als ich einmal mit Läusen aus der Schule nach Hause kam. Er verwechselte Läuse mit Flöhen und erzählte mir, dass Flöhe vor allem Frauen befielen. In einem Buch habe er sogar ein kleines Bild aus dem achtzehnten Jahrhundert entdeckt, auf dem eine tragbare Flohfalle dargestellt war, ein Modell eigens für Frauen, das man an einer Kette um den Hals tragen und, zwischen die

Brüste geklemmt, vor den angewiderten Blicken der Welt verstecken konnte.

– Flöhe sind von Grund auf verbunden mit solchen Dingen, sagte er gedankenverloren und bestaunte seine weißen, schaumverschmierten Hände.

Ich erinnere mich daran, dass mein Kopf selbst nach dem Waschen noch juckte, an den entsetzlichen Gestank des Läuseshampoos und an den Moment, da meine Mutter nach Hause kam. Sie beruhigte zuerst meinen Vater und erlaubte ihm, wieder in seinem Arbeitszimmer zu verschwinden, dann erst widmete sie sich mir. Sie wusch mir ein zweites Mal den Kopf und befragte mich über die möglichen Quellen der Ansteckung. Wahrscheinlich erwartete sie eine pikante Enthüllung: der erste Kuss, das erste Mal am Haar eines Mädchens gerochen. In Wahrheit hatte ich einen Erstklässler verprügelt, dessen Kleidung mich aus unerfindlichen Gründen wütend gemacht hatte. Ich war zu der Zeit unheimlich reizbar. Ich schlug ihm ins Gesicht, dann rollten wir über den Gang, ineinander verbissen wie zwei Hunde. Die anderen Schüler beklatschten uns.

Der Juckreiz auf meinem Kopf ging in ein beständiges Brennen über. Anfassen war verboten. Ich hatte so schon genug Blut unter meinen Fingernägeln.

An jenem Tag kam mein Vater nicht mehr aus seinem Arbeitszimmer hervor. Er schrieb und zeichnete den ganzen Abend lang, und meine Mutter musste ihm das Essen bringen. Wenig später holte sie die Teller wieder ab und sie wechselten ein paar Worte über den Zustand meiner Kopfhaut. Er hörte nur mit einem Ohr hin. Kopf waschen! Solche Dinge waren sonst ihr überlassen. Sie fielen nicht in seinen Zuständigkeitsbereich. Er war melancholisch und auch ein wenig schockiert. Und am Ende wurde er sentimental: Ach, eine Familie war gar nichts Schönes, ein merkwürdiges Gebilde aus Haut und Haaren, das man anfassen und um das man sich kümmern musste, wenn man dazugehören wollte.

– Sind Sie –?

Ich schrecke aus meinem Tagtraum. Der Arzt winkt mich aus dem Aufenthaltsraum.

– Der Lebensgefährte, lüge ich.

Der Arzt gibt mir die Hand, hart, männlich, eine Klarstellung. Ich bin froh, dass ich mich seit fünf Tagen nicht mehr rasiert habe. Der Altersunterschied. *Lebensgefährte.*

– Waren Sie das gestern?

– Ja, sage ich, obwohl ich glaube zu wissen, was er meint. Ich hab mich verlaufen.

– Passiert bisweilen, sagt er.

Der Arzt geht voran, wir betreten ein kleines Zimmer. Er dreht sich zu mir um und streicht sich mit Daumen und Zeigefinger über die Oberlippe. Es würde mich nicht wundern, denke ich, wenn er plötzlich einen Baseballhandschuh aus der Tasche ziehen und mir befehlen würde, mich strategisch günstig aufzustellen.

Der Liebesbrief des Piloten

Liebe Käthe!

Was soll ich dir berichten? Ich bin immer noch im Krieg. Die Welt ist schrecklich verändert und die Grausamkeiten nehmen täglich zu. Wo immer man seinen Fuß hinsetzt, findet ein Völkermord statt. Und wenn ich die Zeichen richtig deute, weist alles darauf hin, dass ich nie wieder – dass ich nirgends mehr landen kann, liebe Käthe. Deshalb schreibe ich dir diesen Brief, aus der Luft, zwischen Himmel und Erde.

Ich kann dir gar nicht sagen, wo ich schon überall war, denn überall sieht es gleich aus. Verbrannte Erde, vornüber gekippte Gebäude. Überall verzweifelte Menschen.

Die Hölle auf Erden.

Schmerzen, Lärm und Tod.

Abgenagte Kadaver.

Verstrahlte Wälder, rot verfärbt, wie ewiger Herbst. Sogar am Nordpol wüten die Flammen der Aurora Borealis und verschlingen Städte, die zu nah am Horizont gebaut sind.

Ich selbst bin auch verletzt, liebe Käthe. Sorge dich bitte nicht, es ist nichts Ernstes. Aber die Stelle, an der – verzeih mir, ich merke, dass ich davon noch nicht schreiben kann. Es wird sich mit der Zeit schon alles geben.

Aber mit mir geschehen noch andere seltsame Dinge in letzter Zeit, die vielleicht tatsächlich eine letzte Zeit ist. Die Sendefrequenzen der Funkverbindungen wechseln andauernd, sodass ich sonderbaren Unterhaltungen von Fremden lauschen kann, die sich in meine Routine mischen, ohne dass ich um ihre Gegenwart gebeten hätte. Es ist fast, als tauchte ich in andere Dimensionen ein, wenn ich zu lange in der Luft bleibe. Aber gerade das will ich tun. Ich werde nur landen, wenn ich auftanken muss oder eine Reparatur notwendig wird.

Von oben sieht die Welt sehr klein aus. Menschen liegen blutend da und sind nur ein winziger schwarzer Fleck in der Landschaft, wie ertrunkene Mücken.

Ach, Käthe, wenn ich dir nur sagen könnte, was ich alles durchzustehen hatte!

Denk nur, ich wurde gefangen genommen! Man hat mich betäubt, an einen Metalltisch geschnallt und mit höllischen Werkzeugen misshandelt! Man hat mich an einer Stelle verwundet, die ... Mir fehlen noch immer die Worte. Und der Gedanke an die erlittenen Erniedrigungen lässt mich einfach nicht zur Ruhe kommen.

An Schlaf ist sowieso nicht zu denken, jetzt, da ich das Flugzeug steuern muss. So bleibe ich nächtelang wach, klemme den einsamen Steuerknüppel zwischen meine notdürftig bandagierten Beine und schreibe an meinem Brief. Es tut mir gut, es ist der einzige Kontakt, den ich noch zur Erde habe. Ich bin ein denkender Kopf in einer winzigen Pilotenkanzel hoch über der zerstörten Welt. Unter mir sind Blut und Leben und Leiden und der Schorf des Kriegs, der langsam über das Land wächst.

Hier oben sind nur Wolken.

Was von der Erde aus aussieht wie ein trächtiges Schaf oder der südamerikanische Kontinent, gleicht aus der Nähe einem Meer von Baumwolle, einer zerfaserten Himmelsburg oder einem geisterhaften Iglu, auf das ich mit voller Geschwindigkeit zusteuere.

Ach, wenn du es nur sehen könntest!

Wer diese großen, prächtigen, ankerlosen Massen nur einmal gesehen hat, dem muss es unmöglich erscheinen, in eine Welt zurückzukehren, die voller unbegreiflicher Begrenzungen ist, in der es Menschenhaut, Zimmerwände und Staatsgrenzen gibt. Vielleicht eines Tages, wenn alles verheilt ist. Aber bis dahin bleibe ich noch hier oben, in der sanften Gegenwart der Riesen, fern jeder Zerstörung.

Liebe Käthe! Bald, bald werde ich dir berichten können, was mit mir geschehen ist. Aber heute noch nicht, liebe Käthe, ich hoffe, du verstehst. Noch kann ich nicht davon sprechen, denn die Worte wären die falschen. Es wäre so, als würde ich kleine Holzkisten malen und behaupten, es seien Schafe.

Dein
dich liebender
Ewiger Pilot

Ein Parkplatz in der sinkenden Sonne

Trotz des unangenehmen Zwischenspiels mit den Männern im Overall war Uljana zufrieden. Sie hatte die lästige, quälende Halskrause mit ihrem kräftigen Hinterlauf abgewetzt, teilweise sogar abgerissen, und dadurch ihren Sichtradius ein wenig vergrößern können. Sie hatte dazu die halbe Nacht gebraucht. Den Rest der Nacht hatte sie im Inneren der Litfaßsäule verbracht, bis man sie daraus verjagt hatte. Dann hatte sie aus einer Mülltonne verschiedene Dinge gefressen, die ihr jetzt etwas schwer im Magen lagen. Aber wenigstens quälte sie der Hunger nicht mehr. Fast den ganzen Tag hatte sie unter einem Auto gekauert.

Jetzt war es Abend und sie ging einem bekannten Geruch nach. Nein, etwas anderem, das unverständlich war und mysteriös, und das sich lediglich so verhielt wie eine vertraute Witterung. Wie der Phantomschmerz eines abwesenden Geruchs. Es war ein Gefühl, als hätte sich eine Erinnerung aus dem eigenen Körper in die Luft ringsum verirrt.

Uljana blieb stehen, blickte geradeaus.

Etwas, das ihr noch nie aufgefallen war, drang nun in ihr Bewusstsein. Ihre eigene Schnauze, dieser graue Kolben, ragte in geisterhafter Verdoppelung in ihr Gesichtsfeld. Wenn sie ihre Augen schielen ließ, veränderten sich die beiden Bilder; sie verschmolzen. Beinahe verstand Uljana, dass es ihre eigene Schnauze war, dass es zu ihr gehörte. Die Erkenntnis streifte ihr Bewusstsein, das sonst nichts für Erkenntnisse übrig hatte, und war schon wieder fort. Es reichte gerade noch, ihren Spieltrieb zu aktivieren: Man konnte doch einmal versuchen, nach diesem durchsichtigen Rohr zu schnappen, nur einmal, so wie damals,

als ihr Schweif sich so frech von ihr fortbewegt hatte, dass sie einfach nicht widerstehen konnte –

Es war ein recht kühler Abend, und wie immer, wenn ihr kalt wurde, kam das Unbehagen, die dünne Folie aus Fremdheit, die sich zwischen ihre Pfoten und den Asphalt legte. Sie passierte Reihen von Autos, die allesamt so still und weltfern dastanden, dass man hätte meinen können, sie wären charakterlose Felsblöcke.

Gegen die aufkommende Kälte half nur ein einziges Mittel. Uljana knurrte den alten Feind an, drehte sich ein wenig, aber nicht zu viel, denn der Feind wich zurück, er war feige und begann zu zittern, sie spürte es in ihrer Wirbelsäule.

– *App! App!*

Fast machte sie einen Salto, als sie sich das zweite Mal in die Luft erhob, in der Mitte wie ein Klappmesser einknickte und nach ihrem Schwanz schnappte. Er wedelte natürlich davon, machte sich über sie lustig, lockte sie, und schon sprang sie ein drittes Mal, diesmal eine halbe Drehung, nach der sie das Gleichgewicht verlor und in ein Gebüsch purzelte.

Uljana schnaufte.

Das Gebüsch roch nach der sehnsüchtigen, selbstquälerischen Liebe vieler, vieler Kater zu einem einzigen, von dem männlichen Andrang völlig überforderten Weibchen, das obendrein schon viel zu alt war und eigentlich nur ihren täglichen Abendspaziergang hatte genießen wollen, und da kamen wieder all diese stinkenden, läufigen, miauenden, wilden Kerle mit ihren hängenden Augenlidern und verschlagenen Schnurrbarthaaren, die geknickt waren und asymmetrisch und –

Uljana tappte aus dem Gebüsch zurück auf den Parkplatz.

Die Sonne stand schon sehr tief, und die Schatten der mehrstöckigen Monolithe ringsum wanderten unruhig über die Stadt. Auch die Schatten hatten kein Zuhause, gehörten nirgendwo hin. Irgendwann bedeckten sie einfach die ganze Welt und gaben sie erst am nächsten Morgen wieder frei. Sie waren dasselbe wie Kälte.

In einem der letzten Lichtflecke des Abends stand Uljana und betrachtete aus den Augenwinkeln ihren Schweif, der noch einmal davongekommen war und jetzt unauffällig an ihrer Seite lag.

Sie drehte den Kopf, nach nichts Bestimmtem, und blieb an einem Fenster hängen. Das Fenster war blind und sinnlos, so wie alle Fenster. Und doch hatte sie das Gefühl, als müsste aus dem kleinen Rechteck jeden Augenblick ein Lebewesen springen, eine Ratte oder irgendein Insekt, das sie fangen und verzehren konnte.

Sie sah lange auf das Fenster, bis es abkühlte und sich zu den anderen Fenstern gesellte, genauso langweilig, genauso bedeutungslos wie alles ringsum. Irgendwann ging das Fenster auf, und eine dicke, alte Frau erschien und lehnte sich auf das Fensterbrett. Sie steckte sich einen Finger in den Rachen und erbrach sich auf die Straße.

Uljana schüttelte sich und die Überreste der Halskrause flatterten wie Flügel um ihren Kopf. Sie hatte sich geirrt. Es war der falsche Ort, obwohl alles stimmte, Autos, keine Menschen, Büsche. Das alles war sehr verwirrend.

Die Panne, dritter Akt

Eine notwendige Abschweifung zu Ehren meines Einfallsreichtums

Wenn es zu einer globalen Katastrophe kommen würde, sagte meine Mutter einst vor langer Zeit, würde man einen kleinen Teil der Menschheit mit Sicherheit evakuieren. Die Mittel dazu waren ja vorhanden. Eine Rakete. Oder ein riesiges Schiff, so wie die Arche Noah.

– Die Vorform der heutigen naturhistorischen Museen, sagte mein Vater.

Der Zeitpunkt, ab dem meine Erinnerungen annähernd zusammenhängend sind, fällt mit der ersten Todesangst zusammen. Das Jahr 1986 und neue, weit entfernte Wörter wie *Reaktor*, *Radioaktivität* und *Strahlung* beherrschten das Tagesgespräch. All die unheimlichen Details. Die verwackelten Amateuraufnahmen von dem zerstörten Reaktorblock und die vielen Soldaten und Feuerwehrmänner, die mit einer so kompakten wie sinnlosen Atemmaske und einem baumelnden Lendenschurz aus Blei herumlaufen und Trümmer einsammeln. Die träge dahinfliegenden Helikopter, die über der Rauchwolke winzig kleine Sandsäcke wie Tränen fallenlassen. Und das pechschwarze Innere des Reaktors, glühende Trümmer, der blinde Fleck der Kamera, die nicht weiß, dass sie ihren eigenen Tod filmt. (In den Folgejahren gesellten sich andere Schrecken erregende Wörter hinzu, *Sarkophag*, der notdürftige Schutzmantel, der um den zerstörten Reaktorblock gebaut wurde und inzwischen undicht ist, oder *Strahlenkrankheit*. Bei der Strahlenkrankheit stellt sich kurz vor Eintritt des Todes für mehrere Tage eine scheinbare Erholung ein, der Patient fühlt sich besser, die Symptome, Durchfall, Blutungen und Übelkeit, gehen zurück – man nennt das die *Walking-Ghost-Phase.*)

Meine Mutter steckte uns alle mit ihrer Angst an. Erst mehrere Wochen nachdem die Bevölkerung gewarnt worden war, keine Pflanzen zu sammeln, nicht im Sand zu spielen und auch nicht in Flüssen schwimmen zu gehen, gestand sie uns, dass sie noch am Vortag der Verlautbarungen im Regen spazieren gewesen war. Im Regen! Den Regenschirm hatte sie inzwischen natürlich weggeschmissen; seine Speichen ragten aus der Mülltonne im Hof. Auch mein Sandspielzeug wanderte in zwei großen Plastiksäcken in den Müll. Ich durfte keine Milch mehr trinken und auch nicht vor die Tür.

Wenn ich am Fenster stand, hatte ich das Gefühl, dickere Luft zu atmen. Ich entdeckte Flecken auf meinen Händen und fragte meine Mutter danach. Sie nahm meine Hände in ihre – und ihre waren eiskalt. Dann schüttelte sie den Kopf und sagte:

– Es ist nichts. Das bildest du dir ein.

Mein Vater versuchte meine Mutter mit psysikalischem Fachvokabular zu beruhigen, zeichnete einmal sogar eine improvisierte Skizze eines Atomkraftwerks auf die Tafel (das harmloser aussah als ein Puppenhaus), aber er erreichte damit nur das Gegenteil. Sie bestand darauf, dass Europa an einem schleichenden Zelltod sterben würde, in den nächsten zehn bis zwanzig Jahren.

Ich hatte wahnsinnige Angst und weinte oft nachts. Ich träumte von Männern in Schutzanzügen und Gasmasken, die lautlos durch unsere Wohnung gingen, während wir schliefen, und die Uhren an den Wänden verstellten.

Mein Vater hatte weniger Angst, er war verärgert. Als Atomkraftbefürworter hatte er für Fehler nichts übrig. Er schimpfte auf die Dummheit der Sowjetregierung und auf die Verantwortlichen, obwohl zu diesem Zeitpunkt noch niemand wusste, ob es überhaupt Verantwortliche gab. Ich verstand nur sehr wenig von dem, was er meiner Mutter zu erklären versuchte. Alles drehte sich um einen bestimmten Typus von Mann, den typischen Sowjetmann, der ein Kind, ein Lauser, ein Rotzjunge geblieben war, obwohl er in einem grauen Arbeitsanzug herumging und auf internationalen Konferenzen öffentliche Erklärungen abgab, ein Mann, der nur nicht beschuldigt werden wollte und ungeheure Angst hatte vor den Strafen Gottes.

– Eine Frau wäre dazu nie im Stande, sagte mein Vater. Hätten sie das Kraftwerk voller Frauen gehabt, hätten wir jetzt nicht diese Pest am Hals.

Er schwitzte stark, während er sprach. Eine Frau würde nicht einfach alles unter den Teppich kehren, meinte er, und dann noch mit hochrotem Gesicht in einem unauffälligen Winkel der Erde warten, bis die Katastrophe von selbst ausgebrannt war.

– Bitte, lass, sagte meine Mutter schwach.

Sie lag auf der Couch, ihr Gesicht unter einem Polster. Was für meinen Vater ein politisches Spektakel war, an dem sich sein Verstand entzünden und sein Verantwortungsgefühl wund reiben konnte, war für sie der Jüngste Tag. Dass sie sich den Reaktorunfall von Tschernobyl so zu Herzen nahm, machte meinen Vater immer wütender. Schließlich stritten sie sich halbe Tage lang über die ökologische Zukunft Europas. Mein Vater schlug im Zorn mit der Faust auf den Fernseher, und dieser erlosch mit einem Blitz. Erst nach drei Stunden ließ er sich wieder einschalten und zeigte, wie aus Rache, die Nachrichten. Männer in schwarzen Uniformen gingen mit Wasserschläuchen durch das unscharfe Bild und wuschen verstrahlten Staub von den Fassaden des Geisterstädtchens Pripjat.

Seit dem Tag der Reaktorkatastrophe hat mein Gedächtnis keine größeren Lücken, besteht aus vielen konkreten Situationen, die allesamt zusammenhängen und aufeinander einwirken, immer noch. Eine Rube-Goldberg-Maschine vergangener Ereignisse. Davor ist alles ein Gewirr von einzelnen Szenen und unerklärlichen Bildern.

Ich war in einem Punkt vielleicht nicht ganz ehrlich. Mein Vater war an jenem Wintertag verschwunden und nicht wieder aufgetaucht. Ich stellte anfangs viele Fragen, die unbeantwortet blieben. Aber die Tatsache, dass meine Mutter keine Antworten mehr wusste, keine finden oder erfinden konnte, war nicht der Grund, warum ich sehr bald ganz aufhörte zu fragen.

Etwas lange Vergangenes fiel mir ein, etwas, das mit Verschwinden und Geheimhaltung zu tun hatte. Es ließ sich, nachdem es mir einmal eingefallen war, nicht mehr aus meinem Kopf vertreiben, die Erinnerung daran hielt mich nächtelang wach, störte meine Konzentration bei Schularbeiten und bescherte mir regelmäßig einen unerklärlichen Durchfall, infolgedessen ich fast fünf Kilo abnahm.

Es war mein erstes Schuljahr, eine unangenehme Zeit voller neu auferlegter Zwänge, Stundenpläne, Stillsitzen und die unfreiwillige Bekanntschaft mit einigen Kindern, die wie verkleidete Zwerge wirkten und jeden Augenblick die Maske von ihren verrunzelten Gesichtern reißen konnten, um *Erwischt! Reingefallen!* zu brüllen.

Meine Eltern ließen sich von meiner Niedergeschlagenheit anstecken. Aber natürlich nicht nur sie, sondern auch die Bäume vor dem Fenster, die Wolken, die Drehdinger an den Wasserhähnen (mit dem roten und dem blauen Punkt), sogar die Nachbarskinder, die in eine andere Schule gingen und mich nicht mehr wahrnahmen, weil meine Schule in einer anderen Parallelwelt lag, auch das Spielzeug, das in einer großen Holzkiste unter meinem Bett lagerte, die Sammlung Comic-Hefte, alles wurde um eine Spur trauriger, hilfloser und verschwiegener. Die Batterien in einer großen Actionfigur, die einige Militärkommandos auf Knopfdruck sprechen konnte, waren eines Morgens einfach leer, und es gab keine Möglichkeit, den Deckel auf dem nackten, muskulösen Rücken der Figur zu öffnen, um sie zu wechseln. Kein Schraubenzieher passte in derartig winzige Schrauben.

Der Prozess war unaufhaltsam, alles steckte sich mit Ausweglosigkeit an, die Schuhe, die ich trug, das Badewasser, das immer entweder zu kalt oder zu heiß war, die Regenschirme, die von Kleiderhaken baumelten und langsam den Geist aufgaben, weil es in dem heißen Sommer nie regnete. Die unwirkliche Zimmerpalme, die neben dem Telefonkästchen stand wie ein steifer, grün angemalter Springbrunnen.

Ich wunderte mich nicht, als mein Vater meine Mutter eines Tages ohrfeigte. Er hatte das schon vorher manchmal getan, aber diesmal war ich schuld, meine Niedergeschlagenheit, meine aussichtslose Schulkarriere. Die Lehrerin nannte mich zwar einen aufgeweckten und blitzgescheiten Schüler, aber man sah deutlich, dass sie log. Nicht einmal meine Mutter fiel darauf herein.

Es half nichts.

Mir wurde klar, dass ich den gesamten Haushalt vergiftete. Eine Weile versuchte ich, den Gedanken zu ertragen, mich für den Rest meines Lebens in den Wäldern zu verstecken. Trotzdem würde ich noch zur Schule gehen. Denn wer keine Schulbildung besaß, war verloren. Soviel hatte ich verstanden. Aber beides auf einmal ging wahrscheinlich nicht. Ich konnte nicht verantworten, dass wegen meiner fehlenden Eignung für die Schule das Leben meiner Eltern und aller Dinge, die mich etwas angingen, langsam vor die Hunde ging.

Ich bereitete mich nicht besonders darauf vor, aber eines Tages war die Zeit gekommen und ich ging etwas weiter als sonst, nachdem sich meine Mutter auf einer schattigen Bank im Volksgarten mit einer befreundeten Mutter auf ein Gespräch eingelassen hatte.

Zuerst testete ich, ob ich überhaupt bis an den Rand des Parks gehen konnte.

Es war möglich, aber ich spürte schon hier den Druck unsichtbarer Fesseln in der Brust. Außerdem begann das Herz zu schlagen und alles wurde sehr traurig und einsam. Ich ging noch einmal zurück – ein Luftholen, bevor man sich in schwarze Wassertiefen hinabfallen lässt.

Schließlich, nach mehreren Testläufen, tat ich es: Ich lief weg. Schon nach wenigen Schritten im *Weg* wurde mir schlecht.

Ich irrte durch den Metahofpark, eine winzige Grünanlage in der Nähe des Bahnhofs.

Im Gras klapperte etwas. Ich hockte mich hin. Es war eines dieser Silvesterspielzeuge, ein weißer Totenkopf, der mit den Zähnen klappern konnte.

Ich hob ihn auf. Neben seiner rechten Augenhöhle befand sich der kleine Hebel zum Aufziehen. Ich drehte daran, ein bestätigendes Geräusch ertönte, *Rsss, Rsss, Rsss* – ich drehte weiter und das Geräusch verschwand. Der Hebel drehte leer durch. Ich ließ los. Der Totenkopf tat gar nichts. Ich hatte zu weit gedreht und ihn damit kaputtgemacht, ihm eine unlösbare Kiefersperre verpasst.

Missmutig verschwand der Kopf in meiner Hosentasche, wartete darauf, von seiner Lähmung geheilt zu werden. Glühende Augenhöhlen. Glatte weiße Stirn. Bewegliches Kiefer, Scharnier, Grashalme kauend. Seltsame Erfindung: Zähne.

So schnell ich ihn betreten hatte, verließ ich den kleinen Park wieder. Eine namenlose Straße, in der nur schwarze und weiße Autos parkten. Welches Jahr hatten wir wohl? Ich inspizierte die Autos. In zweien von ihnen hing derselbe Plüschaffe im Fenster, mit Saugnäpfen als Pfoten. Das Haus in der Mitte beobachtete mit seinen schwarzen Fensterlidern jeden meiner Schritte.

Die Haustür war offen, so spät noch. Eine weitere Bestätigung. Wofür, das war mir nicht klar.

Im Treppenhaus stellte ich mich vor eine der Wohnungstüren und hob den Briefschlitz an. Ich spähte hindurch. Eine fremde Welt, bewohnt von fremden Lebewesen. Nichts bewegte sich, nur ein Radio schrie in einem anderen Zimmer nach seiner Mutter. Dann erschien eine weiße Gestalt mit monströs verkleinerten Gliedmaßen. Sie wackelte direkt auf mich zu, wollte mir die Tür aufmachen.

Ich flüchtete.

Vor Aufregung konnte ich mich nicht mehr zurückhalten und pinkelte an die Kellertreppe. Der Gestank war entsetzlich.

Als ich nach Hause kam, war nichts passiert. Meine Mutter musste die ganze Sache verheimlicht haben, um meinen Vater nicht auf Gedanken zu bringen.

Auf Gedanken …

Sie hätte mich zwar kurz gesucht, sagte sie, aber da sie mich nicht gefunden hätte, sei sie nach Hause gegangen.

Mein Vater wusste von nichts und blätterte in seiner Zeitung. Hin und wieder gab er einen Kommentar zum Weltgeschehen ab, mit geschlossenen Lippen.

Natürlich war ich auch erleichtert. Strafen blieben aus, solche Maßnahmen waren wahrscheinlich nicht mehr nötig. Es war ein erweiterter Testlauf gewesen, eine Simulation, so nahe der Wirklichkeit, wie man überhaupt kommen konnte. Aber das Ergebnis des Testlaufes war katastrophal: keines.

Erst am Abend brach die Verzweiflung vollends durch. Ich tauchte in der Badewanne unter und verschluckte mich an dem heißen Wasser. Als ich wieder zu Atem kam, wurde mir vollständig klar, dass meine Mutter niemanden alarmiert hatte, niemanden. Nicht meinen Vater, nicht die Nachbarn, schon gar nicht die Polizei. Ich war sogar an einem Polizisten vorbeigekommen, erinnerte ich mich. Aus der Ferne hatte ich ihn gesehen, auf einer Kreuzung, ganz und gar beschäftigt mit seinem Tanz, mit dem er den Verkehr dirigierte. Auch er war uneingeweiht gewesen, so wie alle Menschen der Stadt, bis auf meine Mutter. Niemand hatte sich über den verschwundenen Jungen Gedanken gemacht, niemand hielt von seinem Balkon Ausschau, niemand wusste, dass es ihn gab.

Und es gab bestimmt viele. Ich war nicht der einzige.

Wie viele mochten es sein? Hunderte. Tausende. Tausend mal tausend ist eine Million. Bestimmt war es eine Million. Bestimmt tausend Millionen.

Sie alle irrten jetzt irgendwo durch die Straßen, durch den hinteren Parkausgang über den schmalen Brückensteg und dann hinter dem Gebäude, auf dem groß und unergründlich *Marienmühle* stand, durch den kleinen

Park, und dann sahen sie, die abertausend Millionen verschwundener, vertriebener Kinder auch schon den Bahnhof, die Endhaltestelle jeder Flucht, weil es dahinter nichts mehr geben konnte außer Schienen und weitere Bahnhöfe, einer finsterer und unbekannter als der davor.

Ich trocknete mich ab, ganz allein. Ich brauchte, ich erwartete keine Hilfe mehr.

Ich legte mich ins Bett. Aber meine Mutter passte mich rechtzeitig ab und ließ es sich nicht nehmen, mir die Decke überzulegen. Ich ließ es geschehen. In Wirklichkeit hatte sie gar keine Ahnung, was passiert war.

Das Ausmaß meiner plötzlich gewachsenen Ernsthaftigkeit brachte mich zum Weinen. Ich wischte mir die Tränen von der Wange, auch das ganz allein. Ich brauchte keine Hilfe, keine Aufmunterungen, keine Trostgeschenke, kein Taschentuch.

Ich war jetzt auf mich allein gestellt, so wie alle Menschen. Und für die meisten Menschen gab es keine Auswege. Ich hatte mit der Möglichkeit gespielt, dass es für mich vielleicht einen geben könnte, aber sie hatte sich in Luft aufgelöst.

Im Traum sah ich mich auf einem wild zugewachsenen Gelände, umgeben von verlassenen Gebäuden. Ein starker Wind wehte.

Der Wind war radioaktiv, das spürte man. Die Fingernägel wurden rot davon.

Ich stapfte durch niederes Gestrüpp, kam in einen verlassenen Hühnerhof. Der Zaun, der das leere Gehege begrenzte, zerbrach bei der ersten Berührung und rieselte als Mehl zu Boden. Wie lange er so gestanden haben mag, unberührt, intakt, eine hauchzarte Struktur, zum Schutz unsichtbarer Hühner?

Die Sonne war von Wolken verhüllt, ein Himmel aus Weißblech, durchsetzt von dunkleren Fetzen, wie weich gekochte Knochen.

Hinter dem Gebäude fiel das Gelände ab, ein steilerer Abhang, ein riesiges Becken, ein ausgetrockneter See. Keine Pflanzen, nirgends. Ich schaute mich um, versuchte irgendetwas zu erkennen. Plötzlich befand ich mich mitten in einem Graben.

Hier war die Strahlung noch stärker. Ich hatte Angst, aber ich wusste, dass ich nicht umkehren konnte. Der Stadtrand war nur eine erste Etappe gewesen. Und darüber hinaus zu gelangen war lediglich der nächste wichtige Schritt. Auch den hatte ich hinter mir. Was jetzt kam, blieb unklar.

Meine Fingernägel leuchteten wie geschminkte Frauenlippen.

Ich schaute zu dem verlassenen Hof zurück. Er sah klein und niedergebrannt aus. In der Einfahrt lag ein Auto auf dem Rücken, die Räder ragten ins Leere. Dem kleinen, brotfarbenen Schornstein, der mürrisch auf dem Hausdach hockte, fehlte der Rauch.

Ich wanderte weiter, mich krümmend unter dem heißen Wind, der aus dem Nichts zu kommen schien und durch mich hindurch blies.

Im Traum war mir klar, dass ein Fehler passiert war, irgendein schweres, nicht wiedergutzumachendes Versäumnis: Der See hätte längst, schon vor Jahren, mit Beton aufgefüllt werden müssen. Das hätte vielleicht das Schlimmste verhindert. Aber er war leer. Das Wasser fehlte. Und der Wind trug den radioaktiven Sand in alle Nachbarländer weiter, wo er sich im Trinkwasser, im Hausstaub, in den Kleidern festsetzte und die Menschen in Furcht erregende Schwarzweißaufnahmen ihrer selbst verwandelte und ihre vormals so kräftigen Bewegungen in die sinnlosen Spreizgebärden von Mahndenkmälern.

Ich versuchte zu sprechen, aber meine Kiefer waren wie gelähmt. Ich fasste an meine Wange und berührte etwas Fremdes: einen kleinen, starren Hebel.

Meine Mutter kam zu mir ins Zimmer gerannt, versuchte mich zu beruhigen. Aber ich schrie. Ich schrie. Ein Polster war auf den Boden gefallen. Schließlich brachte sie mir einen kalten Waschlappen und legte ihn mir in den Nacken. Eis! Ich war schlagartig wieder bei mir, sah meine gekrümmten Hände, hörte meine Stimme, meine Atmung, spürte die Decken. Das abgedunkelte Zimmer. Der Geruch der Feuchtigkeitscreme, nach der ihre Hände immer rochen. Empfindliche Hände. Für Berührungen an Hals und Wangen erdacht.

– Ja … Ja … Ist ja gut …

Sie blieb bei mir, bis ich wieder eingeschlafen war.

Am nächsten Morgen ertappte ich mich dabei, wie ich vor dem Fernseher saß, der allmorgendlich Wiederholungen herunterleierte, als wäre nichts gewesen. Ein Joghurt tropfte weich von einem Löffel, den ich in der Hand hielt, zurück in den Joghurtbecher.

Weiße Masse. Creme.

Es war nichts gewesen. Alles nur Vorstellung.

In Wirklichkeit bin ich immer hier herumgesessen. Nichts hat sich verändert. Der Uhrzeiger ist stehen geblieben und auch die nächtlich unsichtbaren Wolken über den Dächern der Stadt.

Tropf, tropf.

Der bläuliche Widerschein des Fernsehers auf dem Weiß des Joghurts. Fernsehstrahlung. Strahlung, die alles durchdringt. Wie nannte man diese Strahlen? Irgendetwas wie *katholisch*. Katholenstrahlen.

Ich steckte den Löffel in den Mund, leckte Joghurt, Metall und Strahlung auf.

Im Fernsehen lief *WWF-Wrestling*. Für die einen ist WWF ein Verein, der die Veranstaltung von Profischaukämpfen organisiert, für die anderen eine Tierschutzorganisation. Die Welt zerfällt in diese beiden Kategorien. Wer in beiden zuhause ist, ist wahnsinnig.

Das zugige Treppenhaus kam mir in den Sinn, die inzwischen getrockneten Pissspuren. Die Staubmäuse, die sich schwarz und schwärzer färbten unter meinem gebogenen Urinstrahl. Ich bin hier. Sieh mich an. Briefschlitz: Einblick in die fremde Welt. Ein Kleiderständer. Ein weißes Kind, das durch die Wohnung läuft, auf der Suche nach seiner Mutter. Geisterkind.

Andre The Giant stapfte großpfotig und träge durch den Ring. Ein Mann, der an Riesenwuchs oder etwas Ähnlichem litt. Irgendeine Krankheit mit einem komplizierten Namen. Inzwischen war er längst tot. Historische Aufnahmen. Er tapste ein paar Schritte, kam beinahe ins Laufen, ließ sich in die Seile des Rings fallen, federte zurück, rannte direkt in den ausgestreckten Arm seines Gegners. Der Riese, gefällt, lag auf dem Rücken und streckte seine Beine in die Höhe. Der Anblick war so erbärmlich, dass ich erwog umzuschalten, aber das Joghurt war noch nicht aufgegessen, also schaute ich mir den Kampf bis zum Ende an. *Andre The Giant* besiegte seinen Gegner schließlich und stolzierte unendlich müde, ein betäubter Orang-Utan, durch den Ring, einen albernen, silbrig blinkenden Meistergürtel hochhaltend. Blitze zuckten durch die Zuschauerreihen, jeder schoss in diesem Augenblick ein Foto.

Der schwerfällige Riese rollte aus dem Ring, stapfte an seinen Fans vorbei, die über die Metallabsperrungen hinweg ihre dünnen Hände nach ihm ausstreckten. So ein riesiges Gesicht. Gigantisches Kinn. Dabei eine kurze und knappe Stirn, wie bei einem Höhlenmenschen.

Parkende Autos

Messerschmidt glitt durch die Autos, die ordentlich in einer Reihe auf dem Parkplatz standen, als bewachten sie das Ende einer Zivilisation.

In einem der Autos war ein Wurf Katzen auf die Welt gekommen, die jetzt auf dem Schlossberg wohnten.

In einem anderen war ein Kind mit einer Bassflöte, die viel zu groß war für seine Finger, zu einer Schulaufführung gefahren worden; der schlimmste Abend seines noch jungen Lebens.

Die Rückbank eines anderen silbergrauen Wagens vibrierte immer noch von den heftigen Hüftstößen, die ein betrunkener glatzköpfiger Altenpfleger über seiner Kollegin mit dem rätselhaften Namen *Solveig* ausgeführt hatte; im Augenblick des Orgasmus hatte er einen heftigen Weinkrampf bekommen (*Ma... Ma... Martinaah-ha-ha-haahh ...*) und ihr erzählt, sein bisheriges Leben sei eine einzige unausgesprochene Beichte, worauf sie sich keinen besseren Rat gewusst hatte, als sich an seine drahtig-verkrampfte Turnerschulter zu klammern (*Aber Max, nicht doch ... nicht weinen ... wird schon wieder ...*) und ihn zu fragen, ob er sie vielleicht heiraten wolle – und ihr Herz spürte einen angenehm sanften Ruck, denn nun würde sie endlich ihren albernen Nachnamen loswerden, den alle Welt so schick fand.

Ein kleiner, roter VW war bis obenhin voll Platzangst. Messerschmidt schnürte es beinahe die Kehle zu, als er daran vorbeiging, denn es war jene Spielart von Angst, in der ein Mensch zu allem fähig ist, sogar auf sein brennendes Haus zurückzuschauen und sich vorzustellen, wie gerade alle verbrannten: seine Frau, seine Großmutter im

Dachzimmer und sein Sohn, der im Rollstuhl saß und sich einbildete, das nächste Jahr noch zu erleben; zuviel ist zuviel.

Ein Mercedes, an manchen Stellen unheilbar zerkratzt. Ein eifersüchtiger Ex-Ehemann hatte mit seinem Wohnungsschlüssel, der nicht mehr sperrte, weil das Schloss ausgetauscht worden war, einen kleinen Eiskunstlauf vollführt, eine lange, elegante Gerade, die an Geschwindigkeit zunahm, dann eine Pirouette um das Schlüsselloch. Sie hatte ihn auf frischer Tat ertappt, und sie hatten sich beschimpft und bespuckt, und hinterher waren sie zusammen ins Gras gesunken, weinend und wild, verwegene Entschuldigungen zischend. Beide hatten sie im selben Augenblick daran gedacht, den anderen zu ermorden, und der Drang, es zu tun, hatte sich aufgelöst.

Ein völlig verfallener Wagen mit unbestimmbarem Baujahr. Er hatte viel gesehen. Zum Beispiel eine Tour in den Süden, ohne Geld, ohne Papiere. Einfach so drauflos. Dann wurde jemandem schlecht, dem jüngsten, der gerade erst die Matura hinter sich hatte, er erbrach sich mitten auf der Autobahn, direkt auf das große YU, das von einem X aus Klebestreifen durchgestrichen war.

Messerschmidt versuchte ein wenig schneller zu gehen, denn die Hündin schien unruhig, und vielleicht würde sie wieder fortlaufen und er bliebe hier hängen, in diesem zähen Gelee aus Zusammenhängen.

Das Auto eines Zahnarztes. Sein Leben war vorbei, schon seit dreizehn Jahren. Er hasste seine Familie, seine Arbeit, sein Gesicht beim Rasieren am Morgen. Er hasste seine Patienten, die mit offenem Maul auf seinem Stuhl saßen. Er hasste auch den Stuhl. Er hasste die Instrumente, mit denen er anderen Menschen wehtun musste. Er vermutete, das wäre die Hauptursache für seine Verzweiflung. (Messerschmidt wollte den Rest gar nicht wissen, er versuchte, sich loszureißen, aber er steckte fest.) Seine natürliche Unfähigkeit, anderen Leuten Schaden zuzufügen. Ein Defekt, mit dem er geboren worden war und der nun sein Leben vergiftete. Er musste seine Kinder anschreien, er musste seiner leichtsinnigen Frau verbieten, sein schwer verdientes Geld für jeden hirnlosen Unsinn auszugeben, er musste sie zum Weinen bringen. Und er musste Betäubungsmittel verabreichen, in die Wange oder direkt ins Zahnfleisch, damit die Leute nicht merkten, wie sehr er ihnen wehtat.

Der Wagen einer Lehrerin. Sie löste gerne Kreuzworträtsel, in denen lateinische Begriffe vorkamen. Und in der Windschutzscheibe hing ein Affe mit Saugnäpfen auf Pfoten und Lippen. Das war alles. Mehr gab es nicht. Sie war vollkommen leer.

Das war die Chance – Messerschmidt löste sich. Lange genug hatte es gedauert, aber nun war das Ende da. Er spürte, wie Wärme in ihm aufstieg. Er hörte weit entferntes Trommeln und wusste, dass ihm nicht viel Zeit blieb.

Ein an mehreren Stellen vollkommen durchgerostetes Fahrrad brachte ein wenig Abkühlung (die Lenkstange hatte dermaßen viele Löcher, dass der Wind darauf am Abend manchmal Flöte spielte). Es stand seit Jahrzehnten hier herum, ohne dass es von seinem Besitzer je abgeholt worden wäre. Messerschmidt genoss die Stille, die von dem Rad ausging. Bald würde diese Stille ganz ihm gehören.

Aber noch nicht jetzt.

Da der Hürdenlauf nun hinter ihm lag, konnte er sich endlich ganz der Hündin widmen. Aber die schien ihn gar nicht bemerkt zu haben, sondern schaute einfach an ihm vorbei. Er drehte sich um. Häuserfronten, Fenster, Fernsehantennen. Was war da? Was hatte sie entdeckt? Ihr Blick ging hin und her, sie suchte irgendwas. Noch hatte sie es nicht gefunden. Aber es war nicht er, nach dem sie suchte.

Spiel

Ein kühler Luftzug weht über das Spielfeld. Mein Körper ist erhitzt, trotz der abendlichen Frische, meine Beine zittern vor Anspannung und Nervosität, meine Handflächen schwitzen, mein Nacken, meine Fußsohlen, mein Kinn. Meine Sportkleidung sitzt nicht richtig und ich hinterlasse peinlich winzige Fußabdrücke, wie die Spuren eines Fuchses auf der Flucht.

Der Arzt steht ein paar Meter (oder *Yards*?) entfernt und macht rätselhafte Zeichen mit der freien Hand, seltsam somnambule Gesten, so wie die eines schlafenden Gehörlosen, der in Gebärdensprache träumt. Ein großer, bleicher Wurfball liegt in seiner anderen Hand, rund und bereit. Eine apfelgroße Miniatur des Mondes. Ich trete unsicher von einem Fuß auf den anderen. Ich möchte es nicht zugeben, aber ich hoffe, dass er an meiner Körpersprache sieht, wie unbehaglich diese ganze Situation für mich ist, wie sehr ich leide. Ich will, dass er Mitleid mit mir bekommt und mich schonend behandelt. Aber dafür steht er viel zu weit weg. Er lässt den Ball in seiner Hand hüpfen.

Er beginnt, mir den Ball zuzuspielen:

– Wir haben eine leichte Schädelfraktur feststellen können … die zu einer Blutung hier …

Wieder das seltsame Gestikulieren. Sein Zeigefinger ist so winzig klein. Ich muss mich sehr anstrengen, ihn nicht aus den Augen zu verlieren. Er deutet auf eine schwarze Fensterscheibe, auf der eine Art dreidimensionaler Rorschachtest zu sehen ist; sie schwebt zwischen uns wie ein Tennisnetz. Außerdem weht ein starker Wind. Meine Bälle werden stark abgelenkt und schwirren unbemerkt in die Nacht davon.

Seine Würfe sind exakt und fast unsichtbar, so schnell kommen sie auf mich zu.

– … noch unsicher, ob bleibende Schäden zu erwarten sind. Mit Sicherheit kann man das allerdings nicht ausschließen. Aber um einen Augenblick Klartext mit Ihnen zu reden: Bei einer Verletzung dieser Art wäre es wirklich … na ja, zumindest nicht unwahrscheinlich, dass eine Beeinträchtigung bestehen bleibt, sei es motorischer Art oder …

Er deutet auf seine Baseballkappe und macht kleine kreisende Bewegungen mit seinem Zeigefinger, als wollte er sagen: *Plemplem.*

Dann wieder unverständliche Zeichen aus seinem Fingeralphabet. Ein Ball kommt direkt auf mich zu, trifft mich direkt in den Solarplexus, meine Beine knicken ein, mir wird schwindlig. Ich lalle irgendetwas, halte den Kopf gesenkt, sodass er mein schmerzverzerrtes Gesicht nicht sehen kann und vielleicht davon ausgeht, dass ich noch nicht bereit bin für seinen nächsten Schlag.

Aber stattdessen wirft er.

– Sie wird in Zukunft bestimmt, das traue ich mich zu sagen, auf Ihre Hilfe und die ihrer Familie angewiesen sein.

Der Ball streift mich an der Schläfe, und kalter Schweiß bricht mir aus. Der Arzt macht große, eigentümliche Bewegungen mit seinem Handschuh, als würde er ein unsichtbares Kind wickeln. Ich strenge mich sehr an, ihm zu folgen, aber ich gebe dabei keine gute Figur ab. Im Park wird es immer dunkler. Mir ist ein wenig schwindlig, ich schwitze und ich will nach Hause. Der Wind übertönt meine Stimme. Es ist sinnlos, überhaupt sprechen zu wollen.

Glücklicherweise kommt mir der Arzt zuvor:

– Ach, Entschuldigung, aber könnten Sie das eventuell …?

– Bitte?

– Könnten Sie … Dieses Ding macht mich nervös.

Ich folge neugierig und kooperativ seinem Blick, dann fange ich das Jojo ein, das sich in meiner Hand selbstständig gemacht hat, und verwickle es in seiner eigenen Schnur, bis es sich nicht mehr rühren kann.

– Kann ich dann jetzt …?

Ich versuche es meinerseits mit einer vieldeutigen Geste nach Art eines Sporttrainers. Ich deute auf eine farbenfrohe Reproduktion von Kandinsky, die sich in das kleine Behandlungszimmer verirrt hat, und mache dann mit meiner Hand ein paar Rollen vorwärts, als wollte ich sagen: *Erzählen Sie weiter*. Vor dem Fenster sieht man das abendliche Skelett eines Baukrans.

Der Arzt hat mich verstanden und steht auf. Ich erhebe mich mit ihm.

– Ja, ich würde Sie bitten, dass Sie morgen wiederkommen. Heute ist es wirklich noch zu früh. Untersuchungen brauchen *Zeit* –

Das scharfkantige Wort saust an meinem Kopf vorbei.

– Die Besuchszeit beginnt um neun, aber Sie können, wenn Sie wollen, schon um sieben kommen. Melden Sie sich einfach bei der Schwesternstation draußen … Sie wissen schon, da vorne …

Er deutet auf die geschlossene Tür. Ein Ball schwirrt an meinem Gesicht vorbei, schlägt gegen das dumpfe Holz der Tür und hinterlässt dort einen dunklen Fleck. Ich schüttle den Kopf.

– Nein? Also, Sie gehen jetzt raus, als würden Sie zum Ausgang gehen, und wenn Sie dann da vorne um die Ecke biegen, kommen Sie direkt am Schwesternstützpunkt vorbei. Kann man im Grunde nicht verfehlen.

Er hält mir seine Hand hin. Ich nehme sie. Wieder ein fester Druck von Spieler zu Spieler.

Ich erinnere mich, welchen Schwesternstützpunkt er meint, ich bin an ihm vorbeigekommen. Trotzdem frage ich noch einmal nach:

– Nein, ich weiß nicht … Wo?

Der Arzt dreht sich, bis er so steht wie ich, mit dem Gesicht zur geschlossenen Tür. An der Tür hängt ein kleiner schematischer Fluchtplan mit schraffierten Flächen, einer Menge Pfeile und ein paar gesichtslosen Menschen, die mitten in einer sauberen Katastrophe stehen, als ginge sie das alles nichts an. Draußen vor der Tür poltert es, und ich zucke zusammen, aber ich bin ja nicht zuhause, fällt mir ein.

– Wenn Sie vom Eingang kommen, das heißt vom dritten Stock, vom Lift … soweit klar? Ja. Dann gehen Sie durch die Glastür, so wie Sie auch heute gekommen sind … Okay? Gut … und dann müssen Sie eigentlich nur mehr geradeaus. Ich hab's vorhin komplizierter beschrieben, als es eigentlich ist, weil ich umgekehrt gedacht habe.

– Ja?

– Ja. Also dann, alles Gute.

Wir geben uns noch einmal die Hand. Als ich ihm den Rücken zukehre, streift mich ein schneller Ball am Ohr.

Als ich wenig später im Lift meinem schlecht gelaunten Spiegelbild gegenüberstehe, gestatte ich mir einen Blick auf die Uhr.

– *Ehrd-geh-schoosch*, verkündet eine weibliche Stimme.

Es ist inzwischen klar, dass ich die Inskriptionsfristen für dieses Semester versäumt habe. Ich habe mich auch nicht wirklich darum gekümmert, obwohl ich meinen Job gekündigt habe, um mein Studium nach drei Jahren wieder fortzusetzen.

Aber jetzt gibt es das alles nicht mehr. Ich habe einen Zeitsprung gemacht.

Die Welt in der Zukuft
von Alex Kerfuchs, dritten Klasse

Die Welt in 50 Jahren wird sehr Anders aussehen als heutige. Es wird zum Beispiel viel mehr Hochhäuser geben als heute. Sogar in einer kleinen Stadt wie hier in Graz. Und ausserdem werden die Autos mit einem anderen Amtrieb fahren als mit dem heutigen.
Ich selbst werde in 50 Jahren 59 sein. Davon kann man genau ablesen, wie alt ich heute bin nähmlich 9. Dann habe ich bestimmt schon eine eingene Familie.
Aber obwohl im Jahr 2044 gibt es dann auch warscheinlich keine Eltern mehr und ebenso mit der Erziehung und alle Kinder werden älter, ohne, das sie sich anpassen müssen. Sie gehen einfach von Haltestelle zu Haltestelle und werden dabei älter.
In der zukunft gibt es auch keine Keller mehr. Alle Häuser haben oberirdische Ablagerungplätze. So verfault es nicht so schnell und das Haus steht sichererer.
Ich hoffe auch dass in der Zukunft die Menschen besser zusammen komunitzieren und handeln können, denn es gibt sehr wenige

Toleranz auf der Welt. Viele Kinder haben noch nicht ein Mal ein Dach über den Kopf wenn es regnet. In ihren Augen nisten z.B. Fliegen, und sind sehr traurig. Sie liegen den ganzen Tag da und haben ganz dicke Bäuche vom vielen Hunger.
In der zukunftigen Welt werden die Krankeiten auf andere arten behandelt werden wie die heutigen, jedoch gleich bleiben wird ihre riesige Anzahl wird jedoch gleich bleiben. Eines weis ich sicher. Die Menschen werden sicher nicht mit Raumschiffen zur Arbeit fahren und wenn dann nur weil sie Astronauten sind.
In fünfzich Jahren wird die Welt sich unheuerlich verändern. Auf jeden Fall ist bis da hin noch eine sehr lange Zeit.

Ich habe ein Skriptum ins Krankenhaus mitgenommen. Eine Studienkollegin hat es mir damals geborgt und ich habe es nie zurückgegeben. Auch die Prüfung habe ich nie gemacht. Die Mitschrift ist in mindestens drei verschiedenen Handschriften verfasst und sieht von ferne aus wie die späten Cantos von Ezra Pound. Mit den Cantos hat sie auch gemein, dass sie an den Seitenrändern kleine Piktogramme enthält, die manchmal an chinesische Schriftzeichen erinnern, Automatismen der übermüdeten Hand, Ornamente der Langeweile, wie die im Schachbrettmuster bemalten Kästchen des Ringblocks oder der seltsame knochenköpfige Stierkopf, der in den Unterlagen immer wieder auftaucht und einen ungläubig anglotzt.

Die Beschäftigung mit der unbewegten und leidenschaftslosen Welt des Studiums beruhigt mich, auch wenn ich bis zum nächsten Anmeldetermin warten muss. Meine Finger streichen über das unzählige Male kopierte Papier, ein Palimpsest von verschieden stark ausgeprägten Prüfungsängsten. Auf einer Seite hat jemand ein Fragment seiner Handfläche mitkopiert. Wer war das? Man wird es nie erfahren.

Nichts kann einen universitären Betrieb für lange Zeit aufhalten. Er hat seinen Teil an der Ewigkeit vor langer Zeit abgemessen. Mathematiker schraffieren weiter kleine Intervalle unter der Gauss'schen Glockenkurve, auch wenn im Nebengebäude geschossen wird. Studenten rekeln sich in der Wiese und prüfen sich gegenseitig, am Nachmittag gehen sie demonstrieren. Ein Bild ewiger Jugend und Gleichgültigkeit. Es ist Sommer, und die Hörsäle sind zum Bersten voll. Man schwitzt, man hört der Stimme vor der Tafel oder vor dem großen Projektorbild zu, schreibt mit, sieht den eigenen Händen zu, wie sie automatisch über das Papier wandern. Selbst wenn Polizeihubschrauber über dem Bezirk kreisen und sich Kinderwägen, die friedlich in der Sonne gestanden sind, in schreiende Sirenen verwandeln, wird der viel beschäftigte Assistent in seiner kleinen Kammer nur kurz von seinem Monitor aufblicken. Sein Zimmer hat vielleicht nicht einmal ein Fenster.

Eine Studentin, eine unauffällige Erscheinung mit einem sehr mädchenhaften, jungen Gesicht, sitzt am Fenster und konzentriert sich auf eine Seite eines Chemiebuchs. Wie jeden Tag gehen ihre Kollegen an ihr vorbei, grüßen sie. Sie sieht manchmal auf, nickt. Meist nickt sie nur mit den Augenlidern. Eines Tages dreht sich einer der Kommilitonen nach ihr um und sagt etwas wie: *He, Sandra, pass auf, dass du dich nicht zu weit aus dem Fenster lehnst.* Sie blickt auf, lächelt, und ihre Hände lösen sich von dem Buch auf ihren Knien – und sie lehnt sich zurück, sie lässt ihre Arme nach hinten fallen und kippt einfach aus dem Fenster. Ohne zu schreien fällt sie in den Innenhof des Gebäudes, eine Sitzbank bricht ihr die Halswirbelsäule. Ein Arm steht in unmöglichem Winkel von ihrem Körper ab. Die Polizei kommt, sieht sich die Sache an, ein Krankenwagen ohne Blaulicht transportiert die Tote ab. Und obwohl der Student, der sie vor ihrem Sturz angesprochen hat, beschwören kann, dass sie sich absichtlich aus dem Fenster gerollt hat, wird die Angelegenheit als Unfall abgetan.

Ich habe mich damals mit ihm über den sonderbaren Selbstmord von Sandra unterhalten. Obwohl es erst ein paar Wochen her war, redete er bereits lieber über seine Diplomarbeit. Er habe sie im Grunde gar nicht gekannt. Und er verstehe eigentlich bis heute nicht, was das Ganze sollte.

Im Herbst darauf habe ich dann beschlossen, eine Zeitlang etwas anderes zu tun. Etwas mit Menschen.

Jetzt liegt auch diese Phase hinter mir. Manchmal holen mich die alten, abgekühlten Wunschträume noch ein, und ich stelle mir vor, wie die Universität abbrennt, und ich komme an einem Nachmittag hin und das Gebiet ist bereits großräumig abgeriegelt, Einsatzkräfte tun ihr Möglichstes, bergen Verletzte, aber alle Datenbestände sind hoffnungslos zerstört, man trägt ihre Asche eimerweise aus den Trümmerhaufen. Sogar die Sicherungskopien, die auf Servern Hunderte Kilometer entfernt lagern, werden durch eine Art spukhafte Fernwirkung gelöscht. Man weiß sich keinen anderen Rat, als den Studenten zu glauben, was sie den zuständigen Stellen über den Status ihres Studiums erzählen: wie viele abgelegte Prüfungen, wie viele stehen noch aus – eine orale Weitergabe von

Wissen, archaisch und ungestüm, löst für kurze Zeit die digitale, schriftliche Tradition ab. Man verlässt sich auf die Ehrlichkeit der Studenten, weist sie darauf hin, dass man später, nach den Aufräumarbeiten, alles, *alles* aufdecken wird können. Sie stünden also gewissermaßen unter Eid.

Aber natürlich wissen alle, dass das nicht stimmt, und ich gebe an, dass mir nur noch eine einzige Prüfung fehlt. Aus taktischen Gründen nenne ich eine, die recht anspruchsvoll ist, die ich aber schon einmal bestanden habe.

Der Plan funktioniert, schon bald habe ich meinen Abschluss in der Tasche, trete ins Berufsleben ein, verdiene Geld, gründe eine Familie und fahre mit dem Fahrrad zur Arbeit.

Ich bin bei meinen Nachbarn sehr beliebt, der Briefträger kennt meinen Vornamen, und manchmal veranstalten ich und meine hübsche Frau Tischtennisabende. Aus allen Wasserhähnen in unserem Haus kommen kleine schwarze Kugeln, die Glück bringen. Unser Haus liegt in einer stillen Allee und die Bäume werfen ihre Schatten über den schnellen Radfahrer, als wären sie riesige Zaunlatten, und da keine unübersichtlichen Kurven oder Kreuzungen am Weg liegen, kann man sich langsam aufrichten während der Fahrt, sich auf die Pedale stellen und mit einem tiefen Zug ein kleines Insekt einatmen, das es nicht anders verdient hat.

Die Spur

Uljana hatte wieder auf dem Parkplatz übernachtet, unter einem Wagen. Am Morgen war ihr Fell voller Tau und sie schüttelte sich sauber. Hunger, Hunger, Hunger. Neben Mülltonnen und auch auf der Erde fanden sich überraschend viele essbare Dinge; das war ihr vorher nie aufgefallen.

Vorher: ein versunkener Kontinent.

Gestern war sie den ganzen Tag auf den Spuren eines Geruchs herumgeirrt. Ein Fensterquadrat hatte ihr schließlich den entscheidenden Hinweis gegeben. Sie würde nicht mehr zu dem Parkplatz zurückkehren, es war der falsche. Jetzt gab es ein neues *Vorher*: die Zeit, bevor sie den Geruch bis an seinen Ursprung verfolgt hatte. Was an diesem Ursprung wartete, ahnte sie, aber da ihr Gehirn mit Ahnungen nichts anfangen konnte, hatte sie nicht die geringste Ahnung, was sie da tat. Außerdem war die Vorstellung von dem Ursprung derart betäubend, dass sie sich beherrschen musste, um nicht verrückt zu werden und ihren eigenen Schwanz anzunagen, den sie endlich wieder ungestört erreichen konnte, seit sie sich von der lästigen Halskrause befreit hatte. Er war gut verheilt, fand sie. Er hatte bei dem Spiel gestern überhaupt nicht wehgetan; höchstens das eine Mal, als sie wirklich sehr fest zugebissen hatte, aber das war nur aus Übermut geschehen.

Uljana lief etwas in der Gegend herum. Sie wusste, dass es die richtige Gegend war, aber noch besaß ihr friedliches Hundegehirn keine Straßenkarte; sie musste sie sich erst erarbeiten, erlaufen. Bis zum späten Abend blieb sie in Bewegung und streifte durch die Straßen des Bezirks und prägte sich alles ein.

Menschen gingen an ihr vorbei, vermummte Gestalten, die mit Hüten und Mänteln beschwert waren, damit der Wind sie nicht davonwehte. Sie schleppten lange Abendschatten hinter sich her und egal, in welche Richtung sie sich bewegten, sie zogen ihre Köpfe ein und blickten zu Boden, als gingen sie gegen den Wind.

Uljana bog in eine neue Straße ein. Der Geruch war hier etwas stärker, aber noch nicht so deutlich, dass man ihn wie eine Teppichschlaufe in den Mund nehmen hätte können, um mit ihm Freundschaft zu schließen. Nein, ein wenig musste sie noch gehen.

Sie kam an einem Einkaufszentrum vorbei und schnupperte lange und konzentriert an einem futuristischen Gefährt, das an einem dicken, fetten Metallkaktus festgeschraubt war. Der Geruch war der von hastig losgewordenen Exkrementen; er stimmte sie traurig.

Sie wackelte über eine kleine Rasenfläche, und durch ein Loch, das wohl ein verrückter Marder in einen Zaun gebissen und gekratzt hatte, fand sie Zugang zu einem Garten. Hohe Gebäude umgaben sie hier, die beleuchteten Fenster und Balkone wie ein Kranz von Kerzen rund um ihren neugierig zum Himmel erhobenen Blick.

Sie lief durch die Einfahrt und fand sich in einer Straße wieder, durch die sie schon einmal gekommen war. Lange irrte sie zwischen Häusern und Autos herum.

Wäre sie ein Mensch oder eine welterfahrene Katze gewesen, hätte sie sich vermutlich gefragt, was genau sie wohl vorhatte.

Solo für Nokia 6151

– Wie hässlich diese Stadt ist, ich sag dir, ich weiß manchmal gar nicht, wie man diese ungeheure Hässlichkeit beschreiben soll, es ist fast so, als hätte jemand eine alte Stadt hergenommen, sie in Gips gegossen und anschließend die Hohlform mit den Überresten einer vom Krieg völlig zerstörten Stadt wieder aufgefüllt, und dann stülpt er das Ganze wie einen Pudding irgendwo mitten in die Ebene, auf eine große Wiese, bumm – schon steht die ganze Stadt breitbeinig da, und Menschen fliegen von allen Seiten heran und lassen sich auf den Plätzen nieder und beginnen ihr Zerstörungswerk, denn sie müssen immer alles zerstören, egal ob Stadt, Land oder Beziehung oder … Ja … Ja, du hast Recht. Was? Ich gehe gerade über eine Brücke, deshalb der Wind. Ist schon ziemlich kalt jetzt, der Sommer ist vorbei, aber der Bettler sitzt trotzdem an derselben Stelle jeden Tag, von sieben Uhr morgens bis sieben Uhr abends, dann steht er auf, streckt seine Glieder und wankt davon. Du kennst ihn wahrscheinlich, er sitzt auf so einem kleinen Pappkarton, den er schon fast bis zum Asphalt durchgesessen hat. Vor kurzem habe ich geträumt, dass man mir in einem Restaurant genau diesen Pappkarton, der an manchen Stellen so durchsichtig ist wie eine Zeitung, die man gegen das Licht hält, als Hauptgericht vorsetzt. Man muss sich das einmal vorstellen: Messer und Gabel gesellen sich links und rechts dazu, und der Kellner verwandelt sich in eine erwartungsvolle Salzsäule, und dann wird die silberne Domkuppel von einer unsichtbaren Hand vom Teller gehoben und – genau. Widerlich. Was? Ach, niemand, nur irgendwer, der neben mir hergeht und auch in sein Telefon spricht. Ja, das machen viele Leute. Du kannst das im Augenblick nicht, du bist noch bewusstlos. Ich? Ja, ich bin jetzt schon über die Brücke, wo die Innere Stadt beginnt, das ist noch der schönste Teil. Je weiter man in die Peripherie kommt, desto eintöniger und charakterloser wird alles, wie der Abspann eines Films. Der einzige Vorteil der äußeren Bezirke ist, dass es dort sehr viele Radwege gibt, aber sonst ist da eigentlich nichts. Ein Irrenhaus hier, ein gigantisches Einkaufszentrum da. Und ein gruseliger Ort namens Kalvarienberg, ein kleiner Hügel, auf dem man drei Kreuze aufgestellt hat, die man, wenn man das unbedingt will und den richtigen Aussichtspunkt findet, ehrfürchtig gegen den Sonnenuntergang betrachten kann. Ich hab mich immer gefragt: Wenn Jesus durch seinen Tod am Kreuz heilig und berühmt geworden ist, warum dann nicht auch die beiden anderen Männer? Zugegeben, ich kenne die überlieferte Geschichte nicht besonders gut. Und wahrscheinlich interessiert dich das auch gerade nicht. Ah, es tut wirklich gut, laut zu sprechen, die Gedanken gehen sonst immer drunter und drüber, man denkt nicht einmal normale, klar voneinander abgegrenzte Wörter. Wörter im stillen Gedankenfluss sind irgendwie hautlos, oder nur eine geschmacklose Vorform von echten Wörtern. Lautes Sprechen ist viel natürlicher als Denken. So ähnlich wie Tanzen natürlicher ist als die bloße Vorstellung von Bewegung. Es tut gut, mit dir zu reden. Ich bin seit drei Tagen zum ersten Mal wieder richtig draußen. Hm? Gerade am Rathaus vorbei. Da ist früher immer ein Pantomime gestanden, in klassischem Outfit, schwarzweiß wie ein Sträfling – Ich hab übrigens früher, als ich noch klein war, immer *Streifling* gesagt, weil die Anzüge der Verbrecher in Stummfilmen immer gestreift waren. Man denkt als Kind ja nicht daran, dass ein Gefängnisaufenthalt etwas mit

Strafe zu tun hat. Die ganze Kindheit ist ja nichts anderes als ein Gefängnisaufenthalt, und jede Strafe ist nur eine Verschärfung des allgemeinen Zustands. Was? Ja, du hast Recht, dieses alberne Psychogequatsche, das muss man irgendwann ablegen. Schon verstanden. Nichts lieber als das. Wir können auch übers Wetter reden. Es ist kalt. Schnell bin ich heute, ich bin schon beim Dom. Ein seltsames Gebäude. Wie etwas, das eigentlich nicht erbaut werden hätte sollen, weil jemand am Tag vor Baubeginn einen schrecklichen prophetischen Albtraum gehabt hat und der Hund tot in seinem Körbchen gelegen ist, eine Reihe schlechter Omen – und trotzdem hat man diese monströse Kirche an diesem Ort gebaut, weil jede Stadt einen Dom haben muss, sonst ist sie keine Stadt. Wenn man zwischen dem Mausoleum und dem Hauptgebäude durch diese enge, namenlose Gasse geht, sieht man an der Wand so etwas wie Grabplatten. Eine muss ich dir unbedingt vorlesen. *Hie ligt begraben der edel gestreng auch hochgelerth Herr Hanns Georg Steritz beeder Rechten Doctor seeliger etc. der gestorben ist den 20. April im 1627 seines Alters bei 30 Iaren deme Gott der Herr unnd allen fromben Christen eine freliche Auferstehung genedig verleihen welle Amen. Eine fröhliche Auferstehung*, das ist wirklich schwer zu übertreffen. Was? … Ja … Ja, aha … Gut, dann dreh ich wieder um. Sicher, kein Problem. Wenn dir das lieber ist. Gehen wir eben denselben Weg wieder zurück … Wer, ich? … Ja, ich sag ja schon was. Ich wollte einfach eine Zeitlang gehen und zuhören. Außerdem juckt mich das Headset auf Dauer hinter dem Ohr. Wenn man dieses kleine Ding im Ohr hat, ist einem, als würde man ständig etwas hören, was gar nicht da ist. Ja … Ja, ich weiß … Du hast Recht, so ähnlich … Aber warum erzählst du den Menschen, ihre Ohrgeräusche hätten irgendeine Bedeutung, wenn sie doch nur Abbilder ihrer tief sitzenden Neurosen und Verzweiflungen sind? Ist das nicht … grausam? Nein? Sicher, warum sollten die Frequenzen nicht vielleicht das Entscheidende sein. Meine Mutter zum Beispiel hat immer für alles eine eigene Tonlage gehabt: Wenn sie mit mir geschimpft hat, wenn sie von der Vergangenheit erzählt hat oder einen Witz, den sie irgendwo gehört hat, oder wenn sie, was weiß ich, mit jemandem telefoniert hat, der mich nicht kannte, der vielleicht gar nicht wusste, dass sie im Alleingang einen Sohn erziehen muss – für jede dieser Situationen gab es eine eigene Tonlage und darin war die Bedeutung enthalten. Ja, die Tonlagen waren das Entscheidende. Ich habe, wenn ich meine Kopfhörer aufgehabt habe und kein Wort von dem verstehen konnte, was sie gesagt hat, trotzdem immer genau gewusst, wovon oder *von wem* sie spricht, weil der Klang ihrer Stimme, der erste Klang der Welt, auf den ich in meinem Leben konditioniert worden bin, durch jede Musik in mein Gehirn gedrungen ist. Ah … Ja, ich glaube, die Idee ist doch nicht so dumm. Immerhin existiert die Welt aus Geräuschen zwischen 20 und 20 000 Hertz und elektromagnetischen Wellen von 400 bis 800 Nanometer Länge. Für alles andere braucht man Prothesen. Das Blau des Himmels sieht man noch von allein, und auch manche seine Bewohner: die Sternbilder, die Planeten, den Mond, Aurora Borealis, zwinkernde Kometen, Perseidenschauer, Supernovae. Am Tag wirkt der Himmel weit und frei, obwohl er nichts ist als ein blauer Schleier, aber in der Nacht, da er endlich transparent wird und sich öffnet, empfinden wir ihn paradoxerweise als eng und allwissend, wie die unergründliche Stirn eines Großvaters. Und die Sterne, die jede Nacht an derselben Stelle stehen, sind so etwas wie der Wandschmuck im Zimmer eines verstorbenen

Kindes, in dem nichts verändert werden darf, für den Fall, dass es eines Tages doch noch zurückkehrt. Und ich weiß nicht, ob du das gewusst hast, aber jeder Regenbogen besitzt noch einen ganzen Haufen Nebenbögen im ultravioletten und infraroten Bereich, die unsichtbar den Himmel pflastern. Manche Vögel können diese Frequenzbereiche sehen, und vielleicht verlieren sie deshalb so häufig den Verstand. Aus Angst vor dem riesigen bunten Spinnennetz. Aber Licht macht natürlich nicht nur Vögel verrückt. Denk nur an die universelle Zweiteilung in Tag und Nacht, auf die der Mensch angewiesen ist, wenn er geistig gesund bleiben will. Je höher man in den Norden kommt, desto seltsamer und weltabgewandter werden die Menschen, und wenn man schließlich so weit ist, dass ein halbes Jahr Finsternis herrscht, dann ist es sowieso aus, dann geht gar nichts mehr, nicht einmal mehr die einfachsten Grundregeln der Kommunikation. Man braucht ausbalanciertes Licht und eine halbwegs vernünftige Geräuschkulisse, um bei Verstand zu bleiben. Und einigermaßen erträgliche Temperaturverhältnisse. *The moral quality of light*, hat John Cheever gesagt. Eine ziemlich alte und merkwürdig verschüttete Erkenntnis, aber trotzdem begreift man sie sofort. Sowas wie ein verkleidetes Naturgesetz. Das Licht, die Stimmung, die Klarheit der durch eine Taschenlampe im Mund des Erzählers angestrahlten Details – all das führt einen, wenn es zweideutig und unklar ist, in ein Niemandsland zwischen Schuld und Unschuld, Hoffnung und Aussichtslosigkeit, Über- und Unterlegenheit. Je detailreicher die Dinge unter dem Mikroskop daliegen, desto schwieriger ist es, klare Antworten auf ihre stumme Existenz zu geben. Der moralische Aspekt des Lichteinfalls ist im Grunde gleichbedeutend mit der Anwesenheit des Autors in einer Geschichte, also der Anwesenheit Gottes.

Was? Ha! Ja … Gott, eine Vorform Vermeers. Stimmt, daran habe ich nie gedacht. Apropos Licht. Ich gehe gerade am *Bad zur Sonne* vorbei, hier habe ich Schwimmen gelernt. Bei einem Wahnsinnigen namens Fritz, der irgendeine Schule brutaler Pädagogik vertreten hat. Deshalb sind die Mütter reihenweise mit ihren Kleinkindern zu ihm. Selbst heute noch sitzen sie aufgefädelt neben dem Becken und schauen zu: dieselben Mütter, nicht um ein Jahr klüger geworden, vertieft in dieselben Gespräche über nebensächliche Themen, während drei Meter weiter ihre Kinder von einem Wahnsinnigen ertränkt werden. Dieselben Frauen wie damals. Ich war vor kurzem dort schwimmen, da hab ich sie gesehen. Nur der Schwimmlehrer war ein anderer, ein junger Mann, wahrscheinlich der Sohn vom alten Fritz. Denn seine Methode war die seines Vorgängers: Er hob die Kinder an den Armen hoch und wirbelte sie ins Wasser, sodass sie einen, meist eineinhalb Saltos machten und in einem unmöglichen Winkel auf dem Wasser aufklatschten, und für einen Augenblick paddelten sie vollkommen desorientiert um ihr Leben, bis ihre kleinen Köpfe gerade einmal lange genug über dem Wasser waren, dass sie Luft holen konnten. Und dann drückt sie der Verrückte wieder unter Wasser. Es gibt keine größere Rücksichtslosigkeit als die Rücksichtslosigkeit eines Pädagogen. In diesem Augenblick ist mir klar geworden, warum die Mütter so nebeneinander sitzen, brav und inaktiv, wie Kleidungsstücke auf einer Wäscheleine oder leidenschaftslose, richtige Wörter in einem lateinischen Satz – warum sie nichts tun als sich über ihren Alltag zu unterhalten. Es ist derselbe Grund, aus dem Mütter ihre Kinder voll Stolz in den Krieg schicken und hinterher mit den Medaillen des gefallenen Sohnes reden, als würden die ihnen zuhören. Nicht etwa, weil sie Patriotinnen wären oder glühende Vertreter irgendeiner neuen Schwimmtheorie. Du könntest das alles viel besser … Vielleicht war eine dieser Mütter sogar deine Klientin. Schuldbewusst, reumütig und völlig verwirrt. Ein Plätschern von Chlorwasser im Ohr, das nie mehr wieder verschwinden will, solange ihr Kind unter Wasser treibt. Die verhängnisvolle Entscheidung, das Kind dem grausamen Verrückten zu überlassen, fällt in dem Augenblick, wenn er es am Handgelenk packt und mit sich fortzieht. Man kann auf zwei Arten reagieren: mit einem Schrei dazwischen springen und das Kind retten, sodass alle anderen Mütter, die ihre Entscheidung längst getroffen haben, den Kopf schütteln, *mein Gott, was macht sie denn für ein Theater*, oder sich schnell sagen: *Er weiß, was er macht, er wird ihm nicht wehtun*. Bedingungslose Kapitulation – oder Rebellion. Letzteres kommt so gut wie nie vor. Auch nicht zwanzig Jahre später. Ich habe dem Schauspiel eine Weile zugesehen und wollte mich schon umdrehen und gehen, da habe ich gespürt, wie vor Angst meine Füße langsam mit Sand volllaufen. Genau in diesem Moment hat der junge Fritz eine Pause eingelegt und sich neben die Mütter auf die Bank gesetzt. Die Kinder waren mit dem Auftrag beschäftigt, sich am Beckenrand festzuhalten und mit den Beinen schnelle Paddelbewegungen zu machen. Der junge Fritz hatte seinen aerodynamischen Glatzkopf unter einem Handtuch verborgen, sodass ich unbemerkt auf ihn zugehen konnte. Die Mütter haben mich kaum beachtet. Was? Aber ja, ich hab ihn angesprochen. Warte. Ich stehe also vor ihm, und sein Kopf ist unter diesem Handtuch, und er blickt zu mir auf, ein weißes Gespenst mit der Andeutung einer Nase, und sagt etwas wie: *Ja, bitte?* Ich beuge mich zu ihm herab und sage: *Entschuldigen Sie, aber nehmen Sie noch Schüler?* Er nimmt das Handtuch ab, zwinkert, als wäre ich eine Lichtquelle, dann kratzt er sich im Nacken und sagt: *Sicher. In zwei Wochen beginnt der nächste Kurs.* Und er kramt ein Anmeldeformular aus seiner Sporttasche. *Schön,* sage ich und falte das Anmeldeformular zu einem kleinen Quadrat zusammen. *Und Sie sind auch bestimmt stark genug?,* frage ich. *Wofür?,* fragt er. *Für mich natürlich,* sage ich und streiche über meinen Oberkörper, als wollte ich mich ihm anpreisen. *Können Sie mich auch so ins Wasser wirbeln wie die anderen?* Sein Blick wird irgendwie silbrig. *Ich wiege zwar nur sechzig Kilo,* sage ich, *aber es ist trotzdem nicht allzu leicht, mich unter Wasser zu halten, denn ich kann ganz schön kräftig strampeln, wenn ich Angst bekomme, und trete Ihnen am Ende noch in die Eier. Darauf sollten Sie vorbereitet sein,* sage ich, *am besten, Sie tragen irgendeinen Schutz.* Er schaut mir mit einem schwer greifbaren Killerblick nach, während ich rasch zum Ausgang gehe und alle möglichen inneren Paroxysmen unterdrücken muss. Als erstes reißt sich mein Zwerchfell los, und ich krümme mich vor meiner Kabine zusammen. Ein paar Sekunden brauche ich, bis ich mich wieder gefangen habe. Ja … Ja doch. Ich schwör's … Außerdem, ob das nun wirklich passiert ist oder ob ich es erfinde, um dich vom vollkommenen Nichts abzulenken, macht doch kaum einen Unterschied. Das Anmeldeformular habe ich heute noch, ich kann es dir zeigen. Ah, jedes Mal, wenn ich an einem Bad entlanggehe, werden meine Knie weich und mein Gang wird etwas schleppend. So ein Gefühl wie wenn man stundenlang in einem Wellenbad gestanden ist und dann mit dem Rad nach Hause fahren will: Der Wellenschlag hat sich derart tief im Körper eingenistet, dass man ständig umzukippen droht. An der Ampel ist es am schlimmsten. Oder man setzt sich auf einen Sessel und alles schwankt. So ähnlich ist es mir gegangen, als ich im Krankenhaus gewartet habe, sicher zehn Stunden oder mehr. Und niemand wollte mir etwas verraten. Hm … Weißt du, ich muss oft an etwas denken, das ich bei diesem Angeber Canetti gelesen habe. Ich weiß den genauen Wortlaut nicht mehr, es war irgendwas über ein älteres Ehepaar. Die Frau stirbt plötzlich, und der Mann verschweigt ihren Tod, tut so, als wäre sie immer noch da, neben ihm und hellwach. Er spricht mit ihr und erklärt ihr, was während ihrer großen Abwesenheit vor sich geht. Die tote Frau ist sehr traurig, heißt es dann, weil sie niemanden mehr sieht, also erzählt er ihr haargenau, was sich alles in der Wohnung befindet, was in der Zeitung steht, das Wetter draußen und so weiter. So ungefähr geht die Geschichte, und eigentlich ist es noch nicht einmal eine Geschichte, sondern nur ein kleiner Tagebucheintrag, denn dieser irre Canetti, musst du wissen, der war davon überzeugt, er könnte den Tod besiegen, schreibend oder lesend oder verstehend oder was weiß ich, irgendeine überhebliche Verrücktheit eben … Ja, stimmt, woher weißt du das? Der Wind hat aufgehört … Ja, ich bin stehen geblieben, da ist eine rote Ampel. Das kann eine Weile dauern. Drüben, auf der anderen Seite, stehen Leute und sehen mich, einen telefonierenden Mann, heftig zu einem Gespräch gestikulieren. In der Schule haben wir damals dieses Buch von Camus, *Der Mythos des Sisyphos,* gelesen, und da steht dieser herrliche Satz über einen Mann, den man durch eine Glasscheibe beim Telefonieren beobachtet. Der Mann macht einen Haufen scheinbar sinnloser Gesten, die sein Gesprächspartner ja doch nicht sehen kann, und man fragt sich: *Warum lebt er?* Eine großartige Frage, finde ich. Warum lebe ich, ein im luftleeren Raum gestikulierender Mann auf der anderen Straßenseite? Es geht endlich weiter … Da vorne ist mein altes Stammlokal.

Einmal bin ich da sogar mit ein paar Freunden aufgetreten. Ich am Klavier. Welche Bands spielen denn heute? Mal sehen. Ich lese dir vor: *Sexton Slave*, *Fressfeind* und *The Resurrection of Laura Palmer*. Alles derselbe Unsinn. Resurrection, Wiederauferstehung. Die zweitdümmste Jenseitsvorstellung. Willst du wissen, was die allerdümmste ist, die absurdeste? Die Unsterblichkeit der alten Ägypter. Ha, hättest du nicht gedacht, oder? Na ja, zum einen, weil sie bei denen ausschließlich eine Angelegenheit der Reichen war, und dann war sie auch noch an das Wohlergehen einer Mumie gebunden. Das muss man sich einmal vorstellen: Solange die Mumie intakt in irgendeiner finsteren Grabkammer herumliegt, ist auch die Unsterblichkeit gewährleistet, kommen Grabschänder und zerfleddern die Mumie, tja, Pech, dann ist auch die Pharaonenseele zerstört. Eine eigenartige Vorstellung. So ähnlich wie bei uns die Bücher. Solange sie noch gedruckt werden, glaubt sich der Verfasser unsterblich. Wenn er tot ist, weiß er es besser. Was? Ja. In Ordnung, anderes Thema.

Hallo? Bist du noch dran? Ja, ich bin jetzt zuhause. Gerade angekommen … genau … Sicher, ich kann in zehn Minuten da sein … Ja, sicher … Hm? Ja, ich stehe im Moment vor dem Spiegel, warum? Wie immer, ja … Wer, ich? … Nein, ich bin nicht nackt, warum? … Mein Gesicht? … Ach, das ist ziemlich weiß …

Ich nahm das völlig durchgeschwitzte Headset von meiner Schläfe. Noch einmal hielt ich das Telefon an mein Ohr:

– Hallo? Oh, hallo … sicher, ja, ich bin zuhause … Du bist im Krankenhaus … Nein, Kra*nnn*kenhaus, nicht Krakenhaus … ja, ich mag Octopusse auch … lustige Tiere, können auch nichts dafür, wie sie gebaut sind …

sicher … aha … ja, du bist immer noch bewusstlos und ich kann dich einfach nicht ansehen … okay … aha, ich verstehe …

Mein Blick wurde auf einmal böse, unberechenbar – ich schleuderte das Handy gegen die Badezimmerfliesen. Es zersprang in hundert Plastiksplitter.

Ich überlegte, ob ich schreien sollte. Aber wozu sollte ich das tun, ich war völlig ruhig. Die Plastiksplitter lösten sich in Luft auf, und ich stand wieder angezogen vor meinem gedankenverlorenen Spiegelbild, die Hände in den Hosentaschen. Das Spinnennetz, das die Spiegelfläche überzog, war dunkler geworden, der Superkleber war getrocknet.

Mit einem Wimpernstift, den Lydia hier gelassen hatte, malte ich einen schwarzen Punkt auf den Spiegel. Ich starrte auf den Punkt, bis er immer größer wurde. Er wuchs, bis er ungefähr so groß war wie eine Münze, unscharf an den Rändern und merkwürdig weich. Wenn ich länger auf ihn starrte, würde er mich verschlucken. Ich hielt die Illusion noch eine Weile aufrecht, dann musste ich blinzeln. Der Punkt war wieder der alte. Ich wischte ihn mit dem Daumen weg. Ich streckte die Zunge heraus. Sie war belegt, als hätte ich an einem Haufen Mehl geleckt. Ich ging aus dem Badezimmer in die Küche, trank eiskaltes Wasser aus der Leitung und trat anschließend an die in vieldeutiges Schweigen gehüllte Haustür, wo ich plötzlich das Geräusch wieder hörte. Ein Poltern, drei Mal, und ein Knall.

– Ach, verpiss dich doch!, schrie ich den Poltergeist an.

Stille.

Dann klopfte es.

Der schwankende Boden unter seinen Füßen

Gerald Katzek war am späten Nachmittag aus der Wohnung geflohen. Nach mehreren, sehr vielen Gläsern Wein hatte sich seine Mutter keinen anderen Rat mehr gewusst, als sich auf ihr eigenes Bett zu übergeben und sich hinterher hineinzulegen, grunzend und still vor sich hin weinend über ihr trauriges, hoffnungsloses, niemals zu Ende gehendes Leben. Und das war nicht einmal das Schlimmste gewesen. Mitten in ihrem Elend hatte sie auch noch freundlich und versöhnlich mit ihm gesprochen und ihn einen schlauen, verlässlichen Jungen genannt, während er nur hilflos daneben stehen und an den furchtbaren Gestank denken konnte, gegen den sie scheinbar immun war. Trotzdem war er stehen geblieben und hatte sie ihre liebevollen Sätze zu Ende sprechen lassen; es war schließlich nicht so, dass sie nur frei vor sich hin fantasiert hätte, nein, sie meinte durchaus, was sie sagte, merkte dabei allerdings nicht, dass sie mit ihrer Wange während der ganzen Zeit in ihrer eigenen Kotze lag.

Jetzt ging er durch das nächtliche Treppenhaus, wo er die Zeit oft totschlug, indem er Dinge tat, für die er noch keine Worte besaß. Zum tausendsten Mal sah er sich das Video auf seinem Handy an.

Er bedauerte inzwischen, dass er es aufgenommen hatte, denn er war süchtig danach. So wie man nach Tetris süchtig werden konnte, sodass man beim Einschlafen immer noch Blöcke sortierte, sie rotieren ließ und sogar nervös aufschreckte, wenn der lange Block in der Vorstellung nicht in die extra für ihn gebaute Spalte schlüpfte, sondern an der Kante hängen blieb. Es tat fast körperlich weh.

Okay, für heute war es genug, sagte er sich, und er sah sich das Video ein weiteres Mal an. Seine Hand zitterte, wie immer. Aber er kannte das, es war normal. Hände zitterten bei allen möglichen Anlässen. Bei der Berührung von kranken Verwandten. Beim Halten des Regenschirms auf dem Familienfriedhof mit seinen ungepflegten Grabsteinen zu der Predigt, die immer mit denselben Worten begann, als sei es jedes Mal derselbe Mensch, der in die Erde verbannt wurde. Und natürlich war das auch so, dachte Gerald, es *war* derselbe Mensch, es war *dasselbe*, sogar wenn es ein Tier war, ein Goldhamster oder ein Kanarienvogel, die beide einer Nachbarskatze zum Opfer gefallen sind und die man heimlich begräbt, noch bevor der Wecker im Nebenzimmer klingelt.

Allein, immer alles allein.

Viele traurige Worte begannen mit *al. Alltag, alt, Alkohol, Almosen, All.*

Gerald dachte an den Film, den sein Religionslehrer im Unterricht gezeigt hatte. Eine Dokumentation über Serienmörder. Anschließend hatten sie über Gut und Böse diskutiert. Und Gerald hatte lange mit sich gekämpft, ob er dem Professor *seinen* Film zeigen sollte. Wegen Gut und Böse. Aber er hatte es nicht getan, auch weil ihn die Dokumentation selbst sehr beschäftigt hatte, so sehr, dass er sich gar nicht an der Klassendiskussion, die zu einer monströsen Brainstormingwolke auf der Tafel geführt hatte, beteiligen hatte können. Die vielen, vielen Begriffe, die in der Gedankenwolke gefangen waren, wurden in der nächsten Stunde von der Biologielehrerin weggewischt und durch neue ersetzt, die überhaupt nichts mit dem Problem zu tun hatten. Das Problem war folgendes: Der Film zeigte ein Interview mit einem russischen Serienmörder, der in seinem Leben ungefähr zwanzig Menschen getötet hatte.

Und dieser Mann sagte, auf irgendeine belanglose Frage des Interviewers (und Gerald konnte gar nicht anders, als sich vorzustellen, er wäre der Interviewer), dass er universelles Wissen aus dem Universum abgezapft habe, durch seine Morde und Häutungen und weiß der Teufel was. Er sei ein Pionier. Alle Mörder seien Pioniere. Sie wissen Dinge, die niemand sonst auf Erden weiß, nicht einmal ein Soldat oder ein Diktator oder jemand, der einen anderen Menschen im Affekt erschlägt. Sie wissen genau, wie sich Menschen verhalten, die getötet werden, die ihrerseits wissen, dass sie gleich sterben werden. Darauf tat der Interviewer (und Gerald an seiner Stelle, bewaffnet mit nichts als einem filzgepolsterten Mikrofon) das einzig Richtige: Er fragte nach, welches Wissen das denn genau sei. Welche geheime, universelle Erkenntnis lasse sich denn aus einem erdrosselten Kind ableiten? Der russische Mörder räusperte sich, damit Gerald nicht glaubte, er sei auf diese Frage unvorbereitet, und antwortete: *Dafür gibt es leider keine Worte. Gäbe es welche, müsste man keine Menschen ermorden.*

Als Gerald diese Szene in seinem Kopf durchspielte, überkam ihn wieder derselbe Taumel wie im Klassenzimmer. Der Boden schwankte und er befand sich auf einem Schiff, das gleich gegen einen ungeheuren Eisblock prallen würde. Alles drohte zu zerschellen, und tatsächlich zerschellte alles, die ganze Vergangenheit. Nichts ergab mehr irgendeinen Sinn. *Dafür gibt es keine Worte.* Warum? Dieser Satz war eine riesengroße Unverschämtheit! Er hätte es doch zumindest versuchen können! Er saß doch schon im Gefängnis und das mit Sicherheit lebenslänglich, also konnte er sich doch ein wenig anstrengen.

Gerald trat an das staubige Stiegenhausfenster, das auf die Straße hinaussah. Autos fuhren unten vorbei, unwissende, weltferne Metallschachteln auf Rädern. Etwas später wackelte ein Hund über die Straße, ein zerzaustes, schmutziges Vieh, das den Kopf hin und her drehte, weil es wahrscheinlich sein Herrchen suchte, das ihm abhanden gekommen war. Vielleicht war der russische Serienmörder sein Herrchen, dachte Gerald. Aber an diesem unsinnigen Gedanken merkte er nur, dass es schon sehr spät war und dass sein Kopf, weil er längst schlafen wollte, sinnlose Querverbindungen herstellte. Der Hund trug ein hässliches Halsband und hatte eine ausgefranste, abgekaute Rute. Gerald nahm einen kurzen Videoclip auf. Er gab ihm den Titel *Dog.*

Andere Videos abspielen?, fragte das Display.

My shoes in the k…

Drunk drunk dru…

Woman beated to …

Der Boden schwankte immer noch.

Es gab im Grunde nur ein einziges Mittel dagegen. Er wollte nicht so enden wie seine Mutter. Beschmiert mit Kotze. Würdelos.

Er stellte sich am Ende eines Korridors auf. Er nahm Anlauf.

Er tat das, was immer am besten tat, spätnachts. Aber diesmal folgte nicht die wunderbar wohltuende Stille und der genüssliche Schmerz, es folgte eine laute Beleidigung aus einer der dunklen Wohnungen.

– Ach, verpiss dich doch!

Gerald umklammerte sein Handy mit beiden Händen, dann trat er mutig auf die feige Tür zu und klopfte.

Ein erster Eindruck

Ein Kinderspielplatz am frühen Morgen, ein herrlicher Anblick! Man möchte am liebsten mitdirigieren. Die Rhythmusgruppe der Schaukeln, die sanften Glissandi der buckligen Rutsche: helle Farbtupfer gleiten, die kleinen Fäuste in die Luft gestreckt, ins Gras.

Ich ging über die Straße und prallte gegen einen kräftigen Windstoß, ich wandte mein Gesicht ab, Sand kitzelte in meinen Augen. Der Wind warf Falten in die grüne Abdeckplane eines Baugerüsts und in meine Hosenbeine. Ihr Stoff klebte an meiner Haut, ein merkwürdiges Gefühl von beständigem Druck. Unbewegt im Wind stehen, ein Baugerüst, eine Statue, eine umtoste Kathedrale. Und der Heiligenschein verformt sich unter den gewaltigen Kräften des Windes und wird eine Ellipse, wie die Bahn eines Planeten. Das erste, was mir mein Großvater erklärt hatte, diese Bahnen, anhand eines Holzmodells, das wohl aus der Zeit vor den beiden Weltkriegen stammte und so zerfallen war, dass man es höchstens noch als abstraktes Mobile hätte verwenden können. Aber irgendwann wanderte es, wie alle Dinge, die klein genug waren, in den Müllkorb und sank dort langsam ein wie ein verlassenes Frachtschiff im Eis der Antarktis.

Mein Großvater machte einen Scherz darüber, dass dieses Wissen um die ewigen Bewegungsbahnen, die Entsprechungen und Konsequenzen, immer eine Generation übersprang.

Ich hatte die allerseltsamste Begegnung hinter mir. Gestern Abend klopfte es an meine Tür. Der Sohn der Nachbarin. Ich fragte, was los sei.

– Nichts, sagte er.

– Nein, das kann nicht sein, sagte ich.

– Doch, sagte er. Hier.

Er holte einen ganzen Packen Briefe aus seiner Tasche und sortierte sie vor meiner Nase. Und tatsächlich, es waren auch zwei, nein, sogar vier für mich dabei. Er gab sie mir, als wäre es das Normalste von der Welt.

– Warum zum Teufel hast du meine Post? Und was machst du hier mitten in der Nacht?

– Gar nichts.

– Mit dem *Verpiss dich* habe ich nicht dich gemeint, okay?, sagte ich.

Er nickte.

– Sind die Briefe versehentlich bei euch abgegeben worden?

Er überlegte, dann sagte er:

– Ja.

– Bist du dir da sicher?

– Ja.

– Du wohnst unten, oder?

– Ja.

– Gerald, oder?

Er nickte.

– Hör zu, das kommt nicht noch mal vor, sonst sage ich es deiner Mutter. Verstanden?

Ich schloss die Tür. Seltsames Kind. Stiehlt einfach die Post.

Ein unwichtiger Werbebrief, Kontoauszüge und ein Brief von einer gewissen Hannelore Schnabel. Außerdem ein höchst sonderbares Kuvert ohne Absender, in dem sich nichts als ein Zettel mit einer Reihe verschiedener Zahlen befand.

Während ich den Brief von Hannelore Schnabel durchlas, fielen mir die anderen drei aus der Hand. Sie hatte eine Telefonnummer aufgeschrieben, unter der ich sie erreichen konnte. Ich rief sie sofort an.

Ich beschimpfte sie, während ich mit meiner freien Hand den Zettel mit den Zahlen zerknüllte und zerriss, dann beruhigte ich mich und ließ sie zu Wort kommen. Nachdem sie ein paar Sätze gesagt hatte, fuhr ich fort, sie zu beschimpfen. Steckte sie hinter dem Albtraumanruf von gestern Morgen? Der Zettel mit den vielen sinnlosen Zahlen flog durchs Zimmer. Dann willigte ich ein, mich am nächsten Tag mit ihr zu treffen.

Nachdem sie aufgelegt hatte, schrie ich ins Telefon:

– Du bist tot, verdammt noch mal tot! Ihr alle seid tot!

Ich gab der Frau, auf deren Kopf ein großer Albinosonnenhut saß, die Hand, sagte aber noch nichts. Ich setzte mich, lehnte mich zurück und schlug die Beine übereinander.

– Guten Tag, sagte sie.

Klassische Gesprächseröffnung. Bauer auf e4.

– Guten Tag, parierte ich.

Bauer auf d5.

– Wie geht es Ihnen?

– Gut, danke. Und Ihnen?

– Den frohen Umständen entsprechend, sagte sie und deutete seltsamerweise auf ihren Hut.

– Schön.

– Wenn Sie, ich meine, nur für den Fall, dass Sie etwas trinken wollen –

– Nein, lieber nicht –

– Das ginge dann selbstverständlich auf meine Rechnung.

– Ach so, aha.

– Ja.

– Ja.

– Ich meine nur, falls Sie –

– Ja, sicher. Danke.

Stille. *Un ange passa,* ein Engel ging vorüber, stolperte und fiel hin.

– Und, was machen Sie so?

– Ach, nichts Besonderes. Ich sitze hier mit Ihnen auf der Straße.

– Auf der … Sollen wir lieber drinnen … vielleicht, wenn Sie –

– Nein, schon in Ordnung. Ich bin flexibel. Eine Eigenschaft, die ich geerbt habe, wissen Sie.

– Oh.

– Ganz genau. *Oh*.

– Ich …

Sie suchte etwas in ihrer Handtasche. Ich kam ihr zuvor:

– Wie lange wissen Sie es schon?

– Bitte?

– Dass Ihr zukünftiger Ehemann einen Sohn hat, wie lange wissen Sie das?

– Ach, ich … ich weiß nicht genau … Aber es ist doch verständlich, dass ich Sie da …

– *Verständlich*, sicher, ja.

Ich stand auf, streckte meine Arme aus, als wäre ich gerade erst erwacht.

– Gehen Sie schon?, fragte sie.

– Aber ja, natürlich.

– Warum denn?

– Sie wollten mich doch sehen, das stand in Ihrem Brief. Und jetzt haben Sie mich gesehen, oder? War bestimmt nicht so schlimm, wie Sie befürchtet haben.

– Überhaupt nicht, nein. Aber bitte setzen Sie sich wieder, ich –

– Sie haben mir diesen verdammten Brief geschickt und darum gebeten, mich zu sehen. Das war doch alles, oder?

– Regen Sie sich bitte nicht auf, ich weiß, dass Sie –

– Sie wissen?

– Nein, ich …

Ich setzte mich wieder hin.

– Sie wissen also, dass ich. Gut. Das möchte ich nun doch gerne hören. *Was* genau wissen Sie?

– Entschuldigen Sie, sagte sie, ich wollte Sie nicht beleidigen.

– Den Satz können Sie sich sparen. Wir kennen uns nicht einmal gut genug, dass Sie mich beleidigen könnten.

Sie blickte betroffen. Ihr weißer Hut fühlte sich unwohl und musste zurechtgerückt werden.

– Wissen Sie, wenn Sie mir nicht sagen wollen, was er Ihnen angetan hat, muss ich doch davon ausgehen, dass gar nichts war.

– Ja, müssen Sie vermutlich. Und jetzt lassen Sie mich in Ruhe.

Ich starrte auf den großen, albernen Hut. Der Wind strich über meine Wange. *Lausbub.* Dann tauchte eine große Boeing 747 aus den Wolken herab und landete direkt auf dem Hut. Die Frau kratzte sich auf der Stirn und sagte:

– Ich … ich verstehe zwar, dass das für Sie sehr unangenehm sein muss, aber ich verstehe diese Feindseligkeit nicht, ich meine … da muss doch irgendwas passiert sein.

– Ja, aber das werde ich *Ihnen* nicht erzählen.

– Was ist denn so Schlimmes passiert?

– Eine Gegenfrage: Warum interessiert Sie das?

– Warum mich die Vergangenheit interessiert?

– Nein, warum interessiert Sie so sehr, was mein Vater getan oder nicht getan hat, als er noch mein Vater war?

– Wie … Sie sprechen von ihm in der Vergangenheit …

– Schütteln Sie nur den Kopf. Sie sind nicht –

– Ihre Mutter, das ist mir schon klar.

– Ha! *Das* wollte ich bestimmt nicht sagen. Aber Sie haben mir meine Frage noch nicht beantwortet. Warum interessiert Sie das alles? Warum belästigen Sie andere Leute mit Briefen?

– Ich wollte es eben wissen. Einen tieferen Grund gibt es nicht.

– Keinen Grund also? Immerhin, das ist …

– Bitte, seien Sie doch nicht so aggressiv.

– Warum, erinnere ich Sie an meinen Vater?

Sie schwieg eine Weile, kratzte sich wieder an der Stirn, nahe an der Absturzstelle der großen Passagiermaschine. Brennende Trümmer. Löschfahrzeuge. Orange Gummirutschen. Großes Geschrei.

– Sie werden mir nichts erzählen?

– Nein, sagte ich, keine Chance. Wenn *er* – ich deutete auf einen der Bäume vor dem Café, der sofort so etwas wie Unschuld und Betroffenheit auszudrücken schien –, wenn *er* es nicht schafft, seiner zukünftigen Frau von seinem Vorleben zu erzählen, wieso sollte ich es dann tun?

Ein Trümmerstück auf ihrem linken Augenlid explodierte.

– Ist es *so* schlimm?

Jetzt sah sie zu Boden, ihr Stuhl stand nur mehr auf den zwei vorderen Beinen. Ihr Körper war gekrümmt, als würde sie ein großes Fragezeichen verdauen. Ich fragte mich, wie viel Würde als frisch verliebte Frau sie gerade geopfert hatte, um sich hier mit mir zu treffen, einem unzugänglichen Dämon aus der Vergangenheit, der sie am Telefon unsinnigerweise als *Stalkerin* beschimpft hatte.

– Ich werde Ihnen nur so viel sagen, begann ich – sie sah auf, und eine Hand legte sich, wie um für alle Fälle die Notbremse zu ergreifen, auf ihr Feuerzeug –, ich werde Ihnen zumindest verraten, warum ich *nichts* erzählen werde, was das Verhalten meines Vaters in den letzten fünfzehn Jahren betrifft, vor allem nicht während der sieben Monate Scheidung nach seinem Verschwinden. Ich werde nichts über seinen paradoxen Lebenswandel sagen, seine Drohungen und erst recht nichts über die verschiedenen gerichtlichen Verfügungen, die gegen ihn erwirkt worden sind.

Weiter, weiter! Die Improvisation hatte begonnen. *Gerichtliche Verfügung*, sehr gut, sehr gut. Über das Gesicht von Hannelore Schnabel liefen Wellen von Selbstbeherrschung.

– Der Grund ist ein ganz eigennütziger, fuhr ich fort, denn es ist mir, *ehrlichgesaganzegal*, ob ich Sie mit den Einzelheiten in irgendeiner Weise schockieren oder irritieren würde. Vermutlich würde ich Sie noch nicht einmal schockieren, Sie würden mir einfach nicht glauben und es dabei bewenden lassen. Ein verbitterter Sohn, der sowieso einen sonderbaren Eindruck macht, und der seinen Vater wahrscheinlich einfach hasst, aus den üblichen selbstherrlichen Gründen, die junge Menschen gegen ihre Eltern vorbringen. Ja, das würden Sie denken, und daran ist wahrscheinlich auch gar nichts Verwerfliches. Nein. Es ist ein ganz anderer, ein ganz bestimmter Moment, vor dem ich mich fürchte, vor dem ich mich ekle. Wenn ich ihn mir jetzt vorstelle, erscheint er mir schon so real und unausweichlich, als wäre er bereits eingetreten. Ich wäre gerade fertig mit meiner halbstündigen Einführung in das Leben und Werk meines Vaters, hätte Schürfwunden und nächtliche Eskapaden beschrieben und wahrscheinlich meinen Selbstmordversuch mit siebzehn als Höhepunkt des vierten Akts besonders hervorgehoben. Und dann säßen wir da, Sie und ich, hier in diesem Café. Es ist Mittwoch und die Sonne scheint. Ich esse ein Eis und Sie rauchen eine Zigarette nach der anderen. Dazu tragen Sie einen Hut.

Ihre Hand verkroch sich in ihrem Schoß, wo ihre Handtasche lag, in extremer Seitenlage, wie ein kenterndes Schiff.

– Und was wäre –

– Warten Sie, unterbrach ich sie, noch habe ich Ihnen den Moment nicht erklärt, warten Sie, er wird sich gleich einstellen. Ich wäre fertig mit meiner Erzählung und dann säßen Sie einfach da und würden eine Zigarette rauchen und mir zu verstehen geben, dass das alles ja gar nicht wahr ist. Ich würde natürlich darauf beharren, und dann würden Sie Ihren Trumpf ausspielen, der in etwa lautet: Ich weiß, dass ein Körnchen Wahrheit in Ihrer Erzählung steckt, aber, wissen Sie, Ihr Vater, seit ich ihn kenne, hat er sich dermaßen ver*änd*ert, hat sich so … gefangen, wissen Sie, dass Sie ihn gar nicht wiedererkennen würden. Er ist ein anderer Mensch geworden und so weiter und so fort. Verstehen Sie jetzt, warum ich mit Ihnen nicht über ihn reden werde?

Je länger ich gesprochen hatte, desto mehr hatte sich ihr Gesichtsausdruck entspannt. Sie tippte eine Zigarette in den Aschenbecher, von der sich allerdings keine Asche löste, und sagte:

– Finden Sie nicht, dass Sie sich ein wenig unerwachsen benehmen?

– Was erwarten Sie denn? Ehrlichkeit ist immer unerwachsen.

Der Satz ergab gar keinen Sinn. Aber ich konnte es mir nicht leisten, in diesem Augenblick nicht schlagfertig zu wirken.

– Das meine ich nicht. Sicher war das ehrlich, das will ich gar nicht bestreiten.

– Gut, dann ist ja alles gut. Dann können wir uns also jetzt verabschieden und müssen uns nie wiedersehen, höchstens zu irgendwelchen Großzusammenkünften der Familie, Begräbnisse oder Taufen …

– Herrgott, hängen Sie denn so sehr an dem Bild, das Sie von Ihrem Vater haben?

Es war das erste Mal, dass sie lauter geworden war. Zum ersten Mal hörte ich ihre Stimme wirklich, so, dass ich sie später wieder erkennen würde. Die brennenden Trümmer waren von ihrem Kopf gefallen und lagen jetzt auf dem Tischtuch.

– Daran hängen?

– Das haben Sie mir doch gerade selbst erklärt: Sie wünschen ausdrücklich keine Berichtigungen Ihres Eindrucks –

– Wenn Sie vierzehn Jahre einen *Eindruck* nennen wollen!

– Das hängt nicht von der Dauer ab.

– Sondern nur von der Intensität der Liebe, mit der man sich diesem Mann unterordnet, ja, ich hab schon verstanden …

– Ich ordne mich ihm nicht unter!

– Doch, natürlich tun Sie das. Sonst hätten Sie mich ja nicht angerufen und hierher bestellt. Sie wollen Ihr Bild von ihm, Ihr verklärtes … und ja, durchaus, ich meine als … als … wie sagt man … als Liebhaberin … immerhin legitimes Bild, ich klage Sie deswegen bestimmt nicht an … wo war ich?

– Ich hänge an dem Bild, das wollten Sie mir gerade klarmachen.

– Ja, gut, dann war ich schon fertig. Gut. Ihr Eindruck wird getrübt dadurch, dass Ihnen der Mann, den Sie irgendwann … nächsten Monat oder so, ich hab's vergessen … heiraten werden, erzählt hat, dass er … na ja, er hat … ganz nebenbei hat er einen Sohn und eine Exfrau, der Sohn ist vierundzwanzig, ja, schon so alt, und so weiter und so fort …

– Würde Sie das nicht überraschen?

– Natürlich. In diesem Punkt verstehe ich Sie vollkommen. Sie können gar nicht anders. Und es ist ja erlaubt nachzufragen. Sicher.

– Bloß antworten muss der Gefragte nicht. Wenn er nicht will.

– Ganz genau, jetzt haben Sie es begriffen.

Es folgte eine kurze Pause, in der sie Feuerzeug, Zigarettenpackung und Telefon in ihre Tasche packte. Jetzt gab es nur mehr den halbleeren Eisbecher zwischen mir und ihr. Alles andere war rückstandsfrei verbrannt.

– Es ist schwer, zu Ihnen durchzudringen, sagte sie.

– Wem sagen Sie das. Ich war selbst erst einmal da. Nahtoderfahrung. Mit siebzehn. Ich bin über meinem Körper geschwebt und habe versucht, irgendwie wieder hineinzukommen. Aber etwas, das furchtbar schnell und zugleich entsetzlich langsam war, hat mich immer wieder weggezerrt, wie eine Meeresströmung.

Ich lehnte mich in meinem Sessel zurück. *Meeresströmung*, ein schönes Wort. Meine Handflächen schwitzten. Natürlich war das alles gelogen. Ich fuhr mir mit der Hand über die Stirn und durch die Haare.

– Alles in Ordnung?, fragte sie.

– Nein, natürlich nicht. Ich glaube, ich werde jetzt gehen.

– Ich wollte Sie eigentlich zur Hochzeit einladen. Aber ich glaube, ich weiß, was Ihre Antwort sein wird …

– Haben Sie eine schriftliche Einladung, ein Billet?

– Ein Billet? Warum?

Sie war erstaunt.

– Ach, nur so, hätte mich einfach interessiert. Wie lautet denn der Einladungstext? *Gerd … äh, Georg und Hannelore laden ein zur Feier ihres neuen Lebensabschnitts* oder …

– Selbstverständlich gibt es noch keine Billets, sagte sie.

– Dann machen wir am besten Folgendes: Wenn es mal welche gibt, schicken Sie mir einfach eins.

Sie schien sich einen Augenblick zu besinnen, ob ich sie verspottete oder vielleicht doch ungeschickt um Verzeihung bat, für irgendetwas Tiefverwurzeltes, dann begann sie in ihrer Handtasche zu kramen.

– Meine Adresse haben Sie ja, sagte ich.

Ich stand auf, wandte mich um und ging mit schnellen Schritten fort. Nicht umblicken, nicht umblicken.

An der Straßenbahnhaltestelle überkam mich ein nervöser Lachanfall, ein alberner Krampf, der sich in meinen Bauchmuskeln festbiss und mich durchschüttelte. Ich kicherte dumm vor mich hin, und eine junge Frau wich ängstlich ein paar Schritte zurück. Durch meine Manteltasche grub ich mir die Fingernägel in die Seite, bis der Anfall vorüber war.

An der Haltestelle wartete eine Nonne, ein beruhigender, friedlicher Anblick, wie ein Pinguin. Aber auch eine leichte Beute.

Ich stand mit dem Rücken zu ihr.

Ich holte mein Telefon aus der Tasche und wählte die Zeitansage.

– Hallo?, brüllte ich. Ja, wieder ich. Hören Sie, ich belästige Sie nur ungern … Ja, schon klar, ich wollte nur noch mal was fragen. Also ich versteh das nicht mit Pater Pio … Pius, ja, richtig … Also bei diesen Stigmata, ich meine … ja, ist schon klar, aber meine Frage ist, wie muss man sich das vorstellen? … Aha … Aha … Und sind da wirklich Löcher in der Hand gewesen, wo das Blut raustropft, ich meine … Aha … Und bedeutet das wirklich buchstäblich, dass Jesus in ihm gekommen ist? … Ja … Was? … in *ihn*, meine ich ja … Ja, aha … aha … im Genitalbereich auch? Echt? … Ja … Was? Nein, das ist mir ganz unbekannt … Ach so, Heiligsprechung, ja, sicher, ich weiß schon, was das ist …

Ich drehte mich um. Der Pinguin war verschwunden. An seiner Stelle saß ein glatzköpfiger Mann, seinem Dobermann direkt gegenüber, und die beiden spielten *Wer zuerst lacht, hat verloren*. Bald sprang der Hund vor Übermut wedelnd in die Luft. Er hatte verloren und freute sich.

Ich fühlte mich großartig, erleichtert bis in die Fingerspitzen, und aus irgendeinem Grund sehr männlich und potent. Ich stöpselte mir die kleinen weißen Hörer meines iPod in die Ohren und hörte dreimal hintereinander *Baba O'Riley* von *The Who*, bis ich den Drang, die Arme auszubreiten und die Herrengasse hinunterzurennen, so stark werden fühlte (ah, dieser herrlich simple Akkordwechsel bei der Zeile: *It's only teeeeeenage – wasteland!*), dass ich mich in ein Geschäft flüchtete, um wieder zur Besinnung zu kommen. Blinkende Kleiderständer, leise Technomusik, wühlende Menschen. Dasselbe Prinzip, wie wenn man in eine Plastiktüte atmet, wenn man sich zu sehr aufregt und hyperventiliert.

In der plötzlichen Dunkelheit des Geschäfts rauschte mir das Blut in den Kopf, meine Ohren pochten. Er wird also tatsächlich heiraten, dieser verdammte Drecksack. Und er schickt mir seine Frau, damit sie mich vorbereitet. *Wirklich schwer, zu Ihnen durchzudringen.* Zu Ihnen zu dringen zu durch zu dringen zu. Vierzehn Jahre! Einen ersten Eindruck. Ein Billet – aber der hab ich's gezeigt. Ich hab's ihr –

Eine Verkäuferin, die dasaß, ohne sich zu bewegen, schaute mich misstrauisch an, den reglosen, seltsamen Mann, der den Eingang versperrte. Schnell ging ich ein paar Schritte auf die Straße hinaus. Jemand stieß mich von hinten an.

– *Oh! Excusez-moi.*

Dämlicher Franzose!

– Passen Sie doch auf!, schimpfte ich. Regardez-vous … votre … Ach, du bist es, hallo.

Walter. Seine Wangen waren leicht fleckig, als hätte er gerade geweint.

– Alex, hallo. Dein Auge ist immer noch nicht besser?

– Das Auge, nein, ich … Was machst du hier?

– Einkaufen, mehr oder weniger. Ich bin nur kurz in der Stadt.

– Ah, ja.

– Und, wohin bist du unterwegs?

– Ich? Ins Krankenhaus.

– Etwas Schlimmes? Dein Auge?

– Nein, ich sitze dort nur gern herum.

– Wie?

– Ja, ich hab mich an den Aufenthaltsraum dort gewöhnt. Der im dritten Stock ist der beste, da gibt es aus irgendeinem Grund keinen Handyempfang. Dasselbe in der Cafeteria. Im Augenblick bin ich nicht gern erreichbar. Die Aufenthaltsräume im zweiten und dritten Stock haben dafür einen Teekocher. Ich schätze, ich bin ziemlich oft dort.

– Ich wollte mit dir reden, sagte Walter. Ich –

– Ja, vielleicht ein andermal. Wie gesagt …

Walter sah zu Boden.

– Ich weiß nicht, wie merkwürdig das jetzt klingt, aber du siehst echt nicht gut aus.

Er fuhr sich mit der Hand durchs Haar.

– Ich fühl mich auch nicht besonders, sagte ich.

– Komm mit. Ich möchte dir ein paar Freunde vorstellen, denen ich von dir erzählt habe.

– Warum?

– Ach, bloß so.

– Es ist nur … Ich verarbeite momentan einiges, sagte ich.

Walter biss sich auf die Lippe, als wüsste er, worum es geht.

– Komm kurz mit, sagte Walter. Vielleicht heitert es dich ein wenig auf.

Ein Mann mit einer aerodynamischen Glatze und einem dazu passenden Hemd mit Karomuster öffnete uns die Tür und wir traten ein. Als der Mann mich sah, hob er beide Hände pathetisch zum Himmel und sagte:

– Hab ich's doch gewusst!

– Was?

– Endlich wird er seinem Ödipus-Komplex gerecht! Warte mal … Du bist ja gar nicht Julian! Entschuldige, entschuldige … der Verband, ich hab dich verwechselt.

Er umarmte mich zur Entschuldigung und schüttelte mich.

– Schon in Ordnung.

Walter ließ sich ebenfalls umarmen.

– Du riechst furchtbar, sagte Walter. Was ist das? Noch *Pour Homme* oder schon *Pour Femme*?

– Ach, sagte der Glatzkopf, das sind völlig überschätzte und veraltete Kategorien. Was ist denn mit seinem Gesicht passiert? Er sieht ja aus wie durch einen Türspion betrachtet.

– Ach, ich … ich hab nur für die Wahrheit gekämpft, sagte ich.

Aus irgendeinem Grund genoss ich, wie dumm dieser Satz klang. Der Glatzkopf hob eine Hand und gab Walter einen Klaps auf den Hinterkopf.

– Und du hast ihm nicht erklärt, dass so ein Kampf aussichtslos ist? He, er ist nicht zufällig Mormone?

Die beiden lachten. Da mir nichts Besseres einfiel, stellte ich mich vor.

– Alexander, aha, freut mich, verneigte sich der Glatzkopf und legte eine vielsagende Faust auf seine Brust. Dieter.

– Seit wann denn wieder Dieter?, fragte Walter.

– Nein, für unsereins bin ich noch immer *Dieda*. Die da am Abgrund steht.

Er lachte und stieß gleichzeitig auf. Ein japsendes Geräusch wie von einem Hundewelpen.

– Ich darf also schließen, dass du jetzt nicht mehr mit diesem kompositorischen Dummbeutel zusammen bist?

– Oh, nein, nein, warte … wir beide sind nicht zusammen, sagte Walter, und sein Zeigefinger wanderte entschuldigend und beteuernd zwischen ihm und mir hin und her. Aber mit Colin bin ich auch schon lang nicht mehr –

– Hab ich mir schon gedacht. Und danach?

– Kennst du nicht.

– Kenne ich nicht? Also jemand, den ich kenne.

– Nein.

– Ich hab gleich gemerkt, sagte Dieter, dass der formschöne Besuch, den du mir da mitgebracht hast, nicht zur Truppe gehört.

– Wie?

– Weißt du, warum? Er passt ständig auf seinen Rücken auf!, lachte Dieter und schüttelte mich wieder an den Schultern. Na gut, na gut, fuhr er fort, ich kenne ihn also nicht, sagst du. Aber zumindest den großen Joachim Hutmek kenne ich. Dem geht's ja nicht besonders gut, wie man hört. Schreibt Broschüren und anderer Leute Vorträge und so einen Unsinn.

– Broschüren?, fragte Walter. Was für Broschüren?

– Ach, du weißt schon. Diese dummen Heftchen, die man in Wartezimmern findet. Was weiß ich … *Ich habe Krebs, was jetzt? Verwenden Sie Kondome.* Oder: *Wie Sie Ihre Coming-Out-Szene überleben.*

– Im Ernst?

Walter schien über diese Neuigkeiten sehr betrübt.

– Ich hab selten einen so armseligen Idioten getroffen, sagte Dieter hinter vorgehaltener Hand.

– Von wem redest du?

Ein anderer Mann hatte das Zimmer betreten. Er war schmächtig und trug einen jugendlich schütteren Vollbart. Im Unterschied zu Dieter sah man ihm nicht auf den ersten Blick an, dass er homosexuell war.

– Nicht von dir, sagte Dieter. Von Joachim, wenn's dich interessiert.

– Oh.

– Ganz genau: *Oh.*

Dieter machte eine entschuldigende Geste in die Runde, als wollte er sagen: *Jetzt geht das wieder los.*

– Man muss ihn einfach lieb haben, sagte der Mann. Geht gar nicht anders. Erst gestern hat er mir ein Gedicht gezeigt, wo's darum geht, was wäre, wenn er nicht geboren worden wäre. Das war total poetisch!

– Und, was wäre?, fragte Dieter mit betontem Desinteresse.

– Er schreibt, dass der Leser, also *du*, unter Anführungszeichen, in diesem Fall ganz woanders wäre.

– Klar.

– Und das schließt natürlich jede Menge Möglichkeiten ein. Vielleicht würdest du gerade von einer Leiter fallen oder bei etwas so Unsinnigem wie einem Theaterbrand umkommen.

– Aha.

– Jedenfalls läuft alles irgendwie darauf hinaus, dass er dem Leser das Leben rettet, zumindest in einer der vielen möglichen Parallelwelten.

– So ein Unsinn. Und damit vertut er seine Zeit?

– Und mit Broschüren, sagte Walter.

– Seine Reden sind besser, sagte Franz.

– Er verdient deine Ehrenrettung gar nicht, belehrte ihn Dieter. Aber jetzt kommt bitte weiter, genug Vorspiel für heute.

– Franz, stellte sich mir der dritte Mann vor. Seid ihr –

Und wieder spielte ein viel sagender Zeigefinger Pingpong zwischen Walter und mir.

– Nein, sagte ich. Wir kennen uns nur schon sehr lang.

– Okay, sagte Franz.

Dabei nickte er, als sei das die interessanteste Information, die er seit langem erhalten hatte.

Wir setzten uns um einen großen Tisch in der Küche.

– Kuh, machst du uns bitte einen Kaffee sagte Dieter zu Franz.

– Ich heiße nicht Kuh, sondern Q, sagte Franz.

– Hab ich doch gesagt, sagte Dieter. Q. So wie der Buchstabe.

– Ich hör den Unterschied genau. Außerdem ist das mein Künstlername.

– Kaffee, sagte Dieter. Milch-Q.

– Wir hätten allerdings noch Wein, sagte Franz.

– Kaffee, wiederholte Dieter. Wir wollen uns doch nicht betrinken, Kuh, zumindest jetzt noch nicht. Darfst *du* überhaupt trinken mit deiner Verletzung?

Wieder ein Zeigefinger, diesmal freundlich auf mich gerichtet.

– Ich glaub schon, sagte ich.

– Die Weinkoster, sagte Franz. Hab ich schon einmal erzählt, wie die das machen?

– Bitte nicht, sagte Dieter.

– Die nehmen alle einen Schluck, prüfen den Wein, bilden sich ein Urteil und spucken den Wein wieder aus, in einen eigens dafür bereitgestellten Eimer. Und am Ende ist der Eimer randvoll. Hinterher wird der Inhalt des Eimers in Flaschen abgefüllt und der nächsten Runde von Weinkostern aufgetischt. Die wiederholen dann das Ritual: kosten, urteilen, ausspucken. Und so geht's ewig weiter. Der dicke, saure Saft im Eimer ist immer derselbe, und längst weiß kein Weinkoster mehr, wie Wein tatsächlich schmeckt. Hin und wieder, vielleicht einmal in zehn Jahren, mitten in der erlesenen Verkostung, befällt einen von ihnen eine unerklärliche Sehnsucht nach echtem Geschmack. Und er traut sich und schluckt den Saft, der nach fremden Halsentzündungen und Goldzähnen schmeckt.

– Und fällt tot vom Sessel, sagte Dieter.

Was zum Teufel machte ich hier? Walter schien sehr glücklich. Das waren seine Freunde. Er hatte sie zwar, wie es schien, eine Weile nicht mehr gesehen, aber es waren seine Freunde. Ich schaute auf die Uhr. Ich hatte eigentlich im schönen, weißen Aufenthaltsraum des leeren Krankenhauses fernsehen wollen. Jetzt würde ich alles verpassen.

– Ah, ich kann ihn gar nicht ansehen, sagte Dieter in meine Richtung und schirmte sein Gesicht theatralisch mit einer Hand ab. Dieses verletzte Gesicht. Er sieht ein bisschen aus wie Julian, findest du nicht, Kuh?

– Leck mich, sagte Franz.

– Ich weiß auch nicht, was das ist, aber ich bin heute voll auf Mitleid, sagte Dieter.

– Auf was?, fragte Walter.

– Ich mein's ernst. Vollkommen, ich … ich heul hier gleich los, verstehst du?

– Spinnst du jetzt?, sagte Franz, der endlich herausgefunden hatte, wie die Kaffeemaschine funktionierte.

– Gleich kommt die Heulboje.

– Um Gottes willen, sagte Franz, geh auf die Toilette, wenn du weinen willst. Aber nicht hier am Tisch.

– Doch, doch, ich mein's ernst, beharrte Dieter auf seinem Standpunkt, den niemand angezweifelt hatte. Es fehlt wirklich nur mehr der letzte Tropfen. Wenn jemand *Time to say goodbye* singen würde zum Beispiel.

– Na gut. Goodbye.

Franz winkte theatralisch.

– Nein, die Arie.

– Kenn ich nicht, sagte Franz. Es gibt mehr zwischen Himmel und Erde.

Wieder der schnell hin und her wandernde Zeigefinger, diesmal zwischen Boden und Zimmerdecke.

– Du kennst *Time to say goodbye* nicht?, fragte Dieter entsetzt.

– Hörst du nicht zu? Zwischen Himmel und Erde gibt es –

– Du hast ja von nichts eine Ahnung, du bist total, ich meine … also ich hab wirklich Mitleid mit dir!

– Und? Fängst du jetzt zu flennen an?, sagte Franz.

– Das glaub ich einfach nicht, seufzte Dieter, er kennt *Time to say goodbye* nicht, sagte er. Verrückt. DJ Dummkopf!

– Weißt du, was Mitleid ist?, sagte Franz. Vergeben. Jemandem vergeben.

– Jetzt geht das wieder los.

– Stell dir vor, du streitest mit Jesus. Er, der Leidensmann am Kreuz, mit diesem schmerzverzerrten Gesicht, das ständig etwas beleidigt zur Seite gedreht ist, als würde er das ganze Ungeziefer auf Erden nicht mehr ertragen. Und du stehst da vor ihm, brüllst ihn an: *Wie kann ein Gott das alles zulassen* und so weiter, *diesen ganzen Wahnsinn hier unten, wenn doch alles Sein Wille ist* … ja … *Seine Imagination, Sein Traum, hier, dieser ganze Planet und alles drum herum, ja, was bildet Er sich ein?* Aber der am Kreuz hängt nur da, sagt nichts, stellt sich tot. Und du wirst natürlich sauer, dieses ganze vernunftwidrige Schweigen steht dir bis hier, ja, bis hier – und du schreist ihn an: *Weißt du was? Ich werde dir sagen, was du für mich bist! Soll ich's dir sagen? Ja? Du existierst für mich nicht mehr! Du, du bist für mich* gestorben*!*

– Ha!

– Hahahaha!

– Das war ja ein Witz, sagte Dieter erleichtert. Und ich hab schon gedacht, du hältst wieder einen theologischen Vortrag.

– Jesus sprach zu seinen Zwölfen: Geht und heulet mit den Wölfen!, sagte Franz.

– Und das war sogar gereimt!, rief Dieter mit sarkastischer Begeisterung. Und du bist dir sicher, dass der große Hutmek seine Ideen nicht von dir hat? Vielleicht saugt er sie nachts aus dir raus?

– Ich weiß noch einen Witz, sagte Franz in meine Richtung. Welches Spiel kann man mit schizophrenen Leuten spielen? Ich-sehe-was-was-du-nicht-siehst!

Alle lachten. Mist, ich würde die *Simpsons* verpassen. Meine Finger spielten nervös am Band meiner Uhr herum.

– Oder!, legte Franz nach. Ein Spiel für Paranoiker: Ich-sehe-was-was-du-nicht-siehst. Ja: Zusammenhänge!

Dieter quietschte und fiel beinahe vom Sessel.

Ich musste ins Krankenhaus, ich musste ins Krankenhaus. Das leere, tote Krankenhaus. Es war Viertel nach sechs und draußen dämmerte es schon.

Der Kaffee wurde serviert.

– Wäh, sagte Dieter, schmeckt wie ein leeres Schachbrett!

– Wie schmeckt denn ein leeres Schachbrett?, fragte Walter.

– Wie Kopfschmerzen, sagte Dieter.

– Trink's halt nicht, sagte Franz. Walter, schreibst du eigentlich noch? Joachim hat mir erzählt –

– Nein, sagte Walter. Nein, um Gottes willen, nein.

– Also doch, sagte Dieter.

– Nein, nicht mal im Geheimen. Und wenn's geheim wäre, würde ich's ja auch nicht zugeben, oder? Und du hättest keine Möglichkeit, die Wahrheit rauszubekommen, nicht in einer Million Jahren.

– Jetzt bin ich echt verwirrt, sagte Dieter voller Anerkennung. Ich liebe es, wenn mich jemand mit Worten verwirren kann. Ich hab da gerade was gelesen, das war total …, voll zum Fürchten. Dagegen kann sich dein großer Hutmek eingraben lassen. Ein Roman, wo plötzlich niemand mehr da ist. Aber den Namen habe ich vergessen, warte … Gru…

Dieter fächelte sich mit beiden Händen Luft zu, damit der vergessene Name zu ihm zurückkehre.

– Du kommst eh nicht drauf, sagte Franz.

Walter lachte. Vermutlich wusste er, welches Buch Dieter meinte, sagte aber nichts.

– Gleich hab ich's … warte … Agla… Uh … Glavinic! Genau!

– *Res? V glavi nič?*, fragte Franz belustigt.

– Du sollst doch kein Slawisch mit mir sprechen, meckerte Dieter.

– Slowenisch!

– Alles dasselbe.

– Blöder Faschist, sagte Franz beleidigt.

– Immer bin ich gleich ein Faschist, sagte Dieter beleidigt. Ich unterbreite dir eine einfache Geschäftsidee, mit der man viel Geld verdienen könnte, und alles, was du darauf sagst, ist: *faschistisch*! Du gebrauchst das Wort gar nicht richtig!

– Weil ich nicht Deutsch kann. Willst du das damit sagen, du alberner Faschist?

– Siehst du, sagte Dieter zu Walter. Gestern –

Franz lachte auf.

– Ruhe!, sagte Dieter. Walter, hör dir mal meine Geschäftsidee an. Und sag mir dann, ob das Faschismus ist, okay?

– Gut, aber ich glaube, das hast du mir schon einmal –

– Was?

– Ja. Ich erinnere mich noch … Man nimmt sein Lachen auf und schickt es ein, dann wird das irgendwie bearbeitet und zusammengeschnitten oder -gemischt.

– Also, das mit dem Mischen und Schneiden ist noch nicht ausgereift …

– Aber die Idee ist doch, dass man die Stimmen dann in einem Film hört?

– Na ja, fast, sagte Dieter. Es geht allein um das Gelächter. Lachen ist ja was unerhört Individuelles, man kann jemanden sogar an seinem Lachen erkennen. Dieser DJ neben mir lacht zum Beispiel wie eine Kuh. Aber egal. Au! Zwick jemand anderen! Also, wo war ich? Jeder kennt doch diese … also diese … man nennt es *Laughtrack* oder *Canned Laughter* … Bei amerikanischen Sitcoms, nach jeder Pointe, nach jeder *Punchline* wird ein solches Gelächter eingespielt, manchmal lachen mehr, manchmal eben weniger Leute, je nachdem, wie witzig die *Punchline* ist. So weit alles klar?

– Ich glaub schon. Das hast du mir alles schon einmal erklärt.

– Also. Man nimmt sein eigenes Gelächter auf, schickt es ein, wir mischen es in eine bestimmte Folge – die man sich natürlich aussuchen kann, wenn man bereit ist, dafür zu zahlen –, und schon hört man sein Lachen an der Stelle, die einem wichtig ist, auch noch nach seinem Leben … weil eine Sitcom bestimmt länger dauert, das heißt mit Wiederholungen und allem, als ein normales Leben … Und außerdem rechnen wir ohnehin eher mit älteren Kunden, weil sie bald nicht mehr leben werden, weil der Tod schon an ihre Tür klopft, und ihr Lachen, bildlich gesprochen, eben bald von der Welt verschwunden sein wird.

Kurze Stille trat ein.

– Ich weiß, ich weiß, sagte Walter. Und du glaubst, dass das eine gute Geschäftsidee ist?

– Ja.

Ich umklammerte die Kaffeetasse mit beiden Händen.

– Menschenverachtend, sagte Franz mit vor der Brust verschränkten Armen.

– Deine Meinung hat niemand –

– Oh doch.

– Ich finde auch nicht, dass es unbedingt –, sagte Walter.

– Siehst du?, triumphierte Dieter.

Ich kippte meinen Kaffee um. Er ergoss sich über den Tisch und streifte die Fernsehzeitung von letzter Woche mit einer verführerisch schielenden Nicole Kidman.

– Oh! sagte Dieter und sprang auf. Missgeschick!

– Entschuldigung, sagte ich ruhig.

Dieter holte eine Rolle Küchenpapier.

– Macht ja nichts, sagte er zu mir. Mit einem Auge verfehlt man leicht etwas.

– Apropos Lachen, sagte Walter. Ich weiß einen Witz. Wie viele Feministinnen braucht man, um eine Glühbirne auszuwechseln?

Alle schauten ihn an.

– Keine Ahnung, wie viele denn?

Seine Stimme verwandelte sich in die eines kreischenden Transvestiten:

– Das! Ist nicht! Komisch!

Die Runde johlte, man applaudierte dem Witz.

– Ich weiß auch einen, sagte Franz. Wie viele Dadaisten braucht man, um eine Glühbirne auszuwechseln?

Er ließ den imaginären Trommelwirbel verstreichen.

– Zwei Nähmaschinen und eine Bratpfanne auf einem Operationstisch!

Höfliches Gelächter. Franz war trotzdem glücklich. Es war sehr lange her gewesen, dass er einen Witz erzählt hatte, mehr als fünf Minuten. Ich fragte mich, ob er ihn nicht vielleicht eben erst erfunden hatte.

Ich erhob mich von meinem Sessel und streifte meine Ärmel hoch. Dann tat ich so, als spuckte ich in meine Handflächen, und rieb sie aneinander. Walter schaute mich entsetzt an.

– Okay, sagte ich. Also. Wie viele Bewohner aus Tschernobyl braucht man, um eine Glühbirne auszuwechseln?

– Ach, das ist nicht komisch, sagte Franz.

– Oh doch, antwortete ich finster.

– Nein, sagte Franz, das ist nur makaber.

– Doch, beharrte ich.

– Nein, lass die armen Leute dort in Frieden, sagte Franz friedlich.

– Ich versteh nicht, warum man darüber keine Witze machen darf, sprang Dieter ein.

Er hatte den verschütteten Kaffee inzwischen aufgewischt und die braunen Papierknödel in die Abwasch geworfen.

– Weil es nicht witzig ist, deswegen.

– Aber vor kurzem hab ich eine Dokumentation über Tschernobyl gesehen, und da gab es witzige Szenen –

– Ja, für dich vielleicht!

– Ist ja schon gut, mein Gott. Wir sind aber heute reizbar.

Eine Weile schwiegen alle. Ich stand unbeweglich da, beide Arme erhoben.

– Und, sagte Franz, sagst du uns endlich, wie viele Tschernobyl-Menschen man braucht, um eine Glühbirne zu wechseln, damit wir uns alle wieder hinsetzen können?

– Ich habe gedacht, das. Ist nicht. Witzig, sagte ich leise.

– Dann eben nicht.

– Okay. Alle bereit? Okay. Das hängt natürlich von der Anzahl der Tentakel ab, sagte ich so ernst wie möglich.

Dieter räusperte sich amüsiert.

– Hab ich's nicht gesagt?, maulte Franz. Keine Spur witzig!

Ich setzte mich wieder hin.

– He, wie viele Nussknacker braucht man, begann Dieter –

– Hör auf, sagte Franz sehr ernst.

Ich hatte ihn durch meinen kurzen Auftritt offenbar aus dem Konzept gebracht. Die Stimmung verdorben. Was auch immer.

– Gut, keine Witze mehr, sagte Dieter. Aber du kannst sagen, was du willst, ein Nussknacker ist und bleibt ein erotisches Objekt.

– Stimmt. Mund auf, Mund zu, sagte Franz sarkastisch. Und dann noch dieser praktische Hebel am Rücken.

– Nein, ich meine diese Husarenuniform. Davon bekomme ich immer ganz glitschige Handflächen. Und wenn er dann noch ein bisschen übergewichtig ist. So wie dein Dichter.

– Joachim hat abgenommen, sagte Franz. Ich hab vor kurzem einen Vortrag gelesen, den hat er für irgendeine abgehalfterte Ernährungsberaterin geschrieben. Ein elendslanges Geschwafel mit dem Titel *Über Selbstbestimmung*. Natürlich hat er sich das meiste einfach aus den Fingern gesogen. Kein schlechter Beruf, die hat ihm ein Schweinegeld dafür bezahlt, fünfhundert Euro. Jedenfalls beschreibt er darin, wie er seine Kilos verloren hat. Und jetzt schaut er wirklich gut aus, du solltest ihn sehen –

Ein Korken, der lange in einem engen Hals festgesteckt war, riss sich los und knallte durch meinen Schädel. Alle starrten mich an.

– Was denn, was ist denn jetzt wieder?, erhob sich Dieter. Walter, was zum Teufel ist los mit dem?

Ich war wieder aufgestanden. Meine Hand zitterte.

– Ich muss dann gehen, sagte ich. Haha.

– Ganz ruhig, sagte Dieter, setz dich wieder hin.

– Hahaha, sagte ich.

Eine unbeherrschbare Wut blies sich in mir auf wie Popcorn in dem Mikrowellenbeutel.

– Warte, sagte Walter.

– Warte, warte, wiederholte ich zerstreut. Nein, ich bin sowieso schon viel zu spät dran.

– Aber wir waren doch gerade dabei, das Thema zu wechseln, sagte Franz enttäuscht. Darf ich jetzt nicht einmal mehr –

Er verstummte.

Meine Faust war auf den Tisch geknallt. Der Schmerz, der durch die gekrümmten Finger strömte, war köstlich und erfrischend, wie der erste Löffel aus einem eiskalten Joghurt.

Erst als sich die Tür hinter mir schloss, erlaubte ich meiner Faust, sich langsam zu öffnen.

Draußen hatte sich der Himmel verfinstert. Schwarz und verbittert hing er über der Stadt. Ich steckte die Hände in die Tasche. Eine Weile sah ich, während ich so dahinging, nur auf die Straße, Schattierungen von Grau, denen jeder Städtebewohner ausgesetzt ist. Auf den Stromleitungen saßen Vögel und unterhielten sich. Und weiter entfernt, in Richtung der Inneren Stadt, zog über den trägen Gewitterhimmel ein kleines flatterndes Etwas, ein mechanischer Vogel vielleicht, eine Schwalbe, ein verirrter Papierdrachen, ein Modellflugzeug mit beweglichen Flügeln, oder ein Bote des Todes: eine kleine, entflohene Lesebrille auf dem Weg in den Süden.

Der Zeitsprung

Steiner taumelte mit blutverschmierter Hand in seine Wohnung und brach erschöpft am Küchentisch zusammen.

Tollwut! Tollwut! – Das entsetzliche Wort geisterte durch seinen Kopf, durch seine Nerven, ein wahnsinniger, brennender Kreisel, der sich immer schneller drehte.

Auf seiner Wange waren Tränen getrocknet und er hatte Schwierigkeiten beim Atmen. In seiner Panik vergaß er sogar, seine Schuhe auszuziehen. Er hinterließ kleine, braune Spuren auf dem Teppich und dem Linoleumboden. Er schwitzte und hatte Angst – das waren die ersten Zeichen, ach, warum war er nicht zuhause geblieben, warum musste er diese Spaziergänge machen, die ihn ja doch nie irgendwohin brachten, wo es ein wenig leichter und ordentlicher zuging, ach, wie er schwitzte. Als ginge er im Fasching als Träne.

Er musste lachen. Das war ein witziger Vergleich.

Die Tageszeitung, über die er seine blutige Hand hielt, war voller roter Tropfen. Sein Blick fiel auf die Schlagzeile: *Skandalwerbung macht sich lustig über Sterbende – Verantwortlichen droht Prozess.* Sterbende, das Wort war ein düsterer Wegweiser in die Zukunft. Steiner spürte, dass ihm eiskalt wurde, und er sprang auf, widerstand nur mit Mühe dem Bedürfnis, sich mit beiden Händen die Haare zu raufen, und lief zum nächsten Wasserhahn. Dabei kam er im Flur an seinem Kalender vorbei. Er zeigte immer noch den gestrigen Tag! Natürlich, das musste es sein, nun war alles klar. Jeden Tag der letzten zwanzig Jahre hatte er immer morgens abgelöst (er bevorzugte entschieden Tageskalender; Darstellungen einer ganzen Woche hatten in seinen

Augen etwas Ausschweifendes und Überflüssiges), aber heute musste er es vergessen haben, dachte er verwirrt. Er schüttelte den Kopf. Er hätte sich ohrfeigen mögen, wäre nicht seine rechte Hand blutverschmiert gewesen.

Auch das Kalenderblatt konnte er nicht mit links abreißen. Er tat es sonst immer mit rechts. So gut es ging, wusch er sich im Bad die Hand, die, nachdem das Blut abgewaschen war, eine Reihe von Löchern präsentierte, kleine, beleidigte Öffnungen. Er wickelte die Hand in ein großes Papiertaschentuch, dann ging er schnell zurück in den Flur.

Er nahm das Kalenderblatt zwischen Daumen und Zeigefinger und riss es ab, so schnell, als würde er ein Heftpflaster von einer behaarten Hautstelle reißen.

Er stand eine Weile da, zufrieden, selbst der Schmerz schien vergessen, dann dämmerte ihm, was er getan hatte.

Der Schaden war irreparabel. Er hatte sich – es war so banal, dass ihm davon schlecht wurde –, er hatte sich verlesen, hatte eine Fünf statt eine Sechs gelesen, als wären diese zwei Ziffern so leicht zu verwechseln! Jetzt kam die Sieben zum Vorschein, diese schlanke und lasziv zur Seite geneigte Zahl, ein böses, weibliches Omen. Nicht umsonst sagte man auch *die* Sieben. Eine verwunschene Zahl. Keine guten Dinge waren siebenfach vorhanden. Die Sieben Weltwunder –

– Abgebrannt, alle abgebrannt, schrie Steiner in seiner leeren Wohnung und schlug sich mit der verarzteten Hand auf die Stirn.

Ein Kalenderblatt, das einmal abgerissen worden war, blieb verloren, man konnte es nicht mehr zurückhängen wie Christbaumschmuck. Steiner hörte in der Ferne Böllerschüsse und einen bedrohlichen Dauerton, so wie wenn jemand entsetzlich langsam über eine tiefe Celloseite streicht.

Nein, der Zeitsprung war unvermeidlich.

Es war Abend und an der Wand hing das Datum des Folgetages. Wie sollte er diese Nacht überstehen. Es war alles aus den Fugen geraten.

Warum hatte er diesen verdammten Köter, der da vor dem Haus einfach schamlos auf den Boden geschissen hatte, unbedingt mit einem Stock vertreiben müssen? Ein einfaches Händeklatschen hätte vermutlich genügt. Oder die leere Popcorntüte werfen. Aber er hatte sich so geärgert, weil er hineingetreten war.

– Die schönen neuen Schuhe, sagte er laut.

Der Hund war, als er den Stock gesehen hatte, sofort ausgeflippt, hatte geknurrt und war auf ihn losgegangen. Er hatte natürlich versucht, ihn auf den Asphalt zu drücken, so wie er es mit dem Kind gemacht hatte, das den Igel gequält hatte. Oder brachte er da etwas durcheinander? Mein Gott, er konnte nicht einmal mehr richtig denken. Es war klar, dass seine Gedanken ängstlich im Kreis gingen – eines der ersten Anzeichen der Tollwut. Ein anderes Symptom war, dass man plötzlich Hoffnung hatte, obwohl der Erreger sich bereits im Nervensystem befand und dort in einem Zimmer nach dem anderen das Licht abschaltete.

Steiner setzte sich in einen alten Ohrensessel, der so unförmig war, dass man glauben konnte, er wäre gar nicht für einen Menschen gemacht worden, sondern für eine missgestaltete Giraffe. Er sah sich im Zimmer um, ob noch jemand da war. Auch das gehörte zur Tollwut. Angst vor Verfolgern.

Das Smileygesicht einer Steckdose öffnete seine tiefen, schwarzen Knopfaugen und schaute ihn vorwurfsvoll an.

– *Übertragen durch Hundebiss*, belehrte ihn die Steckdose. *Eine seit Jahrtausenden in allen Bevölkerungsschichten gefürchtete Krankheit, die vor allem das Zentralnervensystem befällt und nach und nach lahmlegt. Zu ihren Symptomen gehören Halluzinationen, Paranoia, Verwirrung, Lähmungen, eine Menge wenig hilfreicher Blumen neben dem Krankenbett, Angst vor Wasser und schließlich Tod durch Ersticken.*

Steiner wischte sich den Schweiß von der Oberlippe. Mein Gott, er schwitzte überall. Auch auf der Stirn, sogar unter dem Kinn.

Es gab keinen Zweifel: Es begann.

Die Zeit war zu einem schwirrenden Fliegenschwarm geworden, der sich langsam um ihn schloss wie eine sanfte Faust.

Öffentliches Ärgernis

Nicht weit hinter dem Bauernmarkt zierte ein überdimensionaler Hundehaufen den Asphalt, darin ein breiter Schuhabdruck, dann in regelmäßigen Abständen Spuren von Hundekot, dann ein wilder Ausbruch, der novellistische Wendepunkt, der Augenblick, da der Träger des Schuhs bemerkt: *Alles verschmiert, Himmelherrgott!*

Ich musste den Flecken großräumig ausweichen, den Schmierspuren eines wütenden Tanzes, den der Mann auf der Straße aufgeführt haben musste, nachdem er sein Malheur entdeckt hatte.

– Ja, ich bin wieder da, sagte ich in mein Headset, kannst du mich hören? Endlich bin ich diese Idioten los, endlich ein bisschen Ruhe und frische Nachtluft, diese albernen Witzeerzähler, immer müssen sie alles kaputt machen! Waah! Entschuldigung, ich hab mich nur erschreckt … dieses riesige Baugerüst, bei Nacht … ziemlich gespenstisch. Wie der Rumpf eines Riesen, der plötzlich vor einem aus dem Boden ragt. Das ist ja auch das Lustige an Städten. Die wirklich interessanten Dinge, die man als Tourist sehen kann, sind eben nicht die Gebäude oder die Menschen, die man eh überall antrifft, nein, sondern die Gerüste, die Baustellen und diese hübschen geometrischen Fantasien, die man *Verkehrsumleitungen* nennt. In Venedig, da gibt es die schönsten Baugerüste der Welt, wahre Meisterwerke der Balancierkunst. Die Baugerüste in Venedig erlauben sich alle schlechten Manieren, die man sich vorstellen kann. Sie stehen auf zwei oder drei schwindligen Holzbrettern, die einfach so aus dem Wasser ragen, und oben turnen ein paar Arbeiter herum, mit nacktem Oberkörper, und brüllen sich über den Hafenlärm hinweg irgendwelche Liedanfänge oder Verwünschungen zu.

Der schwarz glänzende Geruch von frischem Teer, von der Nacht sanft abgekühlt, wehte über die Kreuzung. Ein Mann kam aus dem Nichts und rempelte mich an. War ich auf einmal unsichtbar? Ich drehte mich nach ihm um, verdammter Trottel, wohl keine Augen im Kopf. Aber er bemerkte mich nicht. Auch er telefonierte.

– Diese ganzen Telefonmenschen … ein öffentliches Ärgernis. Sicher, du hast vollkommen Recht. Aha … aha … Ja, ich meine, all diese Leute, die die armseligsten Verrenkungen machen, wenn in ihrer Jackentasche eine alberne Melodie zu spielen beginnt, oder die vor Aufregung fast vom Fahrrad fallen, wenn es in ihrer Hose vibriert. Aber ich liebe die Art, wie diese Telefone auf einer Tischplatte zu wandern und sich im Uhrzeigersinn zu drehen beginnen, wenn sie vibrieren. Warum eigentlich immer im Uhrzeigersinn? Vielleicht eine Spielart des Coriolis-Effekts. Und außerdem: *Esse percipi.* Kein anderes unbelebtes Objekt spricht diese Wahrheit so deutlich aus wie unsere kleinen Telefone. Man ist da, man existiert, denn man kann jeden Moment angerufen werden. Das passiert natürlich nicht oft, manchmal muss man selber eingreifen, aber es ist zumindest immer möglich, außer die Verbindung ist gestört, dann stolpert man eine Weile orientierungslos durch die Gegend und hält das Telefon wie einen Geigerzähler in alle Windrichtungen. Ich sag dir, wenn ich dieses Ding im Augenblick nicht hätte, würde ich explodieren, du glaubst ja nicht, was ich heute alles erlebt habe. Ein Tag wie eine geplatzte Wassermelone. Zuerst die zukünftige Frau meines ehemaligen Vaters. Ja, stimmt, das ist verwirrend. Aber der hab ich's gegeben. Ich wollte, du wärst dabei gewesen. Hm. Na ja. Dann Walter. Ein alter Freund. Wie sich herausstellt, ist er schwul. Hat versucht, mich abzulenken, mit seinen Freunden, die wahrscheinlich den ganzen Tag nur auf eine solche Gelegenheit warten, witzig und einsam, wie sie sind. Trotzdem interessant, dass er auf Männer steht. Ich könnte nicht sagen, dass da irgendetwas nachträglich mehr Sinn ergibt. Er hat's mir nie gesagt. Aber gut, warum sollte er mich einweihen, vielleicht hat er's damals selber noch nicht gewusst. Es ist doch immer die Frage: Bist du ein Eingeweihter oder nicht? Kannst du das Ereignis teilen, von dem alle reden, oder bist du der Einzige, der es erlebt hat? So wie dieser Odysseus, der den LSD-Trip des Sirenengesangs auf sich nimmt. Er wird ihm vielleicht das Gehirn in Stücke fetzen, aber egal, nur damit er hinterher behaupten kann, er sei der Einzige, der diese Erfahrung gemacht hat. Und hätten die Sirenen am Ende gar nicht so unwiderstehlich gesungen – schön und melodiös, meinetwegen, aber kein Grund, den Kurs zu ändern –, hätte er wahrscheinlich trotzdem geschrieen an seinem Mast und hätte sich theatralisch gewunden in seinen Fesseln, hätte gefleht, zur Insel gebracht zu werden, und hätte jeden, der ihm zu nahe kam, verzückt und verrückt angestarrt. Der Mannschaft schmatzt das Wachs in den Ohren, und er hört aus der Ferne mittelmäßige Radiomusik. Mehr ist an der Szene wahrscheinlich gar nicht dran. Trotzdem ist sie eine Krönungsszene, eine Zeremonie, die ihm ungeheure Macht verleiht. Sie macht ihn erst zum Befehlshaber. Da fällt mir ein – hast du gewusst, dass die Einwohner von Pompeji ein paar Tage vor der Explosion des Vulkans ihren Pferden Wachs in die Ohren gespritzt haben, weil sie so unruhig waren? Witzig.

Ich redete und redete, während ich durch die nächtliche Altstadt ging. Auch diese Episode war vorbei. Ich hatte nichts mehr zu verlieren außer meiner Zurechnungsfähigkeit. Ich erzählte dem schweigenden Äther, der Stimme, die ich mir am anderen Ende vorstellte, dem Universum, dem stummen, nicht eingesteckten Mikrophon wahllos irgendwelche Geschichten, damit ich mich nicht weiter mit Unerträglichkeiten aufblies und aufblähte – ich war ein Heißluftballon und musste Ballast abwerfen –

– … und als Lydias Periode damals ausgeblieben ist, hat sie das ziemlich gelassen aufgenommen, aber ich war aus irgendeinem Grund überzeugt, dass das Kind behindert auf die Welt kommt, wenn nicht überhaupt gleich ohne Gehirn oder als doppelköpfige Chimäre aus den Kuriositätenkabinetten der Medizin. Ein Kind für die Vitrine, in seiner Tombola-Röhre voller Formaldehyd, wo es bis in alle Ewigkeit mit geschlossenen Augen darüber nachdenken kann, was eigentlich schiefgegangen ist und warum es nicht mit den anderen Kindern draußen herumlaufen darf. Eines der Kinder, wie sie im zehnten Kreis der Dante'schen Hölle hocken, im innersten Höllenkreis, einen Steinwurf von Luzifer, der im Zentrum feststeckt und an Verrätern herumkaut, die er wie ein Eis am Stiel hält. In diesem kleinen Becken wohnen nur missgestaltete, zu früh geborene oder lebensunfähige Kinder, manchmal sogar nur Teile von Kindern, ein kleiner Arm, ein gutmütig blinzelndes Augenpaar, eine einzelne Nase, die der böse Onkel mit dem Daumen zwischen Zeige- und Mittelfinger gestohlen hat und die jetzt wie ein Kolibri in der Ewigkeit herumschwirrt. Die Kinder torkeln blind durch das Becken und nagen aneinander, nicht als Sühne, sondern weil sie es nicht besser wissen. Nagen an sich, sabbern, beißen einander in den Nacken. Ja. Du hast Recht, was rede ich da. Haha … Aber damals war ich ziemlich verwirrt, ich hatte entsetzliche Träume von verunstalteten Kindern, und ich habe mir vorgestellt, wie es wäre, wenn zukünftige Generationen immer dümmer und dümmer würden, wenn schließlich nach einem Jahrhundert nur mehr Kretins über die Erde wandeln würden, Idioten, für die … ja, die … wie soll ich sagen … die großen Kulturgüter der Vergangenheit nur ein sinnloses Durcheinander von Tönen, Buchstaben und Farben sind. Aber sie würden es trotzdem nicht wagen, sie zu verheizen oder kaputt zu machen, denn natürlich hat man rechtzeitig, schon vor Jahrzehnten, eine Kommission gegründet zur Rettung der Kultur, um den zurückgebliebenen Kindern der Zukunft eine irrationale Ehrfurcht vor Büchern, Gebäuden und antiken Musikinstrumenten einzuimpfen. Also werden diese armen Kinder schon von früh auf gedrillt, zu klatschen und sich vor allem Möglichen zu verneigen, dann lobt man sie und schickt sie zurück in ihre Sandkisten, wo sie sich unentwegt miteinander paaren. Okay. Ich hör schon auf. Nein, ich hab nichts gegen Kinder. Nein. Das ist lang her. Wie meinst du? Wie … Eine Einschlafgeschichte? Also, ich weiß nicht … Okay, okay. Warte. Mir fällt schon was ein. Ja. Also. Mann trifft Frau spätabends zu Kinobesuch. Kein Telegrammstil? Okay. Also, sie sehen sich einen alten Schwarzweiß-Film an, der in einem Grazer Kunstkino gezeigt wird. Du weißt schon, die Sorte Kino, die es bald nicht mehr geben wird, weil niemand mehr … Genau, du sagst es. Also, der Kinosaal ist winzig klein. Und als der Film beginnen soll, erscheint nichts als ein weißes Quadrat. Einige Minuten schauen sie auf das leere Bild, dann entscheiden sie, dass der Projektor oder sonst was kaputt sein muss, und wollen den Kinosaal verlassen. Aber die Tür ist versperrt. Also tappen sie durch den düsteren, gespenstisch von dem weißen Lichtquadrat der Leinwand erhellten Raum und versuchen, einen Notausgang zu finden, aber es gibt keinen. Szenenwechsel: Die nachmittägliche Stadt ist ausgestorben, die Ampeln erloschen, das einzige, was sich bewegt, sind emporzüngelnde Flammen, die niemand bekämpft. Der Schlossberg ist in schwarzen Rauch gehüllt. Der Himmel ist zersprungenes Porzellan, und aus einem Loch in einer Mauer sprudelt etwas milchig Weißes, sprudelt und sprudelt, bildet einen kleinen See. Kameraschwenk. Irgendwo … unter freiem Himmel … im Stadtpark liegen Dinge verstreut, Müll, weiße Papierfetzen wie Perücken von alten Frauen, wenn man sie in Stücke reißt. Die Perücken, nicht die Frauen. Eigenbrötlerische Krähen stapfen herum und besprechen die Lage. Das Pärchen im Kinosaal streitet sich unterdessen vor seinem absurden Altar immer noch um die Frage, wer von ihnen beiden diese dumme Idee gehabt hat, ausgerechnet heute Abend diesen Film anzusehen. Langer, sehr langer Streit. Abblende. *Credits.* Du weißt schon, *Directed by* … Nicht gut? Okay, dann vielleicht eine Geschichte mit Happy End, vielleicht eine Art Parabel. Warte. Ich …

Im Schatten einer alten Kirche blieb ich stehen. Der Wind war hier fast nicht mehr zu spüren. Wie eine gigantische Schachfigur ragte der Kirchturm in den Himmel.

– Also, ein Mann nimmt Tabletten gegen seine Kopfschmerzen. Keine normalen Kopfschmerzen, sondern ganz fürchterliche, Kopfschmerzen aus der Hölle. Die Pillen wirken recht gut. Aber als sie an Wirkung nachlassen, versucht er die Dosis zu erhöhen. Es funktioniert eine Zeitlang und alles ist gut, aber schon nach einer Woche werden die Kopfschmerzen wieder unerträglich und rauben ihm den Schlaf. Er konsultiert einen Arzt, der ihm, nach langem Hin und Her, die stärksten Tabletten verschreibt, die es gibt. Sie wirken Wunder. Ein halbes Jahr kommt der Mann aus, ohne die Dosis zu steigern. Aber dann ist auch dieses letzte Mittel verbraucht. Verzweifelt liegt er nächtelang wach und fühlt den bohrenden Schmerz in seinem Kopf. Ein Engel besucht ihn und bietet an, ihm zu helfen. Aber selbst die weiß leuchtenden Fingerspitzen des Engels können den entsetzlichen Schmerz nicht lindern. Schließlich nimmt der Engel den Mann mit in den Weltraum, eine Ansammlung von blinkenden Kugeln und schwarzen Zwischenräumen. Hie und da tanzt ein kleiner Komet vorbei, wie ein brennender Hahn. Der Engel massiert dem Mann den Kopf, entwöhnt ihn der Welt der quälenden Erinnerungen, der Panikattacken, aber nichts hilft. Der Mann krümmt sich in der Schwerelosigkeit vor Schmerzen und bringt es mit erstickter Stimme gerade noch fertig, dem Engel für seine sinnlosen Bemühungen zu danken. Der Engel bringt ihn zurück auf die Erde. Der Mann weint und weint über sein Unglück. Er schläft völlig entkräftet in der Badewanne ein und taucht kurz unter. Am nächsten Morgen findet man ihn ertrunken. Aber mit einem glücklichen Gesichtsausdruck. Er hat entdeckt, dass er unter Wasser keine Schmerzen hat, und deshalb hat er versucht, so lange wie möglich die Luft anzuhalten. Der engelhafte, silberne Schnorchel, den man in seinem Mund findet und der bei der ersten Berührung zu Staub zerfällt, bereitet den Beamten Kopfzerbrechen. Abschließende Bilder aus einem schmerzfreien Jenseits unter dem Meeresspiegel. Seemonster, Fische und Nixen. Korallenklaviere. Und so weiter. Was? Ja, jetzt, wo du's sagst. Wie es ihr wohl geht? Es ist lange her, dass ich sie gesehen habe, aber dafür habe ich mit ihrem Mann gesprochen, diesem Wolfgang. Eigentlich ein ganz netter Mensch und alles, bloß ein wenig rachsüchtig und dumm, das ist alles. Bei ihr das Gleiche, ein Leiden, das da ist, ohne Grund, und das nicht vertrieben werden kann, auch ohne Grund. Alles sinnlos, grundlos und ewig. Ein Wunder, dass sie sich noch nicht umgebracht hat. Apropos – hast du die heutige Zeitung gesehen? Nein, natürlich nicht. Zwei Jugendliche, die gemeinsam Selbstmord begangen haben, wie Kleist und die, deren Name mir jetzt nicht einfällt. Jedenfalls haben sich die beiden mit Benzin übergossen und sind Arm in Arm verbrannt, angeblich regungslos, trotz der Schmerzen. Dass diese Teenager-Selbstmorde immer so etwas wehmütig Inszeniertes haben müssen, irgendeine erstarrte Geste, die am Schluss bleibt, als wären sie eine archäologische Sensation aus Pompeji. Aber ihr Selbstmord war noch nicht einmal das Merkwürdigste. Sie waren angeblich Teil einer Clique, die sich gegenseitig Schmerzen zufügt und ähnliche Dinge. Zum Beispiel mit Oralverkehr die Mädchen zum Kotzen bringen. Wirklich. Eine Art sexuell verstärkte Form der Bulimie. Ja, weiß der Teufel, woher sie das haben oder woher das kommt. Hat vermutlich überhaupt keinen Grund. Vielleicht machen alle Menschen alles aus dem einfachen Grund, weil es ihnen einfällt und weil es möglich ist. Ich glaube, das reicht schon. Das wäre eine beeindruckend einfache Moraltheorie. Die elende Frage *Was soll ich tun?* fiele dann weg, und wir hätten endlich Ruhe. Von Kant gibt es diesen witzigen Satz: *Zwei Dinge nur* … oder so ähnlich … *Zwei Dinge erfüllen mich mit Bewunderung und Ehrfurcht, je öfter ich an sie denke: Der bestirnte Himmel über mir und das moralische Gesetz in mir*. Nicht der genaue Wortlaut, aber schön, nicht? Und hundert Jahre später greift Kafka diesen Satz auf, vielleicht ohne es zu wissen, und faltet ihn elegant über dem Knie zusammen wie eine Ziehharmonika: *Das Böse ist der Sternhimmel des Guten*. Aber um zurückzukommen … Die haben tatsächlich so etwas wie einen Club gegründet, mit Aufnahmebedingungen und allem, und angeblich hat es eine ganze Menge Jugendlicher gegeben, die mitmachen wollten und die Bedingungen nicht erfüllt haben. Woher kommt das, warum kotzen diese Teenager sich gegenseitig voll? Es ist wahrscheinlich doch so, wie du mir damals bei unserem Abendessen gesagt hast: *Soweit ich weiß, hat es überhaupt keinen Grund.* Wenn man keinen Grund findet, muss man so tun, als wäre es selbstverständlich, und ihm einen Namen geben. Keine schlechte Idee. Namen steuern alles. Mein eigener zum Beispiel. Ich hasse es, wenn die Leute ihn auf der zweiten Silbe betonen: *Ker-FUCHS*. Man spricht die erste Silbe lang aus, wie *Kehre*. Ich weiß auch nicht, warum. Ich hab mir den Namen nicht ausgesucht. Und wie meine Mutter auf *Alexander* gekommen ist, ist mir auch ein Rätsel. Was würde eigentlich passieren, wenn Eltern sich standhaft weigern würden, ihrem Kind einen Namen zu geben, sagen wir, aus philosophischen Gründen, weil Namen so etwas sind wie Vorurteile oder unerlaubte Vereinfachungen. Stimmt, die Idee ist ziemlich verrückt, aber es gibt in diesem Land bestimmt irgendein Paar, das sein Kind als eine Art Performance-Projekt begreift und ohne weiteres auf diese Idee kommen könnte. Würde man ihnen das Sorgerecht für das Kind entziehen? Wenn sie es sonst gut behandeln, ihm zu essen geben und es umsorgen? Gehört es zu den Grundrechten eines Menschen, einen Namen zu haben? Würde dem Kind von den Behörden zwangsweise ein Name verliehen? Wenn ja, nach welchem Prinzip gehen sie dabei vor? Nach Zufall? Oder auf Grundlage einer demokratischen Abstimmung? Warte, ich …

Ich war vor meiner Wohnungstür angekommen und hatte die ganze Zeit über geredet. Der heiße Ballon in meiner Brust war abgeschwollen, und ich konnte wieder normal atmen.

Vor der Tür stand Gerald mit einem Jojo in der Hand.

Ich nahm das Headset von meinem Ohr und steckte es ein. Mein Mund fühlte sich trocken an, als ich ihn begrüßte:

– Hallo, sagte ich.

– Hallo.

– Ich bin Alex. Wir kennen uns schon, glaube ich. Die verschwundene Post. Kannst du Jojo spielen? Ich hab so ein ähnliches …

Er wich mir nicht aus, als ich den Schlüssel ins Schloss steckte. Ich versuchte aufzusperren, aber es ging nicht, etwas blockierte.

– Alex?

– Ja?

– Die Tür war offen, ich schwör's, sagte Gerald.

– Was? Warum?

– Ich hab nur mal versucht …

– Scheiße, jetzt ist es endlich kaputt. Dieser verdammte Steiner.

– Wer?

– Egal.

– Magst du was sehen?, fragte er und hielt sein Telefon hoch.

– Okay.

Er tippte aufgeregt auf dem Gerät herum, dann hielt er es mir hin. Ich nahm es.

– Einfach auf den grünen Knopf drücken, sagte er und stand dabei auf den Zehen.

– Schon klar.

Ein Film lief an, ein verwackeltes Bild. Ich konnte kaum etwas erkennen.

– Ganz hübsch. Hast du das gemacht?, fragte ich und gab es ihm zurück.

– Ja. Aber warte, du hast noch nicht alles gesehen …

– Ach, ein andermal.

Ich probierte weiter an dem Türschloss herum. Bis irgendetwas zerbrach und die Tür, von einer unsichtbaren Kraft gezogen, nach innen aufschwang. Ich ging in die Wohnung. Gerald trat bis an die Schwelle heran und blieb stehen.

– Kann ich dir irgendwie helfen?, fragte ich.

– Nein.

Er blieb stehen.

– Magst du vielleicht reinkommen?

– Von da komm ich grade.

– *Was*?

– Ich schwöre, die Tür war –

– Ja, ja, ich weiß. Die Tür. Und diesem Trottel Steiner stopfe ich noch einmal seinen Pyjama ins Maul. Aber trotzdem, du kannst nicht einfach so in meine Wohnung gehen, ich meine –

– Alex!

– Was denn?

– Du schreist.

– Ich schreie?

– Ja.

Er hielt sich die Ohren mit beiden Händen zu.

– Okay. Tut mir leid.

– Ich hab dich gesucht.

– Was? Wieso?

– Kann ich jetzt reinkommen oder nicht?

Er ging an mir vorbei direkt in die Küche. Die Schuhe ließ er an.

Geschichten, die ich Gerald erzähle, um ihn zu verscheuchen

Eine Traumerzählung mit historischen Anspielungen. Ein Monument soll errichtet werden. Der Sockel steht schon bereit. Walter Zmal, ein berühmter Arzt, Pädagoge, Zyniker und homosexueller Naturphilosoph bekommt an dieser Stelle sein Denkmal. Statt einer Strafe wird ein Dreirad gebracht und umständlich auf dem Sockel festgeschraubt. Der Festredner taucht die Pedale an, anstatt eine Rede zu halten. Er klettert auf den kleinen Sattel und tritt mit kleinen, hellblauen Bewegungen in die Pedale. Die Pedale bedeuten einen drohenden Krieg. Er tritt und tritt und schließlich – hebt er ab. Der Zeppelin erhebt sich über die volle Arena, erstaunte Rufe, Mütter halten ihre Kinder wie Sonnenschilder in die Höhe. Der Zeppelin stößt mit seiner Fischnase an den Eiffelturm, der breitbeinig dasteht wie ein Cowboy. Die Außenhaut der riesigen Zigarre beginnt zu brennen, die Menschen auf den Straßen flüchten vor herunterfallenden Trümmern. Verwackelte Kamerabilder, eine mechanisch zappelnde G.I.-Joe-Actionfigur an einem winzigen, transparenten Fallschirm. Friedensappelle der Vereinten Nationen. Eine Sondereinsatztruppe mit Zylindern erscheint am Tatort. Sie legen mit Dominosteinen den Umriss der Leiche nach, sprechen laut und obszön in die Kamera, die nach kurzer Zeit ebenfalls die Flucht ergreift. Wieder wacklige Schultern, schneller Atem des Kameramanns, leere Straßen, ausgestorbene Stadt.

Eine Schulgeschichte, lächerlich und grotesk wie alle Schulgeschichten. Ein Lehrer verdient sehr schlecht in seinem Beruf, wie alle Lehrer. Und gerade ist seine

Schwester von einem Mann schwanger geworden, der spurlos verschwunden ist. Braucht finanzielle Unterstützung. Er nimmt einen Nebenjob an: Er geht zu Strahlenexperimenten und stellt sich als Versuchskaninchen zur Verfügung. Lächerliche Szenen mit Slapstick-Laserkanone, die auf ihn gerichtet ist. Da er nur seine Schwester und ihr ungeborenes Kind im Sinn hat, schaden ihm die radioaktiven Strahlen nicht. Nebenbei unterrichtet er weiter. Erste Symptome zeigen sich bei den Schülern. *Oh, mein Gott, mein Fingernagel ist weg!* Haare fallen aus, die Haut wird fleckig und schwarz, Übelkeit, Schwindel, Wunden, die nicht aufhören wollen zu bluten etc. Der Lehrer ignoriert das und geht weiter zu den Strahlenexperimenten, gegen deren verheerende Wirkung er offenbar immun ist. Da stirbt eine Schülerin, und die Gesundheitsbehörde ordnet eine Untersuchung an. Die Schule wird geschlossen, eine Welle von Protestbriefen überschwemmt den Schulinspektor und das Unterrichtsministerium. Weitere Kinder sterben. Überall überforderte Ärzte. Der Lehrer wird zu einem Gespräch vorgeladen und erzählt nüchtern und klar von den Strahlenexperimenten. Währenddessen beginnt er sich aufzulösen. Seine Zunge stößt plötzlich durch die Haut seiner Wange, was keiner der Untersuchungsbeamten bemerkt. Er schüttelt den Kopf und geht nach Hause. Als er an einer Bank vorbeikommt, hebt er etwas Geld ab für seine Schwester, der es schlechter und schlechter geht, wie sie ihm in ihren E-Mails aus Luzern mitteilt. Seit einigen Wochen wohnt sie nun schon dort, sehr weit weg, findet er, wirklich sehr weit weg von Zuhause.

– Und dann?

– Ach, keine Ahnung. Magst du noch ein Käsebrot?

– Nein, danke.

Er machte keinerlei Anstalten zu gehen.

Eine Geschichte über einen Mann, der eines Morgens erwacht und den ausgestreckten Zeigefinger seiner Frau in seinem linken Auge hat. Er fällt aus dem Bett. Die Frau schläft noch, aber ihr gestreckter Arm mit dem langen, dünnen Finger folgt ihm wie ein Magnet, während er durchs Zimmer geht. Er flüchtet aus dem Haus. Auf der Straße dasselbe rätselhafte Bild: Alle Menschen haben sich verwandelt – alle Zeigefinger sind auf ihn gerichtet, folgen ihm wie hypnotisierte Schlangen den Bewegungen der Flöte. Im Übrigen scheinen ihn die Menschen aber gar nicht zu bemerken. Sie erledigen ihre alltäglichen Dinge, soweit sie dazu einarmig in der Lage sind. Lächerlich, denkt der Mann. Warum tun sie das, sie machen es sich doch selbst schwer! Sieh nur diesen Radfahrer, er schlägt mit seiner Hand an jeder Laterne an, nur damit er auf mich zeigen kann! Der Mann kommt zur Arbeit, etwas zu früh, weil er ja überstürzt aus der Wohnung geflohen ist. Als er die Tür öffnet, hat er auch schon den Zeigefinger des Portiers mitten auf der Stirn. Seine Arbeitskollegen verrenken sich, als er eintritt: Alle Arme drehen sich wie Kompassnadeln zu ihm, die Sekretärin rammt mit ihrem Arm, der ausschlägt wie eine Wünschelrute, sogar den Wasserspender, der natürlich umkippt und alles überflutet. Ein etwas beleibterer Kollege bleibt mit seiner ausgestreckten Hand hilflos im Türrahmen stecken und kann nur mit Mühe wieder befreit werden. Der Mann kichert über das ganze Schauspiel. Schuldzuweisung, denkt er, ha, das haben sie jetzt davon. Und er nimmt ein kleines blaues Band von seinem Schreibtisch und bindet eine Schleife auf den Zeigefinger seines Sitznachbarn, der direkt auf sein

Herz zeigt. Aber als er die letzte Schlaufe zuzieht, erwacht die Kompasshand aus ihrer Starre, packt ihn am Hals und erwürgt ihn.

Die Geschichte vom bucklichten Männlein. Eine junge Frau wohnt mit ihrem Kind in einer kleinen Hütte am Rand des Dorfes. Im Dorf munkelt man, dass sie eine Prostituierte ist. Das bucklichte Männlein kommt zu ihr in die Hütte und setzt sich an den Frühstückstisch. Die junge Frau bemerkt es gar nicht, sondern füttert weiter ihr zappeliges Kind mit einem Löffel: *So, schau, jetzt kommt das Flugzeug: Drrrr.* Das bucklichte Männlein tut es dem Kind gleich und öffnet den Mund, versucht ein paar glucksende Laute, aber es nützt nichts. Anschließend geht die Frau zum Spinnrad und beginnt sich rhythmisch mit dem Gerät hin und her zu wiegen. Das bucklichte Männlein stellt sich vor ihr auf, springt hin und her, zupft sie am Rocksaum, aber es kann ihre Aufmerksamkeit nicht erregen. Am Nachmittag schleppt die junge Frau leere Milchkanister zu ihrem Nachbarn. Das bucklichte Männlein, schon etwas nervös, trippelt hinterher, klopft erwartungsvoll gegen die Kanister, springt sogar in einen hinein, aber wieder keine Reaktion. Es wird Abend, die junge Frau bringt ihre Tochter zu Bett und zieht sich zum Schlafengehen um. Sie streift ihre Kleider vor den dunklen Fenstern ab, betrachtet lange einen kleinen Kratzer auf ihrer Schulter, streicht ein paar Mal gedankenverloren über ihre Brüste, wiegt sie, ebenso gedankenverloren, und befindet sie für zu schwer. Das bucklichte Männlein hält es nicht länger aus, es springt auf die junge Frau, hängt sich an eine Brust, fährt mit seinen kleinen Krallen durch ihr Haar und schafft es, dass die junge Frau das Gleichgewicht verliert. Sie fällt rücklings auf ihr Bett, das Männlein kugelt auf den Boden. Die junge Frau packt das bucklichte Männlein und zerrt es zu dem Ofen, der noch knistert. Laut weint das Männlein und bittet um Vergebung, es hätte ja nur eine Nachricht für sie, ein Gedicht, ein großes, erhabenes Geheimnis, eine Schatzkarte! Aber zu spät, die Frau stopft es durch die enge Ofentür, das bucklichte Männlein fällt zwischen die glühenden Kohlen, und schon wird die Tür verriegelt. Im Zimmer wird es sehr warm.

– Ist dir kalt? Soll ich die Heizung einschalten?

– Nein. Wie geht die Geschichte aus?

– Keine Ahnung, welche Geschichte?

– Alex?

– Was?

– Magst du jetzt den Film sehen, den ich gemacht habe?

– Nein, ich finde eigentlich, du solltest jetzt lieber nach Hause gehen. Deine Mutter macht sich sicher schon Sorgen.

– Ich hab den Film in der Nacht aufgenommen. Vielleicht muss man ihn im Dunkeln sehen.

– He, hast du nicht gehört, was ich gesagt habe?

– Aber meine Mutter ist gar nicht da, sagte er und stand verärgert von seinem Sessel auf. Können wir jetzt den Film schauen?

– Sie ist nicht da? Wo ist sie denn?

Gerald setzte sich wieder hin. Er sah mich nicht an, er wirkte beleidigt.

– Ist deine Mutter in der Arbeit?

– Weiß nicht, sagt er. Keine Ahnung. Keine Ahnung.

Messerschmidt sieht

Zuerst war da nur ein verwackeltes Kamerabild, Bewegungen von Personen oder leblosen Gegenständen, aufgesplittert in lauter kleine Quadrate, nichts sagende Verteilungen von Licht und Schatten, hauptsächlich schwarz. Aber dann hellte sich plötzlich alles auf, wurde klar und frühlingshaft, obwohl es ja schon Herbst war und die Blätter – ja, wie ging das noch gleich?

Fallen. Die Blätter fallen.

Nachdem sie sich aus dem schwarzen Schneegestöber der Pixelquadrate herausgelöst hatte, torkelte seine Tochter, von einem schweren Schlag auf den Kopf getroffen, gegen ein Verkehrsschild, das aus Butter war und ihrem Gewicht ohne weiteres nachgab. Dann schleppte sie sich taumelnd einige Meter weit und brach zusammen. Und die Hündin rannte davon, Hals über Kopf, Schwanz über Kopf, und ihre panische Angst presste sie im Laufen so zusammen, als näherte sie sich der Lichtgeschwindigkeit.

Der einzige Zeuge. Seine Finger tauchten am linken unteren Rand der Aufnahme auf, zitternde, verrotzte Bubenfinger, von sehr heller Haut.

Dann sah er wieder seine Tochter, diesmal ruhiger. Sie lag in einer Wiege, die inmitten von sausendem Gras in einem Hinterhof stand. Aber es war gar keine Wiege, sondern ein Klavier, ein aufgeklappter Flügel. Sie lag auf den stählernen Saiten, die mit roher Gewalt freigelegt worden waren, wie die Sehnen in der Hand des Toten in Rembrandts *Anatomiestunde*.

Zwar war sie längst erwachsen, trotzdem schien sie hilflos, so wie sie es schon als Kind gewesen war. Er musste ihr beim Anziehen helfen und fragte sie, während ihr wuscheliger Frauenkopf durch den viel zu kleinen Ausschnitt des Hemdes schlüpfte, ob sie auch sagen könne, wo sie wohnte, welche Hausnummer, welcher Stock? Da sie es nicht sagen konnte und ihn nur mit dem universellen Tochterblick ansah, wiederholte er ihr die alte Adresse, dreimal. Es tat ihm gut.

Kronenweg neun. Kronenweg neun. Kronenweg neun, dritter Stock.

Natürlich, *das* war der Hinterhof. Er gehörte zu dem alten Haus, in dem er geboren worden war. Das Haus mit dem grauen Pferdebild.

Valerie blödelte herum, zog sich selbst an den erwachsenen Haarzöpfen, streckte ihm die Zunge heraus. Zweifellos, sie war immer noch ein Kind. Diese Erkenntnis beruhigte ihn ungemein und ließ sein Herz zu einer rosafarbenen Lentikularwolke anschwellen. Er hatte immer das Gefühl gehabt, dass dieser ganze Prozess von Erwachsenwerden und Abschiednehmen nur *scheinbar* stattgefunden hatte. Eine Illusion. Hier hatte er nun den Beweis.

Er stöhnte auf, tief bewegt.

Selbst als er schon längst erwacht war und die an Zellengitter erinnernden Schattenspiele der Rouleaus über sich wandern ließ, zitterte die kleine vertrocknete Glasmurmel in seiner Brust von einem überwältigenden, lang anhaltenden Glücksgefühl.

Er pinkelte, heiter und erleichtert, in seinen Schlafanzug. Es wurde warm, und die Wärme trug auf geheimnisvolle Weise den Namen seiner Tochter, der mit all seinen goldenen und blitzenden Silben durch seinen Kopf geisterte.

Die japanische Pflegerin, die sich vormittags und oft auch den ganzen Tag um ihn kümmerte, schimpfte gutmütig mit ihm, als sie die Sauerei entdeckte, und legte ihn trocken.

Dann sah er sie wieder, in der neuen Wohnung, in der sie damals den Hund mitgenommen hatte, seit er –

Sie saß in ihrem Sessel. Das Problem war, dass er sich geirrt hatte. Nicht sie saß auf dem Sessel, der Sessel saß auf ihr. Valerie und der Sessel waren eins. Messerschmidt war sich nicht sicher, ob sie aus diesem Zustand wieder herausfinden würde. Er hoffte es jedenfalls. Nein, er hoffte es nicht. Doch.

Verschwinde, hörte er sich denken. Bleib, wo du bist.

Bitte.

Sie ging unsicher und still durch ihr Zimmer, verfing sich in allen möglichen Dingen, in der kleinen grünen Bibliothekslampe, in dem Stapel Bücher, die niemand mehr zu Ende lesen würde, in einem zwanzig Jahre alten, völlig zerfledderten Stoff-Octopus, in seinen pelzigen Tentakeln, einfach in allem.

Ihre Finger hatten die Fähigkeit eingebüßt, locker und unabhängig über die Gegenstände ihres Lebens hinzugleiten. Dann kam der schmerzlichste Moment, der kommen musste und auch ihm nicht erspart geblieben war. Sie streckte eine Hand nach einem alten Zugticket aus, das seit einem halben Jahr sinnlos auf dem Schreibtisch gelegen hatte. Ihre Hand griff mittendurch und löste sich auf. Valerie schaute ungläubig auf die leere Stelle, die einmal ihre rechte Hand gewesen war. Es war immer dasselbe mit Gegenständen, die nichts bedeuteten. Sie konnten nichts tragen, nichts in sich bewahren. Wofür sie überhaupt existierten, wusste niemand. Sie waren nutzlos und feindlich. Der einsame Polizist. Der Bleistift in der Hand von Herrn Zmal. Valerie würde schon noch lernen, diese Dinge zu umgehen.

Aber! Nein, nicht doch … Wie ein kleines Mädchen.

Ob er hingehen sollte? Aber sie hatten sich nichts zu

sagen. Alles lag hinter ihnen, die ganze Welt war simpel und durchschaubar wie ein Puppenhaus.

Schon hörte sie auf zu weinen. Bestimmt würde sie es nicht mehr tun. Letzte Nachbeben. Messerschmidt selbst kannte das, sie dauerten mitunter noch Jahrzehnte an (was immer man unter einem Jahrzehnt verstehen mochte), oder sie wurden zyklisch, wie bei dem alten kleinen Männlein, das jeden Monat einmal über das Hausdach gegenüber wanderte und dabei sehnsüchtig in den Garten hinunterstarrte, wo es sich viel lieber aufhielt als dort oben in Gegenwart der tief hängenden Sterne.

Messerschmidt erbebte. Sie hatte ihn entdeckt, ihr Blick hatte ihn zuerst an der Schulter getroffen.

Wenig später war sie aus dem Zimmer verschwunden und hatte ihren Rundgang durch alles, was es in der Wohnung gab, angetreten. Sie hielt oft inne und nahm das Überflüssige, Unverdiente in sich auf. Es fiel, ankerlos, durch sie hindurch. Schon bald lernte sie damit umzugehen und bewegte sich fort, ohne die Orte zu vermissen, von wo sie gekommen war. Gegen Abend war sie wieder in ihrem Zimmer und verhedderte sich in ihrer Armbanduhr, die den Rückweg vom Krankenhaus allein, in der Handtasche ihrer Mutter, hatte antreten müssen und sich nun kalt und abweisend verhielt.

~

Uljana ruhte sich aus. So viel Aufregung, so viel Blut. Sie hatte die ganze Nacht nicht schlafen können. Jetzt war es wieder heller Tag und sie hielt sich versteckt. Ihre Kiefer mahlten in selbstständigem Eifer aneinander. Und manchmal entkam ihr ein Knurren.

– *Rrrr …*

Sie war auf einen Parkplatz zurückgekehrt, um sich zu erholen. Der Parkplatz und die Autos hatten sich zwar verändert, alles war neu, aber das passierte manchmal mit Dingen, die in einer Stadt herumstanden, das musste man hinnehmen. Die Fahnen in der Ferne waren verschwunden.

Hin und wieder suchte sie die helle Fensterreihe in der Ferne nach dem vertrauten Gefühl ab, aber alles blieb fremd und abweisend. Dennoch konnte sie sich nicht einfach beruhigen, alles vergessen und ihren kleinen, heißen Kopf einschlafen lassen.

Sie wartete.

Sie würde den ganzen Tag warten, wenn es sein musste. Die Attacke in der Nacht hatte ihren Kampfinstinkt entfacht. Sie war mehrere Stunden wie irr durch die Gegend gerannt, hatte sich verlaufen und war schließlich hierher gekommen, was nun wie ein schlimmer Fehler aussah. Sie hatte das Gefühl, die Stadt und der Bezirk seien vielleicht über Nacht geschrumpft.

Die süßen, angenehmen Nachwehen der Attacke knisterten über ihr müdes Gehirn. Immer wieder biss sie in Gedanken zu, vergrub die Zähne in die dargebotene Hand. Alles geschah so glatt und geschmeidig, ein Gefühl wie das Verstreichen von Zeit, wenn man es am wenigsten mitbekommt.

Sie erlaubte sich einen jener lauten, jaulenden Hundeseufzer, gähnte und klappte ihr Maul wieder zu.

– Chp!

Mmmh, dieses genüssliche Knacken der Knöchel, als sie zugebissen hatte, und dann das ganze prächtige dicke ängstliche verräterische salzhaltige verrückt gewordene blubbernde Blut über all den verletzten Fingern –

Der Riss, dritter Akt

Eine weitere notwendige Abschweifung

Eine Biene, gefangen hinter Fensterglas. Als kompakter, brummender Flimmerball steigt sie langsam nach oben, weil das die einzige Richtung ist, die sie kennt. Wie entsetzlich, wenn man die helle Welt da draußen zwar sehen, aber nicht mehr berühren kann! Natürlich versucht sie, das Beste daraus zu machen, und steigt immer weiter aufwärts, langsam, mit flirrenden Flügeln, denn irgendwo muss schließlich der Ausgang sein, die kleine Luke, die ins Blaue führt. Was aber wird sie dort draußen erwarten? Bestimmt haben sie alle anderen Bienen längst vergessen, und sie kehrt zurück in eine Welt, die sie gar nicht mehr wiedererkennt. In dieser Welt gibt es keine Eltern mehr. Keine Keller.

Der Schatten der Biene, gespenstisch vergrößert, zitterte über den Schreibtisch und das weiße Papier. Mit rotem Korrekturstift waren die Fehler in meinem Aufsatz *Die Welt in fünfzig Jahren* unterstrichen worden. Am Rand der Seite standen die Wörter richtig. Und unter dem Text eine große Fünf. Ich nahm einen Kugelschreiber, einen ähnlichen, wie ihn auch der Lehrer verwendet hatte, und machte aus der Fünf eine Sechs. In meinem Traum lag direkt hinter dem Schreibtisch das Hospital, in das meine Mutter eingeliefert worden war. Ich ließ den Schreibtisch hinter mir und ging langsam auf das Hospital zu. Zu meiner Überraschung stand meine Mutter in der Einfahrt und schaufelte Schnee. Ich hielt ihre Schaufel fest und fragte sie:

– Was machst du da?

– Siehst du den Schnee nicht?

– Aber warum machst das du? Lass das doch jemand anderen machen …

– Sonst macht es ja niemand! Du solltest einmal sehen, wie die mit mir umgesprungen sind. Und wie das Zimmer aussieht. *Jemand anderen …*

– Ja, die ganzen Schläuche und alles … Ich hab's gesehen.

Die schwarze Schaufel stach mürrisch in den Schnee:

– Na also.

– Es tut mir ja leid, Mama.

– Davon wird der Schnee auch nicht weniger.

– Trotzdem solltest du jetzt wieder reingehen, sagte ich.

– Du hast das Zimmer doch gesehen, oder? Die Schläuche? Diesen riesigen, absurden Verband? Dann weißt du auch, dass ich da bestimmt nicht wieder reingehe. Nie wieder!

– Aber Mama, komm jetzt, du musst doch da rein. Es ist auch nicht für immer.

– *Für immer*? Wer bringt dir solche Ausdrücke bei?

Ich nahm sie beim Arm und zog sie sanft zum Haupteingang. Sie krallte sich mit der Schaufel, die plötzlich ein Metallrechen war, in die Erde und leistete Widerstand.

– Mama, bitte, sagte ich, du musst da rein, komm jetzt –

– Nein!

– Bitte, tu's für mich, man tut dir auch nicht mehr weh, bestimmt.

– Lass mich!

Sie war ungewöhnlich stark. Ich stemmte mich gegen sie, wollte sie an den Schultern durch die Eingangstür drücken, aber je näher wir den Flügeltüren kamen, desto stärker wurde ihr Widerstand.

– Ich. Lass. Mich. Nicht.

Sie sprach nur mehr durch die Zähne. Ihre Stimme war krächzend und schmerzverzerrt. Ich dachte an ihre Krankheit und dass sie sich nicht überanstrengen sollte, und ließ sie los. Erst einmal verschnaufen. Sie ging sofort wieder zurück in den endlosen Schnee und schaufelte weiter. Der Schneeberg war während unserer kurzen Rangelei angewachsen auf die Größe einer Scheune.

– Mama, rannte ich ihr sofort hinterher, Mama, hör jetzt auf, bitte –

– Ich geh da nicht rein, zischte sie. Aua, ich glaub, du hast mir die Stimme zerbrochen, mit deinen groben Händen …

Sie fasste sich an den Hals. Ich brach in Tränen aus, zerrte an ihrem Rock.

– Bitte, komm jetzt, du musst da rein, nur kurz, nur ganz kurz, ich versprech's. Ich bin auch immer da. Bitte, die lassen dich gleich wieder gehen.

Meine Mutter besaß eine kleine, rote Fahrradklingel, mit der sie die Menschen aus dem Weg läuten konnte, wenn sie ihr im Weg standen oder auf andere Art lästig waren. Sie hatte die Klingel von einem alten Kinderfahrrad abmontiert, das ich einmal besessen hatte. (Gott weiß, was mit diesem Rad passiert ist. Alles an dem Rad war verkleinert gewesen, die Lenkstange, die Räder, das Gerüst, sogar der Dynamo: ein daumengroßes, summendes Ding, auf das ein kleiner grinsender Teufel gezeichnet war, dem elektrische Funken aus den Hörnern stoben. Nur die Klingel war von normaler Größe gewesen und hatte daher als einzige überlebt. Ich erinnere mich noch, wie ich mit diesem Rad oft durch den Park gefahren bin, in unfreiwilligen Schlangenlinien und immer viel zu schnell.)

– Hör auf, sagte ich. Hör auf mit dem verdammten Geklingel, du machst mich ganz verrückt!

– Aber *ich* muss immer an alles denken! *Ich* muss auf dich aufpassen und für dich sorgen! Er! Er kann sich aus dem Staub machen, einfach so! Hast du ja gesehen –

– Mama, komm …

– Du musst nichts überlegen, du musst nicht nachts wach liegen und dich fragen, was kommt morgen wieder, wie überstehe ich die nächste Woche, du musst nicht –

Endlich setzte sie sich hin.

– *Du* musst dich um absolut nichts kümmern, an *mir*, an *mir* bleibt alles hängen … *ich* muss an alles denken … verstehst du das endlich? *Ich* muss mir immer Gedanken über alles machen, an *mir* hängt jetzt alles, der ganze verdammte Haushalt, alles, begreifst du endlich? An *mir*!

– Mama, komm jetzt … schau …

– Nix *schau*! Immer sagen alle nur *schau, schau, schau* … niemand weiß, was ich durchstehen muss, was alles an mir hängen bleibt … niemand! Niemand, nicht einmal du!

– Doch, ist schon gut … komm, jetzt nimmst du einen Schluck –

– Ach, lass mich doch! Mein Gott! In der Zeit, da ich dir das alles erkläre, hätte ich längst den Geschirrspüler ausräumen können! Du hältst mich nur auf, lass mich!

Ich drückte sie sanft in den Sessel.

– Es ist schon gut, Mama, sagte ich, der Geschirrspüler ist ausgeräumt. Längst erledigt.

– Aber … was ist mit der Katze? Wer füttert die Katze?

– Mama …

– Ich begreife das nicht! Warum muss eigentlich immer *ich* an all diese Dinge denken? Warum fällt es *dir* nicht ein? Würdest du die Katze einfach so sich selbst überlassen? Einfach so?

Ich ließ einen Moment verstreichen, dann fragte ich:

– Welche Katze meinst du?

Sie schaute mich an, sah das Gesicht ihres Sohnes, ihres komischen, begriffsstutzigen Sohnes, der wieder einmal nicht verstand, was sie alles durchzustehen hatte, sah dieses vertraute Gesicht, verunstaltet von dichten Augenbrauen und Bartstoppeln.

– Welche Katze, hm?

Ich setzte mich zu ihr und nahm ihre Hand, als wollte ich mit ihr spielen.

– Wie?, fragte sie.

– Ach, gar nichts, sagte ich. Kannst du dich noch an die Pandora erinnern? Die ist immer da hinten gelegen, eingerollt. Und die Pfoten so über dem Gesicht.

Ich machte die Katze nach. Meine Mutter starrte auf die Tischplatte. Dort befand sich ein riesiger Abgrund, ein Strudel, aus dem ihre Vergangenheit auftauchte, langsam und schwerfällig, ein triefendes Knäuel.

– Ja, sagte sie.

– Die mit dem roten Fell, sagte ich und spielte mit ihrer Hand, indem ich ihre Finger zählte, sie zu Zweierpaaren zusammenklaubte, wieder losließ und von neuem anfing. Das Spiel beruhigte sie.

– Sicher. Sicher, warum auch nicht, sagte sie zerstreut.

– Ja.

– Du glaubst, ich erinnere mich nicht, sagte sie.

– Nein, ich –

– Sie hat immer da gelegen, da hinten, sagte sie, ohne in irgendeine Richtung zu deuten. Die Dora.

Ich hielt ihre Hand noch eine Weile, dann ließ ich sie los. Die Hand mit den sorgfältig gezählten und geordneten Fingern blieb, wie sie war, sie sank nicht zurück auf den Tisch. Nach einer Weile sagte sie:

– Sag mal, bist du … ich meine, ist das das Wetter, oder bist du auch so müde wie ich?

Ich lachte, aus keinem besonderen Grund. Sie lachte erleichtert mit. Ihr Gesicht buchstabierte reine Freude darüber, dass sie noch einmal die Kurve gekriegt hatte. Müde. Das Wetter. Gelächter zu zweit in der Küche.

– Ja, bin ich, sagte ich. Ziemlich.

– Oder … oder, weißt du, ist das das Wetter, wiederholte sie, noch ein wenig lustiger als zuvor.

Ich machte ihr den Gefallen und lachte noch einmal. Sie lehnte sich in ihrem Sessel zurück, atmete tief aus. Sie war wieder in der Gegenwart. Ihre Hand rollte sich ein, langsam wie ein brennendes Blatt, und wanderte in den Schutzgriff der anderen. Ihre Hände bildeten ein sanftes Mumienkreuz auf ihrer Brust.

Ihr Gesicht nahm, je älter sie wurde, immer mehr die Züge eines Säuglings an. Zahnlos, klein und rund. Auch fielen ihr die Haare an verschiedenen Stellen aus, und sie kämmte das spärliche Haar, das geblieben war und das sie immer noch lang trug, jeden Morgen mit einer großen Bürste. Merkwürdig, diese sonderbare Freundschaft zwischen alten Frauen und Haarbürsten. Sie sitzen stundenlang vor einem bis zur Unkenntlichkeit beschlagenen Spiegel, das lange, weiße Haar über eine Schulter gelegt, und kämmen es, viele hundert Male im selben Takt, von ganz oben bis ganz unten. Es beruhigt sie, sie reinigen sich von Staubpartikeln und schlechten Erinnerungen, ganze Vormittage lang, wenn niemand sonst im Haus ist.

Die Medikamente verwirrten sie immer mehr, und es kam vor, dass sie überhaupt nicht mehr wusste, wo sie sich befand und was mit ihr passierte. Sie fand Möglichkeiten, diese schwierigen Momente zu überbrücken. Oft machte sie einfach einen Scherz oder tat so, als fiele ihr plötzlich etwas ungeheuer Wichtiges ein. Meist half nicht einmal das. Gelegentlich war sie so verwirrt, dass sie mir zu einem imaginären Buch gratulierte, das ich angeblich geschrieben hatte. Der Titel dieses Phantombuchs wechselte ständig. Sie war so unendlich stolz auf mich. Ihr Sohn, ein echter Schriftsteller! Es war beinahe unmöglich, ihr zu widersprechen.

– War es schwer, einen … na, wie nennt man das … du weißt schon, einen … einen Ver*leg*er zu finden?, fragte sie und hielt mir, als verschlüsseltes Zeichen ihrer Anerkennung, einen sauber geleckten Teelöffel hin.

Ihr Nachtkästchen war vollgekleckert mit weißem Joghurt. Ich nahm ihr den Löffel aus der Hand.

– Ach, nein, gar nicht so, sagte ich.

– Was?, fragte sie.

– Jetzt schau, was du angestellt hast!, sagte ich, auf die Joghurtflecken deutend.

Sie schien zu überlegen, was diese Bemerkung bedeuten mochte.

Buch … Sohn … Schriftsteller … Joghurt …

– Ja, sicher, warum nicht …

Dann verstand sie, die elektrischen Zäune, welche die Chemikalien in ihrem Gehirn errichtet hatten, wurden durchlässig, und ihr Blick hellte sich auf und wanderte zum Nachtkästchen. Ah, tatsächlich.

– Alles voll, sagte sie in einem Tonfall, in dem man auch über den Reiz einer verschneiten Landschaft sprechen würde.

– Alles voll, wiederholte ich.

– Meine Hand zittert, sagte sie. Vielleicht vor Hunger …

Während ich wischte, blieb sie im Bett sitzen und redete. Für kurze Zeit geriet sie neuerlich in die Vergangenheit, kam aber gleich wieder zurück, weil der Stolz über meine literarische Leistung ihre ganze Konzentration erforderte.

– Wovon handelt es?

– Handelt was?

– Das Buch.

– Welches Buch?

– Na, deines. Stell dich nicht blöd, bitte.

Sie sagte es sehr ernst. Ich legte das vollgesogene Wischtuch hin, blickte sie an.

– Ach, von gar nichts.

– Von nichts? Aber das sagst du jetzt nur so! Du willst nur nicht, dass ich es lese.

Sie griff in ihren Mund und nahm die Zähne heraus, als wäre das ein Beweis für ihre Vermutung. Sie betrachtete das entsetzliche Grinsen, das aus ihrem Mund gekommen war, eine Zeitlang, hielt es sich ganz dicht vors Gesicht, bewegte es auf sich zu, zwei Fische auf Kollisionskurs, dann berührte das Gebiss ihre Nasenspitze, und irgendetwas geschah – vielleicht sprang ein Funke über, sie zuckte zusammen und schaute verwirrt im Zimmer umher.

Dann steckte sie die Zähne zurück in ihren Mund. Es klapperte.

– Wenn du's unbedingt wissen willst, sagte ich, es handelt von einem geheimnisvollen Landstrich in den Karpaten, in dem die Menschen wie die Blumen im Winter einfrieren und im Frühling wieder auftauen, sagte ich. Und die moralischen Implikationen, die sich daraus ergeben.

Ich hatte sehr schnell gesprochen, um sie vom Thema abzubringen. *Moralische Implikationen*, der Begriff setzte sie sofort außer Gefecht. Ihr Kopf zitterte.

– Sicher, sagte sie, warum nicht …

Aus dem „Konversationslexikon der Jenseitsmythen“

(hrsg. v. Daniel Tammuz und Prof. Herfried Lorca), Seite 598 f.

doch natürlich liegt Lucumoria (so die eigentliche Schreibweise), wie man heute weiß, nicht auf dem Mond. Trotzdem galt der sagenumwobene Landstrich lange Zeit als eine Art dystopische Provinz unverständlicher und grundloser Gewalttaten, von denen man auf der Erde nichts wissen wollte. Wenn man so will, war L. für viele Gelehrten der Vergangenheit eine Art höheres Narrenschiff. Der Legende nach liegt L. in einer einsamen Gegend, die schon im Sommer nicht viel Sonne abbekommt. Eis und Schnee schließen es im späten Oktober ein, und erst im Februar bricht dieser Panzer wieder auf und lässt die Bewohner frei. Es ist eine Gegend, in der viele →*Kalendergeschichten* angesiedelt sind. Die Einwohner von L. leben in vielen dieser Geschichten mit ihren längst verstorbenen Eltern zusammen, und niemals fehlt es darin an Menschen, die diese Verstorbenen sehen, berühren und sogar an den Mittagstisch einladen können.

Nicht der erste, aber sicherlich der erste berühmte Gelehrte, der über L. geschrieben hat, ist Johannes Kepler, in seiner 1630 veröffentlichten Schrift *Somnium, seu* →Opus Posthumum *de Astronomia Lunari*, in welcher er von einer Reise zum Mond erzählt und eine detailgenaue Beschreibung der Mondbewohner gibt. Kepler erwähnt darin die Bewohner von L. nur indirekt, im Zuge einer generellen Charakterisierung der Mondbewohner, und er verteilt spezielle Verhaltensweisen auf mehrere Wesen. Vielen Interpreten zufolge erscheinen die Mondbewohner so weniger menschlich, als sie es verdienen. Bereits in einer früheren Schrift (*Tertius interveniens*, 1610) spielte Kepler auf einen osteuropäischen Landstrich an, wo die Leute im Winter aussterben (weil die Sonne vom Himmel verschwindet) und im Frühling wieder auferstehen, wie Frösche, die aus der Winterstarre im Sumpf zurückkehren. Kepler bezog sein Wissen vor allem aus den Reiseschilderungen eines Jesuiten namens Rio, der folgende ergreifende Darstellung des jahreszeitlich bedingten Sterbens gab:

Der Tote lag aufgebahrt in seiner Kammer zwischen Fleisch und Gemüse. In ihrer großen Trauer hatten alle Mädchen des Dorfes ihm kleine Briefe mit in den Sarg gelegt. Die meisten davon waren Entschuldigungsbriefe, denn der Verstorbene hasste jegliches Ritual, das seinetwegen veranstaltet wurde, so auch das christliche Bestattungsritual. Wenn er im Frühjahr erwacht, sagten die Mädchen, wird er uns bestimmt verzeihen, und einen Winter lang ertragen wir unsere Schuld. Diese Mädchen galten in ihrem Dorf aufgrund ihrer Haltung als besonders verschwenderisch und man duldete sie nur mehr über den Winter, dann trieb man sie unter Schlägen hinaus in die Wälder, wo sie bis heute unruhig umherstreifen, betteln und einsame Wanderer mit Flüchen belegen.

Weitere Berichte über L., die mit größter Wahrscheinlichkeit die Quelle für Rios Schrift waren, finden sich bei einem vornehmen Bürger des sechzehnten Jahrhunderts, Sigmund von Herberstein. Dieser traf in →*Graz* auf Johannes Kepler, der in der österreichischen Kleinstadt Teile seiner wichtigsten astronomischen Werke verfasste und damit bekanntlich die Naturwissenschaften nachhaltig veränderte. Es ist möglich, dass die Erwähnung der ungewöhnlichen Geschichte über L. als eine Art von Gefallen anzusehen ist, eine nette Geste, die der sonst so kritische und scharfsinnige Astronom dem wunderlichen Baron von Herberstein erwies.

Das reparierte Uhrwerk

Ich habe aufgehört mich zu rasieren. Über Ober- und Unterlippe haben sich schwarze Zügel gelegt, das Kinn ist verschwunden, nur die Wangen sind größtenteils frei. Ihre Behaarung gleicht jener kleinen Stelle zwischen meinen Augenbrauen, die zwar stetig zueinander streben, sich aber nie wirklich berühren, es sei denn, ich blicke böse in den Spiegel.

Meine Mutter wird schimpfen, wenn sie meinen Bart sieht. Sie wird sagen, *Das passt nicht zu dir* und dass ich mich nicht so gehen lassen darf, obwohl sie gar nicht weiß, was inzwischen alles passiert ist. Dann wird sie natürlich fragen, warum ich mich denn so gehen lasse. Ich werde nur auf ihre Fragen antworten müssen; vorher werde ich mich allerdings noch betrinken. Einfach so, um den Schmerz zu steigern, bis er so stark ist, dass er sich von mir abschält, wie die Haut nach einem Sonnenbrand.

Inzwischen geht es meiner Mutter wieder besser. Lange hat sie irgendwelche Mittel genommen, die ihr Gedächtnis geschwächt haben.

Valerie: Nimmt sie Benzodiazepine?

Ich: Äh, ja, ich glaube ... Auf jeden Fall wird sie davon immer vergesslicher.

Valerie: Ah, ganz schlecht! Das ist ungefähr so, als würde man versuchen, ein Uhrwerk mit einem Presslufthammer zu reparieren.

Kurz nachdem ich mein Studium abgebrochen und die Arbeit im Heim angenommen hatte, da das Geld knapp zu werden begann, lief meine Mutter das erste Mal fort. Eines Morgens stieg ich die Treppen zu ihrer Wohnung hinauf, die Steinstufen wurden flacher, je höher man kam, und da war die Wohnungstür, groß und braun, aber etwas an ihr war nicht wie immer. Sie stand offen.

Einbruch!

Ich rannte in die Wohnung – links, niemand, rechts.

– Hallo?

Ich rief nach meiner Mutter, ohne ihren Namen zu nennen, da ich kein Fremder war, keiner der Fremden, die vor kurzem noch hier gewesen waren (Skimasken, Baseballschläger). Ich rannte in alle Zimmer, ohne die Schuhe auszuziehen, das war immerhin ein Notfall, also sprang ich über die Teppiche und rief:

– Hallo? Hallo-oh!

Aber niemand war da, leere Räume, die in andeutungsreichem Schweigen hinter angelehnten Türen lagen. Mit den Straßenschuhen stapfte ich weiter durch den hinteren Teil der Wohnung. Nichts. Das Licht des Nachmittags fiel durch die Balkontüren, vor denen sich strahlend weiße Vorhänge wiegten. Verträumte Moirémuster. Ich ging ins Badezimmer. Ein sonderbarer Anblick: bunte Wäschestücke hingen in verschlungenen Knäueln aus der offenen Waschmaschine in einen grünen Wäschekorb – als hätte sie die triefend nasse Wäsche und all die Geschirrtücher in einer zusammenhängenden Wurst ausgespieen.

Dann entdeckte ich es, ach, alles meine Schuld, die Klotür: Sie war geschlossen und im Klo surrte die Lüftung. Alles in Ordnung. Ich stützte die Arme auf meinen Knien ab und atmete durch. Ich klopfte.

– Die Tür war offen, rief ich hinein. Du darfst die Tür nie offen lassen, sonst kommen Fremde in die Wohnung, so wie ich –

Ich lachte auf.

Natürlich erwartete ich keine Reaktion. Menschen auf dem Klo sprechen nicht gern. Aber ich musste mich zumindest bemerkbar machen, sonst schreckte sie sich noch, wenn sie mir plötzlich im Flur begegnete. Die Lüftung war laut.

Trotzdem begann ich zu reden. Ich erzählte von meiner Arbeit, von Max, dem Pfleger, der mir vom ersten Augenblick an unsympathisch gewesen war, der eine Glatze hatte, wie sie sonst nur böse Kobolde hatten. Ein Widerling, der alles kontrollieren wollte, auch mich, den Neuen. Und er schimpfte mit den alten Menschen, in einem scharfen, militärischen Tonfall, dass man glaubte, er wollte sie demnächst alle umbringen.

– Aber die Arbeit ist immerhin interessanter als das Studium, sagte ich laut zu der Klotür.

Dann schwieg ich und ging auf und ab. Nach einigen Minuten klopfte ich ein weiteres Mal. Keine Reaktion.

Nachdem ich mich überwunden hatte, die Türklinke zu drücken (die Tür, die ein wenig verzogen war, öffnete sich sofort einen winzigen Spalt, sodass mein Blick durchschlüpfen konnte), und erkannt hatte, dass niemand meinen Gutenmorgen-Erzählungen lauschte, ließ ich alles stehen und liegen und rannte aus der Wohnung auf die Straße.

Links oder rechts? Welchen Weg war sie gegangen?

Ich überließ die schwere Entscheidung meinem Körper. Er wählte links.

Am Ende der Straße stieg Dampf aus einem der Kanaldeckel, als hätte meine Mutter vergeblich versucht, ihre Spuren zu verwischen. Ich rannte an den Zäunen des kleinen Hundeheims vorbei, das sich seit einigen Jahren hier befand, ein hässliches Gebäude aus fleischfarbenen Ziegelsteinen. Gedämpftes Gebell kleiner Hunde.

In meinem Kopf fielen schlimme Vorahnungen durcheinander, wie die Trümmer einer einstürzenden Brücke.

Meine Mutter in Polizeigewahrsam, notdürftig bekleidet, mit wirren Haaren, und einer der Polizisten hält sich ein Taschentuch vor seine blutige Nase. Meine Mutter mit Glatze, bewusstlos auf dem Gehsteig vor einem Friseursalon. Meine Mutter in einem roten Kleid, mit nichts sonst bekleidet, ein Träger hängt ihr über die Schulter herab, der Mund ungeschickt mit viel zu viel Lippenstift beschmiert, Lidschatten bis hinauf zum Haaransatz.

Ich kam an einem Gasthaus vorbei, vor dessen hell erleuchteten Fenstern ich etwas langsamer wurde. Nichts.

Meine Mutter, umgeben von japanischen Touristen, die sie unter großem Gelächter fotografieren. Meine Mutter, versunken in eine philosophische Debatte mit einem leprakranken Obdachlosen. Meine Mutter mit einem Baby in der Hand, das sie in einem Anfall von Zuwendungsbedürfnis aus einem unbeaufsichtigten Kinderwagen gestohlen hat und nun verwirrt in ihren Händen schaukelt, weil es nicht aufhören will zu schreien.

Ich kam an einem überquellenden Müllkorb vorbei.

Meine Mutter, die das Kind in den Müllkorb stopft. Oder einen von den japanischen Touristen, der selbst das noch interessant findet und glucksend mit sich geschehen lässt.

Mit unbestimmten Erwartungen hielt ich vor einer Tabaktrafik. Die Besitzerin kannte mich seit meiner Kindheit, allerdings hatte ich schon seit Jahren nicht mehr mit ihr gesprochen. Sie hatte einen kleinen Mops, das wusste ich noch, der mit ihr in dem winzigen Geschäftslokal wohnte. Als ich eintrat, ließ die automatische Ladenglocke einen Stoßseufzer in ihrer unbekannten Sprache hören.

– Guten Morgen.

– Guten Morgen, antwortete eine junge Frau, die ich noch nie zuvor gesehen hatte.

Haben Sie meine Mutter gesehen? – der Satz hatte augenblicklich seine Bedeutung verloren, löste sich auf und wurde zu einem dumpfen Schuldgefühl unter der Zunge.

Schnell verließ ich die Trafik wieder, wenn es überhaupt die richtige – ja … Jemand musste das Geschäft von der alten Bekannten meiner Mutter gekauft haben. Merkwürdig, sie hatte mir nie davon erzählt. Sie berichtete mir sonst sogar davon, wenn ihr während des Kochens die Milch ausging und sie welche besorgen musste, während die Zutaten auf dem Küchentisch zurückblieben und sich ein Ei selbstständig machte und in den Tod rollte.

Ich rannte den Weg zurück, den ich gekommen war. Meine Mutter, in irgendeinem weit entfernt liegenden Bezirk der Stadt, auf der Suche nach der Toilette. Meine Mutter, friedlich schlafend auf einer Parkbank, mit zerrissenen Strümpfen. Meine Mutter mit einem blutigen Schuh. Meine Mutter, nackt im Swimmingpool eines verlassenen Herrenhauses am Stadtrand, glücklich plätschernd, auf dem Rücken schwimmend, zwischen Herbstblättern, die auf dem Wasser schaukeln. Meine Mutter, gefangen in der Drehtür eines Hotels, ewig im Kreis gehend.

Als ich wieder auf unser Haus zurannte, sah ich einen kleinen Punkt auf der anderen Seite der Straße, dort wo man zum Einkaufszentrum oder zum Volksgarten abbog, der Punkt schwankte im Gehen, er kam mir bekannt vor, meine Mutter, ja, sie musste es sein. Ihr entgegenrennend erkannte ich sie, es gab keinen Zweifel.

Schnaufend kam ich vor ihr zum Stehen. Links und rechts baumelten Einkaufstaschen an ihrem Körper.

– Alex!

– Mama, mein Gott, was machst du denn?, fuhr ich sie an und nahm ihr die Einkaufstaschen aus der Hand.

– Nichts, ich –

– Warum läufst du einfach so weg?

– Weglaufen? Was –

– Du hast mir einen furchtbaren Schrecken eingejagt! Warum gehst du einfach so –

Ich hatte zu schnell gesprochen, ich musste zu Atem kommen, erschöpft vom Laufen. Ich stützte mich auf meinen Knien ab, blickte zu Boden. Ein zertretener Kaugummi. So viel unnötiger Stress. So viel – der braune Asphalt unter mir bewegte sich unmerklich, wie ein Teppich, den man mit dem Fuß über den Boden zieht – so viel unnötiges –

– Gib her, sagte meine Mutter, was soll denn das, das sind meine!

Und sie nahm mir die Einkaufstaschen weg. Durch das bläuliche Plastik sah man Orangen hervorleuchten.

– Wo bist du hingegangen, ich meine, wo –

– Die habe *ich* bezahlt!, unterbrach sie mich. Warum nimmst du sie mir weg?

– Du warst einkaufen?

– Es war nichts mehr im Haus, also bin ich einkaufen gegangen. Du nimmst mir ja nie Obst oder Schokolade mit, wenn ich dich darum bitte. Du vergisst ja immer die Hälfte!

– Du warst einkaufen?, wiederholte ich.

– Vergesslich wie du bist, sagte sie.

– Hilf mir wenigstens beim Ausräumen, sagte sie gereizt, als wir in der Küche waren.

Ich ließ die Orangen in die alte Obstschale rollen, wo sie ganz von selbst eine schiefe, unvollkommene Pyramide bildeten. Drei große Packungen Müsli – ich wusste nicht, ob meine Mutter sie gekauft hatte, um es auch wirklich zu essen. Die Milch stellte ich in den Kühlschrank.

Im Kühlschrank lag eine Brille. Das linke Glas vergrößerte die Aufschrift auf einem Joghurtbecher über dessen Ränder hinaus. Das E von *Vanille* lag jenseits des Bechers in einem Niemandsland optischer Täuschungen, wo vieles möglich war.

– Was ist denn da, warum starrst du in den – ach, da!

Sie drängte mich auf die Seite und nahm ihre Brille an sich.

– Warte, murmelte sie, du kommst jetzt an die Leine. So.

Und sie befestigte die Bügel an einem Brillenband, das sie sonst um den Hals trug.

– Manchmal lege ich sie ab, erklärte sie mir, während sie weiter ihre Einkäufe auspackte. Die Schnur kitzelt mich immer an den Wangen. Ich hab so ein breites Gesicht. Meine Tabletten nehme ich auch nicht mehr. Jedes Mal, wenn sie mich kitzelt, könnte ich mich stundenlang kratzen, aber genau das ist für meine alte Haut das Allerschlimmste. Meine Haut hält überhaupt nichts mehr aus. Das dauernde Kratzen …

– Hast du gerade gesagt, dass du deine Tabletten nicht mehr nimmst?

Meine Mutter raschelte mit einer Alufolie, in die sie ein Steak einwickelte.

– Hm?

– Du nimmst deine Tabletten nicht mehr?

– Sie machen alles langsamer … und außerdem vergesse ich immer, wo ich bin. Glaubst du, ich könnte einkaufen gehen, wenn ich dieses Zeug nehmen würde? Ich habe sogar deinen Geburtstag vergessen! Das ist mir noch nie passiert …

– Mama, ich habe dir doch gesagt, dass mein Geburtstag egal ist.

– *Dir* kann er ja ruhig egal sein! Im Zweifelsfall ist dir ja immer alles egal!

– Also, noch mal von vorn. Wenn du sagst, du nimmst die Tabletten nicht mehr, heißt das, dass du sie einfach nicht mehr nimmst oder dass du sie nicht mehr brauchst?

– *Diese* Tabletten habe ich mit Sicherheit noch nie gebraucht! Wer braucht schon Tabletten, um ausgerechnet die wichtigen Dinge zu vergessen?

– Aber das sind doch nur Nebenwirkungen, sagte ich und deutete mit einer Hand hilflos im Raum herum. Wenn dein Körper sich erst einmal daran gewöhnt hat, dann …

Ich bemerkte, dass ich gar nicht wusste, wovon ich sprach. *Körper, sich gewöhnt. Nebenwirkungen.* Sie war einkaufen gegangen, mit Zettel und allem. Sie hatte keine hundert Glühbirnen oder zwanzig Wassermelonen oder einen Do-it-yourself-Gartengrill gekauft, sondern sinnvolle Dinge. Bis auf die drei Müslipackungen.

– Warum hast du mich nicht gefragt, ob ich mitgehe?, fragte ich.

– Ich nehme die Tabletten nicht mehr, sagte sie.

Das versilberte Steak wanderte in das Tiefkühlfach. Vor dem Mund meiner Mutter bildete sich für einen Augenblick eine fast unsichtbare, weiße Atemwolke.

– Ja, ich weiß, du nimmst die Tabletten nicht mehr. Das hast du schon gesagt.

– Nein, ich habe es *nicht* zweimal gesagt. Die Be*ton*ung war anders! Hörst du denn überhaupt nicht zu? Ich *nehme* die Tabletten nicht mehr, das bedeutet soviel wie: *auch in Zukunft nicht.* Und wenn du es unbedingt wissen willst, ich brauche niemanden, der auf Schritt und Tritt auf mich aufpasst.

Ich werde mich gut benehmen, denke ich auf dem Weg zu meiner Mutter. Ich werde mich wohlerzogen geben, obwohl ich das nicht bin und nie war. Ich werde Messer und Gabel in der richtigen Reihenfolge in die Hand nehmen und wieder ablegen.

Tischmanieren sind wie Grundrechnungsarten. Sie werden gelehrt, ohne dass sie einer tieferen Begründung bedürfen. Gleichzeitig sind sie so aufgeladen mit labyrinthischen Moralvorstellungen, dass sie allein schon für die Gründung einer Religion ausreichen würden. Eine Gabel, im falschen Winkel zum Messer auf dem Teller. Ein Ellbogen, der sich auf den Tisch verirrt. Ein Wasserglas, das noch vor dem ersten Löffel Suppe geleert wird.

Die Grundrechnungsarten führen in die unbegreifliche Welt der Mathematik, unbegreiflich in ihrer Konsistenz und Stimmigkeit, wo die richtigen Ergebnisse (diese sonderbaren Objekte, die man *wahre Aussagen* nennt) immer zugleich die allerunwahrscheinlichsten sind. Manieren führen in eine analoge Welt, die allerdings unsichtbar bleibt (im günstigsten Fall ist sie noch einem Diskursanalytiker oder einem Archäologen zugänglich). Sie sind verantwortlich für die meisten Episoden von scheinbar fremd gesteuerter Besessenheit, von unerklärlichen Schuldgefühlen und der herrlichen Genugtuung, die einem erwachsenen Verstand das sinnlose Abzählen von Lichtern in einem Lesesaal bereitet, das Balancieren auf den schwarzen Kästchen, wenn man über ein Schachbrettmuster geht, oder das Antippen jeder dritten (nicht der zweiten und nicht der vierten) Geländersprosse auf dem Weg zu einem wichtigen Termin im Gerichtsgebäude oder im Krankenhaus, mit schweißnassen, zittrigen Händen.

Die zwei Metalltüren des Krankenhauslifts schmolzen zusammen, als wären wir, die Fahrgäste, ein Paket für den

Ofen. Ein Mädchen mit verbundenem Kiefer stieg ein. Zwei Männer gesellten sich dazu, einer mit einem Kaktus in der Hand. Ein Krankenpfleger mit gelbem Solidaritätsarmband. Halt im zweiten Stock. Drei Krankenpfleger. Halt im dritten Stock. Drei Krankenpfleger und eine Schwester. Das Mädchen stieg aus. Halt im vierten Stock. Der Kaktus-Mann und ich stiegen aus.

Der Linoleumboden in Krankenhäusern, der so aussieht, als wäre er ständig nass.

Ein Rollstuhlfahrer spiegelte sich vage im Boden und brachte eine ferne und sehr unscharfe Erinnerung an die Korridore meiner Schulzeit mit sich.

Das Sonnenlicht blendete mich. Also musste ich die Gesichter, die, vollgesogen mit düsteren Vorahnungen, an mir vorbeizogen, noch nicht beachten. Das helle Licht im Linoleum verschwand erst, als ich um eine Ecke bog.

Das ist nicht ohne Grund passiert, sagte die Stimme meiner Mutter vor siebzehn Jahren in meinem Kopf.

Der Riss, breit und unübersehbar, mitten in der Wirklichkeit.

Schon von weitem erkannte ich Valeries Angehörige. Sie standen am Ende des Ganges um einen Arzt versammelt, kreisten ihn ein, ließen ihn nicht entkommen, bis er ihnen die korrekte Auskunft erteilt hatte.

Ich wandte mich ab und machte es mir im Aufenthaltsraum bequem. Ich schaltete den Fernseher ein; CNN, ein Sender, der den ganzen Tag seltsam verträumte Werbungen für diplomatentaugliche Hotels bringt. Und natürlich läuft in jedem dieser Hotels, wenn man den Fernseher einschaltet, wieder nur CNN und zeigt Hotelwerbungen. Ein ewiger Teufelskreis.

Nach einer Weile trat ich auf den Flur hinaus, die

Gänge waren verlassen. Gras wuchs am Rand der Linoleumböden. Als hätte ich tausend Jahre geschlafen.

Ich kam in einen leeren Operationssaal. Eine große, dreiäugige Lampe schaute auf ein leeres Operationsbett herab, fast mitleidig, wie ein schwerer Sonnenblumenkopf. Das lange Metallgestell der Lampe war verziert mit einer Efeuranke.

Alle Fenster waren grau von Staub, und getrocknete Regentropfen hatten dicke Schlieren hinterlassen.

Im Gang lag ein auf die Seite gekippter Rollstuhl. Auf einem Rad hatte ein Vogel ein Nest gebaut, das längst verlassen war. Langsam drehte das Rad sich im Kreis, und kleine Zweige rieselten durch die Speichen auf den Boden.

Auf einer Mauer wanden sich elegante Graffiti mit großen Kanji-Schriftzeichen, die Gott weiß was bedeuten mochten. Ich stellte mich an ein Fenster und sah hinaus. Ich hatte das Gefühl, das einen im Zug befällt, wenn man eine Station zu weit fährt, weil man versäumt hat auszusteigen, und nun langsam aus dem Bahnhof rollt, unterwegs zur nächsten unbekannten Haltestelle.

Eine Passage aus einer der rätselhaften Reisebeschreibungen Pierre Duhamels kam mir in den Sinn. Als er auf seiner Wanderschaft in ein Dorf kam, das von der Pest fast zur Gänze entvölkert war, ging er, um zu rasten und weil ihm schien, es sei der einzig sichere Ort im Dorf, in die Kirche. Dort hörte er ein Geräusch, und er ging ihm nach. An der Stelle, wo die langen Seile zum Läuten der Kirchenglocken von der Decke herabhingen, baumelte ein Kind. Es hatte sich, klein wie es war, einfach auf den Knoten am unteren Ende des Glockenseils gesetzt. Und darauf schaukelte es. Hunger und Einsamkeit hatten das Kind so leicht werden lassen, dass die Glocken es trugen, ohne zu läuten.

Aus dem „Konversationslexikon der Jenseitsmythen“

(hrsg. v. Daniel Tammuz und Prof. Herfried Lorca), Seite 268

Jizō (地蔵). Bodhisattva in der japanischen Variante des Buddhismus. In der buddhistischen Mythologie ein Beschützer und Wächter über die Seelen totgeborener oder früh verstorbener Kinder, denen durch ihren vorzeitigen Tod der Übertritt über den Unterweltfluss Sanzu (siehe dazu auch →*Lethe*) verwehrt ist. Jizō-Figuren, die meist einen sitzenden Mönch mit Glatze und geschlossenen Augen darstellen, der in der Hand einen Pilgerstab hält (vgl. →*Hl. Nikolaus*), sind auch heute noch häufig auf Friedhöfen zu finden.

Eröffnungsfeier

Walter trug eine lächerliche Baskenmütze, die ihm ständig vom Kopf fiel. Er wollte vermeiden, dass sein Vater ihn unter den Zuschauern erkannte. Er war nicht wegen ihm gekommen. Er hielt Ausschau nach Joachim oder vielleicht nach Franz oder *Dieda*, denn vermutlich kreisten sie in verschiedenen Umlaufbahnen um den Dichter.

Was für eine lächerliche Inszenierung. Ein paar Litfaßsäulen, davon eine knallrot angemalt, standen in einigem Abstand voneinander in der Allee, und das war schon alles. Die Kunstmenschen (Leute mit Kiemen und Schwimmhäuten zwischen den Fingern) kamen tatsächlich, um sich simple Säulen anzusehen, die sie auch sonst überall zu sehen bekamen. Aber vermutlich war gerade das der Punkt, alltägliche Dinge neu erleben blablabla.

Als sich sein Vater auf der Bühne zeigte, die auf einer Wiese nahe der Allee errichtet worden war, wurde Walter kleiner. Er klappte den Mantelkragen hoch, zog den Hals ein. Er war sich einigermaßen sicher, dass seine Mutter nicht hier war. Und Mirja verstand nicht das Geringste von Kunst.

– Meine Damen und Herren!

Sein Vater hatte zu sprechen begonnen.

– Herzlich willkommen zur Eröffnung der Ausstellung *Think Tanks*. Mein aufrichtiger Dank gilt der Stadtverwaltung und vor allem –

Walter hörte weg, Dankesworte hatten ihn noch nie interessiert. Aber jetzt, da alle Menschen stillstanden (und ihre Kunstszene-Kiemen in Zeitlupe zwinkerten), war es einfacher, nach Joachim Ausschau zu halten.

Walter ertappte sich dabei, wie er auf Zehenspitzen herumging.

– Meine Damen und Herren. Diese Säulen sind einfache geometrische Embleme unseres Gedächtnisses. Wie der Wunderblock des großen Psychoanalytikers Sigmund Freud werden sie nie gelöscht, nie verlieren sie ihre Farbe, sondern werden immer nur überschrieben, überklebt mit einer neuen Schicht, einer neuen Schicht Werbung, die kaum einen Sinn ergibt ohne die vorhergehenden Schichten und Ge-Schichten. Schichten und Ge-Schichten. Und diese verschiedenen Ge-Schichten sprechen, in derselben Sprache wie ein Baum, zu uns vom Wesen der Zeit. Die Säulen sind gleichzeitig die Säulen der Geschichte. Sie sprechen vom Vergehen der Zeit, die Ezra Pound, ein berühmter amerikanischer Dichter, einmal auf folgende Weise beschrieben hat: *We do NOT know the past in chronological sequence. It may be convenient to lay it out anesthetized on the table with dates pasted on here and there, but what we know we know by ripples and spirals eddying out from us and from our own time.* Die Spiralen, von denen hier die Rede ist, sind wie die Jahresringe der Bäume oder das Schicksal verschiedener Flüssigkeiten, die in einer Kaffeetasse zusammengerührt werden.

– Kssss!

Ein Geräusch dicht neben ihm, als hätte sich jemand verbrannt. Walter drängte ein paar Menschensäulen auf die Seite, dann sah er ihn. Er sah wirklich gut aus. Er stand neben Franz, das war Pech, denn so würde sich nur ein doppelt peinliches Gespräch ergeben. Er hatte abgenommen. Er war – man musste es zugeben – wirklich hübsch. Walter war der einzige in der Menschenmenge, der gegen den Strom schaute. Fast spürte er so etwas wie Gegenwind.

– Meine Damen und Herren, lassen Sie mich also wiederholen: Diese Säulen verkörpern die Zeit, besonders natürlich die Vergangenheit. Das Problem der Vergangenheit ist allerdings eine äußerst verführerische und gefährliche Illusion, nämlich die Annahme, man könne sie deuten. Im Falle meiner Säule, der betretbaren Litfaßsäule, ist es allerdings so, dass der Hohlraum ein in jedem Fall subversiver Ort bleibt, der nicht so leicht gedeutet werden kann. Der Sessel darin und dazu das Bild an der Wand mit dem in comichafter Leichtigkeit über eine Wasserfläche steuernden Schiff – was bedeuten sie? Natürlich stellt sich jeder von uns diese Frage. Aber es ist eine Frage, die nicht beantwortet werden kann, auch so etwas gibt es, eine Frage wie ein leerer Handschuh, der das Gebärdensprache-Zeichen für *Wie bitte?* macht – mit anderen Worten: eine Falle. Wenn die Litfaßsäule geschlossen wird, ist es drinnen vollkommen dunkel. Natürlich haben wir daran gedacht, im Inneren eine Lampe zu installieren. Doch diese wird ausschließlich –

Walter hörte nicht mehr hin. Er schob Menschen wie Schilf zur Seite. Er stand vor Joachim und Franz.

– Oh, hallo, sagte Franz.

Da ihm vor Aufregung ein Frosch in den Hals gekrochen war, hob Walter die Hand zu einer lässigen Begrüßungsgeste.

– Ja, wenn – Ha!

Joachim ging auf ihn zu, umarmte ihn und tätschelte seinen Nacken. Walters Körper war sofort kraftlos geworden, sodass Joachim ihn nicht gleich wieder loslassen konnte. Er hing wie ein schlaffer Kartoffelsack in den Armen des Dichters. Dann war es Zeit, sich wieder aufzurichten.

– Du schaust fantastisch aus, brachte er hervor.

– Na ja, ich fühl mich ganz gut. Körperlich. Sonst ist diese Veranstaltung bisher allerdings eine einzige Höllenfahrt.

– Ja, allerdings, pflichtete Franz bei, nahm Joachims Hand und legte sie sich auf die Brust.

Die Geste war so überdeutlich, dass Walter besiegt zu Boden blickte.

– Der lässt kein gutes Haar an meinem Text. Alles total verdreht und gekürzt und verstümmelt, sagte Joachim. Aber gut, wenigstens steht der Originaltext in der Broschüre.

– Und bezahlt hat man dich auch ganz ordentlich, sagte Franz zu Joachims Hand auf seiner Brust.

– Oh ja. Geld hat er, dein Papa.

Und Joachim klopfte Walter, der sich inzwischen umgedreht hatte und in die gleiche Richtung schaute wie all die anderen Menschen auf diesem Planeten, auf den Rücken. *Dein Papa.* Ja, das stimmte, das da vorne am Rednerpult war sein Vater. Die Welt war ja so klein, andauernd fiel sie einem runter und dann suchte man stundenlang vergeblich nach ihr, weil sie in irgendeine Ritze im Fußboden gekullert war, die Welt.

– Joachim, sagte Walter hilflos.

– Hast du das gehört?, sagte Joachim zu Franz. Er schafft es nicht einmal, einfach vom Blatt abzulesen.

Franz kuschelte sich an ihn, während er das sagte. Er begann Joachims Schal abzuwickeln und schlang sich das eine Ende um seinen Hals. Jetzt waren sie beide miteinander verbunden. Walter bildete Fäuste in seinen Manteltaschen. Er spürte, wie sich die Nägel in seine Handflächen gruben. Schlimm genug, dass er an einem kalten Tag wie diesem mit dieser albernen Mütze herumlaufen musste. Und dann noch diese unverhohlene Verachtung, die so offensichtlich war, dass man daraus einen steinharten Schneeball hätte kneten können.

– Säulen, sagte er und produzierte die ersten Atemwolken in dem stetig kälter werdenden Jahr. Haha. So eine komische Idee, oder?

– Find ich gar nicht, sagte Franz.

Er hatte sich den Schal etwas zu fest um den Hals gewickelt und wurde nun jedes Mal wie ein angeleinter Hund hin und her gerissen, wenn Joachim sich bewegte.

– Die dümmste aller möglichen Ideen, wenn du mich fragst, sagte Joachim und sah Walter an.

Mit größter Mühe stemmte Walter seine Mundwinkel in die Höhe.

– Kopf hoch, sagte Joachim leise zu ihm.

– Mir ist nur kalt, sagte Walter.

Sie warteten das Ende der Eröffnungsrede ab, dann gingen Franz und Joachim nach vorne, um ein paar Leute zu begrüßen. Walter ließ sich unterdessen von dem aus vielen, vielen Händen hervorbrechenden Applaus verscheuchen, als wäre sein Herz ein lärmempfindliches Tier.

Ich habe immer noch die Fähigkeit, mich selbst zu überraschen. Leider nur mich allein. Gerald scheint es mit großer Gelassenheit hinzunehmen, dass ich vor ungefähr einer Viertelstunde den Verstand verloren habe. Er scheint sich sogar mit mir über diese Entwicklung zu freuen und tut das, was er sonst nie in Gesellschaft tut: Er tanzt.

Vor einer Viertelstunde lag ich noch in meinem Zimmer und beobachtete die Decke dabei, wie sie langsam auf mich herabsank.

Niemand mehr da.

Alles ausgestorben.

Langsam ersticke ich an dem dichten Gestöber aus Selbstvorwürfen und Hoffnungslosigkeit. Wenn Lydia jetzt anruft, dachte ich, bringe ich das Telefon um. Ich erwürge es mit der Schnur. Wenn es ein Handy ist, zertrete ich es wie einen Käfer.

Niemand mehr da.

Clowns am Ende eines Korridors machen Späße, verhöhnen mich aus sicherer Entfernung. Ich will sie alle töten, sie mitreißen in meinen Untergang.

Zwischendurch weine ich, aber nur für ein paar Sekunden und ohne Tränen, es ist mehr wie ein verzweifeltes Beißen ins Leere. Ein hilfloses Händeringen, nur mit den Kiefern.

Da kommt Gerald zur Tür herein.

– Wie zum Teufel bist du hier rein … ach, Scheiße … dieser Steiner … Scheiße!

– Ich hab dich nur gesucht.

– Ah, dieser Wichser … diese faule Drecksau … dem trete ich in die Eier … kaputte Scheißtür …

Es ist unmöglich, unter diesen Umständen deutlich zu sprechen. Es herrscht schließlich Krieg. Krieg gegen den luftleeren Raum.

– Ich hab dich gesucht, wiederholt Gerald.

An seiner Stimmlage merke ich, dass er weiß, wie man mit Betrunkenen reden muss. Langsam und klar. Mit vielen Wortwiederholungen. Beruhigend und so wenig provokant wie möglich. Armes Kind.

– Und?, frage ich.

– Nichts.

– Ist dir langweilig? Hat deine Mutter wieder keine Zeit? Liegt sie zuhause … ach, Scheißdreck, verdammter …

Mein Rücken tut weh. Ich muss aufstehen.

– Alex?

– Ja, ich weiß, ich bin betrunken.

Er sieht mich nur an.

– Tut mir leid, sage ich.

Im tristen Licht des Mittags habe ich, als ich in meinen beschämend kurzen Schatten gehüllt durch die Gegend spaziert bin, beschlossen, mich zu Tode zu trinken, allerdings nur so lange, bis alles wieder besser ist. Aus Faulheit habe ich dann irgendwann mittendrin aufgehört. Die Wirkung ist ungefähr dieselbe, als würde man mitten in einem Fallschirmsprung aufhören. Man zappelt hilflos zwischen Himmel und Erde bis vor die eigene Haustür und lehnt sich so lange dagegen, bis sie sich daran erinnert, dass sie seit fast einem Jahr kaputt ist und schon beim leichtesten Gegendruck aufgeht. Möglich, dass ich übertreibe. Aber was wollen Sie, ich bin betrunken. Meine Augen werfen Schatten, ohne dass dazu eine Lichtquelle nötig wäre, mir ist speiübel, und ich bin zu benommen, um mich aus dem Fenster zu stürzen.

Gerald setzt sich zu mir, wippt mit den Füßen.

– Ist dir langweilig?, frage ich.

– Geht so, sagt er. Du hast immer noch nicht den Film gesehen.

– Ach, nein, lieber nicht. Von diesen wackeligen Bildern werde ich nur seekrank.

– Ist gar nicht verwackelt. Am Ende sieht man alles.

– Egal, lass …

Gerald steht auf und geht zu der Stereoanlage. Er findet den Stromschalter und das Gerät erwacht. Das Laufwerk öffnet sich und verlangt nach Futter.

– Darf ich?, fragt Gerald.

– Sicher. Armes, verrücktes Schlüsselkind …

Habe ich das gerade laut gesagt? Muss wohl so sein, denn Gerald schaut mich vorwurfsvoll von der Seite an. Wer ist hier der Verrückte? Er hat Recht.

– Tu … tu nur … wie du magst, sage ich und versuche meiner Stimme eine gewisse nüchterne Klarheit zu geben.

Als plötzlich laute Musik aus den Boxen platzt, zucke ich zusammen.

– Leiser!

Gerald dreht am Regler.

Ich habe seit Tagen nichts Richtiges gegessen, also muss ich meine Hose ständig festhalten, damit sie nicht herunterrutscht. Und ich singe laut zu *Soul Man* von den Blues Brothers (die sich als kleine silberne Scheibe im CD-Player drehen und, nebenbei bemerkt, nicht singen können; sogar ich kann das besser) und deute mit dem Zeigefinger meiner freien Hand an die Decke, als wollte ich sagen: Dort, dort sitzt der Blues. Dabei ist es nur eine Decke. Ich bin so albern wie lange nicht mehr. Ich schäme mich und schwitze. Ich gehöre eigentlich nicht hierher, ich gehöre in eine Mischung aus Badewanne, Bett und Ausnüchterungszelle.

– *Comin' to ya! On a dusty road!*

Ich ahme John Belushis quakende Stimme nach, was Gerald wahrscheinlich nicht einmal bemerkt. Er kennt den Film nicht. Die CD gehört Lydia. *Briefcase full of Blues.* Ich habe sie seit zwei Jahren nicht mehr gehört. Gerald lacht über meine, über unsere improvisierte Darbietung so heftig, dass er ohne nachzudenken plötzlich einen Tanzschritt ausführt. Gott sei Dank macht er ihn auf dem Teppich und steht gleich wieder auf. Die Haut auf seinen Knien ist inzwischen wahrscheinlich so dick wie Elefantenfußsohlen.

– *Got what I got! The hard way!*

Ich habe es noch nie bemerkt, aber das Gitarrenriff, diese zwei, drei Akkorde, die von der Rhythmusgruppe während der Strophen immer und immer wieder heruntergenudelt werden, haben die Fähigkeit, einen glücklich zu stimmen. Wie zum Teufel machen sie das? Es liegt vielleicht daran, dass ich mein Gehirn mit Getränken unterschiedlichster Art auf die Frequenz eines melancholischen Nachtwächters heruntergetunt habe, der alten Zeiten nachtrauert und während seiner ewigen Rundgänge interessante Dinge im Mond erkennt: einen Hasen, das Gesicht von Mafalda aus den Peanuts, ein Smileygesicht, das nachdenkliche Konterfei von James Joyce. Aber diese Gitarrenakkorde dürfen das nicht, sie sollen mich gefälligst in Ruhe trauern lassen, weil alles entsetzlich und hoffnungslos ist, und ich bin ganz allein auf der Welt und am Ende wahrscheinlich noch viel schlimmer dran als ein zusammengeschlagener Clown, der in der Gosse liegt und an seiner eigenen Schminke erstickt.

– *Ama Soulmäääähn!*

Geralds Stimme kann richtig laut sein, wenn sie will. Sie tut mir zwischen den Augen weh, als besäße jeder Vokal eine scharfe Kante. Vom Tanzen wird mir schwindlig. Mein Bauch fühlt sich an wie ein angebissener Apfel. Aber mitten in dem Schwindel, dem Ekel und den dummen Tanzbewegungen, die ich mir in meinem luftleeren Raum erlaube, überfällt mich plötzlich eine Klarheit, als wären meine Augen zwei Luftblasen, eingeschlossen in einem Eiszapfen.

Tee ist das Beste

Der Sommer war endgültig vorbei, es war Herbst geworden: Die Luft kühlte ab, die Bäume in den Straßen verfärbten sich, die Nobelpreise wurden vergeben.

Ich war auf dem Weg zu meiner Mutter. Gerald hatte irgendwann die Geduld mit mir verloren und war nach Hause gegangen, zum nächsten betrunkenen Menschen. Kein leichtes Leben. Keine Auswege.

Ich hatte nicht weit, aber schwankend und unsicher, wie ich mich fühlte, dauerte es trotzdem eine Ewigkeit. Das fette, grüne Baugerüst am Nachbarhaus lag verlassen da, obwohl heute ein Werktag war. Wie ein ausgeflogener Bienenstock. Eine schlotternde Riesenflagge. Vielleicht machte es aus irgendeinem Grund keinen Sinn mehr, das Gebäude fertig zu stellen.

Im Wohnzimmer meiner Mutter stand ein altes Klavier, das sich von Jahr zu Jahr mehr verstimmte, als verliere es langsam seinen Verstand. Aus Mitleid spielte niemand mehr darauf. Nur hin und wieder tänzelte eine der Katzen meiner Mutter über die Tasten und komponierte nervöszerklüftete Filmmusik für eine Horrorparodie.

Sie freute sich sehr, mich zu sehen, und umarmte mich. Ihr ging es so gut wie schon lange nicht. Die Medikamente abzusetzen, sagte sie, sei die beste Entscheidung gewesen, die sie je getroffen habe. Es käme ihr nicht mehr so leicht alles durcheinander. Im Kopf.

– Ich bin so froh, dass du mich besuchen kommst, sagte sie. Magst du Tee?

– Ja.

– Bist du heiser?

– Ein wenig.

– Warum denn?

– Ich hab zu laut gesungen.

So zärtlich wie möglich dachte ich: *Warum konnte sie nicht tot sein anstelle* – Ich war immer noch betrunken, das durfte sie nicht merken. Während sie Tee machte, heulte ich still in meine Handfläche. Als sie zurückkam, schwebten vor ihrem Gesicht Dampffäden über den beiden Teetassen wie orientalische Flaschengeister.

Ich wollte etwas sagen, aber sie ließ mich nicht zu Wort kommen.

– Seit ich die Tabletten weggeschmissen habe, weißt du, kann ich mich plötzlich wieder an Dinge aus meiner Kindheit erinnern, die ich schon vor langer Zeit vergessen habe. Aber vielleicht ist das auch nur eine Folge des Alters. Ach, ich bin wirklich nicht mehr die Jüngste. Weißt du, das letzte Mal, dass mir jemand auf der Straße nachgeschaut hat, das war vor fünfzehn Jahren, kannst du dir das vorstellen? Ich erinnere mich jetzt wieder an alles, komisch. Aber ich rede nur von mir! Erzähl mir von dir. Was machst du so?

– Mama, ich …

– Du bist ja wirklich heiser, mein Gott. Hast du dich verkühlt? Warte, ich hol dir was gegen Halsweh. Hast du Schmerzen?

– Nein.

– Aber die wirst du noch bekommen. Bei dir hat es schon immer länger gedauert. Früher hab ich immer an deinem Mundgeruch gewusst, dass du eine Halsentzündung hast, lange bevor es dir wehgetan hat. Und jeden Oktober hattest du diesen Husten, danach konnte man die Uhr stellen. Diesen trockenen Keuchhusten, der einfach nicht besser werden wollte. Das war wie verhext. Der ganze Oktober gehörte dem Husten und basta.

– Ich –

– Du siehst schlecht aus. Hast du abgenommen?

Dass sie so vereinnahmend war wie immer, wirkte aus irgendeinem Grund sehr beruhigend. Ich wollte mich am liebsten einrollen auf der breiten Couch, in dem bekannten Zimmer, das sich mit dem schicksalsschweren Geruch von Tee füllte.

– Tee ist das Beste, sagte meine Mutter. Findest du nicht auch? Danach geht's einem immer besser. Aber weißt du was, ich erinnere mich nicht mehr, wann du deinen ersten Rausch hattest.

– Ach, Mama …

– Doch, doch. Glaubst du, ich merke nicht, dass du getrunken hast?

– Nur ein bisschen.

– Ein bisschen zu viel. Na, ist ja egal, du bist schließlich erwachsen. Klüger macht's einen halt nicht. Also, jetzt erzähl, was machst du so? Du lässt dich ja nicht viel blicken. Ich bin meist den ganzen Tag allein, und wenn ich die Katzen nicht hätte, dann würde ich wahrscheinlich die ganze Zeit spazieren gehen oder im Park herumsitzen. Als junger Mensch kann man das nicht verstehen, aber es sind die einzigen Dinge, die man sonst tun kann, wenn man alt ist. Alte Menschen tun das nicht, weil sie dumm sind oder langsam, sondern weil es sonst kein Betätigungsfeld – ja, das ist der richtige Ausdruck: Betätigungsfeld –, weil es für sie sonst nichts mehr gibt. Aber das wirst du schon noch merken.

– Sicher, ja, warum nicht, sagte ich.

– Hm? Was hast du gesagt?

– Ja, du hast Recht.

– Nein, sagte sie mit etwas sanfterer Stimme, nein, wenn du einmal alt bist, dann haben die bestimmt schon was erfunden gegen diese Langeweile, vielleicht sogar gegen das Alter selber. Stell dir das einmal vor: Alle sterben jung! Ich werde das nicht mehr erleben, aber du vielleicht …

– Kann ich mich vielleicht ein bisschen hinlegen?

Ihr Gesicht hellte sich auf.

– Natürlich, sagte sie mit leiser, konzentrierter Stimme, die ich schon seit sehr langer Zeit nicht mehr gehört hatte. Leg dich hin.

Alles wurde wie Watte. Ihre Hand führte meinen Kopf, der schwer auf die Couch sank. Der vertraute Geruch nach Feuchtigkeitscreme.

– Leg dich nur hin. Ausruhen ist immer das Beste. So wie Tee. Schlaf dich aus. Angenehme Träume.

Meine Augen schlossen sich automatisch, wie bei einer Glaspuppe, die man auf den Rücken legt. Meine Mutter nestelte an meinen Füßen herum, da ich sie auf den Schlafplatz einer der Katzen gelegt hatte. Meine Mutter hatte in ihrem Leben viele Katzen gehabt. Im Augenblick besaß sie zwei klein geratene kuhgefleckte Weibchen, ein dreibeiniges, agiles Männchen und einen fünfzehnjährigen Kater, der auf seine alten Tage aufging wie Germteig. Er schleppte seinen schweren, aufgedunsenen Körper mit sich herum, tatzte nach irgendwelchen Dingen, die gerade noch in Reichweite lagen, und freute sich, wenn man ihn am Kinn kraulte. Sein Blick war manchmal sehr klar und ruhig und er schnurrte freundlich, dann wieder erkannte er niemanden und fauchte, wenn man ihm zu nahe kam. Während sie Medikamente nahm, hatte sie keine Katzen halten können, aber die Schlafplätze waren geblieben, auf Möbeln und in Zimmerecken. Sie waren die Fixpunkte, die allen Iterationsschritten des Schicksals trotzten.

Ich schlief ein und träumte von einer Welt, in der es nur große, einfache Dinge gab: Seen, Bäume, Riesenräder,

Berge. Kleine, komplizierte Dinge wie Bücher, Radiowecker oder Armbanduhren waren verboten.

Als ich erwachte, war die Wohnung still. Meine Mutter kam zu mir ins Zimmer, angelockt durch das Geräusch meiner blinzelnden Augen, und fragte mich, ob es mir schon besser ginge. Sie hatte noch Tee aufgestellt.

– Diesmal einen richtigen. Einen mit Salbei und Honig. Das wirkt.

– Ich muss dann aber gehen, sagte ich verschlafen und setzte mich auf.

Wohin wollte ich überhaupt? Draußen war alles kaputt und zerstört. Schutt überschwemmte die Straßen. Banden zogen umher, schlugen Schaufenster ein und stahlen den nackten monochromen Mannequins die abnehmbaren Gliedmaßen.

– Warte, sagte meine Mutter und verschwand im Nebenzimmer.

Ich stand auf, etwas wackelig noch. Ich fand allein zur Tür und zog meine Schuhe an. Schleifen in Schuhbänder, was für ein idiotischer Einfall.

– Danke für den Tee, sagte ich laut.

Meine Mutter war noch im Nebenzimmer, ich hörte ihre Stimme. Dann erschien ihr Kopf in der Tür und ich sah, dass sie telefonierte.

– Mmh, ja … sicher … aha …

Ausgerechnet jetzt, das machte sie absichtlich. Ich versuchte zu winken, mich lautlos zu verabschieden, aber sie sah mich nicht an, sie drehte sich weg und ging zurück ins Zimmer. Mit den Schuhen konnte ich ihr nicht folgen, also blieb ich stehen. Drei Minuten. Vier Minuten. Dann kam sie endlich mit dem Schnurlostelefon in der Hand und legte es zurück auf seinen Schlafplatz.

– Du gehst wirklich schon?

– Ja.

– Warte, nur einen Augenblick.

Ich machte eine hilflose, leere Rudergeste mit beiden Armen. Die Klotür. Leise fluchend streifte ich die Schuhe ab.

Eine Weile zögerte ich. Das Schnurlostelefon lag friedlich in seiner Aufladestation und blinkte. Ohne zu überlegen, drückte ich die Wahlwiederholung. Ich stellte mich schon darauf ein, mich zu entschuldigen, *verwählt, Verzeihung*, da hörte ich sie, die wunderbare Stimme. Sie hatte den herrlichsten aller S-Fehler, sie lispelte, was bestimmt davon kam, dass das Tonband so oft abgespielt worden war.

– *Es wird mit dem Summerton achtzehn Uhr fünfzehn Minuten und dreißig Sekunden.*

Mit dem Hörer an der Wange ging ich wie verzaubert in die Küche und schaute aus dem Fenster. Auch meine Mutter also. Es war, als ob diese unschuldige Frauenstimme die Stimme der Welt wäre, die einfach immer weiterzählte, egal, was passierte. *Es wird mit dem Summerton.*

Das Fenster in der Küche schaute auf einen kleinen Parkplatz. Helle Reflexionen balancierten wie Plasmaspinnweben über Rückspiegel und Motorhauben. Ein unhörbarer Wind bewegte eine einzelne, aufragende Antenne. Und mitten auf dem Parkplatz, in der sinkenden Sonne, sprang ein Hund nach seinem Schweif. Ein seltsames Tier. Um den Hals trug es etwas wie ein zerfetztes, steifes Halstuch. Der Hund sprang, drehte sich in der Luft, landete; aus einem bestimmten Winkel sah es fast so aus, als vollführte er Freudensprünge, halbe Rückwärtssaltos – er schien zu wissen, dass es sein eigener, ewig unerreichbarer Schweif war, den er da jagte, aber das hielt ihn nicht davon ab: Er drehte sich einmal flink um sich selbst, ein wild gewordener Kreisel, sprang dann in die Luft, seine Schnauze schnappte ins Leere, und als er wieder auf dem Boden landete, duckte er sich für einen Augenblick, als müsste er nach der entwischten Beute Ausschau halten, sich sammeln, Witterung aufnehmen.

Bald brach der Hund das Spiel ab, lief ein paar Schritte, wie um eine Spur zu verfolgen, die aus dem Nichts gekommen war, blieb aber gleich wieder stehen und sah sich um. Sein Blick passte genau in meinen, wie ein Stecker in die Steckdose.

Wir schauten uns lange an, als gälte es herauszufinden, wer als erster den Blick abwandte. Wir gewannen beide, denn ohne mich aus den Augen zu lassen, rannte der Hund plötzlich los. Ich flüchtete aus der Wohnung.

Dritter Teil: Das rechtzeitige Köpfen des Frühstückseis

When she died and was laid
in her hospital bed
she took Infinity with her
The Mathematician's Blues

I watched an Indian movie about the tribulations of a lamb·lost in Calcutta. The lamb's innocence so touches those it encounters that butchers and starving men befriend it. The film made me hungry.
Harry Mathews

Wolfgang, ein Update

Wolfgang war ein Turnlehrer wie es viele gab. Ein durchtrainierter, einfacher Mann, der sich seine Trillerpfeife am Morgen umhängte wie ein Medizinmann seinen Geisterschmuck und sie auch trug, wenn weit und breit kein Spielfeld zu sehen war.

Er verlangte nicht viel vom Leben. Seiner Frau sollte es gut gehen und seinem Kind auch. Man musste sich anstrengen, dann bekam man auch etwas dafür. Man musste warten, sich gedulden, und plötzlich legte das Schicksal einem ein Überraschungsei vor die Füße.

So wie hier, in dieser leeren Krankenhauscafeteria.

Er hatte den jungen Mann schon damals erkannt, als er ihn im Wartezimmer von Frau Dr. Messerschmidt sitzen gesehen hatte. Er war der einzige gewesen, der einigermaßen glücklich gewirkt hatte. Damals hatte Wolfgang nichts Besseres mit seiner Wartezeit (Gabi war nun schon zwei Stunden bei der Therapeutin, die *fließende Zeitvereinbarungen* propagierte, und es war kein Ende in Sicht) anzufangen gewusst und den jungen Mann einfach nach seinem Namen gefragt.

Dieser ignorierte ihn zuerst. Ja, es gab keinen Zweifel, der junge Mann war tatsächlich glücklich. Da nahm Wolfgang seine Trillerpfeife zwischen die Lippen und blies sehr sanft hinein. Der junge Mann hob den Kopf und schaute ihn erstaunt, aber immer noch nicht unfreundlich an.

– Ich wollte nur wissen, wie Ihr Name ist, sagte Wolfgang.

– Sie sprechen ihn ja doch nur falsch aus, antwortete der junge Mann.

Wolfgang überlegte eine Weile (währenddessen blickte sein Gesprächspartner wieder woanders hin und wippte erwartungsfreudig mit dem Fuß), dann nahm er all seinen Mut zusammen und sagte:

– Ich kenne Ihr Bild, glaube ich, Ihr Gesicht, das heißt ... von einem Bild, wissen Sie. Ich bin mir da ziemlich sicher.

Er bemerkte, dass seine Hand zu zittern begonnen hatte, als hielte er bereits das Bild, von dem er sprach. Aber es hatte sich nie in seinem Besitz befunden.

– Wie?, fragte der junge Mann.

– Ja, von einem Foto, sagte Wolfgang und malte mit seinen Zeigefingern und den Daumen ein kleines Fenster in die Vergangenheit in die Luft.

– Darf ich mich zu Ihnen setzen?

– Sicher.

– Ich glaube, wir sind uns schon mal begegnet. Sie erinnern sich bestimmt. Meine Frau war Patientin bei –

– Ja, natürlich.

– Schrecklich, das alles ... Finden Sie nicht?

– Ja.

Georg Kerfuchs' Sohn, wenn er es wirklich war, sprach sehr leise. Er war unnatürlich bleich im Gesicht, und Wolfgang dachte instinktiv, ein paar Runden um das Fußballfeld würden ihm sicher nicht schaden. Aber vielleicht kam die fahle Farbe auch von der Beleuchtung in der Cafeteria.

Wolfgang, der aufgrund seiner Arbeit viel mit jungen Menschen zu tun hatte, versuchte ebenfalls leise zu sprechen, um sein scheues Gegenüber nicht zu verschrecken. Welch ein Unterschied zu dem glücklichen Mann damals im Wartezimmer! Er bereitete seinen Satz vor und sagte ihn.

– Meinen Kater?, antwortete der junge Mann. Das würde ich allerdings bezweifeln, dass Sie den gekannt haben.

~

Zwei Männer im Exil. In den wenigen Wochen, die ihnen zusammen bleiben, tun sie das, was Junggesellen zusammen eben so tun. Sie betrinken sich und gehen gemeinsam in ein Bordell, wo sie mit den Frauen reden, die sehr freundlich zu ihnen sind, weil sie nicht viel Geld haben. Wolfgang macht sich anfangs Vorwürfe, weil er seine Frau mit dem Kind allein gelassen hat, aber Georg beruhigt ihn. Es gebe auch innere Bedürfnisse, sagt er, nicht nur ewige Verpflichtungen. Und außerdem sei das Leben viel komplizierter, als Wolfgang es sich vorstellen könne. Georg wohnt in einer billigen, kleinen Wohnung. Wolfgang übernachtet bei ihm, bis sich irgendwas anderes ergibt. Vom Wohnungseigentümer werden sie eines Tages im Stiegenhaus freundlich begrüßt.

– Hey, ich wollte nur, dass ihr wisst, dass es für mich wirklich in Ordnung ist, sagt der Wohnungseigentümer. Das wollte ich euch nur sagen. Ihr zwei seid mutig.

Sie laufen rot an, dementieren seinen Verdacht, erklären lang und breit, dass das alles ein riesengroßes Missverständnis ist, und verstecken sich anschließend voreinander: Die Mahlzeiten nehmen sie getrennt ein, in der Küche hängt ein Duschplan, auf Viertelstunden genau. Ihre Beziehung, das gemeinsame Bewusstsein, als Komplizen auf der Flucht zu sein, der eine schon seit Jahren, der andere erst seit kurzem, verändert sich schnell. Georg geht einkaufen. Ein Kleidergeschäft, das kurz vor der Schließung steht, bietet verzweifelt Rabatte bis zu 30 % an, die Schaufensterscheibe ist voller bunter Rufzeichen. Er stellt fest, dass der Himmel sich verfinstert hat. Die Leute auf der Straße stellen ihre Mantelkrägen auf, sofern sie entsprechend gekleidet sind. In einem anderen Jahrhundert hätten sie noch ihre Hüte festgehalten und die Spazierstöcke eng an ihre Körper gepresst. Das Haus, in dem er mit Wolfgang wohnt, steht da, ein düsterer, von Balkonen und flügelförmigem Efeubewuchs vermummter Monolith. In der Umgebung fallen ihm die vielen Schornsteine auf den Hausdächern auf: Rollkrägen, die in den Himmel ragen. Aus keinem einzigen steigt Rauch auf.

Die Wohnung ist immer eiskalt. Der Thermostat an der Wand hält mit seiner kleinen roten Diode dagegen, dass die Heizung einwandfrei funktioniert.

Jede Minute erscheinen irgendwo neue Schatten von verschiedenen unscheinbaren Gegenständen auf dem Zimmerboden oder an den Wänden, und im Licht der nackten Hundert-Watt-Birnen bekommt alles einen unwirklichen Charakter. So wie wenn man zu lange in einer Schlange wartet und plötzlich beginnt, die Dinge der Umgebung unangenehm klar und deutlich zu sehen, wie im Traum. Auf dem schmalen Balkon steht ein wackliger Sonnenschirm, der so alt ist, dass er schon fast mit der Mauer verwachsen ist. Georg und Wolfgang trauen sich nicht, ihn anzufassen, und berühren ihn nur mit der Schuhspitze. Wolfgang ist ängstlich, er wandert durch die fremden Zimmer, unschlüssig, wo er sich zwischen Umzugskartons und alten, mürrischen Möbeln, die nach ihren früheren Besitzern zu verlangen scheinen, hinsetzen soll. Durch die Fenster sieht man einige hohe Gebäude, die von der sinkenden Sonne in Schach gehalten werden.

Eine Unregelmäßigkeit im Fensterglas legt eine z-förmige Verwerfung über die Dächer der Stadt.

Sie halten es in der Wohnung nur bis zum Abend aus, denn wenn es langsam dunkler wird, bekommt Georg sogar Angst vor dem Mond (er verrät es Wolfgang mit sehr ruhiger und beherrschter Stimme), den er anfangs für eine Dekoration auf einem der höheren Nachbarhäuser gehalten hat. Er schämt sich für seine Angst und schimpft mit sich wie mit einem kleinen Kind.

Auch das schmale Bild, das in seinem Schlafzimmer hängt und wohl dem vorigen Mieter gehört hat, macht ihn nervös, dabei ist es nur eine naturgetreue Abbildung eines aus stürmischen Wolken ragenden Berggipfels. Aber trotz der warmen Farben, die der Amateurmaler verwendet hat, wirkt der Berg finster und massiv wie das zürnende Haupt eines Patriarchen; Georg will es nicht ansehen. Er hängt das Bild ab und schiebt es unter Wolfgangs Bett in dem anderen Schlafzimmer, dann geht er ins Bad und betrachtet sich eine Weile im Spiegel, bis ihm ein wenig leichter wird. Anschließend verlässt er die Wohnung und geht an der Rösselmühle vorbei, durch eine kurze Allee, die zu seinem alten Schulgebäude führt.

Er kehrt spätnachts zurück, löscht alle Lichter in der Wohnung, auch das Licht in dem Zimmer, wo Wolfgang sitzt und zu lesen versucht, und geht leise auf und ab, bis er müde wird.

Im Bad wäscht er sich ewig lang die Hände, als hinge sein Leben davon ab.

Mitten in der Nacht wacht er mit Herzrasen und dem Gefühl auf, sein Oberkörper stecke in einer unglaublich engen Erdröhre fest, und er muss zwei rote Tabletten schlucken. Sein Rücken, sein ständig angeschlagener Rücken hat sich wieder gemeldet.

~

– Pillen?

– Ja, Schmerzmittel. Ohne die war er ziemlich hilflos.

– Aha.

– Der eigentliche Grund für seine Flucht und alles, damals. Aber wie dem auch sei, jedenfalls wirken –

~

Die Pillen wirken erstaunlich schnell. Georg sitzt am Bettrand und dreht erleichtert die Medikamentenschachtel zwischen seinen Fingern; nur unbelebte Chemie schafft eine solche Verlässlichkeit.

Von den Schmerzmitteln wird er immer sehr müde. Dann werden seine Schultern schwer, und sein Herz fühlt sich an wie ein gepresster Blütenkopf in einem Herbarium. Er greift sich auf die Stirn und lässt die Hand lange dort ruhen, als wäre sie festgeklebt. Er erhebt sich und die Hand bleibt, wo sie ist. Jetzt fehlte nur noch, dass er die andere Hand hindurchsteckt, und er wäre ein Elefant für Kinder. Dann hört er, leise und tröpfelnd, die geflüsterten Befehle seines Körpers, sich hinzulegen. Alles wird angenehm, wie Watte, getränkt mit einer warmen Flüssigkeit. Sein Herz ist ein knisternder Strohstern. Er hört Melodien, die er schon längst vergessen geglaubt hat.

In den frühen Morgenstunden träumt er von einer weißen Kathedrale mitten in der Wüste. In dieser Kathedrale wird eine heilige Reliquie aufbewahrt, der Wunderkräfte nachgesagt werden. Es handelt sich um getrocknetes Stroh, das mit schwarzen Bändern zu einer kugeligen Menschenfigur zusammengebunden worden ist. In dem Stroh verbirgt sich die Asche eines alten christlichen Märtyrers. Beim Hochheben knistert die staubtrockene Reliquie, und der Priester schaukelt sie in seinen Armen wie ein Neugeborenes. Georg kniet vor der Reliquie nieder. Man hat ihm erklärt, dass er den mit heiliger Asche gefüllten Strohmann mit beiden Händen berühren und anschließend die Fingerspitzen zum Mund führen muss, um an der heilsamen Wirkung teilzuhaben. Er versucht es – aber die Strohpuppe zerfällt schon bei der ersten Berührung. Grauer Staub rieselt aus ihr, wirbelt auf, er wischt sich die Augen – rund um ihn beginnen die Menschen zu schreien, sie halten seine Hände fest, um ihn daran zu hindern, sich die Asche weiter ins Gesicht zu schmieren. Aber er muss es doch tun, die Asche brennt ihm sonst in den Augen! Er ringt eine Weile mit den fremden Menschen, dann wacht er auf und ertappt seine linke Hand dabei, wie sie seine rechte umklammert hält, als wollte sie sie erwürgen. Er lässt los.

Loslassen ist das Prinzip. Immer schon gewesen. Man lässt los, wenn einem das Schicksal eine günstige Gelegenheit bietet, an einem gleißend kalten Wintertag, allein in einem Wagen, der gerade erst von den Toten zurückgekehrt ist. Man lässt los, schneidet die Schnur durch und fährt davon, denn anders würde man es nicht übers Herz bringen. Es braucht eine Sekundenentscheidung, eine Eingebung, eine spontane Selbstentzündung, man lässt einfach den Fuß entscheiden, den Fuß auf dem Gaspedal, und das Pedal merkt, dass etwas Ungewöhnliches vor sich geht, und leistet Widerstand, was den Fuß nur noch mehr anstachelt, und der Rücken leidet währenddessen wie nie zuvor, brennt, jagt dissonante Schmerzakkorde durch die Wirbelsäule, ein bitterer Vorgeschmack der Tage, die noch kommen –

~

– Entschuldigen Sie, was haben Sie da eben gesagt?

– Das mit seiner Hand? Ja, das hat er oft gemacht. Ich weiß auch nicht, was das zu bedeuten hat. So eine Art Krampf, von Zeit zu Zeit. Aber ich glaube –

– Nein, nein, vorher.

– Was? Der Traum? Ja, das ist witzig, weil er mir immer lang und breit erzählt hat, was er geträumt hat. Da war er richtig … richtig dogmatisch, könnte man sagen.

– Okay …

– Einmal zum Beispiel –

– Nein, davor, Sie haben gesagt, *der eigentliche Grund …*

– Ach das. Ja. Das war das, was er mir immer gesagt hat. Der eigentliche Grund, sich von der Familie zu trennen, war seine Krankheit. So hat er's mir immer erklärt. Er wollte nicht irgendwann als Pflegefall enden, der auf die Hilfe seiner Familie angewiesen ist. Die einzige Hilfe, die er akzeptiert hat, ist *fremde* Hilfe.

– Ich … Oh! Das tut mir leid, ich –

– Ach, ist schon in Ordnung. Gott sei Dank ist der Kaffee in Cafeterias immer nur lauwarm.

– Warten Sie, ich hole Ihnen eine Serviette.

– Ist doch nur das Knie. Kein Problem. Wo waren wir stehen geblieben?

~

Und irgendwann ist es drei Uhr morgens, und sie sind beide hellwach vor lauter Schlafbedürfnis und geistern unruhig in der Wohnung umher. Und sie reden von ihren Familien, die fern sind, die eine im zeitlichen, die andere mehr im örtlichen Sinn. Sie kommen zu dem Schluss, dass die zeitliche Dimension stärker ist. Wolfgang sagt etwas

Simples, Versöhnliches, um sich selbst zu beruhigen, etwas wie: *Im Leben muss man sich immer anstrengen, um Distanzen zu überwinden.*

– Weißt du, fragt Georg ihn, was diese elenden Zen-Meister, diese fürchterlichsten aller Diktatoren machen, wenn sie auf ihre Schüler aufpassen? Nein? Sie schlagen sie mit einem Bambusstock, egal, was die Schüler tun. Oder nicht tun. Wenn die Schüler etwas falsch machen, schlagen sie sie, wenn die Schüler alles richtig machen, schlagen sie sie auch. Und das nicht einmal besonders sanft. Ziemlich fest, direkt auf die Schultern, zuerst links, dann rechts. Manchmal sogar auf den Kopf.

Plötzlich steht Georg auf und schleppt sich an den Schreibtisch. Er schaltet die kleine Lampe ein, und ihr helles, irres Licht ergießt sich über seine Hände, seine Knöchel, seine Fingernägel. Scharfe, unwirkliche Schatten ragen aus seiner Hand. Er bewegt die Finger, bildet eine Faust, als würde er sich wundern, dass die Haut an den Knöcheln nicht bei der kleinsten Bewegung aufplatzt.

– Zen-Meister sind die größten Arschlöcher, die es gibt, sagt er. Aber vielleicht gibt es Schlimmeres als das. Zum Beispiel Sandkörner unter den Fingernägeln oder das Geräusch, wenn ein Haus sich ganz leicht nach rechts neigt und das Fundament für immer kaputt geht. Oder Schularbeiten korrigieren und der Stapel wird und wird einfach nicht kleiner, sondern wächst immer nur, wächst, wächst.

Vor Wolfgangs erstaunten Augen löst sich ein Zeigefinger aus Georgs Hand und wandert wie ferngesteuert, die sonst schlaffe Hand und die restlichen Finger im Schlepptau, auf die leuchtende Glühbirne zu. Der brennende Schmerz reißt sie beide endgültig in die Wirklichkeit zurück. Georg zieht die Luft zischend durch die Zähne ein. Er steht auf und eilt in die Küche, um den Finger unter kaltes Leitungswasser zu halten. Wolfgang geht ihm nach, legt ihm eine Hand auf den Rücken.

Georg steckt sich die beleidigt pulsierende Fingerkuppe in den Mund und saugt daran. Mit der freien Hand dreht er den Wasserhahn ab und greift sich eine Weinflasche, auf deren Etikett ein Sonderangebotsaufkleber die Jahreszahl verdeckt.

Bevor er sich ein Glas eingießt – er zögert den rettenden Moment noch ein wenig hinaus –, besieht er sich das dickbauchige Weinglas in seiner Hand.

Ihm sei das vorher noch nie aufgefallen, sagt er, und vielleicht sei das unwirkliche Licht der Glühbirne daran schuld, aber ihre Form erinnere ihn doch sehr an die obere Hälfte einer Sanduhr, eines Stundenglases. Es fehle nur der untere Teil, wo der Sand zur Ruhe kommt, wenn die Zeit um ist.

Er beginnt zu trinken. Er leert das halbe Glas in einem Zug. Bald ist er ganz in Erinnerungen versunken und spielt mit tränennassen Augen und tragisch dargebotener Unterlippe auf seiner Vergangenheit wie auf einem lauten Blasinstrument. Er sitzt auf einem schwarzen Ledersofa, das in dem grellen Licht aussieht wie schmelzende Schokolade, und wiegt seinen Oberkörper vor und zurück, in einem Takt, den nur er hören kann.

Dann verschluckt er sich und wird rot. Sein Oberkörper zieht sich wieder zusammen, und der Rücken wird steif. Schnell sucht er nach seinen Medikamenten. Als der kurze Engpass vorbei ist, als sein Oberkörper das Sekundenkorsett, den Ritt durch das Innere der Sanduhr, überwunden hat, rinnen ihm Tränen übers Gesicht.

– Ich will noch nicht sterben, jammert er.

Aber er sagt nicht *sterben*. Um das Wort vor seinem Gebrauch ein wenig abzukühlen, spricht er es wie *stähm* aus.

Wolfgang geht zu ihm, verwirrt und fehl am Platz. Längst wünscht er sich fort von hier, fort von diesem Abenteuer zweier unechter Junggesellen. Nach Hause. Und er merkt, dass er langsam wütend wird. Auf diesen wehleidigen Fremden, auf alles. Zur Beruhigung schauen sie sich Familienfotos an.

– Herzig, sagt Wolfgang.

Das verdutzte Gesicht eines Kindes, viel zu nahe, als hätte es sich selbst fotografiert. *Funzoniert nicht. Papa helfen*. Die Fotos helfen ein wenig und außerdem –

~

– Reden, reden, reden. Die ganze Nacht lang. Er hat mir damals immer alles lang und breit erzählt. Das war ihm aus irgendeinem Grund sehr wichtig. Und ich hab mir wirklich gedacht, mein Gott, wo bin ich da hineingeschlittert. Ich sollte damit endlich Schluss machen und … und … Außerdem hat er mich andauernd geweckt mit seinem Auf-und-ab-Gehen, nächtelang, mein Gott … Das hat mich manchmal wirklich genervt. Ich meine, da arbeitet man den ganzen Tag und kommt dann nicht einmal zum Schlafen. Da hätte ich auch gleich zuhause bei meiner Frau bleiben können, hab ich mir gesagt. Was zum Teufel machst du hier? Und ich glaube, das war letztendlich auch der Grund, warum ich nach wenigen Wochen wieder zurückgegangen bin.

– Ich leide auch an Schlafstörungen.

– Ehrlich? Interessant.

– Ja.

– Aber ich bin trotzdem immer aufgestanden, ich meine … So ist es ja nicht, dass ich einfach liegen geblieben wäre, ich meine, was ist das für ein Freund, der einfach weiterschläft, wenn es einem anderen dreckig geht? Nein, nein, nein, wir haben immer über alles geredet, und er hat mir gesagt, dass er zum Beispiel sein Haus gesehen hat, wie es in Flammen aufgeht, und dann wieder war alles nur eine Miniatur von dem Haus an einem Strand, aus Sand gebaut, und so weiter. Er hat sich oft lange nicht beruhigt. Dann hat er mir immer richtig leid getan. Auch wenn ich manchmal mit ihm geschimpft habe, wenn sein Selbstmitleid zu stark geworden ist.

– Aha.

– Ich hab ihm sogar geraten, er soll wieder zurückgehen zu seiner Familie. Ich weiß, das war ein schwerer Entschluss für ihn, aber so bin ich nun mal, ein Friedensstifter von Natur aus. Einmal hat er mir deswegen aufs Ohr geschlagen.

– Was?

– Ja, wirklich, aufs Ohr. Es wird einem sofort schwarz vor Augen und der Gleichgewichtssinn spielt verrückt. Ich hab zehn Minuten überhaupt nicht mehr aufstehen können. Wenn er Angst hatte, konnte er fürchterliche Kräfte entwickeln.

Zweiter Eindruck

Wolfgang. Ein erdiger, fetter, dunkelbrauner Name. Das W färbt ihn braun, so wie ein V Wörter in der Regel blau macht. Trotz seines hübschen Namens spielt er in meinem Bericht eine untergeordnete Rolle. Er ist so etwas wie ein fleischgewordener Vorwand, eine lächerliche Attrappe, eine Hilfskonstruktion, ein dressierter Hund, der eine notwendige Wissenslücke ausfüllen darf, indem er ein unentwirrbares Knäuel aus Geschichten apportiert. Auf diese Dienerrolle habe ich ihn heruntergeschraubt, brutal, wie ich zugeben muss, obwohl er mir nie etwas getan hat, im Gegenteil, obwohl er den weiten Weg vom Eingangsbereich der Cafeteria bis zu mir, in meine Enklave an der Seite der großen Panoramafenster, auf sich genommen hat – nur um mir das alles zu erzählen. Obwohl er *Wolfgang* heißt, also einen Namen hat, der auf beiden Silben betont wird, und einen Ohrring trägt. Obwohl er da noch immer vor mir sitzt und mich mit aufrichtigen braunen Wolfsaugen von unten anstarrt, während er seine Geschichte loswird, Stück für Stück.

Und er macht es nicht einmal schlecht, achtet auf die wichtigen, die suggestiven Details, beschreibt die jeweiligen Umstände, motiviert alle Handlungen hinreichend, so dass man die betreffende Figur schmerzhaft lebensecht vor sich sieht und sich wünscht, man wäre in diesem Augenblick irgendwo anders, in einer stillen Bücherei, auf einem Jazzkonzert oder zuhause in der Badewanne. Er kann das ganz gut, muss man zugeben. Er reiht einfach Anekdoten aneinander, verzichtet auf Übergänge oder einen roten Faden, an dessen Spiralverläufen man vielleicht irgendein allgemeines Weltgesetz erkennen könnte, wie zum Beispiel, dass es unmöglich ist, in dieser Welt zu leben, ohne sich selbst auszuquetschen wie eine Zahnpastatube, oder dass man eigentlich nichts mehr mit Worten sagen kann, weil alles schon einmal da gewesen ist, oder dass sowieso alles unsagbar geworden ist – eine dieser unerträglichen Halbweisheiten eben, von denen es ohnehin viel zu viele gibt. Genau darauf hat er verzichtet, konzentriert sich stattdessen auf einzelne Momente, wie das Zurückschnellen des verbrannten Fingers – und den verdutzten, leicht beleidigten Gesichtsausdruck meines Vaters, während er an ihm lutscht. Bestimmt hat er lange für diesen Auftritt geübt, hat sich die Episoden wieder und wieder im Geiste aufgerufen, um auch ja alles richtig zu machen. Möglich auch, dass irgendwo, versteckt in einer Schublade, ein Rohentwurf für diesen unangenehmen Nachmittag hier in diesem schlecht beleuchteten Winkel eines leeren (*mauseleeren*) Krankenhauses existiert. Mit Regieanweisungen und alternativen Szenarios. Plan B. Plan C. Für den Fall, dass ich ihn plötzlich mit einem Messer attackiere. Für den Fall, dass ich ihm seine Trillerpfeife vom Hals reiße, mir in den Mund stecke und hinunterschlucke. Für den Fall, dass ich nicht weiß, von welchem sonderbaren Menschen er spricht.

Georg *wer*?

Und nicht zuletzt wollte er mich mit seiner Geschichte beeindrucken. Ich kann ihn sehr gut verstehen.

Aber trotz all dieser Vorzüge werde ich Wolfgang nur diese Hilfsrolle spielen lassen: Er darf die Geschichte meines Vaters im Exil erzählen, dann muss er wieder verschwinden. *Raus. Danke für Ihren Besuch, wir melden uns dann.*

Er sitzt vor mir, seine Geschichte ist fertig, und seine Finger sind nervös. Sie spielen mit einem kleinen Strohhalm, lassen ihn kreisen wie den Flügel einer winzigen Windmühle. Über uns befindet sich die einzige Lampe in diesem Raum, sie hat keinen Lampenschirm. Auch das ein Bild, an dem ich ihm keinen Anteil zugestehe. Denn er blickt niemals in die Höhe.

Wir sitzen da, schweigen.

Also gut. War's das? Das letzte Bild? Mein Vater, wie er um sein Leben jammert.

War's das?

Ja, das war's. Okay. Also, hast du meinen Lesern noch irgendetwas mitzuteilen, egal was, eine kleine Lebensweisheit, einen Aphorismus?

Pause. Der Strohhalm dreht sich immer noch.

– Das ist jetzt bestimmt alles … nicht so leicht, oder?

– Wie bitte?

– Ich meine, das alles auf einmal zu hören. Dass der eigentliche Grund, warum er –

– Nein, nicht unbedingt, sage ich.

Eine Guillotinenklinge kommt aus dem Nichts und schlitzt ihn auf, nein, verfehlt uns beide, trennt ihm nur die Schiedsrichterpfeife ab. Sie fliegt davon, befreit, eine kleine Drohne, die endlich ihrer Gefangenschaft entkommt. Die Warnung genügt ihm und er erhebt sich, schüttelt meine schlaffe Hand, als wäre sie ein klingelnder Wecker, den man abstellen muss. Er verschwindet, lässt nichts zurück als ein paar Fliegen, die um die nackte Glühbirne über meinem Kopf kreisen, in immer wirreren Bahnen, eine chaotische Miniatur des Sonnensystems.

~

Im Traum irre ich durch das nächtliche Gebäude meiner alten Schule, auf der Suche nach dem Cockpit. Ich finde es in einer Besenkammer, gleich hinter einem Regal voller Putzmittel. Trotz der späten Stunde ist das Armaturenbrett noch wach und spielt mit seinen Leuchtdioden und Geschwindigkeitsanzeigen. Ein sanft schwirrendes Turbinengeräusch ist zu hören. Der Boden unter meinen Füßen schwankt. Plötzlich stehe ich vor dem Lokal, in dem ich mich mit ihm treffen soll. Ich kenne das Lokal, es trägt den Namen eines berühmten österreichischen Dichters, der schon lange tot ist. Ich stehe vor der Eingangstür im Weg herum. Menschen weichen mir aus, beklagen sich, schieben mich auf die Seite. Ein Mann tritt aus dem Lokal, sieht sich um, ohne mich zu sehen. Ich gehöre nicht zur Umgebung, also bin ich unsichtbar. Er zündet sich eine Zigarette an, und der blasse Widerschein des Feuers flackert kurz über sein Gesicht, am hellsten unterhalb der Nasenspitze. Den Kopf im Nacken inhaliert er den Rauch und hält ihn für einen Augenblick in der Lunge, schaut mit verklärtem Blick wie der heilige Sebastian, die Brust voller Pfeile, dann atmet er aus. Ich gehe ein paar Schritte nach hinten, stoße an etwas. Ich drehe mich um: ein riesiges Pferd, dampfend rot, versperrt den Weg. Was beklagen sich die Leute über mich, denke ich, wenn in Wahrheit dieses riesige Pferd allen den Weg versperrt. So eine Frechheit. Um seinen gewaltigen Hals, der von kräftigen Sehnen durchzogen ist (als hätte es ein Bündel Reisig verschluckt), trägt das Pferd eine Halskrause, die seinem Kopf das Aussehen einer traurigen aristokratischen Blume verleiht. Es kann mich nicht sehen, es sieht nur geradeaus. Leise Grammophonmusik ertönt, ein knisternder Walzer, gespielt von einem Orchester längst verstorbener Musiker.

Hannelore Schnabel hat mir tatsächlich eine handgefaltete Einladung geschickt. Eine Handgranate, die ich zuerst quer durchs Zimmer geworfen habe.

Auf der Einladung steht nichts von einer Hochzeit.

Es handelt sich um eine Einladung zum Abendessen. *Und nur zu Ihrer Beruhigung,* steht da in weiblich zurückhaltender Handschrift, sie selbst, Hannelore, werde dabei gar nicht anwesend sein.

Ich erkannte ihn sofort, als ich das Lokal betrat. Sein Kopf schwebte hinter dem Salatbüffet, reckte den Hals, lächelte. Er winkte mir zu, als ich näher kam (ich kam tatsächlich näher, in der Ferne bellte ein verrückt gewordener Kettenhund), er reichte mir die Hand, drückte ordentlich zu, stand aber nicht auf. Er trug ziemlich alberne schwarzlederne Handschuhe, mit Löchern für Finger und Knöchel, wie Cabrioletfahrer sie tragen.

Ich setzte mich. Ein Kellner landete neben mir, klappte seine Flügel ein und fragte nach unseren Wünschen. Wieder nach Hause. Feueralarm. Einen Baseballschläger bitte.

– Nur ein Glas Wasser, danke.

– Schön, dass du gekommen bist, begann er.

– Bitte warm, wenn es geht, sagte ich zum Kellner. Nicht eiskalt.

– Hanni kommt nach, sagte er.

– Ah.

– Kann man verstehen, oder?

– Sicher, warum nicht.

– Ist dir das unangenehm?

– Nein.

– Okay.

Zeit verstrich und kitzelte uns an den Fußsohlen.

Der Vogelkellner kam und brachte mein Wasser. Ich nahm einen Schluck.

– Wäh, eiskalt!

Mein Vater wartete auf irgendein Zeichen, dann stellte er etwas auf den Tisch. Es war ein kleines Pferd. Es scheute zuerst, dann sprang es über mein Wasserglas und landete mit einer eleganten Drehung auf meiner Nase. Es war nicht leicht, ein Lachen zu unterdrücken. Ein Pferd, so klein, mit winziger Mähne und noch winzigerem Zaumzeug – das sanfteste Wort der deutschen Sprache: *Zaumzeug*, zwei dunkelgoldene Silben. Das Pferd blickte mich von der Seite an. Dann schoss es plötzlich nach vorne und biss mich direkt in den Augapfel: *Er ist hier vor dir. Schau ihn dir an.* Er ist da, man kann dieses Gesicht nicht übersehen.

– Ich wollte dir vorhin nur sagen, dass es wirklich schön ist, dass du gekommen bist.

Seine Stimme. Rundgänge auf der Veranda, allein. Den Riss ausbessern, aufzeichnen. Nein, sieh mich nicht an. Ich bin nicht da. Hinter einem babylonischen Stapel unkorrigierter und wahrscheinlich völlig unkorrigierbarer Schularbeiten. Dieses Architekten-Arschloch Zmal. Preisbegründung verbrannt.

Ich räusperte mich, rückte meinen Sessel näher an den Tisch. Sessel. Tisch. Beides aus Holz, dachte ich. Ein Tischler hatte einen Baum niedergerungen, ihn mit bloßen Händen erwürgt und anschließend diese sonderbaren Objekte daraus geschnitzt, mit denen wir uns jetzt umgeben. Also: Schön, dass ich gekommen bin.

– Sicher, sagte ich, warum nicht.

Ein unangenehmes Gefühl breitete sich aus, noch unbestimmt, aber die Richtung war eindeutig: Ein leiser Countdown begann, leise, irgendwo in der Stratosphäre. Zählerstand Geduld: 65 %. Tendenz fallend.

– Was gibt es, ich meine, was … was machst du so?, fragte er.

Das winzige Pferd hatte sich endlich bis zur Pupille durchgebissen. Durch das Loch verschwand es in meinem Auge, es rollte sich zusammen und schlief.

– Ach, nichts Besonderes.

– Krankenpfleger, oder?

– Nein, nicht ganz. In einem Altenheim.

Nein, seit mehreren Monaten nicht mehr. Aber wen interessierte das.

– Altenheim? Ah, interessant. Sicher schwierig, die Arbeit, oder?

– Sicher, warum nicht.

Ich schaute in mein Glas.

Altenheim. Das, wo du einmal enden wirst. Wo man dich demnächst einliefern wird, festgeschnallt auf eine entwürdigende Metallvorrichtung. Deswegen habe ich diese Stelle auch angenommen. Das stimmt zwar nicht, aber es könnte so sein. Deswegen habe ich die bis zur Unkenntlichkeit besudelten Körper fremder Menschen gereinigt und gewaschen, deswegen habe ich mich geprügelt. Könnte so sein. Deswegen habe ich den ausgetrockneten Bewohnern manchmal Szenen vorgespielt. Ein filmreifer Sturz zum Beispiel, du hättest mich sehen sollen. Wie ein echter Stuntman. Du wärst stolz auf mich gewesen. Oder du hättest dich geschämt. Eines von beiden. Wahrscheinlich hättest du dich auf deiner elenden Metallbahre gewunden und gekräht: *Schwester! Ein anderes Heim, bitte! Nicht dieses Heim, bringen Sie mich in ein anderes Heim, schnell! Ein entsetzliches Missverständnis!* Man sagt, man müsse sich nur ans Ufer eines Flusses setzen und warten, bis die Leiche seines Feindes vorbeischwimmt. Aber man würde an diesem Ufer gar keinen freien Platz mehr finden, denn es ist inzwischen vollkommen überlaufen, die halbe Menschheit sitzt dort zwischen den Ufersteinen, vor einem beinahe ausgetrockneten Flüsschen – und wartet. Knirscht mit den Zähnen, nagt an den Fingernägeln und wartet – auf den Moment der Gerechtigkeit, der schon so lange überfällig ist, ach, wenn er nur endlich käme, sie würde töten für diesen Moment!

– Diese Arbeit härtet bestimmt ab.

– Was?

– Gewissermaßen.

– Vielleicht.

– Doch, doch, sagte er, diese tägliche Begegnung mit dem …

Ich nahm einen weiteren Schluck.

– Wäh!

– Mit dem Tod.

– Was?

– Dem Tod. Die alten Menschen können froh sein, dass sie jemanden wie dich –

Er brach seinen Satz rechtzeitig ab, sprach ihn nicht zu Ende, sodass der unausgesprochene Teil des Satzes tot zu Boden fiel. Das obere Ende, roh und unvollendet, stürzte blind vorwärts, auf der Suche nach einer Bedeutung, verendete aber kläglich auf der Tischplatte.

Der Tisch war aus Holz. Ich legte meine Hand darauf, als wollte ich fühlen, wie angenehm er vibrierte, die ganze Zeit schon. Kühles, unversehrtes Holz. Tatsächlich. Früher einmal ein Baum, und ein einsamer Mensch geht durch den Wald und bricht ausgerechnet an diesem Baum zusammen, erleidet einen Herzinfarkt. Der Herzinfarkt, an einen Baumstamm gelehnt, die implodierende Brust mit einer Hand umklammernd, stöhnt er ein letztes Mal. Dann sinkt er ins Gras, verwest, wird zu Erde, zu Nahrung für den Baum, der mit seinen Millionen und Abermillionen Hochleistungsstrohhalmen seine Überreste aufsaugt, gierig, denn so eine Mahlzeit bekommt man nicht jeden Tag. Und daraus bestand dieser Tisch. Man sah es an der Art, wie er das Licht der Deckenlampen spiegelte.

– Man gewöhnt sich daran, oder?

– Ja, sagte ich.

– Aha, sagte er.

Ich ballte meine Hand, die noch immer auf der Tischplatte lag, zu einer Faust, die Fingernägel gruben sich in die Hautrunzeln der verschwitzten Handfläche. Jeder konnte sie sehen: Hier lag eine Faust. Ich starrte mein Gegenüber an, bohrte ihm mit meinem Blick ein mikroskopisch kleines Loch in das braune Muttermal, das sich unter seinem Auge befand und in Form und Farbe an ein winzig kleines Wespennest erinnerte, und stellte mir vor, wie sich ein stumpfer, runder Gegenstand, eine Billardkugel etwa oder eine Mingvase, durch seine Nase schob, so wie in dieser schrecklichen Szene aus *Total Recall*, bis die Nase zu platzen drohte und mit ihr das halbe Gesicht –

– Ich wollte dich persönlich zu meiner Hochzeit einladen. Einfach weil ich …

– Sicher, natürlich, warum nicht.

Ich sprach so laut, dass der Raum wieder ein wenig Stille brauchte, um nicht in Flammen aufzugehen.

– Ja, ich kann mir schon denken, dass das abhärtet, sagte er verloren.

– Sicher, sagte ich.

– Der Tod ist ja, begann er wieder zu sprechen, im Grunde nur eine Art unglücklicher Zustand, unverstanden und schwierig … Aber wenn man bedenkt, wie viele Transformationen eine Pflanze durchmachen muss, weil … also allein, wenn sich ein Blatt vom Baum löst, dann ist es technisch gesehen ja schon tot, zumindest ist es mit Sicherheit gestorben …

Er sprach, indem er seinen Mund, seine Lippen und die Zunge bewegte. Alle Menschen taten das so, aber ich hasste ihn dafür. Sein weißes Haar war ordentlicher und strenger gescheitelt als früher, und er trug eine große Brille in dem unangenehm vertrauten Gesicht, das aussah wie das einer Maus, die ihr halbes Leben als Wärter in einem Gefängnis gearbeitet hat.

Er begann von einer Reise zu erzählen. Gerade sei er von einer *kleinen Entdeckungsfahrt* nach Südamerika zurückgekommen, die ihm geholfen habe, gewisse religiöse Krisen zu überwinden. Ich saß vor meinem Glas, tauchte hin und wieder einen Zeigefinger in das Wasser, um die Temperatur zu prüfen. Er hatte sich seinen zweiten Kaffee bestellt. Er ertränkte gerade ein Zuckerstück mit gnadenlosen Paddelschlägen seines Löffels, als er sagte:

– Ich hab wirklich erfahren, was Leiden bedeutet … weißt du, in Mexiko, da gibt es ein Grenzgebiet, wo immer wieder jede Menge Frauen verschwinden … und zu Beginn habe ich gedacht, in Ordnung, Frauen, dann kann ich mich dort also mehr oder weniger gefahrlos bewegen. Allerdings habe ich mich geirrt. Mir ist zwar nichts passiert, aber –

Ich verschluckte mich an meinem Wasser, um mir das Ende der Geschichte zu ersparen. Während ich prustete und mit offenem Mund nach Luft rang, langte er plötzlich über den Tisch und klopfte mir auf den Rücken, sehr fest, natürlich, warum sollte er sich zurückhalten. Als ihm klar wurde, was er da gerade tat, warf er einen ungläubigen Blick auf seine Hand und sank zurück auf seinen Platz. Auch ich war ein wenig perplex.

Aber es hatte funktioniert, er wechselte das Thema.

– Ich war übrigens auch in den Staaten, nur kurz, in New York, weil es mir wichtig war, die Kehrseite der Medaille zu sehen.

– Ja.

Falls ich es noch nicht erwähnt habe: An meinem Körper gab es zwei Sprengsätze, zwei Telefone. Eines in meiner linken Jackentasche, worin es lässig baumeln konnte, ein mechanischer Tourette-Patient in der Hängematte, das andere in der Gesäßtasche, ein wenig kleiner als das andere und farblos.

Das Telefon, mit dem ich mich anrufen wollte, durfte natürlich keinerlei Geräusche verursachen (viele Modelle geben nach dem Wählen der Nummer ein bestätigendes Piep-Signal von sich) und musste außerdem mit einer Vorrichtung ausgestattet sein, die blindes Wählen erlaubt. Glücklicherweise können Mobiltelefone heutzutage alles; nur an einen eingebauten PEZ-Spender oder an eine kleine Öffnung zum Produzieren von Seifenblasen hat noch niemand gedacht.

Das Café bot ausreichend Hintergrundlärm, sodass mein heimlicher Griff in die Gesäßtasche und das Drücken der Kurzwahltaste unbemerkt bleiben konnte, wann immer ein Anruf notwendig werden sollte.

Die Notwendigkeit ließ nicht lange auf sich warten.

– Also, ich stell mir vor, dass es da draußen etwas gibt, sonst wäre ja alles umsonst. Also, dass sich auf anderen Planeten irgendwie … etwas befindet, was immer das bedeuten mag …

– Sicher.

Geduld bei 22 %.

– Und die Frage nach Gott … mir fällt dazu immer die Geschichte mit dem Gehirnchirurgen und dem Astronauten ein, kennst du … kennst du die Geschichte?

– Ich glaub schon.

– Wo der Astronaut sagt, ich war schon überall im Weltraum und hab nirgends Gott gesehen –

– Ja.

– Und dann sagt der Gehirnspezialist: Und ich hab schon so viele Köpfe operiert, Hunderte, was sag ich, Tausende –

– Aber nirgends ein intelligenter Gedanke, ja, ich kenn die Geschichte.

– Nein, nur *Gedanke.* Mit dem Wort *intelligent* würde die Geschichte ja gar keinen Sinn mehr machen, oder?

Er sagte das so höflich, wie man einen solchen Satz sagen kann.

– Okay …

– Aber, was ich noch sagen wollte, diese … Beseeltheit von allem, das ist mir … eigentlich seit deiner Geburt geläufig, aber erst, seit ich von meiner Reise zurückgekommen bin –

– Sicher, ja.

Haben wir das alle gehört? *Seit deiner Geburt.* Das Messer hatte meine Wange glatt durchschlagen. Blut rann mir die Kehle hinab.

– Ich gebe zu, dass mich der Atheismus, mit allen seinen Vorteilen und Nachteilen, manchmal durchaus reizt … gerade in Momenten von Verzweiflung und aussichtslosen … hm, aussichtslosen –

Und so weiter und so fort. Er lässt kein Klischee aus, schlägt auf jedem Gemeinplatz sein großes Zirkuszelt auf, in dem er seine Kindheit (eine Zeit, über die ich nichts wissen und nichts sagen kann, eine Zeit, die ganz und gar tabu ist) über die Trapeze jagen kann. Mir fällt auf, dass meine Hände etwas weniger schwitzen. Eine Hand wandert in die Gesäßtasche.

– Oh, Entschuldigung, ich geh nur kurz ran.

Er hebt eine Hand, wie um zu sagen: *Aber ja, sicher, geh ruhig ran, ich spreche dann einfach weiter, wo ich aufgehört habe –*

Während ich so tue, als würde ich telefonieren, schaue ich ihn immer wieder direkt an, mit dem gläsernen Schaufensterpuppen-Blick, den telefonierende Menschen auf andere richten.

– Ja? Hallo? … Ah! Sie schon wieder! … Nein! … Ich habe Ihnen doch schon einmal gesagt: Lassen Sie mich mit Ihrem verdammten Wahnsinn in Ruhe! Ich … Nein … Nein, jetzt hören Sie *mir* einmal zu: Ich weigere mich, Ihnen noch länger … Ich … Was erlauben Sie sich, mich hier so niederzulabern … Was? Ein Treffen! Ha! Sie sind wohl nicht mehr ganz bei Trost! Nach allem, was Sie mir! Nach allem!

Und dann –

– Der Weltraum selbst ist der Gegenbeweis, Sie verdammter … Ja … Ja, sicher ist das von mir … Wollen Sie allen Ernstes behaupten, Sie haben immer noch nicht verstanden … dann lesen Sie einmal die *Rede des toten Christus vom Weltgebäude herab, dass kein Gott sei* … Was? … Ach, schlagen Sie's nach, ich hab keine Lust, immer alles für Sie zu wiederholen … Ja … in Ordnung … sicher, das weiß jeder … dass wir uns zur Sonne aufmachen können, mit Rucksack und Gepäck und was weiß ich … und wenn wir dann ankommen, dann … Was? Lassen Sie mich ausreden! … Und wenn wir dort ankommen … Lassen Sie mich! … Dann ist sie eine verdorrte Sonnenblume, sonst nichts. So! Haben Sie das jetzt verstanden? … Gut … Und dann setzen wir uns ins Gras und weinen … Im Übrigen tun wir genau das … Sie tun ja selbst nichts anderes, mit Ihren widerlichen, schmierigen – Wie bitte? Ach ja? Sie mich auch!

Und ich drücke den Zeigefinger auf den kleinen roten Knopf mit dem weißen Hörer-Symbol.

– Entschuldigung, dieser Kerl quält mich.

Verdutzt nimmt mein Vater den Faden des Gesprächs wieder auf, aber sein Blick hat sich geändert. Er redet weiter, ich nicke an manchen Stellen, für kurze Zeit erlangt er seinen aufrichtigen Kinderernst wieder, etwa als er erzählt, wie er eines Tages im Wald einen Vogel auf einem Zweig betrachtet und kurz darauf fällt der Vogel tot zu Boden. Irgendwie war in diesem Vogel Gott und gleichzeitig war Er auch im Wald und in ihm, dem Beobachter.

Irgendwie.

Ich überlege, ob ich in Gedanken eine Strichliste für dieses Wort machen soll. Meine Hand wandert erneut in meine Gesäßtasche.

Gleich wird es klingeln, gleich. Und endlich wird jemand rangehen, aber:

– Ich will niemandem etwas vormachen, vor allem nicht mir selber und … ich weiß auch, dass das für dich genauso schwierig ist und alles.

– Ja.

– Aber jetzt, da du erwachsen bist, kann ich dir sagen, dass ich sicher nie … ich meine …

– Sicher, ja.

– Ich meine, ich weiß einfach nicht, was ich sagen soll, ich wollte dich jedenfalls persönlich zu meiner –

Bevor er zu Ende sprechen kann, niese ich schnell.

– NIETZSCHE!!

Er schaut mich verblüfft an. Ich halte eine Hand vor meine Nase, ah, und gleich muss ich noch einmal niesen.

– *NIETZSCHÄÄH!!*

Ich krame mit einer Hand in meiner Jackentasche nach einem Taschentuch, ich finde keines, die andere Hand halte ich währenddessen unter meine Nase. Auch in meiner Hose findet sich kein Taschentuch, vielleicht gibt es hier irgendwo Servietten. Ich sehe mich hilflos um.

Ich blicke in das große, ausdruckslose Gesicht meines Vaters. Er ist im Begriff, etwas zu sagen, das die Situation retten könnte. In seiner Hand hält er ein zitterndes Billet.

Die Rettung! Ich nehme es ihm aus der Hand, halte es dankbar hoch, dann stehe ich auf und verlasse das Lokal.

Der Kopf, unter dem der Rest seines Körpers lag, wirkte seltsam deplatziert und verwittert, wie ein altes Schiff, das in einer Baumkrone festsitzt, oder eine alte Windmühle auf einem Berggipfel. Sein Gesicht bedeckte der Bart eines Seemanns, von dem man annehmen musste, dass er irgendwann das ganze Gesicht überwuchern würde, wenn man ihn nicht wöchentlich mit einer kleinen silbernen Schere zurechtstutzte, die wie ein ferngesteuerter Kolibri um seinen Kopf zwitscherte: *Schnippschnippschnipp*.

Das Telefon läutete. Mitsuko legte die Schere auf den kleinen Metalltisch, der neben dem Bett stand, und ging ran. Die Stimme am anderen Ende der Leitung sprach sehr aufgeregt und viel zu schnell, alles zerfiel zu deutschem Gemurmel, und bevor Mitsuko darum bitten konnte, das Gesagte zu wiederholen, legte die Anruferin auf. Aber Mitsuko glaubte zu wissen, wer angerufen hatte, und wählte die Nummer. Es war dieselbe aufgeregte Stimme.

– Hallo, sagte Mitsuko. Ikabe niet vestanden vohin.

– Oh … oh … oh, wiederholte die Stimme. Ja. Valerie. Valerie ist. Gestorben. Tot. Ein Unfall. Ein Unfall.

Mitsuko dachte zuerst, dass das nun doch ein wenig *zu* langsam war – so begriffsstutzig war sie auch wieder nicht. Dann erfasste sie den Inhalt der Nachricht und wandte sich blitzschnell um, als würde sie erwarten, dass der Alte plötzlich hinter ihr stand. *Mit wem telefonieren Sie da?*

– Oh Gott, sagte Mitsuko. Nein, oje!

– Ja, sagte die Anruferin.

Dann gab sie noch einen unartikulierten Klagelaut von sich und legte auf. Sie schien es sehr eilig zu haben. Man musste das verstehen, dachte Mitsuko. Sie wusste noch, wie sich ihre Eltern nach dem Tod ihrer kleinen Schwester verhalten hatten. Wenige Worte wurden gewechselt, sie ging überallhin mit und sie nahmen sie sogar bei der Hand, aber in jeder Bewegung lag eine unerklärliche Spannung und Hektik, als wäre diese Berührung, diese Handlung momentan genau das Falsche. Als wäre völliger Stillstand das Einzige, was einigermaßen erträglich war.

Mitsuko hatte begonnen, vor sich hin zu murmeln.

In der großen, einsamen Wohnung, in der sie ganze Tage zubrachte, ohne mit jemandem reden zu können, der ihr halbwegs vernünftige Antworten geben konnte, bemerkte sie oft gar nicht mehr, wann sie laut sprach. Anfangs hatte sie noch Radio gehört, aber es gab nur einen einzigen Sender, der hin und wieder halbwegs vernünftige Musik spielte, also war sie lieber wieder zu der hohen, alten Stille europäischer Zimmereinrichtungen zurückgekehrt. Sie summte dem Alten oft selbst komponierte Melodien vor und kommentierte sie hinterher mit ein paar einfachen Worten. Außerdem hatte sie von seiner Tochter die Erlaubnis erhalten, in einem der hinteren Zimmer mit der Snare Drum zu üben.

Erlaubnis. Tochter.

Mitsuko war murmelnd zu dem Alten zurückgekehrt. Eine Welle von Mitgefühl erfasste sie; sie lehnte sich nach vor. Dieser arme, alte, ururalte Kopf, dachte sie. Diese seltsame Silbe *Ur*, deren exakte Bedeutung in anderen Sprachen nicht existierte. Diese zotteligen, weißen Haare.

Ein Unfall. Tot.

Da sie nicht wusste, was sie tun sollte, begann sie ihm auf Japanisch von ihrer kleinen Schwester zu erzählen. Akako, das Mädchen mit dem rötlichen Schimmer in ihren Pupillen. Dann die Trennung der Eltern kurz nach ihrer Geburt. Sie hatte dem Alten schon oft davon erzählt, und das Geschehene tat längst nicht mehr weh. Aber sollte sie ihm das mit dem Anruf sagen? Es hatte kein Verbot gegeben, keine ausdrückliche Anweisung, *warten Sie, bis ich bei Ihnen bin*. Nein, es war bestimmt niemand hierher unterwegs. Warum auch? Es war ihre Aufgabe. Sie zögerte noch. Vielleicht machte sie sich dadurch irgendwie strafbar. Man wusste ja nie, die Gesetze in einem anderen Land waren immer undurchschaubar und gefährlich.

Mitsuko ging in die Küche und trank eiskaltes Wasser, direkt aus der Schale ihrer Hände. Sie betrachtete ihre Finger unter der Wassersäule und dachte daran, dass sie diesen Beruf nicht ausüben könnte, wenn sie Cellistin oder Pianistin wäre. Natürlich brauchte man auch für Percussion Fingerspitzengefühl, aber der kleine Schnitt, den sie sich mit der Schere beigebracht hatte, war zu verschmerzen. Sie zuckte zusammen. Sie hatte eine Stimme gehört. Sie drehte den Wasserhahn ab und lauschte. Vielleicht ein Angehöriger, der geklopft hatte. Aber der hätte vorher angerufen.

– Hallo?, sagte sie.

Stille.

Sie kehrte zu dem Alten zurück und fragte ihn auf Japanisch um Erlaubnis. Anschließend entschuldigte sie sich bei ihm und begann zu erzählen, was die Anruferin gesagt hatte. Um völlig sicher zu gehen, blieb sie bei ihrer Landessprache, in der alles sehr viel leichter ging.

– Warerie-wa jiko-ni aimashi-ta.

Valerie hatte Unfall. Und sie ist tot. Ihre Tochter. *Valerie hatte ei-nen Unfall. Den* Unfall. Richtiger Fall. Während sie diesen Satz einige Male vor sich hin murmelte, schnitt sie die wuchernden Haare des Alten weiter. Sie drehte seinen Kopf hin und her, je nachdem, welcher Winkel gerade günstig war.

Das alles ergab nicht den geringsten Sinn. Sie stand hier am Bett eines Wachkomapatienten, dessen Tochter gerade gestorben war, und sie schnitt ihm die Haare mit einer kleinen –

Das Telefon läutete neuerlich, und vor Schreck fiel ihr die Schere auf die Brust des Alten. Sie ließ sie dort liegen und rannte hinaus. Atemlos hob sie ab, aber es war nur eine Umfrage über Lebensmittelqualität. Mitsuko ließ einen Schwall japanischer Schimpfwörter los, worauf die Call-Center-Agentin höflich ankündigte, sie werde zu einem günstigeren Zeitpunkt noch einmal anrufen.

– Baka!

Als Mitsuko ins Zimmer zurückkam, fand sie den Alten verändert vor. Sie nahm die Schere von seiner Brust und steckte sie sicherheitshalber ein. Sie blickte ihm ins Gesicht, und plötzlicher Schwindel befiel sie, denn in diesem Gesicht ging alles im Kreis, die Augen des Alten rollten eine Sekunde lang in ihren Höhlen und die Lider flatterten, als würde ein heftiger Windstoß an ihnen zerren. Sein ganzes Gesicht glitt in einen Fiebertraum. Sogar die Haare schienen im Delirium zu liegen; sie zitterten aus eigener Kraft wie die gelben Wimpern eines Forsythienbusches, durch den der Wind fährt. Dann erkannte Mitsuko, woher der Eindruck kam, er habe Fieber. Das kalte, unfreundliche Rot des Sonnenuntergangs färbte seine sonst so blasse Haut. Der hohe, alte, ergraute Kopf glühte, Windmühle in der Baumkrone, wie im Widerschein einer gigantischen Explosion. Auf den ersten Blick hätte man es auch für einen dünnen Film aus Blut halten können.

Mitsuko trat näher.

Etwas war geschehen. Hatte sie ihn verletzt? Aber die Schere war nur auf ihm gelegen. Sie sog die Luft durch die Nase ein und prüfte den Geruch. Nein, das war es auch nicht. Außerdem hatte sie ihn gerade vor einer halben Stunde gewickelt und gewaschen. Vielleicht hatte er Schmerzen? Wenn ja, war es ein langer Weg, bis sie die Ursache gefunden hatte. Oder er hatte Albträume, was in seinem Zustand wohl unwahrscheinlich war.

Dann hörte sie die Stimme, und es kam so unerwartet, dass sie instinktiv den Kopf einzog und ihr Gesicht hinter geballten Fäusten verbarg, als hätte jemand kreischendes Geschirr nach ihr geworfen.

– *Ähhh ….*

Es klang wie ein weit entfernt blökendes Schaf, ein sehr junges Schaf, das nach seiner Familie ruft. Dann änderte sich der Laut ein wenig, wurde leiser und krächzender und ähnelte mehr dem Röhren der Luft in einem U-Bahn-Schacht. Mitsuko streckte ihre Hand aus und wollte den Kopf, der dieses seltsame, neue Stöhnen von sich gab, berühren. Aber obwohl sie ihn jeden Tag hunderte Male anfasste, an allen möglichen Stellen, zögerten ihre Hände diesmal. Das Gesicht wirkte fremd und bedrohlich, wie die glühende Vorderseite eines durch die Nacht jagenden Autos.

Der Tanzschritt

Eine Liste von Dingen, die ich bestimmt niemals tun würde:

Leuten Angst machen, damit sie sich hinterher selbst besser verstehen

Bücher verbrennen, besudeln oder zerreißen

Bei einem Milgram-Experiment mitmachen von dem ich weiß dass es ein Milgram-Experiment ist denn ich würde am Ende nur den Versuchsleiter attackieren und unter Strom setzen und dann mich selbst und das ganze verdammte Versuchsgelände

Telefonsex

Briefe an den Weihnachtsmann beginnen aber nicht zu Ende schreiben

Jemanden für Geld umbringen

Mich als Indianer verkleiden

Einen Clown auf die Wange küssen

Einen Clown in meine Wohnung lassen

Schminke auftragen

Ein Stück Kreide durch die Zähne ziehen

Freiwillig irgendwelche Listen schreiben. Malen. Kindern die Zeit vertreiben. Gerald ist immer öfter bei mir, ganze Nachmittage, wenn seine Mutter keine Zeit für ihn hat. Was sie dann tut, weiß ich nicht. Jedenfalls scheint sie das Recht zu haben, jederzeit ein Time-Out zu nehmen.

Was passieren würde, wenn man sie nicht in Ruhe lässt, weiß niemand, und Gerald will nicht darüber reden.

Vor zwei Tagen lag ein Dankbrief von Jessica Katzek vor der Tür.

Gerald hat sehr helle, bleiche Haut, obwohl er meist draußen ist.

Ich fragte ihn vorsichtig nach seinem Vater.

– Davon gibt's viele, sagte er fachmännisch und erwachsen.

Er schreibt an einer Liste seiner Lieblingshelden aus dem Fernsehen. Er ist schon bei Nummer zweiundzwanzig.

Hinterher werden die meisten Listen vernichtet, so wie es das Anti-Stress-Buch von Lydia vorschlägt. *Schreiben Sie eine Wunschliste und vernichten Sie sie anschließend. Das befreit. Von Wünschen. Vom bevorstehenden Nicht-in-Erfüllung-Gehen der Wünsche. Und außerdem vergeht Zeit, wenn Sie es aufgrund einer unglücklichen Schicksalsfügung vorziehen, auf ein fremdes Kind aufzupassen, weil es Sie ablenkt von Ihren Dämonen, die Sie zu zerreißen drohen, weil alles hoffnungslos und entsetzlich ist.*

– Du und deine Mutter, ihr unternehmt nicht viel, oder?, frage ich.

Meine Liste ist schon fast fertig. Irgendwas fehlt noch, aber das ist egal. In der Anleitung steht nichts von Vollständigkeit.

– Früher, sagt Gerald, sind wir andauernd zu diesem Landfriedhof gefahren, ganz weit weg, irgendwo in der Pampa. War fast schon kein Friedhof mehr. Und die ganzen Grabsteine alle irgendwie umgefallen. Alles verdreckt und kaputt.

– Warum denn das?

– Ich weiß nicht. Wahrscheinlich, weil da sonst niemand ist.

– Nein, ich meine, warum seid ihr da früher immer hingefahren?

– Weil da die ganze Familie liegt. Alle Verwandten.

– Da hast du dich bestimmt gelangweilt.

– Hm.

– Kein wirklich lustiges Ausflugsziel, ein Friedhof.

Ich habe gar nicht bemerkt, wie kalt es inzwischen im Zimmer geworden ist. Ich stehe auf und bewege mich ein wenig. Vielleicht wird mir dann wärmer. *Landfriedhof. Sonst niemand*. Ich schaue Gerald an, der über seiner Liste hockt, dann verfängt sich mein Blick im abendschwarzen Fenster.

– Mein Gott, Gerald, du müsstest doch längst zu Hause sein. Wie spät ist es?

– Alex?

– Ja.

– Ich hab keine Uhr.

– Wieso nicht?

Gerald schaut mich nicht an.

– So eine dumme Frage, sagt er.

– Und meine Uhr ist kaputt, deute ich entschuldigend auf mein Handgelenk, obwohl das natürlich gelogen ist.

– Alex?

– Komm, zieh jetzt deinen Mantel an …

– Alex!

– Was denn?

– Soll ich dir meinen Tanzschritt zeigen?

– Morgen, okay? Du kannst morgen wieder vorbeikommen, aber jetzt gehst du nach Hause.

– Der geht so … Warte! Hab ich in einer Fernsehsendung gesehen, einer Casting-Show …

– Gerald, komm jetzt –

– Zuerst mit den Füßen ganz schnell trippeln, dann eins – zwei – drei –

Gerald macht drei große Schritte, wie ein Riese, der über ein Minenfeld geht.

– Und dann – bumm!

Er lässt sich auf die Knie fallen. Er bleibt einen Augenblick in gekrümmter Haltung auf dem Boden, als würde er darauf warten, dass der Schmerz vergeht.

– Gerald, steh auf, sage ich und helfe ihm.

Er hält sich an meinem Unterarm fest. Seine Hose ist an den Knien schon ziemlich abgewetzt.

– Ich möchte es irgendwann einmal so hinkriegen, dass es nicht mehr wehtut, als würden die Knochen da unten brechen. Weißt du, was ich meine?

– Ja, sicher, aber wir müssen jetzt –

– In der Nacht ist draußen immer Musik!, unterbricht er mich aufgeregt. Hast du das gewusst?

– Musik, aha …

Ich weiß, dass im obersten Stockwerk ein Jazzfanatiker wohnt, ein älterer Mann mit dichtem Bart. Ich habe mich nur ein einziges Mal mit ihm unterhalten. Bei ihm läuft den ganzen Tag laute Musik, manchmal auch spätabends.

– Ganz wild und durcheinander, sagt Gerald.

Er schwankt beim Gehen.

– Immer schön Gleichgewicht halten, sage ich und sperre die Tür auf.

Gerald hält immer noch seinen Mantel in der Hand, und natürlich ist es egal, ob er ihn anzieht oder nicht, wenn er nur ein Stockwerk nach unten gehen muss.

Messerschmidt macht sich auf den Weg

Uljana stand vor dem schlotternden Baugerüst. Sie hatte den Weg gefunden. Stolz schnupperte sie an ihren eigenen Pfoten.

Aber die Luft war voller Angst: winzige Russpartikel und Glassplitter, die sie im Rachen und in den Augen reizten.

Mitsuko war außer sich. Sie trommelte mit ihren Fingern einen diabolisch vertrackten Rhythmus auf das Metallgestell des Bettes, während sie in den Telefonhörer sprach.

Aber heute lief alles schief.

Sie vertauschte wichtige Verben, weil sie ähnlich klangen, und setzte Silben an die falsche Stelle. Der Mann am anderen Ende war ein geduldiger Notrufroboter, der eine Frage, die Mitsuko nicht richtig beantwortet hatte, bis zu fünf Mal ruhig und deutlich wiederholen konnte. Er hatte eine tiefe Stimme, die so beruhigend klang, dass man davon ganz nervös wurde.

Messerschmidt atmete so kraftlos und sanft, als wollte er damit eine Uhr anhalten. Eine Vision hatte ihn aufgeschreckt und aus der alten Wohnung gescheucht: Ein Landfriedhof mit betrunken über die Erde wankenden Grabsteinen. Feuer im Himmel. Eine rot glühende Sonnenexplosion. Menschen in schwarzen Rabenkleidern. Von ihren Schultern rann geschmolzenes Fett wie Regenwasser. Eine Familienzusammenkunft, dunkel und schwer von Trauer. Der Ort, wo sie alle hinkamen, oft besucht als Kind …

Der einzige Zeuge.

Messerschmidt riss sich los. Er fand sich in der neuen Wohnung wieder. Niemand war da.

Dann war er auf der Straße, auf dem Bild seiner Straße. Und er entdeckte die Hündin, die im Augenblick, da Messerschmidt sie ansah, den Kopf hob. Messerschmidt bemerkte, dass das Tier stumm darum bettelte, von ihm erkannt zu werden. Und für einen Augenblick erschien das auch ganz vernünftig. Warum nur? Messerschmidt sah die seltsame Form, die der Kopf des Hundes hatte, und alles drängte dazu hin, vertraut zu sein. Aber das erwartete Déjà-vu stellte sich nur zum Teil ein. Messerschmidt zögerte.

Bruchstücke des Trichters um den Hals der Hündin.

Gerade als er sich wieder in die Wohnung zurückziehen wollte, spürte er einen unwiderstehlichen Sog aus der Trichteröffnung.

Messerschmidt wehrte sich nicht.

Endlich hatte Mitsuko es geschafft, dem Mann am anderen Ende zu erklären, was passiert war. Der sagte ihr daraufhin, dass bereits ein Rettungswagen zu ihr unterwegs sei. Wenn sie ihm allerdings bitte noch einmal ihren Nachnamen buchstabieren könnte, nur zur Sicherheit, er sei sich nämlich nicht sicher, ob er alles richtig mitbekommen habe. Wie lange sei sie übrigens schon in Österreich?

Mitsuko schlug mit ihrer kräftigen Schlagzeugerfaust gegen die Wand. Das Adrenalin linderte den Schmerz. Sie schnaufte und wiederholte ihren komplizierten Nachnamen, dabei war er nichts gegen die Konsonantengewitter, die man in diesem Land oft kommentarlos vorgesetzt bekam.

Es war peinlich, sehr peinlich, aber es war passiert, noch bevor er sich dazu hatte entschließen können: Die Hündin riss ihn mit sich, denn er hatte sich in ihr verheddert, so wie Valerie in ihrer Armbanduhr, natürlich, das passierte so leicht und man konnte es in keinem Fall verhindern, es war immer dasselbe mit bedeutungsvollen Gegenständen, und diese Hündin, er erinnerte sich auch an ihren Namen, obwohl Namen längst nichts mehr bedeuteten, Uljana, sie hieß Uljana, und ihr Hinterteil wackelte vor ihm her, und er wurde mitgeschleift wie Blechbüchsen am Schweif einer Katze oder am Auto eines frisch vermählten Paares. Er musste ihr folgen, ihm blieb nichts anderes übrig. Uljana wusste offenbar, wohin es ging. Messerschmidt selbst hatte einen Verdacht, aber er konnte sich nicht überwinden, diesen Verdacht in Worte zu kleiden.

Die Leute auf der Straße wichen dem eilig voranschreitenden Tier aus, manche schimpften, andere beugten sich wie Sonnenblumen zu ihm herab und winselten etwas Vertrauliches. Messerschmidt überließ sich der angenehmen Illusion, dass die Menschen sich seinetwegen auf die Seite bewegten oder zu geheimnisvollen Äußerungen verleiten ließen.

Sie gingen durch eine Allee, und die Hündin blieb kurz an einer der Litfaßsäulen stehen, um das Bein zu heben, was Messerschmidt sonderbar berührte, und lief dann eilig weiter.

Messerschmidt spürte, wie er zu flackern begann, es war ein eigenartiges Gefühl, als wäre er ein Papierdrachen, als würde der unbändige Wind höherer Luftschichten mit ihm spielen. Er wusste, dass er diesmal untrennbar verfangen war. Sich zu lösen stand nicht mehr zur Debatte. Selbst wenn er es versucht hätte, wäre es ihm nicht gelungen.

Weit entfernt hörte er jemanden aufgeregt und mit starkem Akzent in einen Telefonhörer brüllen. *Schnell, einen Krankenwagen.*

Es beunruhigte ihn nicht weiter. Es war wie das Kratzen einer Grammophonnadel zur Musik einer herzzerreißenden Symphonie. Die Tabaktrafik kam in Sicht, er konnte es nicht glauben. Es war alles echt. Er hatte Angst, obwohl er nichts fühlte.

Mitsuko fühlte sich unendlich alleingelassen, nachdem sie den Hörer aufgelegt hatte. Wie schwer konnte es in diesem Land sein, einen Rettungswagen zu rufen? Hatte sie sich denn so undeutlich ausgedrückt? Zum Teufel mit all den Telefonen.

Sie streichelte dem alten Mann, mit dem sie nie gesprochen hatte und von dem sie nicht wusste, ob er ihre Anwesenheit jemals wahrgenommen hatte, dreimal über den Kopf. Obwohl sie ihn, genau genommen, überhaupt nicht kannte, weder seine Gedanken noch seine Träume noch Einzelheiten seiner Vergangenheit, wollte sie nicht, dass er starb. Natürlich wusste sie, dass sie nichts dagegen tun konnte und dass es vielleicht das Beste für ihn war, in diesem elenden Zwischenzustand, in dem er sich nun schon so viele Jahre befand, aber es ging ums Prinzip. Und das Prinzip hieß: Niemand auf dieser Welt hatte es verdient zu sterben.

Plötzlich war die Hündin nicht mehr zu sehen. Sie war in ein Gebüsch getaucht und hatte ihn abgeschüttelt, denn das Gebüsch hatte nichts mit ihm zu tun, und da stand er nun und war ganz allein. Doch das Gefühl der Anziehung, sich verheddert zu haben, war geblieben, auch wenn die Quelle jetzt eine andere war – ein altes Trafikgebäude, das wie ein verschrumpeltes Pförtnerhäuschen auf einem kleinen grünen Hügel neben der Straße stand. Messerschmidt spürte eine große Wärmequelle jenseits des kleinen Häuschens mit dem vor langer Zeit erloschenen Zigarettenschild; es war so etwas wie eine Verwerfung im normalen Ablauf der Ereignisse.

Menschen, die lachten.

Menschen, die sich pausenlos berührten.

Und wie bei einem Luftballon, den man an einem Wollpullover reibt, erzeugten die vielen, vielen Berührungen und Stimmübungen jenseits des kleinen Häuschens eine unwiderstehliche Anziehungskraft. Sie war so stark, dass Messerschmidt für den Bruchteil einer Sekunde die beunruhigend deutliche Illusion einer Armbanduhr auf seinem linken Handgelenk hatte, durch die so etwas wie Fahrtwind strich.

Wie viel Zeit blieb ihm?

Da Nuces

Meine generelle Befindlichkeit: relativ entspannt. Keine Zwangsvorstellungen, keine langen Monologe zum Ausgleich eines wachsenden Schwindelgefühls. Nur die Nacht davor, vor dem großen Tag, ist beherrscht gewesen von einem schweißtriefenden Prüfungstraum. Aber sonst alles in Ordnung.

Ich sitze vor dem Schreibtisch des Prüfers. Er hat das Gesicht und den Hut von Joseph Beuys. Die Prüfungsfragen liegen vor mir. Da es keinen Stift gibt, muss ich wohl mündlich antworten. Während ich etwas sage, wiegt sich der Prüfer in seinem großen Bürosessel hin und her. Er dreht sich zum Fenster, durch das man den Hof und einen Teil einer großen Wasserrutsche sehen kann. Offensichtlich denkt er an etwas anderes.

– Aha, sagt er auf alle meine Antworten. Ja, aha.

Dabei sieht er immer aus dem Fenster, ein wenig verträumt, vielleicht auch sehnsüchtig. Ich warte, weil ich das Gefühl habe, dass er mir nicht mehr zuhört. Er dreht sich zu mir und zeigt mit dem Daumen (dick, beringt) auf das Prüfungsblatt:

– Versuchen Sie einfach –

Aber schon dreht er den Kopf wieder zum Fenster. Leises Kindergeschrei von der Wasserrutsche. Die nächste Antwort scheint er gar nicht mehr zu hören, er steht auf und geht im Zimmer herum. Er berührt im Vorbeigehen mit den Fingerspitzen wie zum Abschied einige Dinge. Dann geht er durch die offene Tür auf den Gang hinaus. An einem der großen Fenster bleibt er stehen, faltet die Hände auf seinem Rücken. Ich folge ihm und will ihn ansprechen, aber sein Nacken kommt mir plötzlich auf unheimliche Weise bekannt vor, sehr intim und vertraut.

Ich gehe, peinlich verwirrt, zurück ins Zimmer. Von der Rutsche her kommt lautes Geschrei, dann hört man die Sirene eines Rettungswagens.

Lange kann ich mich nicht bewegen. Ich wälze mich im Bett herum. Dann setze ich mich an den Bettrand, auf das weiße T-Shirt, das ich in der Nacht abgestreift habe. Um ein wenig Mut zu schöpfen, höre ich mir auf dem iPod dreimal hintereinander *Nessun Dorma* an, die großartige Arie aus *Turandot*.

Bei dem atemberaubenden *Tramontaaaate, stelle!* stehe ich energisch auf, und – *All'alba viiincerò!* – das T-Shirt bleibt auf meinem nackten verschwitzten Hintern kleben, überlegt es sich aber gleich wieder anders und fällt ab – *Vinceeeeerò!*

– Hallo!

Ich wirble herum, verstecke mich schnell hinter einer Menge Bettzeug.

– Gott! Gerald, ich hab dir doch gesagt –

– Alex?

– Ja?

– Bist du da drin?

– Komm nicht rein!

– Warum, bist du nackt?

– Blödsinn.

Ich kann nicht anders und grinse. Gerald merkt es und wiehert los. Ich ziehe mich schnell an und gehe zu ihm. Er hält sich ein Eis, das vermutlich aus meinem Kühlschrank stammt, wie ein Mikrofon vors Gesicht.

– Aber jetzt im Ernst, sage ich. In Zukunft klopfst du an. Das ist doch wohl nicht zu viel verlangt, oder?

– Okay.

Gerald geht aus dem Zimmer. Ich höre ihn in meiner Küche kramen.

– Gerald, hör mal her. Ich hab heute keine Zeit.

Seine Augen werden sofort groß und ernst.

– Ich meine, du kannst gern vorbeischauen und so. Wenn bei dir niemand zuhause ist. Ich hab deine Mutter gefragt und sie hat gesagt, dass es ihr … ich meine, sie hat nichts dagegen.

Fast hätte ich gesagt, dass seiner Mutter alles egal ist, dass sie nur froh ist, wenn sie gerade im Türrahmen stehen kann, wenn ein attraktiver junger Nachbar mit ihr spricht.

– Ich gehe heute auf eine Hochzeit, sage ich. Sorry.

– Du gehst auf eine Hochzeit? Wie alt bist du denn?

– Nur als Gast, sage ich. Ich bin eingeladen.

– Und wer heiratet?

– Ach, bloß ein Bekannter.

Die einzige Antwort darauf wäre: *Feigling*. Stattdessen sagt Gerald:

– Weißt du was?

– Was?

– Du hast kein Eis mehr. Das ist das letzte.

– Das ist mein geringstes Problem, sage ich. Ich muss jetzt gehen.

– Jetzt? Es ist doch Vormittag! Wer heiratet denn um diese Zeit?

– Hast du geglaubt, Hochzeiten finden nur am Abend statt, in einer dämmrigen Kirche?

Ich zumindest habe es mir so vorgestellt, aber das sage ich Gerald nicht.

– Was weiß ich, sagt er. Alex?

– Ja?

– Ach, gar nichts.

Er lutscht an seinem Eis, dann beißt er mit den Schneidezähnen die Schokoladenspitze ab, sodass allein schon das Zusehen einen Kälteschock verursacht. Aber er hält sich tapfer. Nur die Augenbrauen verraten, dass seinen Zähnen kalt geworden ist.

Ich stehe vom Tisch auf.

– Ich bring dich dann besser runter, sage ich.

– Kann ich nicht einfach hier bleiben?, fragt er

– Nein, ich … nein, das geht nicht.

– Aber du kannst mich ruhig einsperren. Das macht mir schon lange nichts mehr aus.

Dazu der tragische Blick eines Hundes, der genau weiß, was ihm beim Tierarzt bevorsteht. Unter anderen Umständen hätte ich ihn vielleicht bleiben lassen.

– Leider.

Er steht auf und folgt mir ins Vorzimmer. In seine Schuhe steigt er hinein, als wären es Pfützen, sie sind ihm ein paar Nummern zu groß. Fast schon Erwachsenenschuhe. Es tut mir natürlich leid, ihn zu seiner Mutter zurück zu bringen, die zu dieser Tageszeit wahrscheinlich längst Eugene-O'Neill-Rollen probt. Lange alkoholisierte Streitgespräche mit der Zimmerdecke und dem Schicksal.

Wir gehen die Treppe hinunter in den zweiten Stock, und ich läute an der Wohnungstür, an der tagein, tagaus ein alberner Erntedank- oder Weihnachtskranz hängt. Lange Zeit passiert nichts. Die Tür behauptet, sie würde J. KATZEK heißen. Dann Schritte, gedämpft. Bitte, lass sie einen kleinen, giftgrünen Cocktail in der Hand halten. Die Tür öffnet sich einen Spalt, und ein misstrauisches Gesicht erscheint, erkennt mich einigermaßen, braucht noch ein, zwei Sekunden, kann mich dann endlich richtig einordnen, ah ja, der Mann, der *manchmal* auf ihren Sohn aufpasst. Schwanken. Lächeln. Blauer Bademantel.

– Ja?, sagt sie und füllt den Türspalt mit ihrer Schulter.

– Hallo, sage ich, ich hab mich gefragt, ob Sie eventuell kurz auf Ihren Sohn aufpassen könnten. Ich habe da nämlich einen Termin, ich …

Ihr Kopf dreht sich und sieht zurück in die Wohnung.

– Jetzt?, fragt sie.

Wie?

– Was meinen Sie mit *Jetzt*?

– Ob Sie meinen, Sie haben *jetzt* einen Termin, oder …

– Ja, jetzt. Ich kann Gerald heute nicht –

Wieder drückt sie die Schulter in den Türspalt.

– Aber ich habe Ihnen doch letzte Woche den Kuchen vor die Tür gestellt, sagt sie.

– Wie bitte?

– Den Ku-chen, buchstabiert sie mir.

– Sie waren das?

– Oh ja! Und das Dankbillet!

Sie schwankt kurz aus dem Bild, fängt sich und taucht wieder im Türspalt auf.

– Gut. Äh … Danke für den Kuchen. Das war sehr freundlich. Aber ich muss jetzt leider gehen, wie Sie sehen. Also … Gerald kann ja morgen wieder –

– Aber ich bekomme Besuch, sagt sie mit etwas veränderter Stimme.

Gerald sagt diese Stimme offenbar mehr als mir, denn er sieht zu mir auf, als wollte er sagen: *Nicht weiterreden, bitte. Mama hat Kopfweh.*

– Herrgott, was zum Teufel ist mit Ihnen los?, fahre ich

sie an und erreiche damit, dass der Türspalt sich wieder öffnet und ein Gesicht von hellroter und entsetzt nach Luft schnappender Empörung zeigt.

Noch bevor sie etwas sagen kann, stoße ich die Frau im Bademantel zurück in ihre Wohnung, sodass sie auf ihren Hintern plumpst, und ziehe, da mir zum Abschluss nichts Besseres einfällt, die Tür von außen zu. Der Erntedankkranz hebt sich kurz, wie ein Türklopfer.

Ich gehe an Gerald vorbei und laufe die Treppe hinunter. Er steht oben und schaut mir nach, hin und her gerissen, unentschlossen wie ein Fahrstuhl, der zwischen zwei Stockwerken festklemmt.

– Na, komm schon, sage ich und klopfe mir mit der flachen Hand auf die Knie, als wollte ich eine scheue Katze anlocken.

Er schaut noch einmal auf die Wohnungstür, die sich nicht mehr geöffnet hat – auch mir fällt das jetzt auf –, und folgt mir. Seine Schritte beschleunigen sich. Das Eis in seiner Hand ist geschmolzen. Ich reiche ihm ein Taschentuch.

– Mein Gott, was für ein Tag, sage ich. Schau, da oben ist der Mond noch zu sehen, dabei ist es längst hell.

Gerald blickt in den Himmel. Die bleiche Scheibe ertrinkt dort oben im Blau, an manchen Stellen ist sie schon ganz aufgelöst und durchscheinend. Die trockenen Meere der Mondoberfläche stehen unter Wasser.

– Hast du gewusst, frage ich ihn, dass sie die Krater dort oben Meere nennen? Aber an einem Tag wie heute schaut man besser nicht in den Himmel. Der Himmel lenkt nur ab. An so einem Tag kann wirklich alles passieren. Wahrscheinlich gibt es eine riesige Warteschlange vor der Bushaltestelle, wo wir anstehen müssen, und wir fragen uns:

Woher kommen diese vielen Menschen? Natürlich wollen sie alle zur Hochzeit, denn es ist ein warmer Herbsttag, und da macht das einen Riesenspaß. Ja, es geht nichts über Hochzeiten, die bei warmem Wetter im Freien stattfinden werden. Schau nicht so überrascht, ich denke nur laut. Und natürlich ist uns das Stehen in der Warteschlange unangenehm, weil man überhaupt nichts tun kann, um es erträglicher zu machen. Inaktivität ist eine notwendige Bedingung, damit ein Zustand *Warten* genannt werden kann, und es gibt auch keinen Schutzheiligen der Warteschlangen, zu dem man ein stolzes Gebet emporschicken könnte. Nein, man kann niemanden anrufen, wenn man in der Endlosschleife einer Telefonseelsorge-Hotline feststeckt oder wenn die Zeit in einem Krankenhauskorridor auf einmal stehen bleibt und sich nicht einmal mehr eine Fliege über die immer gleichen Fensterscheiben bewegt. Warte einen Moment, bleib stehen. Dein Kragen ist ganz schief, lass mich … Niemand ist da, dem man den Wahnsinn anvertrauen könnte, der leise in einem aufsteigt, kennst du das Gefühl? Unter den Tausenden Heiligen, die es auf Erden gibt, ist keiner, der diesen Job übernehmen will. *Warteschlange* gehört nämlich nicht zu den anerkannten Formen von Leid und Erniedrigung, eine Warteschlange hat immer etwas von einem Experiment, etwas Nacktes, Primitives, Abgedecktes. Es wäre nichts Besonderes, wenn man sich einfach in die Hose machen würde. Lach nicht, das ist gar nicht witzig. *Natürlich*, würden dann die Leute sagen und sich gleichzeitig die Nase zuhalten, *er kann nicht anders, er muss ja seinen Platz in der Schlange behalten!* Nein, es gibt wirklich keine Spielregeln in einer Warteschlange, von der Reihenfolge abgesehen: Ameisen haben sie erfunden. Und wir vergessen irgendwann auch, warum wir anstehen. Es spielt keine Rolle, sage ich zu dir, obwohl ich weiß, dass das nicht stimmt. Ein paar Meter hinter mir wartet eine Mutter mit zwei kleinen Kindern, die um ihr Leben schreien. Und direkt vor mir steht – breiter Rücken, glänzender, verschwitzter Nacken – ein abgeschminkter Clown, der mir seinen freundlichen, verschwitzten Ochsennacken anbietet. Die empfindlichste Stelle. Und wir stellen plötzlich fest, dass alle sich über irgendwas freuen, ja, alle Menschen sind fröhlich und füllen sich die Hosentaschen mit Nüssen, um für die Fanfare *Da Nuces* gewappnet zu sein.

– Danutz?

– Da Nuces. Das heißt: *Gib Nüsse.* Ja, ich hab auch lachen müssen, als ich das zum ersten Mal gehört hab. Das Brautpaar schreitet unter einem Schleier dahin, girlandenverziert wie der Garten und die Gäste, und die von weither gereisten Verwandten mit dem Familiengesicht sehen alle so aus, als trügen sie unsichtbare Papierkronen auf ihren Köpfen. Das Hochzeitspaar selbst ist in überirdisches Blau gekleidet, die Farbe des Himmels, zumindest hier auf der Erde. Vom Mond aus betrachtet ist der Himmel schwarz wie das Innere eines Kleiderkastens. Kinder laufen herum, gehören scheinbar nirgendwohin, spielen ständeübergreifende Spiele im angrenzenden Gartenlabyrinth. Oder nein. Im hintersten Winkel des Gartens, wo sich Rosenhecken schütteln, obwohl sie nicht nass sind.

Da Gerald mir nicht mehr zuhört, drücke ich den Lautstärkeregler auf meiner inneren Fernbedienung. Wenn ich das tue, beginne ich zwar meist mit den Zähnen zu knirschen, weil die Worte so leichter zu hören sind, aber ich will niemanden verscheuchen, zumindest jetzt noch nicht. Ich höre mich sagen:

– … und ein Junge in Rot ist der einzige Mann unter den Kindern. So ein Junge wie du, Gerald, der mit Ästen auf andere Menschen schießt und sich die Finger so nah an das Auge hält, bis die ganze Welt zu einer Ameise wird, die man zerquetschen kann. Der Junge wird zunehmend verwirrter und wilder, weil die Mädchen ihm andauernd ihre Zöpfe vorhalten und ihn daran ziehen lassen. Er weiß anfangs gar nicht, was er davon zu halten hat, ständig laufen sie ihm durch die Hände, diese festen, wie Stroh knisternden Zöpfe. Sein Gesicht wird davon ganz rot und benommen, er beginnt zu schwitzen in seinem heißen Sonntagskostüm und jagt den Mädchen schnaufend durchs kniehohe Gras hinterher. Und die Mädchen lassen sich von ihm weiter an den Zöpfen ziehen. Warum tun sie das nur, denkt er, er rennt ihnen keuchend hinterher, er ist schon ganz taumelig, will ihnen richtig wehtun, ihnen die Zöpfe ausreißen. Er sieht sich Hilfe suchend nach seinem Vater um, der ihn irgendwann gnädigerweise einfängt, ihn erlöst von dem seltsamen Spiel, in dem alles erlaubt ist, aber gleichzeitig alles unbekannt und gefährlich. Die Mädchen mischen sich wieder kichernd unter ihre Familien. Ihre Köpfe, die empfindsame Haut und die Nacken tun ihnen zwar weh, aber sie sagen nichts, beklagen sich nicht, werfen sich nur bedeutungsvolle Blicke zu. Sie lassen den Schmerz so stehen, wie er ist, denn sie haben getan, was nötig war. Oder es ist gleich eine ganze Gruppe Jungen da. Und eine Gruppe Mädchen. Eines der Mädchen kommt auf die Jungen zu. Diese bemerken sie und beginnen sofort herumzualbern, fallen übereinander her, nehmen einen von ihnen, den schwächsten, der gleichzeitig der Klassenclown ist, in den Schwitzkasten, und der Klassenclown wehrt sich gar nicht, sondern winkt fröhlich seinen Zuschauern zu, so wie er es immer tut, wenn es ihm schlecht geht: mit einer Hand, winke winke, von der erhöhten Bühne des Augenblicks hinunter in den finsteren Theatersaal. Das Mädchen macht eine eindeutige Geste: Sie fährt sich mit dem Zeigefinger quer über die Kehle. *Kopf ab*. Die Jungen erstarren. Der Klassenclown hört auf zu winken.

– Ist er das?

Einen Augenblick bin ich verwirrt und stehe von der Wartebank auf. Da fährt der Bus wieder los, und ich setze mich hin, als würde mich der Ruck des anfahrenden Busses in den Sitz drücken.

– Ja, das war er. Gehen wir zu Fuß, sage ich. Entschuldige, ich hab nicht aufgepasst.

– Alex?

– Ja, was denn?

– Du knirschst mit den Zähnen.

– Ist mir noch nie aufgefallen.

– Ich kann auch mit den Zähnen knirschen. Willst du mal hören?

– Nur zu.

– Nnnng … Ach, jetzt hast du mich rausgebracht, jetzt kann ich es nicht mehr.

Er hält sich den Unterkiefer fest.

– Meinst du so?, frage ich und lasse ein Knirschen hören, das selbst mir die Haare aufstellt.

– Ich hab das auch einmal gekonnt.

Meine Gedanken wandern wieder fort, erschaffen eine Szene bevorstehender Peinlichkeiten.

Ein paar Männer in grünen Anzügen zücken ihre Handys und halten sie wie salutierende Schwerter über das schneeweiße Hochzeitspaar. Aus den piepsenden Lautsprechern ertönt der Hochzeitschor aus *Lohengrin*. *Piep-pip-pip-Pieeep*. Niemand kennt den Text, aber alle singen mit, nachdem sie die Melodie erkannt haben:

– *Naah-Na-Na-Naaaah!*

In Wirklichkeit sind all die Handys kleine, standhafte Nussknacker. Ich würge einen von ihnen. Die Augen der Gäste weiten sich. Die Mädchen sind verschwunden, ebenso die Girlanden auf den Bäumen. Die Rosenbüsche schütteln sich vor Abscheu. Mein Vater ist zu einem kleinen schwarzen Kofferradio geschrumpft.

– Warte, ich geb dir Nüsse. Da! *Da Nuces*! *Pueris*!

Der Nussknacker gibt Geräusche von sich, als würde er ertrinken.

Ich werde in Ketten abgeführt. Mein Vater unterschreibt eine Erklärung.

Die Sache geht durch alle Instanzen. Ein kletterndes Insekt von enormer Tragweite, ein Giftschimmelpilz, der die besorgten Bewohner von Sitzungszimmern und unterirdischen Raketenstützpunkten bedroht. Schon am folgenden Tag erscheint der Präsident im Fernsehen. Eindringlich spricht er von einer neuen Gefahr, die sich wie ein Parasit am Nährboden der Gesellschaft festgebissen hat. An einer Hand zählt er die Grundpfeiler der Demokratie und des Friedens auf. Der Daumen ist die *Selbstbeherrschung*, das Rückgrat moderner Gesellschaften.

Eine rhetorische Pause.

Dann macht er denselben Trick noch einmal mit seiner linken Hand. Diesmal ist die *Selbstbeherrschung* der kleine Finger. (In seiner Freizeit spielt der Herr Präsident Klavier, deshalb denken seine Finger in einer anderen Reihenfolge als wir.)

Anschließend wird er konkreter. Einige Male fällt mein Name, im Zusammenhang einer weitschweifigen Analyse des enormen Potenzials an Subversivität, das Kindern aus zerbrochenen Familien eigen ist. Er zitiert Hegel über den universellen Zusammenhang zwischen Familie und Staat. Letztendlich sei dieser Unterschied nichts anderes als eine Frage der verwendeten Teleskoplinse.

Der Präsident atmet aus.

Präsidenten und Präsidentinnen. Es ist eine Gefahr unter uns. Wir dürfen uns davor nicht verschließen, sonst zermalmt sie uns. Es ist Zeit zu handeln.

Dreimal, in beschwörender Langsamkeit, nennt er meinen vollen Namen, spricht den Nachnamen sogar richtig aus, mit einem langen E.

Und wenn wir an unseren Fernsehgeräten zuhause genau hinsehen – und nichts anderes bleibt uns übrig –, erkennen wir in seinen Augen die zarten Reflexionen des Teleprompters, diese großen weißen Wörter, die langsam aufwärts schweben, als wären sie an Luftballons gebunden, stetig aufwärts, wie die vielen Namen im Abspann eines Films.

Gerald und ich gehen am Stadtpark vorbei, durch eine kleine Allee. Jetzt erst fällt mir auf, was ich da mache. Ich gehe mit einem Nachbarskind auf die Hochzeit meines Vaters. Ein Knoten öffnet sich in meinem Kopf, wie eine Rose.

– Alex?

– Ja, was mache ich jetzt wieder? Ich gehe, oder?

– Nein, ich müsste mal aufs Klo.

– Du *müsstest* oder du musst?

– Ich muss.

– *Jetzt*?, frage ich im Tonfall seiner Mutter und halte ein imaginäres Cocktailglas in die Höhe.

Ich erwarte, dass er zumindest ein wenig lächelt, aber er erkennt die Parodie nicht.

– Jetzt, sagt er.

Ich lasse das Cocktailglas fallen.

– Na, dann geh hier irgendwo, ich meine … wird schon nicht verboten sein … vielleicht hinter einen Baum.

– Aber Alex …

– Ich stelle mich als Wache hin.

– Okay. Aber du musst dich umdrehen.

Ich blicke durch die Baumreihe auf parkende Autos und ein kleines, von innen prächtig erleuchtetes Eigenheim, aus dessen Dach eine massive Satellitenschüssel wächst. Hinter mir plätschert es. Nach einer Weile frage ich die Autos und das große Metallohr mit der blasphemischen Aufschrift *SatAn*:

– Bist du bald fertig?

Keine Antwort. Kleidergeräusche, Gürtelschnalle.

– Alex?

– Ja?

– Du bist total ungeduldig.

Ich trete auf eine Kastanienhülle und schiebe sie unter der Schuhsohle hin und her.

– Ja, stimmt.

– Komm ja schon.

Gerald kommt, sich das Hemd in die Hose steckend, hinter dem Baum hervor. Schweigend gehen wir weiter bis ans Ende der Allee. Ein lauter Rap-Song fährt mit heruntergelassenen Seitenfenstern an uns vorbei.

Gerald wird langsamer und beugt sich über etwas, das am Boden liegt. Zuerst kann ich nichts erkennen, dann bemerke auch ich es: Ein kleines Schiffchen aus Zeitungspapier, etwa so hoch wie ein Bleistift.

– Wollen Sie es kaufen?

Eine Frau ist hinter einer der noch unbeklebten Litfaßsäulen hervorgetreten, die jemand in unschuldiger Inspiration mit dem Wort *Fuck* verziert hat. Schlaffe

Hautsäcke hängen unter ihren müden und kraftlosen Augen. Ihre Frisur ist ein wirres Storchennest, sie trägt ein Paar alter Turnschuhe und einen schmutzigen orangen Overall mit der rätselhaften Aufschrift *Stahlstift* und konzentrischen Urinflecken um die Hosenbeine; wie Jahresringe, an denen man die Dauer ihrer Verwahrlosung ablesen kann. Der äußerste Ring ist der hellste und dürfte ungefähr eine Woche alt sein – das sagt mir meine Erfahrung aus der Zeit im Altersheim. Aber das alles ist tausend Jahre her und natürlich kann ich mich auch irren. Um das Handgelenk trägt die Frau ein weißes Klinikarmband.

Sie fixiert Gerald.

– Wollen Sie es kaufen?, fragt sie ihn freundlich.

– Gerald, komm, sage ich.

Die Frau geht uns ein paar Schritte nach.

– Wollen Sie –

– Nein, danke, sage ich.

Ich ziehe Gerald am Ärmel.

– Aber ich muss mir doch eine Fahrkarte kaufen, ruft uns die Frau nach. Sonst verpasse ich alles …

– Sie müssen sich was zum Anziehen kaufen.

Die Frau denkt über meine Worte genau nach, dann antwortet sie:

– Ich habe Hunger.

– Hier, sage ich und krame eine Münze aus meiner Tasche. Kaufen Sie sich was zu essen.

Die verwirrte Frau blickt zurück zu dem kleinen Schiffchen, das immer noch auf dem Asphalt steht, unverkauft, zwischen dunklen Kastanien und ihren grünen Hülsen. Ihre schmutzverkrusteten Finger picken die Münze aus meiner Hand, dann geht sie zu ihrem kleinen Schatz zurück, hebt ihn auf und steckt ihn in eine Tasche ihres

Overalls. Ich nutze die Gelegenheit, um Gerald mit mir fort zu ziehen. Erst als wir schon außer Sichtweite sind, lasse ich seinen Ärmel los.

Da er sehr still geworden ist, sage ich in einem bemüht nebensächlichen Ton, als würde ich eine beruhigende Diagnose stellen:

– Eine arme Frau. Verwirrt. Hat wahrscheinlich kein Zuhause. Und abhängig dürfte sie auch sein –

– Ja doch, unterbricht mich Gerald, als würde er diesen Satz nun schon zum hundertsten Mal hören.

Seit ich ihn losgelassen habe, fingert er nervös an seinem Pullover herum. Vielleicht habe ich ihn ausgeleiert. Schließlich entscheidet er sich dafür, beide Ärmel hochzurollen. Und er hat Recht damit. Auch mir ist ziemlich warm geworden.

Auf dem letzten Wegstück verlaufen wir uns mehrmals, obwohl ich eine Wegskizze auf den unsinnigen Zettel mit den vielen, vielen Zahlen gezeichnet habe: Um Gerald zu unterhalten und um meine eigene Nervosität mit kleinen Fluchtspielen zu vertreiben, tue ich gelegentlich so, als würden wir verfolgt, und renne durch offen stehende Haustüren in fremde Innenhöfe, wo ein majestätischer Wäscheständer steht wie etwas irrtümlich Eingefrorenes oder ein geometrisches Blumenbeet von einem kleinen, todernsten Nicht-Betreten-Schild bewacht wird. Gerald geht mir jedes Mal nach und lacht, wenn ich mich peinlich berührt umdrehe, als wollte ich sagen: *Wieder geirrt.* Die verwirrte Frau hat er längst vergessen.

Ich werde eine Bombe hochgehen lassen, denke ich, mitten in der Zeremonie.

Mein Herz schlägt wild, als wir an einem Polizisten vorbeikommen. Der Polizist ahnt nichts von der Bombe. Er geht weiter, ohne mir nachzulaufen. Für ihn bin ich einfach ein Mann, der … der mit … der mit seinem …

– *Nessun Dorrrrma*, singe ich vor mich hin.

Mein Ohrwurm wird schriller und lauter, je näher wir unserem Ziel kommen.

– *Ma il mio misteeero è chiuso in meeee …*

– He, Alex!

– Was?

– Du singst.

Und schon ist unsere Reise zu Ende, die kleine Vorübung für eine gemeinsame Flucht nach Panama. Das muss der Garten sein. Menschengeräusche, entferntes Gelächter hinter einem alten Trafikgebäude, das schon lange nicht mehr bewohnt ist. Ein auf orangefarbenem Papier gedrucktes, großformatiges Einladungsschild mit einer gezeichneten Hand: ☞

In dem Garten steht ein großer, schräg aus dem Erdreich ragender Baum, der sich in leidenschaftlicher Erstarrung an den Verlauf einer Wasserader anschmiegt, weil er ohne sie nicht leben kann. Der Anfang muss unerhört einfach gewesen sein für ihn, denke ich, man besteht aus reinem Wachstum, Rankenwerk, schwingt sich als einzelnes, zweigdünnes Etwas in die Höhe, und, egal wie dünn die Sonnenstrahlen fallen, man bekommt immer genug Licht, und wenn es Abend wird, erstarrt man einfach in der eingenommenen Position, eine ausdrucksstarke Arabeske in der Dunkelheit. Aber diese Zeiten sind vorbei, die Langsamkeit hat endgültig von ihm Besitz ergriffen, und allem, wonach er sich sehnt, wächst er mit ungeheurer Anstrengung entgegen: Jeden Augenblick ist es etwas anderes, was sein Interesse weckt, deshalb sind seine Äste auch so verwinkelt. Ein flauschiger Vogel, ein Garten voller Gäste, eine herrenlose Brille, die über den Himmel flattert.

– Alex?

Drei Stufen führen zu einem kleinen Tor, auf dem sich das glücklich verliebte Einladungsschild wiederholt, ein wenig kleiner nur und ohne die Hand. Und seltsam, über die Stufen führen zwei Metallrampen. Gerald sieht keinen Grund, hier haltzumachen, aber ich bleibe noch eine Weile vor dem hüfthohen Tor stehen, schaue auf die Uhr, beuge mich hinunter, öffne meine Schuhbänder und binde sie neu. Dann richte ich mich auf, gehe ein paar Schritte, durch das kleine Tor und über den beginnenden Gartenweg, auf die Menschen am anderen Ende des Gartens zu, von denen Gott sei Dank niemand aufschaut. Ich bleibe stehen und wiederhole das Spiel mit den Schuhbändern.

– Jetzt komm, sagt Gerald. Du trödelst.

Ich richte mich wieder auf, *tramontaaaate stelle*, und ein kurzer Schwindel befällt mich, sekundenlange Dunkelheit, wie vom Schatten eines langsam dahinziehenden Vogels. Der rasende Mondschatten einer Sonnenfinsternis. *Komm jetzt, wir gehen nach Hause. Ist ja schon vorbei. Alles überstanden.*

Ich sehe Gerald an. Was mache ich nur? Können wir umkehren?

Noch nicht vorbei, noch nichts überstanden, buchstabiert die Gesellschaft dieser bunt gekleideten Menschen, die in einiger Entfernung darauf warten, dass ich mich unter sie mische, in sie eintauche, ihnen ausweiche, mit ihnen zusammenstoße, sie anspreche: *Nein, kein Angehöriger, nur der Sohn. Ja, der. Der lang verschollene. Ganz genau.*

Jetzt verstehe ich auch, warum ich Gerald mitgenommen habe.

Ich versuche mir die Doppelschleife in meinen Schuhbändern räumlich vorzustellen. Zwei Schleifen, nichts Weltbewegendes, drehen sich in Zeitlupe, dann schlüpft die eine unter der anderen durch – aber dann wird das Bild unscharf und die Schleife kommt auf der anderen Seite nicht mehr richtig hervor. Alles ist ein wildes Durcheinander, ein Knoten.

Ich starre auf meine Füße.

Wenn ich die Zehen ein wenig bewege, kann man es sogar durch die Schuhe hindurch sehen. Ein interessanter Effekt. Trotz der Härte des Materials, aus dem meine Wasser abweisenden Schuhe gemacht sind. Trotz der Schwäche meiner Zehen, die ja nur der äußerste Rand meines Körpers sind und kaum Muskeln haben.

Wieder gehe ich ein paar Schritte.

Zu meiner Erleichterung sehe ich aus der Entfernung weder meinen Vater noch Hannelore. Sie werden entweder von den Gästen, die in kleinen Gruppen herumstehen, verdeckt und vor unautorisierten Blicken abgeschirmt, oder sie sind tatsächlich noch nicht da, werden vielleicht als allerletzte kommen und sich einläuten lassen wie ein Königspaar.

Um den Hals mancher Gäste baumeln, wie ich beim Näherkommen feststelle, Foto- und Filmkameras.

Eine junge Mutter ist auch da, mit einem Kinderwagen. Bestimmt ist es gesund, Kinder auf Hochzeiten mitzubringen. Oder es bringt dem neuen Paar Glück. Kindersegen für Halbgeschwister. Downsyndrom, sabbernde Idioten, Gehirn außerhalb der Schädeldecke, lebensunfähiges, zappelndes Wesen. *Hier, das ist deine Halbschwester, berühr sie doch. Keine Angst, sie hat zwar keine Haut, aber sie spürt trotzdem, dass du da bist. Komm, trau dich.*

Mit dem Alter steigt das Risiko. Auch mit dem Alter des Mannes?

Hannelore, wie alt mag sie sein? Zu jung. Alte, schwitzende, widerliche Männer und ihre jungen Frauen. Alte, verbrauchte Lippenbekenntnisse. *Und wenn ein Gott in seiner Qual verstummt. Vor dieses Tages noch geschlossner Blüte.*

Messerschmidt lacht

Messerschmidt lachte: sanfte Vibrationen des bevorstehenden Endes. Es war nun überstanden. Das Herumirren in der neuen Wohnung, den zugigen Räumen seiner Tochter, war sinnlos geworden, und auch die alte gab nichts mehr her. Heiterkeit, Gelassenheit kündigten sich an, warfen einen sanften Lichtschein auf sein altes, abgekämpftes Gehirn, das finster und zerfurcht im Eis feststeckte wie ein ausgedientes Kriegsschiff.

Die Hündin hatte ihn lange hinter sich hergeschleift, bis er am Ziel angelangt war. Dann war sie verschwunden.

Die Rundgänge waren ab sofort einzustellen, so friedlich wie möglich. Aber im Grunde war selbst das egal. Es blieb ohnehin kein Fingerabdruck von ihm zurück, nirgends. Trotzdem: so friedlich wie möglich. Nicht wie diese verrückten Spielzeugautos, die man mit einer Fernbedienung durch fremde Zimmer steuerte, in Gedanken eins mit dem winzigen Piloten, der auf ein Tischbein oder den schwarzen Briefschlitz eines VHS-Rekorders zufuhr.

Jetzt wurde er gedreht, er fühlte es. Es war noch so viel in ihm, Flüssigkeit, Substanz, was seine Lage verändern konnte. Wie eine Wasserwaage. Sehr viel Leid.

Ein warmer Stoffballen, vielleicht ein zusammengeknülltes Hemd, tupfte über seinen Rücken, seine Hüften, seinen Hintern. Wie warme Küsse, unanständige Berührungen an einer kalten Steinstatue. Göttinnen. Sie besaßen keine Po-Ritze, nur eine leichte Vertiefung, glatt und einfärbig, zwei zusammengesteckte Apfelhälften, Halbkugeln aus Marmor.

Eine Nadel wurde in seinen Arm gepflanzt und blieb dort.

Marmor, dachte es in ihm. Zeit. Steinerne Hallen, Monumente, Bauten. Untergang des Römischen Imperiums. Geheimagenten des Glaubens in den Katakomben mit dem verbotenen Fischsymbol auf den fackelflackernden Wänden.

Ein letzter Urinstrahl entkam ihm und traf einen Fremden am Handgelenk, dann bemerkten alle Anwesenden, die verzweifelte Pflegerin und die aufgrund eines Staus gerade erst eingetroffenen Rettungskräfte, die Veränderung auf seiner Stirn: Sie war in Falten gezogen, unverrückbare Falten.

Den Sanitätern blieb nichts anderes übrig, als ratlos in der Gegend herumzustehen, so weltfern und verloren in der Zeit wie Menschen auf einer jahrhundertwendebraunen Strandfotografie. Der junge Zivildiener mit dem Pferdeschwanz hatte noch nie in seinem Leben einen Toten gesehen und blickte deshalb zu Boden, auf die Schultern seiner Kollegen und in das Gesicht der Asiatin, das selbst noch hübsch war, wenn es Tränen vergoss.

– Ähh …

Er trat aus seinen steinernen Schmerzen heraus und hinein ins gefühllose Gras, zwischen die Gäste, die sinnlos und bunt im Garten herumstanden und sich mit lauten Zungenlauten unterhielten.

Wer?, schlug eine alte, abgewetzte Glocke in seiner Brust. *Wer?*

Das Trafikhäuschen aus der Vergangenheit zog ihn an. Verkohlte Überreste. Brandstiftung, niemals aufgeklärt. Wie durch ein Wunder niemand verletzt. Sein Tag hatte immer hier begonnen. Unterwegs zur Arbeit. Die Besitzerin, eine ältere Frau, hatte sich hier an einem Neujahrsmorgen erhängt. Ihr Mann hatte sie entdeckt, und sein großes, rundes Gesicht hatte sich zu einer Maske grenzenlosen Entsetzens verzogen, als sei sein Auge von einer der letzten Feuerwerksraketen durchbohrt worden, die man am Morgen immer noch überall in der Stadt hören konnte, ewige Nachzügler und Spätzünder. Und das weit entfernte, vom Beton der Hausmauern trockengeriebene Echo von Schweizerkrachern, das in seiner Unregelmäßigkeit ein wenig an die mysteriösen Klopfzeichen von Geigerzählern erinnerte, stellte die feinen Nackenhaare der tot pendelnden Frau auf; sie waren das Feinste an ihr und verabschiedeten sich als allerletzte. Im Gras vor dem kleinen Trafikhäuschen lagen die leeren Hülsen kleinerer Knaller, verschossene Munition. Erfolgreich ausgetriebene Dämonen des alten Jahres.

Messerschmidt wandte sich ab.

Weiter.

Eine Frau, die gerade eine schwierige Geschichte mit ihrer Tochter hinter sich hatte. Die Tochter trug lange – was zum Teufel waren *Dreadlocks*? – und trank zu viele Energy-Drinks, von denen sie einen leichten Flaum auf der Oberlippe bekam. Sie hatte sich vor kurzem mit einem Schwarzen verlobt. Er hieß Claude und kam aus Ghana. Er hatte weiße Handflächen, auf die sie aus irgendeinem Grund ständig starren musste, und einen Job bei einer Baufirma. Ihre Tochter liebte ihn und stritt sich deshalb mit ihrer Mutter, die sich in einem Anfall von Selbstmitleid ein neues Kleid gekauft und der Tochter die Tür gewiesen hatte. Claude war daneben gestanden, hatte sich langsam seine Kappe aufgesetzt und war dann hinter seiner Freundin her gegangen.

Weiter.

Ein Mann, der gerne auf Hochzeiten den dummen August spielte, auch wenn er in Wirklichkeit das Klavier besser spielen konnte. Er verwaltete heute die Getränke und wünschte sich, dass er einmal so berühmt sein würde wie sein Idol, der Jazzpianist Keith Jarrett. Einmal hatten er und seine Frau sich in Wien ein Konzert von Jarrett angesehen. Jarrett spielte das Klavier, als würde er wild in einer Badewanne planschen, die Musik schäumte auf, bildete kleine Rinnsale, schwappte links und rechts über die Tastatur, und er hatte sich keinen besseren Rat gewusst, als zwei Stunden lang mit halb offenem Mund dazusitzen.

Weiter.

Ein junger, ernster Mann mit Brille. Er fühlte sich auf Hochzeiten nie wohl, da sie ihn an Kinderkriegen und das uralte Elementarproblem von Vater und Sohn erinnerte, über das er so lange nachgedacht hatte, bis er schließlich einen quirlig-verzweifelten Roman darüber geschrieben hatte. Was ist ein Sohn für einen Vater?, dachte er mit einem halb geleerten Sektglas in der Hand. Es ist auf jeden Fall eine ausgesuchte Beziehung, anders als die zwischen Tochter und Vater, Mutter und Sohn. Das merkwürdig Virtuelle an der Vater-Sohn-Beziehung kann nicht genug betont werden, dachte er und nahm einen großen Schluck Sekt, der sich in seiner Kehle zu brennendem Schaum verwandelte, es ist keine symbiotische Beziehung zwischen ihnen da, niemals, zu keiner Zeit. Im Gegenteil, dachte er und schwankte. Was mache ich überhaupt hier? Ich habe hier nichts verloren zwischen all diesen Menschen, die das Rad der Geschichte weiterdrehen mit ihren zukünftigen Generationen und Kindern und Eltern und allem Drum und Dran und –

Messerschmidt riss sich von ihm los. Die Lawinen im Kopf des jungen Mannes stürzten unterdessen lautlos weiter durcheinander. Er trank ein Glas Sekt nach dem anderen und war sehr unglücklich über die Dinge, die ohne Aufsicht durch seinen Kopf geisterten.

Messerschmidt drehte sich noch einmal um, ging zu dem jungen Mann und trat ihm auf den Fuß. Das Gesicht des jungen Mannes hellte sich auf, und wie ein Schluckauf befiel ihn die Erinnerung an einen alten Witz, den er vor sehr langer Zeit einmal gehört hatte, die berühmte Antwort Mahatma Gandhis auf die Frage eines Reporters: *What do you think of western civilisation? Well,* hatte Gandhi gesagt, *I think it would be a wonderful idea.* Der junge Mann mit der ernsten Brille gluckste plötzlich wie ein kleines Kind und blickte nieder auf seinen Fuß, seinen Schuh, in dem, wie ihm jetzt zum ersten Mal aufzufallen schien, lauter kleine Wackelzehen steckten, die sich auf äußerst witzige Weise von selbst bewegen konnten, was ja schon für sich eine ganz ungeheure Sache war, eigentlich ein Wunder, und wenn man es genau bedachte, war sehr vieles auf Erden sehr witzig und es wert, belacht zu werden. Er kicherte und schüttete den Rest des Sekts ins Gras. Ein wenig davon rann ihm über den Daumen, und er leckte ihn herzhaft ab. Glücklich ging er in irgendeine Richtung davon. *What did the mystic say at the hotdog stand? Make me one-with-everything!* Haha! Messerschmidt hörte sein heiter-bedrücktes Gelächter aus der Richtung, wo sich der Ausgang befand.

Weiter, weiter. Die Zeit drängte.

Eine Frau, die vor kurzem ihr Medizinstudium beendet hatte. Seit ihr Vater, der berühmte Professor Leitgeb, der frühere Direktor der Schule, in der sie vor vielen Jahren die Matura gemacht hatte, unter ungeklärten Umständen gestorben war, interessierte sie sich für Heilkunst. Als Mädchen hatte sie begonnen, mit einem Spielzeugstethoskop zu spielen, in dem sie das Leben selbst rauschen gehört hatte, wenn sie es an die Bäuche oder Halsschlagadern ihrer Teddybären hielt. Sie würde in exakt vierundzwanzig Jahren für den Nobelpreis vorgeschlagen werden, für die Entdeckung und Entwicklung eines Heilmittels gegen die *Löwy'sche Krankheit*, eine Seuche, die in exakt fünfzehn Jahren zum ersten Mal epidemisch auftreten würde.

Weiter.

Ein bekanntes Glühen. Der Architekt. Mein Gott, er hatte sich sehr verändert. Sein Kopf war zweifarbig, das alte Braun und das neue Grau. Silberadern, so dick wie Nylonfäden, zogen sich durch sein zu einem dünnen Pferdeschwanz gezähmtes Haar. Messerschmidt sah ihn an seinem Schreibtisch sitzen, vor sich die Abrechnungen des Monats, viele, viele Zettel, beschrieben mit Tausenden Ziffern, die ein geheimes Prinzip in sich bargen, das nur er kannte. Den ganzen Vormittag korrigierte und kontrollierte er die Zahlen und dachte sich: Komisch, so still hier … Und er steckte seinen Kopf aus der Tür seines Büros. Tatsächlich niemand. Also setzte er sich wieder hin. Nach etwa einer Stunde klingelte das Telefon, und eine Stimme sagte etwas von einem schrecklichen Unfall. (Messerschmidt hörte den letzten versickernden Rest dieser Stimme; sie war so fern wie nur irgendetwas.) Doch jetzt war er relativ entspannt. Es ging alles gut. Auf dem Weg hierher, zur Hochzeit, war er an seinem neuesten Projekt vorbeigekommen, die Säulen, ein revolutionäres Kunstwerk. Und bei der Eröffnungsfeier war sein Herz übergelaufen vor Glück, weil er seinen Sohn in der Zuschauermenge erkannt hatte, verkleidet und unauffällig, aber trotzdem, es gab keinen Zweifel. Er war so stolz auf ihn, dass es ihm nicht schwer fiel, ihn in Ruhe zu lassen und so zu tun, als würde er ihn nicht erkennen, mit der albernen, viel zu großen Baskenmütze auf dem Kopf.

Weiter.

Zwillinge im Kinderwagen. Ihre Köpfe zwei leere Zirkuszelte von der Größe einer Nussschale. Ein fingernagelgroßes Fenster in die Welt. Jedes an sie gerichtete Wort eine Mondlandung, eine strahlende Pionierfahrt.

Weiter.

Die dazu gehörige Mutter, sehr erschöpft, weil es wieder eine schlimme Nacht gewesen war. Dafür war der Morgen überraschend schön, kein Geschrei, und auch das Füttern hatte kaum wehgetan (fast schon ein Wunder bei ihren wundgebissenen *Knospen*, wie ihr Mann mit seinem verschmitzten Hundegesicht immer sagte). Dann hatte sie sich eine weitere Folge ihrer Lieblingsserie angesehen, die seit neuestem vormittags lief, und hatte heimlich geweint, während die Zwillinge in ihren völlig identischen Pyjamas im Sandmännchenland herumdümpeln durften.

Weiter.

Ein unauffällig gekleideter Mann, der nur aus Höflichkeit eingeladen worden war, wie er sich sicher war. Im Grunde gehörte er gar nicht unter Leute. Seit er aufgrund eines Schocks, den ihm eine starke Nussallergie eingebrockt hatte, innerhalb weniger Monate zu Gott gefunden hatte, ertrug er den Anblick von Menschenhaut nicht mehr. In seiner Freizeit sammelte er Schneekugeln.

Weiter.

Ein junger Mann, der eigentlich für die musikalische Unterhaltung vorgesehen war, später dann. Man erwartete fröhliche Saxophonmusik von ihm, durchaus verständlich, denn alle Welt liebte das Saxophon, dieses leidenschaftlich röhrende Balzinstrument. Dabei machte es ihm längst keinen Spaß mehr. Er hatte seine Interessen verlagert und war nun jemand anderer. Aber was würden seine Eltern sagen, wenn er eine Japanerin heiratete? War das *zu* anders? Immerhin lebte und arbeitete sie hier, also war zumindest dieses heikle Thema schon vom Tisch. Ach, zum Henker, er würde zehn oder zwanzig Minuten spielen, schließlich konnte ihn niemand zwingen, länger auf der dummen Tröte herumzuleiern. Albernes Zweiter-Frühling-nach-dem-Herbst-des-Lebens-Pärchen. *Brrrr!*

Weiter.

Ein Mann, ein früherer Schüler des Bräutigams. Er hatte trotz seines Nachnamens studiert, was ihn schon immer interessiert hatte: Linguistik. Und nun war er ein herumlaufender Witz in Person: *Linquist der Linguist*. Natürlich lachten die Leute, aber er liebte es. Er wollte es für nichts in der Welt eintauschen. Und er liebte Prof. Dr. Kerfuchs, der jeden seiner Aufsätze immer mit Akribie und Ausdauer durchgesehen hatte, sodass sich diese Tugenden auf geheimnisvolle Weise auch auf ihn übertragen hatten, bis er sie irgendwann zu seinem persönlichen Regelwerk erklärt hatte.

Weiter.

Ein junges Mädchen, das mit ihren zwölf Jahren schon so religiös war, dass sie nicht glauben konnte, man könnte ein zweites Mal in Gott vereint sein, auch wenn sie den Sinn der Vereinigung noch nicht genau benennen konnte. Sie war die Tochter einer Arbeitskollegin der Braut. Sie hatte es noch niemandem erzählt, aber sie hatte zu Jesus gebetet, er möge das Schulhaus abbrennen lassen, vor allem die Turnhalle. Diese stinkende Umziehkabine, wo ihr das entsetzliche Missgeschick passiert war: Stigmata, Blut. Das Problem an der ganzen Sache war, dass Jesus ihr sogar geantwortet hatte.

Weiter, um Himmels willen.

Ein glatzköpfiger Mann in einem Rollstuhl. Mein Gott, auch in ihm war sehr viel Verwirrung. Ein Mann wie ein

Stück Holz, das in einem versteinerten Wald darauf wartet, wie alles andere zu Stein zu werden, während sich Borkenkäfer und anderes Getier weiter munter durch seine Eingeweide bohren. Eine Rückenverletzung, multiple Sklerose. Aber irgendwann blieb die Krankheit einfach stecken, wie ein Brocken im Hals. Es war sehr viel zusammen gekommen, was ihn belastete, aber er hatte sich geschworen, heute glücklich zu sein. Er war tatsächlich gekommen, Alexander, den er so lange nicht mehr –

Messerschmidt legte seine Hände von hinten auf die Schultern des alten Mannes und dieser schüttelte sich.

Weiter.

Eine ältere Frau, ihr Herz war ein kleiner, springender Hund. Sie schritt mitten durch Messerschmidt hindurch, ohne ihn zu spüren. Ihre Wangen waren gerötet. Ihre Brüste waren zwei runde und wohlgeformte Tempelfeuer, die niemals erlöschen durften und um die sich Männer in Priestergewändern stritten. Dieser Tag gehörte nur ihr allein. Nur ihnen allein. Sie war der Mittelpunkt. Zum ersten Mal in ihrem Leben. Mein Gott, sie hatte überhaupt nicht mehr damit gerechnet, mit der Möglichkeit von so viel Glück! So viel auf einmal! Wie ein Stapel Matratzen, die einen unter sich begraben, und man spürt nicht einmal ihr Gewicht. Und ihre Eltern waren auch hier, sie konnte sie fühlen, sie waren überall. Jedenfalls konnten sie sie jetzt sehen, in diesem wunderbarsten, glücklichsten Moment, den ihre Tochter ganz allein durchstehen würde, ohne Ratschläge, an denen sie sich festhalten konnte wie an Schultern, wenn ihr vor lauter Vorfreude so schwindlig wurde, dass sie sich für einen kurzen Augenblick wieder zuhause in ihrem Bett wähnte, vor dreißig Jahren, zwischen ihren beiden Brüdern, von denen der eine am Steuer des Unglückswagens ihrer Eltern gesessen war und der vor einem Jahr Selbstmord begangen hatte, nach vielen Jahren im Rollstuhl, und nun saß auch ihr zukünftiger Ehemann im Rollstuhl, ein wiederkehrendes Muster, etwas, das sich wiederholte, was ihr so egal war wie alles, was sich wiederholte. Wiederholungen machten stärker, und selbst die kryptischen Anspielungen ihres neuen Stiefsohnes Alexander machten ihr nichts mehr aus, denn sie glühte, sie tanzte auf den frischen, unverbrauchten Unsicherheiten, aus denen ihr neues Leben bestand, sie brach sie auseinander wie Kekse und zerrieb sie zwischen den Fingern, die jetzt geküsst wurden, wirklich geküsst, nicht nur in ihrer Vorstellung, nicht nur in ihren langen und einsamen Tagträumen in der Rehaklinik, wenn sie an den riesigen Heizkörper gelehnt auf ihren Bruder wartete –

Messerschmidt ließ die Schultern des alten Mannes los. Dieser schmiegte sich jetzt an die Handfläche der Frau, drückte seine trockenen Lippen auf ihre Fingerknöchel.

Weiter.

Ein junger Mann, der gerade einen schlimmen Verlust hatte hinnehmen müssen, ein unaufgeklärter Todesfall, eine Attacke gegen die Frau, in die er sich Hals über Kopf verliebt hatte, und nun war alles in ihm sehr kompliziert, gespenstisch vervielfacht und gleichzeitig – er war bis obenhin voll mit Energie, die seine Zunge zu sprengen drohte, und in seiner Jacke steckten zwei Telefone – Messerschmidt witterte ihre nervös vibrierende Anwesenheit, jeden Moment konnten sie losgehen wie Handgranaten – und alles in ihm ging im Kreis, er wollte gar nicht hier sein, weil alles in ihm im Kreis ging, denn gerade erst hatte er einen schlimmen Verlust hinnehmen müssen, und noch war nichts verheilt, was überhaupt verheilen konnte, denn alles ging immer nur im Kreis und jetzt auch noch die Hochzeit seines Vaters, alles war eine einzige Groteske, aber man musste irgendwie am Leben bleiben und sich nicht unterkriegen lassen, und dadurch unterschied er sich sehr von dem jungen Mann mit der ernsten Brille von eben, also ließ Messerschmidt diesen hier in Ruhe, trat ihm nicht auf den Fuß oder zwischen die Beine, von wo ein ungutes Licht auszugehen schien, denn gerade erst hatte er einen Verlust hinnehmen müssen, schon wieder, es ging einfach nicht weg, ging wieder im Kreis, die Zeit war eine kreisförmige Ruine, denn gerade ... *Gera* ...

An diesem Wort blieb Messerschmidt hängen. Es fühlte sich richtig an.

Gerade ... Gerad ...

Plötzliche Musik, Stimmen, die sich zum Himmel erhoben und wie schwappendes Hafenwasser an die flüsternden Grenzen des Tages schlugen – er stolperte.

Das vergnügte Gesicht eines Kindes. *Gerald.* Sohn von Jessica Katzek, die sich in der Toilette eingesperrt hatte, laut mit der tief hängenden Decke redete und sich in diesem Augenblick schwor, eine bessere Mutter zu werden, wenn Gott, dieser elende, rachsüchtige Mistkerl mit seinem Sonnenfinsternis-Daumen, ihr nur ihren Sohn wiederbringen würde, *hast du gehört, du fieses Arschloch da oben im Himmel? Eine bessere Mutter!* Seine Kinderhand mit der bunten Armbanduhr schlug im Takt gegen seinen Oberschenkel. Das Lied gefiel ihm. Er trug Valeries letzte Augenblicke in der Tasche. Die Hilfeschreie der flüchtenden Hündin, die Schläge des Metallstabes. Er würde die Bilder jemandem zeigen, der sie wieder jemandem zeigen würde, und so ging es ewig weiter, bis weit über den Horizont hinaus. Dann würde er selbst erwachsen werden und die Rolle eines Vaters einnehmen, ein Vater, den er nie gekannt hatte und der auch gar nicht existierte – aber da war wieder das Knirschen von schwarzem Glas und das Quietschen von LKW-Reifen, und das Bild des Landfriedhofs, sehr fern, mit gespenstisch leuchtenden Grabsteinen, die zwischen Himmel und Erde schwankten wie betrunkene Schiffslaternen, spannte sich auf wie ein dunkler Regenschirm.

Jetzt!

Rechtzeitig. Messerschmidt stürzte sich in den Abgrund und verlor sich im Verstand des jungen Mannes, in dem alles im Kreis ging, im Verstand des jungen Mannes, der neben Gerald stand, weil er rechtzeitig abgebogen war,

weil er sich verlor, weil er gerade noch rechtzeitig
in den Abgrund der Trauer, die kreisförmig
sich nach unten und wieder nach oben
schmerzvoll windenden
Valerieruinen –

Das Lied

Mein Vater, im Rollstuhl. Unter weißen Gartengirlanden. Seine schwarzen Lederhandschuhe. Sein weißes Sakko, wie zur Erstkommunion. Sein sonnenbeschienener Hinterkopf unter einem von Kondensstreifen sanft verschnürten Himmel.

Jetzt fällt mir ein, dass er im Lokal nie aufgestanden ist. Seine Erzählungen von Reisen und Wanderungen. Eine Folie aus Schweiß auf seiner Glatze, darüber die Splitter von Sonnenlicht, das durch die Blätter der Bäume fällt. Auch auf seinem Nacken, der von den Schulterpolstern des Sakkos verlängert wird, spielen die Sonnenflecken, jeder Windstoß lässt sie durcheinanderpurzeln wie die Glieder eines Mobiles.

Die Metallräder des Rollstuhls knirschen sanft.

Er und Hannelore führen die vorgeschriebenen Bewegungen und Rituale aus, sprechen das, was der Priester ihnen vorsagt, einsilbig nach, sehen einander an. Ihre Bewegungen sind die Spiegelbilder der seinen, so hebt sich alles gegenseitig auf, wird zu einem Nullsummenspiel.

Sie stehen mit dem Rücken zum Publikum, als wäre das Ganze ein Abschied, und gleich geht irgendwo eine Tür auf, durch die man in eine andere Welt gelangt. Sie haben nichts mehr mit uns zu tun. Wir sind Hinterbliebene.

Sie stecken sich die Ringe gegenseitig an. Bei den dicken Fingern meines Vaters ist das recht schwer. Schließlich gelingt es. Er blickt auf den Ring an seinem Finger, dann lässt er die Hand sinken.

Das alles passiert gar nicht wirklich. Ich schaue auf den

leeren Plastiksessel neben mir. Ein kleines Papierstück liegt darauf, vielleicht eine Reservierung.

Als ich wieder aufblicke, lösen die Vermählten gerade ihre Gesichter voneinander. Wer weiß, was sie jetzt noch zu besprechen hatten.

Der Priester sieht zufrieden aus. Die Vermählten drehen sich jetzt um, der Geistliche hilft ein wenig mit dem Rollstuhl. Jetzt erst entdecke ich die Spuren im Gras, die das schwere Gerät auf seinem Weg zum Traualtar im Grünen hinterlassen hat: niedergedrückte Halme, wie die Kriechspur einer scheuen Gartenschlange.

Mein Vater unter den Hochzeitsgästen. Um mehrere Stockwerke kleiner als die meisten Gratulanten, glänzt sein kleiner, roter Kopf sie von unten an, lacht und glänzt, antwortet laut auf ihre unwichtigen Fragen und Bemerkungen, denn es gibt an diesem Tag keine Nebensächlichkeiten, alles muss aufgenommen werden, bevor es, feierlich von ihm gestempelt, wieder zurückgehen kann. Von irgendwo kommt eine blaue Sonnenbrille geflattert und lässt sich auf seinem Gesicht nieder. Später schiebt er sie sich auf die feuchte Stirn.

Er balanciert mit seinem Rollstuhl, seine kräftigen Arme bewahren ihn mit seiltänzerischer Sicherheit davor, in den schmutzigen Kies des Gartens zu stürzen, in den die Requisiten dieses spätsommerlichen Nachmittags zu fallen beginnen: Zigarettenasche, Tropfen von Sekt, der über zu gierige Lippen geronnen ist, Stückchen von Papierschlangen, die sich die Leute über die Schultern gelegt haben, zerrissene oder zerknüllte Einladungen.

Voll Energie turnt mein Vater auf zwei Rädern vor einem der viel zu hohen Tische mit dem Punsch, hinter dem ein griesgrämiger Mann steht, lässt sich von seiner neuen Frau ein Glas einschenken und prostet allen zu, auch wenn in diesem Moment niemand außer mir zusieht. Seine Trinkgeste gilt trotzdem ihnen allen, der ganzen Welt, die ihn in diesem hellen Garten besuchen gekommen ist.

Er hat mich schon gesehen, mich offiziell erkannt, aber seinen Blick immer gleich wieder gesenkt, als fürchtete er, mich dadurch zu vertreiben.

Dann steht er vor mir. Gerald und mein Vater sind exakt auf Augenhöhe.

Man könnte ein Brett mit einer kleinen, zufriedenen Wasserwaage auf ihren Köpfen balancieren.

Nachdem er die Fassung wiedererlangt hat, erkläre ich meinem Vater sehr umständlich, dass es sich nicht um sein Enkelkind handelt. Er schaut gequält und weigert sich, mir zu glauben. Er rollt fort, und ich sehe ihn sich mit Hannelore unterhalten.

– He, Gerald, sage ich.

– Was?

– Du bist total rot im Gesicht.

– Wer war das?, fragt er.

Eine Frau, die ich noch nie in meinem Leben gesehen habe, erzählt mir zusammenhanglos von ihrer Tochter und geht offenbar davon aus, dass ihre Geschichte für mich eine gewaltige und lange erwartete Neuigkeit darstellt. Sie holt oft Luft, gestikuliert viel und bildet Sätze, wie andere Leute Leitern aufstellen.

An manchen Stellen ihrer Erzählung über den neuen Freund ihrer Tochter (Dreadlocks, groß, sehr mager, mit leichtem Bartflaum auf der Oberlippe) erlaubt sie sich auffällige Wortwiederholungen oder macht zwischen einzelnen Satzteilen so lange Pausen, dass man meinen könnte, sie sei über einen Ohrstecker mit Agenten in einem schwarzen Lieferwagen verbunden, von denen ihr die richtigen Formulierungen vorgesprochen werden.

Außerdem ist sie sturzbetrunken und muss sich an ihrer Zigarette festhalten, um nicht umzufallen.

– Und Sie wissen ich wissen Sie … bin nicht *die* Art von Mutter, die … wissen Sie?

Sie sieht mich sehr bedeutungsvoll an. Dann rutscht etwas in ihr, das sich lange an einem Felsvorsprung festgehalten hat, ab und ihre Beine knicken ein. Sie hält sich an meinem Arm fest.

– Nüstert?, schlage ich vor.

Sie sieht mich fragend an. Es ist mir einfach so eingefallen. Ein wenig hat mich wohl ihr Pferdegesicht inspiriert. Die Agenten im Lieferwagen blättern eilig in einem Konversationslexikon, finden das Wort aber nicht.

– Also, sagt sie.

Das Füllwort verklingt und die sonnenbebrillten Agenten in dem unauffälligen Lieferwagen hören auf zu blättern, legen das Buch beiseite und raten zum Rückzug.

– Nüstert, wiederhole ich. Nein, das hätte ich ja auch nicht gedacht, ich meine … immerhin sind Sie ja bei einer Hochzeit, oder?

Was ich sage, ergibt nicht den geringsten Sinn, aber überraschenderweise macht es sie glücklich. Sie gluckst, möchte ihr Glück artikulieren. Aber es kommt nichts. Mit hängender Unterlippe wartet sie darauf, dass die richtigen Worte wie ein Sardellenschwarm aus ihrem Mund schwimmen.

– Ja, sagt sie schließlich. Si'am Recht.

Lange Pause, während der sich die Agenten beratschlagen. Dann:

– Sie kenn mei'e Tochter?

Der Agent, der diesen Satz gesagt hat, zuckt hilflos mit den Achseln und schaut entschuldigend auf seine Kollegen. Alle blicken ihn böse an. *Was hast du jetzt wieder angerichtet?*

– Nein, nicht persönlich, sage ich. Nur vom Nüstern eben.

Aber die Frau hat mir gar nicht zugehört. Sie blickt über ihre Schulter auf einen nichts sagenden Ausschnitt des Holzzauns. Wieder rutscht sie auf sich selbst aus, und diesmal berührt ihr Hintern für einen Augenblick sogar den Boden. Aber sie überspielt es, so wie Betrunkene ihre Missgeschicke überspielen: ohne Scham und beinahe froh über das bisschen Bewegung.

– Kenn' Sie das auch?, sagt sie mit etwas veränderter und gefestigter Stimme. Kenn' Sie das, wenn Sie durch so ein … so ein Nest aus Kälte gehen? Da war's grad … Wenn's ganz kalt wird, als wär da wer durchgegangen durch die ganze …

Sie zieht die Schultern hoch, deutet vage auf die Umgebung.

– Nein, Entschuldigung …

Ich reiße mich von ihr los und gehe in Richtung Bar davon. Gott sei Dank dreht sie sich nicht nach mir um, denn sie sucht immer noch die Ursache für ihre plötzliche Gänsehaut in den Sträuchern, die den kleinen Privatgarten in unregelmäßiger Dichte umwachsen und abschirmen. Ich stelle mich etwas abseits der Gäste auf und tue so, als würde ich telefonieren. Da beginnen meine Handflächen zu brennen, und auch die Schuhe krampfen sich über meinen Zehen zusammen. Was zum Teufel habe ich hier noch verloren? Ich muss Gerald wieder zurückbringen. Bestimmt habe ich mich inzwischen strafbar gemacht: Angriff auf eine wehrlose allein erziehende Alkoholikerin,

Verschleppung eines ahnungslosen Kindes, Belästigung einer Hochzeitsgesellschaft.

Wie zur Bestätigung meiner Befürchtungen beginnen die Gäste mit den Vorbereitungen für ein Preislied. Man nimmt Aufstellung, putzt sich imaginären Staub von den Schultern, legt eine Hand auf den Bauch.

– Nach dem Lied gehen wir besser, sage ich zu Gerald.

– Okay.

– Gerald?

– Ja?

– Kein Tanzschritt, versprochen?

– He, jetzt, wo du's sagst …

Die Gesellschaft beginnt zu singen. Es ist ein zutiefst albernes Lied, das zu einer volkstümlichen Musik gesungen wird.

Hoheute ist ahein Juhubeltag,
freut euch alle seeehr.
Jubeltag ist noch zuwenig gesagt,
jubelt noch viel mehr.

Lihiebe ist ahein schöhönes Ding,
drum haltet sie gut fest.
Auf dass euch die Liebe viel Segen bringt
nach dem Hochzeitsfest.

Eine ältere Frau singt so falsch, dass sie sich selbst aus dem Konzept bringt und ständig nach dem Störenfried Ausschau hält, *wer trifft denn da den Ton nicht?* Gerald muss das Lachen zurückhalten. Ich warte.

Bis ich plötzlich bis in die Fingerspitzen erstarre, meine Adern werden quecksilbrig und kalt. Mein Pulsschlag wird zum Knirschen eines im Packeis feststeckenden Kahns.

Der Schüttelfrost, der mich befällt, ist zwar gleich wieder vorbei, aber er hat den Garten, die Hochzeitsgesellschaft und auch die Melodie des harmlosen Hochzeitslieds verändert. Ein wenig wie die Sonnenverdunkelung, damals, mit meiner Mutter auf der Hauptbrücke. Veränderte Farben, ein Fehler in den Feinabstimmungen der Konturen. Geralds Gesicht ist lustig und traurig zugleich. Das Lied ebenfalls.

Nihiemand soll dieses schöhöne Paar
auseinander ziehn.
Nihiemals soll dieses schöhöne Paar
aus der Welt fortgehn.

Ich nehme Gerald bei der Hand.

– Es reicht. Gehen wir.

– Aber das Lied ist doch noch nicht zu Ende!

– Wir gehen jetzt, sage ich.

Mehr Silben lassen meine Zähne nicht mehr durch. Kälte, Angst und Kiefersperre sind dasselbe. Ich atme schwer, ich schleppe Gerald hinter mir her. Er wehrt sich kaum, denn das Lied strebt gerade seinem albernen Höhepunkt zu, und die Frau mit der schrillen Stimme droht zu zerplatzen und sämtliche Weingläser mit sich in den Tod zu reißen. Aber Gerald hat sich nach den Hochzeitsgästen umgedreht, während ich mit seinem Ärmel in der Hand davongehe.

Fort. Bloß fort, denke ich. *Es wird noch zu spät.*

Obwohl es gar nicht wirklich spät ist. Der Abend ist noch jung. Die Sonne hängt immer noch sichtbar am Himmel, eine mit jeder Minute schwerer und dunkler werdende Frucht. Und trotzdem ist es jetzt wirklich kalt geworden. Vielleicht ist es mir vorher nur nicht aufgefallen.

Gerald rollt seine Ärmel wieder über die Unterarme. Er blickt kurz auf seine Kinderuhr, kratzt sich am Handgelenk. Ein Windstoß stiehlt sich an uns vorbei.

Jetzt sind wir schon außer Sichtweite. Ein fremder Hund ist aus einem Gebüsch aufgetaucht und trabt uns ein paar Schritte nach. Egal, denke ich, er wird schon irgendwo hingehören. Hier gibt es viele Hunde. Ich hebe ein paar Kastanien vom Boden auf und werfe sie über das niedrige Trafikgebäude, hinter dem das Fest ohne uns weitergeht. Ich werfe eine weitere, sehr große Kastanie. Dann folgt die zusammengeknüllte Wegbeschreibung.

Da!

Gerald tut es mir nach.

Der Hund sieht der Flugbahn der Kastanien nach, aber es ist kein Stöckchen, deshalb rennt er ihnen nicht nach.

Die Kastanien schwirren durch die Luft, glücklich darüber, endlich etwas Sinnvolles tun zu dürfen. Aber ein Aufprall ist nicht zu hören, auch nicht die wütenden Stimmen von Menschen, die am Kopf getroffen worden sind. Denn wir, Gerald und ich und, in einigem Respektsabstand, der fremde Köter – drei Lebewesen, die sich schnell aufwärmen müssen, bevor es dunkel wird –, beginnen zu rennen, an einem LKW vorbei, der gerade noch, in letzter Sekunde, stehen bleibt, über die viel und dicht befahrene Straße, während der geradezu unendliche Verkehr für einen Augenblick die Luft anhält.

End Credits

Es wird mit dem Summerton neunzehn Uhr siebenundzwanzig Minuten und zehn Sekunden.

Die Temperatur in der Allee beträgt 24 Grad Celsius, und die Lichter in den Nachbarhäusern gehen langsam, eins nach dem anderen, aus. Die Autos schalten ihre Scheinwerfer ein und beleuchten sich gegenseitig.

Die hinter der Fensterscheibe gefangene Biene ist eingeschlafen und träumt von feuchten, goldenen Sechsecken.

Das seit Wochen schräg stehende Verkehrsschild in einer ruhigen Straße nahe des Volksgartens wird von ein paar Jugendlichen geradegerichtet. Dabei fällt ein Witz über den schiefen Turm von Pisa.

Ein junger Mann mit Brille, der über seine eigenen Zehen nachdenkt, setzt sich an seinen Schreibtisch und beginnt, einen langen Roman zu schreiben. Ein Modellflugzeug landet vor ihm auf dem Tisch, in der Kanzel ein winziger Pilot.

Eine Kastanie fällt in ein alleingelassenes Glas Sekt.

Ein schwarzer LKW, der jahrelang unruhig durch die Welt gerast ist, biegt um die Ecke und löst sich auf.

Eine Japanerin mit wunden Fingerknöcheln fällt müde in ihr Bett, neben den schlafenden Körper ihres Freundes. Sie rollt sich zusammen und presst ihre Fäuste gegen die Oberlippe.

Eine junge Frau hinkt an ihrem Stock durch eine leere Wohnung, blickt auf den kalten Garten hinaus und schließt mit besorgtem Gesicht alle Fenster.

Das große Daumenkino rast seinem Ende zu.

Das Strichmännchen hat sich redlich bemüht, den Daumen des Betrachters zu erhaschen, aber dieser war ihm naturgemäß mindestens eine Seite voraus und trieb das kleine Männchen schnell seinem Ende zu, das nun endlich gekommen ist.

Warnhinweis

Alle realen Personen, die sich in den Figuren dieses Romans wiederfinden, werden durch den Akt der Identifikation zwangsläufig fiktiv und zu einem reinen Produkt meiner Fantasie.

niedergeschlagen. **Walter Zmal:** Früherer Freund von Alexander. Bisexuell, ruhelos, in rätselhafte Schuld verstrickt. Gabi, eine Frau aus Valeries Gesprächsgruppe, verliebt sich in ihn. **Gabi:** Eine Frau, die von psychischen Problemen und einem Tinnitus (andauerndes Ohrgeräusch) in den →*Wahnsinn* getrieben wird. Verliebt sich in Walter (siehe →*Liebe, unerwiderte*). **Uljana:** Hund von Valerie. Ungewöhnlich ängstliches Tier mit rotem Fell. Sie läuft nach der brutalen Attacke auf Valerie davon und irrt durch die Stadt. **Wilhelm Steiner:** Vermieter von Alexander. Ein alter Mann mit rundem Gesicht, der vor langer Zeit den Verstand verloren hat. Er ist, laut übereinstimmendem Urteil vieler Interpreten, die geheime Schlüsselfigur des Textes: *der Mann im Pyjama.*

Das stetige Hintergrundrauschen des Romans bildet das Thema der Familie. „Alle glücklichen Familien gleichen einander auf bestimmte Weise – das zumindest behaupten die Mitglieder der unglücklichen

Söhne und Parasiten (2007), wird sogar behauptet: „Das Jenseits ist die zur Weltkugel angeschwollene Familie. Die extremste Ausprägung von Mitgefangen – Mitgehangen." Die Familie als Geflecht, innerhalb dessen alle Menschen alle anderen mit sich reißen, wenn sie fallen, selbst wenn einem von ihnen die Gnade →*Gottes* zuteil werden sollte und sie auf der nackten Erde, im Staub oder im Schnee liegend zufriedener gewesen wären. Neben dem Thema der Familie widmet sich der Roman auch dem tieferen anthropologischen Stellenwert von Telefonen, vor allem der heute allgemein bekannten Tatsache, dass sie nicht nur kleine sprachgelehrte Spielzeuge sind, sondern auch so etwas wie Waffen darstellen, eine Art Degen, dessen Klinge im Lauf der Evolution verkümmert ist wie einst der Schwanz von Kletteraffen, als diese auf die folgenschwere Idee verfielen, fortan in der Ebene leben zu wollen.

An mehreren Stellen des Romans hat sich der Autor *S.* selbst verewigt. Was er damit ausdrücken wollte, ist nicht überliefert. Vielleicht nur, dass man ihn, wenn er nicht existieren würde, kurzerhand er-